大国重器

中国火箭军的前世今生

徐剑　著

作家出版社

目录

第十六章　雷霆在握

第十七章　首战用我，用我必胜

第十八章　马踏酒泉问东风

第十九章　一柱擎天敢为国器

战斗部 跋

引子　1956 年元旦那场雪

1956 年新年，并非是中国农历的元春之始，天气很冷。2012 年夏，李旭阁在北戴河海滨回忆起来，记忆难免有误，但他非常确定地对我说，那年元旦，北京城里落了一场大雪。

一条时光的子午线，分开了东西半球昼夜轮回，雪是从 1956 年元旦凌晨下起来的，飞飞扬扬了一夜。雪落幽燕，风过居庸寒，虽无燕山雪花大如席的夸张，但飘飘忽忽，悄然入北京城。

然，落雪无声，亦无痕，第二天清晨，铲雪之声将沉睡的城郭唤醒了。人们推门一看，雪拥长街，行人稀落，北京城郭上下一抹白，若从空中俯瞰，犹如一张巨大宣纸铺陈其上，而匆匆走过雪地的行人，则像泼墨于宣纸上的一滴墨、一个点，一行雁痕鸿爪。

天上一片雪，地下一世界。李旭阁说，天地玄黄，风雪夜归人，就在一夜一瞬之间。他记得昨天晚上离开中南海居仁堂时，天还晴得好。

早已过了下班时间，黄昏泛起，1955 年最后一抹夕阳落照于中南海居仁堂红墙黄瓦的林苑里。时任军委作战部特种兵处技术组参谋的李旭阁少校，将最后一页台历撕下来，夹进自己正在补习的代数书里，且作书签，长舒了一口气，并将目光透过古老花格窗的玻璃，投向红墙内外。

一元复始春将至啊。窗外，如火如荼的公私合营运动，遍及每个角隅，热火朝天的场面浮现于京畿的天空，新中国的青春之姿与萧索的北方冬季相峙。此时，虽已是数九隆冬，北京城郭落下的第一场雪，仍覆盖在中南海湖面上，旧时宫阙，银装素裹，惟瀛台独孤，一抹夕照下，冉冉一片紫光，预示着明年又是一个好丰年。

明天就是元旦了。李旭阁目光从窗外收了回来，站起身来，将桌上文件和保密本收拾干净，送回保密室，正准备穿上马裤呢军大衣离去时，特种兵处处长杨坤上校突然走了进来。

旭阁留步。杨坤推门而入，说还有一件要紧事与你商量。

要紧之事？李旭阁有些不解。

是啊！杨坤扬了扬手中一张入场券，说明天下午三点新街口排练场有一场很重要的科学技术讲座，让你参加。

什么讲座？

我也不知道。杨坤处长颇有几分神秘地说，涉密程度很高！作战部王尚荣部长点了你的名，据说，听讲座的都是驻京各大单位的上将、大将，可能你是最小的官。

啊！李旭阁一脸骇然，规格这么高呀。

作战部就发了两张票，王部长和你一起参加，有什么困难吗？

没有！李旭阁摇了摇头。

我找管理处，给你要辆车。

不用了，杨处长。李旭阁摇了摇头，说，武衣库到新街口不到三里路，我骑自行车去。

好！杨坤点了点头。

暮霭落了下来，西天最后一抹紫阳被中南海冰湖暮霭融尽。李旭阁骑车从居仁堂出来，右拐，从六部口，绕着红墙北行，过毛家湾，从国管局和宗教局门口向西，穿过红楼电影院，往如今全国政协所在地武衣库总参作战部宿舍骑去。身后，夜色如潮水泛起，街灯昏黄如豆，在薄暮中犹如一只只夏夜里的萤火虫，将北京城郭的万家灯火引燃了，灿然一片灯海。

有灯火处，必有人间炊烟。李旭阁骑车横穿缸瓦市，往兵马司胡同拐去，身前身后，便是一片灯河，一条人间天河。北京城隅渐次沉落于宁静之中。

从战争中走来的军人，最喜欢这种安详与静谧。李旭阁喜欢这样的和平之夜，从红墙里出来，骑车穿越北京城西，冬天的京城间巷里静悄悄的，沉醉于万家灯火温馨之中。多少年了，他蹚着战场、雷场的炮声、枪声，飞机的轰炸声一路走来，此时的宁静，与他经历过的战斗生活，判若霄壤。最挥之不去的炮声，是解放兰州城。马步芳军队的炮弹突然在身边爆炸，战友横飞玉碎，他的耳朵骤然失聪，好多个月叽叽乱叫；还有在朝鲜战场上，敌机的炮弹从天而降，掀翻了他与耿素墨新婚的小屋，一对新人埋在了瓦砾之中。1953年夏天，抗美援朝战争在板门店画下了最后一个历史性的句号，李旭阁夫妇穿越刚熄灭的兵燹，回到了国内。这时军委作战部在全军选调优秀干部，开出三个条件——经历过战争考验的，年轻的团职干部，会写材料的。彼时，26岁李旭阁，已经是北京军区65军训练处长，具备了军委作战部的三个重要条件，个人阅历堪称完美，小八路出身，抗日战争入伍时年仅15岁，经历过抗日战争、解放战争、抗美援朝战争，当过营长、团参谋长，虽说文化上仅上过小学四年级，可是在战争这所大学里，他勤奋好学，茁壮成长，且写得一手好材料，作为全军优秀干部，被选调入军委作战部特种兵处当参谋。抵京之时，他便开始恶补初高中文化，尤其是函数知识，以便日出东方，已经醒来的中国。

家门将近，北京的天空起风了，开始变天，阴风四掠，黑云摧城。

抵达家里，妻子耿素墨腆了一个大肚子，临盆不远了，却一边照顾大女儿，一边做饭。人民解放军第一次授衔前，妻子由65军报社记者转业到煤炭工业部党委办公室，不久大女儿呱呱落地。然，人在殿堂，心驰神州，一种时不我待的紧迫感驱使李旭阁在超越自我。

旭阁，明天元旦放假。女儿李倩还不到一岁，你陪我们娘儿俩去拍张照片？

明天还真不成。李旭阁从自己的函数作业本上抬起头来，答道。

有事？

有个讲座！在新街口排练场。

不就是一堂文化补习课，请个假。

岂止是文化补习课，是一个很重要的讲座，作战部就我和部长两个人参加。

哦！妻子脸露讶异之色，便没有再多问。她是一个军人，知道丈夫调到作战部工作后，办公的地方就在中南海居仁堂，很明显，就是放在主席和总理身边工作，此乃中国的心脏。对此，她深明大义，旭阁身处中枢，便事关国家，一举一动总是很神秘，亦很重要，她便无话可说了，忙道，去吧，去吧，家里的事情有我呢。

谢谢，素墨！李旭阁对妻子投去欣赏的一笑。妻子是自己的同乡，投笔从戎女大学生，她总是努力融入一个新时代，没有一点旧时代知识分子的矫情，始终恪守军人保密铁律，不该问的坚决不问，不该说的坚决不说，默默地支持自己的工作。

大雪无声，不知不觉中，落了下来。

丰年好大雪啊！那天早晨，李旭阁推开武衣库小院里西厢房的门，只见一夜瑞雪落下，院子里飘雪成堆，侵至石阶间、窗台上，甚至拥门而伏。雪后一片天光，太阳不知什么时候升了起来。晨曦初照，瑞雪丰年，天行健，人间正道，紫气冉冉，古老中国因了一群年轻的理想主义者，竟然老树新枝，犹如这初升朝阳一样，重曜东方。

扫完了积雪，不知不觉已经中午了。李旭阁转身到长廊一侧去开自行车锁时，妻子耿素墨推窗喊道，旭阁，电话！

李旭阁转身进屋，是作战部王尚荣部长打来的：李参谋啊，你过来与我一起坐车走。

部长，不用，我骑车去，谢谢！李旭阁推辞道。

刚下过雪，骑车路太滑，就同一个会场，你还客气什么啊？老红军王尚荣曾经是刘伯承元帅的部下，说话不容置疑。

李旭阁连忙向武衣库靠南面两排部长平房走去，做个解释。

武衣库，顾名思义，乃当年清军内务府的六库之一，始建于顺治年间，成制于乾隆，历经三代帝王，一个典型的北方四合院院落。为解放前宋哲元所居，新中国成立后自然成了军产，军委作战部的家属院，前边两排南厢房院落曾为作战部长张震、王尚荣等所住，后边则是处长、参谋之家，李旭阁入京后，分得了两间公寓房。

踏雪而去，李旭阁并未坐部长的车，向司机知会了一声，便独自骑车朝新街口排练场缓缓而去，不是看演出，而是听一场涉密程度极高的学术讲座。这场讲座的主角是谁，他一概不知，不该问的坚决不问，不该说的坚决不说，这是他到作战部报到时，处长交代他的第一条铁律，但是对于今天这个讲座主讲人是谁，他还是充满了好奇与期待！

第一章

甲子一梦

1 甲子一梦，钱学森第一个提出"火军"构想

那天下午 3 点，李旭阁踏雪而来，骑车过了新街口，前边便是北二环路口，这是刚拆掉大明年代的古城墙，在原址上拓宽的一条大马路。可他未穿过去，而是从前一个胡同，右拐进了排练场濒临后海一隅的南门。见院子里和街道旁停着黑色苏制吉姆车和苏制嘎斯 69 吉普，他突然觉得今天这个会议非同寻常。

跨进排练场时，会场已座无虚席，且多是一水的马裤呢将官服，上将、中将居多，个别大将亦坐在其中。李旭阁放眼望去，好多都是熟悉的面孔：空军司令员刘亚楼上将、海军司令员肖劲光大将、装甲兵司令员许光达大将、工程兵司令员陈士榘上将、铁道兵司令员王震上将、炮兵司令员陈锡联等，还有总参副总长、总政副主任和总后副部长，以及相关部队的二级部长，惟一的少校军官便是自己。他有点瞠目结舌，都是领导啊，今天来的人是何方神圣，居然吸引了如此众多的高级将领。可曾知道，战将如云，在刚刚落幕的抗美援朝的战场上，他们率领一支穿单衣的农民军队，在朝鲜雪野与美国军队较量、摊牌，赢得了尊严和尊重。然而今天下午，每个人都戎装在身，静静地坐在小排练场里等待着，等待一个传奇式人物的出现。

电铃响起，国防部副部长兼哈尔滨军事工程学院院长陈赓大将陪着一位中年学者走了进来，宽脸庞，白皙的肌肤，一副江南子弟模样。两个人刚刚坐定，陈赓大将便介绍道，今天的课叫"导弹概述"，是一堂先进的军事技术讲座，我们有幸请到了刚刚归国的钱学森教授给大家讲课。钱教授是世界著名空气动力学家。美国海军次长金贝尔曾说，一个钱学森，值五个海军陆战师，他

回红色中国，绝不是去种苹果，我宁可枪毙他，也不让他回去。钱教授在美国的一座孤岛被关押五年后，在中华人民共和国政府的多方交涉之下，终于于去年10月8日回到了祖国，我代表国防部，对钱学森教授的归来，表示热烈的欢迎！

掌声响起，一群在战争大学速成的新中国军方的高级将领们，将好奇与热情之眸，投向这位大海归。

一个多月的接触与相处，陈赓大将对钱学森已经相当熟悉了。钱氏归来，中央政府和军方非常礼遇。11月5日，陈毅副总理便代表周恩来总理在北京饭店宴请了钱学森和蒋英夫妇。钱学森感叹，新中国真是一头醒来的雄狮，回国后在北京看了看，虽然建国刚刚五年，却有一日百年之感，日新月异，变化太快了。

钱教授，不快不行啊。陈毅元帅笑道，毛主席还嫌慢呢，要我们只争朝夕。这只是一个开端啊，国家被清人的辫子拖得太久了，你在美国待了二十年，比比西方大国，中国人大大落后了，国家要建设，光靠我们这些打仗的不行，得把你们这些海外的大科家请回来，国家要强大，得靠科学技术的发展啊。

陈毅元帅的激情和诗意，让钱学森热血贲张，恨不得马上投入工作。陈毅元帅转达了主席和总理的问候，让钱学森到全国各地走走看看。

然而，钱学森的第一站选择了哈尔滨军事工程学院。此时，国防部长彭德怀正在住院，特意派国防部副部长兼哈尔滨军事工程学院院长陈赓专程陪同，一起飞往哈尔滨，陪同钱学森参观。在苏联人援建的风洞实验室，陈赓大将问钱学森，中国人能不能搞导弹？

钱学森的回答是肯定的：外国人能干的，中国人为什么不能干，难道中国人比外国人矮一截？

好！钱先生，我就要你这句话。

钱学森的表态，令陈赓大将豪情天纵。从哈尔滨回到北京之后，他便拉着钱学森一一拜访老帅，为中国人上马导弹制造工程当说客。

11月26日，陈赓大将陪钱学森到医院去见彭德怀时，彭老总伸出热情的大手说，欢迎啊，我们太需要你这样的火箭专家了。我请你来，就想请教一个问题，恕我直言，射程500公里的导弹，我们造得出来吗？造这样的导弹需要什么样的人力和物力保障？

钱学森从德国人造出 V-2 导弹，美国人和苏联人、法国人是如何造出导弹的，给了彭德怀满意的回答。

随后，陈赓又拉着钱学森去见聂帅、叶帅，见面谈的最多的只有一个话题：中国人自己造导弹。

一个周末的晚上，在离景山不远的叶剑英元帅家里，叶帅请钱学森吃饭，仍然是陈赓作陪。刚落座，叶帅便打趣地说，钱教授，陈赓这个人很难缠吧。

钱学森怔然，一头雾水，说陈大将坦荡直率，我们很投缘，一见如故。

他是在利用你啊。叶帅打趣道，从哈尔滨回来，他打着你的牌子，四处奔走，找彭老总、陈老总、聂老总说项，到处散布钱学森说了，我们中国人也能够造出导弹来了。

利用得好哟。钱学森喟然感叹，叶元帅，陈大将说的没错呀，新中国朝气蓬勃，人心齐，力量大，什么人间奇迹都能够创造出来。

这句话，我也爱听！叶帅点头道。

叶帅，听到了吧，钱先生的信心比我们还大，我没有说错吧！

叶帅点了点头。

那天晚上在叶帅家宴上，谈话的内容始终围绕一个，中国人如何造导弹，喝到微醺之时，陈赓提议，何不三人同行，直驱西花厅，向周总理报告此事。

不可！叶帅说，今晚是周末，三座门军委办公厅小礼堂有舞会，总理在那里。

那就去三座门，不就几步路吗？陈赓嗖地跃了起来，说叶帅，我们到三座门，将总理拉出来当面汇报，如果我俩说不清楚，请钱先生给总理讲。

陈赓啊，就你胆子大啦，这可是一个泱泱大国总理啊，怎么能说去就去，说谈就谈，你这是在骚扰总理休息啊。

没事的，总理不会见怪的。

唉，你还是当年上海特科的行事方式，仗着自己是总理的老部下、老熟人，任性。叶帅打趣道。

叶帅也是我的老领导啊，我在这里也一样任性。

呵呵，罚酒！叶帅对自己麾下的大将充满了欣赏与怜爱之情。

钱学森怔然，对中共军方高级领导人亲密无间、毫无森严等级倍感亲切，觉得这是一个有希望的政党，一批志向远大的执政者。

说走就走。三个人走出叶帅家，也不带警卫，拐出景山西街，朝故宫西北角对面的三座门纡徐而行。走至门口，卫兵见叶剑英元帅、陈赓大将和一位穿西装的中年人步行而入，连忙行军礼，并拦着问穿西服的人找谁。

他是我和叶帅的朋友，找周总理的。

总理的车停在小礼堂前边。带班的军官答道，请首长过去，不过这位地方同志得登记一下。

叶帅和陈赓笑了，这是卫兵的职责。

陈赓与叶帅、钱学森一起走进小礼堂，将两人引进休息室，自己径直走进了舞厅，见总理翩翩起舞，舞姿潇洒。陈赓走了过去，二话不说，一把拨开了总理的舞伴，将周恩来扯了出来。

陈赓，你又来搞什么名堂？总理见多了陈赓的恶作剧。

有一个人要见您。

见我？什么人？

陈赓咬着总理的耳朵，轻声说道，我和叶帅将钱学森拉来了，想跟您谈谈导弹问题。

哦！周恩来轻轻地感叹了一声，朝休息室门口张望一下，疾步走了出来。步入休息室，叶帅和钱学森已经站了起来，周恩来热情地伸出大手，是学森同志吧，我是周恩来，欢迎你归来。

总理甫一见面，不称先生，称同志，令钱学森大为感动，嗫嚅道，谢谢总理，没有您的斡旋，我恐怕还要在美国人荒岛上再待五年。

你受苦了！回到祖国就好，怎么样，不吃洋面包了，生活还适应吧？

祖国的水甜啊。很好，安排得非常周到，谢谢总理。

游子归家，祖国母亲当敞开热情的怀抱啊。

说话之间，两个人的眼睛都不禁湿润了。

四个人落座，叶帅简要说了见总理的由来，便由钱学森主讲。钱学森说火箭技术集世界先进科学技术于一身，是一个浩大的工程，必须以国家行动方能进行，若实现突破，可谓牵一发而动全身，不仅可直接为航天服务，还可以带动其他工业，推进我国科学技术的发展，改变中国的落后面貌。然而，需总理作为国家的战略来抓。

说得好啊！周恩来认真耐心地听取了钱学森的汇报，交代道，钱教授，你对火箭、导弹制造工业的发展设想我听懂了，中国是火箭的故乡，我相信中国人一定能造出自己的现代火箭来。你将今天这个谈话尽快形成一个书面报告，交中央讨论，以便报毛主席，好不好？

好，总理！钱学森郑重地点了点头，他没有想到，总理答应得这么爽快，最后分手之时，竟然又叫了他一声同志。

陈赓大感欣慰，他不仅促成了总理与钱学森的见面，而且以国防部的名义，促成了1956年元旦这场讲座。

……

会场上响起经久不息的掌声，钱学森起身频频躬身致谢。那一种从容自信的钱氏微笑，倾倒了这些从战争的腥风血雨走出来的高级将领。时隔许多年后，李旭阁还清晰记得当时这一幕。

陈赓大将无比自豪地介绍钱学森简历，1934年毕业于上海交通大学，次年赴美国麻省理工学院留学，1936年获得麻省理工学院硕士学位，后入加州理工学院，获航空、数学博士学位，并留校任教从事应用力学和火箭导弹研究。他在美国的名气很大，1942年，曾跟随其导师、美国导弹之父冯·卡门教授一起，完成了美国"下士"导弹的研究，这是美国最早的导弹，美国的飞机从亚音速到超音速，因有了钱氏定理而得以实现。他同时还担任美国空军科学咨询顾问和火炮研究所的专家。1945年纳粹德国战败之后，他被赐以美国军人身份，派到德国考察，是考察团里数一数二的科学家。返回美国之后，写了关于德国导弹的报告，一共九章，他个人便写了六章，这个报告对于美国科学和军事技术的发展起到了决定性的作用与影响。战后，美国人视他为英雄，称赞他对第二次世界大战的结束和胜利做出了无法估量的贡献。但是当新中国五星红旗冉冉升起之时，身怀科学报国之梦的钱教授毅然提出回自己的祖国去，报效国家，却于1950年8月被美国移民局扣留。彼时的美国麦卡锡主义盛行，说他是共产党员，并将他的行李包撬开，发现了八百公斤书和笔记本、相册。美国移民局为此召开记者招待会，向世界宣布：钱学森是红色间谍，有理由相信他盗窃了美国的大量机密，准备带回中国，就这样扣留钱先生，将他押至太平洋一个叫特米诺的小岛上，一囚便是五年。五年间，冯·卡门教授四处奔走，并联络世界科学家签名呼吁，让钱学森回到生于斯长于斯的祖国。后来，因为新中国与美国战略空军的交换战俘事件，我们才得以将钱学森教授迎回家中。现在我们欢迎钱教授给高级干部作讲座。

一阵雷鸣般的掌声之后，钱学森教授站了起来，走到讲台前，向众位新中国的将领鞠一躬，便开始讲课，伫立于黑板前，手书一行《关于导弹武器的概述》。杭州钱氏，乃吴越钱王之后，一门多学子，多院士，彼吴语侬侬，开始讲起了导弹的发展和运用的大趋势。

那天下午3时，李旭阁摊开一个笔记本，写下1956年元旦，主讲人：钱学森，题目《关于导弹武器的概述》等一行字，这是他入京城当军委作战部参谋后，听到的第一场关于世界最尖端武器概述之课。这是一个全新领域，也是战争的前沿地带，他凝精会神地在听，一丝不苟地在记，什么叫导弹，导弹飞行力学原理是什么，内部结构如何，作战用途。最早导弹源于何地，自然不是美国，而是兴起于纳粹德国。钱教授讲起构造，画出了一级和两级火箭发动机的结构原理图。美国、苏联的导弹处于什么样的现状，其发展趋势如何。最后，钱学森饶有兴趣地说，世界上新兴的军事大国，其一个重要的标志，便是拥有导弹核武器。虽然新中国刚从战争的废墟里走出来，一穷二白，可是凭着中国人的智慧与勤劳，完全有志气、有能力，自力更生，制造出自己的火箭来，并建议中央军委成立一个新的军种，名字可以取为"火军"。

这个火箭军的"始作俑者"，自然是钱老莫属。然，中国战略导弹部队更名火箭军的道路一波三折，上个世纪八十年代中叶，主管国防科技和第二炮兵的军委副秘书长、国务院副总理张爱萍，就萌动过兵种改军种的建议，成立中国战略火箭军。因时机不成熟，此议被一次次地搁浅了，直到 2015 年的最后一天，才梦想成真。

后来，钱学森又于 1960 年 3 月 22、23 日两天，到军事科学院讲授火箭和原子能方面的知识。李旭阁再次前往听课，钱学森深出浅入的讲解，令他大开眼界，扩展了人生的视野。

李旭阁觉得自己很幸运，这样的尖端技术讲座，由世界知名的科学家来讲，可谓千载难逢！学者与少校，先生与学生，都未曾想到，这一堂讲座，对于彼此一生的改变与影响是潜移默化的。年轻少校一生从此与导弹结缘；而钱学森教授也未曾料到自己的一堂讲座，会在新中国一位年轻军官的成长之旅中划下一道深深的历史之痕，会与一支战略军种的成长壮大密切相连。当时听他课的人很多，但是将来其中走出一位中国战略导弹的司令员，或许令后来的他有点始料未及。尤其是钱老当时提出的火军的建议，六十年之后，就在 2015 年最后一天，正式成军，而向世界宣布的日子，竟然是第二天下午，与钱学森讲课的时辰不谋而合。

六十年一个甲子，一枕火箭军之梦。历史于冥冥之中，在辞旧迎新、一元复转的时空交接之中，预示和影响了中国火箭军的前世今生。

那天，身为高参的李旭阁认真记录了钱学森讲课的每句话的内容，三次讲座，后来复印之时，居然是厚厚的一部书。

2004 年四月天，京畿大地花红柳绿，春风和煦。时，已经解甲的李旭阁整理过去的卡片资料时，竟然意外地发现了当时的导弹概述笔记本。当时钱老的三堂讲座，李旭阁工工整整抄了一个满格满页的笔记本。耿素墨阿姨还专门打电话来，让我去看。

斯时，李旭阁早已看淡世事，修为得道，对着我说，这个记录本身很有意义，可以送给上海交大钱学森纪念馆，这是最好的礼物了。果然，钱学森的儿子和秘书得此消息后，先后赶到了李旭阁司令家中，将原件重新拍照和复印，以便捐赠上海交大图书馆时，堪为珍贵之物。

2005年11月12日，钱学森归国50周年座谈会在北京举行。在出席的嘉宾之中，钱夫人蒋英女士特意叫李旭阁司令参加此纪念会。蒋英握住李旭阁的手说，钱老生前让我转告你，未曾想到，当年听他讲课的一位少校，居然走上了第二炮兵司令岗位，远远超出了他那堂课的意义和影响，钱老始料未及。

李旭阁笑了，说从听钱老的《导弹概述课》开始，他的命运便与中国战略导弹事业连在一起了。

2 核长剑悬在中国国门上

时隔许多年后，李旭阁从第二炮兵司令员位置上解甲归去，赋闲诗书，居家而不问世事。因解放兰州时炮弹爆炸遗留的耳疾发作，几近失聪，倾听人类的声音突然暌绝了，面对一个死寂的天地，独守辉煌逝去的残年，孤寂可想而知。于是隔三岔五，耿素墨阿姨总会打电话来，让我陪老首长说说话。因为见到我，老首长的话会多一些。因此，我们的交流，多是我一支碳素笔，一块随时可擦抹的小白板，老首长边看我的提问，边徜徉于往事之中，随着话匣子的打开，那一幕幕往事，那一个个场景，又滔滔不绝，如长江大河一样向我奔来，几近淹没。然，我发现老领导记忆的磁头，犹如老唱机的转针，最终都会落点到火箭与核武器上去。

我有些不解，1955 年岁末，中国人民志愿军已陆续撤离朝鲜战场，新中国从战时体制转入和平建设，百废待兴，百姓需要休养生息，为何举一国之力来发展火箭、导弹事业，随后又启动两弹一星工程。

被美国人逼的。新中国的城门上悬着一把核长剑。随时都可能朝中华民族头上砍下来。

李旭阁老人比喻极为生动，一语点醒梦中人。随着他的叙事，我仿佛穿越半个世纪的时光隧道，又回到了那个惟有英雄敢驱熊罴的年代。

人类的第一朵蘑菇云惊现于 1945 年 7 月 16 日拂晓时分，那天清晨，太阳还未露出地平线，美国新墨西哥州荒漠一个高达 30 多米高的钢架上，静卧着一个巨大钢铁怪兽。彼物长 3.3 米，直径 1.5 米，却重 50 吨。虽静默无语，却随时会张开一张饕餮之口将人类吞没。可是此时，晓风徐徐，荒原一片死寂。

清晨 5 时 19 分，随着一声起爆的口令下达，亘古的荒原上，遥远的天边飞来一道闪光，犹如一条金蛇，撕破新墨西哥州大漠晓色。转瞬之间，犹如数十个太阳在积聚，迸射出令人眼花缭乱的光芒，刺破晓色初露的帷幔，一个巨大火球从地平线隆起，吸纳巨大的热量，浮浮冉冉，瑰丽无比。刹那间，袅袅升至 2500 米的高空，与天上白云融合为一体，将天空与大地燃烧为一片彤红，光焰夺目。这个巨大火球徐徐而聚，云蒸霞蔚，不断变幻颜色，先呈紫罗兰色，再橙色，且不断攀升、聚集，火球越升越高，最后变成了一朵巨大的蘑菇云团，仿佛要将天空撕裂了。

美国原子弹之父罗伯特·奥本海默站在荒原上，目睹了这一切，蓦然惊呼道，"比一千个太阳还亮……原子蕴含的可怕威力，既展现了希望，也带来了祸患。"

作为一位世界知名的物理学家，奥本海默的话一点也不夸张。各个测试点上报来的数据令他惊讶万状：在核爆中心，高温比太阳内部温度高出 3 倍，方圆 1600 米的范围内，所有动植物化为乌有，托举原子弹的塔架已经被化作气体，消失得无影无踪。距爆心 500 米的一个重达 120 吨的钢制容器，被冲击波从混凝土中拽出，扭曲，撕裂于地，距离爆区 300 千米外的锡尔佛城的楼房玻璃被震碎了。经测定，1 千克铀的原子弹爆炸力，相当于 2 万吨的 TNT 当量。毫无疑问，一个原子时代降临了。

这一天，美国总统杜鲁门与斯大林、丘吉尔正在德国的波茨坦举行三雄会。格罗夫斯将军通过密电报告总统，美国制造出了人类第一颗原子弹。

杜鲁门嘴唇微微颤抖，他一改政治家的冷静，对白宫办公厅主任说，马上去丘吉尔首相住处，这样激动人心的消息，得最先与美国最忠实的盟友分享。

首相先生，我们是不是该喝上一杯，杜鲁门未请先到，见到丘吉尔便道，庆贺一下。

庆贺？首相先生愕然，世界上发生了什么激动人心的大事。

美国今天清晨成功地爆炸了世界上第一颗原子弹。

啊！总统先生，是该喝一杯。丘吉尔持着雪茄的右手颤抖了一下，惊叹道：火药算得了什么？简直微不足道。电又算得了什么，不值一提。这原子弹，才是上天的惩罚。

美国拥有原子弹了。在下午的会议上，杜鲁门以一种非常随便的口吻通告了斯大林，意在引起苏联人的恐慌，可是斯大林却以惯有的平静，淡淡地说了一句，"好好利用它来对付日本吧，该将这群恶魔烧成炭灰！"

是到了给日本黄皮猴子致命一击的时候了。杜鲁门不知是说给斯大林听的，还是说给自己听的。

1945年8月6日、9日，美国人在日本广岛和长崎先后扔下了"小男孩"和"胖子"原子弹。两座城市顿时夷为平地，10.5万人当场丧生。太平洋战争为此画下了句号。天使与魔鬼横空出世了。

奥本海默一语成谶：我是死神，是世界的毁灭者。

魔鬼的黑色之翼掠过新中国的天空。

1950年6月25日，朝鲜战争爆发。

9月15日，美军在仁川登陆，联合国军分割包围，一举击败了朝鲜人民军，金日成仅剩三万多人残部，向鸭绿江匆匆撤退，联合国军司令麦克阿瑟狂妄地声称，要在万圣节前，饮马鸭绿江，让美国大兵回到美国本土啃火鸡。

然而，10月25日，毛泽东经过三天三夜闭门长思之后，决定应朝鲜之邀，出兵朝鲜，派志愿军跨过鸭绿江，抗美援朝，战争的格局突然逆转了。于是，美国人开始挥舞核长剑，对新中国进行恫吓。

11月30日，杜鲁门总统在白宫对记者说："美国政府正在积极考虑使用原子弹来对付中国共产党人，如果有必要采取这一措施的话。"

杜鲁门简直是疯了，他已经有过一次将原子弹投在人类头顶之上了，难道还会有第二次。站在白宫绿草坪上的记者窃窃私语。

这才是疯子要干的事情。

用疯子之法对付疯子，看看红色中国在韩战中的人海战术，他们亦像疯子一样往上冲，挡都挡不住呀。

此时，白宫绿草坪上的记者都没有人会怀疑杜鲁门在耍嘴皮子，他已在广岛和长崎玩过一次真的了。

不日之后，杜鲁门总统下令参谋长联席会议主席对苏联参战的情况下进行研究，并拟给麦克阿瑟的远东司令部调去10-20枚原子弹，另派10架战略轰炸机进往关岛，随时准备对远东进行核打击。

1951 年 4 月，参谋长联席会议主席柯林斯下令，如果联合国军受到重创，即以原子弹攻击中国的机场。

然而，五角大楼很快否定了参联会的决议：朝鲜是一个多山之国，地域狭长，两面临海，不是使用原子武器就能够奏效的，否则不仅无助于迅速结束战争，反而从心理上极大地降低原子弹的价值，成为"哑弹"。且美国此时的原子弹数量有限，如果此刻将为数不多的终极武器用于朝鲜战争，在与苏联人的对峙之中，就会处于一个不利的地位。况且使用原子弹对付一个小国，在道德上后果不佳。

失道寡助。已经在人类头上扔过两枚原子弹的杜鲁门，多少忌惮死后的历史定位与名声。在最后一刻，美国总统放弃了在朝鲜战场使用核武器的念头。

这回轮到麦克阿瑟咆哮了。这位傲慢的菲律宾总督、日本太上皇，似乎觉得帝国之躯的巍然和荣光，是靠二次世界大战打出来的，其威严不可侵犯。可是美国大兵的所向披靡之势，在一支穿草鞋单衣的中国军队面前，锐气大减了，战场陷于胶着和相持。他一再向美国白宫狂啸，必须使用原子弹，朝鲜战争才能有胜算。

杜鲁门无法忍受麦帅在东京湾的大放厥词，他已经一而再、再而三地突破美国政府的底线了。任其任性下去，必然会挑起与东方红色阵营的第三次世界大战。

让麦克闭嘴吧。杜鲁门对国防部长说，肖恩老了，是该考虑让他回国颐养天年了。

盛极必衰，处于巅峰的麦克阿瑟走下坡路了。卸任联合国军和驻日盟军总司令一职，黯然回到美国本土。离开之前，这位西点军校出身的五星上将抛下一句话，谁想与中国陆军打仗，一定有病。

到 1953 年初，三年之间，美国人已经在朝鲜战场三易其帅，先是麦克阿瑟，后是李奇微，最后接任的是克拉克，中美两军在三八线上对峙了。

此时，欧洲盟军前总司令艾森豪威尔刚当选美国总统，艾氏急于将美国从朝鲜雪野泥淖中拔出脚来，结束朝鲜战争。他将参谋长联席会议主席柯林斯召至椭圆形办公室，交代道，远东的战争不能再拖下去了。我要兑现竞选时对选民的承诺，尽快体面地结束朝鲜战争。谈判桌上得不到的东西，毋需要美国军人用生命再去厮杀。

总统的意思是？

可否把使用核武器作为一种选择，让终极武器最终说话。

使用原子弹？！柯林斯露出惊讶之色。

对！艾帅点了点头。

柯林斯上将点了点头，又摇了摇头，他已经不止一次得到此授权了。

这并非作家的猜想之语。艾森豪威尔在其回忆录《白宫岁月：受命变革1953－1956年》中写至，"为使我们的代价不致过于高昂，我们将不得不使用原子武器。"

后来，在白宫解释的文件之中，艾森豪威尔明确告诉来访的印度总理尼赫鲁，他打算对中国使用核武器。他知道尼赫鲁与中国交情甚笃，他希望尼赫鲁将此话传给红色中国总理兼外交部长周恩来。

然而，美军参谋长联席会议最后得出结论，五次战役之后，中国人民志愿军一直处于掘壕深藏之状，核弹的威力受到限制而不能充分发挥。而且，韩战的中国军队和朝鲜人民军后边站着另一个巨人苏联，其空军已经参战，且与中国签订了友好互助条约，这也是一个堪与美国比肩的核大国。如果此时在朝鲜战场上使用核武器，必然招致苏联人的核报复，在釜山的美国海军部队是最好的报复目标，那将是又一个珍珠港灾难。

美国将无法进行一场核战争！送到总统椭圆形办公室的报告，否定了艾帅的提议。

艾森豪威尔敲了敲桌子，将自己最著名的两名助手副总统尼克松和国务卿召至办公室，吩咐道，中国的孙子说，不战而屈人之兵，在战场上拿不到的东西，到别的地方去拿吧，我们不是有一艘不沉的航空母舰停泊在台湾海峡吗？

总统的意思是说，到台湾去，对红色中国进行核威慑。

艾森豪威尔笑而不语。

尼克松和杜勒斯心领神会。

3 彭德怀元帅受赠核钥匙

彭大将军是惟一指挥百万大军，与美国人较量过的元帅。

1953 年 7 月 27 日，中朝美三国代表在板门店签订了停战协议。历时三载的朝鲜战争落下帷幕。彭德怀卸下志愿军司令员之职前，特意去了一趟埋葬毛泽东儿子毛岸英等众多志愿军烈士的板仓里。苍松掩映，望不到尽头的烈士墓碑，犹如一个巨大的士兵方阵，在等候着统领作战元帅的检阅。彭德怀步履沉重，穿行于雄魂之中，仿佛每一墓碑上的名字，恰似一双双凄婉、留恋，乃至吐火的眼睛，都在瞬间复活了。他的脚步放得很轻，很轻，生怕惊扰了这些永远睡熟的青年官兵。可是一旦伫立新天地志愿军烈士墓前，凝视着有名、无名的烈士墓，彭德怀的神情突然凝重起来，他缓缓地举起右手，行了最后一个军礼，用浓郁的湘潭话说道，我彭德怀对不起你们，不能带你们回国去见父母姐妹了……

言毕，经历了一生腥风血雨，感情早已冷却麻木的彭大将军老泪纵横，久久不愿离去。

众多的志愿军烈士之殇，一战鼎定远东六十年无战事。然而，坐在班师回国的列车之上，穿越三千里河山，彭德怀没有一点王师远征，大捷而归的骄矜与自大，相反，却陷入一种深沉的反思和警醒之中。车过鸭绿江，入丹东城，面对花一般海洋和人流之声，在朝鲜雪野上横刀立马的彭大将军，一点也高兴不起来。从月台上返回东行的列车，他摊开信笺，挥毫给毛泽东写了一封信，俨然是对这场赢得尊严和名声抗美援朝战争的冷峻反思：

主席：抗美援朝战争结束了，我们取得了伟大的胜利，但也吃了大亏。

胜在志愿军将士的英勇顽强与牺牲精神，亏在武器不如人，器逊一筹，死人太多，我们付出的代价太大了啊……

李旭阁当时是志愿军65军司令部训练处长，在朝鲜战场的最后一战即开城砂川河以东，挤占联合国军阵地战术反击战中，与美军骑1师、25师和英军29旅均交过手，有数千名官兵留在了朝鲜雪地上。提及志愿军司令员彭德怀致毛主席那封信，李旭阁感叹不已，说彭老总说的是真话啊，讲的是实情，面对武装到牙齿，世界上最强大帝国主义的军队，我们真的器不如人，多数部队只能打一周之战，没有空中掩护，后方的支援补给线，被美军飞机炸了一个稀巴烂，牺牲惨烈啊。但是正是凭着这种牺牲，我们赢得了胜利与尊严。

彭大将军的信，很快摆放到毛泽东的书案之上。那天毛泽东拧亮草绿色的台灯，看完彭德怀的来信之后，心情悲怆，毋庸说，彭德怀是前线指挥员，他的战后陈书，可谓椎心泣血。抗美援朝之战，一支农民军队与武装到牙齿的世界上第一流的军队较量，赢在血性，胜在志气，但是牺牲惨烈，不少家庭都付出了沉重代价，包括我毛泽东的家庭。岸英就埋在了朝鲜的土地上。彭德怀的来信，勾起了毛泽东心中那一处最隐秘之痛，他站起身来，在屋中来回踱步。

不久前，在中南海菊香书屋一个小放映厅，他刚看了一部关于抗美援朝的纪录片。那是外交部从欧洲得到的，黑白影像镜头中，一架架美国战略轰炸机或从关岛，或从美国太平洋舰队的航母，和韩国釜山美军基地起飞，向着志愿军的阵地飞来，其翼之长，果然如庄子写的《逍遥游》，垂天之翼，遮天蔽日啊，那一枚枚炸弹犹如恐龙下蛋一般，从机舱腹部倾巢而下，将志愿军的阵地炸成了一片火海，坚守在阵地之上的幸存者寥寥无几，其状之惨烈，令毛泽东多次按捺不住自己的情感，就差拍案而起。

电影结束之后，毛泽东坐在椅子上沉默良久，然后吩咐秘书，请恩来同志来一趟。

西花厅离菊香书屋并不远，很快丰泽园里响起了周恩来同志的匆匆的脚步声。

主席！周恩来对毛泽东的礼让和尊重，早已经镶嵌在温文尔雅的举止之中。

看见周恩来走了进来，毛泽东从办公桌前站起身来，递给了彭德怀写给他的信，说恩来，彭老总这封信，你看过了吗？

送主席之前，我就看过了。周恩来感叹道，胜不骄，彭老总对抗美援朝战争胜利的分析很透彻啊。

我过去一直在说枪杆子里出政权，现在看来，光有小米加步枪，还是不行，还得有更多的大炮、飞机，导弹、原子弹。恩来，尖端兵器保政权啊。我们不但要有强大的海军、空军，还要有火箭部队，不然中国人民用枪杆子打下来的政权就不会稳。

主席说得好哟。周恩来感喟道。前些日子，我见了钱学森同志，他也向我提出建设中国火箭部队的问题，说未来可以建设一支叫火军的部队。

毛泽东点了点头，说，为了保证我们不受别人欺负，就得像彭老总建议的，必须拥有原子弹。

主席，就目前而言，要发展新中国的国防事业，须借助苏联的科学技术，打造我们中国的尖端武器。我考虑，是不是在苏联援助的一百五十项新技术协议之中，增加导弹、原子弹项目。周恩来给毛泽东献策。

我看可以嘛，可以与苏联驻华大使尤金同志先通一通气嘛。毛泽东交代道，先探探苏联的反应。

是！主席。周恩来又进一步建议道，过些日子，彭老总要率中国军事代表团赴苏，参加带有核实战背景的军事演练，可否授权彭老总，趁机提出来。

好噻！毛泽东同意了。他喃喃说道，你通知彭老总，授权于他，与苏联国防部长布尔加宁先透透风，摸一摸底。

1954 年 9 月 9 日，应苏联国防部的邀请，由彭德怀、刘伯承率领的中国军事代表团一行飞赴莫斯科，代表团成员中有副总参谋长粟裕、国防部副部长陈赓，以及装甲兵司令员许光达大将、空军司令员刘亚楼上将，以及军事科学院副院长宋时轮上将、原志愿军代司令员邓华等。临行前，在中南海永福堂，彭德怀专门请核物理学家钱三强来给中国军方的高级将领上课，讲述有关原子弹方面的知识。我军高级将领礼贤下士，当接送钱三强的小车驶过来时，彭德怀亲自站在雨檐之下，迎接这位学富五车的核物理学家。当钱三强走下车时，彭老总上前紧紧地握着他的手，说我今天拜师求学，请老师进去。

彭大将军如此虚怀若谷，令钱三强甚为感动。

那天在永福堂，钱三强将自己对于原子弹的理解，通俗易懂地讲给中国军方的高级将帅。到了提问阶段，彭德怀问钱三强，如果中国启动原子弹工程，需要多少年能够造出来？

美国人搞了六年，苏联人搞了八年，我们中国的科学技术不发达，钱三强沉思片刻，十年吧。

十年太久。彭老总摇了摇头，我们赶走日本帝国主义，也才用了八年。十年磨刀，时间太久，要只争朝夕啊。

彭老总，中国人常说，十年磨一剑，十年不鸣，一鸣惊人。钱三强轻轻地化解道，我说十年，指的是技术上的准备，原因是我们没有核材料，如果找到铀矿，这个时间可以提前，可是迄今为止，中国还没有找到铀矿。

没有铀矿，我们可以在全国范围内找啊。

听了彭老总的话，钱三强突然眉飞色舞，他直言不讳地问道，彭老总，听你的口气，中央决定要上马原子弹工程了？

彭老总看了看钱三强，露出神秘一笑。

此时无声胜有声，彭老总沉默不语，等于天机泄露。

五天之后，中国军事代表团飞赴苏联核演习地区托斯克，观看代号为"雪球"的4万吨级军事演习。在距离爆心几十公里远的观景台上，那凌空一爆的核爆炸冲击波，竟然掀掉了彭德怀的大盖帽，可是，这位敢于横刀立马的彭大将军，一如他在朝鲜战场上的大将风度一样，竟然端坐于前，一动不动，面无表情，凝光聚神的目光，始终远眺着那冉冉而起的蘑菇云团。一会儿，蘑菇云团渐次散去，苏联的坦克部队、空军飞行大队和穿着防护服的骑兵部队向着四处已经被核沾染的核爆中心，滚滚而前。

演习结束了，苏联国防部长布尔加宁将一把揿动原子弹核按钮的钥匙模型送给了彭德怀元帅。然，当彭德怀提出要参观苏联核潜艇时，却遭到了对方的婉拒。

在回国的飞机上，彭德怀打开了苏联国防部长送的核钥匙模型，轻轻地叹了一口气。坐在后排的陈赓看了之后，愤愤不平地说，老毛子，真滑头，光送把钥匙，为何不大大方方地送颗原子弹呢。

想得美。彭老总瞪了陈赓大将一眼，你不是哈尔滨军事工程学院院长吗，有本事，你造一个原子弹来我看看。

彭老总激将法啊，陈赓感叹道，主席教导我们，中国人有志气，只要有了人，什么人间奇迹都可以创造出来。

好啊，陈赓，我就要你这句话了。

……

转眼便是 1954 年国庆了，中国人民迎来了苏共新任总书记赫鲁晓夫，他飞赴北京，参加中华人民共和国成立五周年活动。毛泽东决定借机试探一下赫氏，看看能否向中国提供火箭和原子弹技术。

10 月 1 日那天，毛泽东等中国领导人陪赫鲁晓夫登上了天安门城楼，观看新中国建国五周年大阅兵。三天之后，在中南海颐年堂，中苏两国最高领导人展开了谈判。中方出席的有周恩来、彭德怀、李富春等人。寒暄了几句之后，毛泽东发话了，而且直奔主题：中国现在的国防建设还很落后，但是，我们对原子弹很感兴趣。今天想同你们商量，希望苏方在这方面给我们一些帮助，使我们有所建树。

中苏双方人员的目光都落在赫鲁晓夫身上，赫氏的表达让人心潮起伏，他过了好一阵才说，噢，搞原子弹，以中国现在的条件，恐怕很困难。

一条引进之路被堵死了。

4 台湾海峡战云密布

蒋介石一生都在做着"反攻大陆"的梦。

那天清晨，他仍然一袭长袍在身，头顶毡帽，拄着一根手杖，伫立在阳明山官邸前，扶栏远眺。大陆不可望兮，皆沉落于云遮雾缭的青山后边。

时间之钟已经旋转到1953年隆冬了，可极目所至，台湾岛上仍旧一片翠绿，没有一点冬天萧瑟之气。他不喜欢这座四季不分的孤岛。春天海风四掠，夏天燠热难当，简直就像是在蒸笼里过日子，到处湿漉漉的热。而到了秋季，还一场场台风不断，折磨人啊。如今严冬将尽了，还是这样郁郁葱葱，一点不像故乡溪口的雪窦山。大寒节气之后，寒风萧萧，雪落江南，站在山中别墅的天台上茫然四顾，雪拥幽径无行处，寒山鸟飞绝，四处寂寂。唉！故乡不可望兮，惟有反攻大陆，才有回归故国的希望。

恰好这时，情治口的人送来了一份急件，上边竟然是一首词，同盟会元老于右任写的："葬我于高山之上兮，望我故乡；故乡不可见兮，永不能忘。天苍苍，野茫茫；山之上，国有殇。"

蒋介石看看了，淡然一笑，说任公老之将至，思归了吧。

委座，这首词传得很广，有点四面秦歌的味道。

呵呵，任公一介秦人，蒋介石淡然一笑，到底是文人情怀啊，一副思乡笔墨，有点凄凄惨惨戚戚。

很有鼓蛊性啊。

鼓蛊什么，任公老矣，怕死了回不了故国、葬不了故土，才发出葬我于高山之上的感叹。蒋介石目视前方，反攻大业未成，同志尚需努力，告诉任公，纵使他老死宝岛，我们也会有扶棺回秦岭那一天。

江山家国，故乡故土，蒋介石似乎从来也未敢忘过，装在心中，装成了无尽的乡思、乡愁。还回得去吗？蒋介石心中其实一点底也没有了。1950年夏天，朝鲜战争爆发，美国人介入了，蒋介石以为，第三次世界大战很快会打起来，浑水摸鱼，火中取栗，"反攻大陆"可成矣，他立刻向美国表示，调集重整一新的"国军"部队，加盟联合国军团，到高丽人的国土上，与老对手毛泽东再决一回高下。然，美国佬连面子都没有给，高傲的麦克阿瑟瞧不起败退孤岛的"国军"，对蒋公的建议置之不理，美国人也不想让蒋介石蹚这浑水。1953年7月27日，中朝和美国在板门店签下停战协定，朝鲜战争结束了，美国佬也照样丢人啊，在一个没有胜利的棋局下签城下之盟，算什么呢！扔下自己几万名士兵的白骨，便溜之大吉了，令蒋介石有点不屑。美国牛仔亦不过如此，在共产党的军队面前，比自己强不了多少。如今大陈岛，一江山岛战事又起，美国牛仔也怕事，居然提出要用第七舰队的兵舰拥护"国军"后撤，把我蒋介石当什么人了。弃之如履，令人心寒啊。

这时，"总统府"侍卫长郝伯村悄然走过来了，犹豫再三，仍不开口。蒋介石的目光从远处收了回来，问道，有事吗？

叶公超求见校长。郝伯村操着一口苏北官话，喃喃答道。

请吧！蒋介石挥了挥手，叶公超负责台湾内外事务。一江山岛防务危机，共产党作了攻击准备，想必是有要务要说啦。

委座好！叶公超风度翩跹，年少时吃过洋面包，有君子状，蒋介石对于文人多少有几尊重，不让他们在自己面前有紧张感，他挥了挥手，示意叶公超坐下，然后问道：公超啊，是不是老美又要作怪啦？

叶公超苦笑了一下，他知道，美国人在蒋委员长心中印象分不高，他总觉得山姆大叔靠不住，恶评甚多。答道，这回不是作怪生事，而是慰问撑腰。

哦！撑腰，有这等好事。娘希匹。蒋介石骂了一句浙江省风行的"省骂"，美国人什么时候真正为台湾撑过腰。原先我指望杜鲁门能在台湾海峡兴风作浪，给共产党点颜色瞧瞧，好让我们一举打回老家去，可是结果呢，三年缠一战，朝鲜战争的战局弄得那般糟糕。还说我无能，美国人逞能呀。这回轮到艾森豪威尔上台了，欧洲盟军最高统帅，一个老丘八当上总统之后，一点匹夫之勇的血性都没有了。一上台，就要从朝鲜撤军，不胜而退，令盟友好生心寒哟！

叶公超不敢多言，委座与美国人交恶甚深，民主、共和两党，都视蒋介石为独裁，好感不多。历史旧账未了，新恨又结，有点怨气也实属正常，可是台湾毕竟是美国停泊在中国南海一艘不沉的航空母舰啊。

委座，艾森豪威尔总统知道台湾战略位置重要，他上台之后，已经改变了杜鲁门的遏制战略，觉得那是消极的，徒劳的，而不道德，便制定了"新面貌"战略，核心内容就是大规模的报复战略，今年9月与我们签订《军事协调谅解协定》之后，特意派副总统尼克松来台湾访问，为台湾站台，就是想与我们谈《共同防御条约》。

哦！这倒让蒋介石多少有点惊诧。尼克松堪称华府政坛上升起的一颗政治新星，39岁成为艾森豪威尔的副总统，前途无量啊，虽然在华盛顿，副总统就是一个闲差，仅参议院的上院领袖，有着重要一票，在华府政治决策圈中，是一个可有可无的人，除非总统中途病故，像杜鲁门一样，轮上自己接班，否则一生都难以施展手脚。但是，对于尼克松的政治前途，蒋介石是看好的，关键他是一个地地道道的右派，与共产主义阵营不共戴天。蒋介石听说尼克松要来为自己站台，时值台海关系趋于紧张，尼克松副总统亲临台海前线，无疑是一个最大的砝码了。

见委员长脸色渐次趋暖了，叶公超趁热打铁道，继尼克松副总统之后，美国国务卿杜勒斯也准备造访台湾。

好啊！杜勒斯是真朋友，铁杆反共分子，甫一上台就力挺台湾，急电美国国务院，就说我蒋某人欢迎其到访台湾。

送走了叶公超，蒋介石仰首看树，有灰喜鹊和百灵鸟在其间嘤嘤啼鸣，他的心情逐渐变得轻松起来，觉得今天是一个好兆头，有美国人站台支持，台湾海峡可以掀起巨浪，"反攻大陆"指日可待了。

　　1953 年 11 月 8 日，尼克松与夫人乘专机飞赴台湾，蒋介石和夫人宋美龄，带着陈诚夫妇、周至柔、叶公超等亲自驱车五个多小时，到桃园机场接机，甚至连贤者长者致敬团都上去了。铺上红地毡，宋美龄亲自为蒋与尼克松做翻译，尼克松从骨子并不喜欢蒋介石，可是为了反共事业，1954 年 12 月 2 日，美国人很快与国民党签订共同防御条约，当天晚上在"总统府"举行的晚宴上，尼克松代表艾森豪威尔与蒋介石互赠了照片。蒋介石称时年 39 岁的美国副总统为"世界反共事业的接班人"。就在那天的宴会之上，美蒋敲定了《共同防御条约》的事项。世界有评论家说，尼克松的第一次访台，等于撤除了美国人"中立化"的藩篱，放蒋出笼，利用台湾问题，向新中国施压，对正在进行的朝鲜停火谈判施加微妙影响。

　　为了反对美蒋勾结，次年 7 月，在中央政治局会议上，毛泽东提出我们一定要解放台湾的问题。第一次台海危机形成了。

　　11 月 1 日，战事不断升级，解放军空军轰炸大陈岛，海军一举击沉了国民党军队的"太平号"驱逐舰。12 月 2 日，美国与台湾签署了《共同防御条约》，国务卿杜勒斯和参谋长联席会议主席雷德福上将提出美国空军与国民党空军一起轰炸大陆，必要时实施核攻击。然美国人小觑了中国人，新中国领导人不信邪，具有敢打必胜的血性。1955 年 1 月 18 日，人民解放军首次陆海空作战展开，在张爱萍指挥下，一举收复了一江山岛，20 日，又解放了大陈岛。杜勒斯急了，他亲赴台湾，为国民党蒋介石打气，说中共决意要占领台湾，而非仅限于沿海岛屿，中美在台湾海峡发生对抗是不可避免的，"那里的形势远比我想象得严重"，美国必须采取强硬态度，不能"袖手旁观国民党军队被中共摧毁"，否则就会被人视为示弱，从而导致共产主义的进一步扩张，其影响对于台湾和整个亚洲都将是灾难性的。他提出："如果我们要保卫金门、马祖，我们将要使用核武器，只有它们才能有效地攻击大陆上的飞机场。"

　　虽然杜勒斯、雷德福等人力主使用核武器，但国防部长威尔逊、陆军参谋长李奇微、财政部长汉弗莱、总统国家安全事务特别助理卡特勒、副国务卿史密斯等都反对为了沿海岛屿就与中国大动干戈。威尔逊认为，沿海岛屿没有太大的军事价值，美国的介入只能增加与中国发生战争的危险，这样一来就很难向美国人民和盟国解释，"为什么美国不想在朝鲜和印支同共产党中国打仗，却心甘情愿为了这些小岛和中国共产党打一场战争"。他认为仅仅为了守住那些小岛而同中国打一场糟糕的战争是十分愚蠢的。李奇微表示，不相信失去沿海岛屿会对美国在西太平洋的战略部署造成重大威胁。

事实上，对于是否真正使用核武器，艾森豪威尔态度一直模棱两可。或许，军人出身的他，更明白核战争意味着什么。或许，1951年在北大西洋公约组织欧洲盟军统帅，远东朝鲜战争激战犹酣，他曾经与麦克阿瑟通过电话，谈及韩战走向时，就人民解放军战斗力问过麦帅，一直趾高气扬的麦克阿瑟前倨后恭，竟然感叹道，毛的军队一点也不怕死，他们搞的是人海战术，冲锋时像满山的猴子一样涌来，令人心生恐怖啊。麦帅最后结论是，美国军人在远东这个鬼地方，与中国陆军开战，简直是有病。这句话让二战时欧洲盟军统帅刻骨铭心，记忆犹新。

作为陆军起家的美国总统，艾森豪威尔不能不重视陆军参谋长李奇微的意见，李率联合国军与中国陆军在朝鲜打过啊，他以谨慎和精算出名，不打无把握之战，李奇微的话不能不听啊。

但是该说的话，还得要说。艾森豪威尔在后来出版的回忆录中写道，美国不会为保卫金门、马祖这样的小岛派出军队，但决不会无动于衷。

无动于衷就是潜台词，这个词充满悬念。

最终还是被擅长外交辞令的杜勒斯挑破了。他在台湾访问时说，"我们必须使用原子弹，厦门将成为第二个广岛。"

美国这个国家很奇怪，没有战争经历的文人部长们，在世界政治版图的博弈之中，往往比参加过战争的军人更具有鹰派行事风格，故一次次将美国拉向战争泥泽，杜勒斯如是，麦克拉马拉如是，拉姆斯菲尔德如是，每经历一场战争，美国人从精神到躯体，都是几代人的退化与衰败。

杜勒斯为蒋介石站台了。这样一把核长剑悬在了新中国的城门之上，犹如剑尖直抵喉咙之处。

第二章

这是决定
命运的

1 毛泽东俯看铀矿石沉吟不已

一柄核长剑悬在新中国城门上。

杜勒斯站在一道浅浅海峡那边大放厥词，威胁新中国时，毛泽东回应了。在接见芬兰代表团时，他说，十年前，美国的原子弹在日本列岛惊天一爆，为二战画下了一个句号。当时在延安窑洞里，有一个美国女记者问我，怎么看美国在广岛、长崎扔下的原子弹，我说原子弹是纸老虎。那位女记者惊讶万状，向世界报道了我这句话，至今我仍然对原子弹是纸老虎拥有专利权。不过今天要引申一下，艾森豪威尔要搞什么"大规模报复战略"，杜勒斯叫嚣要在台湾海峡使用原子弹。有胆你来扔吧，美国的原子弹威力再大，投到中国来，把地球打穿了，将地球炸毁了，对于太阳系来说，算是一件大事，但是对于整个宇宙来说，也就是在地球上炸了一个洞，有什么了不起……

毛泽东语惊四座，展现的是一位东方大哲学家的语不惊人死不休的气概与境界。

毛泽东是属于抗压力极强的政治家，其秉性之中，有点中国人不怕鬼、不信邪的蛮劲。这得益于他的哲学高度，千山独行，一人独孤，他完全以一种俯瞰方式来看待时代与众生，故超越同时代的政治家。其对待困难、挑战乃至对手、敌人，总是抛出非常著名的经典之句："战略上藐视敌人，战术上重视敌人。"

1945 年 8 月，美国人在广岛、长崎扔下两颗原子弹后，世界一片愕然，人类地球村笼罩于这一超级武器所导致的核恐怖之中。彼时，毛泽东仍蛰伏延安窑洞之中，油灯昏黄，却星光璀璨，一股清新的理想与政治之风将此地风润成革命圣地。美国女记者安娜·露易斯·斯特朗慕名而来，向毛泽东提的第一个问题便是关于美国人在日本广岛和长崎投下的原子弹问题。

原子弹是纸老虎。毛泽东的回答气吞山河。这一经典之句，深深地烙印上了毛式风格。

主席，那可是真老虎啊，铁老虎啊，广岛、长崎咬死了那么多人。

纸老虎，投到中国这大山里来一点用也没有，死不了几个人。

然，在战术层面上，在面对美国人核威胁上，毛泽东一点也不含蓄。新中国国庆五周年大阅兵之后，毛泽东、周恩来、彭德怀又与苏共总书记赫鲁晓夫、国防部长布尔加宁会谈后，话题还是接着在天安门城楼上说的，关于中国领导人提出的原子弹援助计划，但这一次赫鲁晓夫并没有完全封死了，他希望中共加盟苏联人的核保护伞，赫鲁晓夫煞有介事地说，社会主义大家庭，有一把核保护伞就行了，不需要大家都来搞核武器。

社会主义阵营都打一把伞，毛泽东笑了，幽默地说，遇上急风暴雨，首尾难顾，个个都会被淋湿啊。

毛泽东是中国山沟里成长起来的马列主义者，他曾经多次自嘲地称自己是一个打着破伞云游四方的和尚，无法无天，我行我素惯了，政治上喜欢独立自主。瑞金、长征路上和延安，视共产国际的脸色行事，当小媳妇的角色，令他很厌烦。当赫鲁晓夫提出来要在中国搞长波电台、建联合舰队、加入苏联人核保护伞时，他一口回绝了，决定另起炉灶，自己搞。

会谈的气氛一下僵住了。

后来，赫鲁晓夫还算是给中国人面子。他不愿在中苏的蜜月期下一场秋霜，那天吃过晚饭之后接着会谈，他伸出了热情的友谊之手：考虑到中国同志的意见，如果你们十分想搞原子能这件事，苏联党和政府愿意帮助中国建一个原子堆，但是，需要说明一点，这只能限于科学研究，培养人员。这个好搞，不需要花太多的钱，我完全是为中国同志着想。

也好。毛泽东严肃的脸庞上掠过一丝笑容，说，让我们好好考虑考虑再定。

送走了苏联人，中方领导人却没有散会的意思。彭德怀元帅将自己的身躯淹没在沙发里，有些不高兴，低头吸烟。毛泽东挥了挥手，说了一句地道的湘潭话，彭老总，你说说看，么子个搞法？

老毛子就是鬼！彭德怀有点愤愤不平，说，我以为主席的面子大，双方能一锤定音，抱得原子弹归，结果，放了一个空炮，弄了一个原子堆，能干么子事情。

周恩来倒是很冷静，赫鲁晓夫要中国参加老大哥的核保护伞，明摆着是不想让我们拥核。

赫鲁晓夫哪懂中国国情啊，彭德怀感叹道，我们地大物博，六亿人挤在一把伞下，哪经得起风吹雨打，罩不住嘛。

我看问题关键不是罩不罩得住，而是长期仰仗这把核伞，中国人的命运就捏在人家手里了。毛泽东发话了，而且一语点醒梦中人。

主席的意思是我们自己搞。

毛泽东依旧沉默，只是轻轻点了点头。

好啊！彭德怀是了解毛泽东性格的，他有点禁不住欢欣鼓舞，说，自己干好。

那天晚上，送走了周恩来和彭德怀之后，毛泽东依然睡得很晚，因为失眠，挑灯夜战，晚上工作是他从延安时就养成的习惯了。然而秘书发现，主席的身影在丰泽园书房兼卧室里踱来踱去，他不停地吸烟，最后落座在书案前，从笔筒里拿出一支红蓝铅笔，在中央人民政府的信笺上，写了一个字：铀。

……

谁知毛泽东心中之忧？自然是共和国总理周恩来了。

时隔不久一个重要的电话打到了主席处，周总理在电话中兴奋地报告，主席，我们找到铀矿了。

周恩来的电话总是在关键时刻给毛泽东带来非常意外的惊喜，令他有点压抑不住的兴奋。

真的啊，恩来，在哪里找到的。

广西一个叫杉木冲的地方，是地质部工程师野外作业发现的。

啊！在广西……毛泽东有些惊讶，这铀矿石究竟像个么子宝贝疙瘩哟。

我让刘杰安排一下，明天下午将那宝贝送到中南海来，请主席看看。

请少奇、朱老总、彭老总也一块儿参加，宝物共欣赏啊。

铀元素，是法国化学家克拉普罗特于1789年发现的，恰好当时天文学界发现了天冥星，故以天冥星的第一个字母U来开头，以代表铀元素。原子弹的核聚变的主材便是铀–235，谁拥有它，等于握住了一个国家的命门。

第二天下午3点。地质部副部长刘杰驱车驶入中南海丰泽园，他从车上抱下一个铝合金箱子，步履匆匆地走进了菊香书屋。刚落座不久，周恩来、刘少奇和朱德便先后到了，最后出场的是毛泽东，他望了望刘杰，问道，你带来了么子宝贝啊，还装在箱子里呢，拿出来让我玩赏玩赏。

刘杰神情一点也不平静，这么近地与毛泽东、刘少奇、朱老总面对面，神情多少有些紧张，啪地打开了铝合金的箱子，然后捧出一块红绸布包的东西，放在两个沙发之间的茶几上，然后再轻轻地打开，露出一块小碗口大的黄中染绿的石头。毛泽东等围了上来，俯首凝视，哈哈大笑了，普通一顽石啊，怎么也看不出特别之处。刘杰啊，怎么证明它是一块铀矿石呢？

主席，请用这支笔试试，就知道了。刘杰将一支钢笔状的盖革计数器递给毛泽东。

毛泽东接过刘杰递过来的笔，顺手捧起那块茶几上的矿石，将笔凑近，发现刚接近矿石，盖革计数器便发出了"嘎嘎嘎……"的响声，距离越近，响声越大，随着笔与矿石的距离拉开，响声又小了。毛泽东反复试了几次，说有意思，为什么会响呢？

因为已经测的铀的辐射量，这块矿石品位好，含铀量高。刘杰答道。

朱老总，你也来试试。毛泽东将盖革笔递给了朱德，自己径自坐到了沙发上。

后来，耄耋之年的刘杰接受采访，谈及了毛泽东第一次见到铀矿石的场景。他发现一生淡定、定力十足的毛泽东，在试铀矿石时，突然展现出一种不易轻见的童心与率性。复又坐下来后，毛泽东问刘杰，你是地质部副部长，中国是一个富铀国，还是贫铀国？

应该说是一个富铀国，刘杰肯定地说，从我们勘探的分布看，不仅广西有，湖南的湘南与云南也有大量发现，就是在大西北，也有铀矿贮藏。

好啊！毛泽东抑制不住内心的兴奋，说，我们发现铀矿，这只是万里长征第一步，还没有进行大规模的勘探，宝在深山有人识。我相信中国会找出更多的铀矿来，我们不仅可以靠它造出更多的原子弹、氢弹，还可以发展原子能，发电，造福人民哟。

令刘杰一生难忘的是，当他做完演示，告别菊香书屋时，毛主席亲自将他送到门口，殷殷交代：刘杰啊，回去转告四光和地质部的同志们，好好干啊，这是决定命运的呀！

这是决定命运的啊。毛泽东一言视如定国神针，定了中国人二十世纪的历史命运。

2　彭德怀观看一枚不会飞的导弹

那一年，黄迪菲已经整整80岁了。近千度的高度近视，令他几近失明，如今的世界就像他面前一片景物，模糊幻化，而不可辨识。看不见亦好，落得一片清净。然而，有关导弹岁月的记忆，却像一张老唱片的纹路一样，轨道清晰可现。记忆的指针一点，就像音乐流水般地淌了出来。

黄迪菲老人乐于像流水一般地给我讲故事。每次我来，对他与夫人徐阿姨都是很高兴的日子。毕竟还有一位作家记着他们，乐意听他们讲昨天的故事，毕竟导弹事业早期的故事，就像一页页老皇历一样，连他的亲人都不愿去翻动了，而我却是一个乐意倾听者，且不止一次听黄迪菲老人讲自己的故事，第一代导弹先驱的传奇。

那天下午，秋阳正好，暖暖地泄在清河干休所的屋里，黄迪菲兴致颇好，颤颤悠悠站起身来，不碰不撞地走进自己书房，居然从书架上找来了一本影集，再坐了下来，从烟盒里抽出一支烟，然后哆哆嗦嗦地拿过火柴，哗的一声点燃，用几乎近在眼前的距离，将这支纸烟点着了，很过瘾地吸了一口，说，你知道吗，这茶几上的导弹先驱的水晶玻璃纪念品，是第二炮兵装备研究院送给我的。

您老当之无愧，我笑着说，众望所归，早该给您了。于是乎，就在我们啧啧称赞老人之时，我切入了另一个主题：关于彭德怀元帅看飞弹的故事。

你看这张照片吧。眼睛仅有弱光的黄迪菲老人，竟然能够准确地翻到影集的那一张照片上，说这是彭德怀元帅参加我们炮兵新技术展览的留影。

我俯首一看，啊，哪里来的导弹哟。

我造的。黄迪菲不无幽默地答道。

啊！您造的！我顿时觉得惊世骇俗，黄老，你当年敢自己造导弹诓骗共和国的大元帅啊。

哈哈！黄迪菲仰天大笑，说，那是炮兵司令员陈锡联上将怂恿我干的。知道吗，这张照片隐藏着人民解放军经过朝鲜战争之后，渴望追求高尖端兵器的一个历程。

于是，那一瞬间，我发现眼睛渐失光明的黄迪菲，炯炯有神起来，心灵的天空像被北京的秋阳照得透亮。

那是一个奇迹与梦想不断生长的年代。

彼时，时针已指向1956年的冬季，身为军委炮兵办公室主任兼展览馆馆长的黄迪菲中校，突然接到炮兵司令员陈锡联上将的电话，说来我办公室一趟。

黄迪菲整理了一下行装，正衣冠，系风纪扣，然后步履匆匆朝炮兵司令员陈锡联上将办公室走去。轻轻地敲门，喊了一声报告。

进来！里边一声呼应，黄迪菲推门而入，只见陈锡联从办公桌后的椅子上一跃而起，招呼黄迪菲坐下，然后郑重其事地交代道，迪菲啊，军委炮兵建立25周年在即，准备搞一个兵器展览，你是炮兵展览馆馆长，轮到你大显身手的时候了。既然是炮兵的兵器展览，就不能数典忘祖，中国进入火药时代的土炮，都可列入其中，要体现历史、现在和未来三个层面，如果你们搞得好，炮兵党委就上报请彭老总来视察指导。

好啊！黄迪菲抑制不住内心的激动，说首长放心，保证完成任务。

黄迪菲系新四军的老兵，是一位从东南亚热带雨林归国投身抗日的华侨后裔，受过良好的教育，毕业于西南联大，在人民解放军队伍中，跻身秀才之列。陈锡联上将的三个词组：历史、现在和未来，令他想象力大展，大有文章可做。

历史的层面，黄迪菲找到中国进入火药时代的见证，北宋初年的土炮，这是由一个叫陈规的伍长发明的，上边镌刻着八个大字："射穿百札，声震九天。"还有清兵入关时，由沙俄帮助清军铸造的青铜大炮，更多的则是红军时期、抗日战争、解放战争以及抗美援朝缴获的敌军大炮，新中国成立之后，我国自行生产的榴弹炮、加农炮也位列其中。然而，黄迪菲把目光投向了未来，其实我军此时最渴望得到的是地近、中程的地地导弹，这是与炮兵传统大炮意义完全不同的高尖端武器。

然而，这种武器是买不到的。中国人暂时没有真的，就造一个假的出来，忽悠一下敌人，也为自己壮壮胆。黄迪菲将办公室的同事找来，说，我们能不能造一个模具飞弹？

造模具飞弹，飞不起来怎么办？同事反驳道。

假亦真来真亦假，假的亦可以吓人呵。

说造就造！黄迪菲叫人找来几位模具厂的工人，找了一张德国人的 V-2 导弹的照片，交给他们，说比照这张照片上飞弹的比例，一比一给我造枚导弹出来。

一个月之后，一枚"飞弹"真的造出来了，几乎可以乱真，矗立在展览馆的场面上，有二层楼那么高，远远看去，还真有点唬人之势。黄迪菲看了看，问，能不能再让它飞起来呢。

又不是真的，假的导弹怎么可能飞啊。

世上无难事，只怕有心人。黄迪菲找人想办法，工人师傅说，用风枪从里边吹它，就可以徐徐上升。

好，那就加一个风枪吧。将导弹呈现出扶摇直上九天之状，再装上一个无线电遥控，可以做俯仰之状。风声响起，可作扶摇之势，调整飞行姿态之后，又可以起伏，控制航向。示假之时，几乎可以乱真。

做成之后，万无一失了。黄迪菲匆匆跑去向陈锡联司令员报告，交令牌了，说司令员同志，您交给的任务，我衔命而去，一天也不敢懈怠，按照首长定下的规则，兼顾历史，立足现在，展望未来。兼顾历史嘛，我们一直往上追溯，寻找到的大炮是中国最早的，年代是北宋初年，接下来就是洪武土炮了，最大一门是大清国从德国进口的克虏伯大炮，以及红军和抗日战争时期用过的，一一齐全，现在的，自然是军委炮兵部队列装的武器装备，也从各部队运来了。最大一个亮点，我造了一个假的飞弹，可以扶摇上天，俯仰调姿，几可乱真。请司令员去看看。这可是这次展览的一大亮点啊。

好你个黄迪菲，竟然敢造假，还要以假示真。陈锡联笑了。此时，司令员真不知道是该表扬黄迪菲还是批评他。显然，这位读过西南联大的文化人，已经超常发挥了自己的想象力。

我这是落实首长指示，大胆想象，圆一圆中国人的飞弹梦呀。

去看看，你造了一个什么东西。陈锡联站起身来，通知炮兵参谋长陈锐霆少将与自己一起去，然后下楼，径直驱车去了北京东北角一隅的炮兵展览馆。果然，不看不知道，一看吓一跳。黄迪菲果真造了个假飞弹，还真像那么回事。黄迪菲挥了挥手，让人给陈司令员、陈参谋长做表演，自己解说。随着口令下达，起竖，导弹矗立在了发射台上，起飞，风枪一吹，果然缓缓起飞，浮冉升空，并用无线电做转弯和俯仰变姿，陈锡联一看，惊呆了，喃喃自语，这可是军委炮兵做的真正飞弹梦啊，黄迪菲，你让我们的梦想朝前走了一步啊，假归假，但这是万里长征的第一步啊。我相信有一天中国的飞弹会真正飞起来的。

黄迪菲，干得不错，对炮兵展览馆提出表扬，那天陈锡联当着炮兵参谋长陈锐霆的面，表扬了黄迪菲。

临别时，陈锡联说，准备很充分，有亮点，开展之后，我请彭老总来看看。

数天之后，炮兵组建25周年，身着元帅制服的彭德怀元帅，从军委三座门驱车来到炮兵展览馆。

山高路远坑深，谁敢横刀立马，惟我彭大将军。已经走进了和平年代，可是，彭德怀元帅的脸上却见不到一丝笑容，他就是这样一位不苟言笑的人。黄迪菲回忆第一次近距离见到国防部部长的情景，仍旧心存敬畏与敬仰之情。在古代的大炮之前，甚至我军红军时期的迫击炮、山炮之前，彭老总仍然拉长着脸，时而驻足观看，时而匆匆走过，可是到了我军现在的装备前，他便脚步慢了下来，认真听黄迪菲讲解，突然间，彭老总问了一句，中校同志，你在炮兵担任什么职务？

元帅同志，炮兵司令部办公室主任兼展览馆馆长黄迪菲。

广东人？

马来西亚华侨。

抗日战争回来的。

八路军？

新四军。

黄迪菲同志是上饶集中营赤石暴动跑出来的新四军战士，失散之后，一度到上海找党组织。站在一旁的炮兵政委邱创成中将说。

哦！彭老总沉吟了片刻，突然问道：炮兵的基础是什么？

元帅同志，概括起来就四个字："观、通、炮、架"。

说得好啊！简洁扼要，点出了炮兵之眼。彭老总感叹道，不过，我们这些炮啊，打得还不够远，威力还不大，美帝国主义就抓着这点威胁、讹诈我们。将来，我们还有比榴弹炮、"喀秋莎"打得更远的导弹，你们炮兵的文化程度高，但是要掌握这些高尖端的兵器，远远不够，要学好数理化，还要通晓天文地理气象。这些知识，对于一位现代化的职业军人，都不可或缺啊。到了一定职务时，还要学点战略学、战役学、战场指挥，按照条令条例带兵。光吃我们战争中学的那点知识，靠那点老本，适应不了现代战争，迟早有一天要输光的，当不了职业军人。

黄迪菲说，彭老总刚刚从朝鲜战场归国，他指挥百万大军，与联合国军决一死战，将武装到了牙齿的世界上最强的军队打到三八线上，赢得了胜利，也赢得了中国军人的尊严。但是，来看炮兵展览时，我看到了一代元戎心忧天下，心系国防，盼着中国早一天强大的襟怀啊。

转过了当代兵器部分，黄迪菲引领彭德怀元帅来到了自己土造的飞弹面前。彭老总悚然一惊，问道：从哪里来的导弹？

首长，是我们自己造的，就一个模型，飞不远。

能飞！

意思一下可以。

呵呵，锡联、创成啊，你们这里藏龙卧虎，什么样人才都有嘛。要得！彭老总突然冒出一句湖南很土的土话。

呵呵！受到了彭老总的表扬，陈锡联和邱创成笑了。

于是，黄迪菲一边讲解，一边示意助手配合自己的行动，给彭德怀元帅演示了一枚永远也飞不起来的模型导弹，借助于风枪所作的上升与调姿之状。彭老总看了土制导弹之后，很开心，脸上绽出了一缕轻易不见的微笑，感叹万千地说，导弹会有，原子弹，我们也会有的。我们不能光靠人海战术，光靠士兵的血肉之躯去滚地雷阵，用身体去堵枪眼，去扛着炸药包挡敌人的坦克。我们必须建设一支强大的国防军，高尖端的武器，凡敌人有的，我们就应该有。相信有一天，美国总统和国务卿动辄对新中国进行核讹诈、核威慑的时代，将一去不复返了。

那天，彭德怀站在模型导弹面前照了一张照片。

你看到这张照片了吧，黄迪菲长长地吸了一口烟，颤抖地将烟头摁灭于烟灰缸里，仿佛一道历史的星火寂灭了。

我说看到了，彭老总穿着马裤呢军大衣，缀着元帅衔，站在一个展台前，翘首看一枚兀自而立的导弹呢。

就是这张照片，黄迪菲说，那天彭老总来看展览，跟了新华社和《人民日报》的记者，不知是有意还是无意的，他们将彭老总看模具导弹的照片，发表在了《人民日报》上，引起了西方媒体一片喧哗，他们到处叫嚷，中国拥有导弹了，外国政治家在决定这个民族的命运时，再不能小觑这个国度和这支人民解放军了。

哈哈，我开怀大笑，弄假成真啊。

3 毛泽东抛出豪言，什么人间奇迹都可以创造出来

2010 年春天，刘杰老人已经 93 岁高龄。经历了时代的风风雨雨，这位地质部前副部长、河南省委前第一书记，仍像一株不老松一样，杆枯叶茂，挺然于世。腿脚还很灵便，记忆时而会出现一时恍惚，然，一提及彼所经历的国之大事，仍旧清晰如昨，令人叹服。

那天，火箭军军史馆的制作人员就 1955 年 1 月 15 日中央书记处扩大会议参与者制作蜡像，特意到他家拜谒，踏入隐匿于北京万寿路某大院一座小楼。大隐于世，惯看京畿之地云聚云散，花开花落，陪伴大半生的夫人李宝光走了，如今老人与女儿在一起，独守风烛残年。

历史需要真相，而做蜡像者则需要准确。那天，为了将这位向中央书记处汇报的共和国部长的形象做准确，制作人员在他身上、脸上量来量去，甚至鼻子、嘴唇都一一测量了，老人却像一个孩子一样，任你驱使，丝毫不露反感。而我进入文学叙事时，则需要历史真相与人物的形象一样准确。

刘杰老人一再说自己来日无多，在数着天数过日子，向他敬仰一生的毛公、周公报到的日子越来越近了。然而亲眼见证中国原子弹起步决策过程，仍令这位久经沧海的老人激动不已。

刘杰说，在向中央书记处汇报前的头天下午，他与李四光部长、钱三强其实已经在紫光阁给总理作过一次试讲。

那天下午，北京天很冷，但是紫光阁里却暖暖的，冬阳犹如一个火球，流连于结冰的前海湖面上。下午 4 时，周恩来总理将国家建委主任薄一波、地质部部长李四光、副部长兼党组书记刘杰、物理学家钱三强召到西花厅，四个

人一个会议，总理却从国际形势讲起。

今天就谈一个话题，美国人的核威慑。总理说开门见山，直奔主题，四位都知道，板门店停战协议虽然签了，可是美国人不甘心于在朝鲜战场上的失败，一而再、再而三地对新中国进行核恫吓、核讹诈。当初抗美援朝战争处于胶着之时，杜鲁门、麦克阿瑟多次扬言要对我志愿军实施核打击，多次将原子弹运至远东，随时想实施核打击。刚刚过去的 1954 年，从 4 月份奠边府告急，到 9 月我军炮击金门，再到 11 月份，我国政府对 11 名入侵中国领空的美国飞行员判刑，艾森豪威尔政府比杜鲁门有过之而无不及，杜勒斯讲过 N 遍了，动不动就是要扔原子弹。欺负我们没有啊！

钱三强一直进行科学研究，这些时政、地缘政治的国际信息，对于埋头书斋和实验室的科学家来说，无疑是惊心动魄的。

中国人要不被人家欺负，惟一的选择就是以牙还牙，你有我有，制造出自己的导弹、原子弹来。周总理说，四光同志，你先说说地质部发现铀矿的过程和分布情况。已经不止一次向总理报告了，作为地质学家的李四光可谓就轻驾熟，很快将地质部在这方面的踏勘与探矿清晰地作了勾勒。李四光讲完之后，总理请钱三强介绍原子能科学研究的现状。那天总理问得非常详尽，对于原子、质子、中子、中微子一一询问。特别是原子弹反应堆，原子弹的基本原理，以及发展原子弹事业，需要哪些必备的条件与支撑，钱三强一边讲，总理一边做笔记。

等钱三强汇报完了，总理脸上露出舒坦的一笑，说，我今天实际上请两位科学家试讲，我与一波同志都是听众。明天主席和中央其他领导同志，要听一次中国发展原子能和原子弹的汇报，四光同志，将去年 10 月送给主席看的铀矿石带上，三强同志用简单的仪器现场演示一下，让中央其他领导感受一下什么叫铀，从铀矿到提炼铀－235 和钚－239，是一个什么样的工艺流程，原子弹是如何发生核裂变的。三强同志还要讲得比今天再通俗一点，让大家听得懂。总而言之，两个汇报都要简明扼要，通俗易懂，以便中央下决心。

可以说，这是中国导弹、原子弹启动的前夜。1 月 8 日，美国与台湾签署了《共同防御条约》，给新中国的领导人解放台湾增加了新的变数和难度。而面对杜勒斯之流的核恫吓，毛泽东、周恩来这一代革命家心中已经有了一种高度的危机感、紧迫感。

第二天会议定在下午 4 时，地点为毛泽东在中南海丰泽园的菊香书屋。

通知刘少奇、邓小平、朱德、陈云、彭真、李富春、薄一波时，有的中央领导颇有点纳闷儿，主席的会议多在下午 3 点举行，今日中央书记处会议怎么推至下午 4 点了。后来，他们方知原委，昨天晚上，细心的周恩来总理专门给主席写了一封信，建议会议下午 4 时举行，原因是李四光先生下午 3 点之前要睡午觉，不然晚上工作时，身体撑不住。主席看了之后，批了两个字，照办。一个中央重要的会议，为了一位大地质学家睡午觉让路，推迟一个小时召开，足以窥见那一代中央领导人礼贤下士之风。而周恩来总理的这封信，可以说是那个时代最好的见证了。

人都到位了，一排人环坐在菊香书屋书架前沙发上。毛泽东环顾左右，饶有意味地对李四光、钱三强说，两位大科学家，今天，我们这拨人都当小学生，请你们两位给大家上课，讲一讲有关原子能和原子弹的问题。

主席话音刚落，周恩来说，主席，先请三强同志给大家演示一下铀矿石的强度，增加点感性认识。

好呀！毛泽东点头道，去年 10 月，我已经领教此物的奇妙之处了，大家再见识一下。

周恩来向刘杰轻点了一下头，刘杰将一块铀矿石从铝合金箱里取了出来，放在茶几之上。惟见钱三强从一个包里取了一支盖革测试仪，接通电源，探头刚接近那块铀矿石，便发出"咔咔咔"的鸣叫声。刘少奇、陈云、小平和彭真第一次见此状，纷纷围上前来，一睹奇石之状。只见钱三强将盖革测试仪才往外偏移，便不响了，看见中央领导一脸好奇，钱三强将手中的盖革仪交给他们，一一作了测试，那咔咔咔的尖啸声，令这些从战争中走来的国之栋梁笑声不断，会场的气氛顿时活跃起来了。

等大家重新落座之后，毛泽东深有感触地说，安得铀矿石，别看其小，威力无穷，可作镇国之石啊。

总理说，请四光部长和刘杰同志先汇报我国铀矿的分布情况。李四光说，经过地质队一年多的普查，在我国的东南最先发现了铀矿，随后，华东和西北也传来了捷报，有发射性异常点的有二百之多，最有开发远景的有 11 处，毋庸置疑，我国是一个资源丰富的铀矿大国，在不远的将来，这些铀矿的开发，不仅可以制造原子弹、氢弹，还可以开发核电站，为我国的经济发展服务。

刘杰接着汇报了地质部对于铀矿开采的布局。

好啊！军民兼用，造福于人民。毛泽东感叹地说，大量的煤炭就节约下来了。

随后，轮到钱三强上台了。他从化学元素表里的铀说起，谈到了居里夫人发现了镭和钋，中国核物理学家杨承宗回国时，居里夫人曾送他十多克的镭碳酸钡镭的标准源，让他为社会主义的新中国服务。

钱三强由带有放射性镭、铀谈及核物理学的概念，物质是可以无限分下去了，但是原子的直径不过是一厘米的一亿分之一左右，如果将一个原子放大到 100 亿倍，也只有一个簸箕那么大小。我们中国人有句谚语说，丢了西瓜，拾起芝麻，通常一个芝麻大的小东西里，蕴含着亿万个原子。但是原子并不是最小的，原子可以分成质子和电子，质子里又找到了中子、超微子，物质不灭，是可以无限制地分下去。只是我们还没有发现。

毛泽东向着钱三强轻点下颌，仿佛是说这个观念好啊，符合他的大哲学观。

钱三强的话题仍步步深入，直奔原子核而去。每个原子中间，都有一个微小的"蛋黄"，那就是原子核，假如我们将原子放大怀仁堂那么大，那个原子核只像一个黄豆大一样，放在礼堂正中央了。

呵呵！菊香书屋响起一阵阵爽朗的笑声。

钱三强教授果然是大科学家，讲起课来深入浅出，比喻形象生动，一下子将中央领导同志吸引了，周恩来的脸上露出舒心的微笑。昨天晚上临别时，他特意交代钱三强，复杂的问题简单讲，给中央领导讲核物理，要有科普意识，通俗易懂。不愧是钱王后代，悟性极高，周恩来的意思他全明白了，于是他今天有备而来，直觉告诉他，这些从战争中走来的老一辈革命家已经听明白他的核物理了。

这时，钱三强挂出了几张示意图，他今天就冲着原子核的核心问题原子弹来的。

他说原子弹作用的原理，乍看很神秘，可是在西方国家，大中学教科书里，比比皆是。就是将铀矿提纯成铀－235 或钚－239，加工成硬金属材料，放在两个半球里，外面再包上一层中子反射体，置放在一个弹壳里，用高能炸药引爆，两个半球里的铀就会产生核聚变，核裂变，巨大的冲击波与光辐射便释放出来了。

讲到此，中央领导人的面部表情各异，有抽烟者，有沉思者，有看着图一言不发者。

毛泽东很欣赏钱三强这堂课，他虽然讲的是铀，是原子、质子、核裂变，但是说的是物质不灭，无限分化，是一种大哲学观，毛泽东喜欢这样的学说。然而今天不是与科学家讨论哲学，而是要中央下决心上马原子弹工程。他沉思片刻，突然问钱三强：你们让我与苏联领导人谈核反应堆与加速器，这是干什么用的。

钱三强笑着说，主席，反应堆和加速器是原子能研究的基础。简单地说，原子能的释放规律和大小，必须通过反应堆和加速器来加以研究、检测。二战时，美国人炸德国的战略目标，第一个选定的就是重水核反应堆，有了它，离生产出原子弹来，只有一步之遥。当时德国人已经踏在了核门槛前，如果他们造出了原子弹，以希特勒的疯狂，恐怕二战的历史要重新改写。美国军机炸了核反应堆，等于对德国动了核手术，摧毁了其发展原子弹的图谋。

毛泽东点了点头，等于他明白这层意思了，他突然又提出了一个工业性的问题，中国人自己能搞核反应堆和加速器吗？

主席，能搞哟！钱三强斩钉截铁地回答，但是目前不行，因为这是一个高尖端的东西，就我们现在的工业基础，起点太低，够不着，只能是理论上的学习掌握。

毛泽东忽然又转化了一个话题，我刚才听明白你讲的氢弹是在原子弹基础上发展起来的。两者之间是什么关系?

是的,原子弹是母体。钱三强答道,它只是核武器的第一步,铀与钚被高性能炸药引爆之后,只产生了一种核裂变,如果加入一种重氢和超重氢的材料氚,那就会产生核聚变,分子链条呈 N 次方,立方加大,简单地说,就是原子弹爆炸的高温,再与重氢或者超重氢发生热核反应,达到了氢弹爆炸威力无比强大。

有中央领导同志不解,提问道,为什么有了原子弹,还要搞氢弹?

美国人投在广岛的原子弹只有 2 万吨级 TNT 当量,去年苏联人请彭老总看的不过是 4 万吨级 TNT。原子弹 10 万吨、20 万吨级的还能做,但是因为核材料的关系,再做到百万级,体积就太过于庞大了,投放工具战略轰炸机和导弹,都无法承受,而一颗氢弹是 1040 万吨 TNT,其当量大约是广岛原子弹将近 800 多倍。因此,凡拥有原子弹的国家,最终都会迈向氢弹,这是真正意义上的终极武器。

钱三强的这席话,引来了中央领导的一片惊叹之声。

这回轮到毛泽东发话了,刚才我们是当学生,时间过得好快,一个下午就是一瞬,这回轮到我们当先生,到了中央该下决心的时候了。原子弹要不要搞。

当然要搞! 朱总司令拍了一下茶几,过去是战争年代,蒋介石给我们当运输大队长,如今是现代战争,没有那么便宜的事情了。必须自己动手,有备无患,靠别人的保护伞,终究避免不了风吹雨打啊。

朱老总说得好呀。毛泽东转头向身边的少奇问道,少奇同志,你一直没有发言,你的意见呢?

我当然赞成搞。少奇沉吟道,不过,我觉得能搭苏联的便车更好,有苏联人帮助,我们能省就省点,而且迈的步子也会更快一些。

毛泽东点了点头。去年 10 月,他与赫鲁晓夫已经谈好了核反应堆的事,显然少奇同志是冲着这个说的。

我们这也是被逼无奈。周恩来说,美国人自恃有原子弹、氢弹,在国际上耀武扬威,不时威胁恫吓我们,是该到了中央下决心的时候。我赞成举一国之力,突破原子弹,带动整个核能工业的发展。

我赞成总理的意见。小平同志发言了，无论是我国面临的外部环境和现实威胁，还是从民族的利益和国家安危考虑，原子弹都必须搞，你有我有，你敢对我动核手术，就有承担被报复的风险。

毛泽东点头，露出一束欣赏的眸光。

轮到陈云、薄一波了，彼皆举双手赞成。

好啊！毛泽东最后发话了，他的总结发言显得踌躇满志，他以惯有的毛式风格说道："我们只要有人、有资源，什么人间奇迹都可以创造出来。"并且强调，"这件事总是要抓的，现在到时候了，该抓了。"

1月15日下午4时，在丰泽园菊香书屋召开的会议，直至晚上7点才散。当晚，毛主席请大家吃饭，在餐厅摆了三桌，每桌六个菜，毛泽东特意将李四光、钱三强安排到自己这一桌，本对白酒没有多少兴趣的毛泽东特意开了一瓶茅台，多次站起身来，频频举杯，与李四光、钱三强碰杯，说，为中国的原子弹事业干杯！

中国两弹一星的历史，中国火箭军的命运，就定格在了那一天下午，那个冬日里的黄昏。

后来，人们发现，新中国影响中华民族百年的大决策，如出兵朝鲜抗美援朝，如上马两弹一星，都是在菊香书屋那排书架前的沙发上中央讨论决定的。它的荫泽影响至今。

"两弹一星"元勋钱三强先生在回忆1月15日这次会议，以及傍晚时分在主席家里那顿饭时，喟然感叹："艰难困苦的关头，却成了中国人干得最欢、最带劲、最舒坦的黄金时代。"虽然以美国为首的西方国家长期实施封锁禁运给我国造成极大困难，赫鲁晓夫背信弃义撤走援华专家更使我国"两弹"研制雪上加霜，但以毛泽东为主要代表的中国共产党人不信鬼不信邪，凝聚起整个中华民族的意志和决心，完全依靠自己的智慧和力量，推进"两弹"事业稳步发展，创造出一个又一个世人瞩目的奇迹……

而今93岁的刘杰老部长，则成了这段历史的最后当事人、见证人。当年，仅仅是为副部长的官员，却因为参与了那次会，因了一段辉煌历史，而与伟人一起，被塑成蜡像，从而成为了一个民族的记忆符号。

4 聂帅率团到莫斯科谈判

铀矿找到了，接下来的事情便是开采，毛泽东对这件事情牵肠挂怀。1956年初，他找国务院三十四个部委的主要领导谈话，搞调查研究，谈着谈着，他越来越觉得地质工作很重要。铀矿是找到了，一系列的问题也显现出来了，开挖、提炼、提供核材料做核反应堆，造原子弹，这些事情全压在了地质部的头上，还有地质部数万人分布在全国各地找矿，吃喝拉撒，都得协调啊。毛泽东对周恩来说，地质部的工作要加强，从军队调一个人吧，最好是中央委员或者候补委员，给李四光当助手。

建国之后，凡做举一国之力的重大工程时，毛泽东首先想到的是军队的同志出山，坐镇。他对军队的老人有感情，信任无比，觉得他们雷厉风行、执行力强，面对困难和挑战，从来不讲价钱，授命而去，按照时间节点完成好任务后，会回来交令牌，从来不耽误。这一点令他非常满意。

周恩来想到的第一个人便是宋任穷，当年刘邓大军麾下四兵团政治部主任，云南和平解放时，当过云南省委第一书记，此时是罗荣桓元帅麾下总干部部副部长，授上将军衔，协助罗帅主持总干部部常务工作。周恩来将宋任穷召至紫光阁，说主席在全军选将，加强地质部工作，我第一个想到了你，我只想问你一个问题，刚授了军衔，你舍不舍得脱下上将军服？

周副主席，军队干部随时听从中央召唤。我对那身制服还真有点不习惯。

哦！周恩来点了点头。你干过地方省委书记，熟悉地方，现在又在军队工作，是合适人选。可我在想，你走了之后，有接替的适合人选吗？

军队的能人太多。贮存了那么多干部，有的是人选。宋任穷答道。

这就算是征求意见了，周恩来对宋任穷流溢信任的目光，那我就向主席报告了。

宋任穷点点头。后来，宋任穷在接受我的采访，谈及这段经历时，感叹道，为何弃军队而入地方，就是因为搞国家的尖端技术选人，那是党中央的信任啊，我当时也想过，离开总干部部，军队的那一套待遇全取消了，工资少了一大半，副官和警卫员都没有了，只带一个秘书，但是这一切都是可以放弃的。

我很小的时候，就听父亲说过宋任穷传奇，他是云南的最高父母官，接替唐继尧、龙云、卢汉等"云南王"的党的省委第一书记，一股新的执政之风，曾给云南人民留下过深刻的印象。

然，斯人已老。人生末季，纵横中国政坛，邓公时代一直担任中央组织部长的宋任穷，已经步入生命的黄昏岁月，对我说这段话时，冬日的落日，挂在府右街中南海红墙里边的一个小院树梢之上。彼时，宋任穷已从中央主要领导岗位上退了下来，担任中顾委副主任。那天，我入中南海采访，在一个坐南向北的小院里，海棠花开得正盛，天上云卷云舒，听不到京城大衢上的车水马龙，更没有沙尘暴掠过，亦无雾霾遮天，中国之门刚向世界洞开。赋闲下来的老人，因了没有多少事情了，便可以沉浸在往事的回忆之中，向一个年轻的写者讲述那个激情年代的故事。

然，宋任穷脱下戎装，向周恩来总理报到时，去的并不是地质部，而是去新成立的二机部当部长，当时，中央考虑，地质部是找矿的，而开铀矿、提炼、做原子弹和核反应堆之事，应该新成立一个部来担纲。于是核工业部应运而生，刘杰从地质部调到二机部担任常务副部长，钱三强为副部长，宋任穷则成了部长。二机部的成立，标志着中国的原子弹工程正式起步。

那天下午在中南海，我们向宋任穷老人家的提问，并非彼在二机部长任上的政绩和故事，那属于国防工业范畴，并不在我关注的视野之内。我所关心的是中国导弹部队的起步，从苏联引进导弹、原子弹的内幕，因为从历史记录看，1956 年初秋，主管人民解放军国防工业和装备的聂荣臻元帅曾率代表团赴莫斯科谈判，副团长是国防副部长兼哈尔滨军事工程学院院长陈赓大将、二机部部长宋任穷。

宋任穷说，接到赴莫斯科谈判的任务是那年夏天，当时，聂帅在北戴河夏休。苏联驻中国大使尤金通知中方，可以派人去谈导弹技术的引进问题。而对引进原子弹的问题，赫鲁晓夫也出现了松动的迹象，不再要求中国参加核保护伞。

我请教宋老，为何会出现这样的势态。

还是要参照当时的国际国内形势。宋任穷说，当时赫鲁晓夫新上台不久，国内立足未稳，他想当国际共运盟主，需要中国党和政府的支持，这一票非常关键。再一个，赫氏与美国政府的关系处理得不太好，到美国参加联合国大会不受欢迎。于是，很需要拉中国为他站台，各种契机，促成了赫鲁晓夫在导弹，特别是原子弹引进问题上的让步，从帮助我们建核反应堆到同意与中国党和政府谈引进原子弹技术的问题，这是一个很大的突破。

聂帅从北戴河匆匆奉召入京，去见了总理。周恩来给了原则和底线，以我为主，力争外援。引进技术不是为了一劳永逸，要尽快消化吸收，搞出中国的自主品牌来。可以说从向苏联引进导弹技术起，中国的核力量走的就是一条自主创新之路，这也是当年周恩来总理定下的原则与规矩。

宋任穷说，那时中苏两党的关系还处于蜜月期，虽然在有些问题上，苏联人会露出大国沙文主义那一套做法，但是在新中国154项新技术的引进，尤其是导弹技术上，还是帮了我们忙的。

代表团是1956年9月初启程的，飞抵莫斯科。行前，周总理专门交代聂荣臻，要给赫鲁晓夫、伏洛希洛夫、布尔加宁等苏联党和国家领导人准备一份精美的湘绣。因为聂荣臻有元帅衔，已经内定要担任国务院副总理，因此苏联方面负责接待的是部长会议副主席别尔乌辛。他说，赫鲁晓夫同志正在黑海之滨的别墅休假，不能见中国同志了，要我代他对大家的到来表示欢迎。

于是聂荣臻元帅请别尔乌辛代转礼品。

马拉松的会谈持续了一个多月。

聂荣臻所率中国代表团的莫斯科之行，他与两位副团长陈赓大将和宋任穷住别林斯基林大街的宾馆，条件比较好，而刘杰、解放军总参谋部装备计划部长万毅中将、驻苏联商务参赞李强等人则住在一般的宾馆，相距甚远，联络起来并不方便。

聂帅曾经有过留苏经历，1924年从法国、比利时勤工俭学到苏联，在伏龙芝军事学院学习过军事，对于苏联历史文化一点也不陌生。他坐镇指挥，其他同志分成两组，陈赓大将带万毅中将负责谈导弹技术与设备的引进，而宋任穷部长则与刘杰一起谈原子弹技术的引进问题。一个代表团分住两地，住在苏维埃宾馆的同志可就苦了，吃不饱饭。彼时，中国驻苏联大使刘晓和商务参赞李强来看大家，刘晓本是军人出身，曾在赣州时期便与宋任穷是老相识，他们向中国大使反映吃不好的情况时，李强扑哧一声笑了，告诉从国内来的同志，给小费啊，以后每顿饭，在盘子下边放几枚卢布，保准改善伙食。果然，俄罗斯大妈和小姐们看到中国代表团的小费，从此好吃好喝的拿出来给中国同志吃。

吃的问题解决了，余下的却是看的问题了。有一天。苏联国防部长要邀请聂帅和代表团的同志到远郊的一家军工厂参观苏联最先进的导弹技术，但是行前，却作了一条硬性规定，只准中国军方少将以上军衔的同志参加，其余的工作人员皆不准去参观。任凭代表团怎么协调，对方就是不松口，他们担心中国工作人员藏龙卧虎，有导弹和核科学家雪藏其中，偷走苏联人的尖端技术。

我问宋老，中国坊间曾经传闻，为了这次参观，特意给钱学森同志授了少将军衔，让钱老穿着少将军服去参观的？

宋老摇头，说不记得当时钱学森是否为代表团的成员，或者作为专家参与其中。

后来，采访外贸部部长李强老人，他当时是中国驻苏联大使馆的商务参赞，全程参与了谈判，我同样抛出这个问题，李强说也不曾记得钱学森是否去了莫斯科。

在总后勤部采访眼睛几近失明的万毅老人时，我同样提出此问题，万毅的回答非常肯定，钱学森没有参加代表团的专家后援。

三位代表团成员皆不记得此事，可见当时的坊间传闻只是一种猎奇而已，未必可信。

钱学森是1956年10月6日被任命为国防部五院院长的，主要负责导弹技术的引进与制造，至于是否给他授了少将军衔，我没有考证过，不得而知，但是，在他之后成立的国防部九院院长李觉则是从西藏军区参谋长任上调来的，拥有少将军衔。因此当年给钱学森授一个少将军衔似乎也不为过。但是当年钱学森正在忙于组建国防部五院，是否有时间去莫斯科另当别论，再则，他是世界知名的空气动力学专家，堪称国宝，那张微笑的钱氏迷人脸庞，早已经被世界记住，带他去参与谈判，苏联人也许会退避三舍。

1995年，我将这种存疑写入《大国长剑》一书，作家出版社出版后，钱学森专门让秘书从出版社调出了五部，然，对于我在书中的存疑，钱老也未做出任何的答复。

天渐次凉了，金风四起，一阵寒风吹碧树，莫斯科城的金秋顿时成了落叶流水，黄叶将莫斯科城铺成金色，秋天渐行渐远。到了中国的十一国庆节，聂荣臻掐指一算，到莫斯科已经三十多天了，他对别尔乌辛说，我们该白纸黑字地签协议了。

这时赫鲁晓夫出面了，他让别尔乌辛会谈时对聂荣臻元帅说，导弹、原子弹技术，都可给中国，但是得答应我们一个条件。

什么条件？聂帅问道。

请毛泽东主席出席在莫斯科召开的世界共产党、工人党代表大会。

原来是这样，赫鲁晓夫要继续当世界共产党、工人党阵营的盟主，因为从政治家的辈分上，轮不到他，还有老资格的政治家毛泽东、铁托、胡志明等人。因此这个时候，须毛泽东站出来为他站台。

聂荣臻迟疑了一下，说涉及到中国党和政府最高领袖的事情，我定不了，必须派人回国汇报，当面请示主席。

别尔乌辛说，元帅同志，你们就请示去吧，我们等你们的结果。

10月5日，宋任穷与驻苏大使刘晓飞向北京，向毛泽东汇报。一走进中南海丰泽园，看到宋任穷和刘晓两个湖南老乡步履匆匆走来，毛泽东便操着湘潭话问，任穷同志，你们忙么子了，我一直等着你们的好消息，谈得怎么样了，导弹、原子弹苏联人愿意给吗？

主席，宋任穷操着浏阳话答道，万事俱备，就欠你的东风。

我的东风？毛泽东喃喃自语，吹到哪里去哟。

吹到莫斯科去。赫鲁晓夫说了，导弹、原子弹技术都同意向中国引进，但是须有一条件，请毛泽东出席1957年11月召开的世界共产党和工人党代表大会。

呵呵！我去，来而无往非礼也。毛泽东仍然是那种横扫秋风的大气磅礴，赫鲁晓夫送了我们这么一份厚礼，我也得还一份礼啊。他刚刚新立，想当共产国际的领袖，不管是新盟主，还是臭脚，我还是要去捧的。

哈哈！三位湖南人仰天大笑。

1956年10月15日，中苏两国关于引进导弹、原子弹技术的协议在莫斯科城下签署。

第三章

长辛店零公里

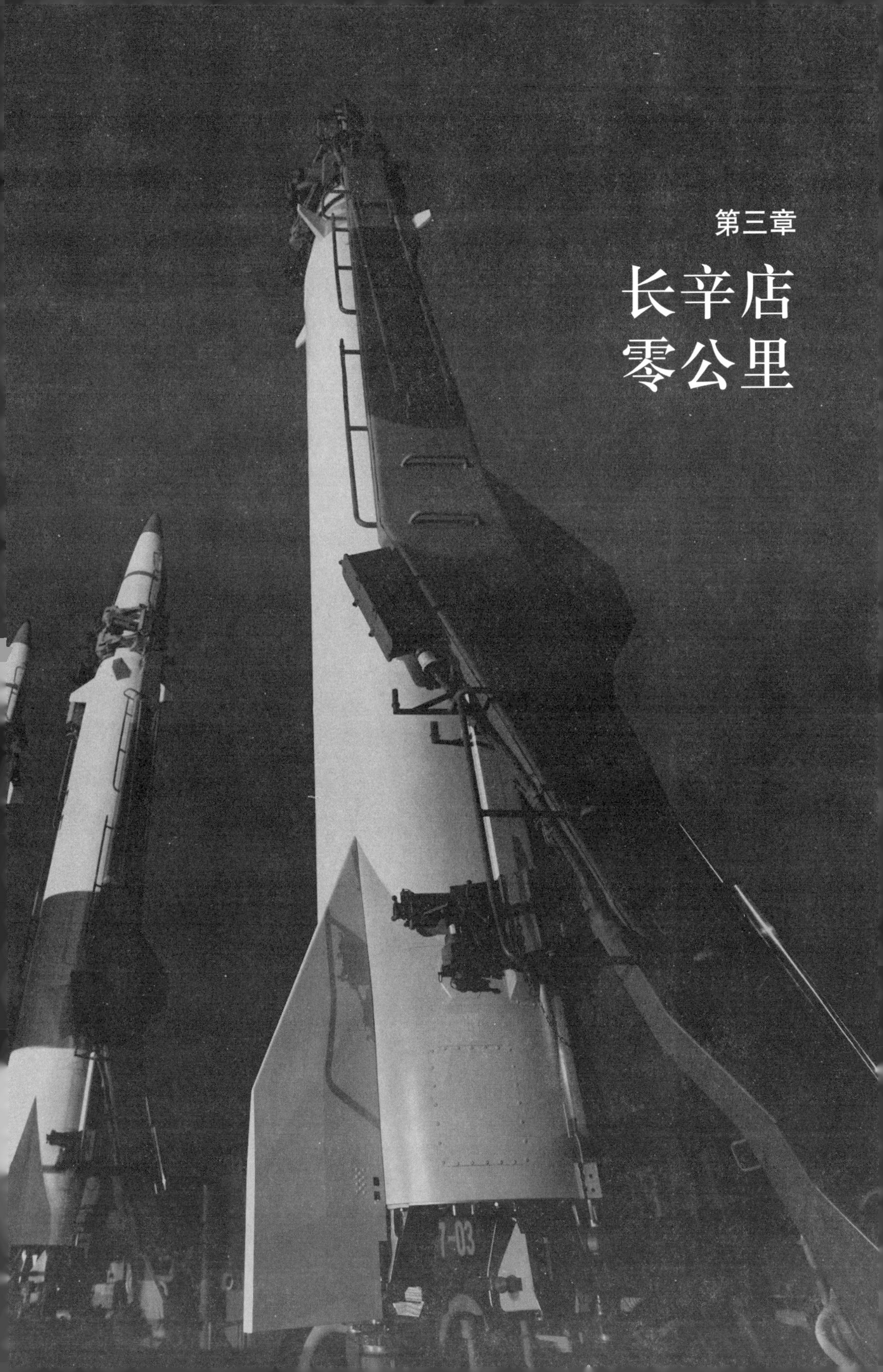

1 满洲里，一级警卫的导弹专列驶过来

我站在满洲里中俄铁路的界碑前，时间是 2012 年 6 月 28 日。离苏军导弹营 102 名官兵携带两枚导弹装备驶入中国，已过去整整五十五年。

往事如风。将近一个甲子，许多激动人心的事件，皆被从西伯利亚吹来的雪风吹得一干二净，惟有剩下几个名人的照片和故事。

那天上午，中国作家走边防采访团流连于满洲里车站中俄交界零公里处，边防站政委不无自豪地对我说，当年，虽然日军封锁甚严，但是满洲里一直是中共中央要员出入苏联的一个重要孔道。他指了不远处的一座桥隧，说，通常是千里冰封的晚上，北风卷地，大烟泡儿呼啦啦地刮过，延安来的同志便乔装成商人，坐在四轮马车上，趁着夜暗，先抵达隧道里，避过日本关东军的行逻队，悄然过哨卡。

偷渡？我问了一句。

在当时，就是这个意思。

你知道吧，1957 年 12 月 20 日，一列苏军的导弹专列和 102 名导弹官兵，从满洲里入关，拉开了组建中国战略导弹部队的序幕。

这样的大事，我们不知道啊！史馆里没有记载啊。

当时高度保密，沿途都是一级警卫，路口都有警察站岗，边防检查站的领导估计也不知情。他答道。

那天下午，天晴得好，呼伦贝尔大草原的彩云垂得很低，那种云纹，我只有在敦煌石窟里见过。祥云缭绕，我一直踯躅于满洲里的 41 号界碑之前，久久不愿离去。不远处，便是那条古老的中俄铁路。彼时，偶然会有一列车从

关口驶过，但已经非常稀少了，铿锵之声，犹如一种历史回响，将我拉回那激情的年代。

1957年12月9日，经军委研究决定，正式组建我军第一个"一揽子"导弹专业培训机构——中国人民解放军炮兵教导大队，由军委炮兵参谋长陈锐霆少将和国防部第五研究院院长钱学森共同负责。主要任务是接收从苏联引进的P-2地地导弹装备、C-75地空导弹装备和技术资料；请苏联专家任教，培训导弹部队指挥员、参谋人员和技术军官。

陈锐霆少将，山东即墨人，身材伟岸，是一位颇有传奇色彩的开国将领，1925年考入济南师范学校，毕业后成了青岛一位小学教师，济南惨案后，天下容不下一张课桌，他愤然扔下教鞭，考入黄埔军校7期，毕业后从一名炮兵排长干起，日军的炮弹四次在身边爆炸，九死一生，后成为李仙洲部的一名团长。1937年秘密加入中国共产党，皖南事变后，汤恩伯率九个师围攻新四军四师，在这关键时刻，陈锐霆率部起义，后担任新四军炮兵处处长兼炮兵司令员，1947年任华东野战军特种兵纵队司令员。渡江战役打响前，四艘悬挂米字旗的英国海军护航舰公然闯入我军防区猖狂挑衅，陈锐霆指挥炮群奋力反击，把"紫石英号"等英舰打得落花流水。

军委一纸命令下达之后，陈锐霆立即草拟了炮兵教导大队名单，大队长孙式性上校、政委宋杲上校、副大队长郭升九上校、葛林少校，技术副大队长黄迪菲中校，参谋长魏梦军中校，副参谋长高雁翎、李甦少校。名单很快送到了炮兵司令员陈锡联的桌上，陈司令员俯首一看，几乎都是炮兵机关的部长、处长，感叹道，陈参谋长下手真准啊，炮兵才俊，一网打尽。

陈锐霆笑了，手心手背都是肉。反正培养出来，都是陈司令麾下的人啊。

马上通知报到。为保密起见，不要谈话，不要交代任务，到了长辛店圈起来，动员时再讲。陈锡联交代道。

陈锐霆点了点头说，苏军导弹装备20日到满洲里了，我意派孙式性同志带50个人，过去接装。陈锐霆建议道。孙式性过去留学苏联，会说一口流利的俄语。

好！考虑得很周到啊。陈锡联询问，总参装备部谁去，炮兵还需要谁陪着？

已经协调好了，请总参装备计划部万毅部长带队去满洲里。陈锐霆答道，今年 10 月在莫斯科签协议时，就是万部长跟着陈赓大将谈的。

……

二十年前，我采访万毅中将时，他已经从总后勤部副部长的岗位上退下来多时，赋闲在家。当年这位张学良少帅的副官，一直在东北军中从事地下党工作。西安事变之后，率东北 111 师起义，后随林彪入东北，任一纵司令员、政委，42 军军长等职，抗美援朝任志愿军炮兵司令，1953 年 9 月起，任总参装备计划部部长，授中将军衔，是当时满族将领中军衔最高的。

此时，万毅中将眼睛几乎已全部失明，老人戴了一副眼镜，工作人员将他扶至沙发上落座。然，这位经历了彭德怀元帅庐山之祭，政治罹难的老人，却心若明镜。问及当年随陈赓大将，直接参与引进导弹技术的谈判，还有风雪天直驱千里，进抵冰天雪地满洲里接装的往事，他的记忆仍清晰如昨。

万毅老人说，当苏军导弹营 102 名官兵携装备从中国边境口岸满洲里入境之时，国防部长彭德怀元帅特别指示，让万毅中将带人去接装。临行前，彭老总又将他召至办公室，郑重交代：千呼万唤，山重水复，苏军导弹营装备和官兵终于要进满洲里了，你代表我去接装，以示重视。

万毅说，彭老总放心，我会将这桩事情办妥的。

我对你办事怎么能不放心啊。彭德怀慨叹道，我所以派一位中将去接装，是因为人民解放军对于高尖端武器太渴望。你跟我打过抗美援朝战争，又是炮兵司令员，实事求是地说，我们并不是志不如人，而是器不如人，与美军的空中支援、坦克大炮相比，我们的炮兵远远不行，后勤弹药供给也仅仅打一星期的战争。只能靠牺牲，靠血肉之躯拼出一条胜利之途来，但是，代价太沉重了。引进苏联老大哥的导弹、原子弹技术，就是要缩短这种差距，不然，将来我们解放台湾，如何跨海作战啊！

万毅默默地点了点头，心情怎么也轻松不起来。一代名将，军中一元戎，带领一支刚刚翻身解放的农民军队，与世界上最强大的军队较量，将联合国军固定在了三八线上而不可逾越，最后逼使美国人坐到板门店的谈判桌旁，在一场没有赢得胜利的停战协定上签字。彭老总是大功臣啊，为中国军队赢得了荣光，可是回国之后，却极尽反思，反省战争的得失，力主人民解放军实现国防现代化，向一支职业化、正规化的国防军迈进，其诚可感，其忠可鉴日月天地啊。

万毅说，苏军导弹专列是 10 日到中国边境。他与总参装备部的二级部长、处长，还有炮兵教导大队长孙式性上校提前一天抵达满洲里。孙式性曾经留学苏联，会一口流利的俄语，有过与苏联人打交道的经历，知道他们的习性和爱好。苏军官兵入境的第一顿饭要在中国境内就餐，因为两国的列车车轨标准不一，换轨便有一个过程。

那天，天公并不作美，满洲里的天气骤降至零下四十多度，对于在雪国西伯利亚长大的苏军官兵算不了什么，而对中国军队却是奇寒天气。为了保持人民解放军中将的威仪和尊严，万毅只穿了一件佩戴军衔的马裤呢长大衣。站在站台上，毛毛风吹过，大烟泡儿在雪原上刮过，有一种千针万箭穿越的刺痛感，年轻时代虽然在东北大地驰骋，却也没有见过这样冷的天。

终于，苏军的导弹专列缓缓驶了过来，跨下站台的是苏军导弹营营长莎尔曼·邱克中校和技术工程师伯列任斯基中校。

中将同志，苏军导弹营营长莎尔曼·邱克中校，率 102 名官兵前来报到，我们已经踏上中国的土地。

欢迎，欢迎！万毅还了军礼，我是中国人民解放军总参谋部装备计划部长，我代表国防部长彭德怀元帅来迎接大家，还有你们的同行，也是学生——炮兵教导大队大队长孙式性上校，副参谋长李甦少校。军供站已经为你们准备好午餐了，请官兵下车就餐。

孙式性甫一张口，一口俄语，顿时让苏军的官兵有了一种亲切感。虽然好久不用了，但是还可翻译一般生活工作之事。

一声哨响，102 名苏军导弹官兵哗哗地跳下车来，除留下警卫的，皆下车到餐厅吃饭。那天，万毅专门带来了北京的二锅头，他知道此酒与苏联的伏特加齐名，浓度高，酒烈。当孙式性示意服务员给苏军营长和军官斟上时，莎尔曼·邱克摆手拒绝了，说，上校同志，我们有军务在身，导弹装备尚未交给贵军，不能喝酒。

孙式性说天太冷，喝口酒暖暖身。

上校，等将来我们教会你们操作导弹装备之后，再摆酒，我们大醉一场。

呵呵！听莎尔曼·邱克中校的，万毅中将摆手制止了，等到了北京，我再为苏军官兵接风。国防部长彭德怀元帅，让我转告，到时他会为你们举行欢迎宴。

呜啦！

万毅老人回忆道，苏联导弹列车在当时中国最大陆路口岸换轨过境（苏联铁轨宽于中国标准铁轨85厘米）。一排排背对列车、荷枪实弹的哨兵，使静谧寒冷的边境口岸更添了几分神秘和肃穆。换过轮轨之后，导弹专列横穿呼伦贝尔大草原，穿越辽东大地，由山海关入北京，整整开了四天四夜。一路上，可以说完全按中央主要领导出行一级警卫，导弹专列所过的车站，铁路沿线和城市路口，都全路封闭，有警察和民兵站岗，荷枪实弹，且昼伏夜行，为的是高度保密，搞得非常神秘。

回首这段往事，万毅老人说，虽然后来中苏关系沉沉浮浮，起起落落，一度剑拔弩张，核大战在即，但是客观地说，中国的导弹事业能有今天，是离不开苏联人帮助的。我们聚集在长辛店炮兵教导大队的学员共600余人，有从全军百里挑一的莘莘学子，青年才俊，还有回国不久的航天、航空专家学者。中国的航天工程就是从苏联人的第一枚解剖弹起步的，我们的反设计很厉害，很快拿出了中国的"1059"。

英雄已矣，故事和歌皆被风雪淹没。那天，我流连于满洲里边防检查站史馆里，并没有这段历史的记忆和影像资料。伫立窗前，远眺着不远处的铁轨，记忆像轨道一样长，可是那辉煌的岁月，却没有像铁轨一样，延伸至中国人的记忆深处，反被岁月漠风吹干了，不曾留下一点痕迹。

远处，有铿锵的轮轨声传来，是欧亚大通道的国际列车驶过满洲里。

然而，我从后来采访的当事人中得知，从北京提前两天赶来的万毅中将和孙式性进行礼节性会见，并很快办妥了过境手续，之后共同登车启程，前往北京。

直至近半个世纪后，这趟专列才向世人掀开神秘的面纱：车上装载的，正是从苏联引进的两枚 P-2 地地训练导弹（含一枚解剖弹），以及 45 台件测试、发射、横偏校正、加注和运输等特种装备。随车来华执教的苏军官兵共 102 人，其中军官 37 人，士兵 65 人。P-2 导弹是使用液氧和酒精作推进剂的单级火箭，最大射程 590 公里。这一切均属核心机密，列车上装的是什么，别说担负警戒的哨兵和警察不知道，铁路部门不知道，甚至连中方前去接装的官兵大多也不知道。只有一位领导心里明白，那就是万毅中将。

列车一声嘀鸣，响彻云霄。享有一级警卫规格的特种专列一路南下，穿越隧道、桥梁、车站，于 24 日 18 点 51 分抵达北京西南长辛店车站，又经专用线直接开至 9 公里外的原东方马列学院二分院院内，刚成立半个月的炮兵教导大队的官兵在此翘首迎候。

2　守口如瓶，绝对忠诚

李旭阁听钱学森关于空气动力学与导弹技术讲座有 N 遍了。新街口排练场就举行了好几场，他全听了，军事科学院讲座时，他也在场。然，他最祈盼之事，便是钱教授提出"火军"能够早日开步走。

千呼万唤终不见。

1957 年国庆节刚过，喜讯传来了，10 月 6 日，国防部五院成立，任命钱学森为院长，专事发展导弹技术。10 月 15 日，又闻聂帅和陈赓大将与苏联政府签订了《中苏关于导弹新技术引进协议》。冥冥之中，李旭阁觉得这一天已经不远了。

转瞬之间，便是 1957 年岁末了。

大雪落幽燕，瑞雪兆丰年，将近年关，大家都忙着总结工作，拟制新的计划，李旭阁觉得再到外边出差的可能性不大了。正好小女儿刚牙牙学语，这几年自己忙着恶补数理化课，听高尖端武器讲座，将三个孩子的家务全扔给了妻子耿素墨，趁年底不外出，好好陪陪她们娘四个。

然，好事多磨，何况是儿女情长。12 月中旬的一天，总参作战部空军处处长杨坤又将李旭阁叫到办公室，颇有几分神秘感。他刚一进去，杨处长嗖地从椅子上站了起来，转过身去关了门，仿佛有什么重大的军事行动要交代。第一句话便是，旭阁，我现在跟你讲的话，要烂到肚子里边，对什么人都不许说，领导、战友、同事，上不告父母，下不告妻儿。

杨坤如此郑重其事，李旭阁琢磨一定是有什么重要的任务要交给自己了。连忙答道，处长放心，从进作战部那天起，我就受保守秘密教育，坚守秘密，绝对忠诚，是一个作战参谋第一位的天职、铁律。

好，杨坤击节而叹，12月20日之前，你到北京丰台长辛店炮兵教导大队报到。

到炮兵教导大队报到，做什么呢，这好像是一个新成立的单位。

对！24日晚上，运载苏军102名导弹官兵和装备的专列就要到长辛店了，杨坤肯定地答道，这是一个经军委批准，临时成立的单位，主要担负与苏军导弹官兵对口教学，由军委炮兵参谋长陈锐霆和钱学森同志负责，虽然任务赋予了炮兵和国防部五院，但是作战部是管全军作战指挥，将来加入了导弹核武器，总参作战部必须有了解导弹装备和作战流程的人。

明白了！李旭阁询问道，多长时间。

旭阁啊，要做好打持久战的准备。杨坤处长说，首先展开的是地地导弹，从全军抽调600多人，已经在那里聚集，可以说个个都是百里挑一，全军的精英都来了。这个班结束后，接下来就是地空导弹的对口教学。你继续跟班学习，把应该掌握的导弹知识和指挥全部拿到手，指导特种兵工作时，作战部绝不能当外行，说外行话。

是！处长。李旭阁愉快地领受了任务。

告辞出门，李旭阁仰望苍穹，中南海居仁堂的天空是那样的蔚蓝，古老的四合院上空，有鸽子低空翱翔，鸽哨划破天幕，远处，还有风筝在天际飘扬，而他苦苦追寻导弹事业不正是像天空之中的鸽哨一样划过天幕，像风筝一样融入天穹，成为一种命运的高天绝响吗？

交代完手里的工作，回到新搬的地安门大街31号总参大院，已经是深夜了，明天就得去长辛店报到，他赶紧收拾行囊。

见丈夫回到家就开始打背包，妻子耿素墨连忙放下怀中的小女儿，要来帮他。

李旭阁摆了摆手，说素墨，我来。

耿素墨扭头问了一句，旭阁，要下部队？

出差。

出差干吗带背包。

时间长嘛!

哦,去多久?

一年半载啊。

这么久哟。

遇上星期天节假日,可以请假回来看看。

看来不太远吗,在什么地方?妻子快人快语。

嘘!李旭阁摇摇头,素墨,保密,不该问的别问。

哦!对对对,耿素墨连忙捂住嘴,笑道,一个曾经的老兵,我差点违犯保密纪律了。不该知道的坚决不知。

第二天,作战部开了介绍信,派了一辆车,送李旭阁到长辛店原东方马列学院第二分院报到。

跨进那道岗哨林立的大门,李旭阁便被封闭起来了。将背包扔进学员队中,环顾左右,教导大队机关干部和第一期学员,由总政干部部和炮兵干部部从军委炮兵、国防部五院、总部机关以及海军、空军、工程兵、通信兵、防化兵等诸军兵种精心遴选。面向全军选拔学习掌握尖端技术的优秀人才,建国以来尚属首次,称其千淘万滤,"百里挑一"不算过分。首先要求政治上无瑕疵,必须绝对忠诚可靠;其次是年轻,一般在25岁上下;再就是文化上要求特别高,须具有中学以上文化程度,最好是大专以上学历,或有一定专业特长。放眼全军,符合这些条件的干部堪称凤毛麟角。政审严格遵照总政关于从事国防尖端工作的标准,既看现实表现,也审查个人历史,可谓查遍祖宗三代,家庭成员和社会关系要清白无瑕。有些同志本人条件很好,但因家庭和社会关系复杂或有海外关系被拒之门外。

保密完全是按照苏军程序来的,从选拔人员开始,极端严格细致的保密工作就紧随相伴。被指定选人的单位,只知选拔条件,不知被选人要干什么;选中人员只通知报到地点,其他什么都不知道,并且领导谈话后,必须当天打背包出发。从锦州炮兵学校过几道"筛子"被选中的佘克成,来北京时只说到炮兵司令部报到，至于为什么要去那里、去干什么，都是一头雾水。来京后在炮兵招待所遇见自己学校的政委龚兴贵大校，他高兴地拽住老政委胳膊，问让我们来干什么？龚兴贵摇摇头，说我跟你一样，真的不知道。至今回忆起来，佘克成脸上还浮现出几分神秘与幽默。

许多学员都难忘来教导大队报到当天上的"第一课"：指导员宣布保密纪律，明确保密要求。强调教导大队的性质、任务和驻地情况均属国家核心机密，任何人都要严格遵守保密规定，无一例外。作为教导大队学员，保守军事机密是第一天职，必须守口如瓶，不允许以任何形式对任何人泄露导弹专业机密，包括父母、妻儿、亲朋好友、老上级、老战友等。对外联络要使用部队代号、编号信箱。学习期间驻地不准会客，最好不请假外出。外地来京的同志，不要急于探亲访友。特别强调：发展尖端技术关系国家命运，保守机密务必慎之又慎，这是重要的政治纪律。

教导大队营区同样尽显保密之严，内分甲、乙、丙、丁四个区域，各区之间用栅栏间隔，学员不能越区走动。一次看电影，陈敏健请假上厕所。刚走到最后一排，突然有人顶一下他的后背，低声说"不许动"！陈敏健下意识地想：糟糕，自己可能违反了哪条规定！回头一看，却是几个原单位的老战友，不禁喜出望外。原来这些战友是晚他几天来教导大队报到的，因不在一个区平时无法联系，半年多都没见过面。

若穿越时空之隧，继续重现那一帧褪色场景，教导大队学员还将经历如下事情：正式开课，他们使用的保密笔记本均统一配发，页码有统一编号；下课后，要以教学班组为单位统一装入保密箱，铅封送交保密室。苏联专家授课在黑板上画的图形、书写的公式，课后要有专人负责，全部擦除以防泄密。导弹武器称之为"部件"，各种装备一律使用代号。组织野外演习，大型装备必须做变形伪装，部队要在深夜出发和行军，经过的村镇路口全部戒严，不准任何人靠近观看。凡此种种，使得许多从炮兵教导大队走出来的同志，都称这段难忘经历是"神秘的学习"。

今天调阅这些久远的历史档案，依然生出无限的感叹，流淌于这支导弹劲旅之中的旅魂，早在襁褓之中便有了源头，因其性质特殊、地位特殊、任务特殊，给每个成员身上深深注入了"绝对忠诚、绝对纯洁、绝对可靠"的基因和血脉。

似曾相识燕归来。教导大队堪称中国战略导弹部队的黄埔一期，时隔二十三年后，中央军委一声令下，李旭阁由总参作战部副部长任上，擢升为第二炮兵副司令，继而为司令员。彼到机关、研究院所，下部队检查工作，当年炮兵教导大队同窗，大多走上了军师级的领导岗位，所到之处，皆是一些熟悉的面孔，黄迪菲、李甦、高同声、傅备篦、苏晨、宋子寿，当时正年轻的小伙子，皆已步入生命的壮年。老友相见，击节而歌。他们看到了一支部队从无到有，从小到大，从弱到强的光荣与梦想。

创业之艰，玉汝于成。最初的经历总让人挥之不去。1958 年 1 月 11 日，一场大雪之后，北京天空雪后放晴，厚厚的积雪之上，冬阳普照，虽然不甚暖和，却给卢沟桥畔带来几丝早春气息，永定河安，京畿便安，江山有望。日本人全面侵华战争是从这里打响的，冥冥之中，新中国的镇国重器，需从这块血雨交加的土地上淬火打造。一批中华民族优秀子孙汇聚于长辛店，炮兵教导大队隆重举行首期开学典礼。正式学员为 533 人，另有总参作战部、总后军械部等单位见习人员 150 人，总计 683 人。

踏上中国战略导弹部队的征程伊始，大家怎么也忘怀不了教导大队开课之时，军委炮兵参谋长陈锐霆少将和钱学森教授的那一席话。

陈锐霆，山东大汉状，却儒雅谦逊，一口即墨话，带着浓烈的胶东口音，然而，那一天，却将六百多名导弹官兵的激情点燃了，他动员的话特别煽情：我是一位老炮兵了，从汉阳造到张大帅的铁西造，从日本人的山炮、国民党军队的美式、德式榴弹炮，直至苏联援助的"喀秋莎"，我都用过了，一二十公里射程，与现在 500 公里以上的导弹相比，不是一个等级，可谓天壤之别。它将战略纵深缩短了，战争变成立体了，导弹一响，就没有前方和后方之分了。炮兵教导大队的成立，仅仅是开始，它只是一粒种子，撒在永定河边，必将流向大江南北，在中国的大地上开花结果。掌握了导弹技术，标志着人民解放军建设进入了一个新的时期。有了射程远、威力大的导弹武器，我军将如虎添翼，将会更有力地保卫和平。

轮到被誉为"中国导弹之父"国防部第五研究院院长钱学森作动员了，李旭阁已经不止一次听过他的讲话了。他形象地说，在火箭技术和导弹武器装备面前，我们还是个不会走路的孩子，现在刚刚起步。我们深信，有党中央、毛主席的正确领导，在启蒙老师苏联专家的帮助下，经过我们自己辛勤努力，一定能会走、会跑，成长壮大！

钱氏微笑，充满了从容自信，钱氏讲话，平和之中却有一种韵律。撒在学员之中的理想的信念种子，千难万难，"一定要把苏军先进技术学到手"。

3 北京城西一隅警戒森严

苏军的导弹专列在中国东北大地上疾驰。

铁路沿线的一级警卫，给人造成一种错觉，以为是苏联某位重要的领导人出访中国。将物拟人化，这样的庞然大物，如何调进车库，成了炮兵教导大队的一道难题。

孙式性大队长拍来密电：苏军导弹专列的行程是，1957 年 12 月 24 日傍晚时分，驶入北京城西一隅，先停靠长辛店火车站，然后，沿 9 公里长铁路专用线，直驱长辛店原东方马列学院旧址。按照苏军导弹勤务指南和导弹教程，一天晚上只能吊装一枚导弹，这等于有一个白天晚上导弹专用车要停在专用站台之上，不能入库。

从 24 日 18 时开始，一天两个夜晚，布置一级警卫，炮兵教导大队技术副大队长黄迪菲将宋子寿大尉召到跟前，交代道，马上去北京卫戍区找警卫一师的领导，请他们 24 日、25 日两天，按照一级警卫戒严。

宋子寿驱车进了北京城。警卫一师师长一听，惊叹道，好家伙，你们的口气真大，要在北京城西戒严一天两个晚上，我办不到。

首长，不是我们口气大，而是那家伙真大，中国独此一个。宋子寿答道。

我办不到。警卫一师师长摇了摇头说，偌大的北京城，莫说戒严一天两夜，就是一个晚上，外国大使馆的车便会蜂拥而至，更无密可保了。

那怎么办？宋子寿显得很无奈。那可是庞然大物，一个晚上卸不下来。

我不管你多大的庞然大物，就给你们一个晚上，从 24 日下午 6 点至 25 日清晨 6 点，12 个小时，我只有这样，尽最大可能，给你们保密。

宋子寿心里默想，只能如此，如果让西方大使馆的人得知苏联向中国提供导弹装备，那是要捅破天的新闻啊。

回到长辛店，他对黄迪菲说，中校同志，警卫一师师长说了，只能给一个晚上 12 个小时的戒严时间。

黄迪菲一听，火了，宋子寿，宋子寿，瞧你这事办的，一个晚上怎么卸，苏军的导弹教程就这么规定了，一上来就修改，老毛子会干吗？

我觉得警卫一师的领导说得有理，如果时间长了，消息一走漏，捅到西方报纸上去，那就是捅天大事。

你觉得，我还觉得呢。黄迪菲说。

随后警卫一师来了一位副师长，具体商谈了封路警戒的事宜。

时限已定，黄迪菲惟有带着宋子寿去找苏军驻军委炮兵总顾问了，通过翻译夏龙志一翻译，说明来意。

一个晚上卸两枚导弹？对方脸露惊讶之色，苏军炮兵总顾问是认识黄迪菲的，摇了摇头，说，黄主任，你脑子没有发热吧，这事绝不允许。要我下令改变苏军导弹教程，那是我办不到的事情，在苏维埃红军集群里，这是要蹲小号的啊。

不是要你改变教程，而是灵活通融。黄迪菲说，不然，时间长了，被西方大使馆的间谍发现了，这就是我们两国的大事情。

是你们的大事情。苏军炮兵总顾问摊了摊手，表示自己爱莫能助。

惟有最大的，敢负责的，与苏军驻国防部总顾问联络吧，毕竟是这事已经完全超出了黄迪菲的权限，必须以军委炮兵的名义报告国防部了。

扯皮之事很快报到苏联红军驻中国国防部总顾问处。那位戴着上将军衔的总顾问倒是办事之人，觉得两国之事需要通融协调，他专门驱车到了长辛店马列主义学院，到铁路专线和站台上看了看，又观察了周围的环境，对黄迪菲说，我可以暂时改变导弹堆积，允许你们一天晚上吊卸两枚导弹，但是必须保证万无一失。

黄迪菲向苏军上将拍了拍胸脯，说，上将同志，请放心，我对中国士兵的能力有绝对的把握。

黄中校，祝你好运。苏军上将转身驱车离去了。

其实此时，黄迪菲一点把握也没有，他叫宋子寿赶快进京，把北京技术最好的吊车大王请来。

宋子寿说，我两眼一抹黑，到哪里去找。

呆瓜啊，真是读书多了，快成书呆子了，能吊单臂吊的吊车好手，不外乎铁路和港口，北京离海太远，找港口的恐怕远水解不了近渴，通过总后军交部找北京铁路局吧，让他们支援我们一位吊车好手。

宋子寿出身巴山蜀水一大户人家，武汉大学物理系毕业，遂投笔从戎，一直在机关工作，自然没有读过西南联大、最终投身新四军的黄迪菲经历丰富了。

宋子寿匆匆赶到了北京铁路局，找到货运场的领导，说明来意。对方翻了翻花名册，说北京城的几大货场，没有你们需要的那些吊装高手，不过天津铁路局货场倒有一位叫"老山东"的师傅，是一位吊车班组长，天下没有他不能吊的货，吊装水平可谓一绝，能将一根焊条吊进啤酒瓶子里。

我们就需要这样的高手。宋子寿兴奋不已。

北京货场的领导写了姓名、单位和联系方式，开了介绍信，说，你到天津火车站找吧。

宋子寿要了一辆嘎斯69，匆匆忙忙地赶往天津铁路局，按图索骥，找到了头发花白的"老山东"，露了一下介绍信，对铁路局的领导说，我们炮兵的，要借用"老山东"一周时间，不由分说，将"老山东"塞进吉普车，载着驶往北京长辛店帮忙。

如果不是天津铁路局的领导带着这位大尉来找自己，"老山东"或许以为自己被绑架了，一上车，见大尉一直不说话，他急切地说，大尉同志，你叫我去北京做什么？

宋子寿扭过头来，说老乡，去执行一项特殊任务！

什么特殊任务，你莫不是特务吧。

我不是！特殊任务，就是让你帮我们吊卸一个庞然大物，从铁路专线上卸进库房。

庞然大物？是什么东西啊。

我不能说，你也不必知道。

哦！这么神秘，"老山东"一头雾水，我不知道什么货儿，怎么帮你吊。

不是神秘，是保密，你一名大头百姓，不该知道的别问。宋子寿仍然觉醒在导弹的优越感之中，话说得冲，说，天下货物没有你不能吊的吧？

"老山东"知道部队有许多秘密，不能说就别说吧。尽管一头雾水，可是他还是对宋子寿说，大尉同志，你能不能找一个与你那庞然大物一样长宽高的东西让我试吊一把，心里就有把握了。

"老山东"被请到了长辛店的专用站台之上，看了看地形，宋子寿派人运来了与导弹长宽和占地一样大的钢板，让他试吊了几次，其动作、定位都十分精确，操作几十吨重的单臂吊，如使绣花针一样，运用自如，灵活多变。黄迪菲蹲在一旁，观察良久，然后站起身来，对宋子寿说，这"老山东"找得好，靠谱，一个晚上卸两枚导弹，不会有问题。

然而，在试吊过程中，有个问题一直令黄迪菲困惑不已，寻不到破解之法，那就是如何控制导弹的转向。晚上吃饭时，说给"老山东"听时，他哈哈一笑，说黄中校，你请我喝酒，我就告诉你解决之道。

好！开一瓶二锅头。

炊事员将二锅头拧开，帮"老山东"倒了一洋瓷杯，他喝了一口，说好酒，黄中校要不要喝一杯，暖暖身子？

黄迪菲说，我现在火急火燎，明天晚上就要起吊了，把握方向还没有法子呢，哪有心思喝酒。

你敬我一杯，我就告诉你。

黄迪菲无奈，叫炊事员给自己斟上半杯，与"老山东"碰了杯，喝了一大口，辣得脸通红。"老山东"噗地笑出声来，说黄中校虽然戴了一副眼镜，却没有知识分子的酸味，也没有官架子，是一个实在人。

告诉我们秘诀吧。黄迪菲向"老山东"请求道。

四个角上，一角站一个人，手执绳子固定旋转方向。"老山东"随口而出。

黄迪菲拍了一下大腿，说我咋没有想到啊。

呵呵，干一杯吧。"老山东"提议。

黄迪菲与"老山东"、宋子寿痛饮而下。

从此，吊装大型号导弹时，四个辅助号手位置就这样出来了，在导弹部队实行了许多年，一直延续至今。

北京一进入冬季，日子就变短了。晌午过后，太阳犹如上苍的一个洇红烟头，早早地被点燃了，在烟云之中摇摇欲坠，渐次熄灭，很快滑落于燕岭。翌日晚上6时，载着苏军102名官兵的军列徐徐驶入长辛店东方马列学院铁道专用站台之上，部队下车后，卸载导弹和装备元器件的工作，旋即展开。

隆重的交接仪式在当天深夜举行。这当然出于保密考虑。苏方代表宣布，卸车将是给中国同志上的第一堂课。其语气既不乏严肃与苛刻，又略含几分自负与傲慢。

炮兵教导大队从兄弟部队借来了一辆8吨吊车，供"老山东"使用，而当时身为转运排长的江绍华，却是组织吊装号手的一员，配合导弹装备的吊装，目睹了这一切。

"老山东"这时已不再是布衣在身，而是换了一身上士军装，一跃登上了8吨单臂吊的驾驶室。坐在操控室里，只见一群高鼻梁金发的外国军人走下车来，先是从站台上开下一辆履带似的拖车，随后便是那两件用帆布包裹的庞然大物，头体尖尖的，远远看去，更像是一根大子弹横卧在车厢里，保温盖打开之后，裸露于外面，"老山东"还是弄不清是什么庞然大物，但是将其吊起来，放在支架推车之上，并非困难之事。他驱动操纵杆，准确定位，然后挂钩抓住中心吊钩，轻轻地往上提，随着哨子声响，一厘米一厘米地缓缓起吊，离开了保温车厢，悬于空中。到了该导弹转弯之时，四个角上伫立着的战士，各人手执一根绳子，协调一致地拉转方向，这个庞然大物在空间很自然地向左向右水平地拐变，随着哨子和旗子的挥动，准确地吊装到了支架上去。苏军导弹营营长莎尔曼·邱克和工程师伯列任斯基伫立一旁，眼观着中国士兵的吊装操作，这是两国军队的一场暗自较量，他们担心从未吊装过如此体量的导弹，今天的操作会不会洋相出尽，苏军已经留了一手，关键时候就派自己的吊车号手上去。可是当导弹安全地落在支架上时，莎尔曼·邱克轻轻地舒了一口气，不禁对中国的吊装号手刮目相看。

苏军导弹营营长有所不知，之前炮兵教导大队已专门成立接装指挥部，由国防部第五研究院一分院副院长兼总工程师林爽任总指挥，接装教育极其认真。各级深知这批导弹装备价格不菲，是在抗美援朝战争结束不久、我国国民经济尚未完全恢复的情况下，动用宝贵外汇购置的。为确保万无一失，军委炮兵协调各方，调集6台大型单臂吊车、6辆牵引车、24辆卡车和其他卸载工具，反复组织装卸车演练，直到官兵掌握规范动作，烂熟于心。

第一枚导弹从列车上吊装下来后，已经是子夜时分，黄迪菲看了看表，露出舒心的微笑，天亮前结束接装吊转，不会有任何问题。

寒风之中，接装现场既紧张热烈，又井然有序。苏军官兵操作技能娴熟到位，每个号手都会驾驶机动车辆，显示出"老大哥"能力素质确实不凡。但卸载大型装备并非预想的那般顺利，因苏式导弹自备车采用大掀盖式，装备又比较陈旧，从顶部一块块吊下拼装的顶板和侧板，有些沟槽已经变形，大都需费一番周折才能拆卸下来。好在炮兵教导大队从兄弟部队借用的8吨大吊车颇为争气，从导弹起吊转载到运输入库皆有条不紊，快捷高效。整个接装过程，实际上成为中方官兵展示良好素质和过硬作风的过程。因为大家深知，这关系到祖国的荣誉，更代表着中国军人的形象！

负责卸车入库的中苏两军官兵，按照职务对等对口的原则，共同打开保险铅封，依照来货清单逐件查对交接。

时任转运排长的江绍华，如今已是耄耋之年。追忆起这段往事，依然历历在目，颇为自豪。

中校同志，卸车第一堂课能及格吗？望着伯列任斯基满脸的惊诧与钦佩，炮兵教导大队政委宋杲上校不失时机地发问。

上校同志，岂止是及格，应当给你们打满分！苏军领队确实未曾料到，这些庞大的特种装备能如此顺利安全地入库，尤其令伯列任斯基等满意的是，一些易燃易爆危险物品的存放，中方都想得周到细致，安排极为妥当。"老大哥"对"小兄弟"素以苛刻严厉著称，但这次由满洲里至长辛店的神秘接装，却让苏军中校对中国军人刮目相看。他热情地伸出大拇指，与宋杲紧紧拥抱。

第一次 12 个小时戒严如此完成。警卫一师的领导以为对炮兵教导大队来说，应该是第一次了，谁料更大的动作还在后边。

苏军第一地地导弹营回国之后，1958 年夏天，中央军委决定，为加快中国品牌的导弹研发，两枚 P-2 导弹之一解剖弹，送到南苑里的航天工厂去解剖、拆卸，进行反设计，从空军雷达站调来炮兵特种大队的学员王长庚披露了这个深藏已久的秘密：当时军委决定将一枚 P-2 导弹运至位于南苑的国防部五院一分院，对其拆解进行"反设计"。当时京郊道路多狭窄且坑洼不平，导弹托车转弯半径又大，于是就有了下面一幕：1958 年 6 月一个深夜，由王长庚等担任"国宝"卫士，护送导弹从长辛店至天安门广场再抵南苑，创造了我军又一个第一：地地战略导弹第一次秘密通过天安门。两年后的 11 月 5 日，我国仿制的首枚"1059"导弹呼啸升空，准确命中目标。后担任第二炮兵某基地技术装备部长的王长庚对此始终守口如瓶，直至近期才向"口述历史"采访组披露这段史实。

后来，我问过黄迪菲老人，他说，路过天安门那枚 P-2 导弹的北京城戒严才是最难的，要将西长安以远的复兴门大街全部封锁，一个警卫师全部出动，所有的路口全部封死，而且导弹在子夜时分才能从长辛店拉出来。王长庚当时就是一个小小的学员兵，他持枪负责护卫着镇国之宝，悄然驶入了长安街。1959 年初夏时节，一辆导弹拖车，载着中国第一枚进口近程地地导弹，昂然驶过了神州第一街，在紫禁城门前接受华表和雄狮以及城墙之上挂着的毛泽东像的检阅。然后左拐，一直向南而去，过正阳门，入前门大街，径直往永定门方向驶去，一如当年出征的宋朝大炮一样，轰然射向敌军。

正因为有了这枚解剖弹，中国航天的禀赋大大加强和提升了。登高而望远，再加上导弹之父钱学森带领团队的反设计，为中国国产地地导弹的横空出世作了铺垫和准备。其功不可没啊。

4 说真话被罚，夜宴苏军中校

1958 年新年的钟声敲响了。

时间过得真快，转瞬之间，农历春节一天天临近了。可是李旭阁已有一个多月没有回城了，家就在城市的腹地，地安门的中轴线上。极目远眺，妻子女儿就在灯火阑珊处，咫尺之间，却不能相看、相顾。其实从城西南一隅长辛店入城，只有二十来公里，可是，妻子与嗷嗷待哺的孩子们左顾右盼，终不见风雪夜归人。

李旭阁不能错过这难得的学习，这是人民解放军步入国防现代化的零公里。导弹、核武器对于他来说，只在钱学森的导弹概述课里听过，而今，仅仅过了两年，便好梦将圆了。那天晚上，在长辛店的专线车站上，目睹了两枚 P-2 导弹从铁路装载车上起吊下来的一幕时，他感到热血激荡。这是世界上最先进的导弹武器了，能够与它相伴，是一个军人一生的荣耀和骄傲。

那天，李旭阁听到这样一件事情，总参一位并不分管武器装备的首长，听说导弹装备到了长辛站，想一睹真容，过一把参观中国国防现代之瘾，却被站岗的士兵给堵回去了。首长大发雷霆，老子什么场面没有见过，区区一个小导弹，为什么不让看？

士兵沉默，不与首长争论，只说了一句话，认件认证不认人。

叫你们领导来。那位首长咽不下这口窝囊气，一个小小的卫兵，居然将总参一位领导给堵了。

士兵摇头，默默无语，却是一脸坚定之相，禁区不可逾越。

我与你们炮兵教导大队没完。那位首长无奈，最终只好打道回府。

这件事捅到了聂荣臻元帅那里。

堵得好！聂帅说，到长辛店去撒什么野，这也不是你分管的范围，想凑那个热闹，也不分清这是什么地方，这是中国的军机要地，无关之人莫入。

李旭阁听到此话，瞠目结舌。一位老帅对于刚引进的导弹装备如此重视，对自己是一个莫大的鼓舞。然而也是一场挑战。在炮兵教导大队，李旭阁的身份有点特殊，国防部五院派来学习的专家任务是将来反设计，制造出中国的第一枚国产导弹来，而李旭阁的任务则是作为军委作战部的高参，必须熟悉导弹武器的性能和作战流程，以便将来当国之重器用时，指挥不至出现荒腔走板之事。因此，除了参加第一阶段地地导弹营学习，下一轮地空导弹的学习和训练，他还得参加。这是一种全封闭，完全是一对一对口教学，每个中国导弹号手对应一位苏军官兵，专业培训，平时上的是导弹专业课，基础都是一样的，只是在导弹操作训练上，各有分工和不同。

这是一支特殊的队伍，台上苏军导弹军官、工程师、技师授课，台下坐着的队伍，可谓参差不齐，有刚大学毕业投入军队的莘莘学子，有百里挑一的三军老兵，有刚从国外归来的新中国第一代海归，甚至还有一些知名度颇高的专家学者。

李旭阁记得这样一件事情，当时上课的时候，苏军导弹营的军官在讲导弹上使用的一个零件时，说是继电器的工作原理。可是下边的一个中国军官举手了，苏军教官问，有什么问题吗？

对不起教官同志，你关于继电器的原理讲反了，它的工作流程并非像你现在这样讲的，而是恰恰相反。

苏军教官脸上骇然失色，问道，你是什么人？

参加学习培训的一位炮兵军官。

不。军官同志，你懂的显然比我还要多，你并非寻常之辈。

台下一片哗然，自己的队伍里怎么还会有人比苏军导弹教官懂得多。

苏军军官立刻改了过来，按照中国军官的纠正，重新表述了这个导弹元件的工作原理。

下课了，苏军军官通过翻译，告诉组织教学的技术副大队长黄迪菲，中校同志，你这里边藏龙卧虎，有高级技术专家参与其中。

不会吧，黄迪菲故意装聋作哑，他们与我一样，都是一群高技术武器的白丁。一张白纸，从零开始。

苏军军官摇了摇头，中校同志，你没有跟我说实话。事情并不是那么简单。

很简单啊，我们这支军队就是穿着草鞋，一路打过来的。文化并不高啊。黄迪菲还在那里打哈哈，可是李旭阁发现，这位军官其实是一位海归，是国防部五院钱学森院长麾下的一位技术专家，是派来学习导弹反设计的，目的就是最终我们自己搞好导弹。

然，也就从那天以后，苏军导弹营对于上课笔记的管理收紧了，下课必然交回保密室，晚上不准随便借阅。显然是为了防止导弹技术泄密，被中国的专家学到手。

老毛子给我们留一手，让负责教学的黄迪菲有些郁闷，那一天，在检查导弹拖车时徘徊良久，心里一直在打问号，这履带牵引的庞然大物，左看右看，上看下看，都不像是一件新品，倒像是一辆二手货。他心中有一条军人的天律，爱护导弹装备，就得像爱护自己的眼睛一样，可是伫立战车之前，黄迪菲总觉得有些异样，他像一位号手一样探试，钻到了车底盘下边去了，见有些地方喷了厚厚的一层漆，与一辆新车的喷法完全不一样。

黄迪菲爬了出来，找了一把螺丝刀，重又爬到了车底盘边。找了一个不起眼的地方，捅了几下，漆面剥落之后，竟然发现是三层油漆，待将漆面捅开之后，旧车之状露出来了。原来这是一辆苏德战场上，盟军美国人送给苏联的十轮卡车。

娘的！黄迪菲不由得冒出了一句国骂，老毛子坑人，这导弹拖车是旧的，给我们是快淘汰的，老掉牙的东西嘛。

黄迪菲有点气上不来了，这位马来西亚归来的华侨，投身抗日而来，见证了人民解放军从小到大、从弱到强，然，心中仍不泯强军强国之梦，看到苏军给中国输入的居然是二手货，他的眼睛里容不得半粒沙子，他也没有中国内地长大的圆融和包容。一股热血往脑门上涌了上来，他径直找到了苏军导弹营营长莎尔曼·邱克中校和工程师伯列任斯基中校，说道，中校同志，我对贵军有意见！

意见？莎尔曼·邱克营长不懂黄迪菲中校的意见是什么意思，看他向来春风大雅，彬彬有礼，可是此时黄中校脸变了天，冷若冰霜，仿佛有万丈怒火要喷薄而出。

中校同志，我不明白。莎尔曼·邱克中校摊了摊手，一副表情无奈的样子。

你懂的。我的意思，你全明白。黄迪菲悻悻然而去。

然，他前脚刚回到办公室，莎尔曼·邱克营长的抗议电话就已经打到了苏军驻军委炮兵总顾问那里，对方向中国军方提出了强烈抗议，说，黄中校的言论有损中苏两军的友谊。

锤子，好你这个黄迪菲，尽捅娄子。国防科委秘书长安东少将操着一口四川话，电话直打到了炮兵教导大队大队长办公室，指名要黄迪菲接电话。

安东秘书长，我说的是事实。黄迪菲依然执着，不信你来看一看，一眼就看出来，是二手货。

就你聪明，就你看得出来。安东依旧有点怒不可遏，人家告状电话都打到总顾问那里去了。

还好意思告状。黄迪菲愤愤不平。

好了，快给我去灭火，这涉及两军关系，不能捅成国际事件。安东交代黄迪菲，我批1000元钱给你，请莎尔曼·邱克营长和伯列任斯基中校等主要军官去全聚德吃烤鸭。

有这个必要吗？

当然有。锤子，黄迪菲，你听着，这是命令。安东少将吩咐道，不许给我办砸了，一顿酒后，要将两军的热情烈火燃烧起来。

遵命，少将同志。黄迪菲答道。

这就对了！首先要解决态度问题。

那天周末，黄迪菲抬了一箱二锅头去了，他知道老毛子能喝烈酒，酒场上个个都是英雄好汉，一般是扳不倒的，反正一块多钱一瓶，便宜，一箱酒也就是十几元钱。放在当时，也算一笔大钱了，可是从今天看来，区区十几钱，算什么啊。

要那几只烤鸭，这吃法，很适应外国人的口味，肥而不腻，油而有味。黄迪菲上来就给每位苏军军官倒了一啤酒杯白酒，然后对莎尔曼·邱克营长说，中校同志，我们今天只喝酒，只吃烤鸭，这酒是中国的伏特加，度数高，烈且纯，厚重却没有异味，每个俄罗斯男人喝了都喜欢。

是吗？莎尔曼·邱克问道。

黄迪菲端起一杯，说，莎尔曼·邱克中校带领导弹营，天寒地冻的，从遥远的俄罗斯大地来到东方，来到中国，抛家别口的，为你们的奉献，为中苏两军的友谊干杯。

呜啦！干杯。莎尔曼·邱克中校与伯列任斯基纷纷站起来，与黄迪菲碰杯。

酒过三巡，人多少有些微醺，黄迪菲给自己斟了满满一杯，说中校同志，我自罚一杯。

莎尔曼·邱克中校不解，问道黄中校，为何要自罚，你没有任何错。

有错！中校同志，那天我态度不好，让你们难堪了。

呵呵，都过去了，我们不是又像亲兄弟一样，亲密无间啊。

那我自喝下这杯酒了。

我陪你喝。莎尔曼·邱克营长说，我的全体同志陪你喝，一起自罚。

这又何必啊。黄迪菲答道。

因为你说出了真相。莎尔曼·邱克中校环顾左右道，但是两军相处，有些真话不见得要一语道破，彼此心照不宣即可。不过，我们还是要为黄中校的勇气干一杯。

呜啦，干杯。

于是，在烈酒燃烧之中，两国军人心底最雄性的一面被彻底激活了，来而无往非礼也，你不是拼酒，而是在拼谁有酒胆、英雄之胆，谁能笑到最后，黄迪菲毕竟是东道主，用尽各种行酒令尽量让苏军朋友多喝，而不要让自己躺倒。最终二锅头的烈火般的燃烧，升温了两国军人的心中温度和感情，一切误会和抗议都被烈酒稀释为纯真的情感。

午夜阑珊，一场烤鸭盛宴将至曲终人散之时，趁着热劲头，黄迪菲挥了挥手，让随行参谋拿出数盒礼物，每位军官太太一人一条大乌珠项链。

珍品啊，苏军军官惊叹不已。

这是海中的珍珠珍品，乌珠难得啊，我代表科委安东秘书长，送每位军官太太，祝你们在中国留下美好回忆。

鸣啦，黄中校是好同志。你有机会偕夫人到莫斯科去，我带着夫人来机场接机。莎尔曼·邱克热情地邀请道。

军人的坦诚和豪迈终于跨越了两党两国军队微妙的心理篱栅，紧紧拥抱在了一起。

黄迪菲趁热打铁，希望苏军教官多给中国同志讲一些只能意会，不能言谈的东西。

当然，当然，黄中校，谁让我们是同志加兄弟啊。

从那天起，苏军导弹营的教官们对炮兵教导大队学员的慷慨到了一种预想不到的地步。

一切都往更深更高的层级与阶段推进。

春节将近了，已经一个多月没回家，李旭阁向大队部请了假，回城里过一个周末。其实自他到教导大队后，家里的事情，一点也照应不上了，妻子独自带着三个孩子，最大的才4岁，最小的仅几个月，仍然在襁褓之中。妻子耿素墨1955年大裁军时，从部队转业到了煤炭部办公室，除送两个孩子去托儿所外，她还得给嗷嗷待哺的小女儿哺乳。从地安门乘3路汽车到东单站下车，将孩子放在哺乳室里，然后，一路小跑地去上班，课间操时，再跑到哺乳室喂奶。大女儿送托儿所不久，便咳嗽不止，去看大夫，说是患上了肺门结核。耿素墨一看旭阁一走就是一个多月，连影子都见不着，电话也极少打回来，知道他忙，自己又不便打听，便将孩子从托儿所领回来，自己带着上班。二十多天的咳嗽，大女儿瘦了四斤，她心疼孩子，却无奈。元旦的时候，公共汽车停驶了，她只好抱着孩子走回了家。

日子一天天地过，小女儿是8月底出生的。恰好这时，妻子耿素墨入党转正期到了，可是转正的支委会一直没有召开，到了10月份她休完产假，才召开支部大会，但是却引来一片批评之声。

一个新党员一年内请假二十多次，你还工作吗？

过去工作不错，但自从入党之后，仿佛进了保险箱，政治热情减退，下午学习还打瞌睡。

你爱人是做什么的，他怎么不帮帮啊。单位的党支部提了一大堆意见，说她是落后分子，没有发挥过党员积极分子的先锋模范作用。

显然，因为被扣上政治上不求进步的帽子，妻子耿素墨的预备期被延期了。

耿素墨欲哭无泪。

盼不回丈夫风雪夜归，妻子耿素墨只好带着小女儿和保姆住到了东单二条，在机关借了一间宿舍。这样既可以给女儿喂奶，又不耽误大跃进年代的各种加班。有一天，到建国门外的面粉厂拉面，三个人一辆排子车，傍晚5点多钟从机关大院出发，等过了北京站时，她的奶水不断涌流，湿透了衣服，一滴一滴坠落在马路上，保卫处的同志看得清清楚楚，跑过来对耿素墨说，你快回家喂奶吧。

耿素墨摇了摇头说，集体活动，我不能缺席。

其实，妻子心里很明白，朝鲜战场的生死都经历过了，区区一点家事算不了什么，况且她又是知识分子出身，背着社会关系复杂的包袱，惟有自己辛勤工作，才能成为一名真正的共产党员。

果然过了春节前夕，党支部提前为妻子耿素墨转正了，可是她一点也高兴不起来。

丈夫终于从城外回来了。耿素墨心里似乎还压着一个大石头。那个周末，李旭阁约她一起上街，到新华书店选几本与导弹专业接近的电工书，可是刚走至地安门大院的门口，她便停了下来，说是只想好好在家待着，补上一觉。

李旭阁有点愠怒，从不发脾气的他突然对妻子说道，我看你越来越落后了，过去很温柔，现在怎么变得这么急躁。我们走不到一条道上了。

两人无语，默默回家，妻子头蒙在被子里大哭了一场。好不容易等到丈夫从远郊回来了，旭阁仍捧着他的书本不放，令耿素墨很生气，说，李旭阁，我问你，孩子就我一个人的吗？

当然是我们两人的。

那你为什么不能帮帮我呢。说着耿素墨的泪水簌簌地往下掉。

我现在帮不了你。李旭阁一时怔然，却不能向妻子透露半点风声，告诉她自己究竟在做什么。两个月来，妻子像换了一个人似的，使他有一种陌生之感，他大声道，素墨，你这是怎么啦，我两个星期才回一次，一回家你就抹眼泪，有什么委屈呀！

妻子无语，委屈，纵有千般困难和委屈，也不能与丈夫言说。她站起身来，拭去泪水，说没有什么，我最近累了，就是想哭一场，哭过了，便好过多了。

当天傍晚6时，李旭阁又要归队了，临走时，他拍了拍妻子的肩膀，说，我心里已经非常感激你了，你要不说那些牢骚话多好哇。

丈夫踏着夕阳归队，但是到底他去干什么，妻子一点也不知。她很后悔刚才那番话，其实丈夫不在时，她挺坚强的。望着丈夫渐渐远去的背影，耿素墨心里默默地说，旭阁，多保重！

5 陈毅说，导弹上了天，就是狮子吼、老虎啸

哈萨罗夫上尉是苏军导弹营的发控师，在战略火箭军里，素有第一号手之称。每每选人，他都按天之骄子般地挑选，要求文化程度最高，人精干之极，反应敏捷，非常人可比。

那天上午，哈萨罗夫上尉将马靴擦得锃亮，步履铿锵，走进炮兵教导大队队部，只见技术副大队长黄迪菲和副参谋长李甦正在那里说事。已经拼过一场酒了，中苏两国军人对彼此都非常了解，友谊因酒而燃烧成火一般的热烈。

可此时，哈萨罗夫上尉的蓝眼睛在喷火，黄迪菲心里咯噔了一下，又是哪里冒泡了，看这年轻上尉不可一世的孤高，一定有什么事情令他不爽。他连忙倒上一杯祁门红茶，将一盘最好的国光苹果，推至上尉跟前。

喝口红茶，有事慢慢说。

黄中校，李少校，恰好你们在。哈萨罗夫将花名单扔到了桌子上，指着导弹发控号手张元庆的名字道，这位导弹发控号手不行，文化程度太低，必须换掉。

换掉，上尉，你说什么？出生河北冀东，与小日本拼过刺刀的李甦不干了，他身材高挑，说话一急，偶然会有一点点口吃：小张是初中文化程度，在我们这支军队里已经是大知识分子了。

哈萨罗夫摇了摇头道，李少校，你不懂，发控号手是整体导弹上的中枢，是大脑，加注、发动机、控制、弹头遥控综合测试时，每个指令、每个动作、每个元器件的参数，都最终要反应到控制台上，需要发控号手有深厚的专业理论和敏捷的反应能力，在我们苏联，那是中国人说的人之中龙，要百里挑一，

张元庆不是可造之材。

不！张元庆就是百里挑一来的！李甦摇头道，上尉，我了解张元庆，考核过他，他的灵敏度、反应度没有一点问题。

少校，恕我直言，我说的是张的文化程度。他受的学校教育太短，当发控员禀赋不够好，哈萨罗夫摇头，高等数学，大学物理，电工等知识，他都没有学过，难以胜任。

中国是一个农业大国，一个农家子弟，能读一个初中毕业，已经很不错了。

可我说的是现在。

我也说的是现在。

不要争了。黄迪菲一直没有吭声，默默地看李甦与哈萨罗夫的争论，他阻止了自己的部下。李甦笑着说，上尉，能否给我一个月时间？

做啥？

专门给张元庆开小灶，重点培养、训练他，一个月以后，你来组织考试，如果他的专业拿不了第一，就换掉他。黄迪菲的手喀嚓横了一下。

一个月太长，我们所有的训练才三个月时间。

二十天？

半个月。

成交！

好！黄中校，一言为定，我相信你。哈萨罗夫说道。

中国有句古话：君子一言，驷马难追。

哈萨罗夫点了点头，又摇了摇头，带着一丝的狐疑走了。李甦问黄迪菲，黄主任，他仍然以军委炮兵办公室黄迪菲的职务相称，你对张元庆有信心？

我对中国军人有信心！

哈哈！李甦仰天笑，说得好。

你通知张元庆吧。黄迪菲交代道，让他跑步来大队部。

一会儿的工夫，张元庆来了，喊了一声报告。

进来吧！黄迪菲指了指座位，让张元庆坐下。

脸庞圆圆的少尉排长，拘束地坐了下来，看了看屋里坐着的一位中校、一位少校，多少有些胆怯。

是四川人吧？黄迪菲单刀直入。

是，首长！

那是巴蜀之地。惟巴蜀之人最能吃苦，能培养出一位中学生，不易啊。

坐在一旁的李甦点头称道。

黄迪菲以守为退，直往主题，刚才苏军对口的发控师哈萨罗夫上尉从我这里走了，人家的意见是要让你下课！且很坚决。

要换下我！？张元庆瞪大眼睛，直逼黄迪菲。

是的！苏军导弹营教官组经过全面考核，认为你不合格，不适合担任控制号手一职。

啊！张元庆的眼泪哗地涌了出来，脸色通红，似乎受到了奇耻大辱。

锤子，哭个尿！此时的黄迪菲再不文质彬彬了，一位军人的另一面孔清晰凸现，把眼泪给我擦了，一个男人，一位真正的军人，一生只能泪两回，一回母亲死了，一回国家亡了。我哭过一回，就是日本人全面占领了华北、江南、华南，一国之都沦陷了，所以我从东南亚跑回来，参加新四军，报国救亡。你现在新中国像八九点钟的太阳，正冉冉初升，一个男儿惟有报国强军啊。

张元庆顿时被黄迪菲的一番话给镇住了。

读过一个典故：知耻而后勇吗？

张元庆点头道，读过。

知道破釜沉舟的典故什么意思吗？

知道！置死地而后生。

对头！黄迪菲击节叹道，现在是中苏两军对口教学，从某种意义上就是两军对抗竞赛，你张元庆现在代表的不是自己，也不是炮兵教导队，甚至不是军委炮兵，而是中国人民解放军，你甘心这样败下阵来吗？

副大队长，我……我当然不甘心呀。张元庆怯怯答道。

对，就是不甘心，而且还有信心、雄心！打一回翻身仗，让老毛子瞧瞧，我们这支军队不是吃素的，我们这辈军人，敢和日本鬼子拼命，敢与美国佬摊牌，一比高下，你这代军人，也不能输给苏联红军啊。这个脸，你张元庆丢不起，我们炮兵教导大队官兵也丢不起啊。

黄大队长，我明白了。

明白什么？

知耻后勇，破釜沉舟，背水一仗，置死地而后生。

对头！为自己而战，为炮兵教导大队而战，也是为军人的荣誉而战。

这不是你一个人的事情了，而是整个炮兵教导大队的事情。黄迪菲心里非常清楚，苏军导弹营官兵对口教学中国官兵，只有三个月时间，且教官课堂上讲，翻译现场翻，有些技术名词和原理，并不是一句话两句话能说清楚的，而且苏军战略火箭军的保密规程又极严格，下课必须将教材和笔记都收到保密室里，一个人也不允许再看，因此复习成了最大的困难。

困难再大也难不倒中国官兵。黄迪菲将此事报告了孙式性大队长和宋杲政委之后，决定举整个教导大队之力，来保张元庆闯关成功。

于是，导弹控制号的操作再不是张元庆一人的事情了，苏军教官在讲这个专业时，其他学员也记，下课之后，再来整理笔记，大家一起来做操作，一个操作规程，一个口令流程，无数次复述、记忆。最厉害的一招，是一位技术专家出的主意，背导弹线路图，就像记一座城市的地图一样，一个口令下达，各种车辆行驶至哪个街口、巷道，背了导弹电路图、液路图和控制线路图之后，便一目了然了。若将此三路图全部默背下来，默画下来，就一步功成了。

我能够背。张元庆喃喃答道。

于是，那一个个不眠之夜，熄灯号吹响之后，张元庆就捂在被窝里背，拂晓时分，起床号尚未吹响，他已经在北方凛冽寒风吹拂的过道之上，默背多时了。

数学课、大学物理和电工课程，不懂的就去向学员中的大学生请教，请他们帮着开小灶。更多的时间，他用硬纸壳一个控制台、一个口令、一个操作流程地在那里练习导弹程序操作。

一天两天过去了。

一周，两周，最后的考核时间逼近了。

15 天之后，苏军导弹工程师伯列任斯基中校和哈萨罗夫联袂组织的第一轮考核之中，张元庆过关了。

好！初战成功，没有给炮兵教导大队丢脸。黄迪菲伫立一旁，看到苏军教官的打分，犹有意味地说，君行健，更须自强不息。张元庆，锤子，你这一买卖砸得皮实，加油，最后苏军走之时，与他们比一比默背电路图，液路图，线路图，这一招赢了老毛子，才算英雄。

是，大队长同志。

副的！黄迪菲扶了扶自己的眼镜，重复一遍！

是！黄副大队长同志。

黄迪菲挥了挥手，微笑着目送这位年轻的少尉出门。

1958 年的春天姗姗来迟。

过了三月天，苏军导弹营官兵便要撤回俄罗斯大地了，然而，有一场默背线路图的对抗赛，一场由教导大队炮兵组织的 P-2 导弹点火试验，在等着他们，观看者是中国军方的三位元帅。

临近月末了，首先展开的是先生哈萨罗夫上尉与中国军方最年轻的少尉张元庆之间的对局。一边是先生，一边是学生，一边是教官，一边是学员，两个人站在大黑板前默画电路图。甫一开始，先生尽占娴熟之功，频频领先，可是到了中段，渐次落后了，张元庆迎头赶上，最后反超先生，将近时间节点，哈萨罗夫频频出错，改正之后，已经落后于弟子了，最后张元庆以百分之百正确、提前十五分钟超越哈萨罗夫完成了默画任务，赢得第一个回合。

伯列任斯基与黄迪菲一起伫立于后，感叹万千道，了不起的中国军人，他本是一个要被踢出局的人，反而转败为胜，赢了自己的教官，赢得很漂亮啊。

知道中国有一首吟蜀道难的唐诗吗?

不知,伯列任斯基摇头。

是我国唐代一位大诗人李白写的,他出生于碎叶城,就是你们今天的贝加尔湖地区,他吟道:蜀道之难,难于上青天。张元庆就是大巴山走出来的儿子,他就是从这比上青天一样难的蜀道爬出来的。一个人惟有以坚忍不拔的毅力,才能够攀登抵达蜀山、秦岭之顶,最终走向盆地,走向辽阔的大平原。

你是说惟有登山之巅的勇气和毅力,方能成为英雄战士。

是这个意思!万水千山,山重水复,只要有信心,胜似闲庭信步。只有这样才能赢。

看来张元庆赢在精神层面了。

当然!黄迪菲自豪地说,一种大巴山人特有的坚韧性格和毅力。

这支军队是有希望的,这群年轻中国火箭部队的军官是有希望的。伯列任斯基喃喃说道。

谢谢,老普同志!

哈哈!黄迪菲仰天大笑。

人间三月天,对于北方中国来说,仍旧蛰伏于寒凝大地之中,永定河里的冰凌尚未有解冻的迹象,但是春天已经不远,风吹过来,有了些许暖意。

苏军导弹营官兵就要回国了,行前,一场重要的导弹操作演示如期举行。

那天,操作大厅不过是在长辛店马列主义学院大院里一个大操场上,四围用军用帆布围了起来,以防外人窥视。转运排长江绍华带着导弹拖车,将一枚P-2导弹用导弹转运车拖至操场正中央,全体发控号手集合完毕,齐装满员,只待三位元帅贺龙、陈毅、聂荣臻和总参谋长黄克诚、副总参谋长张爱萍来视察。

下午3时许,贺龙、陈毅和聂荣臻元帅的吉姆牌黑色卧车鱼贯而入,黄克诚、张爱萍的座驾也紧随其后。

炮兵教导大队已经集合完毕,贺龙、陈毅、聂荣臻步出卧车时,大队长孙式性上校跑步向前，向走在前边的贺龙元帅报告：

元帅同志，军委炮兵教导大队发射连、技术连正在操作，请您指示！

继续操作！贺龙元帅下达了指示。

是！

孙式性转身跑步回去，向演示部队下达了指令：继续操作！

贺龙、陈毅和聂荣臻元帅皆一身戎装，穿着一色元帅服。落座之后，炮兵教导大队点火演示。此时导弹早已经起竖，一剑冲天，昂然神武，液氧和酒精按点火的程序，只加了少量，够发动机在发射台做喷火之状，而不必起飞。彼时，导弹已经进入最后的发射程度，张元庆在发射车里做最后的操作。

5 分钟准备。

3 分钟准备。

1 分钟准备。

最后是 10 秒的倒计时。

按转电……

弹上电池工作正常。

点火！

张元庆按下了点火按钮。

烈焰燃烧，一只铁鸟浴火重生，尾翼呈喷薄欲发之状，黄色的烈火轰地一声，卷地而出，像一朵朵火烧云团一样冉冉而起。如果不是剂量不够，如果不是导弹发射基座的保险开关紧紧闭环，它会浮冉而起，扶摇九霄的。

然，那惊天动地的呼啸之声，也将猝然临之而不惊的三位元帅给震动了。

至此，说明炮兵教导大队的官兵已经初步掌握了 P-2 导弹的发射能力。

烈火渐灭，烟火散尽，贺龙、陈毅、聂荣臻和黄克诚站起身来，向经过点火之后的 P-2 导弹发射台走去。陈毅元帅与总参谋长黄克诚大将边走边聊。

黄克诚一副深度的近视眼镜，从赣州戴至今，他边走边问陈毅元帅：陈老总，你是元帅外交家，见多识广，看了今天炮兵特种教导大队的点火试验，有何感受？

嘿嘿，克诚同志可是抓得紧哟，不会让我主持记者会吧。陈毅果然是一副外交范，随口应答。

自然不会，这高度涉密，只是想问问陈老总看了这么大的家伙有什么想法。

震撼！陈毅从来都是口悬如河，侃侃而谈，随机应变，却句句敲在鼓点之上：我们向金门打炮，美国人说是蚊子叫，等我们的导弹一响，原子弹一爆，那就是狮子吼，老虎啸……

今天初闻狮吼、虎啸？

当然！

哈哈……

三位元帅一同仰天大笑。

第四章

东风第一枝

1 西去铸剑，总理壮行

写下这个章节题目时，我却对东方第一枝和总理壮行，一直纠结和存疑，此亦非一天两天的事情了。

新世纪的第一个十年，我去素有"亚洲第一旅"的老部队采访，甫入营门，只见办公楼前，一块巨大的岩石，犹如屏风一样突兀于眼前，上边镶有毛体集字，东方第一枝，阴刻为红色。接我的副主任说，这是周恩来总理为我们旅题的词。我笑了，毛字周题，有点不伦不类。

可是心虽这么想，我却不愿点破，因为我对这支部队的历史浸润研究已深，知道彼从永定河边的长辛店出发，无中国战略导弹部队，便有"亚洲第一营"，无第二炮兵，便有这株共和国的独苗苗。以"东风第一枝"自许，没有什么不好。

下午，旅政委陪我看旅史馆，此乃彼任上的一个杰作，一个亮点。入旅史馆过厅，又是醒目"东风第一枝"铜雕镶嵌于此，政委说，这是总理为我们旅题的字。

我一愣怔，此为本旅政治委员所云，不能小说。我连忙委婉问道，杨政委，此种说法出于何处？

旅里的老人啊！

是第一任老营长，第一任老团长李甦，还是葛东升等老首长之语？我追问道。

不是他们。

那是谁？

当然是这个旅的老人，退休的、转业的、复员的，皆这么说，我们便采信了。

一旅政委如是说，我也不便反驳，况杨政委在其任上，党建工作建树甚多，专门到第二炮兵机关大会上作过介绍。但，我还是委婉地说，"东风第一枝"出处，最早源于东方歌舞团访问亚非拉演出归来，郭沫若先生有感于斯，填词一首《东风第一枝》，周恩来总理后将其正式赠与东方歌舞团。我国之重器"东风"，又从长辛店零公里处出发，将近一个甲子，一直以亚洲第一个导弹旅称雄于世，鸟瞰地球，慑战寰宇，故我们官兵以"东风第一枝"自誉、自傲、自豪，取其风骨、神秀，未尝不可。只是"东风第一枝"非彼即我，题词乃张冠李戴，不可安于我们头上。

后，徜徉于旅史馆之中，一张照片引起了我的注意。一个神似李甦的少校军官，伫立于排头，接受周恩来总理和贺龙、陈毅、聂荣臻元帅等检阅，画面上是总理与李甦在握手，照片的说明是1959年7月15日，导弹第一营移防大西北著名凉州武威，总理来送行。

我知道这张照片。火箭军军史馆展板收入时，曾经查遍了周恩来年谱，没有那一天总理送行的纪录，倒像是一次大的比武过后，总理接见的画面。但是最终拍板之时，时任第二炮兵副政委的邓天生中将还是默认了这张照片。

我当年写作《大国长剑》一书时，只知道这个故事是许多工作一旅的老人讲给我听的，但是，见到这张照片还是第一次。

那是一个光荣与梦想的年代，至今回想起来，依旧令人怦然心动。

1958年4月，首批来华任教的102名苏军导弹官兵圆满完成培训，依然从满洲里出关，返回苏联。炮兵教导大队以第一期学员为骨干，承担新学员教学任务。5月，大队组建第一教导营，主要培训地地导弹部队专业人员，并承担战役战斗训练演练任务。营长黄毅，政委穆洪军。8月，炮兵教导大队转隶国防部第五研究院，第二期培训班正式开学。

国庆节过后，教导大队成立以空军技术骨干为主的第二教导营，负责接收从苏联引进的C-75地空导弹全套装备，并承担地空导弹培训任务。营长张建华，政委张思聪。时任总参作战部少校参谋的李旭阁，再度入炮兵教导大队，参与第二营的对口教学和轮训。翌年 4 月，该营如期完成训练任务归建空军，随后，李旭阁随杨成武副总参谋长先后到通州、南口和西边墨市口等地选址，布点防空导弹，在东西北三地，多次创造击落美制 U-2 高空侦察机的辉煌战果，被中央军委授予"英雄地空导弹营"荣誉称号。

1958 年 12 月，教导大队成立第三教导营，主要负责培训地地导弹专业教员，营长李甦，政委罗殿英。同月，第三期培训班开学。翌年 3 月完成培训任务后，该营建制撤销。

翌年 3 月底，教导大队又组建新的第三教导营，为国防科委某地地导弹试验大队培养操作手和技术骨干，5 月底结业，归建国防科委某导弹试验基地。

在圆满完成 3 期地地导弹专业培训和 2 期地空导弹人才骨干短训任务后，1959 年 7 月 24 日，炮兵教导大队奉命撤销。在中国战略导弹的历史上，它只存活了一年零七个月，时间约五百多天，但却是火箭军真正的"人才摇篮"和"黄埔军校"。

一个临时性的番号消失了，但是，却成了中国火箭军的前世。

在撤销炮兵教导大队的同时，总参谋部一纸批复，中国第一支地地战略导弹部队——"亚洲导弹第一营"于 1959 年 7 月 6 日在长辛店正式组建，营长李甦，政治委员张克俭，行使团级职权。中校当营长，完全仿照苏军战略火箭军的编制。8 月，该营移驻武威炮兵学校。10 月，总参谋部授予该营"中国人民解放军炮兵第 XXA 营"番号。

A 营一度成为 B 营，后来，总参再下命令时，再改了回来，依然 A 营，后来，成为 A 团，A 支队，最终为 A 旅，一直是中国战略导弹部队之中 1 字号打头的部队，素有"亚洲第一旅"之称。

人民解放军炮兵第 XXA 营成立后的第 10 天，即 1959 年 7 月 15 日，炮兵技术部的一个电话打到了营里，指名李甦接电话，通知他一件重要的事情，下午有一位中央领导要来导弹第一营看望部队。

李甦连忙吹响紧急集合号，布置任务，迅速整理内务，打扫卫生，迎接首长视察，但是到底是谁来，他也不知道。其实当时队伍还未成军，只有长辛店炮兵教导大队学习分配给几十号人和一枚苏军留下来的解剖弹，万事开头难。

然而，就有他们盼望上级支持之时，却迎来了中央领导的视察。

下午 3 时许，一队黑色吉姆牌轿车驶入长辛店炮兵教导大队的原址，李甦早已经列队以待。车门打开之时，全体官兵顿时一片怔然，只见周恩来总理健步走下车来，身后紧随着贺龙元帅、陈毅元帅、彭真同志和罗瑞卿总参谋长。

目睹这些熟悉的身影，一营的官兵怦然心动，李甦跑上去前报告：总理同志，我是人民解放军炮兵第 XXA 营，集合完毕，请指示，营长李甦。

请稍息。总理走到了队列之前，仍然是那样的春风大雅，秋水长天，神情轻松地说，看到你们站在这里，我感到中国战略导弹部队的独苗苗发芽了，钻出了大地，这是一个光荣的起点，也是导弹部队事业创建零的起点。虽然现在装备缺乏，人员也不齐，但是我相信过不了多久，我们就会有自己的国产导弹，不但会有导弹第一营，还会有第二营、第三营，乃至很多的导弹营。地地导弹是国防尖端武器，你们要牢记党中央和毛主席的重托，认真学好技术，稳准严细，确保万无一失，培养过硬的作风，为以后新组建的导弹营输送人才和骨干。

随后，周恩来总理走到一营排头，与李甦等人握手，并问道，李甦同志，还有什么问题需要军委解决的？李甦大着胆子说，总理，地地导弹营刚拉起架子，家底薄，人丁也不旺，家伙不全啊。

这事情好办！总理向陪同视察的炮兵司令陈锡联上将招手道，锡联同志，这难题交给你，导弹第一营，对应是苏军编制，就按照苏军导弹营的编制与权限走，既然他们这没有，那没有，说明是有根据的，关键是装备要到位。

我们按总理的要求落实，不妨照搬苏军导弹营的编制用一用，陈锡联说，请总理放心，装备人员很快配齐。

好！李甦同志，听到了吧，陈司令给我拍胸脯了，不会有问题的。

　　谢谢总理！

　　果然，总理走后，炮兵技术部决定按苏军编制调拨了 AT-C 型车 1 辆、吉斯 151 卡车 3 辆、电台车 4 辆、修理车 4 辆、电焊车 1 辆、5 吨吊车 1 辆、雷达车 1 辆，并调 280 名官兵补充到了导弹第一营。

　　然，在我看来，对于这张照片是否是视察第一营所留，至今我仍然纠结，但是故事与照片是对上号了，既然已经上了第二炮兵军史馆的展板，便无可厚非。我驻足于前，那段已经褪色的激情岁月，风云际会，浮现于我眼前。

　　那一年，李甦老人已经在长安灞桥洪庆干休所里赋闲了，人过七十古来稀，耳朵有点背，交流起来多少有些困难，可是，对于我的提问，只要声音吼得大一些，他仍然能够听到，可以清晰作答。

　　那天，采访将近结束之时，我突然抛出一个问题，8 月份，第一营官兵从长辛店出发，当时有中央领导相送吗？或者说周恩来总理为你们出征壮过行吗？

　　或许是李甦老人没有听清。他说了一件事情，当时总参的命令下达之后，中校当营长，他到京西宾馆参加了一个团以上干部会议，被卫兵堵在了门口，不让入内，说这是团以上干部参加，一个营长怎么能够与会。

　　李甦淡然一笑，说我们执行的是导弹营编制，行使团的职权，但是任凭他怎么解释，哨兵就是不让其入内。时，一位带班的参谋来了，他看到李甦的军衔中校营长，也不免纳闷儿，问道，首长，你是不是犯错误了，团级干部被贬职当了营长。

　　放屁！这是军委和炮兵真正的重视才对啊。

　　然，周恩来总理送行、壮行出征之事，他只字未提。我不知道此时的老人是不是倚老卖老，故意隐去真相，而不愿点破。

　　2015 年夏天，原第二炮兵政治部启动了"亚洲第一旅"的大型宣传活动。第二炮兵首长和政治部领导点名让我参与。彼时，在撰写人民大会堂演讲稿时，我们遇到的第一难题，就是"东风第一枝"是否为总理所题，导弹第一营出北京入大西北，屯兵河西走廊，西去铸剑，是否有总理壮行的故事。我如实地讲了自己当时所了解的情况，第一旅以"东风第一枝"自誉，取其神秀，志存高远，但不能将出处落在周恩来总理身上。但是总理视察的照片，毫无疑问，那是老营长李甦的身影，只是 7 月 15 日这个日子，总让我有点存疑，那是北京的盛夏之时，总理却是一身中山装，李甦则是春秋常服，持枪，扎腰带，时间和节令上有些对不上号啊，政治部首长最终拍板，为慎重起见，此故事不写入演讲主报告。

历史的真相便在那一刻还复了本真。

壮哉，一支西去铸剑的劲旅。由文明步入荒凉，由繁华走入闭塞，等待他们的又是什么样的命运呢？

2 武威满城子兵营

北京的早晨是从东方开始的。

黑黝黝的燕山，像褪一件套头的黑衫一样，渐次露出一点、一簇、一片烟岚，当一抹晨光辉映于永定河浅浅的水面之上时，河床几近干涸，芦荻悠悠，于婉风之中摇曳生姿，仿佛是在为出征的将士作最后的送别。

芦花白，秋草黄。一列秘密的军列停在长辛店东的王佐车站，即将西行，在京畿之地神秘消失。然后一路向西，西出乌鞘岭，朝着河西走廊上的著名古城武威开拔。

长辛店东王佐车站上的喧闹从夤夜时分便开始了，先是履带车的轰鸣，后来，则是一台台大卡车刹车时的响动，再后来是一队队官兵跑步而来的铿锵之声。

已经是拂晓时分，李甦扬腕看了看表，指针指向了清晨五时许。东方的天幕已经露出了一片鱼肚白，渐渐地，朝霞满天，犹如一面猎猎旌旗，在天空之中飘荡。他仰首看天，一片氤氲晨霭如轻纱一般，笼罩在王佐站台和周遭的玉米地里。清晨 6 时，出发时间到了，他向值班参谋示意，吹登车哨子，全体官兵上车，准备出发。

一阵急促的哨声过后，王佐站台上导弹第一营官兵，像潮汐退潮一样，迅速登车，刚才还一片熙熙攘攘的车站，突然寂静下来了。

列车一声鸣笛，轮轨铿锵，徐徐启动，导弹第一营的官兵在上不告父母、下不告妻儿的情况下，秘密向西开进。

李甦坐在车窗前，望着晨光之中北京城郭渐渐远去，东边地平线上，那一朵朵、一簇簇、一片片早霞汇作一片红色的狂潮，托着一轮朝日浮浮冉冉而起。这是一个民族的等待，一个国家百年的等待。极目远眺，那红霞满天深处，就有他的亲人，这座生活工作将近十载的城市，总让他心里有一种无法割舍的牵挂。那个时代，时兴的是人走家搬，虽然导弹第一营的官兵是从全军遴选的，但是营里的领导大多是炮兵机关的干部，在北京城刚筑起一个个小小的香巢，可一营一经远征，妻子老小也都要跟着自己到祁连山下的武威城里，从此与北京的生活绝缘。

前天晚上，李甦特意回了一趟炮兵大院，悄悄与妻子告别，说我要去执行一项秘密任务，等部队安定下来后，再接你们娘儿们过去。

妻子问，去何处？

保密！李甦用一个指头嘘地堵了一下嘴，说你就做好吃苦准备吧。

我得知道带孩子们去什么地方。

我不能说，到时候到了你就知道了。

妻子摇了摇头，她已经习惯这一年多丈夫神神秘秘甚至"鬼鬼祟祟"地行事了。

秘密的军列犁开晨霭，穿行于青纱帐之中。车窗开着，李甦嗅到了玉米将熟的清香。当年在冀中平原上打鬼子时，他就穿行于青纱帐之中，然后更多的时候，是遇上鬼子的大扫荡和清乡，他们被追逐得狼奔豕突，惟有钻进青纱帐中，才有一丝的安全感。而今夜，同样的秋凉之时，同样的青纱帐中穿行，他的心境却完全不同了，携着中国最尖端的武器装备西行铸剑，铁甲载剑走西域，谁怕？那种光荣感和神圣感是难以言表的。

虽为导弹第一营，但是他明白，在今后一段很长的时间里，自己率领的导弹营官兵，其实就是武威炮校的教学训练营，将来，到武威炮校学习的导弹官兵，都要到第一营来实习受学，学会导弹的训练、操作和发射。

李甦总也忘不了受命之时，也是这样的清晨，也是这样的夏日霞光，他与张克俭政委被召至军委炮兵司令部，由炮兵参谋长陈锐霆谈话。

那是 1959 年 8 月上旬的一天上午，军委炮兵技术部电话通知他和政委张克俭到炮兵参谋长办公室。李甦是陈锐霆参谋长的部下，到炮兵教导大队之前，他任炮兵司令部军务处副处长，直接受陈锐霆少将领导。首长熟悉自己，率一营西去铸剑，某种程度上也是陈锐霆少将所荐。

他们刚走进办公室，陈锐霆便从座椅上跃起，为他们沏了一杯茶，第一句话便问道，受命之时，有没有如履薄冰、食不甘味之感。

有啊，首长！李甦说，已经有好几个晚上睡不好觉了。

这就对了！陈锐霆笑了，得有点压力感，然而，压力是可以变动力的。我们中国人崇尚的就是，穷且愈坚，不堕青云之志。

李甦说地地导弹第一营的架子是搭起来了，但是机构小，人员不齐，装备不全，开展独立建设还相当困难。

这也正是今天将你们营长、政委召来谈话的缘由。陈锐霆笑着说，炮兵党委决定，第一地地导弹营将从北京开赴祖国大西北的河西走廊，暂由武威炮兵学院代管。

啊！这……

李甦和张克俭都觉得突然。

有些转不过弯来吧，从繁华大都市去西北偏僻之地，没有一点想法，就不正常了。陈锐霆感慨地说，东汉名将马援曾经说过，马革裹尸。清朝诗人龚自珍将其发挥为"青山处处埋忠骨，何须马革裹尸还"，卫青霍去病十七八岁就在那里打仗，建功立业。我不要你们埋骨青山，而是要你们奉献青春。光荣啊，你们一营西去铸剑，建国之重器，只待国家有用之时。那是多么神圣的使命，环顾全军，几个能担此使命。李甦同志，惟有你幸运。

李甦觉得自己的激情被点燃了。陈锐霆参谋长不愧是年轻时读过师范，当过小学教师，后投身黄埔，口才了得。他将一杯杯茶水推至李甦和张克俭跟前，叮咛道，虽然你们从繁华之地去了荒远的凉州城，但是党中央和毛主席对你们都很关心。这是一件前无古人，后有来者的事业，你们只是一个开头，我相信有第一营，就会有第二、第三、第四、五营，人民解放军炮兵的历史将在你们手中改写。事业何其光荣，人生如此有幸，历史将会为你们浓墨重彩地写下一笔——中国导弹事业第一代拓荒者。一定要不辱使命，带好部队，尽快形成作战能力。

感谢首长的信任，正因为如此，我才觉得这副担子沉甸甸的。

依靠组织，你们上边有武威炮校的领导；依靠官兵，第一导弹营的官兵，都是全军百里挑一来的啊。

明白了，首长！李甦此时已经信心百倍。

一张白纸，能画出最新最美的画图。陈锐霆最后交代道，转告第一营的官兵们，你们是共和国的独苗苗，毛主席和周总理对你们都十分关注，寄予厚望，一定不辱使命，练出一身操纵导弹的过硬本领，不辜负导弹第一营这个光荣称号。

西去铸剑，不负荣光。

秘密军列秘密向西。过黄河，入中原，出潼关，下长安，沿着秦岭的子午线，一路向西，这是一条高僧大德西天取经之路，大汉、大唐名将的建功立业之域。

满城子，会是一个怎样的营盘，在等待着他们呢?！

列车经过五天五夜行驶，于9月1日半凌晨时分，抵达甘肃武威车站，因为入武威炮校没有铁路专线，只能在站台上卸载。李甦一步跨下站台，只见武威炮校校长刘始明大校、政委贾克上校伫立于站台上，迎接他们的到来。

欢迎，欢迎李中校率队来武威。刘始明向李甦伸出了热情的大手，他没有叫李营长，而称李中校，完全是出于敬重考虑，毕竟李甦曾经是军委炮兵司令部的一位处长。

李甦向刘始明校长和贾克政委行了一个军礼，说，校长，就叫我李营长吧。

我总觉得怪怪的，贾克政委笑了，不过，中校当营长，你可是我军第一人啊。

完全是照搬苏联战略火箭军的。李甦解释道。

我与政委商量过了，刘始明校长说，为保密起见，地地导弹第一营暂时叫武威炮校第四大队。

然而，一个月以后，10月16日，总参谋部正式下达命令，正式授予地地导弹第一营为人民解放军炮兵第A营，并通过总参和总政，从南京、沈阳、重庆、郑州四个炮校和北京、沈阳和济南三个大军区，共抽调 221 名军官，172 名战士充实到了第一营，并下辖 1 个指挥连、2 个发射连、1 个技术连和 1 个运输连及若干保障分队。虽然装备不全，但是已经满员，一个新型高尖端的导弹营，列编于人民解放军的英雄方阵。

终于有一个家了。李甦喜欢暮霭沉沉或拂晓时分，伫立于满城子古老的城墙上，听着熄灯号吹响，忙碌的一天便过去了；听着起床号响起，新的一天又开始了。

中国战略导弹部队的零公里，从武威满城子军营起步，这是一种历史的宿命，更是一种命运的涅槃，李甦说不清楚，但是对于这个有着三百多年历史的古老营盘，他仿佛觉得，冥冥之中有一股历史的信息和大风袭来。

满城子兵营，始建于大清雍正十三年。当时雍正皇帝刚刚平息准噶尔丹的叛乱，他看到古凉城乃出西域津要之地，背靠乌哨岭，俯看河西走廊，此地驻军，进可远控张掖、嘉峪关、敦煌等安西以远，退可据祁连山天险，扼守甘青要地。《雍正实录》记载："办理军机大臣遵上诣而议奏，现今准噶尔逆贼败遁，查凉州为甘肃咽喉，通省关键，请驻兵二千名，俟与驻凉州兵丁撤回时，于养育兵，暨余丁内挑补。其驻新兵丁，请设将军一员统领，驻扎凉州。"历时几载，乾隆二年修建完工，规模浩大，其凉州兵要志载，"凉州满城，府城东北三里许，周七里三分，东南西北四门，每门宫、厅、房一十三，城楼四，甕城角如之，箭楼八。"乾隆二年，八旗官兵正式入驻，并提升为将军驻防级别，以后一直为兵营。1931 年，成为马步青的骑兵五师军营，1941 年马部调入青海，此成为国民党中央军的兵营，新中国成立以后，西北炮兵武威炮校在此建校，而地地导弹第一营则从这里，开始了逐鹿天疆的峥嵘岁月。

我曾三度入凉州，每次入武威城，总要去满城子拜谒。如今此地已是甘肃省重要文物保护单位，古城墙上砖已经不见，但是厚厚黄土夯实的城墙依旧矗立于城郭，历经三百年的岁月而不倒，一如亚洲第一营在这里创造的光荣与梦想一样，藉东风吹过，镶嵌在万里天疆。

兀自而立于满城子的古城墙上，我感到了一股历史的大风迎面扑来。

3　老营长李甦

风自长安城吹来。

东风起兮，导弹飞扬，这股惊天卷地的历史大风，却是因了一个老人携来。早已经人近耄耋之年，可是面对他的时候，仍然可感受到一股英姿勃发的朝气。

李甦活着的时候，我曾经采访过他两次，一次是九十年代初，写《大国长剑》一书时，一次是新世纪大门骤然打开之时，地点仍在西安城北灞桥洪庆干休所里。灞桥烟云，河水涓涓，早已没了当年波涛汹涌之状，安静如处子。而此处洪庆堡村，便是当年始皇焚书坑儒之地，具有莫大讽刺意味的是，后来唐明皇建了一座旌儒庙，尊儒奉儒。而今这里成了中国战略导弹部队的最高学府所在地。

李甦作为导弹先驱之一，从北京出发，西去铸剑，后调至林海雪野之中一个导弹基地，任过后勤部长、基地副司令，在北中国绕了一大圈，晚年的归隐之地，居然还是大西北。八十年代初，他调到西安城下，任第二炮兵工程学院顾问，就在此离休终老，家住在洪庆镇上。

两度采访，头一回为笔录，最后一次则带了一个摄像组，留下影像资料。然，在我采访的过程之中，总有一个三四十岁的女子，仰着头，似乎脖子不会转，傻傻的，不时来缠着老人，说一些不着边际的话。明眼人一看，这是一位弱智、生活几乎不能自理的女子。她叫二丫，是李甦最心痛的孩子，也成了老人晚年挥之不去的伤痛。

谁道男儿不怜情。当年李甦带领导弹第一营的官兵进至满城子兵营时，一个天灾与人祸年代挟着大西北凛冽的寒风吹来了。

祁连山下的秋天很短暂，弱水悄然从古凉州城环绕而过，一阵朔风一阵秋草黄，很快，刀割般的西北风，迎面吹来，令站在满城子的城垛之上眺望燕赵之地的李甦慨然无语。这真是一个多事之秋啊。

最先真切感受到的是政治上的冷秋。国内政治上反右运动如火如荼，国防部长彭德怀元帅的战盔被放上了祭坛，一代敢爱敢恨敢说的元戎，黯然失色。随后，历时十载的中苏政治蜜月戛然而止。因为意识形态的分野，中苏论战一轮高过一轮，调门越拉越高，舆论之战愈演愈烈。1.2万名援华的专家和军事顾问撤出中国本土。李甦总也忘不了一位叫巴托夫的炮兵顾问，在撤离时非常不屑地对他说，中校同志，不是我们张狂，我可以非常坦率地告诉你，离开了苏联的帮助，中国导弹永远上不了天……

李甦没有金刚怒目，此刻他并没有可资还击的底气与资本。导弹第一营离开北京前，他已感到一股股冷风嗖嗖刮来，是从西伯利亚刮来的。先是中苏新技术协定确定援助项目被搁置了，原子弹根本就没有按协议交货，导弹装备除了那两枚P-2导弹之外，再无新装备到货。西行之时，李甦原以为会让他带着一枚P-2导弹，以便展开教学和训练，可是军委炮兵技术部却说，要运到西安高级炮校去，他最后落得一个两手空，既无导弹，亦无控制设备，只有一些配属的电台车、修理车和大卡车。到了武威炮校，除了苏军留下的勤务指南，苏军什么导弹教材也没有留下。

没有教材也要教学啊。李甦将在长辛店培训过的军官召集在一起，说，将你们当时做的笔记找出来，分专业、分门类、分系统，一个环节一个环节地抠，一个程序一个程序地复述，原理要讲清，电路、气路、液路图是怎么走向的，要标识清楚，编导弹专业教材。

营长振臂一呼，响应者众。后成为我的老领导的边明元，是当时为数不多的高中生，被调出编教材。大西北的冬天，对这个巴蜀之地成长的年轻学子，无疑是巨大的挑战，手上、耳朵上都起了冻疮，一边写字，一边流脓水。李甦看罢，心痛不已，说艰难玉成。导弹第一营闯过这一关，必人才列列。果然多年之后，这一代人中，出了三十多位将军。边明元自然位列其中，此乃后话。

终于，半年之后，老营长的话应验了，几十部导弹专业教材编齐了，透着油迹的墨香，整整齐齐摆到了桌子上。李甦视如孩子，说依此可以进行理论教学啦。

迈出了第一步，但多少还是有点纸上谈兵的味道。新来的学员看不见导弹，不知长剑何物，重器臧否。发射训练无法进行，但，这也难不倒第一营的导弹官兵。

李甦说这好办，开诸葛亮会，三个臭皮匠，凑成一个诸葛亮。于是大家群策群力，出主意，想办法，发挥各自优势、特长，有力的出力，有主意的出主意，纷纷献计献策。新兵不知导弹为何物，老兵就找一个个大萝卜，刻成导弹造型，哪里是发动机位置，哪里是液氧贮箱，酒精放在哪一级，清清楚楚，一目了然，拉近与导弹武器装备的距离。新来的控制员没有见过发射台，就用纸箱糊成发射控制台，按程序要求，练指感。技术阵地上没有测试设备，就用铁皮敲成测试台，各种显示灯齐全。到了训练操作现场，粗麻绳当作电缆线，练跑位，帆布消防管当作加注管，练加注动作。就这样土法上马，完全是一副地道的中国风，一个高尖端的武器，被一营的官兵弄得风生水起。

刘始明校长来视察，有些不解，说李甦啊，你这是不是在玩小孩子过家家啊。

当然不是。李甦摇头道，校长，我们这是土法上马，增加兴趣，减少训练疲劳，目标只有一个，没有装备能训练，有了装备就能发射。

说得好啊，李甦。刘始明将拳头重重地搐在了他的肩上，有一种超前意识。

导弹第一营，既然是一字打头，就什么事情，都得干第一，争第一，创第一。李甦想起了行前陈锐霆参谋长对自己的叮嘱：不负初心，不负使命。

然而一个饥饿的年代一步一步向他们逼近了。

1960年春节刚过，一场春荒从大西北燎原于中国。大食堂崩溃了，去岁的放卫星，虚报增产，终于遇上连续三年的自然灾害，一群龟裂土地上的饥渴的影子，被干热的太阳拉得长长的，由西向东，从北至南，覆盖了中国大地。

　　第一个信号是老司务长跑来告诉李甦的，粮站买不到粮食，部队的减半，定量供应，蔬菜站自然也无菜可供，附近村庄里的榆树皮、野枣花，全被剥光、打光了。

　　这是一个危险的信号，国家陷入了困难，部队惟有自救。李甦将目光投向更远的地方，离武威几十公里远的山丹军马场。

　　组织大家去开荒吧。李甦眺望着祁连山以北的广袤的土地，呢喃道，都是农家子弟，春播一把种，秋收一大片。度过春荒，就有吃的了。

　　于是，军用大卡车载着一营官兵，走向山丹军马场，一下子开垦了五百多亩土地，荞麦籽、青稞籽、油菜籽，全都撒下去了，留下一个生产排在那里耕种，部队全部撤回继续训练。

　　但官兵们肚子里的油水越来越少了。有参谋告诉李甦一个消息，酒泉基地的工程官兵开车入祁连山打黄羊了，干了十几卡车回去。

　　馋死人啦。李甦沉吟片刻，有初一就有十五，他们能打，我们也能打，组织一次射击比赛。

　　做什么用？

　　选神枪手啊。

　　于是，全营最好的射手组成了一个神枪手班，入祁连山里打黄羊。虽然没有陈士榘上将麾下那些工程兵凶猛，可是每天总有斩获。半个月后，一些黄羊拉回去了，足足让官兵们解了好些天馋。

　　谈至此，我坐在一旁，感叹道，这可是一群神性的精灵啊。

　　是啊！李甦仿佛听到了，说人命与黄羊之命，哪个更贵，哪个更贱，说不清楚啊！在当时那种饿死人的情况下，当然是救人要紧了，只有牺牲黄羊，是我下令开枪的。

　　我顿时无语，沉寂了好一会儿，喃喃道，这是一个生物链，黄羊亡，人类的生存环境更差。

　　李甦点点头，颇有些悔意，祁连山里的十几万只黄羊，就是六十年代初那场大饥荒绝的种。黄羊没有了，狼也没有了，雪豹就不见了。

但是黄羊也仅仅是解一时之饥。幸好，营里养的二十多头猪出栏了，掐指一算，司政后机关，加上连队和附属分队，一家可分两至三头肥猪，这可是很诱人的啊。

有的战士对李甦拍了拍肚子，营长，玉米面拌骆驼刺粉，肚子里油水，全都榨干了，杀猪吧，打顿牙祭。

也有军官说，营长，该给大家解解馋了。

这事，得开一次营党委会。

杀猪也要开党委会。

对！李甦说，非常时期，大家投票决定。

那天晚上第一营党委会上，只有一个议题：杀猪，还是卖猪。

我倾向卖给国家。李甦说，同志们，国家面临这么大的饥荒，老百姓逃荒要饭，饿死人，有的村庄绝户了。我们是人民子弟兵啊，此时不与人民同舟共济，共度难关，更待何时啊。

有人说营长，这猪是我们自己养的，不少官兵亦饿得患了浮肿病。

比起老百姓，我们那点定量，还不至于要命啊。李甦转向政委张克俭说，你是党代表，你说说。

我同意营长的意见。从情理上说，杀猪，分给连队，让官兵解解馋，一点也没错，且无可厚非，但是国家这么困难，投资这么大，欠了这么多债，我们不能只想自己，不想国家，要为国分忧啊。

政委说得好啊！李甦说，其实，区区二十多头猪，对一个国家而言，帮不了什么忙，但众人拾柴火焰高，位卑不敢忘忧国，表明的是我们的态度和境界，帮国家还一点，是一点啊。

就是，交给国家。

我赞成，我们宁愿扎紧裤腰带，也不能让国家受穷，百姓挨饿。

好！李甦击节而叹，现在是最困难的时候，但武威的老百姓比我们还困难，规定一条铁的纪律，不与老百姓争利，坚决不准到附近打野枣花，更不能剥榆树皮，可以上百里外的戈壁滩上去找骆驼刺，磨成面，掺到粮食里增加分量。

然而，不断有战士饿倒，甚至牺牲在发射场上。消息传到了北京，传到了中南海紫光阁周恩来总理办公桌上，他叫上秘书，去三座门。

此时，军委扩大会正在召开，各大军区的司令政委皆在会上，总理闯入会场，令大家一阵窃窃私语，是不是发生什么大事了，让周副主席亲自出马。

我是来化缘的。总理落座后，神情严峻地说。

化缘！

对！总理伸出双手，我虽手无衣钵，但是要向你们化缘，要粮食。我们的导弹部队正在挨饿，宁可自己不吃猪肉，将养的猪全部交给国家，宁可自己吃骆驼刺研成的面，也不与老百姓争食，这是一支多好的部队，一群多好的战士啊。

见总理如此动情，军委扩大会场一片沉默无语。

你们是各大军区的司令、政委，一方诸侯，我知道你们也很困难，挤一挤吧，挤出一点粮食来，给我们战略导弹部队，这是国家的独苗苗，不可遇饥荒而夭折哟。

总理化缘，谁会无动于衷，谁会袖手旁观呢。

我们给！于是，一车皮接一车皮粮食往西部运去。

一场饥荒解除了，该回家去看看了。李甦已经有半年多未回家了。

政委张克俭说，营长，你该回去看看老婆孩子了吧？

李甦说忙完这一段吧。

政委坚决将他赶了回去。一进家门，李甦觉得有点不对劲，只见小女儿二丫躺在床上，脸色蜡黄，精神一点也不好。

这孩子怎么了？李甦急切地询问妻子。

连着发了几天高烧，打针吃药，高烧不退。妻子答道。

为什么不送医院。

医生说高烧太久了，这孩子可能会留下终身残疾。

是什么病？李甦问道。

医生说，烧坏了神经，可能是小儿麻痹症了。

啊！这回轮到李甦着急了，他抱着女儿想往医院冲去。

晚了，晚了。妻子内疚道。都怪我没有将孩子照顾好。

不怪你，是我没有尽到父亲之职。

后来二丫渐渐地可以下床了，可是颈项强直，眼睛只能往一个方向斜视，走路一拐一跛的。

这怎么能行，这样下去，以后会影响她的一生，必须得矫正。

于是，官兵们在大院的家属区经常会发现这样一幕场景：每个清晨的晓风残月之时，起床号尚未吹响，李甦就带着二丫走出家门，用一根背包绳，将她的两条小腿，捆在自己的腿上，拽着双手，大声喊着齐步走，一二一，一二一。

晚上熄灯号吹过，又是一个小时。

女儿一脸泪痕。哭着闹着喊着。

你走啊，走啊！挺胸抬头，齐步走啊。从春到夏，从秋至冬，李甦就这样大声喊。

两三岁的孩子，岂能理解父亲的一片苦心。

二丫始终没有能够像爸爸希望的那样，像一个正常的孩子，迈开齐步走的步伐。

云淡风轻，英雄垂垂老矣。二丫跟着爸爸走南闯北，最终落脚于灞桥之畔。灞柳烟云早已经消失得无影无踪，但是历史的遗恨和女儿之痛，却让李甦刻骨铭心。二丫没有受过教育，没有正式职业，没有收入，只能跟着父母啃老。

我总有见马克思的一天啊。李甦仰天长叹，得给女儿找一个归宿吧。

经人撮合，李甦准备了一份厚厚的嫁妆，将女儿嫁给了洪庆村一个哑巴，可是出嫁的第二天，二丫跑回家来了，说爸爸，别抛弃我，我还是跟你过吧。

李甦听罢，无语，瞬间老泪纵横。

4 第一批学兵，杨业功从这里起步

1963 年之夏的高考落幕了。

彼时，湖北省应城县应届高中毕业生杨业功接到了两份高考录取通知书，一份重庆气象学院的，一份是某通信学院的，都是好专业。对于一个农家子弟来说，自然是进了一个保险箱，有了一个金饭碗，读大学不用掏钱，全由国家负担，毕业后，国家统一分配。可是，杨业功似乎志不在此，当时金门炮仗激战犹酣，杨业功觉得惟有投身军旅，报效祖国，才是一个热血男儿的最终选择。

班主任劝他三思，说你已经金榜题名了，跃过了龙门，还想去当什么兵啊。如果提不了干，复员回来还得脸朝黑土背朝天种田，重复祖辈的生活轨迹。

然，杨业功似乎已经认定了从军之路，觉得那才是真正的大学校。

恰好这时，导弹第一营以武威炮校的名义，来湖北招特种部队学兵，杨业功一看，积淀于胸中的报国之志瞬间被点燃了。这所炮校开出来的条件，都要清一色的中学生，尤其是政治上要求特别严，查遍祖宗三代，声称只招贫下中农的子弟，社会关系有一点瑕疵，都不要。于是乎，一大群报名的有志青年，稀里哗啦刷掉了一大片，入围者寥寥无几。

杨业功就在那一刻被镇住了，也觉得太有吸引力了。放言道，惟这支部队，否则我哪里也不去。最终他如愿以偿，梦想成真。

1963 年之秋，杨业功穿上一身国防绿，跟着一支学兵队伍，登上了西去列车，穿越三秦大地，过秦岭而入大西北，看着夜间车窗里闪烁的灯火，仿佛觉得青春的火炬照亮了这片莽野。

身后是锦绣江南，渐行渐远，前方是戈壁沙漠，越来越近。然而，在这里，杨业功却寻找到了真正意义上的精神的原乡。

甫一走下列车，杨业功认识了来自荆楚之地的一批青年才俊，有靖志远、葛东升、陈友国等一批人，个个英姿勃发，人人踌躇满志。登车进了满城子兵营，另是一个酷烈之景，显然楚天辽阔的巫术文化，与这里游牧融合的农耕文明，已经截然不同。虽然少了长江流域的烟雨和温婉，却多了西北莽原的苍凉与雄阔。

第一次踏进导弹营的营盘，有两件事情令杨业功终身不忘。

第一件事情是与老营长李甡中校的见面。他看着站在队伍前边的一大批高中毕业生，高兴得合不拢嘴来。说你们是我们导弹第一营第一次从地方招来的中学生，高中毕业的居多，这是一笔无价的财富啊，我记得小时读私塾时，先生说过一句对联，惟楚有材，于斯为盛。前几年我到岳麓山，看到了这副对联。我改几个字，惟我用材，于斯为盛。导弹第一营将来一定会盛，你们就是种子，是播种机，会开遍导弹部队。有人对我说，天上九头鸟，地下湖北佬。无非是说湖北人聪明，我喜欢聪明人，尤其是我们地地导弹知识系统庞大，技术复杂，门类又多，可是说是集人类科学之大成，就得聪明人来学习驾驭和操纵。

掌声响了起来，李甡营长的讲话博得了学兵们一阵阵暴风雨般的雷鸣之声，杨业功在那一刻觉得自己理想的火炬被点燃了，他感到这才是他要来的地方。

影响杨业功一生的另一件事情，便是参观国产的地地导弹。1963年3月，中国仿制的第一枚"争气弹""1059"，已经开始装备部队，军委炮兵技术部安排第一营于当年9月份举行实弹发射。此前，已有一枚训练弹运到了部队，提供给第一营导弹官兵教学和训练之时专用。杨业功迈进了导弹部队的门槛之后，一直未见过真家伙，他很想一睹尊容。

左顾右盼，始终不见君登场。

有一天，李甡来检查学习训练，学兵们缠着他问导弹的长短和模样时，他长舒了一口气说，是到时候了，不该再向新兵们保密了。

其实，"1059"仿制弹装备部队后，恰好是杨业功这批新学兵展开导弹理论学习不久，每天就理论讲理论，容易产生学习疲劳效应。李甦觉得，这群湖北学兵，文化程度高，悟性极好，可走速成之路，大可不必三年五载才培养一个导弹号手，可以让他们尽早上位。

于是，导弹发射前夕，李甦带的发射分队，并没有直驱酒泉卫星发射基地，而是给新学兵们进行一场操作演示。

那天，杨业功和他的战友们早早地来到库房里。导弹拖车上帆布被揭开了，一个墨绿色的庞然大物横亘于前，强烈地撞击着他的眼睛。

李甦营长伫立于导弹前，说，同志们，这就是我们的"1059"，为什么以这个数字作为导弹代号，就是记住这个日子，1959年10月，苏联人撕毁合同，撤走专家的日子。苏军在炮兵的一位顾问巴托夫曾经对我说过，离开苏联人帮忙，中国的导弹上不了天。他们走了不到四年吧，我们的国产导弹造出来了，今年9月，我们就要发射上天。同志们，"1059"，是一枚争气弹啊。

一阵热烈的掌声过后，李甦命令发射连进入30分钟准备。

发射连长刘宗舜立即进入指挥位置，操着指挥话筒，向发控台上的第一号手下达一个个指令。

15分钟准备！

10分准备！

5分钟准备！

发射连长刘宗舜每下达一个口令，发控台上的号手便一边揿动按钮，一边重复口令。那潇洒的英姿令杨业功很激动。也许就从那时起，他决心要从一名发控号手开始自己的导弹人生。

杨业功堪称如愿以偿。

在亚洲第一营里，他从一名学兵开始了自己的导弹生涯，继而成了发控技师，发射排长，发射连长，作训参谋，作训股长，一步一步地走向了导弹司令的辉煌人生。

5 秋季发射，初试剑锋

1963年的春天来得早。

三年自然灾害将近尾声，中国人终于走出了这场炼狱般的劫难，全国各地开始恢复生机。然，死寂般的大西北，仍旧渴望春风一度。

这年的阳春三月，中央军委向炮兵党委下达命令，军委炮兵第一营、第二营参加"1059"导弹抽检发射，打中国的第一枚"争气弹"。

炮兵党委很快将军委的指示传达到了导弹第一营，让他们紧张准备，完成好导弹发射任务。

文件传到满城子，李甦有些难抑心头的激动。整整四年了，他们一直在河西走廊之上铸剑、砺剑，就等这一天啊。

那天上午，他与新任政委张汉杰一起，召集司政后机关和发射连、技术连长开会。

磨剑四载，只为一朝。李甦在会议室来回踱步，说，我总也忘不了苏军驻军委炮兵顾问巴托夫少校临走时对我说过的一句话：离开苏联的帮助，中国的导弹上不了天。我当时底气不足，但是豪情犹在，不能输啊，撤走吧，撤走了专家，撕毁了合同，中国人的"争气弹"——"1059"照样造出来，非但造出来，中央军委还第一次授予我们作战部队进行发射，这是实战能力的一种标志啊。打争气弹，我们更要争气啊，我只对大家说一句话，下一道死命令，争气弹不能打瞎了，必须一弹成功。大家有没有信心？

有！会议室的呼喊声震天响。李甦志在必得，而他的下属的志气也令他大为满意。

　　然而，信心归信心，志气归志气，最终还是要靠本事说话。李甦迅速整合技术连和发射连，组成了两套测试和发射班子。他有话在先，最终花落谁家，幸运归谁，看考核的结果，谁好谁上，谁得分高，谁就去发射。这样的竞争一展开，两支队伍嗷嗷叫，一个赛着一个比着学，比着训练，看谁的技术最过硬，能够拔得头筹，代表第一营去发射。

　　于是，两个发射班子很快总结出了"两预一找"的好经验，预想薄弱环节，预想可能出现的问题，找出解决问题的措施。营里一收集，全营官兵提出的建议和措施居然有100多条，在技术上根据官兵的建议，突破了薄弱环节247条，完善操作规程120多处。

　　好啊！李甦击节而歌，群众的力量是巨大的，基层官兵中间隐藏着无穷的创造精神。有此，我们什么人间奇迹都可以创造出来。

　　这是一个激情和奇迹不断发生的年代。

　　是年7月，第一营接到了军委炮兵党委的正式命令，拟定于初秋时节举行"1059"首次发射，命令指出："上级赋予炮兵首次抽检发射任务，是为了考核和提高炮兵特种部队的训练质量，特别是发射技能，这是一项光荣的战斗任务，请炮兵特种部队立即动员起来，以战斗姿态完成党交给的光荣任务。"

　　于是短短的一个月之中，一场训练大比武又在满城子军营里展开。

　　彼时，恰逢盛夏，冀东大平原上却发生了百年一遇的大水灾，许多农家被淹被泡被洪水冲倒，快成熟的玉米，倒在了泥水之中，颗粒无收，刚刚从大饥荒之中走出的河北乡村又遭遇一次劫数，包括营长李甦在内的一批河北籍官兵都受了灾，家人无家可归。一时间，受灾的电报、家书纷至沓来，一营的官兵心理波动不小。

　　训练一刻也不能停，导弹官兵一个也不能放。家乡受灾，人心不能散。李甦与政委张汉杰商量，作出一条铁的规定。然后，派出政治处副主任穆玉明、宣传股汤广琚各率领一个慰问组，赴天津和石家庄地区慰问，了解受灾情况，联络当地政府，具体帮助河北、天津籍受灾官兵解决实际问题。数日之后，家里来信了，平安无恙，不必挂念，好好在部队上干。

一场虚惊悄然度过。

9月9日，地地导弹第一营收到了向靶场开进的命令。

我住弱水头，君在弱水尾，共饮一河水。当时的靶场就是位于额济纳的中国航天城，部队行进专列须穿狭长的河西走廊地带。由酒泉转载，入清水的一条专线，入当时的酒泉卫星基地。

部队尚未开进，八一电影制片厂军教部带着胶片摄影机赶来了。持中央军委的任务书时，知此为中国战略导弹部队第一次发射，既是打争气弹，更是开天辟地第一遭，必须有带战略和战术背景的演习和开进，他们要用胶片拍摄下来，留下历史的影像资料。

一周之后，导弹第一营从武威满城子军营登车，沿着弱水，顺流而下，向着东西居延海的额济纳旗而去。也许是因为武威的海拔没有酒泉高，当时装载之前，本应该在弹体里注入氮气的，以保证大气压力压下之时，正负可以抵消，然而，导弹第一营毕竟没有这种经验，行前没有在弹壳里加注氮气，结果到了额济纳之后，突然大气压力压下来了，将起竖的导弹拧了脖子。

这是一枚坏弹，李甦当时很激愤，说航天部给我们造了一个坏弹。

可是专家一检查，笑了，这是导弹第一营缺乏大气压力常识造成的。无可奈何之下，只好将这枚"1059"导弹返回北京的厂家，入航天工厂再度校正了。然而这一来一往，就是一个多月，直到9月底了，才运回酒泉卫星基地。

而彼时，号称第一营的西安高级炮校的训练营第一营也带着军事专列赶来了，由营长董永清少校带队，从西安城下的灞桥，乘坐一列军列，一路向西，朝着河西走廊的最远处，酒泉发射基地赶来了。列车到了清水火车站上转载之时，突然被一二百人的男人女人包围了，他们将一拥而上，将解放军带来的粮食全抢光了。当时发射连长气急败坏，一次次跑到董永清面前，道，营长开枪吧，打死这些鬼娘养的。

不可。董永清说，他们也是我们的阶级兄弟，人民子弟兵怎可能向自己的人民开枪的。

于是他们就望着这些村民将一袋袋白面大米扛走了，男人们扛着粮食跑掉了，剩下妇女和孩子们，他们将一把把的生米往嘴里倒，那贪婪的吃相，纵使是石狮子看了，也会流泪。

保卫科的人将这些妇女和孩子围住了，他们跪在一起，向解放军磕头，说我们错了，不是被饥肠辘辘逼的我们也不会这样，只是为救孩子一条命。

起来吧，乡亲们，董永清营长说，是我们不好，不知道你们被逼无奈啊。

那一幕情景，让第一营的导弹官兵们潸然泪下，我们的皇天后土，我们的父老乡亲。

两个导弹营会师了。所有的营长、连长甚至排长，皆出自长辛店炮兵教导大队，四年不见，格外亲切。于是在等待李甦营那枚返厂导弹的日子里，他们在胡杨林里进行了带战术背景的多次演习。履带车碾轧入胡杨林中，隆隆的车轮声，像铿锵的旋律，鼓荡着一批批的导弹官兵。彼时的李甦大显身手，一次次挥动指挥话筒，下达开进和测试的命令，最后30分钟，15分钟准备时，那惊动天地的时刻渐次来临，令每个导弹号手都有一种紧张感和使命感。

一个多月的时光匆匆掠过，还是拧了脖子的那枚导弹，重又回到了酒泉卫星基地。

但是，第一发导弹不能让李甦营发射了，而是由董永清带的第二营，即西安炮校的训练营来发射。

天不助我，时不济运。李甦仰天长叹，热泪纵横道，中国战略导弹部队第一枚导弹发射轮不上我们了。

然，最后的时刻，军委炮兵党委还是觉得这枚导弹的第一发，应该由亚洲第一营来发射。

李甦听到此消息，喜极而泣，喃喃说道，还是首长知我们一营的心哟。

10月24日20时，担任营值班员的作训股长张树彬，接到了上级的命令，A营22时进入发射阵地，次日7时为发射零时。

于是乎，李甦下达了进入阵地的命令，并和政委张汉杰带着部队直奔4号发射阵地。

21时10分，全营紧急出动，整装向发射阵地开进。庞大的车队，由一辆履带车牵引，向戈壁飞驰，李甦营长蓦然回首，巍然大观也。那阵势，真的像当年成吉思汗的铁骑一样，踏风而来。A营所有的官兵激动不已，等了四载时光，终于等到了这一晚，这一夜，这一天早晨。

车队进入发射阵地，李甦命令所有的发射单元立即投入测试、起竖、加注、瞄准等工作之中。这是一个不眠之夜，深邃的夜空下，一行行星河铺向远天，银河之下，人们忙碌着，口令声在夜空里飞荡。

历史永远记住这一刻，1963年10月25日清晨6时30分，随着发射连长刘宗舜的一声："30分钟准备"的口令下达，所有的车辆、人员都向预定区域撤退，发射场上只剩下发射连长和三名排长做最后的检查。

彼时，一轮红日从东方地平线冉冉升起，天地之间一片死寂，寂静得只能听到自己的呼吸声。一枚墨绿色的导弹，犹如一柄大国长剑，傲然兀立于大漠之上，弱水之滨。

刘宗舜率先向李甦报告，营长同志，检查完毕，一切正常。

听到，准备发射！李甦下达了最后一道发射营长的口令。

是日早晨7时。零时到了，晴空万里，一点云彩也没有了。随着发射连长刘宗舜一声"按转电，点火"的口令下达。一枚墨绿色的长剑，犹如巨龙一般，呼天撼地，腾空而起。弹体尾部的发动机，液氧和酒精混合，急剧燃烧，产生了巨大推力，长长的火焰，喷吐着长长的火舌，扶摇直上九重天，30秒之后，开始倾斜，拐弯，最终消失于漫漫云天之中。十几分钟之后，远方的遥测站传来了电讯号，导弹命中靶区。

寂静戈壁滩上沸腾了。导弹第一营的官兵忘记了四年的辛苦、疲惫，每个人的眼睛里都噙满了泪水，他们将帽子抛向空中，最后居然将导弹发控师、一号手和发射连长刘宗舜抛向了空中，悠了好几次，才算过瘾。大家禁不住地高呼，中国共产党万岁！毛主席万岁！

斯时，广播里传来了军委炮兵陈仁麒政委的声音，他在扩音器里传达中央军委和总部发来的贺电："今天发射的导弹，是我们导弹部队组建以来的第一枚，它标志着我们的作战部队已经开始掌握导弹发射的技能，意义非常重大。你们这次发射成功，为我国的导弹事业立了一大功，希望你们发扬成绩，再接再厉，为我国的导弹事业做出新的贡献。"

接下来轮到西安炮校的训练营发射了，个子高大的董永清营长向发射连长张永福下达了发射命令。

30分钟准备。

15分钟准备。

5分钟准备。

3分钟准备。

1分钟准备。

10、9、8、7、6、5、4、3、2、1……

点火!

一只雄睨云天的铁鸟，喷着烈焰，像一只涅槃的血色凤凰一般，一飞冲天，在西部大漠的天空，划过了一道银色的导弹轨迹。"1059"争气弹，终于将东方的梦想带入了九霄之上，大国重器横空出世了。

好事成双，在1963年秋天，历史在这一时刻，被永远地定格了。

秋季发射，初试剑锋。中国战略导弹部队长大了。

第五章

砺剑灞上

1 不当军长当院长，只恨手中剑不长

时光年轮旋转进入上世纪六十年代的第一个初夏。百花嫣然，开至荼蘼，春天卸去繁华绮丽的衣装，夏的脚步便匆匆地近了。

那天傍晚，在北京军事学院的林荫道上，刚接任陈锡联上将出任军委炮兵司令员的邱创成中将，扯了一把同班学员向守芝少将的袖口，将其拉到一旁，颇有几分神秘地说，守芝，祝贺你，我们成了一个战壕里的战友了。

陆军15军军长出身的向守芝不解其意，说邱司令员，祝贺什么啊，历来都是我们近抵前沿，等你们炮击15分钟，打开通道之后，我们步兵再往前冲，我在前方，你的炮兵阵地在后边，咱可不是一个战壕啊。

哈哈！守芝，邱创成觉得向守芝仍然一头雾水，不解自己之意，问道，你是故意装糊涂，还是真不知？

你葫芦里装着什么药，向守芝春风大雅地一笑，操着川北口音说道，邱司令，我真的不知道。

邱创成摇了摇头，说，向军长真可谓守口如瓶，不露半点口风哟。

真的不知，有什么秘密，难道说是总政毕业分配方案已经出来了？

没有！就涉及到你一个人的去向。

我的去向，不是明摆着吗，回武汉军区，向陈再道司令员报到，仍然干老本行，原地不动。

呵呵，守芝，看来你还被蒙在鼓里呢，还是由我来点破吧，你调到军委炮兵了！

啊！向守芝觉得很突然，不会吧，历史上我一直是步兵角色，从未与炮兵打过交道。

何止打交道，这回要玩大家伙。

大家伙，多大，大口径加农炮？应该是最现代化的了。

那都打得太近了，是射程在五百公里以上的导弹。中央军委决定将西北高级学校转隶为培训火箭人才专门学校，要选一位校长，总理让叶剑英元帅推荐人选。叶帅挑了五名军长备选，总理圈了你的名字。

啊！总理真的点了我的将。

当然！邱创成司令员说，我说我们是一个战壕的战友了。

呵呵，我一直将你当作速成系主任兼同学，这回可是我的直接上司了。

缘分吧，守芝。

我很荣幸，倍感光荣。向守志坚定地说，以后我就叫守志吧，我要守国防现代化之志，守中国火箭事业发展壮大之志。

邱创成点了点头，这是一个新的机遇和挑战，我相信人民解放军炮兵的历史将在你们手中改写了，祝贺你守志。

共贺，共贺，为炮兵的发展壮大。两位将军的手紧紧地握在了一起。

时隔不久，西安高级炮校校办秘书陈健民踏上了东行的列车，前往北京去接向守志校长。彼时，这位老陕未到而立之年，投身军旅，考入西北炮兵学校，毕业之时，留校到军务处当了参谋。后炮校转隶之后，专司导弹教学，他调到了校办公室当秘书。那天，学校政委王文介少将叫他进办公室，说，小陈，你跑北京一趟，去与向守志校长联系上，毕业之后，家从孝感搬西安，什么时间动身，夫人和孩子的调动事宜，都一并办理。

陈健民领命而去，他对向守志校长多少有些耳闻，听说他是红小鬼，四川达州宣汉人，先参加红四方面军，后在刘邓大军麾下任团长、旅长，抗美援朝时，出任15军44师长，守住朝鲜平康郡一隅，有力地配合了上甘岭的战斗，后接任秦基伟担任15军军长。抗美援朝归来，入刘帅主持的北京军事学院学习。

那天，陈健民到了军事学院速成系，见此处战将云集，个个鼎鼎大名，向校长同学之中，不仅有新任的炮兵司令员邱创成中将，还有杨得志上将、皮定均中将等名将，令陈健民大开眼界。进了向守志的宿舍，站在自己面前的一代战将，竟然如此的春风大雅，一副谦谦君子状，与他想象中之虎将、战将简直是天壤之别。

小陈，喝水！向守志沏了一杯茶，递到陈健民手中。西安怎么样，市场供应还好吗，你老家是哪里的，家乡的老百姓是不是也在饿肚子。几句话，便将一位战将与一个上尉之间的距离拉近了。

陈健民说，大家听说您去当校长，欢欣鼓舞。

向守志摇头，说我是外行，真正的外行领导内行，一切都得从头学起。

陈健民笑了，说大家都一起起步，那里就没有几个学过导弹的，长辛店来了一拨人，也都是三个月速成了，半吊子，等着向校长去另起炉灶，从头开始。

呵呵！到底是老陕，直率之人啊。向守志叹道。

临别之时，陈健民说，向校长，我将你的东西先带到西安吧。向守志指了指书架的书，说我这些家当，几箱书，另加几套衣服，你先带走吧。

陈健民向军事学院要了一辆车，将向校长的书箱往火车站一托，正准备离去之时，发现向校长的老部队的人也赶来了，说是奉陈再道司令和谭甫仁政委之托，来接人的。

向校长，炮校的教员、官兵都等着你去主事哟。他怕向守志去向有变，犹有意味地说。

小陈放心，君子一言，驷马难追，何况这是总理点的将，我哪敢抗命。

说定了啊！陈健民像有约定地补充了一句。

一定！向守志坚定地回答。

陈健民笑着走了。

转眼便是北京的仲夏时节了。1960 年 8 月，向守志拿着刘帅签发的毕业证，决定回一趟孝感，向 15 军的老战友和武汉军区首长告别。坐火车到武汉三镇，甫一下车，便被接进了武汉军区大院，中南局书记、武汉军区司令陈再道上将和谭甫仁中将请他吃饭。

因为是困难时候，菜也特别简单，但是酒还是要喝的。三杯两盏下肚，生性豪爽的陈再道有些不爽了，操着浓浓的红安口音道，炮兵的手也伸得太长了，抢人抢到我陈再道头上了。我刚培养出几个干事的人，他们就瞄上了，有点不够意思。

向守志不想戳破内幕，笑了笑，说司令，革命军人就是长城上的一块砖，哪里需要往哪搬。

搬个屁，再搬也是从我武汉军区搬啊！轮不到他们炮兵啊。陈再道与向守志碰了一杯酒，说，守志，你是陆军出身，带兵打仗的人，做个什么教师爷班主啊，有啥意思。你吭声气，只要给我两个字：不去，我给就总理打电话，说向守志同志的工作安排问题，军区另有考虑。

司令，总理点将，我哪敢抗命，虽然我对 15 军，对武汉军区的老首长有感情，但是感情归感情，命令是命令。

谭甫仁中将看出了向守志的犹豫，说，守志啊，对你的工作，陈司令和我多次交换过意见，准备让你担任武汉军区参谋长。

好位置，都给你留着了，干不干，就你一句话，陈再道毫不掩饰地说。

陈司令，容我考虑考虑。

好！三天时间。

干了这一杯。陈再道和向守志、谭甫仁一饮而下。

那些日子，驻足于长江岸边，登黄鹤楼，看烟花三月，晴川历历汉阳树，芳草萋萋鹦鹉洲，回孝感，看洪湖水，浪打浪。然，一条滚滚东去的大江，浪淘尽千古风流人物。又有多少英雄，在这条大江面前，皆化为沧浪之水。

自己只是一个战争的幸存者，多少与自己一起参加红军的战士，都倒在了通向新中国的路上，他们的理想之花，就是国家的安定和强大。向守志，生于达州宣汉县南坝场，那本是大巴山深处个殷实人家，父亲在镇上开了一个小药店，在他五岁时便将他送进了私塾。可是，那是一个乱世的中国，寻常人家经不起时代风雨飘摇，三个哥哥相继被抓了壮丁，一去不再复返，从此失联。三位年轻的嫂子见丈夫生死未明，无法等丈夫归来，相继改嫁，唯一的姐姐又远嫁他乡。父亲受不了如此沉重的打击，郁郁寡欢，最终英年早逝。一个家庭便这样散了，剩下他与母亲相依为命。但是，向守志知道，若国家和社会动荡的命运不改变，自己永远只会是一片浮萍，一根草芥，在那个有枪便是草头王的社会，哥哥们的昨天就是自己的明天。恰好这时徐向前和张国焘率领四方面军来，已经是少年先锋队队长的向守芝，揣着母亲做的那双布鞋，跟着红军走了。他心中只有一个念头，走出这山重水复的大巴山，走出去，跟着共产党去打天下，去改变，改变自己的命运，改变一个家庭的命运，一代人、一个社会乃至一个国家的命运。当他站在南坝场上与母亲告别时，不曾想到这一别会是二十载春秋。再回乡时，母亲早已经不在了，留给自己的是物是人非的记忆。

在战争这所大学里，向守志几乎干过所有的军中职务，从红军的班长开始，继而排长、抗日战争时八路军的连长、营长，解放战争的大幕拉开，他随刘邓大军进军大别山，先后任团长、旅长，激战淮海，解放全中国。随后作为15军44师师长，他随秦基伟军长赴朝作战，悄然渡临津江，参加五次战役，血战汉城以北的北连川，与美三师展开激战。面对敌人的大火力压制，硬是凭着中国军人的血性和牺牲，将武装到了牙齿的美国大兵赶至汉城以南，创造了歼敌514人的佳绩，打了个入朝首胜。再战大水洞地区，又毙伤美军1784人，俘获美二师少校营长以下244人，名扬全军。然而，令敌人胆寒的却是上甘岭之战，不到一平方公里的主峰上，15军与美军摊牌，打得不可开交。美国人在这个高地上扔下炸弹将山峰削平了，可是这个刚刚获得解放的民族，这支仍旧穿着单衣赴朝的人民军队，硬是靠自己的一不怕苦、二不怕死的精神与血性，与全副武装的世界最强大的军队作战，从精神上彻底地击溃了美军，让美国大兵从上甘岭败下阵来。当时，作为上甘岭的侧翼，向守志率部在平康郡河谷坚守，面对美军坦克的一步步紧逼，他们潜伏在荒草丛中，打退了美二师从一个加强排到一个加强连，再到一个加强营的多次进攻，坚守九个月，将我方阵地向前推进了13平方公里，有力地配合了上甘岭之战，涌出了名垂青史的战斗英雄邱少云。然而，作为一师之长，向守志当时更多看到的是我军与美军武器装备上的代差。志愿军后勤保障是平面的，经常带的弹药和供给只能打一个星期的战争，到了后来支撑无力时，只好后撤，且面对敌人的狂轰滥炸，我们没有制空权，更无远程打击能力，官兵的牺牲十分惨烈。也就在那一刻，更坚定了一个老兵走现代化强军之路的决心，我们不能再人海战术，以人的牺牲铺就胜利之路。

经历战争之战将，最不喜欢战争，同样离开了战场的将军，却时刻关注着未来的战争。与其说经历过战争的军人不喜欢战争，不如说是经历枪林弹雨的将军，考虑更多的是让自己的部下尽量减少牺牲。

沙鸥低旋，江轮呜呜……

一艘时代的巨轮出三峡而入波光万顷的洞庭、鄱阳，向守志从历史的沉思中醒来。历史的潮流滚滚向前。他的眼前遽然一亮，虽然此时他还面临着两难的抉择，可是，历史大势早已经明朗，一边是大军区的参谋长，一边是正军平调导弹学校当校长，一边是指挥千军万马的上将军之位，一边则是润物无声的桃李之旅，一边是金戈铁马的陆军生涯，一边则是云谲波诡的高技术之旅。然而此时，向守志的感情天平已经倾向长安，不当军长当院长，只恨手中剑不长，穿越云蒸霞蔚的长江，将眺望之目投向遥远的三秦大地。

秦时明月汉时关，归去，胡不归去，一代战将在那里砺兵山河，砺剑灞上。

谢绝了陈再道上将的真诚挽留，将自己档案里的名字向守芝，正式改名为向守志，从今以后的大半生军旅生涯，向守志要守一代火箭先驱的逐鹿天疆之声，守中国军人的现代化强军之志，守中华民族的富强繁荣安定之志。

那一年，向守志刚过不惑之年，人生的第二春刚刚开始。

2 灞柳烟云听东风

黄菲迪与大队长孙式性、政委宋呆站在长辛店的王佐车站上，与莎尔曼·邱克营长、伯列任斯基中校等102名苏军导弹营官兵道别之后，目送苏军的专列在中国北方的大地渐行渐远，一段传奇的历史由此画上了句号。随后，炮兵教导大队又接着承办了地空导弹营的教学任务。

1959年7月24日，炮兵教导大队完成了一切使命，它的临时性番号成了一种历史的记忆。

因为封闭在长辛店的小环境里，对于外围之外，中国大跃进狂热和反右运动的风暴，黄迪菲知之甚少。他更不知道，就在炮兵教导大队的导弹训练落幕之时，中央军委常务会议决定，由炮兵党委组织精兵强将，组建我们自己的特种兵工程技术院校，向建国十周年献礼。

那天炮兵司令员陈锡联上将主持会议，决定以西安迫击炮学校为依托，以长辛店炮兵教导大队人员为骨干，再从空军驻陕的航校抽调部分官兵，开始招生，并在1959年9月正式开学。

为什么要撤并西安迫击炮学校，陈锡联司令员讲了这么一件事情。说去年夏天，彭老总到西安检查工作，专门驱车到灞桥的西北炮兵迫击炮学校看了看，听了一堂课，回来把陈锡联叫去，臭骂了一顿，说你这个司令怎么当的，西安迫击炮学校管理很差，苍蝇满天飞，脏得不得了，你们搞么子名堂啊，这里能教出好学生来，鬼相信。所以这次办导弹学院，一定要选最好的领导，选最优秀的教员，建最强的班子。

向守志就是在这种背景下，被任命为西安高级炮兵学校校长的。

1959 年 7 月 20 日，原西安迫击炮学校人员分流安置完毕。

一个月后，从中原大地招收的第一批学员 199 名军校生全部报到。

8 月 25 日，由炮兵教导大队副大队长擢升为西安高级炮校训练部副部长的黄迪菲带着张弓等 26 名教学骨干，秘密护送一枚苏制 P-2 导弹，抵达灞桥。

9 月 1 日，炮兵高级专业学校工程一期正式开学。

那天下午，黄迪菲老人说起这段历史时，仍然掩饰不住老夫少年之狂，对逝去的岁月追念不已。

黄迪菲说，1959 年 7 月 24 日，炮兵特种教导大队解散之时，他将自己的背包扔到嘎斯-69 吉普车上，环顾了一下生活了十九个月的营盘，心里涌动些许怅然和眷恋。一段历史在此书写了，又一段历史在此尘封了，留下的仅仅是长辛店的地标和精神。而那些培训过的三期学员，则像种子一样撒满炮兵特种部队，开花，结果，终成参天大树。而最令人难忘的是首都警卫师一个公安大队在长辛店周边警卫了一年零七个月，风雨无阻，围成铁幕一样，插翅难飞，中国军队的保密在这里堪称到家了。

要走了，也许不会再回来。黄迪菲举起右手，郑重地行了一个军礼，然后大步流星地走下扶梯，跨进吉普车，还回军委炮兵大院，继续当司令部办公室主任。

翌日上班，黄迪菲的身影刚出现在炮兵司令部的走廊上，便被迎面撞上的陈锡联上将召进了办公室里。

请坐，迪菲，一年多不见，又长本事了。陈锡联问道。

报告司令员，长得不多哟，只是对导弹指挥和使用技术流程略知一二。

学了这么久，肚子里的导弹知识倒是长得多了，可是身子骨却瘦了一大圈，更像麻秆一样，没有被导弹知识吹胖哟。陈锡联幽默地说道，但算是一个内行了。

内行不敢当。比之专家，尚有距离。

领导嘛，知道一个大概足矣，懂得组织教学和训练就行。

这个没有问题。

好！我就要你这个。陈锡联敲着桌子说道。

首长，在炮兵司令部啊，导弹技术再多也没有用。黄迪菲答道。

谁给你说的。在炮兵教导大队待过的，都是宝贝疙瘩了，现在派上大用场了。陈锡联说道。

派什么用场，还不是继续当我的办公室主任兼炮兵博物馆馆长，学了那些，没有用。也许因为跟陈锡联好几年了，黄迪菲说话已经无拘无束了。

黄迪菲，高度近视，人家说你短视、近视，我开始不相信，如今信了。主席说，风物长宜放眼量。你可是看得太近。

是吗？首长，黄迪菲反诘道，我哪里看短视了。

现在！陈锡联敲击着沙发扶手，道，我召你进来，其实是给你压新的担子，发挥你炮兵教导大队的长处和优势，炮兵党委已经决定你去西安炮兵特种技术学校当训练部副部长，这所学校已经升格正军职单位了。

真的！黄迪菲那高度近视的眼镜圈后露出惊讶之色。

陈锡联上将微笑着点了点头。

感谢组织上对我的信任。一向坦荡的黄迪菲此时竟然有了几分忸怩：请首长放心，我一定不辱使命。

先别高兴，后边还有重要的任务等着你呢。陈锡联司令员交代道，第一件事情，长辛店的那一枚P-2导弹，要马上运载到西安炮兵学校去，以供教学训练用。你立即带两个人去打前站，落实一下，导弹从专列上卸载之后，公路行军路线如何走，如何保密，拐弯半径够不够，并筹划导弹到了之后，建库房之事。第二件事情，督促西安炮兵学校清编之事，凡不适合做导弹教学工作的人员，要迅速分流出去，以保证今年招生，9月1日正式开学。还有，这个尖端武器可是连着中南海的神经，任何事情，若有闪失，便是捅天的大事情，如果捅一个娄子出来，我这个炮兵司令员也支撑不了。

请首长放心，我用脑袋担保，保证导弹装备万无一失，安全运抵西安。黄迪菲噌地站了起来，拍着胸脯对陈锡联司令员答道。

好！就要你这句话。西安炮兵高级专科学校，可是我军第一个导弹培训机构，前途无量啊，望你好好干，不辱使命。

是！黄迪菲向陈锡联司令员行了一个军礼，步履矫健地走出首长办公室。

8月1日那天，黄迪菲带领发射教研室主任苏晨、控制教研室主任宋子寿匆匆登上了开往西安的列车。

列车在华北平原上疾驰，过黄河，入芒山，向着潼关方向开进。黄迪菲身着上校军服，紧倚车窗而坐，探了探高度近视的眼镜，眯着眼睛向远处眺望。夏收之后的原野，长出一片片新绿，北方的村场上，仍然透着一垛垛麦秸之香，溢散在村舍之间。一座座土法上马的炼钢炉，仍然星罗棋布地散落于人间，透着激情与狂热刚退却的痕迹。奇迹已经不在，但是那个乌托邦的梦想，还诱惑着许多人熙熙攘攘而来。

西望长安不见家。黄迪菲并非无梦之人，但是他是为导弹转载探路而来，要的是科学和理性，而非不着边际的乌托邦。而他带的两个主任，皆受过最好的大学教育。苏晨是随四野的炮兵逐鹿白山黑水，一天天壮大，最终雄姿英发拉着炮车，随四野入关的，有过战争的特殊经历；宋子寿年轻时则在武汉大学物理系受过完整的大学教育，知识分子投笔从戎，对于即将展开的导弹教学，既是见证人，亦是创业者。两个一武一文，堪称左膀右臂。然而此行，就是来为P-2导弹转载探路的。下了铁路专用线，公路行进之时，转弯的半径够不够大，路面踏不踏实，这么重的吨位，会不会压塌了路基车翻一边，都是他们要踏勘和考虑的。

列车从时光的隧道穿越而过，往事如烟云，随着骊山山麓渐次在视野中崛起，长安城近了，历史也近了。渭城朝雨，柳色新新，一脚踏上西安火车站的站台，黄迪菲觉得一股历史的大风迎风扑来，今后的人生，大半岁月要在长安城度过了。秦时明月，几声工尺曲吹来汉风、唐韵。随后几天，黄迪菲三人开始探路，西安炮兵学校副校长丛蓉滋和训练部长柳琛也一齐参与。当时有三条路线可供选择，第一条方案选择在姚村，两个山头包围着铁路专线，导弹专列抵达之后，可迅速占领制高点，进行警戒，可是最大的弊处是要封锁陇海线，停运几个小时或一个晚上，如果报告上级，肯定是通不过的。第二个方案，选择清化车站支线终点的一个大仓库，可是实地一调查，旁边有一个生产危险爆炸品的工厂，此方案也很快被否决了。第三个方案，选择在铁路站台上卸载，导弹直接运至高级炮校，可是在路线上，从北京来的黄迪菲、苏晨和宋子寿，却与校方出现了分歧，此方案必须由灞桥镇上通过，转弯半径太小，不利于保密，建议在村路重新修一条道路通过，但是丛蓉滋副校长和柳琛却坚决反对。他们熟悉当地地形，觉得村后古墓林立，塬上断崖不绝，地下空洞处处皆是，临时修路不知深浅，几十吨重的导弹车一经行时，万一将路基压塌了，必然会酿成捅天的大事故。黄迪菲三人听了觉得很在理，同意否定修路方案，改在镇上通过。果然几天之后，当地连着下了几场暴雨，山洪涌来，原来选择的路段出现了塌方。黄迪菲得知，心惊了一场，想想后果，真有点不寒而栗。

路线已经选定，暂时贮藏导弹的仓库已经腾空。万事俱备，只待重器入长安。

1959 年 8 月 24 日，长辛店炮兵教导大队的最后 26 名专业教学骨干，在副校长魏震和张弓等人带领下，携着一枚苏式 P-2 导弹及其发射设备，朝着长安城而来。

9 月 1 日，西安高级炮兵学校工程一期正式开学。

灞柳烟雨，汉家陵阙。惟见东风四起，犹如一股时代的大风在这片皇天后土上吹过。

3 向守志麾下的"四大金刚"

向守志从北京军事学院毕业，回武汉、孝感辞别领导与部队，再入长安城，砺剑灞上，已经是 1960 年夏了。

彼时之中国，在经历了一场政治发烧和狂热之后，又陷入三年自然灾害的泥沼，饥饿如影相随，可是西安炮兵特种技术学校工程一期，却如期开学了。

向校长到职就任，发现自己两个副职——副校长魏震、丛蓉滋对开局之年的导弹教学抓得风生水起，有声有色。前者当过防空师副师长、宣化炮兵学院炮兵系副主任兼训练科长、华北军区防空军司令部炮兵处处长，最后是炮兵教导大队地地导弹训练大队大队长，对导弹教学并不陌生；后者则是西安迫击炮学校副校长，这所学校的老人，对西北炮兵历史了如指掌，擅长管理。

向守志下车伊始，主管教学的副校长魏震汇报教学情况，旁边坐着政治委员王文介少将和班子成员，说向校长未到位时，我们在王政委的领导下，工程一期的导弹教学商量着干，杀出了建校起步的"三板斧"：

第一板斧就是成立基地教研室，将原迫击炮学校受过大学教育的教员集中起来，并从西工大、西交大挖了一些师资人才，充实到了基础教学一线。像高等数学、大学物理、电工、机械制造，我们比地方工科大学并不逊色。第二板斧，盛云、苏晨、张弓、席力等教学骨干，去哈军工，向院领导、苏军教官、专家教授，请教五年制教学的开设课程、种类，教学大纲要达到的要求，并原封不动复制回来拟定了教学计划。第三板斧就是原迫击炮学校的干部的临时调整任用，不能弃之如履，需与新的学员一起，形成西安炮兵学校的校风。

说得好啊！向校长对魏震副校长的汇报给予了充分肯定，然后对班子成员说，比起在座的，我才是军委炮兵的一名新兵，一个军队教学领域里的真正的外行。有人说，外行可以领导内行，我不同意这个观点，你这个外行，话说不到点子上，工作敲不到鼓点上，人家心里怎么能服气你啊。西安炮兵学校，从开步第一天起，就要走内行治校、专家治校之路。从刚才的汇报看，你们都是内行啊，已经露出专家治校的端倪来了。

向守志感叹地说，都是内行啊，惟我是一个例外，外行不能领导内行。趁着夏天放暑假了，我得速成一下。请火力诸元射击教研室主任席力、控制教研室主任张弓、发动机教研室主任苏晨、测试教研室主任魏云等人，到我宿舍，每个人给我讲几个课时，捡最精华的、又是一般干部都能听懂的讲。

于是，就在1960年那个夏天，虽然学校放假了，但是起床号、开饭号、操课集合号照样响起。就在紧邻东北侧的院长小院，上课的号声一响，向守志校长必然从小楼的二层，沿着扶梯走下来，恭候于门前，等着四大教研室主任之一的一位教员到来，亲切地问候，礼让在先，扶着、拥簇着走上二楼。此时，入客厅，公务员已经沏好了一杯清茶，端至教研室主任的跟前，向守志坐在沙发上，一听就是一整天。如果这个单元的课程没有讲完，就在第二天延续。往往一门专业课，向守志会用一周或者十天，加起来近百个课时，才能听完。

席力、张弓、苏晨、魏云四位大主任，或在长辛店，或在哈军工，或在宣化炮兵学校，跟着苏联专家学过，"文革"年代，皆被打成了向守志麾下的"四大金刚"。金刚就金刚吧，其实金刚护法，除妖降魔，护法保平安，本是一件好事、善事，何况他们对院长单独上课，开过小灶。因为这段先生与学生之谊，院长与教员之情，他们的感情一直很好，心照不宣，许多年后，仍被当作一段传奇津津乐道，但是为此，"文革"年代也蒙冤挨斗，受了不少委屈。我后来采访向守志这位传奇人物时，与健在的席力和苏晨谈过几回。

席力是四大金刚之首，解甲归田，与我同住在一个军队大院里。他住的干休楼，楼高八面风，耸入云天，与我家住的五层楼的单元楼，仅隔着一个门球场。一高一矮，却无傲睨之状。我入他家，亦无仰视之感。已经年近八旬的老人，仍睿智如初，他告诉我保持敏捷之秘，就是不断地做大学微积分数学题。其知识视野之阔，令人骇然，天文地理、科技网络、国际政治、文史哲，无所不知，无所不通，然，一位军职干部之家，书籍、报刊乱放，亦令我无插身之处。

看出我是一个不修边幅的人了吧。这位当年北京市委书记刘仁的副官淡然一笑，活得自由自在就好。

亦学亦官，人当如君。我冒出一句话。

呵呵！他沙哑的嗓子一笑，家无女人，只有一个儿子相依为命，只能如此。

当年你与向院长相处，亦这样？我问。

当然，从未改变过。席力陷入对往事的沉思之中，喃喃自语，一位领导，若能做到封疆大吏，上将军，必有与众不同之处。向院长，不过读了几年私塾，红小鬼参军，一直是在战争的大学学成的。朝鲜战争，让他看到了我军与美军的差距，在北京军事学院学习完了，放着指挥千军万马的陆军军长、大区参谋长位置不坐，1963 年我们改为炮兵技术学院来当一个区区几千人的导弹学院的院长，他看中的是什么？是代差，中美两军之间的时代差，要缩小它，我们才有与人家再度摊牌和较量的资本。记得他第一次在全校干部的见面大会上说，我们要将根牢牢扎在这里，即使将来死了，也要将骨头埋在洪庆山沟沟里，这可不是穷乡僻壤，是厚土。学院外边不远处就是大唐安史之乱的有功之臣郭子仪的坟墓，再远一点的灞河边，则是楚汉之争的历史遗址，在这样的土地上创业，磨砺国器，我们感到无上光荣。在向院长这一代导弹先驱身上，我感受到的是中华民族那种生生不息的美德和浩然正气。

席力说有一件事情，他至今难忘。轮到他讲导弹的火力和诸元计算时，此课比较复杂，不仅涉及数学，还有物理甚至其他学科，讲课的时间长。有一天，他入院长小楼时，发现向守志没有下来迎接，而是由公务员导引上至楼上，只见向院长坐在一个气充满的游泳圈上。他刚入屋里，向院长站了起来，说，席力主任，请坐，我这几天痔疮犯了，老毛病了，不能下楼接你，抱歉，抱歉！

向院长做双手作揖状。

席力看了，顿时一愣，说向院长，诸元计算课，可以放到以后再讲，你先看病。

嗨，十男九痣，向院长笑了，这病也没有什么好办法，就是用PP粉坐浴，课，你照样讲，医生给我出了一个好主意，让我坐在游泳圈上听课。迎接先生这个礼节，就暂时免了。

看到这一幕，席力心里涌动一股暖流，一位人民解放军的高级将领，在酷烈的战争环境里，与日本鬼子较量过，与美国大兵摊牌过，且战争的大考，证明他是合格、过关的，是常胜之将，可是在一个和平的环境里，竟如此如饥似渴地学习高技术战争知识，为的是使我军在新一轮的竞争之中不至落败。

向守志坐在游泳圈上，听席力讲课，一听就是十天。

十天之后，他的痣疮痊愈了，人能够站起来走路了。他对席力说，席主任，这几天有失礼仪，未迎先生，作为弥补，我到你宿舍看看。

席力说，向院长，去不得。

为什么去不得？向守志不解。

我的宿舍乱成一团，脏死人了。席力捂嘴笑道。

不会吧！你也是抗战老兵出身了。向守志执意要去看看。

席力无奈，只好带向守志去他的宿舍，岂止是脏乱差，军装扔在桌子上，袜子一地，甚至连被子都没有叠，床上被子上，全都是一张张一片片数学演算纸。

席力脸红一阵白一阵的，羞怯地说，我这个人生性懒，没有按内务条令管束自己，向院长，你处分我吧。

为什么要处分你。

我不是好军人。内务很差，爱睡懒觉，不出操。

你是一个好教授，好主任就行哟。向守志笑道，这样的学院，这样知识分子扎堆的地方，就得有几个怪人，席大官人算一个吧。

说得如此真诚，没有半点揶揄之意，从此席大官人在炮兵技术学院叫响了。

其实席大官人本身也是一个传奇。他在晋察冀边区时读过中学，酷爱数学，当过晋中七分区的教员，后从军队调到北方局城市工作部部长刘仁麾下当粮草副官，第一次从北平的报纸上看到原子弹爆炸的消息，第一次看到迫击炮时，他便用函数算了起来。新中国成立后当过北京炮校的数学教员，中国引进苏军第一部最先进的阿尔索姆雷达后，为了凭光速声速抓准敌人的方位，他到哈军工当班主任，硬是跟着苏军教官偷着学，将技术拿到了手。长辛店炮兵教导大队成立时，宣化炮兵学院政委刘春少将交给他一个秘密任务，到长辛店当炮兵教导大队诸元科长，把导弹远程打击最诡秘的诸元计算拿到手。跟着苏军导弹营季米特连科大尉对口学习，可是季米特连科只给他列七八十道数学公元，其中的原理是如何推导出来的，只字未说。尤其是敌方的坐标如何获取，发射的落点如何知晓，更是只字未提。席力便刨根问底，想捞到一些绝密的东西来，可是季米特连科大尉三缄其口，被逼急了，对军衔比他高的席力也一点不客气了，大声吼道，少校同志，这不关你的事情，贵国的军委首长给你什么坐标，你就坐什么坐标嘛。

大尉同志，我就想问你这些坐标从何处而来？席力试着想套出对方一句实话。

抱歉，科长同志，你别忘了你只是一个小小的少校，你的问题已经远远超出了你的职务应该知道的范围。季米特连科又一次让席力吃了闭门羹。我无可奉告。

妈的！老毛子，盐油不浸。席力将苦恼告诉技术副大队长黄迪菲。

都说席力是炮兵教导大队最聪明之人，聪明人也有糊涂的时候啊。黄迪菲窃笑道。

黄副大队长有高见？

黄迪菲伸出两个指头，请客，喝酒！

这一招果然很灵，那天席力带着会燃烧的茅台去了，请季米特连科大尉喝酒。那茅台一根火柴都可以划着，季米特连科觉得很神奇，喝高了，席力一问，他果然酒后吐真言，几句话捅破一层窗户纸，让席力茅塞顿开，困扰许久的事情皆解决了。后来，到了西安炮兵高级炮校，席力发现，苏军负责瞄准专业的哈达林上校，真功夫不过如此，因此，他带着一批年轻教员赴北京，找中科院学部委员、留英博士卢福康，计算机所所长胡世华，声学所的马大猷，最终解决了诸元计算方面的难题，成为火箭兵火力核打击的开山之人。

在向守志眼里，席大官人是做学问的能人，要给特殊政策，因此他参加政治学习打瞌睡，不出早操的事情，满身脏兮兮地出现在大雅之堂，有损军人形象之事，反映到向院长那里时，向守志对席力这样的专家教授都网开一面。

到了"文革"年代，时任炮兵副司令员的向守志也泥菩萨过河，自身难保了，然而，当炮兵技术学院的红卫兵小将要将席力当作北京市委书记刘仁的黑副官来抓时，向守志仍然挺身而出，保护席力，说他就是一个有点个性的教授，是一个导弹功臣。我们缺这样肯动脑子、钻研的人物。士为知己者用，每念及至此，席力都感叹不已。

四大金刚另一位人物是苏晨，当时任发动机教研室主任，中校军衔。此时，他在武汉第二指挥学院干休所里疗养，人将八旬。我采访他时，思路依旧清晰，说起在灞上砺剑的岁月，仍旧热血激荡。他说向院长虽是老红军出身，文化程度不高，但一个人的思想层次和厚重，还是经历，战争大学里一路走来，他最大的梦想就是我军的国防现代化，因此，如饥似渴地学习导弹专业知识。那天苏晨向我谈及向院长与四大金刚的故事，他说有一件事情，影响了他的一生。

那天下午，苏晨在给向守志开小灶，谈导弹发动机课，已经讲了一周时间了，讲到最关键的发动机液体燃烧时的流量推力比时，门诊部主任突然闯了进来，在向守志跟前耳语了几句。只听向守志惊叹了一句，啊，怎么会这样？

苏晨观此场面，知道可能出了大事情，便打住了。

苏主任，接着讲啊。向守志向门诊部主任吩咐道，你们先去，我下了课就赶过去。

苏晨也没有多问出了什么事，怯怯道，向院长，如果您有急事，这课可以延期再讲。

向守志摇了摇头，说已经讲到关键节拍上了，我想知道后面的程序怎么动作，原理是如何运行的。

日暮时分，因为课堂你提我问，拖堂了，过了开饭时间才最终下课。这时向守志站起身来，说苏晨，对不起，我不与你共进晚餐了，刚才门诊部主任说，我家爱人张玲同志查出了直肠癌，要做手术。

向院长，你为何不早说啊，我可以将课停下来。

那怎么行，中途打断，那是对老师的不尊敬啊。向守志说。

向守志没有顾得上吃晚饭，便赶到了西京医院，见当年太行山里女区委书记躺在病榻之上，瘦削的身体蜷缩着，有些心酸，说老张，都是我不好，你病成这样，也没有腾点时间关心你，尽丈夫之职。

张玲笑笑，拍了拍丈夫的手，守志，我们都是从战争走来的人，我知道你的心思，只争朝夕，一分钟当一年用，到一个新单位，有一种拼命三郎的味儿，你每天在二楼的客厅里一开课，我就只得回避啊，这些我都理解。你干的是大事情。

谢谢！张玲同志。向守志凝视着妻子疲惫的神情，眼睛里噙满了泪水。

谁道英雄不怜情？！

4　周恩来下令"拔青苗"

一架空军伊尔值班飞机穿云带雨，朝着三秦大地飞去。

机舱内，时任国务院副总理兼总参谋长的罗瑞卿大将，长长的身子倚在软沙发之上，旁边坐着朝鲜国防部长金光霞大将。

两人已经多次见面，是老朋友了。当年，金光霞在长白山里打游击，会一口流利的汉语，两个人交谈，并没有语言障碍。此时的中朝关系仍是血凝之谊，中国党和政府秉承不干涉其内政之策。不像大清国，纵使在末世，国力早已经不支，犹使一代枭雄袁世凯不到而立之年便坐到朝鲜监国之职，朝鲜的经国大事，全由他一个人说了算。而新中国即使从延安回到平壤的老革命即所谓延安派，被金日成一一清算了，中国党和政府也没有对金日成政府拉下脸来。中国人对朝鲜金日成政府的义薄云天，披肝胆，在那个年代可谓有目共睹，而一件埋藏了半个世纪的秘密，到了新世纪之门骤然打开之后，才被披露出来。

那天，罗瑞卿亲自出马，陪金光霞大将飞抵长安城，就是要到西安炮兵技术学院，观看第二个导弹营的导弹操作演示。这是中国尖端武器第一次给外国人秘密看。

金光霞感叹万千，说，罗总长啊，只有踏上中国大地，我才有回家的感觉，中国同志从不将我们当外人，去年我去苏联访问，也想看看他们的导弹核武器，可是他们像绅士般沉默，到访苏结束时，也不接这个招。

这是主席和总理特批的，我们有的副总长都没有见过，这是首次示人，向兄弟党和军队开放。

肝胆相照两昆仑。中国党和政府对我们，没得说的。

哈哈！罗瑞卿仰天大笑，金大将不愧是中国通啊，连谭嗣同的诗都用上了。

中朝两国几千年文化一脉，唇齿相依，中国强则朝鲜安啊。

其实，这个武器也是借鉴了苏联的P-2导弹仿制出来的，我们取名为1059，就是记住中苏关系破裂的日子。一个国家要强大，光靠别人援助是不行的，得像主席说的自力更生，奋发图强，1059就是我们奋发图强的结果。

是啊，是啊！中国同志勤奋聪明。

我们有一批留学欧美、非常爱国的导弹专家、核物理学家。罗瑞卿不无自豪地说。

我回去后，要向金日成将军报告，好好向中国同志学习。金光霞喟然感叹。

彼时，专机机长走出驾驶舱，到罗总长面对轻声说道，飞机已开始下降，15分钟后，降落在临潼机场。

转瞬之间，飞机轻柔地降落在临潼机场，然后滑向停机坪，刚搭好舷梯，罗瑞卿总长陪着金光霞走出舱门，就见西安炮兵技术学校校长向守志少将、政委王文介少将已经伫立舷梯之下了。罗总长大步流星地走了下来。

总长好！向守志走上前来向罗瑞卿行了一个庄重的军礼。

随后，罗瑞卿将向守志介绍给金光霞大将，这是抗美援朝守过上甘岭的那个军的军长，现在是炮兵高级技术学校校长向守志少将。

向院长好，金光霞的汉语之标准，令向守志吃了一惊。

部长同志好！向守志向金光霞大将行了一个礼。

向守志陪着罗瑞卿大将走向座驾，罗瑞卿边看边瞥一下向守志，亲切地问道，守志，两年不见，你可是瘦了不少，怎么样，浮肿病好了吧？

这种现象在我们学校已经很少发生了。向守志不无自豪地报告道，去年我们在黄河、渭河滩上开荒，种花生，收获了十几万斤，还派人去威海打鱼，补济副食。

我听邱司令说了，还给炮兵机关进贡不少啊。

机关也有难念经，人多，在大北京，没有那么多资源啊。

所以只有等靠要！罗瑞卿跟毛泽东久了，语气不自觉有了傲睨之状。

向守志连忙转换话题，我们靠自主图强搞训练，如今训练教学营已经具备操作"1059"发射能力，部队已经准备就绪，等待总长检阅。

我们车上谈，要快，观看过导弹操作演示后，我还要陪金大将返回北京。

一个多小时后，罗瑞卿、金光霞一行车抵灞桥，入炮兵技术学院，在圆拱形的操作大厅前戛然停下。然后下车步入操作大厅，已经集合、整齐列队的导弹第二营营长董永清跑步过来报告：总长同志，炮兵技术学院训练教学营正在进行导弹操作准备，请你指示！

罗瑞卿大将还了一个军礼，命令道：继续操作！

是！董永清转向跑步回到队伍前边，下口令道，号手就位。

随着导弹营营长一声令下，转运弹、加注连、发射连的号手纷纷就位。随着转运连长一个个口令下达，很快完成了导弹与战斗部的对接，然后在导弹发射车上缓缓起竖，导弹直指大厅穹顶。加注连迅速背着管道，将槽车与导弹连接，官兵们的每个动作都做得准确到位，完美无缺，金光霞站在观景区啧啧称赞，太棒了！

傍晚时分，操作结束了。罗瑞卿总长在向院长和王文介政委陪同下，来到队伍前讲话，对今天给金光霞大将的训练演示表示满意，说我也是第一次看你们的操作，让我大开眼界，我们决不比别人逊色，中国战略导弹部队这支雏鹰可以展翅高飞了，我等你们秋季发射的好消息！

导弹演示结束后，向守志校长和王文介政委请罗总长和金光霞大将吃了晚餐，因为是困难时期，吃得都非常简单，传统的四菜一汤，加一碗羊肉泡馍，已经很奢侈了。

临告别西安炮兵技术学院前，罗瑞卿问向守志，还有什么困难，需要我协调解决？

师资！向守志伸出一个指头，毫不掩饰地说，我们就缺优秀的师资，光靠军委炮兵，甚至军队口，都无法解决。

说得好哟，大学，大学，名师解惑。罗瑞卿总长说，人才为本啊，这个问题，得站在全国角度才能解决。

前些年，我们实施一个"拔青苗"计划。

拔青苗？

对！向守志将一份报告递到罗瑞卿面前，前几年，炮兵向中央军委、国务院上了一件文件，建议从全国有名的理工科大学大二学生中，选一批品学兼优的人才，拨到我们这里接受一至两年的专业学习；挑230名未毕业的大学生，专门成立速成系，将他们安排在4队和5队，学一至两年专业，然后充实到教学一线去当讲师，或到研究所当工程师。但是青苗还未成熟啊。请允许我们在这些名校挑一些立志国防的优秀青年教师、教授，这样一来，我就可以当地主了，富得流油。

守志，这个想法好啊，是军队办名校的一条出路。罗总长不苟言笑的脸上，绽开了稍纵即逝的笑容，说，不过，我说了也不算，得回去向总理报告，再答复你。

要的！向守志春风大雅地笑了，他知道，罗瑞卿是毛主席的影子，集中央书记处书记、国务院副总理和三军总长于一身，权力不能说不大，影响甚巨。他答应的事情，没有办不成的。

果然，不久，罗总长的电话通过总参一号台打来了，他告诉向守志，总理同意拔青苗，并通知高教部，所有的名校一律开绿灯，要谁给谁，挖谁放谁。

谢谢总长！

还是谢总理吧。他对解放军的这株独苗苗格外关注。

放下罗瑞卿的电话，向守志立即给训练部副部长黄迪菲打电话，速来我办公室一趟。

一会儿的工夫，黄迪菲跑来了，有点气喘吁吁，他知道，向院长说速来，一定是有要紧事交代。刚入院长办公室落座，向守志便说，迪菲啊，前不久，我们讨论过拔青苗后续工作，有着落了。总理发话，同意西安炮兵技术学院再往全国的各大专院校，再挑一批青年教师、教授。目前，中国的教育重镇，不外北京与上海、江浙一带。北京方向你熟悉,在炮兵司令部那么久,各种关系圆融,你马上回京,找总政干部部,他们已经从驻京各大学调来了 200 多名青年教师档案,拔青苗序幕既已拉开,就要落实。你坐今晚的列车进京,我给你一个原则,要水平高的,年轻有为的,社会关系不能复杂,否则走不远。确定好了,我再过来面试。

明白,校长。黄迪菲退出校长办公室,叫上政治部的有关人员,踏上了东去的列车。

随着黄迪菲从北京城里开始拔青苗,一个强校计划悄然展开了。

第二炮兵原副司令黄次胜中将,便是当年的青苗一株。彼时,他正在西子湖畔的杭州大学化学系读大二,是一位品学兼优的青年学子,有一天上午,系主任将他召进办公室,郑重地对他说,愿不愿意到军队院校当老师?

黄次胜一怔,说我刚读大二,离毕业尚早。不过,当兵倒是我的梦想。

梦想成真正此时。系主任笑了,说你到西安炮兵技术学院再读两年专业,就可以留在那里当老师了。

黄次胜欣然前往,一为迁客去灞水,西望长安终有家。到洪庆集合时,他发现与自己一起来的有北大、清华、北理工、上海交大、浙江大学、武汉大学等一批各大名校的天之骄子。第一场见面仪式竟然是向守志院长出面,他说你们是在周总理亲自过问和关怀下,才选到西安炮校的。有人说西大炮,西大炮,不响则已,一响则让地西部震颤,地球震动,这句话一点不假,因为你们将来学成之后,教的学生就是操作两弹的,导弹和原子弹。欢迎同志们参加我军国防现代化的行列。

光荣啊!黄次胜说,从来没有人像他那些人一样幸运,能够迈入中国尖端武器的秘密行列。从大三起,他就开始学专业课,重点领域是导弹综合测试,可以说这是导弹发射的最后一关,因为年轻,他对那型号导弹的原理和电路、气路、液路到了烂熟于心的程度,随口讲来,娓娓成章。可是最大的问题和障碍是依软的江南口音,吐字不清,北方人听起来很困难。于是,一部字典买来,重学拼音,对着小镜子,一个字、一个组词、一句话一一校正,终于有一天，将款款吴语全扔了，可以字正腔圆地上台试讲了，令同事们大为惊讶。他先给教学组长，教研室副主任、主任一个一个试讲，然后一个单元一个单元地修改教案，最后，训练部长武庚梅上校带着一批机关干部来试听，一一考评，成绩优良，最终放行。

而当黄次胜第一次给学员讲课时，听课的居然是当时西安炮兵技术学院的工程一期和二期学员。这些与他岁数相近无几的中原和江南学子，与他一起成长，最终步入火箭兵的将军方阵。

5 工程一至三期，一别惊醒梦中人

我当年在基地宣传处当干事时的老处长崔绍强，是西安炮校工程三期的学员，因他是 1959 年从天津入伍的老兵，故我一直将他视为工程一期。时隔三十多年，他当年给我讲过的故事，依然清晰如昨，挥之不去。

当年，老处长在天津一家有名的中学读高二，来年便可参加高考了，可是那个激情年代，军队这所没有围墙的大学最吸引年轻人。1959 年秋季征兵，他报了名，并顺利地通过了政审、体检，成了陆军第 66 军的一名士兵。一年考入南京文化学校，学制两年，毕业后，便是一位少尉排长了。刚过了半年，就在 1961 年春夏之交，西安炮校几个教员来挑人，出的考题便是高中函数、解析几何之类，全班五十多人，仅有三人被录取。从此他迈入了中国战略部队方阵的门槛。

坐车到了西安，全军选来 30 多人，刚刚入校，方位还没有弄明白，学校马上组织考试，试题更难，30 多名军校学员最终仅剩下崔绍强和一个叫徐从彬的山东籍学员，其余学员，皆分流到了武威炮校，因为那里门槛低，是中专起步。

回忆起这段经历，老处长有一个特别强烈的感受，那就是当年西安炮兵技术学院，名不见经传，却牛气冲天，几乎一网打尽全军的青年才俊，且淘汰率特别高，隔三岔五一场考试。到了 1962 年以后，全军百所军校大精简与收缩，拆庙，减员，分流，考试的频率更高，淘汰的几率更高，几天或几周，便又有一些同学不见踪影了。他的同班同学，仅仅因为考试没有达到 80 分的良好线，便被刷下去了，分流到了洛阳外国语学院、空工等军校去了。尽管如此，当年莘莘学子对这所学校仍然趋之若鹜，因为它培养的目标，便是导弹使用与设计的工程师。

从工程三期起，西安炮兵技术学院的学员，便改成了理工科五年制，崔绍强学的是火箭发动机，他的爱人朱秀英是从空军考来的，高他一期，学的是导弹控制。学校的教育乍看平静如水，却敢傲睨长安，因为他们心中有一个军标，要追赶国内影响最巨的哈军工。

我曾经采访过当时就读于工程一期的朱坤岭、梁宝锦少将，前者西安炮兵技术学院毕业后，投身高原火箭军之列，当过发射连长、发射营长、发射团长、基地副参谋长、基地司令员、第二炮兵副参谋长；后者曾留校任教，后到部队任职，由基地政治部副主任、主任到副政委、政委，授少将衔。当时工程一期，199名同学，皆来自中原大地，没有经过高考，由学校择品学兼优者，保选入学，直接到西安炮校就读，一步跃龙门。我看当时的择人观，完全与那个激情燃烧的年代合拍，强调出身，注重品行，高扬理想，寒门子弟多在入选之列。朱坤岭对我说起特招入学的情况，历历在目。临近高考的一个夏日，他在商丘高中读文科班，心中理想的大学便是北大，或者武大中文系。一天下午，他却被中学党支部书记孟老师唤去谈话，说朱坤岭同学，鉴于这几年你在学校的表现，又红又专，德才兼备，家庭出身又好，学校推荐你到部队去，你愿不愿当兵？

朱坤岭觉得有些突然，问去哪支部队。

很神秘，是一所军校。孟老师是一位中年妇女，娴静之中有几分干练，说，政审很严格，查遍祖宗三代，据说毕业了到特种部队任军官。

军官、特种部队，这对朱坤岭太有吸引力了。

我高中读的是文科啊！数理化并不是强项。

这个你不用管，部队要的是品学兼优的，你能跟上。

我愿意去！朱坤岭几乎没有一句犹豫。

一语定终身，既不参加全国统一的高考招生考试，也未见过特招的军人。半个月后，一纸西安炮校录取的通知书，已经送到朱坤岭手上了。

　　梁宝锦入西安炮校的经历与朱坤岭大同小异，他家在南阳镇平县，1958年读到高二时，家里已经无以为继，有远见的父亲准备卖房子，供儿子最后一搏，然，家无寸瓦，居无定所，毕竟不是他要的结果。无奈之下，他只好向侯集二中原来的老校医，一位朝鲜战场下来的军医李天栋求助，此时已经在南召县医院工作的李大夫得知原委，立即给他寄了十元钱，以度学荒。1959年夏天，西安炮校工程一期招生，他被学校保送入学，从此改变了人生命运。

　　第二年，工程二期仍在河南招生，但生源扩大到了江苏等省。

　　李春安从河南焦作孟县入学，朱松山从江苏张家港入学，除学校的平时成绩须在80分以上这条硬杆之外，仍旧是政治第一，家庭背景必须清白，每个保送对象都查遍祖宗三代和旁系血亲，社会关系上有一点瑕疵，都会被毫不留情地刷掉，因此入选者寥寥无几，堪称百里挑一。而且当时学校保送入军校的有三个档次，第一档：进入西安炮兵技术学院，第二档，进南京空军雷达学院，这两所学院挑剩的，再入第三档，进外语情报学院。

　　崔绍强作为一名部队学生，如何在这竞争激烈的环境里不被淘汰分流？自因其在天津读高中的两年学子生涯，奠定了厚实的基础，但其勤奋与刻苦之状，可想而知。其实1962年院校大收缩，大精简，许多从部队来的战斗骨干，思想品质好，战斗作风顽强，若论专业操作技能，可能比入校的高中生还强，可是面临一门又一门的高等数学、大学物理、流体力学、电工基础，他们像进攻山头一样，使尽浑身解数，最终还是败下阵来，有的饮憾归乡，重复祖宗的日子。远大的理想与抱负，终付于山村野老般的生活。从这个意义上讲，崔绍强是幸运的，也是自豪的。

　　然，作为保送生的朱坤岭，就没有那么幸运了。迈进西安炮校的大门，他学得也并不轻松，开课一周，他就觉得自己麻烦大了。自高二分文理班之后，他就再没有接触过理科课程，纵使学点数学，难度系数并不大。可是到了西安炮校重拾理工男之梦，他被远远地抛于后边，听高等数学、大学物理就像听天书，云山雾遮，却不知何处露峥嵘。几场考试下来，纷纷亮起了红灯。课余时间，同学们看电影，林荫道上散步，他却自顾自怜，挑灯夜战。还得要感谢哈军工毕业的数学教员胡荣树，他操着湖南普通话：小朱啊，你天资尚可，勤奋不缺，差就差在高中两年，劲都用在文科上了，数理化基础差。世上有远方，只怕赶路人。我帮你赶路，你不能掉队，一定要迎头赶上去。

于是从那以后的两年时间，每个周日，胡荣树都要抽出半天时间来给朱坤岭开小灶，风雪无阻，朝云暮雨，从未间断过，用最通俗易懂的比喻和语言，让他明白解析方程和公式的原理，用最能看懂的逻辑推导一步一步地演示例题，一次不会，再重复一次，一遍不行讲十遍，直至牢牢记住。知识的闪电，照亮乌云滚滚的思维天空，心灵王国里的那只猫头鹰的夜间啸叫，终于使朱坤岭昏昏欲睡的自信苏醒了。终于，他可以登骊山、华山之巅，尽览数理王国之美了。

晚年朱坤岭蛰伏京畿，吟诗作赋，对采访者历数人生过五关斩六将的"六个第一"：在工程一期199名学员中，第一个当发射营长，第一个当导弹团长，第一个擢升为基地参谋长，第一个当基地司令员……

然，朱坤岭最要感谢的是一个叫灞桥的地方，一个一直沉默如山的西安炮兵技术学院，还有一个叫胡荣树的老教员。

时光如白驹过隙，匆匆之间，四载春秋去矣。工程一期毕业了。那年夏天，分配到五支导弹部队、炮兵研究所的年轻学子，来到了西安炮兵技术学院甲楼，向守志院长家的小院，与向院长告别。恰好，因手术在家休养的夫人张玲出面接待了他们。

你们……张玲开门，只见一群授了中尉军衔的年轻学子，换了红牌，伫立于门口。

是张阿姨吧，我们是工程一期的学员。

同学们到屋里坐。瘦削的张玲仍然是太行山区委书记的作风，干脆利落。

不啦。我们就要告别学校了，特来向院长告别。

院长不在家，我一定代你们转达，张玲兴奋地说，时间过得真快，转眼之间，你们就毕业了。都分去做什么？

到部队做工程师。

工程师？张玲茫然，不解地问道，你们学的是什么专业，怎么炮兵部队也需要工程师啊？

学尖端武器，地地导弹的设计和使用啊。

啊！张玲面露愕然，这个老向，可是五年之间，对我瞒得滴水不漏啊。

晚上，向守志下班回来，张玲明知故问，老向，你们学院的学生到底学的什么专业？

张玲，你今天怎么了，怎么突然对这个问题感兴趣啊，向守志宽厚地一笑，说，学院大门上不是挂着牌子吗，西安炮兵技术学院，城里的老百姓都知道，西大炮，当然是打大炮的啊。

是放打得很远、很远的大炮吧！老向，你是不是怕我刺探军情，别再忽悠我了，张玲不满地说，明明是打导弹，还说放大炮。

谁告诉你的！张玲？向守志神色突然严肃起来，我让保卫处去查。

查什么，你瞒五年多，瞒了一个滴水不漏。再怎么说我也是党的区委书记，难道我还会去泄密。

你一个老百姓，不该知道的秘密，就别知道。

看看，你又生气了。四年来，你对我守口如瓶，一点口风不露，我还不生气啊。你生什么气，张玲安慰道，要不是今天学员来告别，我真不知道这座学院是干什么的。好啦，我不问，不再问。

见妻子的脸拉下来，向守志走了过来，拍了拍张玲的肩膀，并无歉意地说，老张，你也是老军人出身，知道军人保守秘密的铁律。总理多次说过，他做的事情，邓大姐也一点不知。张爱萍同志去参加外事活动，他甚至亲自督促，搜口袋……

我知道，知道！张玲突然云去天晴，笑着说，老向，我为你干的事业自豪，为灞桥这座学院自豪。

第六章

第一朵蘑菇云

1 弱水受命，出任首次核试验办公室主任

李旭阁走出炮兵教导大队之后，却一天也没有离开过导弹。

彼时，他在军委作战部空军处，主管地空导弹。因五十年代末，台湾海峡局势紧张，蒋介石政权挟美自重，看到大陆因大跃进，饿殍千里，以为"反攻大陆"时机已到，便在国民党空军之中，挑选飞行精英，组成了一个黑猫中队，频频驾驶美制 RB-57D 和 U-2 高空侦察机，飞临中国腹地。

1959 年国庆将近了。马上就举行国庆十年大阅兵，毛泽东主席要登天安门城楼检阅，还要邀请苏联共产党总书记赫鲁晓夫等社会主义阵营党和国家领导人观看建国十周年大阅兵，如果美蒋高空飞机此刻凌空，生出一些事情来，那就不仅仅是示威了，而是在向新中国宣战。党中央、中央军委决定给美蒋一点颜色看看。可是，当其黑猫中队窜入大陆，飞临北京城池之时，我军的歼-5 飞机和高射炮的射程，都达不到其飞行高度，奈何不得，敌机如出无人之境。

最终，总参作战部根据敌情判断，敌高空侦察机必然窜入北京上空进行侦察，应抓住战机，用长辛店训练的苏军 543 地空导弹，将其打下来。

当时，李旭阁在总参作战部具体分管这项工作，参与完成长辛店炮兵教导大队地地导弹和地空导弹集训之后，苏军导弹营走了，但是苏制 543 地空导弹，却装备华北防空军四个营，布置在北京周边一线，保卫首都安全。

那天，作战部长王尚荣对李旭阁说，你随我去沙河基地，执行一项秘密任务。

部长，去沙河做什么？

坐直升机选点。

王尚荣将大比例北京城图打开，在通州、南口和西边丰台一带，画了三个圈，说，老蒋气焰太嚣张，欺我空军战机和高炮够不着，总理交代，用新组建的543地空导弹将其击落，给美蒋一点颜色看看。

应该如此。李旭阁沉思片刻说，我们就在北京东、北、西三处，布防、严阵以待，如果它敢进犯，就择机将其打下来。

总理和罗总长，就是这个意思。但我们不打无把握之战。

明白！

于是，李旭阁跟随总参主管作战副总参谋长杨成武和作战部长王尚荣、北京市委副书记赵凡，乘坐总参陆航团的直升机，开始在北京城周边遴选地空导弹阵地。

那天下午，他们乘坐的直升机先选定了通州的阵地，然后又飞到了石景山的北面，寻找一个叫墨市口的地点。因陆航团的飞行员第一次飞掠北京上空，对京城空域的环境不熟，在西边城郭之上盘旋半天，仍然找不到地图上标定的点。当时在机上也有点眩晕，旷野茫茫，村落点点，阡陌纵横，不知墨市口究竟在何处。李旭阁只好建议飞行员找一个操场降落，下去问路。杨成武副总长笑了，李参谋，直升机降落问路，这可是头一遭啊，并点头同意。直升机悬空缓缓降落在一所煤矿学校的操场上，几经询问，再度起飞后，终于找到了准确的位置，接着又飞往昌平方向，选定南口一带的作战阵地。结果飞机落到了十三陵水库工地，正在修水库的老百姓第一次看到直升机，欣喜如狂，蜂拥而上，将直升机围了个水泄不通。李旭阁连忙请群众让出一条道，让杨成武副总参谋长、空军领导和北京市委的同志撤离，并找来公安维持秩序，使直升机很快飞离。

国庆将至，北京城东西南北的通州、石景山、房山和南口的阵地上，空军遵照总参作战部的命令，迅速部署543导弹营进入阵地，四个地空导弹营四个区域，以20公里射程的范围，以逸待劳，只待蒋军空中侦察机投入罗网。

1959年10月4日，国民党空军一架美制RB-57D高空侦察机果然大摇大摆地飞入了祖国大陆，从东边掠过北京上空，进入了通县地区的地空导弹二营的阵地空域。营长岳振华指挥发射三枚导弹，一举击落了美制最先进的高空侦察机，创造了世界上首次用地空导弹击落高空侦察机的纪录，世界一片哗然。

外交部长陈毅召开记者会。有外国记者问中国是用什么秘密武器打下美国高空侦察机时，陈老总风趣地说，我们用竹竿刷下来的。捷报传来，那天晚上，李旭阁夙夜未眠，挥毫填词一首《清平乐·地空导弹》："美蒋勾结／派飞机侦察／欺我射程不够高／往返毫无惧怕／引起地空导弹／巧妙布局待战／敌机进入空域／瞬时烟消云散。"

那一刻，李旭阁觉得在长辛店学习所付出的心血和家庭的牺牲，皆没有白流。

一幕辉煌过尽，便是绵绵无尽期的寂静。

四年时间匆匆过去。中国人仿制苏式 543 导弹的"红旗一号"地空导弹终于于 1964 年春夏之交，在弱水之滨的酒泉卫星基地开始首飞了。

5 月 24 日那天，总参作战部部长王尚荣通知李旭阁，让他们随队去酒泉，观看"红旗一号"的发射情况，了解武器型的试验和进展情况，以便将来好装备更多的地空导弹营、导弹团。

那天早晨 7 时，李旭阁准时赶到了西郊机场，空军专机"子爵号"406 航班早已经停在停机坪上。走出候机室，太阳刚从京畿的城郭上升起，一抹晨曦涂在了机翼之上，阳光折射，一片炫目。"子爵号"系中央领导和军委首长的专机，曾多次担负周恩来总理出访东南亚专机任务。而他们乘坐的这架专机是前几年从英国引进的，比苏制伊尔系列的运输机更豪华、宽敞，堪称空军最好的专机了，由此可窥此次行程之重要和神秘。不过，登机之后，李旭阁环顾左右，并没有军委首长和总部领导，同机而行的都是一些负责红旗地空导弹的有关工作人员。

飞机 8 点准时起飞，往酒泉方向飞去。高度 6000 米，航速每小时 460 公里。飞机穿过云层，如一叶方舟，融入了一片蔚蓝。李旭阁倚在舷窗旁边，翼下簇簇白云，悠然入梦来。

五十年代末，党中央、中央军委决定发展中国的"两弹一星"工程，选定了在这块大漠上建立东风发射基地，他在总参作战部空军处技术组，具体分管这项工作。记得当时张爱萍副总长和工程兵司令员陈士榘，坐着飞机在这里的上空转了几圈，觉得此地最适合建东风基地靶场，遂上报了中央。

当时中央决定，将清朝乾隆时期从俄罗斯东归的蒙古土尔扈特部的额济纳旗旗府所在地让出来，留给东风基地，而他们则沿黑河往末端迁徙 140 多公里，到达东居延海的来库布镇。随后，工程兵司令员陈士榘率领数万将士，上不告父母，下不告妻儿，悄然进驻东风基地和远去一千多公里外的罗布泊马兰基地，开始试验导弹基地工程建设。在弱水之滨的绿洲里，崛起了一座航天城。

这片空旷的大漠，曾经离我们那么远，却又是这样的近。

它通过一曲胡笳、一首唐诗、一座沙掩的古城，在"大漠孤烟直，长河落日圆"、"弱水三千，独取一瓢"这些童叟皆宜歌能诵的诗句中，将这片瀚海变成了我们每个人文化的故乡，也成为一个民族的历史遥望和记忆。

上午 11 点 40 分，飞抵酒泉机场。走下舷梯，已经到了吃午饭的时候，在机场附近匆匆吃了一顿中饭，再改乘火车前往东风基地。

这是一条秘密的铁路运输专线，180 多公里的转运线路，每个站点因涉密程度高，不纳入地方铁路运输网，都由东风基地管理，包括司机、乘务人员，都编入军队系列，在中国乃至世界，也是独此一家。

李旭阁一行是从清水车站登上列车的，东风基地来接的同志说，这是条军事运输专线的起点。列车过了金塔县，便穿越浩瀚的戈壁，极目远天，广袤无垠，尽是一目千里的枯黄和死寂。沿途有几个小站，是空空和地空导弹部队的试验场。他们一行下榻代号为"十号"的招待所，条件不错，每个人一个房间，推窗便可看到绿洲，还有淡淡的枣花的清香飘来。三年困难时期，这些野沙枣树，曾救过导弹部队的命。

这次国产地空导弹试验发射，参试的官兵大多是第一次发射导弹，经验不多，部队的压力也很大，但是准备却非常充分，各种设想和预案已经做过许多遍了。在东风基地，试验官兵最流行的一句话，便是总理的十六字赠语："严肃认真，周到细致，稳妥可靠，万无一失。"

晚春戈壁滩，是沙尘暴肆虐最厉害的季节，当天晚上，便遇上了沙尘暴。

风是从晚上10点开始刮的。风尖啸着掠过屋顶，浮冉尘土随风潜入屋内，一股呛人的尘土气息四散弥漫。李旭阁无法入眠，坐在床上，静听戈壁狂飙四起。如惊雷，如魔歌，如秦腔，如鬼哭，如击壤，如盘马的长啸，如醒狮的长嗥，直至曙色初露，仍然刮个不停。倚窗俯看，整个东风基地都笼罩在一片黄沙滚滚之中，天地一片昏暝，仿佛回到了远古的混沌岁月。

没有发射窗口，就只有等待。从此，发射窗口这个词进入了他生命的记忆之中，伴随了他的一生。

发射窗口，说得通俗一点，就是气象问题，当年李旭阁所知道的导弹发射、原子弹核试验，并不是全天候的，遇有雷暴，遇有沙暴，遇有冰暴，都不能发射，这个困境一直困扰了他们多年。按照参加发射行程安排，今天是听地空导弹"红旗一号"导弹概述和发射程序介绍。

到了中午时分，沙尘暴停歇下来了。此时，"红旗一号"地空导弹发射架已经进场，昂首兀立大漠之上，如一柄长剑，扬眉出鞘。它是苏制543地空导弹的仿制品，不过完全国产化了。信步戈壁，走近"红旗一号"导弹阵地，仍旧怦然心动，几年前的一件往事仍然历历在目。

苏制543导弹，最风光的开始是岳振华指挥地空导弹发射二营一举击落了美制RB-57D空中侦察机，让世界一片惊叹。

从那以后，李旭阁多次去大连、福州和青海格尔木踏勘阵地，在东南、西北方向国民党空军高空侦察机欲出入的航道上部署地空导弹，以打游击的方式陆续击落了美制高空飞机五架，从此，敌机再也不敢贸然飞临大陆上空。

作为总参分管这项工作的参谋，李旭阁对"红旗一号"导弹的概述和指挥作战程序已了如指掌，但是空军第一次接触新型武器的同志们，仍然睁着一双双好奇的眼睛，不停地问这问那。李旭阁站在一旁，感慨颇多，我们这支从战争年代走来的人民军队，正开始一场从小米加步枪到高尖端武器、从传统战争到现代化战争的转型。

这次的任务很轻松，李旭阁就是来观摩的，压力比部队小得多，但是蛰伏在招待所里，也无所事事。大家起床后的第一件事情，便是倚窗看天，等好的发射窗口，连打扑克的心情也没有，气象成了最关心的问题。以后几天，天亮一起床，就在问天，今天会晴吗，沙尘暴能停下来吗？

发射零时延后，反倒给发射部队赢得了准备时间，他们在查找发射过程中可能出现的原因，制订方案。而李旭阁却再没有别的任务，只有盼着天晴了。

终于有发射窗口了。

早晨起床，步入十号小招待所的院子，戈壁滩又恢复了往昔的寂静，晴空万里，旷野无风，天上没有一丝云彩。极目远眺，瀚海空阔无边，可极八荒。惟见天地接壤处，仿佛一片古海复活，大海奔涌而来，海水与沙滩的分界清晰可见。满目的焦灼与枯黄消失了，远天隆起成一片湛蓝，让人看得有点目眩。

部队一片欢欣鼓舞。吃过早餐，李旭阁从十号登车前往发射场。说来难以置信，东风基地虽是现代化的航天城，条件却并不好，他到发射场去看最后一次综合操作测试，坐的是大卡车，穿着一件皮大衣，爬上货厢，往"红旗一号"地空导弹发射场疾驶而去。戈壁的气候就是这样，纵使到了夏天，仍然是"早穿棉袄午穿纱，抱着火炉啃西瓜"。大卡车行驶在大漠里，瀚海的黄沙就像波涛一样，在车后滚滚而去，凉风吹在脸上，如刀割一般疼痛。

东风航天城有许多发射场，有地地战略导弹试验场，有地空导弹试验场，甚至还有空空导弹发射场，从十号招待所到地空导弹发射场，则需溯弱水而上，沿路返回，往金塔县方向行数十公里。一路风尘，只待一柄利剑，像一只凤凰浴火而生，直冲云天，风翥九霄。

那天上午跳下卡车，空军地空导弹发射部队已经进场，进行最后一次综合测试。大家站在一旁观看，"红旗一号"导弹是1959年引进的苏联的"543"

地空导弹改进型号。作为当年长辛店炮兵教导大队的第一批学员，李旭阁在总参作战部空军处工作后，一直在关注和追踪这个型号的导弹，从发射训练到作战要素的选择，都倾注了心力，特别是当年岳振华营长在通县一举打下了美制"R2547"空中侦察机，苏制"543"导弹，亦称萨姆－2导弹曾风靡世界。经过五年多的消化吸收，中国人已成功仿制出第一代国产"红旗一号"地空导弹，性能和作战指标并不逊色于苏制的"543"。空军地空导弹营的官兵虽然是第一次操纵国产地空导弹，但是技术非常熟练，每个号手的动作都做得无可挑剔，让初看的同志眼花缭乱，一片惊叹声四起。

惊叹之余，几辆嘎斯吉普车驶入了发射场，在离导弹阵地不远的停车场戛然停下。李旭阁抬头望去，只见副总参谋长张爱萍上将跨出车来，在东风基地司令、政委的陪同下，朝着发射场健步而来。

副总参谋长同志！空军导弹营长连忙跑步上去报告，导弹营正在进行综合测试，请指示！

继续测试！

是！

部队继续操作，张爱萍副总长却走过去与参观人员一一握手，看到李旭阁后，他先是有点愕然，继而脸上绽开欣慰之色，说，李参谋，你也来了？

是！张副总长。

哪天到的？

5月25日。

好啊，我一下飞机就问作战部来人没有。你来了正好啊，时逢其人，正待其人，你有事没有？带没有带其他任务？

没有！李旭阁答道，就是来看地空导弹发射。

好！那我就临时抓差了。张爱萍副总长高兴地说，试验发射结束后，你随我去出差。

是，首长！他顺口问了一句，去哪个方向？

天机不可泄露！张副总长神秘一笑，说，6月2日，你随我的专机走。

好的！首长，我要不要向作战部领导报告？

不必，我给王尚荣部长亲自打电话。

张副总长亲自打电话，为他请假，却又不交代去向和任务性质，李旭阁心想，此事非同小可，凭一个高参的直觉，自然是涉密程度之高的国之大事。

1954 年，李旭阁到总参作战部后不久，指挥"一江山岛"三军联合作战的张爱萍，提升为中国人民解放军副总参谋长，主管装备建设，自然成了我军的国防尖端武器发展的有功之臣。虽然在这十年之间，有很长一段时间，李旭阁经常跟随总参谋长粟裕大将、空军司令员刘亚楼上将、国防部副部长陈赓大将往复于北京与大连之间，处理苏军撤出后的武器装备购买和移交，以后，他又在作战部空军处任技术组组长，主管空军、海军和军委炮兵的特种兵的尖端武器研制、实验，但是还没有直接跟张副总长下过部队。在旃坛寺总参大楼办公时，张爱萍副总长与彭德怀元帅在六楼办公，而作战部则在四楼，上下出入经常相见，也有许多事情要向他当面请示汇报，接触很多，彼此之间，已经非常熟悉。也许首长觉得李旭阁还是一个能办事的人，就在一个临时参观现场，事先未向作战部领导打招呼，便让李旭阁跟其出差。这既在情理之中，也有点出乎意料之外。当然，他十分乐意跟着首长外出。

那天，张爱萍副总长看完空军地空导弹营的综合操作后，站在队前，给部队发表了热情洋溢的讲话。鼓励官兵放下包袱，不要紧张，以科学严谨的态度，搞好第一枚中国自己制造的国产地空导弹的试验发射任务。

根据各自的准备情况，张爱萍副总长与东风基地的领导决定，"红旗一号"导弹的发射零时，定在明天早晨拂晓时分。

东边的天幕上刚露出了一抹曙色。

时间还早，但是因为导弹发射时间选在早晨，便起床比较早，匆匆洗漱后，走出了招待所。天刚拂晓，戈壁滩上挂着一轮明月，月色惨淡，水一般洒在荒原上，抚照着一个个沙丘，仿佛在抚摸一个个千古不死的戍边将士的坟茔。李旭阁觉得，在戈壁滩铺陈向前的沙丘、黄尘掩埋之下，一将功成万骨枯，应该有一代代边关军人的忠魂。

穿上一件皮大衣，匆匆爬上了大卡车，穿行在戈壁之中，清风徐徐，一片寒凉。眺望着天边的一轮冷月，很低，很近，照着边关，照着大漠，照着一代代前仆后继的铁血英魂。醉卧冰雪，挑灯看剑，会挽弯弓射天狼，那确实是古代将士戍边卫国的一种境界。不过，可以告慰的是今日之弯弓，已经不是当年飞将军石破天惊的神箭，而是可以喷射烈焰、扶摇飞翔数十公里的地空导弹了。

箭在弦上，蓄势待发。坐车到了发射场，"红旗一号"地空导弹已经展开了地面设备，一声令下，从发射架上缓缓而起，呈45度角，遥指天穹。

所有参观人员，被安排在离发射架身后不远的观看台上。今天安排参加的两次发射，一次是地空"红旗一号"，另一场则是空空导弹发射，都是国产品牌，莫不让人欢欣鼓舞，感慨良多。

东方既白，戈壁滩上露出了一道光亮，如一条白绸划过天幕，一抹祥云飘在天地接壤处，白绸渐渐被染成了彩练。谁持彩练当舞空，自然是当代导弹健儿了。

随着三分钟准备的发射口令下达，远天之处，传来了一阵嗡嗡的轰鸣之声，一架飞机拖着靶机，从地平线那边的鼎新机场飞了过来。车载雷达迅速捕捉到了目标，锁定了靶机。发射连长对控制员下达了最后的口令，10、9、8、7、6、5、4、3、2、1，按转电，点火！

只见小旗子朝下一挥，一枚绿色的导弹，如一只浴火的神鸟，鹞然而起，朝着飘摇在天穹上的靶机，呼啸而去，轰的一道火光，将空中的靶机击毁。

成功了！站在看台上的人都禁不住欢呼雀跃。李旭阁经历过许多这样的发射，但是，第一次看到国产的地空导弹捕捉到了目标，一举击毁了"敌机"，感动处又热泪潸然而下。男儿有泪不轻弹。激动的，原来不止他一个，李旭阁觉得那天观看发射的人个个欢天喜地。

下一个试验项目是空空导弹发射试验。只见三颗红色信号弹划过天穹，两架飞机先后从空旷的大漠上飞掠而过，一架靶机在前，拖着靶机先划过天幕，悠然巡天。后边则是一架挂弹飞机，紧随其后，几个回合跟踪和格斗过后，挂弹飞机上的飞行员终于出手了，按下发射按钮，只见双臂合体的抱夹迅速打开，一枚导弹从机翼下轻轻落下，在半空中点火，喷着烈焰，如一条飞旋的火龙，朝着靶机追踪而去，迅速捕捉目标，轰的一声巨响，烟云腾空而起，碎片四落。

站在观看台上的人抑制不住激动，不少人将帽子往空中一扔，几乎蹦了起来。

这次试验的成功，标志着我国已经拥有国产的地空和空空射击能力。

当天晚上，张爱萍副总长专门在酒泉基地"十号"招待所举行酒会，招待试验圆满成功的地方专家、科技人员和发射试验官兵。这已经是一个惯例了，发射成功之后，总要加几个菜，上点酒，庆贺一番。张爱萍副总长即席讲话，并赋诗一首。

李旭阁不胜酒力，但是还特意为我国国产的地空导弹扬眉剑出鞘，干了一杯。

2　上马与下马之争

李旭阁随张爱萍副总长登上停在鼎新机场的专机，飞越河西走廊，会当凌祁连，最终落在了距青海湖不远的一个机场，然后，直驱金滩、银滩原西北军阀马步芳的上五庄别墅。车抵之时，天已经黑下来了，冷雨凄凄，夜幕包围中，无法一观马步芳别墅全貌。

站在马步芳别墅回廊上，李旭阁茫然四顾。此可谓西北一景，它依山而建，盖在上一庄的最高处，整个建筑格局中西合璧，既有中国北方四合院的神韵，又将西洋别墅式样巧妙地融为一体。正门的主楼是三层，而周遭的厢房为两层，雕楼高耸，厢房次第，九曲回廊，连成一体，既是庄园，更是城堡，宜军宜民，展示出西北王当年的豪雄与霸气。

当年解放兰州时，彼乃65军一个团参谋长，与马步芳兵卒血战兰州，领略过马步芳之伍的暴戾之勇。然一个大时代降临了，一代西北王黯然收场，人去楼空，留下一片悠悠白云和一抹暮霭。核工业部原子弹制造基地就建在金滩、银滩，离此不远。上五庄的马步芳别墅自然成了指挥中心。二机部九院分院就坐落于此，路虽不远，却有一段走起来很艰难。此地海拔达到3200米，上楼时都感到呼吸短促，夜里也睡不好，梦多。昼夜温差很大，暮霭涌起，天气开始变冷了，海拔也接近三千米了，有点高山反应，走急了，爬楼梯快了，便气喘吁吁。夜间凉风徐徐，寒侵入骨，这就是高原气候，让人有点冻得受不了。见张爱萍和李旭阁他们带的衣服不多，厂里专门给他们找来了军大衣用以御寒。

翌日清晨，太阳照样从金银滩上血潮般涌起，壮哉斯晨，天空透亮，伫立别墅楼上，能看到很远。草原尽头像一片野火在扑来，染红祥云，朝霞在草原和村庄上空燃烧着，极目远眺，湛蓝的天幕像打翻了一瓶番茄酱，甚是壮美。

吃过早餐后，李旭阁随张爱萍副总长驱车去了金银滩的原子弹制造基地，看望干部与职工。

独怆然四顾，厂区占地很大，五十年代末，就开始在这里建厂。这座核工厂分布在金银滩方圆数十公里的地域，由九院分管，警卫森严。为了防核辐射，也为了抗击敌人动核手术，主要的制造车间皆建在地下，或者用土山包掩盖起来。几十公里的厂区甚是壮观。

然，最令李旭阁激动的是，那次他陪张爱萍副总长参观制造车间，他们换了一件白大褂，像大夫一样，站在现场，围成一圈看装置加工过程。工人在车两个甲乙球，用车床在铣，进行切割。李旭阁第一次看核弹头的核心部分，当时工人并没有什么防护，用铣床切割，火花四溅，站在一旁，没有谁心惊胆战，望而却步。李旭阁问现场一位工程师，有什么防护，今后会有什么影响。他说，没有什么啊，吃了核剂量，喝点茶水就可以排泄了。其实最好的办法是喝啤酒，或者吃猪血。那个年代，在遥远的大西北，啤酒是奢侈品，猪血，也不是随便能够寻找到的啊。

那天陪张爱萍副总长看核装置的生产装配，李旭阁觉得眼界大开，给他们讲解的是一群大名鼎鼎的物理学家王淦昌、彭桓武、程开甲、邓稼先、朱光亚等人。英雄不问出处，可是这群科学家却大多为世家子弟，留学欧美，有的还在诺贝尔物理学奖获得者麾下求学，受过一流的高等教育和学术训练。归国前，不少人已在世界物理学界小有名气。可是新中国成立后，他们毅然朝着东方，朝着五星红旗升起的地方归来，用知识报国。个个拥有高学历，却又改名换姓，做了无名英雄。王淦昌是德国柏林大学的哲学博士，彭桓武是英国爱丁堡大学的哲学和科学双博士、诺贝尔物理学奖得主薛定谔教授的学生。两个一级教授，一人坐镇一个部，王是实验部主任，彭桓武是理论部主任，王淦昌改名为王京，彭桓武很幽默，说自己长得很难看，起了一个名字，叫无颜，是一个国君的夫人的名字。李旭阁顿生敬意，感到王淦昌、彭桓武都是很有成就了不起的大科学家。邓稼先是美国普渡大学博士，朱光亚是美国密歇根州大学的物理学博士，程开甲是大学的博士。邓稼先是实验部副主任，郭永怀是空气动力专家。朱光亚是三级教授，他负责组织，很深沉，并不轻易说话。而他们的院长李觉少将，曾是北大学生，当年一二九学生运动参与组织者，后来投笔从戎，参加八路军，在二野刘邓首长身边当作战参谋，新中国成立后当过西藏军区参谋长。五十年代中期，被周总理点将，调来搞原子弹，当时宋任穷找他谈话，让他到九院当院长。李觉很实在，说，我就去做后勤部长吧，他跟一大批科学家打交道，礼贤下士，精心组织，很有责任心。

看过工厂，李旭阁陪张爱萍副总长看望干部家属，虽然这是中国最核心的国家机密——原子弹制造工厂，但是环境十分艰苦。张爱萍一经询问，许多专家、技术人员和工人都是从北京、上海、武汉等大城市挑来的，工人多是七级、八级技工，政治上要求百分之分的可靠，历史查遍祖宗三代，可说是我们国家和民族的中坚。他们到这片荒原上生活，抛家别子，无怨无悔，为自己能参与中国的原子弹绝密工程，而感到无比的自豪和荣光。

那天下午，张爱萍副总长召开核物理学家和高层干部参加的座谈会，李旭阁和坐在一旁的核工业部副部长刘西尧、九院院长李觉作陪。会上，张爱萍风趣地对王淦昌、郭永怀、彭桓武、陈能宽、程开甲、邓稼先、朱光亚等科学家说，原子弹这个东西我懂得不多，中央要搞，让我来分管，搞核武器试验。我过去没有管过，战争年代，我哪里知道原子弹是啥子吗，就知道一个山药蛋。接受这个任务后，我下决心了解情况，叫上了刘西尧，用一个月的时间，跑了二机部有关的工厂，搞调研，了解原子弹是怎么一回事。调查完了，要让我领导的事情，就有发言权。各单位反映了许多，都需要解决。有的涉及到经费，有的是美元，我给邓小平同志写了报告，由中央批钱，想办法从国外买设备。现在我可以郑重托付给大家，你们想方设法，任务完成是你们的，干不好，由我负责。张副总长将这个话说了，对科学家和工程技术人员鼓舞很大。

晚上散步时，李旭阁问张副总长，您今天谈到中央让您抓原子弹，搞了一个月调查，当年原子弹上马与下马的争议是怎么一回事？是否有隐情啊？

当然有。张爱萍感叹地说，中苏关系渐渐走向决裂，苏联撤走了专家，将新技术协定援建中国的导弹、原子弹半拉子工程扔进了西部大漠上，甚至连原子弹的教学模型和图纸也不提供，绝尘而去。这一天恰好是1959年6月份。二机部决定永远记住耻辱的日子，把中国的原子工程定为"596"，造出中国争气弹。可是此时中央决策层围绕着原子弹上马与下马的问题展开了一场争论，因为正值三年自然灾害，负责经济工作的同志觉得全国都在饿肚子，原子弹的科研工作还是等经济好转了再上马。但是军队的几个老帅则主张，纵使困难再大也上，这是关乎新中国命运和安危、坐稳江山的大事情。于是"下马"与"上马"的争论摆到了中央政治局的会议上。主张下马的同志摆了一系列的现实问题，认为如果此时上马原子弹，国民经济便会雪上加霜。陈毅元帅的态度最坚决，说："一天都不等，一天都不能停。就是当了裤子，也要把原子弹搞上来。"贺龙、聂荣臻、叶剑英元帅也都大力支持要搞下去。

说得好啊！李旭阁感叹地说。

张爱萍回忆道，当时主持中央政治局会议的少奇当场拍板，说先不争论上马下马的问题，派人调查清楚原子能工业的基础和现状，再定也不迟。陈老总和聂老总商量，派张爱萍同志去吧，他是副总参谋长，管军队武器装备的，主席和少奇同意了。

张副总长说，他与刘西尧到全国各地核工厂等地作了一个月的调查后，向总书记邓小平送上了一个报告，这份报告提出，争取在1964年，最迟1965年实现第一颗原子弹爆炸的奋斗目标。这个报告，小平看了后专门批示："送主席、周、彭阅，无时间，看一页半即可。"因为我和刘西尧在报告的前一页半中提出了倾向性的意见和时间节点，"若组织得好，抓得紧，有关措施能及时跟上……在1964年制成核武器和进行核爆炸试验是可能的"。

我是"始作俑者"啊！张爱萍感叹地说，聂老总身体不好，首次核试验这个大事情，大的方向，总理在把着，一线的工作就得我具体来抓了。李参谋，你从现在起就要熟悉情况，我身边得有一个得力助手，主管计划与协调落实的人啊。

　　李旭阁点了点头，请张副总长放心，虽然我过去也像你一样，只知道山药蛋，但我会认真去学的，很快熟悉，进入状态。

　　张副总长点了点头，说得好哟！

　　那天金银滩上的黄昏很壮美。

　　夕阳冷山。芳草萋萋。落日浮在金银滩神秘的工厂上方燃烧，星星从高天的腹地钻了出来，渐次明亮，睁着一双吊诡的眼睛，似乎要窥透下边的秘密。

　　张爱萍、李旭阁驱车而去，往靶场疾驶，遥远的地平线镀上了一层金。那天傍晚 7 时，陪张爱萍观看厂区观看原子弹全弹轰爆，这是首次核试验展开前，必须经历的一个重要试验程序。原子弹全弹爆轰，也叫冷试验，核装置是 1∶1 的，只是里边没有核材料，就是不含裂变的，也就是不使用核真品铀－235 等高能燃料的试验，是热核试验的前奏，距真正的核爆炸只有一步之遥。中央专委对此非常重视，张爱萍特意来现场打气鼓劲，因为这事关系随后进行的核试验能否一举成功。看的目的，就是检验原子弹全弹爆轰后，能不能出中子，在全弹达到临界，只要进去一个中子，就会轰击核心部件，发生连锁反应。操作员手触控制按钮，随着 10、9、8、7、6、5、4、3、2、1 的口令下达，起爆！轰然一声巨响，一股白烟冉冉升空，犹如很多个小原子弹爆炸，全弹炮轰击出中子，不是出一个，而是出了很多，达到了数百万个。在场的人员还没有缓过神，一朵小蘑菇云已经冉冉升空，将厂区的草原点燃了，一片大火，一片熊熊大火照亮了西部荒原，也照亮了中国历史的天空。

3 担任首次核试验办公室主任，甘当无名

那时候，伊尔-14专机飞新疆罗布泊马兰基地，要两天时间。第一天，从西郊机场起飞，一飞冲天，因为航程太远，第一站停宁夏银川，住一个晚上，第二站到哈密落一次，加航油，再飞一天。

到了罗布泊马兰基地时，已经是傍晚时分了。

那天傍晚，飞机在银川降落之后，张爱萍和李旭阁住了一个晚上。第二天早晨起床之后，张爱萍副总长将李旭阁叫到自己下榻的房间，说李参谋，坐坐。我有一件要紧之事，要对你说。

李旭阁坐了下来，望着张爱萍副总长，一脸期待的神色。

你的任命昨天批复了。

我的任命，李旭阁一跃而起，问道，首长，什么任命？

经过请示总理，并报罗瑞卿总长批准，兹任命你为首次核试验办公室主任。

我当办公室主任？李旭阁有点愕然。

当然！非你莫属。离中国第一朵蘑菇云升起的日子越来越近了。1964年8月23日，中央军委、总政治部正式批准成立首次核试验委员会，由张爱萍、刘西尧等31人组成，下设办公室等八个部门，总参作战部参谋李旭阁正式被任命为办公室主任。但是由于高度保密，就连总参作战部的领导也不知道你担此要职，你就做一个无名英雄吧。

明白，首长。

知道我为什么要任命你做办公室主任吗？

李旭阁摇了摇头，然后试着说，我有战争年代作战的经验，也有高层领

导机关工作的经历。

这只是其一。

首长，还有其二吗？

其二，是因为你好学。这是我最看重的。过去我们是从战争中学习战争，现在照样，你是在核试验中学习核弹知识。

啊！我读书的事情，张副总长也知道啊。

当然！知部下者莫如领导啊。张副总长感叹地说，从5月底你跟我出差后，我就在仔细地观察你，虽然你的文化程度不高，可是你爱学习啊。

首长！我这也是没有办法的办法，我入伍前只读过高小，连数理化都没有学习，遑论知道原子弹的核试验的结构和程序啊。从进总参那天开始，我就在恶补初高中的数理化知识。李旭阁答道。

从战争中学习战争。我当年指挥打仗时也不会啊，惟有一个好处，就是热衷于从成功和失败中总结经验教训，吃一堑，长一智。你也是从战争中学习战争，从首次核试验中学习原子弹爆炸的全过程，学习所有知识和流程。适应很快啊。

是的首长！从5月底跟您一起，我从您身上学到不少东西。李旭阁喃喃答道。

唉！我这个人啊，性格狷介，过于特立独行。要学我好的方面，不要学我不好的地方。

张爱萍副总长在润雨无声之中给他终身受用的影响。

就是这一点！我觉得不带秘书，带你使用起来得心应手啊。你办事利落，处事果断，协调能力强，张爱萍副总长说，因为高度保密，在中央专委开会时，我连自己的秘书都不带，惟独就带你。现在你当了首次核试验办公室主任，也就是我知，你知，总参作战部的同事们都不能知。

谢谢首长，我会殚精竭虑，将首次核试验的工作做好，做一个点滴不漏，让首长放心。

这天上午，从宁夏起飞之后，经停哈密，于傍晚时分飞到罗布泊深处的马兰基地。

但是马兰基地离核试验场有 400 多公里路，次日早晨，在马兰基地吃过早饭，李旭阁便跟张爱萍副总长上路。张副总长还是老习惯，一个水壶里灌满了开水，左肩右斜，挎在肩上，然后登车而去。行驶到中午时，在 200 公里处食宿站甘草泉吃了中饭，晚间到核试验场吃晚饭。

路依然是搓板路，很颠簸，有时就像跳舞一样，张爱萍副总长已过知天命之年了，坐一天这样的车，李旭阁觉得，下车之后自己还感到腰酸腿疼，可是张副总长却无一点疲惫之感。

太阳快落到地平线上的时候，他们一行终于赶到了试验现场。放眼看去，试验场还在建设之中，不过与上回搭帐篷的宿舍相比，已经有了两间石头修成的房子。戈壁的气候特别干燥，一天要喝大量水，因为孔雀河是咸水河，水是不能饮用的，于是饮用水和食品、副食都是大解放车从 400 公里外的马兰基地运输过了来的。尽管他喝了不少水，但是身体上基本无汗，甚至连小便也没有。手帕装在兜里，洗的时候，只要甩两下就干了，身体里的水分都在空气中蒸发了。

傍晚时分，其实也是罗布泊最壮美的时刻。追着遥远地平线的落日，几辆中吉普在大荒之中疾驶，沿途能看到海市蜃楼，那种魔幻般的美，不是任何人都可以遇到的。可是他们一行，却在中午时分和暮霭沉沉时，一次次地领略了。

这次马兰之行，最重要的事情，就是检查原子弹高爆的铁塔的搭建情况，这是由工程技术总队六大队负责搭建的，另一件事情，就是建设地下指挥所和爆心附近的直升机停机坪，第三件事情就是落实周总理提出的"一次试验，全面收获"的指示，组织安排相关单位，包括军兵种及民防送去原子弹爆炸的效应试验的装备，动物（狗和白鼠）及民防建筑。

到了罗布泊之后的第一天行程，就是去看原子弹铁塔的安装情况，这是由工程兵技术总队的官兵担任和安装的。这支部队是专门为首次核试验而成立的一支高技术新军。张副总长说，为了保证中国的第一朵蘑菇云升空，他特意找到工程兵司令员陈士榘，让他们成立一支安装部队，可以从全国挑选八级以上的技工充实到这支队伍里，岁数大的可以当职工，年轻的可以入伍。

这个组建报告经张副总长签发后，报告罗瑞卿总长，罗总长历史性的一笔画下后，这支全军惟一的安装部队就成军了。

但是挑选技术工人的事情却没有着落，反映到罗总长那里时，他让张副总长写一个报告，直呈总理，希望国务院有关部委支持在全国范围内挑选高级技术工人。总理一纸批示，从一机部二机部和建筑工业部抽取的高级扳筋工、钳工和吊装司机，皆聚集到这支部队。其中一位八级吊车师傅，曾经参与了建国十周年十大建筑之一——军事博物馆的建设，手操作龙门吊，将几吨重的五星准确地吊装到了军博的穹顶之上。

工程兵技术总队领导汇报说，如今铁塔和地下指挥所的控制电缆已经铺架好了，首次核试验的参试人员，有的会提前返回驻地，有的还要留在现场作技术保障。

张爱萍一听说，便强调，回去的同志一定要强调保密纪律，不该说的坚决不说，不该问的坚决不问。告诉大家隐姓埋名，做一个无名英雄吧。

工程技术总队的领导说，进马兰基地，我们第一件事情就进行了宣誓，上不告父母，下不告妻儿，选择了永恒的沉默。对于保密无小事一语，技术总队的领导汇报了这样一件事情，令他一直记忆犹新。有一天，戈壁突然狂风四起，刮到天昏地暗。一位工程师手中的图纸被狂风吹走了，他就追风而起，跑了十几里地，找了四个多小时，终于找到了那张纸。

这是一支好部队啊。张副总长感叹地说道。

上铁塔前看看去，张爱萍又说。

于是，驱车到了原子弹爆心的铁塔面前，张副总长跳下车，昂首仰望，围着铁塔转了一圈，说，李参谋，我们今天上铁塔看看。九院李觉院长对他说，上了铁塔晃得厉害，人在上边晃得不能操作，这可是一个大问题，我得上去瞧瞧。

李旭阁一听有点瞠目结舌，这铁塔高103米，只是在中间设计了一个吊篮。电梯还没有安装好，上塔顶的人，还有核试验时装真品的吊篮从轨道徐徐吊上去。如果遇上罗布泊起七八级大风，这铁塔就像一株树在空中摇晃，张副总长又是我军高级将领，这么高的铁塔上去出了安全问题，不好交代。

张副总长，还是我上去吧，有什么需要检查的事项，请交代，我们上去落实。至于这上铁塔晃的事情，我先上去感受，下来再向首长报告。

主席说过，要亲自尝尝梨的滋味，这怎么能够代劳啊。

这么高的地方，首长若要上去，可是要请示罗总长啊。看劝阻不了，李旭阁委婉地提出建议。

啊啊！西尧同志，你瞧我们这个李参谋，李主任，可会拿罗总长来压我啊。张爱萍笑着说道。请示啥子嘛，这里我是总指挥，将在外，君命有所不受。

首长，我不是这个意思。

那是啥子意思吗？

刘西尧站在一旁，连忙过来圆场，笑着说，张副总长，李主任可是担心您的安全啊！

李参谋身为首次核试验办公室主任，担心我的安全，是对的，但是不入虎穴，焉得虎子。不上铁塔，我对原子弹装配上去，能不能操作，心中没有底啊。

张副总长上铁塔的决心已下，劝阻皆无意义。李旭阁立即叫过技术总队的领导，马上派一位技术人员和工人师傅随张副总长上塔，贴身保障。技总的现场领导转身朝后一挥手，立即有一位技术员和工人师傅过来，与他们一起，陪张爱萍副总长走进吊篮。关好安全扶栏后，按了一下电钮，吊篮沿着轨道徐徐向铁塔上部运行。此时，李旭阁环顾一下吊篮，站着张副总长、刘西尧和一位技术人员、一位工人师傅。

吊篮渐次升高。偌大一片瀚海，尽收眼底。

李参谋，有没有点会当临大漠，一览江山小的气派啊？张爱萍副总长显得很兴奋，表情是一副玉树临风的洒脱之姿，嘴里说出来的却是一片诗意。

李旭阁笑了，说，百万军中，敢登铁塔，取首级者，惟上将一人。

哈哈！李参谋，果然知我。张爱萍笑了，渐次升至铁塔面部，看了置放原子弹装置的地方。凌空俯瞰，确让人有一种恐高的眩晕，可是张副总长仍然一派上将风度，临危不惊，处险不变，谈笑风生，指点着铁塔结构，询问在场的技术员，原子弹装置放置什么地方，起爆的电缆线如何接下去，屏蔽电缆的是什么材质……得到了满意答复之后，他说，我没有觉得铁塔在晃啊。一位总队的技术人员说，首长，很明确地晃啊，你没有感觉到吗？

张爱萍说，不晃啊。李参谋，你感觉晃吗？

李旭阁点了点头，说首长有些晃。

我怎么感觉不出来。

工程技术总队的一位技术人员说，首长，你手扶扶栏，对准底下一个目标，就会感觉出来了。

果然，张副总长按那位技术人员所说，扶着扶栏，看底下的目标，发现了铁塔在晃动。

但不至于影响安装和操作啊，人在上边能够得了。

晃的原因是什么？张爱萍询问道。

是因为柔性连接，那位技术员解释道，就像那高耸的烟囱，是砖和水泥浇灌的，但在风中仍然会晃，如果不晃，风一吹，硬顶就会倒了。

原来如此。告诉九院的同志，上铁塔操作时一定要选择一个无风，或者风小的时候。

下至铁塔，张爱萍和刘西尧又驱车看了一些地下工事，就是放各种仪器的地方。起爆的时候，门窗必须关闭，但是观察孔仍要开着。张爱萍看了后，觉得防护门做得比较厚，可是一般起爆时，光先至，波后到，辐射光波过来时，可以不关，而到了冲击波袭来时，再关上。随行的人员都觉得做得还不够安全，张爱萍副总长开始一直没有表态，最后离开前说了一句，还是想办法再加固一下吧！

原子弹起爆控制中心建在离铁塔爆心20公里的地方，编号702，而指挥所则设在离爆心60公里的白云岗。

昨天看过铁塔之后，张爱萍副总长说要到离爆心 20 公里的起爆控制中心看看。工程技术总队将起爆的电缆线从铁塔之上，一直铺放到了 20 公里之外的地方。驱车而去，李觉院长已在那里等候，他的身后，则是副院长吴际霖，一级教授王淦昌、郭永怀、彭桓武，三级教授程开甲、朱光亚和理论部主任邓稼先，副主任周光召。

走进指挥室，里边的工作人员站成了一排，李觉院长一一作了介绍，他们是技术指挥员忻贤杰、副指挥葛叔平，纪录员刘秀华、操纵员韩云梯、副操纵员田养深、录音员胡志丽、停车指挥员惠钟汤、高压监视员高深、读表员马淑琴、电源管理员才士昌、程序仪技术指导彭光华等 11 人。张副总长与他们一一握手，询问进程，问有没有把握，他们回答，随时可以，只待中央一声令下。

好！我就要你们这句话。马上就要展开单元和综合测试了，我希望你们稳妥可靠，万无一失，精心组织，精心操作。

张爱萍对几位大科学家在首次核试验准备过程中的工作给予充分肯定，说你们才是真正的英雄，为了中华民族挺起脊梁做出了贡献。

甘当无名英雄，为中华民族仰起高傲的头颅，挺直脊梁，大科学家隐姓埋名，甚至改名换姓，从此在国际物理学界彻底消失，王淦昌改名王京，彭桓武改名无颜，不为浮名所惑，为的就是科学报国、强国。而李旭阁的首次核试验办公室主任的任命，也鲜为人知，直至他当了第二炮兵司令员，总参作战部在整理部史之时，才在一个秘档里发现了这份任命书。

英雄不问出处，英雄同样也不问来历。

4 早试还是晚试

专机在西苑机场落地后，走下舷梯，接张爱萍上将的专车已经停在了机翼之下。临上车前，张爱萍副总长将李旭阁招至跟前，交代道：李参谋，回去后马上起草马兰场区的核试验准备报告，一份让刘西尧同志在中央专委会上作报告，一份报送罗总长，要简明扼要，说明核试验场万事俱备，单元测试和综合测试全部正常，就等中央一声令下，便可以一爆惊天。

明白。李旭阁答道。

坐作战部来接机的车回到家里，给孩子带了两个哈密瓜，随后便伏案写报告。

爱人耿素墨问他，旭阁啊，你咋一去大西北，就神秘消失了，一两个月也没有一个电话打回来，做什么啊？

天机不可泄露。我还是那句话，素墨，你曾是军人，军事秘密，不该问的坚决不问。

好了，素墨笑了，不该说的坚决不说。我知道你吃了不少苦，人都快烤糊了，晒成一块黑炭坨了。好好休息一段。

休息！他摇了摇头说，说不定待不了几天，又要出差，你要做好长期吃苦的准备。

素墨笑了，说习惯了。

三个女儿见了爸爸，提出六一节承诺带她们去郊外踏青的事情。李旭阁说抱歉，下次爸爸给你们补上吧，连忙将在罗布泊捡到的鱼化石送给了孩子们，算是一个补偿。

回到作战部，同事们见李旭阁一个半月不归，甚为惊讶，问他做什么了。他只说了一句，出差了。

当天，李旭阁以张爱萍、刘西尧的名义，写了首次核试验的准备情况。汇报提纲写完后，他先送给张副总长审阅，根据他的意见作了些局部修改，然后，又分别报军委和国务院。刘西尧是清华毕业的大学生，他当时是国防科委副主任，参加这项工作，是张爱萍提议的，首次核试，他是张爱萍的主要助手之一。为了便于了解情况，方便工作，中央军委下了命令，让其戴了少将军衔，回到湖北，他就不戴军衔了。

那天上午 9 时，中央专门委员会连续两天在中南海国务院办公厅召开会议，由周恩来主持，贺龙、李先念、李富春、陆定一、薄一波、张爱萍、赵尔陆、刘杰、刘西尧等出席了会议。会前，张副总长给李旭阁打电话说，我就不带秘书了，你是首次核试验办公室主任，许多协调工作要由你做，跟我去开中央专委会，总理定的事情，要抓紧落实。

李旭阁早早地等在总参大楼前，坐着张副总长的专车，驱车驶往。在工作人员席上，他目睹和记录了影响一个民族命运和中国大决策的历史性一幕。当刘西尧读了由李旭阁起草的、经过张爱萍副总长修改后的《首次核试验的准备情况和正式试验工作的安排汇报提纲》后，专委会围绕着是空爆地爆和对外影响的情况进行了讨论。周恩来总理说，试验时间要做两手准备，或暖季，或寒季，我更倾向于明年的二季度再搞。

可是国务院副总理兼总参谋长的罗瑞卿则力主 10 月试，他说请总理再考虑一下，早响更有利，而且拖下去，夜长梦多。周恩来明确地提出季节不合适，可能今年不会试，准备明年的方案，提到主席处，最后由主席定。

临散会时，总理说明天下午 2 点半继续开专委会，讨论核试验的问题。

北京的酷暑已逝，天空中有几丝秋凉之意了。昨天对于核试验最后时间没有定下之事，翌日下午 2 点 30 分，中央专委又再次召开了会议。李旭阁依然是以张爱萍副总长的助手身份与会，同时又身兼首次核实验办公室主任。工作人员席上，周总理的军事秘书周家鼎、王亚志也坐在一旁，出席的人员还是昨天的中央专委委员贺龙、李先念、李富春、陆定一、薄一波、罗瑞卿、张爱萍、赵尔陆、刘杰、刘西尧。

会议一开始，总理与贺龙、李先念、薄一波等几个副总理就研究了核贮存的新建方案和两弹的结合问题。一个主要的议题——试验的时间问题又再次提到桌面上来了。周总理再次提出，现在搞核试验，即使遭受损失，也在所不惜。不止促使赫鲁晓夫倒台——他说我们搞不出来，我们搞出来了，还有可能引起帝国主义重视，炸我们；也向世界说明，打破苏美两家的核垄断，证明我们的国际地位。今、明、后年试验差别不大，只是时机问题，今年要搞，9月下旬要下决心。今年搞不成，那就推至明年四五月份，那时气象合适。如果时机来不及，就推到后年，有个好处，不仅塔爆、空爆，而是两弹结合。1966年10月，争取两弹结合。

李旭阁坐在一旁观察，明显地感觉罗瑞卿总参谋长一直在力争要1964年10月间搞核试验。罗总长说，总理，据公安部四局报告，美国《商业周刊》上说美苏要敲掉我们的核基地，值得警惕。张爱萍立即汇报道，为确保核基地和核试验场的安全，我们已经做了预案，并进行了空军和防空兵力的部署。哈密进驻个空军师，敦煌将高炮师派进去。

周恩来总理说应对及时啊，搞好防空布置，防止被帝国主义动核手术，这是必须纳入考虑的重点问题。随后他进一步明确任务。对于首次核试验的时间，他说，推迟时间搞，可以使他们轻视我们，说我们不行，这样也可使我们埋头干上五六年，也可以使第二个基地接续起来。要考虑一下究竟是今年、明年、后年，明年比较适中，今年紧一点。罗瑞卿始终有一种属于军人的危机感，他分析和预见了各种情况，坚持己见，说根据调查材料通报，敌人对付我们的办法，也是半渡而击，待我们工业发展到一定程度搞我们。因此，响了以后会引起一阵骚动，日本首当其冲，是否响了美苏就炸我们，它也要承担后果，后果，今明后年都是一样的。在这个方面，杜勒斯有些方面是值得学习的，炸一下也好，也是搞个边缘政策。

周恩来总理说：推迟也不会很远，1970年左右。罗瑞卿神情严峻，接过总理的话说，到了 1970 年，我们这些人要退休了。

李旭阁作为当时中央专委会的参与者，真实地记下了当时中央决策首次核试验是早响还是晚响的决策过程，但是他也没有想到，历史的巨臂，往往轻轻一挥，就撬动了一个中国大决策的转动。

9 月 16 日、17 日两天的专委讨论，意见不统一，专委是早试，还是推至明年再试，总理说要向二位主席报告。

今年搞不成，电缆要挖出来，张爱萍、刘西尧积极主张当年试，总理坚持先报告两位主席。那天很晚，在总理家吃饭，吃菜是用盆装的，用勺子盛出来。

中央专委会结束后，一直主张早响的总参谋长罗瑞卿再也不想等了，人们常说罗总长是毛泽东的影子，而此时的罗总长，既是国务院副总理，又是三军总长，深得毛主席青睐。他决定利用在毛泽东身边的特殊地位和影响，将核试验最终的拍板权交由主席，让毛泽东主席来下最后决心。他将张爱萍副总长叫到办公室，面授机宜，说马上起草一份《关于首次核试验时间的请示报告》，由他直呈毛主席、党中央。

此意也正合张爱萍的心意，他没有半点犹豫，受领任务后，立即将李旭阁召到办公室，交代罗总长的意图，说，起草一个报告，不要长，简要说明首次核试验的准备情况，万事俱备，只待党中央、毛主席一声令下。李旭阁当天便挥笔而就，呈送张爱萍修改过后，李旭阁再次抄写清楚，由罗总长以自己的名义，上送毛主席。

罗瑞卿以三军总长的名义，呈报毛泽东，建议首次核试验早响，最佳时间安排在 1964 年的 10 月中间，并说明有气象窗口。主席在这些攸关中华民族大事的决策上，总是气吞江河，雄视众山之小，他马上批示，"原子弹是吓人的，不一定用，既然是吓人的，就早响。"

毛泽东轻轻一句话，却重似千钧，改变了中国历史的进程。

第二天上午，毛主席要见张爱萍，亲自谈一下，可是张爱萍却跑到东安市场买东西，未接到主席的电话，未见上毛主席。

一个历史的时刻降临了。

　　周总理在三座门召集张爱萍、刘西尧传达毛主席的指示，参加会议的贺龙、陈毅、罗瑞卿、张爱萍、刘杰、刘西尧等传达了毛泽东对首次核试验的决定。李旭阁作为首次核试验办公室主任，记下了这一历史性时刻。周恩来开宗明义地说，主席同意搞，任务更重了，不是更轻了。随后，他指着张爱萍和刘西尧说，你们两个什么时候去，运输怎么搞，知道的人不要太多，不知道的不要知道，路上如何押运，要实施封锁。这个时期根本不要写信了，你们自己除公事外，也不要为私事打电话。上梁不正下梁歪。你们今晚要开一个会，具体规定多少条，从现在起都要搞好，任何消息也不要漏出来。六千多人，上万的人，不像过去解放区那样小，我们现在在舞台上了，敌人在暗处，不要还没有搞就嚷出去了。你们两人从今天起，不要再接见外宾，埋头苦干，是无名的工作，决定了松不得。第二件事，时间看来需在 20 日以后了，10 月有四次好天气，中旬也可能赶上，也可能赶不上。最好是 10 月下旬，11 月上旬，不要搞得太紧了，时间不限制，我记得阿富汗国王是 19 日来，最好我们做些思想工作。但是你们准备好了也不要受这个限制。准备好了，你们打个电话给我，不要说具体时间，就说 20 日之前，我就知道了，电报要有线电报，加保密。

　　这时，副总参谋长张爱萍站了起来，向周总理告假，说今晚外交部安排一个外事活动，要提前告退。

　　总理仰起头来，对外交部有关人员说，下不为例。告诉乔冠华，以后再不要安排爱萍同志的外事活动。

　　张爱萍副总长站起身来，刚准备离去，周总理突然从沙发上一跃而起，说爱萍请留步。

　　李旭阁见总理走了过来，堵住了张爱萍的去路。周总理关切地说，爱萍，你带核试验的文件了吗？

　　张爱萍摇了摇头说，总理，没有带啊！

　　周总理指了指张爱萍的衣兜，说搜一搜，看看里边有没有纸条，你参加外事活动，首次核试验的只言片语不能带出去。

　　李旭阁第一次亲眼看到了周总理的处事缜密。在总理的督导下，张爱萍真的将自己几个衣兜都掏了一遍。没有搜出什么，总理才如释重负地说：保密无小事啊! 首次核试验除了中央政治局常委外，书记处也只有彭真知道，范围很小。一旦泄露出去，就会捅破天的。我上次小病，传得很广，外国媒体也舆论纷纷。我老婆是老党员、中央委员，她就不知道我们要搞核试验，我从不对她讲。

在座的人员喟然感叹，总理保密观念如此之强，真是一代楷模。

暮霭涌起，会议室的光线渐次黯然下来。将所有预想的事情都布置完了，总理向坐在后排的李旭阁招了招手，说李参谋，你过来。

李旭阁从后排站了起来，走到总理跟前，询问道，总理有什么指示？

从沙发上站起身来的周恩来对他说，你回去问问张副总长，组建七机部的事情做完了没有，让他走之前把文件交给我，我向聂总谈一下。张副总长走后，罗总直接抓，今天晚上就制订场区与北京通话的暗语，北京也就是我、贺总、罗总三人抓。你回去向爱萍副总长报告。周恩来交代道。

晚上张爱萍副总长参加外事活动回来，李旭阁报告了总理的指示，张爱萍副总长说，旭阁，按总理的指示办。

随后，李与二机部办公厅主任张汉周、二机部部长刘杰的秘书李鹰翔、国防科工委的处长高建民一起编暗语。也许因为首次核试验的原子弹是圆形，李旭阁提出，因为是秋天，将原子弹取名为邱小姐，此议一出，大家连声称好，说形象隐秘。于是便将装原子弹的平台叫梳妆台，连接火工品的电缆线像头发一样长，叫梳辫子。李旭阁写完了，当天晚上便送给了张爱萍，密码对照表上规定：正式爆炸的原子弹密语为邱小姐；原子弹装配为穿衣；原子弹在装配车间，密码为住下房；吊到塔架上的工作台为住上房；原子弹插火工品，密码为梳辫子；气象的密码为血压；起爆时间为零时。有关领导也有相应的代号，周总理的代号为 82 号。张副总长看了后连声说：旭阁，编得好，既形象生动又隐秘难猜。

随后，李旭阁以首次核试验办公室的名义，将昨天晚上编的首次核试验密码，正式报给了周总理、贺龙和罗瑞卿，作为核试验场与北京电话联络的暗语和密码。

5　两架专机送一个密使

已经是凌晨 3 时了，张爱萍上将还没有睡，等李旭阁将首次核试验的准备工作情况及试验时间的绝密报告草拟抄好后，送到总指挥的帐篷里。张爱萍坐在箱子上签署后，仰起头来说，李主任，你飞一趟北京，将这份绝密报告直呈总理和主席。

是！张副总长。李旭阁答道。

张爱萍指了指帐篷一角的贝壳、鱼虫化石说，将这些罗布泊的化石带上送给叶帅，我离开北京时，他曾说要来看首次核试验，你代我去请他。

李旭阁将张爱萍签署的绝密文件收入文件包时，张副总长又叮咛了一句：天亮了就走，赶到马兰机场，空军成钧副司令员已经调专机过来接你。

明白！

罗布泊的清晨一片死寂，惟有风的呼号。第二天早晨出发时，李旭阁心里一片愕然，环顾左右，这样天大的事情，只派他一个人去做密使，再没有第二个人。而且空军一架伊尔－14 专机，也只送他一个人，可谓空前绝后。但是张副总长定的事情就得义无反顾地执行。他将文件包抱在怀里，径自登上一辆嘎斯吉普，对司机说，出发，去马兰机场。

浩瀚的罗布泊，曾是一片大海，海水干涸，海底凸露出来，黑茫茫的一片空阔。他坐在车中极目远眺，望不见地平线尽头。沙尘掠过，让人不辨东西。瀚海本无路，惟有留在河床上的车辙通向机场。几个月往返于核试验场上的每个点，他已经熟悉了。可是那天仍然险象环生，吊诡迭出。他坐的吉普车头天刚保养过，车况不错，然而在一望无边的戈壁滩上疾驶时，河床凸凹不平，颠簸起伏，突然一声巨响，吉普车遽然倾斜，连车带人差点栽了一个跟斗。他下车一看，一个车轮早已飞入苍茫。他与司机在荒原上茫然四顾，到处寻找，东西南北绕了好几个圈，终于将轮子找了回来。重新安上去，已耽搁了很长时间。驱车赶到机场，太阳已经西斜了。空军作战部恽前程副部长神情焦急地问道：李主任，你怎么才来啊！

李旭阁苦笑着说：我们在戈壁滩上将吉普车的轮子跑飞啦！

机组飞不了夜航，恽前程指着停在机场跑道上的伊尔－14军用飞机说，天黑之前你赶不到北京了。李旭阁才发现恽副部长的焦急事出有因。

那怎么办？张副总长说主席和总理都在等待这份绝密报告，务必今晚送到。

第一站先落包头吧。恽前程副部长说，我马上请示成钧副司令，再派一架专机到包头接你。

很快，成钧副司令员打电话与空司联系，另一架专机马上飞往包头机场等候，接送李旭阁飞往北京西苑机场。

李旭阁登上伊尔－14飞机，在云层中颠簸了好几个小时。傍晚时分，飞抵包头上空，恰好是一场雨后，草原上田鼠横窜，猎鹰乘机出来捕食。飞机在半空盘旋，然后朝着跑道俯冲近地，只见一只猎鹰朝着飞机迎面飞来，咣当一声响，撞在了驾驶舱的玻璃上。飞机一阵剧烈抖动摇晃，幸好飞行员牢牢把住操纵杆，才避免了一场灾难。飞机降落到包头机场时，天色渐渐黑下来，飞行员把那只被撞死的鹰拾了回来，发现翅膀足有一米多长。

一场虚惊，好在有惊无险。李旭阁走下飞机，看到空军调来的另一架里－2飞机已经停在包头机场待命。晚上9点多钟，他再度登上里－2专机，朝着北京的夜空翱翔而去。夜里11时，军用专机在北京西苑机场降落，李旭阁走出舱门，发现舷梯下站着二机部部长刘杰和空军政委吴法宪。

吴法宪走过来，拍拍他的肩膀说，听说一路险情不断。

李旭阁点了点头，将绝密报告交给了刘杰。

总理还在中南海等着看哩！刘杰部长接过绝密文件又说，旭阁，一路辛苦了，回家好好睡上一觉。

告别刘杰和空军政委，他抱着两个哈密瓜径直赶回家里。

第二天早晨刚起床，李旭阁就接到电话通知，马上到总参参加罗瑞卿总参谋长主持的核试验场防空会议。而他送来的那份绝密文件，当天深夜由周恩来审阅后，直呈毛泽东和刘少奇。

防空会议决定向哈密进驻一个歼击机航空兵师，敦煌进驻一个高射师。当时的情况判断有些严重，其实苏美都没有轰炸我们的核实施。

防空会议一结束，李旭阁就驱车前往军事科学院看望叶剑英元帅。当时在场区时，已为叶帅来看核爆炸准备了住的地方，并代表张爱萍副总长正式邀请。谢谢爱萍，我身不由己啊！中央不同意我去。叶帅遗憾地说。

这是张爱萍副总长托我带给您的纪念品。李旭阁将罗布泊海底化石递了上去。

叶帅爱不释手，大加称赞。他很喜欢那些化石，它们证明试验场远古时代曾是一片浩瀚无际的大海。

李旭阁向叶帅简要汇报了核试验场的准备情况。

叶帅说好啊，我在北京静候你们震惊世界的巨响。

至于中央为何不让叶帅观看核试验，李旭阁从军办找到了一份资料：1955年苏联在离新疆西北方向斜米帕拉丁斯克搞了一次核试验，进攻防御演习，中国派了参观团，刘帅带队，去了不少高级干部，中口径核弹头，3万吨，观景台离现场只有5公里，核武器爆炸了，刘伯承的大盖帽被掀翻了。苏联人也有伤亡。

当时美英苏有一个协定，核武器要实施垄断，法国当时也没有，他们对中国实施封锁。世界分为两个阵营，美国封锁我们，苏联却伸出援助之手，对我们包括核武器在内的现代化起了帮助作用。后来中苏交恶，苏联原本要输入中国的原子弹模型也断绝了。中国自力更生搞原子弹的困难不小。第一颗原子弹的装置过程，包括氢弹如何制造，如何使武器实用，李旭阁跟着张爱萍看过。第一颗原子弹制造出来后，总理规定要有一个备份的，第一个不响，第二个可以上去。

告别了叶帅，李旭阁在北京等待总理办公室的消息。过了一天，总理的军事秘书王亚志打来电话，说报告已由总理上报毛泽东主席和刘少奇主席了，林彪、邓小平、彭真、贺龙、聂荣臻都已经圈阅，总理说有些问题与张爱萍电话谈过了，你可以走了，但不要带什么东西。

次日，伊尔-14专机再次将他送回罗布泊。临回新疆前，张爱萍夫人李又兰大姐打来电话，说北京的大白菜上市了，我给你们买了好多棵，你带上吧，那里最缺的是蔬菜。于是李旭阁带上了又兰大姐送的巧克力、青菜及六棵大白菜。进至场区，回来向张副总长报告情况后，向参加首次核试验党委常委传达了中央同意的时间安排和周恩来总理、罗瑞卿总长指示，一切正常，20日完成吊篮前的一切装配工作。

10月13日14时，李旭阁起草完了万一不成功的处置方案，经过张爱萍副总长签发后，再次报中央。随后，总指挥所离开总控制中心，由七二〇移至二〇一。这里离楼兰古国不远，工程兵在这里施工时，曾经挖出了木乃伊干尸。

李旭阁有点意外，然而，就在距核试验零时仅剩最后四天时，张爱萍上将又做出了另一个惊人之举，亲自动员和陪同几位大物理学家王淦昌、彭桓武、朱光亚、周光召、陈能宽等游览楼兰古城。此时李旭阁已不再惊讶了，他却深深领悟了张爱萍的"文武之道，一张一弛"的真谛，让大科学家徜徉于一片历史的废墟之中，暂时忘却核世界的诡谲多姿，梳理精神的羽翼，举重若轻迎接一场震撼世界的东方巨响。

6 壮士不畏死，核试验次日飞越爆心上空

天气成了整个核试验场最关心的事情了。

确定了试验时间后，张爱萍与试验委员会，就是等天气，每天研究到天亮。中央气象局派了一个工程师顾正潮，真正了解基地的气象员，每次收到信息后都标成图，判断一次，最少一个小时。第四次研究气象时，风速小了。下午4点半，张爱萍和刘西尧去了试验塔，离试验时间不远了，基地气象处长叫韩云生，当场报告，刮西风，东刮，风速减小到了每秒六米，九院报告试验弹的测试情况，现场与总理通话，而这边李旭阁拿着听筒等张爱萍讲话。罗布泊的天气很恶劣，狂风掠过，风沙肆虐，天气成了所有人关注的中心。

首次核试验指挥部的指挥员和专家都在仰望天空，祈盼一个好天气。可是一连两天，罗布泊风云变幻，诡谲难测，狂风呼啸，沙暴遮天，让气象专家难下决断。研究气象出现不同意见，基地年轻的气象员朱德品认为，14日晚大风10-12米阵风14-16米，其余人员包括专家认为不会出现大风。当时国家气象局和总参气象专家预报15、16日是好天气时，惟有马兰基地年轻的气象员朱德品瀚海我独行，坚持预报14日晚间将有大风，风势要到15日上午10时之后才会渐次减弱。可是人微言轻，开始没人相信他的气象判读。到了14日晚间，突然大风起兮，黄沙滚滚，遮天蔽日。指挥部专家和将军们望天长叹，翘首以盼晴日。晚上阵风达到每秒18米，被朱德品言中。

到了15日10时许，风力果真小了，天气再次被朱德品预见，李旭阁又安排了四次天气会商。

10：30分，张副总长在201、701场地，开常委会研究零时。11：42分议定，因预料14时阵风转小到6米以下，16日15时为零时，18时，又在201、

701 场地召开常委会，议定 10 月 16 日为零时，产品马上上塔。18：20 分，李旭阁向总理密语报。

张爱萍直于凌晨 3：30 分研究气象最后一次天气会商时最终拍板，首次核试验零时定在 10 月 16 日 15 时。之后，李旭阁随他到了塔下。6 时在塔下接气象处长韩云升报告，气象转好。大家长长地舒了一口气。

凌晨时分，罗布泊一片寂静，深邃的天穹有一种罕至的神秘和沉默。原子弹于早晨运到了铁塔架前进行交接。张爱萍再度下达命令，8 点钟插火工品。张爱萍当场批准插雷管，最后一道一工序，李旭阁又向总理办公室发了第二个暗语，邱小姐在梳妆台，8 点钟梳辫子。火工品插好后，原子弹徐徐调上塔架。李旭阁给总理办公室发第三个暗语，邱小姐住上房。

铁塔兀立，像一个金刚，将第一颗原子弹高擎入云。一切都安排妥当了，张爱萍对李旭阁说，走，回主控站。

吉普车从塔架下刚开出了 10 米，张爱萍突然叫停车，坐在后排的李旭阁问，张副总长，有什么事情？开车吧，没事！素来果断的张爱萍犹豫了一下，将手中的照相机放了下来，挥了挥手，走吧！李旭阁明白了，上将想在原子弹铁塔前拍照留念。张爱萍是一位将军摄影家，从战争年代起，便深爱此道，颇有造诣。徜徉塔架前，他多想给自己拍一张照片，留下历史性的纪念。可是他在许多场所都要求部队保密，不准拍照，自己也不能破了这个规矩，于是怅然而去。此事成了他一生的遗憾。

8 点离开试验塔，李旭阁跟随张爱萍到了主控站，到了 720 主控室，看到电源正常。主控站的大学生韩云梯是首次核爆炸的操纵员，他压力太大，不敢按电钮，每天晚上都睡不着觉。张爱萍做他的工作，说你不要有压力，按规程操作，心态放松，放轻。这时，九院院长李觉已将主控站的起爆钥匙交到负责主控室指挥的张震寰（时任国防科委副秘书长）手里，张爱萍满意地点了点头。此时，李旭阁突然接到周总理办公室的电话，传达总理指示：零时后，不论情况如何，请张爱萍立即与我直接通一次电话。

8：00 在主控站观察对电流通信正常以后，李旭阁随张爱萍副总长驱车离开主控站。

12∶00 抵前进庄，欢送防化部队出征。

13∶00 李旭阁跟随张爱萍回到距离爆心 60 公里的白云岗观察所。观察所设在一个土坎堆前，李旭阁环顾周遭，发现他们请来的新疆军区与自治区领导人王恩茂、赛福鼎、郭鹏皆在场，而物理学家王淦昌、彭桓武、郭永怀、邓稼先、朱光亚等一批人已在零时前几分钟，走进了观察所的掩体里，背对核爆心，向背而卧。

李旭阁说，为了看到原子弹爆炸的瞬间，可以豁出去一只眼睛，也在所不惜。

旭阁，勇气可嘉，但不可蛮干。张爱萍摇了摇头说，通知所有人坚决不许面向爆心。

这时，李旭阁再次摇通总理办公室的电话，握在手中，屏住呼吸，等待那震撼世界的历史性一刻的降临。

倒计时秒表在嚓嚓作响，李旭阁的心已禁不住一阵狂跳。随着指挥员"10、9、8、7、6、5、4、3、2、1"的倒计时报数，只听一声"起爆"口令，死寂的戈壁滩上遽然掠过一片耀眼的白光，远处传来一声轰隆隆的雷霆巨响。大地震颤了，遥远的天边，一个火球缓缓裂变，红云般的蘑菇浮浮冉冉，冲天而起，扶摇苍穹，飓风天地。一会儿红色蘑菇云在半空中漫漶翻卷，次第呈乳白色。白云悬空，美丽的毒蘑菇绽放天地之间。

15∶00 准时起爆，过三十秒张副总长与总理通话。

李旭阁欣喜如狂，却没有忘记将手中的电话递到张爱萍手中，说，总理就在电话旁，他在等你报告情况。

猝然不惊的张爱萍此时却难以抑止内心的激动，说，总理，首次核爆炸成功啦！

是不是真的核爆炸？周恩来在电话里问张爱萍。

张爱萍扭头问身边的物理学家王淦昌，总理问是不是真的核爆炸？

是核爆炸！王淦昌肯定地回答。

张爱萍立即向总理作了报告。周恩来说，很好，我代表毛主席、党中央、国务院，向参加首次原子弹研制和试验的全体同志表示热烈祝贺！毛主席正在人民大会堂，我马上去向他报告。

李旭阁站在张爱萍身边，将这历史性的一幕铭刻于心。

18：30，他向总理报告核爆炸有关情况。19：30，总理问刘西尧，敌人不承认核爆炸如何办？

王淦昌笑了，科学是要有证据的，防化兵的取样，还有猴子、狗、鸡、白兔、小白鼠所受的辐射，便是最好的取样了。

首次核试验尘埃落定，核爆铁塔究竟毁伤成什么样子，张爱萍总指挥仍放心不下。当天晚上，庆功宴过后，张爱萍忧心忡忡地说，旭阁啊，也不知那铁塔炸成了什么样子？

李旭阁沉吟片刻，主动请缨，张副总长，我明天坐直升机飞到爆心，从空中看看铁塔倒塌的真实情况，回来向您报告。

不行！太危险。张爱萍摇了摇头：现在爆心核辐射和核沾染超标千万倍，对身体危害太大！

科学家们说没事，只要防护得当。李旭阁毫无畏惧地说，我穿上防护服，戴上防毒面具，问题不大！再说舍不得孩子套不到狼！

在李旭阁再三请求下，张爱萍副总长同意了，叮嘱他，一定要防护好自己。

核爆后的第二天，爆心废墟上仍旧弥散着核尘埃，探试仪器指针未进核心圈，便指向尽头，蜂鸣器突突叫得人心慌。李旭阁穿上防化服，戴上防毒面具，与马兰基地一位摄影员登上直升机，鹞然而起，往60多公里外的爆心飞去。十几分钟后，飞抵核爆炸的铁塔上空，他让飞行员在空中悬停，自己伸出半个身子朝下俯瞰。核爆过后，铁塔扭曲变形成了一堆麻花，倒成一片，化成铁水，凝固于地。李旭阁请飞行员从不同方向，飞掠铁塔上空，让摄影员选最佳角度拍摄。一直在爆心上空盘旋了十多分钟后，完成了所有观察和拍摄，才安全返航，降落到洗消站进行洗消。随后李旭阁抽下防毒面具，穿着防护服，伫立直升机面前，留下了一张照片，也留下了中国军人的勇气和豪情。回到指挥所，李旭阁向张爱萍总指挥汇报了塔架毁伤状况，张爱萍上将长长地舒了一口气。当晚，他挥笔填词一首《西江月·塔架》抒怀：为了科学试验，粉身碎骨何惜，雷声鸣时体化灰，为国扬眉吐气。

几天之后，张爱萍穿着防护服，与刘西尧、张蕴玉、九院院长李觉和几位核科学家一起，往核爆过后的圆心步行而去，将一代中国人的勇气、胆识留在了西部的天空。

第七章

第二炮兵的
前世今生

1 张爱萍火了，将警卫都给我撤了

就在中国首次核试验还在紧锣密鼓进行的那年早春，西花厅前海棠已开至繁华，春风徐来，香气隐隐弥漫。

那天，副总参谋长张爱萍、杨成武、工程兵司令员陈士榘和炮兵司令员吴克华先后进入了总理家的小会议室。周恩来总理健步走过来了。

四位上将刷地站了起来，向周恩来行礼，总理好！

爱萍、成武同志好！周恩来先与副总参谋长张爱萍、杨成武握手，然后向陈士榘和吴克华方向走了过去，士榘同志，核试验场的工程还顺利吧？

总理，有张副总长在那里监工，一天当一年用，进展神速啊。陈士榘答道。

可有人向我告状说，工程兵从酒泉基地撤场时，钢筋水泥都拉走了，有点匪哦。周恩来半开玩笑半敲打道。

底下部队干的，总理，我要求不严，陈士榘连忙解释道。该不会是张副总长吧？我已经被他克过几顿了。

锤子，我张爱萍从来是敲当面锣，对面鼓。张爱萍对老资格的陈士榘上将，吵归吵，但是不乏尊重。

是酒泉基地领导向我反映的。

总理，我对部队管理不严，我作检讨。

呵呵！周恩来挥了挥手，制止道，然后对吴克华司令员说，克华同志，好久不见了，五个导弹团的后三个组建还很顺利吧？

顺利，顺利！总理。吴克华答道。

四位请坐，周恩来挥了挥手说，今天将四位召来，就谈一谈第一个导弹基地的建设，都与四位有关。成武同志管作战，爱萍抓武器装备，士榘指挥的工程兵管建设，管理机构，自然非克华同志莫属了。前不久，爱萍同作战部的李静，还有五院的刘秉彦同志上了一个报告，鉴于"东风二号"导弹已经开始装备部队，第一作战基地的建设必须列入议事日程。这个报告很及时，很有价值。爱萍同志说，今年秋天，可以进行首次核试验，战斗部的问题很快就能解决。先请爱萍同志介绍情况。

张爱萍插话道，因为"东风二号"导弹的射程问题，作战阵地须向东边向北的边境地带推进，才可以扩大打击扇面，覆盖和威慑远东之敌。

我们也是被逼的。周恩来感叹道，抗美援朝，麦克阿瑟和杜鲁门一直叫嚣要在朝鲜战场使用原子弹，1954年后，台海局势紧张，杜勒斯，甚至艾森豪威尔恫吓我们，说要用原子弹炸平中国沿海的机场。而今美国政府换了三朝了，约翰逊继承了肯尼迪的衣钵，侵越战争，还是摆到我们家门口来打的，且南越的特种战争大有升漫之势，驻太平洋美军司令勃兰特一再呼吁增兵，国防部长麦克拉马拉没有当过一天兵，却是铁杆的反共分子，打仗消耗的是钢铁、军工产品，麦克拉马拉是福特公司老总，都是大财团的利益代表，这场战争迟早有一天会蔓延、烧到友谊关前，我们不能掉以轻心。

但这一回我们不用怕了，我们有了原子弹、氢弹，也就是两码事了。

张爱萍答道，按此进展，今年秋天可以进行首次核试验。

好啊！周恩来交代道，阵地建设要超前，有鸡也需要有窝啊。爱萍他们初步划定的范围很好，等春天的残雪化尽，立即去踏勘，阵地选定后，工程兵可派几个工程团进去抓紧建设。

周恩来后来在一个大比例的军事地图上画了一个圈，说，就是这一片吧，士榘开春之后，阵地勘察一结束，立即叫工程兵设计院的同志进去精测和设计。

克华同志，基地的选址和部队组建要同步，甚至还要超前一些。

明白！总理。吴克华司令点头道。

时光匆匆，到了四五月份，北京早已是春风和煦，天朗气清，姹紫嫣红，可大莽林之中仍旧残雪未尽，寒气逼人。春雪未融化，李旭阁便跟随张爱萍、陈士榘和炮兵司令员吴克华一行，往白山黑水之间去踏勘阵地。

这时，陈锡联司令已经由炮兵司令员擢升为沈阳军区司令，司办的呈批件报给他，张爱萍副总长带队，参加的军委工程兵和炮兵司令来了，且皆是红军时期同时代的战友，连忙在沈阳安排接风，又专程派副司令员曾思玉中将专程陪同。沈阳军区保卫部派一位副部长负责外围警卫。

然而，紧随于后的李旭阁发现，张爱萍每到一地，最忌官老爷作风，他对自己要求甚严，视部下如兄弟，爱民如子。这种老一辈无产阶级革命家身上特有的品质和人格魅力，在张爱萍将军身上，尤为突出。走在白山黑水间，到了一个边陲小城，住的是地方宾馆，军区保卫部副部长同志考虑到首长安全，将整个三楼都包了，并让警卫战士卡住三楼楼梯口，不让群众上来。那天张爱萍踏勘回来，看到三楼之上全被清场了，没有一个地方老百姓，楼梯口都被卫兵把守了，极为恼火。他也不管曾思玉副司令员在现场，将负责保卫的副部长叫了过来，脸一拉，问道，你是共产党，还是国民党？

那位副部长不解其意，首长，我当然是共产党员了。

共产党员有怕老百姓的吗？张爱萍当面剋了他一顿，命令道，将岗哨给我撤了。

首长，为了保障您的安全，负责警卫的同志说，我这是执行规定。

啥规定，你这个同志哟，将我与人民群众隔绝开来了，高高在上，那是国民党干的事情。记住了，马上将岗哨撤了，不撤哨，我就撤你。群众有什么好怕的，我们江山就是老百姓推着小车推出来的，老百姓就是天，就是地。天地在上啊。

张爱萍副总长的话让当时在场的高级将领面面相觑，却无不受到了教育。

曾思玉挥了挥手，对那位副部长说，按照张副总长的指示办，将岗哨撤了。

是首长！

这就对了嘛！

翌年，李旭阁又跟着张爱萍去了江南山区勘察，他乘坐的吉普车是由南京军区提供的，是墨绿色的嘎斯69。车至一个山村的路边停下来时，张爱萍副总长刚跨下车门，围上来一群孩子。孩子们第一次见到这种吉普车，手指着绿色吉普车惊呼，蛤蟆车，快来看蛤蟆车！他们将苏式吉普比喻为一只绿色的癞蛤蟆，一边围着车转，一边抚摸。

想坐吗？张爱萍将军问孩子们。

想！孩子们仰起脑袋，看着将军答道。

司机同志，拉上孩子们　上一圈。张爱萍副总长吩咐道。

于是，七八个乡下孩子挤进了张爱萍的座驾，沿着公路绝尘而去，绕一圈回来就是五公里。当孩子们欢天喜地地跳下车时，张爱萍抚着他们的头，躬身问道，要不要再坐一回？

要啊！乡下孩子们再没有了怯意，在上将面前欢呼雀跃。

司机同志，麻烦你再拉孩子们跑一趟。

看着孩子们登车而去，张爱萍将军望着远方的袅袅炊烟，眼睛里露出了无限的深情。

李旭阁伫立一旁，非常理解将军此时此刻对这片土地和人民的感情。当年新四军在这片土地上金戈铁马，饮尽苦难辉煌，面对斯土斯民，能不忆当年，能不追思吗？皖南事变时罹难的英魂，很多就是他当年的战友，一群孩子让将军心中掀起多少波澜，惟有青山流云知道。

北国大莽林里的阵地踏勘之后，陈士榘上将立即派了三个一字头的工兵团进去修筑阵地。

吴达圻老人当时是炮兵司令部的作战科长，参与了当时第一个导弹基地的勘察。他说，那时的"东风一号"导弹有一个横校，就是坐标方位的瞄准装置，发射时，必须安装在后边的山头上，与发射阵地在一个垂直线上，这样对阵地的选择是很困难的，可谓踏遍苍山，走尽沟沟壑壑，听虎啸狼嚎，才最终选定一地。过去在新四军时，吴达圻就跟随张爱萍，与其夫人李又兰是一个战斗剧社的，了解张副总长的性格、脾气，知道他是一个眼睛里揉不得沙子的人，敢爱敢恨，勇于坚持真理，故非常了解他的行事风格。他对于人民之爱，对于老区孩子们的感情，完全是一种自然天成，是融入共产党人的血液之中的。

阵地选址完成后，陈士榘上将所率的工程兵便悄然开进了，而且都是在酒泉或者马兰基地立下赫赫战功的英雄团队。

一列秘密军列从大西北，从河西走廊悄然而来，一路向东，向北，朝着那片北方大莽林疾驶而来。

那一年，隋永举上将三十出头，是陈士榘上将工程兵里一个"一字"号团队里的一名教导员，一个大尉军官。彼时，他们所在团队在额济纳那片荒原上蛰伏了六载时光，住的是地窝子，却修建了酒泉卫星基地最大的发射塔台和检视大厅。

工程刚近尾声时，陈士榘上将一个电话打到了工程指挥部。他所在的那个团迅速撤场，登车，撤至兰线下的柳园站，却没有再向西，而是沿着河西走廊，一路朝东，朝北，朝着长安城驶了过来。但是身为教导员，隋永举也不知车驶何方。等车绕过北京城郭，向唐山和山海关方向驶过时，他才知道，面前的是林海雪原了。

这里环境更艰苦，冬天奇寒，气温低至零下三四十度，滴水成冰，夏天施工的季节很短，到了秋冬季节，地下坑道里的温度反而比室外暖和，有的官兵进去就不想出来。最难熬的是施工中打风枪，蒙一身石粉，溅一身泥水，下班时，一件朝鲜战场上留下来的无扣棉衣，找一根用过的导火绳系着，蹚过阵地前的小路，回到工棚去洗澡。没有锅炉房，大锅烧一锅水，洗得不快就会冻成冰块。可他们硬是凭着中国军人的血性，用青春和热血建成了一座座山中长城，将一个个导弹阵地构筑了出来。隋永举在中国战略导弹部队的零公里也由此出发，成为团政治处主任、副政委，继而工兵团政委，基地政治部副主任、主任，一步步走向了第二炮兵政委的岗位，授上将军衔，此乃后话。

2 天下 N 个导弹营

上个世纪六十年代初的中国，虽然天灾与人祸俱在，但是发展国防现代化的步伐，一刻也没有停止。

当第一个导弹基地选址北方大莽林之时，另外一个也开始于江南踏勘，而战略导弹部队的组建、扩编的工作一天也没有停止。

吴达圻老人当时任职于军委炮兵司令部作战处，他说，为了分管好新成立的导弹部队，从长辛店炮兵教导大队撤销之后，炮兵专门成了炮兵技术部，主管地地导弹营的建设。

继 1959 年之夏、之秋，中国人民解放军炮兵 A 营、B 营成立之后，转瞬之间，时代的脚步便迈入了六十年代。尽管此时的新中国遇上了前所未闻的三年自然灾害，整个民族都在饿肚子，可是正像陈毅元帅说的，就是当了裤子，也要搞原子弹，也要发展地地战略导弹部队。

六十年代初春夏之交，在西安炮兵技术学院代管导弹 B 营和武威炮校代管导弹 A 营的同时，经过总参谋部批准，军委炮兵授命沈阳军区炮兵组建了导弹 C 营，北京军区炮兵组建了导弹 D 营，济南军区组建了导弹 E 营。

这便是素有天下五个导弹营之称的导弹集群。

到了 1961 年夏天，又由沈阳军区、南京军区和广州军区组建另外三个营，只是当时架子刚刚拉起来，仍然是一个空壳，军官和技术骨干分别西行，入西安技术学院、武威炮校的技师班学习。学制为一至两年时间，长短不一。后来的导弹人潘日源、钱贵、张文皆是当时的学员之一，只是他们投身导弹方阵时，有的已经是炮兵连长或是航校的少尉排长了。

岁月峥嵘，一个激情的年代阔步走来。

然而，时光之钟旋入 1962 年，是三年自然灾害最艰难的一年。随着苏联人撕毁合同，撤走专家的效应渐次显现出来，后来成立的三个导弹营都没有拉起队伍，多数军官被分流到了炮兵各部队，而剩下来的领导班子和骨干，则暂时寄生于 B 营、C 营、D 营之中，形成了一个营队、两套班子的尴尬局面。

1964 年春天，中央军委一声令下，当时的五个导弹营先后撤销苏式以导弹营行使团级权限的编制，正式升格为导弹团，五个导弹营遂以第一批导弹团队的资质和禀赋，昂然加入了中国战略导弹方阵，并以此为种子，在大江南北的崇山峻岭之中，开始了发芽、生长和开花结果的大山岁月。

……

3 周恩来来看导弹发射

时间有点久远了。

那一年的人间四月天，恰好是牡丹花盛开的时节。天姿国色，自然是属于青春佳丽的，而对于风烛残年的老人，剩下的只是回忆与恋旧，但是真正的国色、国器、国标，则在一个民族历史长河之中，留下了自己星星点点的轨迹，并不可磨灭。

程志魁就是这样的人。

那年，他已是耄耋老人了，在解放路干休所里，我请摄像师将镜头对准他的时候，家人想给他整理一下衣服，免得有邋遢之感。他一挥手，打住，我不需要，历史就是历史，无须打扮。

我鼓掌，连称妙语，程老将军先声夺人。

知道吗，偌大的中国战略导弹部队，真正第一代中央领导人观看过导弹发射的，独此一家，就我那个导弹团。除此无他。写第二炮兵的历史，回避不了的。

程志魁老人的自豪溢于言表。

想想也对，有些人忙忙碌碌，平平凡凡，但是有一段经历创造了惟一、第一，便无人可以比肩，他也就成了历史了。

1966年6月30日那天，注定要与一个团队、一个战略军种的历史连接在一起。

天下五个导弹营弱水亮剑，戈壁出鞘，继导弹第A营、B营于1963年秋天发射之后，后组建的C营也独立发射过了，仅剩下D营和E营了。

1966 年 6 月，已经是文化大革命风起于青萍之时，红色的狂潮开始席卷神州，但是人民解放军的长城基石却稳如泰山，天下可大乱到大治，可是长城不倒，不毁。

彼时，军委炮兵给总参谋部写了报告，并报请总理批准，1966 年之夏，导弹 D 营升格为团的建制，E 团从山东登上铁路专列，然后再改成公路行军，分别向胡杨林中酒泉基地开进。

那个夏天，炮兵机关专门组成了司政后导弹演习指挥部，组织两个导弹团进行发射演习，最终一剑出鞘。

一切准备早已经就绪，一切演习都按预案展开。

6 月 29 日下午，指挥部突然收到炮兵司令部转来的电示，周恩来总理出访罗马尼亚、阿尔巴尼亚归来，路经新疆，30 日转飞酒泉鼎新机场，要观看 D 团的导弹发射训练。

总理要来看发射，那消息，像夏日的凉风一样，掠过气温高达 40 多度的戈壁滩。

当天傍晚，副总参谋长杨成武、刚升任炮兵副司令员不久的向守志，乘坐空军值班飞机，飞抵酒泉基地，陪总理观看导弹发射。

时，炮兵 D 团团长程志魁接到指挥命令，明天下午发射零时，周恩来总理会到基地指挥室，观看 D 团发射的我国自行研制的"东风二号"导弹。

这是真的！？程志魁眼睛瞪得圆大，有点不敢相信。

军令如山，岂敢儿戏。炮兵演习指挥部的领导交代说，今天晚上杨成武副总长和炮兵副司令员向守志，都会赶过来，明天陪总理观看发射。

好啊！让 D 团声名远扬、立功受奖的机会到了。

程团长，你可得小心啊，步步为营，稳扎稳打，你们的发射代表的已经不是你们自己一个团队，而是代表整个地地导弹炮集群，代表军委炮兵向总理汇报，只许成功不许失败啊。

放心，这是大显身手的时候了，我程志魁怎么能演砸呢。

好，有你这句话就成。

搁下电话，程志魁立刻命令，吹紧急集合号。

团参谋问团长，做什么？

队前动员。

程志魁乃燕赵慷慨之士，抗日烽火年代，投笔从戎，救亡图强，在延安成了红军炮兵之父朱瑞麾下的一位炮兵学员，后随聂荣臻元帅转战太行，对缴获的敌军日本造、德国造和老美用过的，尤其对抗美援朝战争中美国人的大炮和天上的航弹发生了兴趣，他的不少战友就是被这些家伙反侦察后袭击而亡的，伤亡惨重，当时他就破口大骂，狼娘养的，等老子哪一天有超远程大炮之后，也送你们上西天。

这一天姗姗来迟了。上个世纪六十年代初，他从北京军区炮兵被选至新组建的人民解放军炮兵第D营，先在宣化和西安炮校学习，然后成了一名发射营长，继而团长。前边三个营都发射过中国人自己制造的"东风二号"导弹了，而今天轮到他率领的团队出手了，天时地利，在美丽的额济纳之夏，竟然赶上共和国的总理来观看发射。

程志魁站到了队伍前，个子不高，却精气神十足。他挥臂鼓动道，同志们，我们将迎来一个最光荣神圣而又幸福的时刻，明天此时，敬爱的周恩来总理要来观看我们团的"东风二号"导弹发射，一个大国总理日理万机，却千里迢迢而来，观看发射，这是什么样的光荣与梦想！？

啊！不会是做梦吧？总理来了，总理来看望我们了！队伍中顿时舆声如潮，一片惊讶之声。

程志魁双手往下一压，队列的声浪顿时寂静下来。

不是做梦，真真切切的事情，刚才指挥部已经正式通知了。总理来看我们，来到我们导弹官兵中间，说明他对中国的火箭事业情有独钟，对导弹官兵关爱有加。总理曾经说过，导弹第一营是人民解放军的独苗苗，现在这株独苗苗长大了，我们不仅有了第一团、第二团，还有第三、第四、第五团，将来还会有更多……

这是一个光荣的时刻，也是一个考验我们的时刻，全体发射号手六年的准备，也是为了这一刻。把中国自力更生制造的争气弹送上天，说明我们也争气了，这株小苗苗也长大了，成为国家擎天之柱了，大家有没有信心？

有！有！有！回答的声音犹如大河的狂潮一般涌动。

好！我要的就是这种精气神。各个发射要素，各个发射号手，都给我记住了，要按照总理教导我们的十六字诀，严肃认真，周到细致，稳妥可靠，万无一失。加注的要做到点滴不漏，测试不能放过任何超差，控制的要做好每个动作。用火箭敢在九天当空舞的气派，向共和国总理汇报。

程志魁的动员之辞获得了热烈的掌声。

翌日清晨，戈壁上的天亮得很早，旷野无垠，天蓝如水，一轮朝阳霞光送射，染红了东方的地平线。程志魁走出帐篷，看到了一个大晴天，感叹道，天助我也！

其实6月戈壁滩，最多的是沙尘暴，酒泉离沙源中心瓜洲不过是数百里之遥，可是今日上苍格外青睐这些火箭官兵。

发射车已经占领阵地，电台车、控制车、槽车、瞄准车、指挥车皆已经悉数到位。随着发射团长程志魁一声号手就位，进入X小时准备时，导弹号手们跑步进入发射场，站在自己的号位上，展开了发射操纵。

下午3时许，周恩来总理在鼎新机场附近，观看了空军的地空导弹发射之后，驱车前往酒泉卫星发射指挥中心。杨成武副总参谋长、炮兵副司令员向守志，基地司令员孙继先站成一排，迎接周恩来的到来。

那天，周恩来总理着一身灰色的中山装，东欧之行十五天的旅途，并未使这位精力充沛的大国总理有疲惫之感，他频频向列队欢迎的酒泉基地的官兵招手致意，然后步入敖包山指挥所，听取了炮兵副司令向守志的简要汇报。向守志告诉总理，所有导弹骨干都在西安技术学院和武威炮校学习过，受过系统的导弹专业培训，工程一期、二期的学生，已经分到部队担当了主要角色，我们火箭队伍之中有大学生军官了。

总理插话道，好啊！后继有人才，这是事业兴旺发达的标志。

向守志报告总理道，从长辛店炮兵教导大队之后，先后分三批，由各大军区的炮兵组成了 N 个导弹营，如今发展为 N 个导弹团了。如今前二批五个导弹营，有三个营于 1963 年、1965 年组织过导弹发射，这次参加发射的第 D 团和第 E 团，这次成功发射之后，便真正具备了实战能力。

这是一个标志，也是一个转折，总理说，我这次来看火箭兵，就是为你们加油打气的。

随后，酒泉基地的领导汇报了两枚抽检弹的准备情况。

时间一分一秒地过去了，临近傍晚时分，炮兵领导和基地领导向周恩来总理汇报，导弹检试正常，请示是否进入发射。

发射！周恩来总理下达了同意发射的命令。

程志魁接到炮兵指挥部的命令后，下达了作为团长的最后一个口令，后续的操作，都交给发射营和发射连长了。

于是槽车、瞄准车先后撤离了现场，惟剩下一辆发控车在距离发射场不远处。一枚东风二号导弹兀自而立，直插远天，长剑出鞘欲有时，只待东风渡弱水。

东风四起，一剑在握。当导弹进入 30 分钟准备时，总理登上了敖包的指挥所，站在户外，在一个长形的高地之上，观看导弹发射。

10 分钟准备……

5 分钟准备……

3 分钟准备……

1 分钟准备……

随着发射连长和操控员一一下令和重复口令，大漠之上，天地之间，只有一种历史的回声了。

按转电，点火！

点火！

操控员将大拇指重重地按在了发射按钮上，电源接通，发动机加注液体活门打开，酒精和液氧燃烧，一股黄色的火焰冲天而起，一柄大国长剑如凤凰浴火重生一样，从弱水之滨扶摇而起，直上云天，携带着一个民族的期望和自信，向远天飞去，与燃烧的晚霞融合在一天，在蔚蓝色的天幕上留下一道道白色之练。

巨龙远航，周恩来总理炯炯之眸，始终追踪着化作一个银色的亮点，朝着遥远的目标飞去。

几分钟后，各个观察站接连报来发现目标的声音。

发射成功了！周恩来总理带头鼓掌，伫立在敖包指挥部的官兵一片雀跃。总理与周围的同志握手庆贺。

翌日，1966 年 7 月 1 日，几个节庆时刻重叠在一起，党的生日、第二炮兵元年之日，周恩来驱车来到程志魁所率的发射团，接见了发射官兵和团以上干部，与大家一起合影留念。

一张历史性的照片定格了那一辉煌的日子和时刻。

4 周恩来命名第二炮兵

1966 年 7 月 1 日，本是第二炮兵的元年。

是日，共和国总理周恩来仍然下榻于额济纳旗的酒泉基地，但是当天上午，他乘坐兰州军区空军的直升飞机，飞往弱水下游的归流处东西居延海，视察了中蒙边境的设防情况，下午吃过午饭之后，才乘坐专机从鼎新机场飞回北京，出席当晚在人民大会堂举办的庆祝党的生日纪念会。

然而，这就给火箭军的党史工作组带来一个问题，第二炮兵这个名字，是周恩来总理圈定的，但是 7 月 1 日这个日子，是以总理签发的为准，还是以中央军委下达的文件为纪念日？我从后来的文献考证之中，更倾向于后者。

其实，组建第二炮兵领导机关的事情，早在一年前就提上议事日程了。从 1964 年春天开始，张爱萍副总长、炮兵司令员吴克华、工程兵司令员陈士榘便在紧锣密鼓踏勘导弹阵地。他们先入北方大莽林，选定了第一个战略导弹基地，后又去江南，选址第二个导弹基地。完全是依照中央军委确定的方针：依山、进沟、分散、钻洞方针，哪里山大往哪里走，哪里沟深往哪里去，几乎是行进在车无路可走之处，完全是依靠乡村土路或者骑马而行，更多的时候却是步行。往往早晨灌一军用水壶热水，带着几个馒头，夹几个咸菜疙瘩，便是一天的干粮，晚上暮霭沉沉之时方归，一去就是十天半个月。阵地一旦选定，工程兵设计院的人员便进来了，工程团队也随即跟进。

斯时，炮兵司令员吴克华向张爱萍副总长建议，导弹与加农炮、榴弹炮、火箭炮，完全是两种类型的武器，训练与作战样式也完全不同，炮兵管理起来已经力不从心，应该成立新的领导机关来领导。

克华同志提得好啊！张爱萍副总长说，我也正有此意，引进苏联的地地导弹时，它并不属于炮兵，而是战略火箭军，而在美国则属于战略空军。环顾世界，几个拥有导弹、核武器的大国，美英法苏，导弹部队都是单列成军的。

炮兵的想法与总参首长不谋而合，于是，张爱萍副总长于 1965 年以总参的名义，正式给中央军委上件，建议成立中国战略导弹部队领导机关，并将已经成军的 N 个导弹团统统划归其指挥。

然，也许因为时机还不成熟，或是中央领导人关注的目光不在于此，故这项组建中国火箭军指挥机关的事情还是被搁浅了，皆无下文。

但是，张爱萍副总长是一位擅抓落实的人，因了与吴克华皆为新四军的老人，过去在豫皖苏就熟悉，于是在他的授意之下，1966 年春天，炮兵司令员吴克华又再次上书总理，要求将炮兵管理地地导弹的部队尽快独立出去，成立中国战略导弹部队领导机关，以便更好地指导和管理已经挺进深山老林的导弹团和工兵部队。

也许时机已经成熟，吴克华此次上件，引起了周恩来总理高度重视，他迅速转批给几位老帅和毛、刘等中央领导人。因为此时，导弹部队已经成军，国产的导弹运输工具和原子弹已经在握，因此成立中国战略导弹部队领导机关的事情，水到渠成了。

1966 年 6 月 6 日，中共中央和中央军委正式做出决定，撤销公安军，以原来的公安军领导机关为基础，与炮兵分管地地导弹部队的技术部正式合并，成立中国战略导弹部队领率机关。为此，炮兵副司令员向守志多次前往原公安军办公楼，与公安军政委李天焕一起研究机关的分流和整合方案，确定了司令部主要以炮兵技术部的人员为主，而政治部、后勤部，则以公安军的人员为主。确定了司、政、后及科研单位的人员编制，并正式上报中央军委批准。

至于新成立的中国战略导弹部队应该叫什么名称，张爱萍副总长倾向于叫中国战略火箭军，并根据有一炮这个称谓，亦可以起名为第二炮兵，作为备选方案。

呈批件送到周恩来总理处，周恩来总理伏案批阅，审视着这份标志着中国在世界核俱乐部里有一席之地的绝密报告，俯看再三，周恩来那紧蹙的剑眉突然舒展了，他最终操起了中南海通往总参的红机子：要张爱萍副总长。

电话专线很快便接通了。

爱萍同志吗？我是周恩来。

总理，我是张爱萍。

总参关于成立中国战略导弹部队领率机关的呈批件我看到了，是一件大好事情，要办好。

明白！总理。

至于这支部队应该叫什么名称，我想与你商量一下。周恩来总理说道，要突出中国特色，政治上还要保密，减少国际上的误读，因为我们刚刚起步，既不是同于苏联的战略火箭军，更没有美国战略空军的规模，还是归到兵种系列里边去吧，既然有一炮，那就叫第二炮兵吧，我倾向第二炮兵这个名字。

好啊！

总理一锤定音，张爱萍副总长就再也不好说什么了，答道，坚决按总理的指示办。

然而，张爱萍的心中，有一个不泯的战略火箭军梦。八十年初，他作为国务院副总理、军委副秘书长，主管国防科工委和第二炮兵事宜，一度想要将第二炮兵更名为中国战略火箭军，并在一些讲话和题字填词之中，已经打出了中国战略火箭军的旗号，推动更名活动，但是最终未能圆梦，饮憾而去。

毋庸说，因了 1966 年 7 月 1 日这一天，周恩来总理的工作行程，排得满满的，第二炮兵的成立日，显然不是以周总理的批准为准，而是以中央军委正式下达的组建第二炮兵的批复为准了。

一种战略兵种，其组建之日，恰好与中国共产党的生日同日，与其说这是一种冥冥之中的历史之幸，不如说是它担负的战备使命使然。

然，第二炮兵组建之日，便生不逢时，轰轰烈烈的文化大革命也在此时拉开了帷幕，全国处于一片乱哄哄的红卫兵串联中，治国、治军秩序乱了，国家宪法和制度合法机关被一个叫军委办事组的小组取代了，以至于乱象横生。

第二炮兵建立了，居然一年之间，没有司令员和政委，主要的工作仍然由公安军留任的领导同志主持，好在正常的运行，由通晓导弹训练和发射工作的炮兵技术部的人员管理。

直到 1967 年 7 月 4 日，毛泽东主席才正式签发命令，任命向守志为第二炮兵司令员、公安军第二政委李天焕为第二炮兵政委。可是命令下达好多天了，炮兵副司令员向守志却迟迟不能去报到。按说以资历、专业、学识，对导弹技术和训练发射的熟悉和了解，当过西安炮兵技术学院五年院长，随后又升任军委炮兵主管地地导弹部队的副司令员，向守志是最佳人选。

然而，虽有毛泽东亲自签发的命令，在那个人妖颠倒的年代里，大批的开国元勋还是被打倒了。林彪紧随毛泽东，副统帅的地位说一不二，影响甚巨，如日月经天。仅仅因为同为军委办事组成员的林彪老婆叶群说了一句话，向守志不是林总的人。

就这么一个神秘的电话，这么一句不轻不重的话，却如泰山压顶，向守志人生的自由和工作的权利便被剥夺了。

向守志后来想想，叶群这话说得也对，戎马生涯大半辈子，红军时期，他是徐向前元帅麾下一个红小鬼；抗日战争，直至解放战争的序幕拉开，挺进大别山，他一直在刘邓首长领导下工作战斗；抗美援朝战争，又随彭老总作战；而到了和平环境，尤其是接任西安技术学院院长后，直接领导为聂荣臻元帅，惟独没有与林彪发生过工作交集，显然不是林彪的人。

在那个年代，叶群之语等于定调，定一个老革命家的后半生的政治生命。于是向守志很快便被打入另册，靠边站不说，最终被流放到了河南炮兵的农场去改造，而他的夫人张玲则带着孩子回到向守志的老家，放逐于巴山蜀水之中了。

问君能有几多愁，共话巴山夜雨时。

一位封疆大吏，第二炮兵的首任司令员，却因为林办的一个电话便与一支部队失之交臂，一位父亲与一个家庭顿时陷进了灾难的漩涡，与其说这是向守志作为军人的悲剧，不如说是当年一个执政党与一个时代的悲哀。

第八章

峥嵘岁月

1 一夜之间神秘消失

导弹 B 营、B 团，组建于 1959 年 11 月，全称是中国人民解放军炮兵第 B 营，严格意义上说，比导弹第 A 营，就晚成立了半年时间。但是总部下达编制命令时，一度将 B 营番号下为 A 营，因此，两个劲旅为谁是 NO.1，打得不可开交，直至 1964 年春天升格为团时，总参才正式将番号改回来，按照长辛店组建的时间顺序，A 营就是 A 团，B 营成了 B 团，但是却埋下一个争议的火种，直至上个世纪八九十年代，两支部队还为谁是真正的亚洲第一导弹营争论不休，第二炮兵军史馆开展后，按照组建先后排序，一场历史之争尘埃落定。

然而，六载时光，导弹第 B 团一直是西安炮兵技术学院的训练营、教学营，工程一至六期学员的学习，还有技术班的专业实习课，都在这里进行。随后，家属随军调动，皆纷纷入灞桥，开始了长安城下的生活。

西望长安不见家。洪庆虽然离西安城城北三四十公里远，进城上班诸多不便，但总算有一个可供团聚的家了。随军家属以为从此会安定下来，不用再跟随丈夫从南到北地迁徙，跑遍整个中国。

然而，1966 年春夏之交的一个夜晚，熄灯号已经吹过了，营盘和家属区的灯光渐次熄灭。突然，尖啸的紧急集合的军号声划破了万籁寂静，丈夫们一跃而起，迅速穿军装，打背包，扎武装带，然后跑向营盘，跑向操场。

征人一去无踪影，风声，蛙声，蝉声，却听不见丈夫熟悉的脚步声响起。

一个漫漫的长夜过去了，晓风残月，灞河杨柳依依，古老的工尺曲犹在风中掠过，可是夜行的征人却在一夜之间神秘蒸发了。留下一座阔阔空空的营房。

人去楼空。丈夫们竟然不知去了何方。

一天过去了。

二天过去了。

一周过去了，没有任何消息。

找学院领导询问出了什么大事情，摇头道，军事秘密，天机不可泄露。

十天半个月之后，丈夫们的信件终于来了，落款是某西南边陲之省的 XX 信箱。说自己随部移防了，部队再不回西安了。

啊！那家属怎么办？

不知道。

过了一年了，说以后可以随军到边陲之地安家落户。

那是一块怎样的边远之地！

赵国福老人当时是这个神秘之旅的一名政委。当时，他所任职的 J 团与 B 团是一个团队、两块牌子，J 团组建之后，一直未拉起架子，不少军官从西安技术学院和武威炮校毕业后，因为 1962 年的大精简，分流到了炮兵部队，仅留下很少一部分骨干。1966 年这个春天，他们与 B 团一起，从灞桥之圈一夜之间神秘消失了，踏上西行专列，往遥远的边地开拔。

创业愈坚，玉汝于成。赵国福在一篇回忆文章中写道，上级的指示是不能驻公社所在地，而只能驻公社周边的村寨。环顾苍穹四野，能够供部队驻扎之地，便是破庙。因为"文革"年代的破四旧，庙里菩萨全给砸了，无金刚把门，门窗大开，仅有破壁残垣可以挡风遮雨。一个单位分一座破庙，当时，团长带着一半干部去河北和四川接新兵去了，政委带着一半人留守，并为新兵准备宿舍、铺板。赵国福说当时团里的家底，只有从 B 团分来的两辆汽车、一辆嘎斯 69 吉普作指挥车，一辆嘎斯 51 作为生活车，还有三万元的开办费。

三万元建一个团，太难了。时隔五十年后，已经 88 岁高龄的老将军谈起这段往事，喟然长叹。马上就有数百名新兵涌来，睡在哪，吃在哪，没有铺板，只好买原木来自己开，找木具加工厂做成铺板，但还是不够，怎么办，后勤处长请示政委，赵国福说，稻田里，打谷场上，那么多稻草，买啊，当地铺。

边陲的白天很热，可是毕竟是高原啊，到了晚上，温差很大，庙门大开，窗子灌风，不挡风不遮雨的，赵国福指了指，买些树条子，编成篱笆墙挡上。

终于给领导弄了几张铺板，晚上睡觉，白天背包一打，当饭桌和办公桌。

团长、政委不能没有办公桌啊，后勤处长沉吟片刻。有一天给团长、政委打制了一张方桌，既可当办公桌，亦可作饭桌，抬进团长、政委宿舍，赵国福政委问处长，做这张桌子要花多少钱，有发票吗？

五块钱！处长的回答很痛快，没有发票。

赵国福当即掏出五块钱，递到处长手里，说这张桌子我买下了。

处长一听火了，说，我们再穷，总是一个团啊，给团长、政委搞一张方桌子的资格都没有吗？！

有！赵国福出身行伍，是从塔山阻击战的血雨中爬出来的老兵，更是干脆之人，但现在没有。以后每人一张。

后勤处长无奈，只好收下政委的五块钱。

三万的开办费精打细算，也很快告罄。每天一个人伙食标准仅有四角几分，部队又没有积蓄，每顿饭就是萝卜条，连点油水也没有，有的上士、司务长上街买菜，就到杀猪场接点猪血回来，做成血豆腐，算是改善生活。而赵国福是东北人，喜欢吃醋，没有吃饭就往糙米饭中倒半碗醋，白开水一搅，连饭带菜一起和着吃。

后勤处长看不下去了，准备给团首长开一个中灶。

不懂政治。赵国福得知后，将其找来臭骂了一顿，并给他扣了一个帽子，现在是初创时期，主席常讲艰苦奋斗，是说都要奋斗，你这团首长中灶一开，等于只要下边奋斗，不要上边奋斗，领导就没有威信，团魂就聚集不起来。现在部队苦一些，但是知道团长、政委与他们一个样，就会上下一心，劲往一处使，就有发扬艰苦奋斗的精神，事业便可成。

后勤处长很委屈，说政委，你说得都对，但是你给我的帽子扣得太大了，我戴不动啊。

没关系！赵国福哈哈一笑，说，大了就拿下来，我们一起艰苦奋斗吧。你去周围看看，弄点地，我们搞农副生产，春播下去，秋后就有收获。

果然，后勤处长从生产队的山坡上找来了二十亩地，生产队长说，你们种甘蔗吧。

于是，政委带着留守人员去开荒，一下子种下了二十亩甘蔗。那片边陲之地，温婉如春，雨水好，日照多，甘蔗蓬蓬勃勃地长，夏天收割了几十吨，卖到糖厂，糖厂按出糖量给部队算，一斤糖一元二角，八吨糖卖了一万元钱，政委吩咐，每个单位分几千，生活一下子阔起来了。

李力兢老将军是那个时候由北京空降到这个基地当参谋长的，他用"筚路蓝缕"四个字来形容导弹部队的初创历程，其叙述的故事与赵国福政委相互印证。

那年4月14日，李力兢离开了工作生活十九载的京城，外放边陲，进入军职干部行列，本是一件高兴的事情，可是边陲之遥，也着实让人心惊。一路坐火车，换汽车，走了整整六天才抵达住地，一入县城，乍看，一座高巍的明式城楼，几乎与北京紫禁城同大，初建仅晚了十一年，且有南方最大的文庙，显然这是一座历史悠久的西南文化名城。然，车入部队驻地，却跌破眼镜。

基地机关寄寓县城的一家公房里边，没有桌椅板凳，傍晚，欢迎新任参谋长集会是在伙房柴棚旁边的一片空地，没有照明设备，没有会标，更谈不上什么音响。只见暮霭涌起，黄昏将至，几个官兵先将柴棚之中尚未锯开的圆木抬了过来，弯弯曲曲，长短不一，高低不平，摆成一排又一排，参差不齐。前边放了一张桌子。一声哨响，当时司令部十几个干部站成一排，然后入座，落座才发现高矮不齐，东倒西歪。基地司令员贺进恒是老炮兵，曾在炮兵技术部主管导弹多年，他说，这是你们第一任基地参谋长，年轻有为，刚过不惑之年，知识面很宽，又长期在高级领率机关工作，见识很高，很广。末了，对司令部工作做了期望。说着天就黑下来了，炊事班只好在旁边点了一堆篝火，浪漫挺浪漫，却像一堆篝火点燃了一个激情年代。轮到李力兢介绍自己时，已经看不清底下人的面孔了，然，副参谋长权坤山还是一一介绍了司令部几个处长参谋的名字、年龄、出身，互相握手认识。看不清面孔，说的都是南腔北调，战友之情却溢于言表。散会时，大家又一起动手，将大圆木归位柴棚里。

李力兢说，时隔很多年，他对这一幕都挥之不忘。

第二天午饭，他来到司令部食堂，是军务处借助老乡家的一个院子，没有饭桌，没有板凳，屋檐下、走廊上、石坎下，满眼都是吃饭的人。只见个子高大的基地司令员贺进恒蹲在南墙根的阴凉之下，端着一大碗面条，惟一的菜肴就是一个旧罐头瓶盛的半罐花生米。政委熊志生是老红军也同样蹲着，他是湖北麻城人，爱吃米饭，端着一碗当地的红米饭，脚下也是盘青菜，与官兵共餐，有说有笑，吃得津津有味。炊事员给参谋长找了一个大洋瓷碗，从行军锅里盛了一碗红米饭，分给一盘钢管菜（空心菜），再加上炊事员班长陈兴美自制的四川辣椒酱。三样东西都是第一次吃，李力兢不知深浅，吃了一大口，辣得嘴里喷火，眼睛冒金星，眼泪都流出来了。

这是他到边陲之地上的第一课。

彼时，深山的阵地已经开建，数个工程团鏖战大莽林，坑道里漏水、渗水，通气不畅，条件极差，可是一副对联让他激动不已。上联是，为国防现代化甘愿密林奉献青春；下联是，保神剑任腾飞何惧深山埋忠骨。完全是那个年代的写照，因为一座导弹阵地建成了，留下的是一座烈士陵园。

新年元旦刚过了五天，当地发生了七级大地震，死伤无数，部队救灾过后，李力兢参谋长一家搬进了一个草棚。他和爱人、母亲和小儿子住了一间，屋顶是用稻草叠挂而成，墙是树枝编扎，两边糊了一层泥巴，是当年工兵的草庐，能挡风遮阳，却不能挡雨，一到雨天，外边下大雨，里边下小雨，水桶、锅、脸盆全都用上了，为防被子被淋湿，则覆盖一件四方皮的雨衣。平时老鼠是常客，不分昼夜出入梁上，有一天稻草里发出沙沙的响动，李力兢打开手电一看，一条大蟒蛇盘绕于梁上，吓得全家人手足无措，只好请来小车队的同志，用铁锹、铲子、棍子、扫把将蛇捉住，第二天，鲜美的蛇肉成了小车班桌上美味。

转眼就是春节了。大年初一早晨，李力兢叫上副参谋长权坤山去给司令部机关的同志拜年。刚入院子，只见院门洞上挂了个蓝花布帘，走近一看，原来是工程处参谋鲍富红住在里边，住在狭小的门洞过道上。床是砖头支的大床，两张铺板拼在一起，上边放着刚叠好的被褥，他刚要问为何睡于这里，突然见一位年轻媳妇走了过来，鲍富红说，这是他媳妇，结婚后刚从无锡来部队过年。

李力兢连忙伸出热情的大手，说欢迎你来，部队条件太差，让你们住门洞过道了，我这个参谋长有愧啊。

鲍富红说没什么，大家都困难。参谋长一家不是住草棚吗？

我是老兵啊，你们是新婚燕尔，新媳妇初来乍到，不能给家属过年留下不雅之感。李力兢挥了挥手，叫来随他慰问的管理处长、协理员，交代你们一个任务，给鲍富红小两口，找一间过年团聚的房子，马上落实。

一席话，令身在异乡的新娘子涌上一股温馨的战友之情。

部队终于定点于边远之域，灞桥之畔的家属们追着丈夫的脚印而去。一个激情年代，中国的战略导弹部队就在这近于蛮荒的边远之地启程了。

2 苏联欲动"核手术"

参加完首次和第二次空爆核试验之后，李旭阁已擢升为总参作战部空军处副处长了。

然而，此时李旭阁虽仍在继续分管氢弹以及两弹结合试验，只是因为"文革"年代，张爱萍副总长被批斗，关进了牛棚，一位指挥了中国一次次核试验的上将，黯然失色退出国防现代舞台，绝迹于大漠戈壁，李旭阁也不用隔三岔五地跟首长出差了。他当起了"文革"年代的逍遥派。

彼时，由于意识形态的分野，中苏两国关系趋紧，苏军在中苏边境一线，即中国三北方向部署 55 个师，陈兵一百多万。两个昔日社会主义阵营的兄弟打核战争的危险骤然暴增，乌苏里江上的珍宝岛之战后，苏联领导人已经将手搁到了核按钮之上。

1969 年春，根据毛泽东主席批准，总参谋部组织作战、训练和通信等部的机关人员，组成了陆军第七师领导机关，从北京军区抽调了一部分兵力，进天山伊犁屯兵，抵御苏军入侵。作战部空军处副处长李旭阁被任命为第七师师长，他人走家搬，带上了夫人和三个女儿，甚至 67 岁的老岳母。

一支临时拼凑起来的陆军之师，如何抵挡得住苏军坚硬的坦克之履？

时，李旭阁已经从第二炮兵司令员岗位上退了下来，赋闲在家。我常被叫去，陪老人聊天。

壮士赴国难，我们做好以身许国家的准备。李旭阁说，你去过天山上的麻麻阵地，我们将一座山捅空了，就是拖住敌人，拼掉一个够本，拼掉两个赚一个。

我点点头，惊叹，连 67 岁的老岳母都教会了投手榴弹，老首长当时确实做好了视死如归的准备。

呵呵，皆成往事。

那当时苏联领导人将手触到核匣子密码箱上，准备对中国动核手术，果然有其事吗？我提出了这个问题。

当时，李旭阁身在天山，已经离开了军队的指挥中枢，但是依了多年在高层工作的经历以及所见所闻，他认为，想对中国的核设施做核手术，美苏两霸当年都曾萌动过妄念。

1964 年首次核试验时，美国《商业周刊》载文，披露美国人准备半渡而击，对中国核设施动核手术，这是罗瑞卿大将在专委会上特别指出的。时，罗总长身为三军总长，前任又是公安部长，又有情报来源。

李旭阁感叹道，一个新生的核大国的崛起，必然引起那些老牌核大国的恐慌，你已经迈进了核门槛，就有了与其对话的资格。再则，核武器掌握在一个理性或者不理性的领导人手中，结果完全是不一样的。再者，核试验之前，核政策、核原则还不明了，别人也一样有不安全感，心起妄念，欲做核手术，也是自然而然的事情。

首次核试验之前，周恩来总理就专门对美苏两国可能做核手术做防范，多次找贺龙、陈毅、张爱萍开会，将兰空飞行师和空炮部队都调进敦煌一线，随时准备迎敌。

那么 1969 年 2 月，中苏两国的珍宝岛之战，中国人已经做好了早打、大打、打核大战的准备，这已经是不争的事实。

李旭阁回忆道，中苏边境紧张是从 1964 年 10 月 15 日开始的，也就在我们首次核试验前后，有没有内在的联系，很难说。从那时至珍宝岛一仗打响，苏军对我挑衅竟然达 4189 起之多，打伤我边民和边防军人多名。

1969 年 3 月 2 日天亮时分，苏军边防军上尉伊万带领 7 个士兵，深入我境内达 200 多米，与我边防官兵发生了严重的对峙，苏军突然开枪，打死我边防战士多名，于是我军奋起自卫还击，从而揭开了中苏边防冰点下的武装对峙，珍宝岛之战在零星战斗之中逐步升级，以至苏军出动了最新型的 T-62 坦克，被我击沉于乌苏里江之中，最后拖至北京军事博物馆展览，令苏联人颜面尽失。

至 1969 年夏，苏军在我三东地区，重点是华北和东北，集中了 55 个师，一百万大军，我国也以北京和沈阳作为重点防护地区，在三北地区重点防守。于是一时间，在中苏两国 4000 多公里漫长的边境线上，正规军加生产建设兵团总兵力达到了五百万之众，早打、大打，打核战争，成了当时的战略判断。西方的军事观察家幽默地说，毛泽东展开了人民战争的汪洋大海，以对付武装到了牙齿的勃列日涅夫的苏联红军。

据说，当时苏联的领导人曾经一度要揿动核密码箱，对中国实施核手术。

他不敢！李旭阁说，核武器这东西，体现的是你有、我有，你动了我的核手术，就有被报复的风险，所以这个核蝎子之瓶，谁也不敢轻易打开。我看过苏联帝国崩溃后的一些解密报告，但是没有哪一份文件，提到 1969 年苏联领导人准备对中国实施核手术。

通行的说法是，苏联国防部长格列奇柯曾经向部长会议建议，对中国动核手术。

没有确切的文件和证据链。李旭阁说，我看过一些外军资料，主要是当时的西方一些报道。英国《泰晤士报》说从共产党重要的前哨站传到这里的外交消息称，中苏边境的紧张局势可能爆发重大的边境冲突。据说北京和莫斯科的紧张局势正在向极危险的程度发展。

伦敦的外交消息说，据了解，莫斯科的政要和军方重要人士正在悄悄主张对中国实行先发制人的核打击。这些消息说，克里姆林宫居于负责地位的领导人已经拒绝采取这种行动，因为莫斯科使用核武器会无可挽回地毁掉自己在全世界的声名，也会把苏联拖进一场永远没有结局的无法自拔的人民战争……

几个月后，叛逃到美国的克格勃高级官员施甫琴柯在美国《纽约时报》上撰文称，克里姆林宫曾经有过这样的动议，在远东 35 个导弹基地的核弹头已经对准了中国的导弹基地和重要的城市目标，苏联战略火箭军已处于高度戒备状态。

还是不靠谱，李旭阁老人笑了笑说，一个克格勃的高官未必能够得到克里姆林宫核心决策层的东西。

有一个人最清醒，那就是我们的徐向前元帅。

中苏大战一触即发之际，九大之后，毛泽东曾对周恩来说，恩来啊，眼下正是用人之际，陈毅、荣臻、向前和剑英同志怎么样了，请他们出来出出主意，对国际战略有什么看法，我想听听他们的意见。

于是，1969 年 4 月，周恩来秘密召集四位老帅陈毅、叶剑英、聂荣臻、徐向前，这是所谓的"二月逆流"之后，老帅大闹怀仁堂之后的第一次聚集，周恩来命四位老帅专门组成一个直接对毛泽东和他负责的秘密小组，研究国际形势问题，并提出建议。

周恩来交代四位老帅，现在国际斗争尖锐复杂，客观实际在不断发展和变化着，主观认识也应随着发展变化。对原来的看法和结论要及时做出部分的甚至全部的修改。你们不要被框住。

你们可以不受行政事务的干扰，每星期有几天时间专门考虑国际形势。你们都是元帅，都有战略眼光，可以协助主席掌握战略动向，供主席参考。

这个任务很重要，不要看轻了。……有了比较成熟的看法后，请陈总归纳几条送给我，我帮你们参谋，然而再转呈主席。但讨论的内容一定要保密。

徐帅是最早对中苏打不起来作出判断的老帅，并获得了陈毅、叶剑英和聂荣臻元帅的赞同。

7 月 11 日，四位老帅的研究有了初步的结果。由陈毅、叶剑英、徐向前、聂荣臻署名的《对战争形势的初步估计》的书面报告，送到了周恩来手中。

这份报告提出了与舆论宣传的"美苏联合日本等亚洲国家反华，大规模的侵华战争迫在眉睫"相反的意见：

——目前的国际对抗，集中地表现为中、美、苏三大力量之间的斗争。在中、美、苏"大三角"关系中，美、苏一方面均以中国为敌，另一方面他们又互以对方为敌。就中国而论，尼克松认为还是"潜在的威胁"，而不是现实的威胁。

——美国不敢轻易进攻中国，它的战略重点在西方。苏联把中国当成主要敌人，它对中国安全的威胁比美国大；苏联虽然在中苏边境发动武装入侵，但真要和中国人打，它还有很大的顾虑和困难。

——反华大战不致轻易发生，中苏矛盾大于中美矛盾，美苏矛盾大于中苏矛盾。

徐帅可以说是最清醒之人，率先提出中苏两国打不起来，他认为，苏联出兵二十万摆平一个捷克斯洛伐克，还很困难，何况对于八亿人口的人民中国，它会陷进人民战争的汪洋大海，再说苏联的战略重心在欧洲，而非远东。

四位老帅的意见书，令主席和总理长舒了一口气。

后来的事实印证了四位老帅的判断。其实当时苏联人并不想与中国开战，它防范的重点在欧洲。

但有一个专线电话，被中南海的女接线员一时的意气错过了。据说，在中苏边境珍宝岛枪声响起的时候，已经闲置了很久的中苏专线电话突然响了起来，克里姆林宫的接线员小姐用纯正的汉语说，要找毛泽东通电话，中南海一号台的女接线员问，你是谁啊！

对方说，苏共中央总书记的秘书，请找毛泽东同志，我党的总书记列昂尼德·勃列日涅夫同志要与他通电话！

呸！一号台的女接线员勃然大怒，臭修正主义分子，你们是什么东西，有什么资格与我们伟大领袖讲话？

电话啪地挂断了，中苏两国失去了一次握手言和的机会。

事后，中办机要局的领导批评了女接线员，这是两党两国领导人之间的大事情，你不请示领导，竟然这样胆大包天，将人家给骂了一顿。

女接线员为自己的爱憎分明受到误解而伏案痛哭。

这是野史，政治花絮，虽然不断见诸于报端，但没有任何当事人给予证实。然而有一件事情，确是在一个关键时刻真真切切地改变了历史，缓和了中苏两国一触即发的大战之势。

　　1969 年 9 月 2 日，越南劳动党主席胡志明虽经中国医生极力抢救，仍然溘然去世。临终前，这位国际共运威望颇高、在中苏两国领导人中间人缘甚好的老人，留下了一份政治遗言，就是苏中两个老大哥、老大姐不要再吵、再打了。这份历史绝唱的政治交代，触动了中苏两党领导人的情弦。苏联部长会议主席柯西金不顾国防部长格列奇柯欲对中国做核手术的狂想，或许也得到了苏共中央总书记勃列日涅夫的授权，欲在胡志明的葬礼上，与中国总理周恩来会谈，改善两国之间剑拔弩张的关系。可是周恩来避见柯西金，于 9 月 4 日在叶剑英、韦国清的陪同下，秘密去了河内吊唁，向胡志明的遗体告别。等柯西金飞到河内时，周恩来已经离去，于是柯西金提出要在北京与周恩来见面，谈改善两国边境形势。这是克里姆林宫伸出的橄榄枝。可是中国对他的这一建议，表现了罕见的沉默。无可奈何之下，柯西金将自己的飞行航线通知了驻莫斯科的中国大使馆，希望有两国关系解冻的奇迹出现。

　　等柯西金的专机飞至塔吉克斯坦府杜尚别时，才收到中国同意会晤的电报。于是柯西金掉头，飞往北京首都机场，与周恩来在机场举行了历史性的会谈。

　　中苏两国一触即发的大战遽然而止。

　　我问旭阁老人，有消息频传，是美国人阻止了苏联人欲对中国实施核手术？

　　这绝不可能。李旭阁摇了摇头道，我们第一次核试验时，美国还想对中国的核设施实施核手术呢，仅仅过了五年，美国人就会来帮中国，那是一种讹传。当时中美关系并未改善，以反共出身的尼克松刚刚担任美国总统，他还没有决定是否改弦更张，改善中国关系，中美两国的融冰之旅也是 1971 年从乒乓球外交开始的。直至基辛格秘密访问北京，才促成了尼克松的 1972 年北京之行。

　　如果说苏联欲对中国动核手术而不得，我的看法是：一是它不敢，二是要付出道义和历史代价的，而且也要准备自己受到报复。这个决心，一般的国家领导人都不敢下，从这个意义上说，导弹核武器，是终极武器，也是镇国重器，李旭阁说，再一点，是我们已经作了充分的防范，能打仗方能止战。

3 导弹 A 团拱卫京畿

葛东升是导弹 A 团的老人了。

1963 年秋，从武威炮校一名学兵开始，他在这个素有亚洲导弹第一营、第一团、第一旅之称的老部队里，由排长、参谋、连长、股长，干至发射团长，他的观念、血脉、情感、思考，皆积淀于这支导弹劲旅的魂魄之中。

而今，将军已经归隐，隐没于西山垂虹，俯瞰北京城郭的灯火煌煌、霓虹闪闪，纵有一怀激情、抱负，皆付于燕岭的落照，赋闲于身后那一排排书架和案上的宣纸了。军人就是在这和平年代的等待中一点点老去的。

我等也老之将至，因此尤重感情。我们每年总有与葛东升老首长相聚的日子，每见面一回，总会被他点燃一次，他那股激情、那份坦荡、那种豪迈、那些真实、那种对文人墨客发自内心的尊重，在今日这个世道，仍属罕见。

2015 年之夏，因为要写东风第一枝故事，我不止一次地请教于他。

导弹第 A 团是经过战火考验的。他壮语一出，我一时怔然，葛副院长此话怎讲？第二炮兵部队生于 1966 年，第 A 团的历史却比第二炮兵还早了七年，亦不过一个甲子事，哪来战争，哪有兵燹？

中苏珍宝岛之战后，百万大军对峙，导弹核武器已经瞄准对方，手已经触到了核扳机之上，算不算战云飞渡？

算！算！我连答两个字。

导弹第 A 营千里驰援，拱卫京畿，算不算经历了战火考验？

对于他长江大河般奔流的激情，我又被淹没了。

往事如沧浪之水，可是峥嵘年代，记忆并非如水沫易逝。

彼时，北方塞外已经是滴水成冰的季节。可是在江南，烟雨连天，还有几许温婉。

1969 年 12 月 21 日，第二炮兵某基地突然传达中央军委的正式命令，导弹第 A 团迅速移防至塞外小城宣化。

官兵沉默如山，似乎早已习惯了这一切。从 1966 年 12 月离开西北凉州城开始，这支部队已经三度移防了，先是江城武汉，后入烟雨江南，如今又将去塞外孤城……

会不会是一次长途野营拉练？有的士兵问排长，排长问葛东升，时他已经是一名转运连长。他摊开军事地图，手执一支红蓝铅笔，从江南往塞外小城画了一道红箭头，然后在三北地区画了一个圈，作出红方防御之态，说道：准备打仗。

打仗？战士们愕然。

葛东升点了点头，三北地区是重点防御地带，苏军坦克若从中蒙边境而入，如果边境为一线的话，这是第二道防线，重兵把守，北京军区的几个军都放于此。我们过去，从某种意义上，就是为了实施核反击。

苏联人会扣动核扳机？

谅他不敢！但是也要以防万一，我们千里驰援过去，就是为了拱卫北京。葛东升在那一代人中，以好学、敏锐著称，显然他的思考层次，已经不是他那个位置所能及的了。

事先，接到移防预令之后，政委王鹏月与新任团长黄文彬碰了一下头，决定马上召开团常委会，动员全团干部战士，以饱满的政治热情和战斗姿态，移防塞外，做好战斗准备。

副参谋长高振远刚带队参加点火试验回来，黄文彬团长就找到他，老高啊，还得辛苦你打一次前站。

去哪儿？

你的老家，风萧萧易水寒之地，黄文彬团长说，不过这次不入易水，却要挺进塞外，三北重镇宣化。

哦！高振远没有片断迟疑，这个军务参谋出身的副参谋长，三次移防，多次转隶，都在打前站之列，会将一切事情办得妥妥帖帖。

黄团长交代，你的任务就是打前站，这是一个导弹团千里转进，跨越数省，社情复杂，线路保密，你的任务就是踏勘，部队装备公路行军走哪条路线，封闭哪些路口，哪几个县市的公安局和民兵须配合警卫，在哪里装载铁路专列，都要一一考虑到。行进之后，哪里宿营，哪个站吃军供，到了三北地区，何处铁路专线卸载，与地方政府如何取得联系，抵达目的地，部队住哪里，有什么社情，该控制的家庭和人员，要迅速让地方采取手段。这些都要一一考虑周详。

团长放心，这事情就交给我了，一切都交妥当了。高振远受领任务后，坚决地回答。

老高，打前站的任务交给你，我是最放心的。

什么时候出发？

准备一下，明天早晨就走。

好！高振远行了一个军礼，受命而去。

12 月 15 日，高振远带着打前站的小组，悄然离去。

很快团里铁路行军的计划出来了，全团官兵和武器装备分别乘坐 N 个专列向塞外小城挺进。

12 月 23 日，副参谋长井奎率六、七营各一个班组成的装载小组，抵达了铁路转运车站，完成了铁路装载、物资保障、车皮调配等事务的协调工作。至此，全团千里迁防铁路和公路行军工作全部就位。

翌日 18 时，第一列车梯队行军编组完成，18 点 06 分，随着列车一阵长长的笛鸣，第一梯队出发。为保密起见，所有的行动，皆在夜间铁路行进。

随后，第二梯队、第三梯队，皆在夜间悄然而行，穿越江南大地。而在行军途中，值班分队皆全副武装，60 式车载高射机枪仰首天空，对空观察哨不时发来报告：

0 号观察哨没有发现目标……

3 号观察哨没有发现目标……

在中国的天空已经卫星飘移，谍眼洞洞，大幅面扫描之际，一支战略导弹劲旅千里转场，拱卫京畿的秘密行动，并未被对方的卫星发现。

而一路上，战前教育已经在行进的列车上进行。当年，有人说离开他们的帮助，中国的导弹上不了天，可是我们照样上去了，打出了争气弹，现在他们又向中国人的头上抡起了核大棒，威胁首都北京的安全，我们怕不怕？

不怕，如果敌人胆敢按动核按钮，我们就长剑出鞘，千里弯弓射天狼，好好教训一下侵略者……

这就是那个时代的语言，那个时代的激情，无不打上一种浓烈的年代烙印和痕迹。

经过 90 个小时的铁路行军，第一列车梯队抵达塞外一个小站，然后再换成陆路行进。此时，蒙古高原朔风猎猎，山包隆起，白雪覆盖，原驰蜡象，路边的积雪厚达半人深，烟泡掠过荒原，气温骤降至零下三四十度。导弹官兵登高望远，大漠茫茫，但使龙城飞将在，不教胡马度阴山，古来征战，大多无定河边埋白骨，没有几人可还，他们做好了决一死战、保卫京畿的决心。第 A 团的官兵向塞外小城挺进，一下子涌进了这么多的部队和大型武器装备，小城无法安置，于是，县粮站、铁厂宿舍、建筑队、消防中队和福利社，都驻扎了导弹官兵，但是大型装备无大型库房，只好露天存放，极不保密。后来，经第二炮兵出面协调，最终集中住进了某陆军师的营盘，部队才结束了分散管理。

部队刚刚驻扎下来，春节还没有过完，一道秘密命令便传来，第二炮兵作战会议决定，A 团执行带实战背景的作战演习，要求进行夜间发射。

塞上挽雕弓，夜黑舞长剑。

多年来，A 团打过无数枚导弹，但是大多在白天进行，甚至有时还有航天部作拐杖，专家和技术人员把关，如今要按照实战要求，进行夜间操作，具备全天候的作战能力。夜间拉动，夜间训练，夜晚发射。此举正是因为三北防线，战略纵深短，若制空权不在我手之时，能够避开对方的战略轰炸与打击，实施战略核反击。

一切围绕全天候的作战能力展开。发射第一枚导弹，按下发射按钮的刘宗舜，此时已经是副团长了，他亲任训练革新办公室主任，号召全团官兵围绕夜间训练发射，探索小发明、小创造、小改革，掀起夜训练兵热潮。

然，第一步要做的事情是将导弹发射战车开出去。刘宗舜副团长带着上路，可是天一黑下来，司机就不敢开了。于是，深夜里，一声紧急集合号响起，司机一齐跃上战车，开进茫茫黑夜，极目之处，皆是深不可测的黑暗。有的司机两眼盯着前方，却不敢踩油门，刘宗舜从指挥车上跳了下来，大声吼道，他娘奶奶的，开，给我踩油门啊。

副团长，不让开大灯，看不见前方，不敢再走啊。

我的车在前边，跟着我走。

于是，刘宗舜指挥车在前，缓缓而行，庞大的车队紧随其后，1 公里，2 公里，5 公里，10 公里，后来，干脆将小灯也蒙了起来，记熟每段路的弯道，一米一米地走开了。

黄文彬击节叫好，夜间训练，每个号手都多学一手，开进、占领导弹阵地的驾驶员过关了。到了后来，白天用黑布将眼睛蒙起来，练跑位，练操作动作，就在那一个个寒风凛冽的夜晚，终于将每个操作动作都练得精益求精。

随后，小革新、小发明，一下子搞出了 25 项，仿制 12 项，全都用在夜训、夜战上了。

冬去春来，荒原渐绿，百灵晨唱，到了一显身手的时刻了。

1970 年 6 月 26 日，酒泉卫星基地的发射坪上，东风第 A 团三营、四营相继开进发射场待命。是日午夜时分，随着团长黄文彬一声令下，占领阵地，三营官兵率先出击，发射拖车载着导弹，控制车、电台车、加注车、瞄准车紧随其后，铁流滚滚。尽管天高夜黑，伸手不见五指，可是三营官兵却精确地进行操作，接好电缆插头，拧紧加注管道，进行瞄准，导弹发射。

黄夜时分，大漠上一片死寂。深邃的天穹里，惟有几颗星星眨着诡谲之眼。

黄文彬向三营营长下达 30 分钟准备。

10 分钟准备！

5 分钟准备！

按转电！

弹上电池供电。

随着倒计时数到最后 10 秒，发射连长一声点火的命令下达。只见一枚"东风二号"导弹喷着黄色的火焰，风卷长漠，犹如一只浴火的凤凰，一鸣冲天，向着茫茫夜空飞去，又似一道闪电，穿云带雾，直上九霄。数分钟后导弹准确命中了目标，打出的精度与有光条件下一样精准。

两天之后，在同一个发射场上，同样的夜暗条件下，四营再度出手，扬眉剑出鞘，打出了最好的历史精度。

第二炮兵有关部门据此宣布，导弹第 A 团具备了全天候的发射能力，随时可以闻令出征，断然出手。

秋草黄了，苍鹰飞翔，随后，一营、三营又携带一百多套武器装备，公路行军数千公里，在山东某县进行了长达 33 天的战备训练，检验摩托化行进、闭灯行驶、夜间操作、公路行军、铁路转载等课目。沉默的雷霆在握，随时可以横刀立马，做镇国之器，擎天之柱。

1979 年 12 月，中央军委一声令下，导弹 A 团由铁路转载，公路行进，移防别处。在离开北京十三载春秋之后，这支从长辛店出发的导弹劲旅又环绕京城一圈，一直向东驶去。

东临碣石有遗篇，面向大海，继续拱卫京畿，导弹 A 团新的历史一页掀开了。

4 叶剑英点将，向守志再度出山

十年一觉京华梦啊。

向守志从河南的炮兵农场被召回北京之时，有一种恍然隔世的感觉。

那时，向守志还在炮兵大院里赋闲，有点当寓公的感觉，没有具体工作可干。毕竟在牛棚被关了多年，流放于炮兵的农场里，放牛，养鸡，样样皆做，虽然被解放出来了，可心有余悸啊。

环顾北京的政治天空，那种氛围有些云谲波诡。周恩来总理住院了，小平同志出来主持国务院工作，力主整顿，消肿，恢复生产。可是国内仍在继续批林批孔批周公，林彪与孔子有什么关系，周公是谁？令战将向守志有些搞不懂。他是一位军人，军人的目光永远盯住战场，而不是政治角斗场。幸好叶帅在主持军队日常工作，一批开国将领逐步被解放出来，重新恢复工作。

那天，叶帅办公室王秘书的电话打到了炮兵大院，让向守志去西山，叶帅要找他谈话。

向守志跨进了一辆老式的华沙牌轿车，往西山军委领导的住地驶去。此时，北方城郭的天气已经入秋，过了知天命之年的向守志，觉得自己生命也入秋了，30来岁当军长，42岁当西安技术学院院长，十年一觉人归来，早已经物是人非。

彼时，中国的政治气候犹如这萧瑟的冷秋一样，一阵秋风凉似一阵。小轿车沿长河驶去，正西风，落叶满香山，燕岭已裸露出瘦山之相。秋霜洗得黄栌零落了，风一吹便坠落一地，所谓霜叶红似二月花，也只是短暂的几天而已。而秋阳之下的玉泉垂虹，反倒给人一种念天地之悠悠的人生苦短。十年的大好时光在放牛和养鸡之中荒废了，向守志将军突然有一种夕阳无限好，只是近黄昏的怆然。但是老骥伏枥，他要赶人生的最后一程，期待再放异彩。

车子已经不知不觉驶过军事科学院大门，沿着兵营弯弯曲曲的道路，向西山一隅的军委首长大院驶去。至大门口，卫兵一看报过车号，便自然放行了，几经辗转，已在叶帅住所前戛然停下。

向守志跨出车门，叶帅的王秘书已站在西侧小礼堂门前等他。向守志伸出手，与其寒暄了几句。

向司令请！王秘书让其一侧，请向守志朝前。

呵呵，副的，还是过去，现在没有任命，无官一身轻啊。向守志自嘲道。

迟早的事情。王秘书诡谲一笑，叶帅召你来，就是压担子啊！

王秘书是山西人，那浓浓口音让向守志悚然一惊，叶帅秘书的话里似乎透出一种口风。自己得有心理准备了。

拾级而上，雨檐下，公务员已经拉开了双开门，王秘书引领向守志走进小放映厅，其实就是一个小礼堂，有两百平方之大，平时以放电影为主，也兼会客。秘书将向守志领到沙坐前落座，公务员已经将茶水送过来了。

向司令请坐，我去请叶帅。

向守志点了点头，独自坐在沙发上环顾左右。

过了一会儿，一头银发、戴着深度眼镜的叶剑英元帅走出来了，向守志嗖地从沙发跃起，向叶帅行了一个军礼，说，叶副主席好！

守志啊，我们有八年没见了吧！叶帅问道，最后一次是什么时候？

首长，应该是1965年底的军委扩大会议吧。

住在西山，恍如隔世啊！叶帅道，十年一梦，真有点陶令公的感觉，种菊西篱下，悠然见香山啊。

叶帅可不是陶令公啊。向守志感慨道，我们军队幸好有叶帅主事啊。

唉！世无英雄。叶剑英摇头道，林彪摔到温都尔汗了。主席让我出来主事。

不知叶帅召我上西山，有何吩咐。向守志主动出击了。

让你出山。闲了八年，该出来干事了。叶帅操着梅州口音道，今天召你上山，就是想听听你对工作有什么想法。

我……向守志欲说还休，离开岗位八年了，知识和理论水平落后一大截，需要更新啊。

边学边干吧，叶剑英直奔主题，如今第二炮兵乱象丛生，派性严重，斗来斗去，一个党委扩大会在京西宾馆开了九个月，还做不了总结，散不了会，前所未闻啊。中央军委决定，得为第二炮兵重新选帅啊。守志啊，我虽然没有当过你的顶头上司，但对你一点也不陌生，当年总理让我挑四个军长备选，选一人去西安炮兵技术学院当院长，我第一个圈的就是你。

感谢叶帅的信任，可我对第二炮兵还并不十分了解啊。一提及第二炮兵，向守志便有几分惮忌，当年第二炮兵组建，主席都已经画圈了，让他到第二炮兵当司令，叶群一句话给搅了。

我知道当年那事件，是给叶群搅了的。叶帅沉吟道，当然也是林彪的意图。由于他的干扰破坏，许多老同志失去了正常工作。

叶副主席，导弹核武器更新换代快，知识体系复杂全面，我已经多年不接触这项工作了，感到力不从心。向守志解释道，他已经预感到叶帅的下文了。

我军的高级将领中，与尖端武器最早接触的，一个是聂帅、爱萍同志，就是你、李觉、孙继先、张蕴玉等一批人。叶帅历数道，但是你的经历丰富啊，当过15军的师长、军长，西安炮兵技术学院院长，军委炮兵主管导弹核武器的副司令，阅历最完备，这个第二炮兵司令员还非你莫属，可以说是不二人选。

啊！向守志有些惊讶，叶帅这么了解自己，然而这个时候去第二炮兵当司令员，并非好事，正如叶帅所说，那里太复杂了，以路线划派，斗来斗去，无法工作啊。

向守志不敢当面违忤叶帅之意，他退而求其次，说道，叶副主席，我与世隔绝多年，导弹知识和技术上落后了一大截，恐难当此任，辜负了军委首长的一片厚爱，给我一个学习机会，我的身体还可以，是不是让我到第二炮兵做一个副职吧，协助军事主官工作。

守志啊，不要再推辞，目前看来，你是最合适的人选。叶帅重申了自己的初衷。

这……还是请军委首长，给我一段时间看看文件，熟悉一下情况。过去在战场上坚定不移的向守志，经过十年"文革"一场风风雨雨，对官场望而却步，变得犹豫起来了。

叶帅理解部下的苦衷，也没有逼向守志当场接受任命，而是宽厚地说，你不要马上表态，去还是不去第二炮兵工作，我给你时间先考虑考虑再说。

谢谢军委首长的信任和关怀。向守志站起身来，向叶帅告别。走到门口，叶帅在后边又说了一句，守志啊，尽快下决心，时间不等人，岁月不饶人啊。

好的！首长……

小车驶出西山，蓦然回首间，彭老总、林彪皆在此西山小院住过，可已人去楼空。你方唱罢我登场，人生如梦，横刀立马的一代大将军，也左右不了自己的命运，最终皆成为匆匆过客啊。

时，秋去冬近，日子变得短了。黄昏泛起，一抹夕阳浸染在燕岭之上，回眸西山，苍山如血，几度夕阳红，往事尽在谈笑中……

1967年之夏，空缺一年无司令、无政委的第二炮兵，终于经毛泽东画圈，任命向守志为司令员、李天焕为政委。然，叶群一句话，向守志不是林总的人，一位二炮司令员的命运便被彻底改变了。李天焕虽为军委办事组成员，结局也很惨。

在那个年代，不是林总的人，就意味着不是毛泽东无产阶级革命司令部的人，此后两年时间，向守志被隔离了，受尽了炮兵大院造反派的批斗、污辱，他与夫人张玲和四个孩子，虽然住在一个炮兵大院里，仅仅隔着一堵墙，却犹如隔着一道铁幕，亲情、友情、人情，皆被生离死别般地隔开了，而不得相见。1969年2月，中苏珍宝岛之战后，林彪一个一号命令，一个国家都向"山、散、洞"转移，向守志和那些被流放的将帅一样，被撕去了领章帽徽，推上一列大闷罐列车，先到了炮兵天津农场。可是那些造反派迫害狂仍觉得天津离京畿太近了，放在那里不太安全，又再度将向守志逐到郑州一家炮兵干休所喂猪。当了几个月的猪倌后，仍觉得这种惩罚太便宜了向守志，遂将他送到了汝南县一个偏僻的农场，当了瓜农，种起了西瓜。生性豁达的向守志不为己悲，戎马一生，或许这乡村野老的生活才是真正的返璞归真，他仿佛找到了自己的归隐之地，居然种出了30多斤的大西瓜，被太阳晒成黧黑的脸上，绽开了庄稼人的微笑。

那些造反派仍觉得不过瘾，后来又将他贬到更艰苦的叶县，蹲进了真正意义上的牛棚，成了名副其实的牛倌。然而，这可是他在刘邓麾下当旅长、师长时解放的土地啊，甘愿反哺于自己真正的上帝，当年他们是用小车推着小米麦子支前的啊。向旅长、向师长来了，乡亲们对他尊重如初，向守志如鱼得水。

1971年秋天，向守志到了他流放之旅的最后一站，驻马店农场。突然有一天，他发现写在墙上的林彪语录和题字，皆被粉刷覆盖一新。中央出了什么大事了，政治直觉告诉他，林彪完蛋了，一个寒冷的冬天即将过去了，春天已经不远。

果然，看守的态度开始客气起来，管理制度也有些人性化了，每周可以洗洗澡，甚至到驻马店大街上逛逛。次年1月5日，审查专案小组宣布结论：恢复党内生活，补发所有工资。这意味着离他再度出山的日子不远了。

然而，五载生死两茫茫，妻子和孩子们在何方，他却一点也不知道。就在向守志被流放天津之时，张玲和四个孩子被扫地出门，无家可归，当年的女县委书记惟有投亲靠友，带着八十高龄的老母和四个孩子——最大的16岁，最小的10岁——拖着癌症手术后一直愈合不好的身子，流放蜀道路八千，去投靠大巴山深处开县毕山农场向守志的外甥。大巴山里闭塞的环境，潮湿的气候，缺医少药的状态，让张玲罹患绝症之后，又雪上加霜。最终她因风湿病瘫痪入院。"9·13"事件之后，她带着四个孩子悄然出川，来到湖北孝感向守志的老部队15军，借机寻夫……

生死别离五载之后，一家人终于在北京团聚了。

向守志觉得，自己本职是一位军人，军人应该倒在战场上，而不是政治角斗场上。"文革"十年的残酷斗争，无情打击，令他不寒而栗，故对于叶帅点名让他重新出山，到派性严重的第二炮兵当司令员，他有点望而却步。

沉默了整整四个月，向守志一直未给叶帅回话，表明自己的态度。

然而，1975年3月25日，总参一位副总参谋长的电话打到向守志家里，传达叶帅的命令，没有任何商量的余地。向守志任第二炮兵司令员的命令，中央军委已经下了，明天就去第二炮兵上班报到，执行吧。

于是第二天八点，向守志驱车来到了当时仍在人民大学办公的第二炮兵司令部，走马上任第二炮兵司令员，此离他被任命为第二炮兵首任司令员，已经整整过了八年时光。

第九章

一剑惊天下

1 邓小平说，第二炮兵政治上要搞得非常可靠

将近上午八点了。

染浸在北京城郭的朝阳，将一抹朝霞挂映在了地安门和景山之间。

一辆老式红旗轿车，载着时任第二炮兵司令员李水清、政治委员陈鹤桥往景山后街一幽静之处驶去，今天上午，他要前往老首长邓小平政委家拜谒。

行前，两位首长已给邓办打了电话，问，第二炮兵司令员李水清、政委陈鹤桥，想来拜访邓政委，不知老首长有没有时间？

时间确定在1978年5月17日上午10时许。

李水清从南京军区副司令员任上，调任第二炮兵司令员，上任伊始，总参谋长邓小平已经单独召见过他。而此时，陈鹤桥从通信兵政委任上，调至第二炮兵当政委已有数月了，司令政委一起向小平同志汇报工作，聆听他对中国战略导弹部队的指示。

这是党的十一届三中全会前后的一个春天的早晨，邓小平第三次复出之后，以其领袖群伦的资历、威望及雄才大略，自然而然地成为中国第三代领导集体的核心。时，邓公集党中央副主席、中央军委副主席、国务院副总理等要职于一身，为中国的大船掌舵，成为世界公认的中国改革开放总设计师。

陈鹤桥对老首长太熟悉了，从太行山上129师政委到党的总书记，二十八年间，战争年代，乃至解放之后，有很长一段时间，陈鹤桥就在邓政委领导下工作。尤其是刘邓大军挺进大别山之后，这位六安出身的老红军，是二野的组织部长，整个解放战争期间，他一直是在第二野战军党委书记、淮海战役总前委书记邓小平政委麾下做党务工，对老首长的政治信仰、治军理念和脾气嗜

好，皆近距离地接触，获益匪浅。如今，陈鹤桥已成为中国战略导弹部队的政治委员，与同样是红小鬼出身的李水清司令员，当年在二机部当部长时，就是邓小平副总理的部下，两位军政主官执掌第二炮兵建设。步入改革开放伊始的中国战略核力量如何建设，尤其需要聆听小平同志当面教诲。

不知不觉中，小车驶入地安门一条静寂的小巷，因为报过车号，警卫战士已经将门打开了。这是当年一家大清王朝的府邸，青松苍翠，竹篁幽幽，风景宜人，小车驶入地戛然停下，值班秘书走过来，引领李水清、陈鹤桥去见老爷子。

邓政委好！李水清、陈鹤桥走到客厅，只见小平同志穿一件中山装，背倚在沙发上，穿着袜子，双脚却平放在一个小方凳上，在那里看文件。见陈鹤桥走了进来，他将双腿从平凳上放了下来，套上鞋子，站起来道，是水清、鹤桥同志啊！

李水清、陈鹤桥行了一个军礼。

坐坐！邓小平招呼李水清、陈鹤桥坐在自己身旁。

邓政委身体还好吧？

好！饭后百步走，活到九十九。邓小平说了一句民间谚语，再就是打桥牌，让脑子不糊涂。

末了，小平同志便陷入沉默。

李水清、陈鹤桥发现，邓政委依旧还像战争年代那样，话并不多，如果对方不主动说话，他是不轻易开口的。

我们到第二炮兵工作半年多了，过来看看老首长，一则是报个到，再则简单汇报一下工作。

向守志调南京军区后，是李水清接的司令员吧？

是的，我与向守志同志对调。李水清答道。

两个老红军主持工作，对第二炮兵是一个加强啊，对于恢复老红军的传统大有益处，邓小平同志说，水清同志虽是陆军出身，可在机械工业部当部长多年，对尖端技术并不陌生。

我还是个外行，临时被抓差，干了工业。李水清自谦道，干了大半辈子陆军，现在又来抓特种兵。

小平笑了，先当学生，后当先生，你早就出师了。

随后，陈鹤桥汇报道，新的第二炮兵领导班子，展开揭批"四人帮"运动，肃清其余毒和影响，并说第二炮兵过去派性严重，是重灾区。常委班子中，有四个人上了贼船，已经被免了。有的基地个别领导也深陷其中。

小平对于"文革"造反派深恶痛绝，点头道，你们第二炮兵政治上要搞的非常可靠，要纯，包含技术人员在内，不能出问题，搞打砸抢的一个人也不能要，更不能放在要害部门。

这就是小平同志对中国战略导弹部队最早的政治交代，也是党中央、中央军委对火箭军官兵绝对忠诚、绝对纯洁、绝对可靠的最早的版本。

眼看时间不短了，李水清、陈鹤桥连忙起身告别，驱车驶离。

小平同志对于第二炮兵的指示很快传达到了部队，成为政治上绝对忠诚、绝对可靠的一个时代坐标。

第二炮兵部队建设，始终以政治上的绝对忠诚、绝对纯洁、绝对可靠作为铸魂固基的标尺。新兵入伍、军官入列，政治上的合格永远是第一位，那种查遍祖宗三代的政审——注重家庭出身，多以寒门子弟招收对象，甚至对未婚妻、女朋友的家庭背景也要政审，今天看来是多么的不可思议，但是在那个年代，则是一种常态。

其实这种政治上的忠诚可靠，从这支部队组建那天起，就输入其魂魄了。

黄毅老人就是一个典型的个案。他于抗日年代参加新四军，投身革命，因为入伍前文化程度高，一度做过华东野战军作战参谋、山东兵团的作战股长，跟随粟裕、许世友等一代名将，参加过苏中七战七捷战斗、鲁南、孟良崮、淮海战役和抗美援朝战争。组建炮兵教导大队时，他已是军委炮兵机关一位处长，尚未结婚。开始上级本打算让其担任炮兵教导大队技术连连长，可是因确定与他热恋的女大学生家庭和社会关系复杂，一度另有考虑。黄毅得知后，宁要导弹，不爱美人，毅然斩断情缘，与女友分手，在最后一瞥的深情凝视中，埋葬了自己的爱情，然后全身心投入工作。鉴于此，炮兵教导大队任命他为技术连连长、第一营营长。抑或正是因为那个特殊年代的情殇，在他的内心造成了很大的创痛，在考虑个人爱情、婚姻时，瞻前顾后，难定终身，最终茕茕孑立，到了晚年，直至进干休所，依然孑然一身。老战友们看不过去，众人出面撮合，给他找了个老伴。抑或因为年轻时的那一段爱情刻骨铭心，抑或那种情殇对于一个情感世界的摧毁是无法想象的，黄毅老人与后来的老伴没过几天日子，便匆匆分手了。他早已经习惯了一个人无忧无虑的日子，一个人静夜思时那份高贵的孤独。

毋庸说，在那个年代，绝对忠诚是要付出高昂的代价的，甚至感情。它让人想起上个世纪五六十年代，流行于中国年轻人中的一首情诗：生命诚可贵，爱情价更高，若要自由故，两者皆可抛。这出自一个西方诗人之笔，自由乃天大之事，不自由，毋宁死，这是西方的自由观、人生观、价值观、爱情观，而东方人则强调为民族、为国家、为群体而牺牲小我。情殇美丽，若为镇国事，两者皆可抛，黄毅老人的故事便是最好的佐证了。在今天的年轻人看来，简直就有点天方夜谭，而在当年的导弹部队，此类事情俯拾皆是。

我曾经的一位基地首长，是导弹 D 营、D 团的第一任政委，当时营队驻扎于山东某地，然，等部队向南方大莽林导弹基地归建之时，他却被搁在了山东，不能随队而入。原因很简单，他的家庭社会关系有一个人员政治问题没有厘清，致使他的忠诚度也受到了质疑。对于一支部队的党代表而言，毋庸说，这是对他忠诚度的一个极大污辱，可是他却仍默默承受着内心巨大的痛苦，接受组织的调查和考验。终于，等一切问题都水落石出，尘埃落定，浑浊之水澄清了，他才踏上了归队的旅程。且一生之中视这段历史为耻辱，从不向人提及。后来任导弹团政委，继而一跃成为基地副政委，回首这段人生的插曲，却觉得理所当然应该受到怀疑，因为中国战略导弹部队掌握着核按钮，是镇国重器，每一名官兵都必须忠诚和可靠，视忠诚比生命都重要。

同样在这片土地上，在我的老团队里，曾经有这样一位年轻排长，经历抗美援越炮火的洗礼，九死一生，凯旋祖国之后，又挺进人迹罕至的南方大莽林，为导弹筑巢。一个美丽的城市姑娘与他相爱五载，她千里迢迢来到了一座旅游城市的门口，等他出来，一起旅行结婚。那天傍晚，还剩下最后一排炮的石磴未全部装载。连长说，你出去吧，洗个澡，理个发，换套新衣服，去见新娘。然，年轻排长非要等清理干净才走。可是，当天子夜时分，沉默的山神发威了，成百上千吨的流石涌了出来，粉碎了年轻的躯体，也埋葬了一段美丽的爱情。女友左顾右盼地等啊等，一天过去了，两天过去了，三天过去了，直至一周之后，组织股负责抚恤的干部出来了，告诉她一个不幸的噩耗，未曾听完，她便昏过去了。

醒来之后，这位未曾梦圆的新娘只有一个愿望，去看男友的遗体，去看看他生活战斗过的地方。

组织股的干部摇头，那是一块秘密禁地，不向外人开放。

我是他的未亡人。

可你们没有结婚……况且他的遗体已经埋入烈士陵园。

我去他的坟头上烧一次纸。

团里组织干事仍在摇头，说那里不许无关之人踏进半步。

女友惟有涕下而去。

许多年过去了，那里的导弹洞库已经封闭，导弹部队已经转隶撤走了，那块禁地已渐次向外人开放。已经人至中年的她，带着自己后来的丈夫，千里迢迢赶来了，走进烈士陵园，找到了他的名字，抱着墓碑，仿佛抱着一个早已经冷却的躯体，大声呼喊着他的名字，用洒在墓碑上的泪水，轻轻擦拭着他的名字，仿佛要擦亮他已经黯然的眼睛。

以后，每个清明节，她都要来给他上坟，或与丈夫同来，或带着孩子，或者一个人独来。

爱是不可以忘却的。

正是中国战略导弹部队的官兵用青春、热血、生命，擎起了大国重器。

1983年11月19日，加拿大总理特鲁多访问中国，这是他继1973年由刚从政治漩涡里复出不久的邓小平陪同访问桂林漓江之后，再度见到邓公。这位在西方世界颇具政治魅力的精英，操一口流利的法语和英语，与中国的两代领导人毛泽东、周恩来、邓小平保持了极友好的个人感情与关系。彼时，美苏两个大国正在谈论核裁军，美国人在搞所谓的星球大战计划，客人问邓小平怎么看。邓小平呵呵一笑，阐述了中国的核战略。他说，我们发展有限的核武器，完全是体现你有我有，你要毁灭我，自己也要受到一点报复。中国在任何时候，任何情况下，都不会首先使用核武器，在所有的核国家中，只有中国承诺不首先使用核武器，中国不会对任何无核国家和地区使用核武器。我们的战略始终是防御，二十年以后也是战略防御，包括核潜艇也是战略防御武器。

进而，邓小平对于中国五六十年代发展两弹一星，给予了高度的评价。他的话简洁犀利、掷地有声：要是没有导弹、原子弹、卫星，我们就进不了国际大三角，就不会有今天这样的国际地位。但是我们没有与美苏比赛的想法和能力，我们只要有自卫力量就行了。

一语道破天机。一语说尽中国的核战略：有效报复。

1988 年 10 月，邓小平视察中国科学院物理研究所正负电子对撞机工程。他深刻指出："如果六十年代以来中国没有原子弹、氢弹，没有发射卫星，中国就不能叫有重要影响的大国，就没有现在这样的国际地位。这些东西反映一个民族的能力，也是一个民族、一个国家兴旺发达的标志。"

这是邓公生前对中国战略导弹部队的历史定位，上升到了一种大国重器的角度。

2 沙场秋点兵

1983 年元旦的钟声刚刚敲响,冬天里厚厚的积雪,仍覆盖在冀东平原上。

老兵刚走不久,新兵还没有来得及补人,导弹 A 团的营盘多少有些冷清,部队正准备开训。周边的乡镇已经开始酝酿过春节了。彼时,一份绝密电报从基地发至了 A 团,转发第二炮兵党委命令,要 A 团火速展开突击训练,准备参加今年秋天第二炮兵举行的一次战役大演习。

数天之后,基地司令的电话打到时任导弹 A 团团长葛东升的办公室。东升啊,你们要有充分的思想准备,引起足够的重视,这是华北大演习之后,三年培训大区领导战略意识和指挥的收官之作,军委和总参的首长都会前来观看。

明白! 葛东升了解这一历史大背景,1981 年,中央军委决定举办全军高级干部战略研究班,叶剑英提议,由张震协助杨得志具体筹备。在讨论确定了新时期战略方针之后,总参向老帅们建议,经过邓小平同意,确定了总部集训大军区正副职三年规划,拟定在华北、西北和海上三个方向,分别组织一次较大规模的实兵演习。华北大演习,刚担任军委主席不久的邓小平选中了最大方案,空地一体,11 万兵力参演。一经登场,便取得了圆满成功,震惊了世界。

而这大演习,则最后以导弹发射为压轴戏,堪称倚天万里须长剑,大国重器闪亮登场。葛东升知道,参加此次演习的不仅有他 A 团,还有 C 团,都是几支老牌的导弹团队,当年皆以天下五个营著称。

团党委会已经开了 N 次了,大家对参与突击训练,如何突击训练,皆无异议,可是对于究竟该派哪几个营参加训练发射,却出现了分歧。团长葛东升和参谋长杨业功心里明白,这几年搞减量加注点火试验,几个营比较,各单位均衡发展，成绩皆在伯仲之间，分不出谁差谁好，孰优孰劣。

有位副团长系一营营长出身，感情上对一营有倾斜，率先开了一炮，说，一营，在哪一个导弹团队，都是排头兵，老大，自然应该在入选之列。

二营长不干了，说副团长，你现在是团副了，屁股怎么还坐在一营的位置上啊，你说一营好，二营、三营就不好了吗。比武、打擂台吗，是骡子是马，拉出去遛遛。

好了，好了，政委彭振国看了看团长葛东升，想阻止大家没完没了的争论。

葛东升此时 38 岁，却少年老成，他扯了扯政委的袖口，你让他们吵，吵够了我们再定。

对！三营长嗖地站了起来，二营长说得对，不能暗箱操作，领导定终身，有本事训练场上见高下。

比就比，一营什么时候当过孬种，一营长一点也不示弱，从来都是一营扛红旗，拿金牌。

说够了吧？见大家都不吭声了，葛东升张口了，看你们这样争着上大演习，我身上都来劲啊，心里更有谱了，我知道这些年减量加注点火试验，还有完成训练发射任务，大家比着干，各个营均衡发展，大家都不错，可以说势均力敌，比赛，分不出高下，各有优势，各有长处。

说着葛东升眼神转向彭振国。

彭振国政委非常默契，知道团长想要自己说什么。我也认为不要比了，分不出高下怎么办，弄不好还闹不团结，影响 A 团的战斗氛围。

政委说得对！葛东升接过彭振国的话，我看还是用一个最土、最古老也最公平的办法，抓阄，谁抓上算谁的，这样公平得很。

团长这么一锤定音：抓吧。

各营派出代表，结果一、三营抓到了参加。

一营、三营高兴了，没有抓到参加的几个营，嘴噘得老高，说自己运气不好，怨派出的代表手气太臭，与这样大的演习失之交臂，终身遗憾啊。

遗憾什么？！葛东升团长发话了，你们几个不参加演习的营队任务也同样重着呢，按年度大纲组织训练啊，在发射场与不在发射场一个样。这才是老 A 团的作风。

于是，年不过了，一营和三营的官兵纷纷投入了突击训练。这次演习要将伴随了他们二十年的导弹统统发射出去。这些导弹装备是最早一代的国产导弹，已经严重超期服役，且一而再、再而三地延寿，可以说是退出现役之前的最后一搏，检视一下宝刀老否，重器还能否镇国。从这次演习之后，这个型号的导弹将走向博物馆，走进历史橱窗，成教学、科普和展览参观之物。毕其功于最后一役，一柄老刀能否扬眉出鞘，如何判读技术指标超差，而不影响关键性判读，显然是最关键的环节。

首先是测试、发动机和控制骨干尖子的培训。二十四年间，这个导弹团已经积累了丰富的培训经验，导弹换型时超前集训，工厂跟班追踪，发射场上当二岗、三岗见学，等等，一系列有力的举措，使出浑身解数。

再就是装备的整修和测试，毕竟已经超期服役多年，要在已有的装备之中，挑选一千多台套武器装备，以最好的技术状态，实施核反击作战。因此，他们逐一对装备进行了检修、校表，有的还重新刷漆，以外观良好整洁的状态，迎接中央军委首长和总部机关检阅。关键是两枚发射弹，既然已经数次延寿，就要挑状态最好的。一营和三营都在西北发射场发射过多枚导弹，第一发争气弹就是一营发射的，因此将所有库存的导弹测试过后，一营选择了 D 批导弹，三营则挑选了 F 批导弹。

万事俱备，只差中央军委和第二炮兵首长一声令下。可是，到了 7 月，却发生了意外之事。中央军委向全军发布了精简整编命令，导弹团向支队体制转变，而恰好这时又进行了基地领导班子调整，迈出了年轻化之后的重要一步。导弹 A 团团长葛东升连提三级，成为最年轻的基地参谋长，彭振国政委也受到了重用，团参谋长杨业功调到基地作训处当处长，而新的支队长是董春儒，政委李再堂，给他们熟悉部队的时间仅有一个多月。8 月中旬，部队就要向西北发射场开进。

然而，在这支导弹劲旅的营盘里，冥冥之中，始终有一个英雄之魂踽踽独行，那就是东风第一枝的精神灵旗，敢为天下先，永不服输。他们迅速完成了由团升支队的精简任务，并展开训练发射的各种事故和故障预想，提出 132 条建议。部队出发前夕，原 A 团老团长，第一个发射争气弹的刘宗舜副参谋长带着基地工作组来升格后的 A 支队检查演习准备情况，并参加了当时发射故障和问题预想。会上老团长的话可谓苦口婆心，一个好汉三个帮，上下左右协同，才是完成任务的前提，工作上要一丝不苟，层层发动，不断发动，严格管理，精心准备。关键时候，要敢于下决心。该定不定，该拍板不拍板，就会贻误战机。

1983 年 8 月中旬，第二炮兵下达了演习日程安排。

8 月 21 日至 24 日，第二炮兵组织机关进行战略输送。

8 月 29 日至 9 月 5 日，基地组织了战略输送，A 团组成了由董春儒任总指挥、李再堂任政委的前委，出动大批人马，携带导弹地面设备多套、导弹数枚、装备车辆百余台，编成几个梯队，于 9 月 5 日抵达了大漠深处的发射场。

此时，另一支导弹劲旅第 C 团 /C 支队也抵达了现场，他们将发射二枚最老型号的导弹。

次日，第二炮兵组织了战前合练。

7 日，两个老牌导弹团按要求进行了伪装。

8 日，演习指挥部下达了进行一级战备的命令，A 团和 C 团先后占领阵地，随时准备实施核反击作战。

箭在弦上，随时都可以挽雕弓射天狼。

长河落日圆，大漠秋点兵。

1983 年 9 月 15 日清晨，一枚红色的信号弹划过天幕，两支导弹劲旅迅速占领阵地，起竖导弹。四枚深绿色某型号导弹，宝刀不老，犹如刺破苍穹的青锷，立于弱水之畔的胡杨与戈壁滩上。导弹 A 团在对两个导弹完成加注之后，阵地指挥员紧急报告，导弹的液氧泵呈线状漏液，采取紧固螺丝无效，请求派专家前去观察处置。

面对发射场上的突发情况，前指处变不惊，立即派技术人员前去观察，技术人员抵达现场，经过分析认定，得出了一个难以置信的结论，由于加注液氧后，温度变化而引起泵体壳变形漏液，并不影响发射。

前指迅速报告了演习指挥部，请求按时发射。

你们有绝对把握吗？现场观看发射的可是有军委和总部首长。演习指挥部如此询问，自然是事关重大。

我们对此有绝对的把握，请领导放心！A 团对这种型号的导弹烂熟于心，已经不止一回预想和碰到此类情况了。

指挥部同意了他们的请求。

是时，夜幕褪尽，晓风残月，戈壁再次恢复了亘古的寂静，遥远的地平线尽头，天蓝如海，一轮秋阳冉冉升起，拂照在直插天穹的导弹之上。

四枚青锷兀自而立于发射台上，昂然欲发。上午 8 时许，只见发射连长一声：转按电，开拍，点火口令发出。一枚镇国重器啸天而起，喷薄着烈焰，一鸣冲天，向远方飞去，留着一粒粒星星般的银色亮点在闪动。

30 分钟后，另一枚扬眉出鞘……

随后远方的末区，发来了导弹准确命中的报告，发射场上一片沸腾。

核反击的第一个回合，导弹 A 团圆满完成任务。

随后，导弹 C 团倚天仗剑。这是一个从林海雪野里数千公里转进而来的老牌团队，过去也曾经创造辉煌，这一次核反击过后，他们将与 A 团一起，转隶大型号导弹基地，换装最新型号的战略重器。

随着 A 团第一个波次的核反击落下帷幕，C 团官兵也会挽雕弓，蓄势待发，按照 30 分钟打一枚的间隙，另外两发战略导弹已经仰首矗立于发射架上。

A 团的第二枚刚扶摇天外，C 团已经发出 30 分钟准备的命令。

此时，中央军委副主席杨尚昆，总参谋长杨得志，第二炮兵司令员贺进恒，政委刘立封，副司令员李旭阁皆坐在演习观看台上，观看战略导弹部队的核反击。

都是老型号导弹啊！贺进恒司令员感叹介绍道，服役年限超过了二十年，仍然雄风不减，经过检测，换上个别老化的元器件，照发不误。

当年上甘岭威震敌胆的秦基伟将军道，老贺啊，这说明我们自己造的导弹过硬。

高科技尖端武器是买不来的，就得靠我们自己。坐在旁边的刘立封政委插话道。

是啊！杨得志总长点头道，美欧搞了一个巴统，其实就是对我们进行封锁。

封锁吧，我们的国防工业成长起来了。坐在正中央，过去沉默不已的杨尚昆，今天却是一副轻松的神情，不时与坐在他旁边的国务院副总经理万里、中央书记处书记胡启立交谈。几位中央和地方的大员，都是军委和总部请来观看这场核反击作战演习的。之前，杨尚昆副主席、杨得志总长在贺进恒司令员的陪同下，检阅了参演部队。

谈笑之间，盘马弯弓，导弹C团连发两枚导弹也同样取得了圆满成功。

演习结束后，军委杨尚昆副主席、三军总长杨得志分别发表讲话。杨尚昆说，导弹事业的发展，体现了毛主席等老一辈革命家对导弹部队的信任和关怀，体现了社会主义的优越性。这次演习任务的圆满完成，体现了第二炮兵经过十多年的建设，已经完全能够胜任核反击作战了。

弱水作证，当年人民解放军的独苗苗已经长成，像戈壁滩上的胡杨一样，成为不倒的参天大树。

3 一剑惊天下，踏上神州第一街

邹永钊曾是35周年大阅兵第二炮兵方队的总指挥。彼时，他从第二炮兵副司令员岗位上退下来，已赋闲多年。当年大阅兵时，他是某基地副司令员，往事如烟，对其所经历的导弹岁月，大多已渐次忘却，惟独建国35周年的大阅兵，却深深地镌刻于他生命的记忆之中，一看到电视上导弹方阵雄姿英发地驶过天安门，接受中国改革开放的总设计师邓小平检阅时，他的热血又会被点燃。

孩子们说，父亲最爱看这段录像，每次电视转播时，他总是百看不厌，甚至不许换频道。

这是长志气、抖威风的大事件啊。邹永钊说，中国战略导弹部队一直蒙着一块神秘的面纱。很多年来，我们这些导弹人都信守一个承诺，秉承一个原则，守口如瓶，上不告父母，下不告妻儿，少说多做，或者只做不说。我们那支部队当年从灞桥河边一夜之间神秘消失了，西方飘的天上卫星，甚至间谍，一直在追寻他们的足迹，某大国甚至指示他的驻华武官，弄清总字102是一支什么样的部队。

隐没戈壁，蛰伏山林，如沉默的雷霆，甘当无名英雄，似乎成了一代代火箭军官兵无悔的选择与不变的命运。

然而，当1984年35周年大阅兵时，邓主席亲自拍板，第二炮兵掀开神秘的面纱，上长安街，向世界曝光，这是大气魄、大手笔啊。邹永钊说，选择他担任35周年大阅兵第二炮兵方队的指挥，令他有些意外，但后来又觉得也在情理之中。舍我其谁？！投身导弹部队后，他担任军务参谋、军务处长和导弹团长多年，擅长管理，更主要的是，此乃冥冥之中的命运安排。当一支受阅的战略导弹劲旅从祖国四面八方云集北京阅兵村时，五支受阅方队，竟然全是当年导弹五个营的老部队。从导弹 A 旅开始，直至 E 旅，皆派出了最强阵容受阅，而最令人振奋的是当年 A 旅和 B 旅为最早发射中国第一枚国产导弹的英雄营，而 A 营和 B 营的后代们，又携当时中国射程最远的洲际导弹驶过神州第一街。这是一种历史的巧合，还是命运的安排，谁也说不清楚。最不可思议的是，这五个导弹营后来装备的导弹，都是当时最先进的。后来军委一位首长感叹道，国威军威看第二炮兵。

看什么呢？邹永钊回忆道，当时他虽身为第二炮兵方队阅兵指挥，可是第二炮兵主管阅兵工作的，则为时任副司令员的李旭阁，他从五十年代中期便在总参工作，参与组织过建国以后多次大阅兵，富有经验。他说，火箭兵将士第一次踏上神州第一街，向世界亮相，是这次大阅兵的压轴戏、最大的亮点，会引起世界级的轰动效果。一切都如李旭阁言中了。

我对邹永钊副司令员说，其实，战略导弹上天安门广场，您率的方队，不是第一次，而是第二次。

何来此言？邹永钊愕然，谁造的谣？

并非谣言啊！历史记载，长辛店老人大多知道，第一次导弹上长安街是1959 年春天，有一枚解剖弹要运至东高地的航天工厂，北京的大街转不过弯来，只好夜晚到长安街掉头，从永定门而出，过大红门，入航天工厂。

呵呵，一场虚惊。还有这事！邹永钊如释重负，那是在秘密状态下，只有一枚，而且包裹很严啊，老百姓咋知道是在运载导弹啊？

玩了一次悬念，足以测试邹永钊老首长对 35 周年大阅兵的感情浓度。当然不能与庞大的导弹方阵通过长安街相比，那是一剑惊天下啊。我感叹道。

邹永钊回忆道，1984 年 10 月 1 日凌晨 3 点钟，受阅方队就集合了，换上了 85 式新服装，个个精神抖擞，英姿飒爽，精气神焕然一新，闪亮登场。凌晨 4 时许，受阅方队离开阅兵村，路经木樨园、蒲黄榆、天坛东路、崇文门，到达北京站前就位。6 点 30 分，淋浴着秋天的第一抹朝霞，受阅导弹装备褪下伪装，一枚枚银色战略导弹横亘在十里长街之上，犹如一柄大国长剑，雄睨天下。街道两旁，已经挤满了翘首以待的群众。

时间在一分一秒流逝，十里长街安静得可以听到每个人的心跳。

偌大的天安门广场，不时有军乐团演奏的曲目响起，回荡在北京的城郭。

上午 10 时许，一轮秋阳终于从云罅里钻了出来，将一抹苍凉投影到苍莽燕岭之上，血色般的太阳，将长长的影子烙印在了十里长街上。此时，举世瞩目的盛大受阅式开始了，三军统帅邓小平登上检阅车，驶过金水桥，接受阅兵总指挥、北京军区司令员秦基伟报告，然后，驱车东行，检查每一个受阅方队，到一个方阵，小平都会说"同志们辛苦了"，下边的回答气吞山河，"为人民服务"。

等邓小平检阅完部队回到天安城楼之上时，气壮五岳的盛大阅兵式开始了。八一军旗猎猎，在国旗护卫队仪仗兵的护卫下，四十二个方队步履铿锵地踏上神州第一街。肩负着一个古老民族至高无上的尊严，十八个徒步方队迈着正步走过来了，接受共和国领袖的检阅，那步伐，震山岳，似城垛，睥睨寰宇，气吞八荒。随后二十个机械化方队驶过来了，金戈铁马，车轮滚滚，挟雷霆，涌巨澜，威震九州。与此同时，云朵之上，九十四架银鹰掠过紫禁城上空，抖神威，耀云霭，风驰电掣，观礼台上的众多开国将领，健在的老帅，虽然仰首之间看不见银鹰之翼，却听到了惊天动地的轰鸣。

当最后一个机队飞过去的时候，十里长街开始沸腾了。中国战略导弹部队从神秘的帷幕下走出来了，一剑惊天下。在邹永钊伫立的指挥车率领下，十二台牵引车携着中程、远程和洲际导弹，缓缓地驶过天安门城楼，站在导弹拖车上的火箭官兵雄姿勃勃，展示了一支中国最现代的高技术部队所向披靡、雄睨地球每个角隅的能力。

伫立在外宾席上的西方驻华大使和武官们惊呆了，谁也未曾想到，他们苦苦寻找了几十年的中国战略导弹部队，突然于一夜之间冒了出来，以今天这样的姿态出现于世界面前。于是乎观礼台上，拍摄战略导弹的相机的快门发出刺耳的响动。

翌日，中国战略导弹部队驶过天安门广场作为最具轰动性的新闻，纷纷出现在世界各大通讯社和世界各国报纸的头版，犹如当年中国爆炸第一颗原子弹一样，令整个地球村为之一动。

美国国家新闻机构美联社说，中国战略导弹部队首次展示了它的实力，三枚 CSS-3 中程导弹、三枚 CSS-4 中远程导弹，以及三枚涂有红白相间的颜色、分三节拖运的 CSS-5 洲际导弹，给人留下了深刻的印象，它们显示出中国有相当的制造水平，它的出现，足以防御任何形式的战争。

英国《泰晤士报》撰文称，中国今天第一次将它的导弹家族展现在世界面前，足以证明它覆盖地球每个角落的能力和自信，一个沉睡的东方巨人醒了，他敢于向世界说不。美、苏两国在决定世界事务时，不得不考虑中国的存在。

纽约《美洲华侨日报》说，中国终于摆脱了因循守旧和全盘摹仿的习惯，向军事现代化迈了重要一步。队伍后边出现的中国战略导弹颇能显示中国的军事路线和两个战略，这些全部由中国设计的战略火箭，能发射到地球每一个地方，它们组成了中国的核威慑力量。

日本《朝日新闻》说，新型导弹显示了中国的现代化。法新社说战略导弹成了中国威慑力量的支撑。路透社则说，中国公开展示导弹的两个支柱（地地与潜地身）有可靠的战略核威慑。葡萄牙《晨邮报》说，中国首次展示了地地导弹，这表明中国人已经掌握了核战略威慑能力。

国庆大阅兵之后，中国外交部的一位副部长到中国战略导弹部队作形势报告，喟然感叹，自从大阅兵你们出来露一下面后，我们在外国人面前讲话时，腰杆更硬了。

导弹与孤鹜齐飞，朝霞与秋水一色。中国重器在一个北京的早晨露面于世，一剑而惊天下。

4 出山

1983 年春天，中央军委主席邓小平签署命令，任命总参作战部正军职副部长李旭阁为第二炮兵副司令员。

斯时，李旭阁刚至知天命之年，正值人生壮年，是一个人在事业大展拳脚的黄金之季。

那个春天早晨，李旭阁坐上第二炮兵派来的小车，从总参作战部家属院前往西四南大街 62 号的第二炮兵司令部。下车之始，扑入眼帘的景象令他有些心凉，偌大一个中国战略导弹指挥中枢，蜷曲在小小的缸瓦市招待所几栋五层楼上。办公室主任陪他到司令部各二级部走走，熟悉熟悉面孔。投目之处，拥挤、逼仄、杂乱，七八个人挤一间小办公室，文件柜都放置在走廊上，资料堆了一堆又一堆，既不利于保密，又会影响作战训练，无法与这支战略导弹部队的地位相称。由机关而联想到部队的现状，也好不到哪里去，给李旭阁的第一感觉是在临时的、凑合的状态下过日子。

此窘境若不加以改变，遑论一支战略军种的做大、做强。李旭阁摇了摇头，心里默默地叩问，不知是说给自己，还是说给那个年代的第二炮兵部队。

傍晚回到家中，夫人耿素墨很兴奋，问丈夫，第一天上班，对第二炮兵感觉如何？

不堪入目！李旭阁倚在沙发上，将头仰得高高的，喟然长叹。

啊！丈夫何出此言，耿素墨也觉得讶然。

李旭阁对这支中国战略导弹部队再熟悉不过了。在总参作战部近三十年的岁月，除八年外放新疆屯兵，他的生命阅历多与中国的导弹核武器交集。先是从炮兵教导大队零公里界碑之前，那时他是一位普通的学员，与导弹先驱们携手出发；后来虽分管地空导弹，但却被张爱萍副总长临时抓差，走进首次核试验，继而参加了第二次空爆试验和氢弹试验；后又随张爱萍上将走遍大江南北，选点布局，踏勘战略导弹阵地。从此他的人生，直接参与和影响了中华民族和国家命运的秘密历程。然而，当建设第二炮兵重任的接力棒交到他手里时，虽然机关狭小零乱的办公环境着实令他心凉，可是挑战之中，风险与机遇同在。

两年之后，中国战略导弹部队遇到了一个重要战略发展机遇期，就是1985 年大裁军。邓公向世界伸出了一个指头，中国裁军 100 万。

那时李旭阁刚刚担任第二炮兵司令员。军委扩大会上，军委主席邓小平不仅向世界宣布百万大裁军，而且提出把全党、全国工作重点转移到和平时期的建设轨道上来。

这是一次国家战略大调整和大转移，意味着中国已经完全告别了早打、大打、打核大战的战时体制，走上了和平建设的轨道。作为一位长期在高级指挥中枢工作的高级将领，丰富的阅历，让李旭阁在改革之风中嗅出了一种政治意味。今后很长一段时间，经济建设将唱主角，军队将走上忍耐和捆绑之路，战时的建设体制将让位于经济建设。

然而，以地方经济建设唱主角，并不等于没有机会啊。两年来第二炮兵副司令员任上，李旭阁几乎走遍了每支部队，每个导弹阵地，战时体制遗留下来的"山散洞"影响犹在，基层物质文化生活的匮乏俯拾皆是，随军家属随队即失业，几十位军嫂挤在一个小卖部上班随处可见，军队干部的子女在村里上学，因为学生路远，上午 10 点开学，下午 3 点放学，一个班三四个年级的学生混杂在一起，老师教了三年级再教一年级，见怪不怪，一幅幅苦苦维持的情景在他的视野里凸现。

犹记得，在我当兵之初为导弹筑巢的工兵团，副团长的夫人从江南水乡随军进了小县城，小城长不过一公里，宽也不过三四百米，没有北方一个小镇大。随军家属找工作极其困难，副团长与妻子分居了十多年，好不容易将她调过来了，找到县里的领导特批了一个正式工。分管县长是一位少数民族，很不好意思，说，对不起副团长，只有一个县医院清洁工的位置，干不干？干，总比没有事情做好啊。副团长毫不犹豫地答道。爱人第二天就去报到了，可是那项工作绝对不是人做的。每天的活不仅很重，且很脏，洗涤的是县医院妇产科换下来带血腥和奇臭味的垫子、布料和床单，开始一看见就很恶心，呕吐。夫人当天回家去就跟副团长闹，哭诉道，亏你是一团之长，怎么说来在县里也是有头有面的人物，帮我找这样的工作！副团长笑了，你就知足吧，比起那些没有工作的军嫂，你算幸运者。副团长夫人哭过了，泪水流完了，还得去洗那些脏东西，一洗就是多年。

还记得我们团的后勤处副处长夫人随军了，这是一位四川大嫂，丈夫凭借各种关系，竭尽全力，给她安排了县食品站的工作，可须去当女屠夫，杀猪。丈夫问她干不干，她说，干！好歹也是一个正式工，总比站在服务社，人看人，一天卖不了多点东西强。然而杀猪是体力活，要将一头活蹦乱跳的猪摁倒，一刀捅下去，一个壮汉都很困难。好在这位军嫂常年在农村生活，有的是力气，她很知足，觉得总比在老家时背朝蓝天脸朝黄土强。因此每天凌晨三四点钟，天未见晓色，她便摸黑去了屠宰场，风霜雪雨无阻，与两个男工一起，先将烫猪的水烧开，然后再去杀猪煺毛，开膛剖肚。开始猪一嚎叫，她还害怕，后来杀多了手也不再软了。最难闻的是身上那些酸臭味，一身的猪屎臭。有一天她穿着那身杀猪工作服与丈夫一起上街时，丈夫还露不悦之色，她面露愠色地斥责道，你还嫌弃我，有本事，给我找一份轻闲的事情来做做。

这只是当年那些故事之中的一个侧影，可以说，在那个年代的战略导弹部队的军营里，比比皆是。

在南国边陲的某发射营，部队从六十年代中下期挺进这片南方山林后，就在这个当时劳改农场的旧址上驻扎下来，二十多年没有维修过。墙是泥土舂夯的，墙中间裂了一道大裂口，屋顶是稻草挂铺的，遇到北风天，风就呼呼地往里钻。到了南方的雨季，外边下中雨，里边下小雨，脸盆、饭碗、口缸甚至于水杯，都用来接雨水。有的官兵干脆就用一块雨布盖在被子上睡觉，还有的就坐在床上，听着风声雨声度过一个漫漫长夜。

还有边远连队收不到电视信号，抱着一台电视机满山遍野地找电视信号，从山脚搬至半山腰，再从山腰搬至山顶，要么只能听到声音，要么有图像而无声音，战士最后失望了，冲着大山呼喊，只能听到自己的回声。

这一幕幕情景，都让李旭阁司令看到了，听到了，其实就是当年中国战略导弹部队七八十年代生活工作环境的一个写照。彼时，我在南方一个导弹基地政治部当干事，偌大一个基地驻地离县城还有三十公里，距公社也有二十多里。蛰伏在一条夹皮沟里，沟口最大的村寨是一个生产队，三五户人家，大院孩子们小学在那里上，若要上中学，就得早早起来坐班车进县城，早晚一趟，若错过了班车开车的时间，就回不去了。我记得有一个春节是在基地沟里过的，除夕之夜去会议室看电视，因为山顶上转播台坏了，楚山冰挂，满眼银色，道路结冰了，修理的人上不去，几个留守的干事守着一台有声音没有图像的电视，听声音看多瑙河之波，度过了一个除夕之夜。

因此，从这个意义上讲，我非常理解李旭阁司令为何要抓住有利契机，让部队出山的谋划与心志。

那天在军委扩大会议上，听了邓主席的讲话，李旭阁的眼睛遽然一亮。和平建设轨道，这可是千载难逢的好机会啊，中国战略导弹部队要抓住这一历史契机，进行战略部署调整、出山，让基地机关入地级和省会城市，导弹旅迁至县城。

当天晚上吃过晚饭，李旭阁便匆匆来到了刘立封政委住的房间。刘政委为山东临沂人，同为八路，只是比李旭阁多当五年兵，年长了几岁，是一位德高威重的长者。两人虽同为军政主官，却亦师亦友，大凡军政大事，都互相商量，意见往往保持高度一致。那天晚上，李旭阁推门而入，说刘政委，我有个想法要与你谈谈！

是大事情？

当然！李旭阁颔首说道，是天大的事，我瞅准了一个破解第二炮兵老大难问题之机了，想与你商量商量。

司令，但说无妨，是什么天大之事？

战略部署调整，彻底告别林彪搞的那套"山、散、洞"的桎梏，将部队从山里彻底搬出来，作战阵地与营区分开。

好想法啊，经费怎么出？

如果没有意见，我就先找主管特种兵的张爱萍部长谈谈，他身兼国务委员和国防部长，他能拍板说了算，经济上再找洪学智部长帮帮忙，不至成问题。再一个就是要理顺管理体制，由支队改成导弹旅制度，搭全军标准化供应这个车，基层主官尤其是发射营长、连长岗位上的军官，可寻求高配一级。

好啊，刘立封感叹地说，抓住这一历史机遇，下好这盘棋，第二炮兵就全盘皆活了。

我们是一个大兵种啊，不能在临时、凑合着过日子的惯性思维里空转了。要干就得有超前意识，几十年后，让人觉得我们做了一件影响至今的事情。李旭阁击节而歌。

好！旭阁，我全力支持你。刘立封像一位年长的大哥一样，考虑各方面的工作都非常到位，军委扩大会议散了之后，我们回去开一个党委扩大会，你将想法与大家说，常委形成一个统一认识，我们就带着四大部机关下去，现场办公，现场听取汇报，现场解决问题。刘立封政委答道。

两个人想的可以说是不谋而合。

于是，两个军事和政治主官商定，到部队去现场办公，抓住有利时机，完成第二炮兵部队出山的部署调整。

好！我明天就向张爱萍、洪学智汇报。

翌日，李旭阁将自己和刘立封商量部队出山、部署调整的问题，与两位军委首长汇报，获得了高度首肯，张爱萍说，旭阁，早该这样办了。

而洪学智更关心的经费，说总后给大头，你们部队也凑点钱。

好啊，李旭阁说，只要军委政策上倾斜，我们就好办了。

于是，在1985年底召开的第二炮兵党委扩大会上，李旭阁司令和刘立封政委与常委一班人形成共识，现场办公，进行战略部署调整，部队出山，将作战阵地与生活工作营区分开，留下值班的阵管分队。以发射营为主体，对营、连基层主官实行高配。

这是一种超前意识和政治敏感。在当时并没有任何一位军委首长讲战略导弹部队可以出山，也没有出台过哪一份红头文件，更找不到一句明文规定，可是李旭阁却从军队建设指导思想战略转变和部队的现状之中，悟出了不能再有临时和凑合过日子的观念，必须从未来和长远着手，建立完整的战备制度，建立以中小城市为依托的固定营盘。一份中央军委和国务院文件提到，将阵地和营房分开，令他茅塞顿开，找到了让部队出山，彻底破解困扰中国战略导弹部队多年的老大难问题的良方妙策。

翌年早春二月，第二炮兵司令员李旭阁和政委刘立封率领机关四大部领导和机关有关二级部长，驱车数万公里，踏遍导弹部队的每个单位、每条山沟、每个阵地，进行了十余次的现场办公。每到一地，他们都要拜会县市领导，找地方领导做工作，很快落实了征地问题，现场解决了230个问题，给官兵们办了大量的实事。

仅仅六年之间，一座座、一幢幢现代化的营房在县城或中等城市，甚至省会城市崛起。部队入城，孩子上学、家属就业等困扰多年的问题获得了解决，所有发射营的营长、连长进行高配，意味着当时一个发射营长可以拿到副团的薪金和待遇，驻高原和艰苦的官兵有了一系列艰苦地区的补贴，成为一时的佳话。

等数年之后，第二炮兵战略部署调整完成，营房和作战阵地分开，部队出山尘埃落定，别的大军种和军区领导煞是羡慕，纷纷问李旭阁司令，李司令，这是谁给你的尚方宝剑，你是怎么想出来的如此绝招?

李旭阁哈哈一笑，从军委邓主席军队建设指导思想战略转变之中感悟出来的。

我们也要出山。那些封疆大吏们感叹道，只是时间晚了六至十年。

第十章

东风万里远

1 邓公亲批天字第一号工程

那一年，李旭阁司令已经垂垂老矣。

耳朵几近失聪，戴着助听器，好不容易听到几个字，还要大声地喊，才可能明白我的意思。

然，他的意识一点也不糊涂，自始至终，都十分清晰。可渐渐地，我还是有一个发现，他的思维就像老式录音机的转针一样，最终只会落到一个点，那就是首次核试验和大型号导弹工程。这是李旭阁一生之中参与和主持过的历史大手笔，前者是他年轻时代的杰作，后者则是他在第二炮兵司令员任上最大的一个战略导弹阵地工程。

我们只用一架美国航天飞机的钱，做了这么一个天字号工程，可以鸟瞰地球每个角隅，且为祖国站岗放哨十数载，是真正意义上打破了帝国主义核讹诈、核威慑，使西方的政治家在决定东方的命运时，不得不考虑中国战略核力量的存在。言此，李旭阁司令员那肃穆的脸庞上，突然绽开了舒心的微笑。

我与他老人家采访、对话，靠着一块小黑板，我写几个字，或一行字，有一搭没一搭地聊着。有一天，我突然写道，那这个天字号导弹工程啊，是小平同志拍的板吧？

小平同志只是落实，真正拍板还要早，应该是毛主席和周总理时代，远在上个世纪七十年代，他们就定下了要发展洲际导弹的盘子。李旭阁司令员太熟悉这一段历史了，喃喃道，小平同志的功劳在于审时度势，在改革开放国门刚刚打开，对越边境自卫还击作战凯旋之后，毅然做出了发展中国洲际导弹工程的决定，了不得啊。

我默默地点点头，从历史到现实，再从现实转入历史，随着李旭阁司令员跳跃的思绪，时而在永定河边的长辛店，时而在不远处的卢沟桥，时而在永定门外的东高地，时而汇成一股诗意，永定河水深几尺，不及东风伴我还。东风长剑，那一段历史褶皱深处，与我们一同走过的历史视野在我的眼前遽然清晰起来……

1979 年 2 月中越边境自卫还击作战凯旋已经半年多了，中国的经济还在断崖式地下滑，年初的作战，耗去了一大笔经费，然，中越边境可安三十年。如今军委又上了一个报告，要求建设大型号导弹阵地工程。这要很大一笔钱投入啊。

总参报告已经放在邓公的书案上。那个秋天的上午，北京的天空特别蓝，蓝得有些炫目，小院里菊香四溢，暗香浮动，从古老的窗子里透出来，令人有一种花不醉人人自醉的温馨之感。小平同志戴上花镜，伏案阅读这个报告。一个蕴育多年的洲际导弹阵地工程，几次选址，多次换方案，现在看来论证得已经很充分，建设时机很成熟了。

……

这项天字号导弹工程论证，历时多载。李水清到第二炮兵任司令员后，便开始了各种各样阵地模式的踏勘。先是考虑火车轨道之上发射洲际导弹方案，苏联战略火箭军就有这种发射模式。等李水清和主管阵地的符先辉、时任总参作战部副部长的李旭阁乘着一列专列在全国大江南北转了几圈后，觉得这个方案实施起来很困难。虽然导弹机动性增强了，可是如果导弹列车出行，就要封闭一条铁路，最关键还是在铁路沿线，要在大纵谷和深山中间，寻找那么高那样宽敞的发射平台，供发射导弹用，困难重重，于是铁路发射方案被否决了。

极目山川总无路，东风掠过。能不能考虑水上发射啊。李水清说，有的导弹专家向我建议过。

好啊！参与踏勘的总参的领导说，到底行不行，还得经过试验才可以成型。

于是，在当年长江之上，李水清司令率着后来的第一代导弹先驱，入洞庭，上三峡，意在寻找水上发射的方案。

可是，此方案照样难以成型。因为导弹发射要有坐标相对应，在水上发射，风掠过，船便会浮动起来，很难稳定与平衡，这对于导弹发射确实是难度系数太大。于是水上方案，又被否决了。最终，深山谷里平地打导弹竖井的方案，获得了大家的一致好评。

那天列车上，身材瘦小干枯的李水清走出软卧包厢，只见李旭阁高巍的身影，突兀地伫立于夕阳之下，眼睛若有所思地看着远方。

旭阁同志，你在想什么？

呵呵，李司令，李旭阁指了指外边雨雾朦胧的天地，我读了一些这一片地域的气象和历史资料，从入秋之后，这片地域和山川成天云雾缭绕，烟水蒙蒙，甚至冰雪凝动，万里冰封楚山孤，大半年时间阴晦不晴，是最好的大型号作战地域啊。

是啊，是老天爷送给我们一块风水宝地，李水清操着江西吉安话，山体庞大，纵横千里，等高线也很合适，假如在这里建大型号导弹阵地，是天然的藏龙卧虎之地。

如果确定在这一片地域里建阵地，李旭阁答道，可请张震副总长来一趟，首长定调了，我们就好上件了。

我也有同感啊，李水清答道，虽然我来第二炮兵的时间不长，但是这一个回合的踏勘，很受启发。水路、火车和陆地的方案都讨论过了，论来论去，还是符合邓主席提出的用导弹打游击，其实就是突出一个机动性的问题。

已经搞了二三年了，不宜再拖了。李旭阁感慨地说，这本是主席和总理在世时就定的盘子，只是那时没有钱，大型号导弹技术也不太成熟。如今千呼万唤，航天厂家说很快要在太平洋发射导弹，如果打成了，武器便打手了。大型号导弹阵地一经建设，对于提高我军的核威慑能力，确立我们在世界大三角中的政治和战略地位，非常有好处。

我是陆军出身，陆军干事讲究一个干脆利落，不能再拖了。李水清说道，论来论去，久拖不决，黄花菜都凉了。他感叹道。

司令员当过一机部长，管工业多年，这方面的经验多啊。

呵呵，丘八管生产，搞工业，那都是赶鸭子上架，没有办法的办法啊。李水清答道，又是总理点将，恕难抗命啊。所以邓主席一复出，我便写了辞职信，要求回军队来工作。

司令正当时啊。

苟延残喘，干不了几年了，随时要做好让贤的准备，但是在我任上，一定得把这项国字第一号工程定下来，李水清道，你回北京之后，请与爱萍同志和张震同志汇报，万事俱备，只欠东风了。

好！李旭阁点了点头。

不久，一封由总参作战部起草的绝密文件，经过张震副总长、杨得志总长和张爱萍副秘书长签发之后，叶帅等几位老帅都画了圈，然后报到了军委副主席邓小平的办公桌上。

邓小平伏案阅读这个批件，如此大的工程，要花费这么大一笔经费，在那个年代，多少有些天文数字的意味。此时，一场边境之战刚刚胜利落幕，一如一篇轰动一时的小说所写，中国军人背着账单上战场，而国门刚刚打开，百废待兴，百业待举，要花钱的地方实在太多了。但这笔钱也得花啊，且是花在刀刃之上的钱，大型号导弹，是镇国重器啊，有了它，便有了平衡世界的砝码，也才真正有跻身世界大三角的资格。于是，邓小平从笔筒中拿出一支铅笔，在他名字上画了一个圈，写下了两个遒劲之字：同意！

随着中国改革开放总设计师举重若轻在军方呈批件上画了一个圈，一个历史性的大手笔骤然落下。一份发往国家部委和相关省份的绝密文件迅速传了过去，一项被列为国家专项的大型号导弹建设工程正式启动。

掐指算来，就是美国一架航天飞机的钱，他们财大气粗，可以搞天疆竞赛，我们没有这个财力和底气，那就脚踏实地干点事情。李旭阁感叹地说，这项工程历时十多年之久，不少工程官兵为此付出了生命代价，可是却真正撑起了一个大国崛起的脊梁。

2　一个导弹阵留下一座烈士陵园

2015 年夏，第二炮兵首长点名让我参加导弹 A 旅的宣传，随部领导三下大河两岸，芒山之野，多次采访，数易其稿，经常挑灯至凌晨。

那些日子里，有个故事的细节最打动我，就是一位为导弹筑巢人的儿子，在当年父亲建设的导弹阵地上，当了一位阵管连指导员。每到周末晚点名的时候，他们都会有一个永远不变的仪式，那就是带队进导弹阵地的烈士陵园。面对一座座烈士的水泥小屋，极目远方，看着缓缓而落的夕阳，晚霞染红墓地，犹如喋血一般，然后缓缓地举起右手，行一个最肃穆庄严的军礼，接着按照墓地排列的顺序，喊着洞库大塌方牺牲烈士的名字，一一点名，叫一个，所有连队的官兵齐声喊，到，那吼声，那响亮，那清脆，那裂帛之力，将一座大山都震颤了。

也是这样的季节，或许也正是清明前后这样的日子，也有这样一位住在北京城的老人，名叫王华堂，当年作为导弹筑巢的一团之长，他带的是一字头的工程部队。当年他所在的团队，在完成了酒泉卫星基地建设之后，于一个夜晚，秘密登上了一列列军列，一路向南，向西南，在离大山不远的小城停了下来，将家属和孩子留在了大本营，然后驱车驶入一片大纵谷，开始隐姓埋名，修筑中国最绝密的山中之城。

所有工程都已经尘埃落定，撕裂的峡谷处，春风吹又生，又长出一片新绿，覆盖了大山的裂口。可是，王华堂心灵之中的那道伤口，却永远也不会愈合。一个年轻战士之死，一直叩击着他的心灵，以至到了晚年，他都无法心安。因此，到了清明节，或春节来临前，他都要去老团队，入那座苍苍莽莽的大山，进烈士陵园，看看埋在导弹阵地旁的年轻生命，掬一抔墓前的泥土，带回北京，一如带走一个个年轻的英魂。

不曾忘记啊。那年，时任工程团团长的王华堂去北京开会，军委工程兵副司令员马守政将王华堂找到家里，交代道，华堂呀，我有件事情要郑重托付给你。

老首长，有什么事情尽管说，千万不要客气，只要我能办得到的，一定竭尽全力。

你办得到，举手之劳。马副司令员说。

首长说来我听听。

我有一位老首长，是总后营房部政委，是一位老红军，夫人叫秦平，是总后医药研究所所长，是1940年入伍的老八路，我与她是一个村的。他们有一个儿子叫王文强，今年刚从北京入伍，去了你那个团，人很精干，是他们家的心肝宝贝，最有前途了。人就在你的麾下，不能有任何闪失啊，不然，我无颜向秦老太太交代。马副司令交代道。

王华堂一听，知道首长想表达什么意思了。说明白一点，你王华堂那里施工很危险，别将王文强放到施工一线连队。

怎么样，你咋不吭气？马副司令敲了敲桌子，王华堂，你得给我表个态啊。

首长！让我怎么说啊，王华堂嗫嚅道，高干子弟是人，贫下中农家的子弟，命也不贱啊。不能分三六九等呵，不然，我没法带兵了。

你这个王华堂啊，简直就是榆木脑袋！首长气呼呼地转身离去了。

王华堂回到团里，没有将王文强放到机关，而是安排到一线施工连队五连。他虽为高干子弟，可身上没有一点骄矜之气，吃得了苦，与工农子弟打成一片，威信很高，很快当了风钻班长。这是最危险最苦的活了，三年之间，他却一一直撑下来了。团党委根据他的表现，遂决定将王文强提升为排长，命令已经拟好了，准备第二天就宣布。可是命运无常，青春多舛，当天下午，王文强在组织施工之时，突然一块巨石砸下，将他的头部、胸部和心脏全都砸碎了，当场便牺牲了，根本没有给医生留下起死回生的抢救机会。

彼时，王华堂正在南方某施工工区开会返回工地的途中，听到大塌方的消息，他预感不妙，立即驱车驶向五连工地。目睹情景，他痛心疾首，一则痛惜王文强马上要成为干部了，却青春早殇，一则他可是王家四个孩子中最有出息的，自己如何向马副司令，向王文强的妈妈交代啊！

王华堂听说王文强妈妈从北京飞来，看望牺牲的爱子，处理善后时，心里一惊。之前，他特意给马副司令员打了电话，汇报王文强的噩耗，马副司令员当场便将王华堂骂了一顿，妈个，王华堂，你咋将这孩子砸死了？！

首长，石头不长眼睛。王华堂也很直，说，这是无法预料的，看不见啊，可能砸干部家的孩子，也可能砸老百姓的孩子，没有办法啊。

没有办法个屎，马副司令员怒不可遏，你的安全工作没做好，排险和观察不到位。

我们有检讨的地方，但是人已经牺牲，还是恳请首长帮我做做工作。

王华堂啊，我早就拜托过你，你真是成事不足，败事有余！

首长，我们这里施工，每时每刻都有危险，包括我在内，早晨进坑道，晚上不知道出不出得来。王华堂如实解释道。

你别给我说这些，秦平所长马上就到机场，你去接机，你给我安抚好，接待好。

我亲自去接机，请首长放心。

唉！王华堂听到一声叹息。

自己亲自去机场接机时，专门交代卫生队长，一定要让陆军医院将王文强的遗容整理得安详一些，别让妈妈看到砸出伤口。

王华堂赶到了机场，看到秦平由一个女秘书陪着走下了舷梯，见了王华堂也没有说多少话，泪水哗哗地流，一直缄默不语，坐上车了，才问了一句，到哪里看孩子啊？

王华堂说，团部机关住的城市陆军医院。

车上气氛极其尴尬，母亲、团长，谁也不想开口，小车行驶了三个小时，没有一句话。那罕见的沉默，快将王华堂压垮了。下了车，进了团部招待所，秦平一口水不喝，炊事员端来稀饭，也一口不吃。

王华堂急了，说秦所长，我们都是当兵的，我比你入伍晚，你不吃饭，我们也吃不下啊。这样下去，我们没有办法工作了。

此话一说，秦平脸色稍为平静一点，说，我吃，我吃……

秦平喝过一碗粥，由女秘书陪着去医院看王文强的遗体，回来后号啕大哭了一场，一哭就是两个小时，劝也劝也不住，那哭声撕心裂肺，连石狮子也会流泪。

那一刻，王华堂觉得自己很罪过，王文强之殇，将一个母亲永远地击倒了，心碎了，碎裂的母亲之心，怎么也粘连不起来了。

哭声在团部招待所里回荡。王华堂坐不住了，他来到房间，对秦平说，秦大姐，你不能再哭了，再哭文强也活不了，你越哭，我们越觉得伤心，心愧啊……

听到王华堂这么一说，秦平果然拭去脸上的泪痕，说我不哭，不哭了……

第二天，秦平便匆匆地走了。

王华堂的遗体埋在了导弹阵地上，与他埋在一起的，有八名同样年轻的战士。

下葬之前，一群北京兵相约，最后陪王文强一天。那天下午1点，他们买了几盒罐头和几瓶橘子酒，与王文强吃最后一次晚餐。当时遗体从陆军医院拉回来了，放在卫生队的病房里，王文强静静躺在床上，身上覆盖着一块白布单。五个北京兵走至被单前，第一次离死亡这么近，泪水禁不住地流，他们一边哭，一边撩起布单看，王文强平静地躺在那里，脸色蜡黄，没有了笑容，没有了体温。所有的北京兵皆号啕大哭，心力交瘁般痛哭啊，随后，他们也不覆盖上那块白布，而是席地围着王文强坐下，并在他枕头边上，倒了一瓶橘子酒，一杯一杯地喝。五个年轻兵喝了六七瓶酒，一边喝一边哭，一边哭一边喝，两个小时过去了，仍不肯离开。那天，所有北京兵都超假了，到了下午3时，才离开王文强而去。到连队全是山路，回到老连队，有的挨了队前点名批评，可是没有一个人后悔，他们觉得，这是对老团长王华堂的默默抗议，他对高干子弟一点也不照顾。

王文强安静地躺在了导弹阵地上，芳草萋萋，青春的年轮永远凝固在了21岁的年华之上。

许多年过了，王华堂一直忘不掉王文强之死，他很想找一个机会去看看王文强的妈妈秦平，可是他却没有一点勇气支撑着他见这位妈妈。

后来，王华堂当军职干部，调进了京城，他一直犹豫着，是不是该去王文强的家里看看。他想如果去，肯定不愉快，但如果不去，他更觉得对不起这个老红军之家。犹豫了四年之后，有一年春节，他还是鼓足勇气去了，找到了王文强的一个姐姐，说，我想看看秦平大姐，道一个歉。

王文强的姐姐说，我妈妈去世了。

啊！王华堂犹如五雷轰顶，问道秦大姐怎么走的。

忧伤过度，最终患了老年痴呆症，什么人也不认识，成天就会念叨两个字：文强，文强……

最惨烈的一幕是，老太太从此什么人也不认识，跑到垃圾堆里捡东西吃。

说到此，王文强的姐姐已泣不成声。

王华堂听到此，也忍不住哽咽出声，捂着嘴冲出门，对着天空喊道，秦大姐，对不起，对不起啊！

王华堂飙泪向天冲。

……

导弹筑巢人就是这样，每一个国防工程竣工了，每一个导阵地建成了，就会留下一座烈士陵园。

我记得采访王华堂老团长的第二天，早餐时，便不见他的影子了，我问王团长去哪儿了，招待所的小公务员说，他早早便进山了，驶过一道道山梁，他又要去看王文强，看看与他一起永远留在了导弹阵地旁的年轻官兵。那天，他在坟地里站了很久，仿佛还在与麾下那些年轻士兵的英魂交谈。走的时候，他抓起了一把黄土，放在了包里，他将泥土带回北京，那泥土掺着年轻士兵之魂，就像他的儿子一样，带回家中。

那一刻，我又听到了阵管连晚点名的声音：

王文强！

到！

战士们回应着。

群山呼应着！

3 二月杜鹃红

远山，一直烟雨连绵。落在老树、衰草上的雨珠如泪，潜入野山。不远处的半山坡上，吊脚楼里不时响起一阵阵鞭炮声。

五连连长胡定发接过通信员递来的柳条安全帽，戴在头上，正准备出门，听见远处时断时续的鞭炮声，操着四川话问道，今天是啥子喜庆的日子，老乡们咋放起鞭炮来了？

通信员道，连长，你忘了啊，大年二十八了。快过年啦。

嗨，瞧我这记性！惦记着洞里施工，差点忘了一件大事啊！胡定发从上衣口袋掏出爱人来队前发的一份电报，对通信员说：瞧我忙昏了，差点忘了件大事情，你嫂子带着老人孩子来部队过年，今天下午1点下火车，你到县城接一下。

通信员说，连长，还是你亲自去接吧，嫂子自打结婚那年来过连队，你们已经三年未见面，再说这回又带着大娘和儿子来部队，我去接，分量太轻，显得重视程度不够。

啥子话吗，施工这么紧张，我咋离得开哟。胡定发命令道，你代我去接，让他们坐营部买菜的卡车回来。

是，连长！

南国的冬天阴晦不晴，一列老式列车缓缓驶进站台，下车的旅客稀少，冷冷清清。一位年约30岁的军嫂提着大包小包，转身拉着三四岁的儿子，后面跟着年近七旬的婆婆，伫立在站台上张望。

通信员跑过去，行了一个军礼，说：是嫂子吧，我是通信员，胡连长派我来接你们。

胡定发妻子面露愠色：你们连长呢？

通信员说，连长在指挥施工，离不开。

胡定发妻子道，这个胡定发真够呛，有啥子天大的事情吗？我千里迢迢，拖儿带母而来，他不接我也就算了哈，可他连老娘也不管啦！

通信员说，嫂子，别埋怨连长，最近掘进段地质不好，塌方不断……连长惟恐战士出事，一直盯在现场。

母亲目光慈祥，透过雨帘，遥望远山，对媳妇说，孩子他妈，定发在队伍上带着百十号人，一大摊子事情，哪能像我们老百姓，说走拔脚就走啊。

媳妇不再吭声，提着行囊，跟着通信员朝出站口走去。

胡定发戴柳条帽，穿一身朝鲜战场的黄军棉衣，衣扣全无，腰间系一条导火绳，风风火火地走了过来。仰望穹顶怪石参差，犬牙交错，他操起一根排险铁钎，朝上捅了捅，几块危石落下。胡定发退了下来，大声对站在周遭的安全员说，这一段是生死地带，空间跨度大，掌子面太高，你们都给我盯紧，一看到泥沙滑落，听到坑道里有轰隆隆的响声，就吹哨子，让战士们赶紧撤。

是！连长。几位安全员齐答道。

天空细雨飞扬。通信员带着连长的爱人、儿子和老母亲穿街过巷，来到农贸市场旁边的十字街口，一辆大解放卡车停在路边，各连的上士正在装菜。司机坐在驾驶员位上。

班长，这是五连胡连长的老母亲、爱人和儿子。通信员央求：搭你的车回去，天在下雨，能不能让老人家和小孩子坐驾驶棚？

上来吧！驾驶员伸手打开车门。

胡定发妻子道，没啥子事哈，只要老人和孩子不淋雨，我坐哪里都成。

通信员扶着嫂子爬上车厢，让她穿上一件雨衣，买菜、探亲的士兵纷纷爬上了大解放。

大卡车缓缓驶出县城，朝着盘曲的山道疾驰而去，吊脚楼、田野、河流，奔来眼底。

山道弯弯。汽车驶入一片山谷，野山坡上，杜鹃怒放。胡定发妻子拉下雨衣帽子，指着一片姹紫嫣红的野山花问道，这是什么花？

通信员道，红杜鹃。

胡定发妻子道，这个季节开花有点早啊。

通信员说，今年有点特别，四月红杜鹃，开在了早春二月。

说话之间，车子进山了，驶入连队临时家属房。到了傍晚时分，雨停了。

胡连长妻子将临时家属房收拾利落，带着儿子爬到后边的野山坡上，采撷一束束杜鹃花，沿山道走来时，与通信员不期而遇。嫂子，采了这么多杜鹃花啊，真漂亮！

可惜没有花瓶，连长爱人说，要不，我就插在你们连长屋里。

我帮你去找。通信员一会儿找来几个水果罐头瓶，将杜鹃花插了进去，放在暂时居住的家属房的窗台上。

杜鹃如火如荼。

远处的山村又响起了鞭炮声，焰火不时划过夜空。沉重的脚步声渐近渐响，未见胡定发身影，声音已传了过来：我在几十米开外，就闻到家乡的回锅肉、麻婆豆腐香了。

胡定发走进门，看着一桌菜，俯首一嗅，抓起一片回锅肉就往嘴里塞。

洗手！妻子打了他的手，制止道，这是老妈专门为你炒的。

还是老妈炒的菜好吃噻。

发儿，你媳妇都为你热过三次饭了，咋回来这么晚啊？母亲过来端详着儿子，心痛地说，三年不见，你黑啦，也瘦了。

妈！国防施工忙啊！我三年没回家，还不知道我儿子长得啥模样呢？胡定发向躲在妻子身后的儿子招了招手，过来，小子，让老爸看看！

妻子转身拉儿子，快叫爸爸。

儿子从妻子屁股后边伸出头来，喊了一声：叔叔！

啥？喊啥子吗，叔叔？小龟儿子，讨捆啊，妻子恼了，捆了儿子一巴掌，他是你亲爹。喊爸爸！

儿子哇地哭了，摇头不喊。

不喊就不喊吧。胡定发笑了，说，打娃儿干啥子吗，叫叔叔就叔叔吧，军人的儿子初次见面都这样。过几天自然就好了。

老母亲摇了摇头。

胡定发拧开一瓶莲花白老白干，给母亲、妻子斟上，最后给自己倒了一杯。说，吃个团圆饭吧，过了年，我当兵就满十五年，可以随军了。你们先习惯一下这里的环境，等办了随军手续，孩子他妈就在连队开一个小卖部，妈妈，你也过来随我们一起住，这里条件虽苦，但不愁吃穿，总比四川老家日子好过。

母亲点了点头：一家人在一起，就是喝白开水，也是甜的。

妻子举起酒杯说，为我们一家人团聚，干杯！

数日后，清晨的集合号响了起来，划破天空，有些尖啸。全连集合，列队站成三排。胡定发站在队伍前，挥手动员道，我们这条大型洞库，已历时十载，如今进入最后的攻坚阶段，也是最艰难的时刻。主巷道跨度大，穹顶高，危险也增大了。塌方的事情，天天都会发生，死神就徘徊在我们头顶上，已经有几个兄弟埋在这里了。同志们，为了早日建成大型号导弹阵地，为了永远躺在这里的兄弟们，我们拼了。不过，请大家放心，危险关头，我会第一个冲在前头，塌方的时候，我会最后一个撤离。同志们有没有打赢这场攻坚仗的信心？

有！

有！

胡定发接着鼓劲道：我们五连的战斗口号是？

战士众声回答：困难面前有五连，五连面前无困难！

胡定发挥臂道，出发！

战士们扛着铁锹，唱着军歌出发了。

母亲和妻子、儿子站在半山坡，看着胡定发和连队的身影渐渐消失在山那边。

那天中午，妻子做了一桌菜，解下围裙，几度出门，站在土坎上，朝施工秘密禁区里眺望，却不见丈夫归来的身影。

妻子不时看表，说，早过了开中饭的时间了，定发咋个还不回来吗！

母亲说，忙啥子吗，再等等，定发管的事情多哩。

妻子道，妈，我今天上午有点手慌脚乱的，不摔这个，就丢那个，好担心定发哟，想早一点见到他。

母亲笑了笑说，你就一百个放心吧，我家定发啊阳气足，镇得住山神。

山神露出诡谲之目，开始在觊觎年轻的生命。那天中午胡定发穿越坑道，洞内灯光昏黄，烟雾弥漫。他一个点位一个点位地检查施工场地，指着空间的危石，向带班排长频频交代。

带班排长说，连长，快走吧，通信员来电话，说嫂子和大娘做好饭了，一直等着你呢！

胡定发说，让她们先吃吧，我不走完每个施工点位，悬着的心就搁不下啊！

走到一个穹顶危石交错之处，胡定发仰起头来，指着说，这块危石要马上排掉，不然迟早要掉下来。

突然，另一块800公斤的冷石滑落下来，将胡定发砸倒在地。

连长，你怎么了？！带班排长转头疾呼，快来救连长！

战士们涌了上来，用手和撬棍将巨石搬开了，胡定发爬了起来，身上尽是灰尘，他掸了掸尘土说，我没事，没事，你们都去干活。

战士们依依不舍地散开了，以为只是一场虚惊。带班排长见连长身体晃了一下，连忙跑过来扶他。

胡定发说，我憋得慌，想尿……

带班排长扶他走到一角，然后惊呼，连长，你咋尿的尽是血啊……

营长闻讯赶来了，跳下吉普车。

士兵们抬着胡定发连长出来，抱进车里，放在营长怀里。

吉普车驶出山坳，胡定发连里的官兵举起右手，向渐行渐远的胡连长行一个神圣的军礼。

连队山坡上，胡定发的老母亲和爱人、儿子望眼欲穿，却不见亲人归来。

吉普车在颠簸的山路上行驶，二营营长将胡定发搂在怀里，含着泪说，胡连长，你可要挺住啊，医院快到了。

胡定发说，营长，我心里好闷啊！

旁白：这是胡定发留在这个世界上的最后一句话。

二营长摇着胡定发的身体大声喊，胡连长，醒醒，看看我啊，你可不能睡过去……

坐在车里的医生也喊道，胡连长，你不能走啊！

傍晚，山野冷雨潇潇。一辆吉普车在连部戛然停下。营长跨出车门。

五连的官兵围上来了，问道，营长，我们胡连长咋样了？

营长泪水已噙满眼睛，哽咽道，你们连长走了！

连长！

还我连长！远山一阵阵空谷回声。

五连的官兵疯了似的，冲出了坑道，找到了那块罪恶的石头，用手敲，用锤击，终于将它击成了齑末。

桌上的电话突然响了。

通信员操起电话，谁啊？

我是张团长，让侯全文副连长接电话。

侯副连长，电话。

侯全文进门，问道，谁的电话？

通信员说，张团长。

侯全文道，团长，我是侯全文。

张团长骂道，奶奶的，这条坑道，又损了我一员战将，胡定发牺牲得太可惜了！侯全文，明天你去五连报到，代理连长，按照时间节点完成任务。千万小心，不能再死人，如果再发生壮烈事件，我撸了你。

侯全文说，团长放心，如果这一仗打输了，我提着脑袋来见你。

团长道，我们团输不起啦，记住，这一仗只许赢，不能输！

集合号再次响起。全连集合。

侯全文站在全连官兵跟前说，我们要向洞库发起最后冲击了，全连官兵随我去，祭奠老连长胡定发！

这时，胡定发的爱人手执一束杜鹃花，拉着儿子走了过来，默默地站在一旁。

通信员跑到连长跟前，耳语道，嫂子来了。

侯全文跑了过去，对着胡定发妻子和儿子，向全连官兵下达口令，向右看齐，敬礼！

五连官兵向胡定发夫人和儿子行军礼。

胡定发夫人和儿子默默地站到最后一排，要跟队伍走。

侯全文说，嫂子，那里边是军事禁区，是国家的重要核心机密之地，老百姓禁止入内，惟有战士才可以进去。

胡定发妻子说，你看我儿子像不像一名战士？

胡定发的儿子戴着安全帽，站在最后一排。看到此情此景，侯全文的泪水潸然而下。

侯全文拍了拍胡定发儿子的头，孩子，你还小，等你长大了，再来爸爸的部队当兵吧。

孩子举起小手，向侯全文和全连官兵行了个军礼。

那天上午在胡定发牺牲的地方，全连官兵肃穆而立，每人手里捧着一碗酒。

侯连长站在前排，开始祭奠。说，胡连长，各位山神，我们又要在你们头上动土啦，愿你的在天之灵，保佑五连兄弟们平安，攻下这座魔山。

侯全文一碗白酒哗啦倒下。

战士们将一百多碗烈酒也一起倒在地上、坑道壁上。

一束束二月杜鹃花放在连长倒下的地方，洞库里鞭炮响起。

历时十五载，大型导弹阵地终于建成了。

胡定发牺牲六年后的人间四月天，杜鹃满山，如火如荼，开至灿烂之时。伪装后的大型导弹阵地与青山化作一体。

已经擢升为导弹旅后勤部长的侯全文，押着一辆又一辆大型号导弹车，驶入洞库。

交装完毕。在自己建的阵地上改编为导弹兵的五连官兵，又一次来到胡定发等十多名兄弟牺牲的坑道口前，齐刷刷地举起右手，向那座远山，那个导弹阵地方向，行最后一个军礼。

侯全文站在前排，大声喊道：胡连长，各位长眠在导弹阵地旁的兄弟们，你们为导弹筑巢大半辈子，却一直不知导弹是啥模样。这回好了，就在我们建筑的导弹阵地上，我团改编为操作发射大型号导弹的导弹方阵。我们能有今天，是你们的牺牲换来的啊。历史不会忘记，祖国不会忘记，我们永远不会忘记，安息吧，为导弹筑巢默默牺牲的英雄们！

全旅导弹兵举起右手，向那片沉默的远山行军礼。

4　一支导弹劲旅在自己修筑的阵地上崛起

　　同样是这样的人间四月天。

　　就在胡定发牺牲的那片山野里，杜宇声声，啼血如霞。满山遍野的红杜鹃开满山冈，朝阳辉映下如火如荼，如一束束青春的火焰在燃烧。

　　那天，一辆面包车盘旋于弯弯的山道，朝着两个导弹劲旅共管的阵地驶去。车厢里静悄悄的，时任某旅政委曹敬堂神色凝重，望着远方的山峦。

　　汽车经过四十分钟的行驶，在一个公路的隧道口停了下来。曹政委拿着鲜花、水果、烈酒，向永远躺在了导弹阵地旁的战友祭礼。

　　已经整整过去了二十三年，一代人都已成长了起来，当年铸造导弹阵地爆炸开的青山的裂口，早已被绿荫所淹没覆盖，可是曹敬堂心中一个撕裂的伤口却一直未曾愈合，那个倒春寒的子夜的惊叫声，一直在他的记忆中挥之不去。

　　那是1982年3月12日的凌晨2点多钟，从山东高密入伍三年的曹敬堂，已经是一营的测绘班长。营部的驻地突然响起了变了调的惊叫声：营长，不好了，出事了……

　　曹敬堂被惊醒了，直觉告诉他坑道口出事了，他几乎是第一个跑到了现场。当时在B口施工的八连一排被骤然而下的山体塌方埋了在里边，一个排二十几个战士，除几个跑出来外，十五名刚下老连队的新兵被捂在了里边。

　　曹敬堂和随后赶来的官兵一往而上，扒啊，扒啊。很多年过去了，他伸出自己的双手让我看，说别人的指头都是圆的，惟有他的是方的和扁的。他们扒啊扒，一边哭一边扒，扒出第一个时，曹敬堂背着他就往外边跑，那个受伤的新兵说，班长，我的双腿没有了，曹伸手一掐，说还在呢。

　　十个指头全都扒得鲜血直流，嗓子都哭得嘶哑了，痛失战友的泪水将漫漫长夜泡醒了。

到了天亮，战友们一清点，15 名捂在山体里的战士，七死八伤，真正应验了那句中国人的谶语七上八下。从此，这个当年在朝鲜战场上喋血临津江的老牌工兵团，这个在酒泉卫星基地屡立战功，修建了中国第一个导弹基地的功臣团队掉入了谷底。

在导弹阵地旁边，埋葬了牺牲的战友，他们身上褪下来的血衣需要处理，营长说，曹班长，你负责将其烧了。那天傍晚，年轻的战友，犹如花一样凋谢了。曹敬堂一边烧战士的血衣，一边哭。他说，当时不知道是哭战友，还是哭自己，今天烧战友的血衣，明天谁来烧自己的血衣呢？

碧血丹心，铸山中长城，琴心剑胆，并不因为仅仅是男儿的侠骨柔肠。

曹敬堂那天向我讲这个故事，让我想起了自己在另一个工程团当政治处书记的一段青春历程。就在这个中国人可以向世界说不的战略导弹工程开工不久，数万余名工程官兵挺进至一片人迹罕至的深山密林里，开始了为导弹阵地筑巢的岩石岁月。

然而，当一座座大山的腹地被掏空，当一个个偌大无比的地下洞库建立起来时，在气势雄浑的导弹阵地旁边，就会多出一个烈士陵园。

当时我们团队驻扎在南方一座山清水秀的小县城里。这是一支在抗美援越时组建的工兵团，有着良好的群众基础。经历过美军 B-52 翅膀下的日子，许多年轻战友被埋在了异国的土地上；归国后，他们开始了为导弹筑巢的秘密岁月。因为现代化施工设备不多，隔三岔五，总会有大山埋下来的士兵要运到县城旁边的烈士陵园安葬。解放战争中入伍、参加过抗美援越的老团长规定只准午夜才能下葬，我当时百思不解，替那些为导弹筑巢牺牲的英灵去向老团长讨个说法，说团长啊，这些年轻士兵来到这个世界上，赤条条地哭着喊着而来，而他们走时青春尚这么短暂，应该大白天轰轰烈烈地吹着唢呐，放着鞭炮，送英魂们上天路啊。老团长瞪了我一眼，训了我一顿，说你懂个屁，当兵为什么？

为保卫国家和人民安宁啊！

对啊，保平安的子弟兵，能够隔三岔五当众出殡吗？这小城的百姓还过平静日子吗，这不惊动和骚扰少数民族群众的宁静生活！

我无语，当时便萌动了一个想法，一定要为这些默默无闻的导弹筑巢人立传，将他们的英名一个个从墓碑上抄下来，为他们写成一本书。

云南蒙古族工程师周文贵就是我的老乡，他用青春热血和生命，铸成了一部皇皇英雄史诗中普通一章。他是成吉思汗的后裔，是遗落在云贵高原上云南通海兴蒙乡里成长起来的第一位少校工程师。那是一个星期天，他答应随军到营部开小卖部的妻子杨华秀和8岁女儿、5岁的儿子到县城照第一张彩色的全家福。

可是临出发前，他又说先到导弹竖井里检查一下施工质量，再搭营部里拉菜的生活大卡车出去。两个孩子由母亲精心打扮了一番，左顾右盼，却盼来了救护车惊呼尖叫着掠过的声音。

父亲没有了，全家福照不成了。一家人团聚在了爸爸冰冷的遗体旁，留下了一张椎心泣血的照片。

爸爸走了，一个幸福家庭的天空从此坍塌了，女儿周梅原本是一个爱说爱笑天真活泼的小姑娘，就在爸爸在导弹竖井里壮烈殉职之后，她变得一句话也没有，总是默默地走路，一言不发地上学。妈妈带他们回到云南老家时，一家三口被安排在文庙一个破旧的老房里。在一个个风雨交加、雷声四起、妈妈值夜班的夜晚，年幼的她搂着小弟弟度过了一个个担惊害怕的不眠之夜。

我在云南通海的文庙找到他们一家时，周梅已上小学了，仍然一句话也没有。我将这个故事讲给了时任第二炮兵政治部主任的王洪福中将听，他沉默了，然后交代干部部，第一届火箭兵夏令营在青岛之滨开营，接上周梅这孩子吧。那天，在青岛的大海边上，望着深邃无比的大海，一直不说话的周梅突然朝着大海深处的云涛喊道：爸爸，你在哪里？！

那一声呼唤，撕心裂肺。

对于曹敬堂的工兵这个团队来说，铸剑的岩石岁月将会永远伴随着他们18岁的青春，但这支曾经走过麦城、深陷耻辱的泥沼，却又重新昂起高贵的头颅的光荣团队未曾想到，就在他们构筑的导弹阵地就要竣工时，第二炮兵党委做出一个历史性的决定，让他们在自己建设的阵地就地整编改装为导弹旅。握锹操镐的工兵官兵的粗手终于成了驾驭导弹腾飞的导弹操作手了。换装改编那天，许多工兵战士哭了，他们将大碗大碗的白酒凌空泼洒，洒向永远躺倒在导弹阵地旁烈士陵园里的英魂，大声喊着牺牲烈士的名字，我们当上真正的导弹兵了。

那一年，谭清泉原是导弹第一旅里一名出色的导弹发控师，任发射连长时，曾经指挥了那支导弹劲旅转型后的第一发洲际导弹的发射，是基地领导所倚重的优秀业务骨干。担任发射营长后，恰好遇上这支刚由工兵改建的导弹新军需要技术骨干力量，经过第二炮兵党委批准，他被作为重要人才引进到这里当装备部长。面对着一批刚放下了锹镐的导弹官兵，如何将他们从干活的粗犷型变成操控导弹的认真细致型人才，谭清泉也费尽了移山心力。他们展开了百人百日的导弹训练，开始培养第一批导弹人才。

为了让这支导弹新军早日形成作战能力，谭清泉带着人员到导弹工厂跟岗见学。成年待在导弹阵地里进行导弹训练，妻子石一艾作为一个军嫂曾经跟他走南串北，从一个山沟搬到一个山沟，从家乡搬到北方，再从北方搬回故乡，常年累月一个人在家吃饭。生活太苦恼凄清了，每顿饭她只好对酒当歌，自斟自饮，晚饭后则用抽烟来消解丈夫常年不在身旁的清苦和孤独。有一天老谭痛苦地发现，从不饮酒的妻子突然能够举杯畅饮了，不会抽烟的她竟也有了烟瘾。他非但没有责怪，反倒自责起自己没有尽到一个丈夫应尽的责任，因此他尽一切可能弥补深深的歉疚。每次丈夫从外地出差回到家中，她只要打开丈夫的包，拉开拉链，第一件就是赠给自己的礼物，她身上穿的戴的，全都是谭清泉买的。

妻子从 15 岁起就得了一种怪病，每当女人每月那个日子来临时就会发癫，头痛欲裂，天旋地转，神志不清。有一次导弹阵地发了洪水，谭清泉有一个多月未回家，妻子病情发作时在地上躺了整整两天，等他回到家时，血水污秽，溅得满身皆是。

谭清泉将出差的包箱一放，连忙帮妻子清洗起来。

儿子以当地高考状元考上了人民大学国际经济专业，父亲节那天，他在网上写了一篇《父亲节，我为母亲哭泣!》，诉说了一个导弹部队总工妻子的故事，赢得了大量的点击率，许多点击这篇文章的读者都不禁潸然泪下。

在欣喜的泪水中，官兵们终于迎来了这支改建的导弹新军的第一次实弹发射。

1987 年，导弹发射进入最后 30 分钟准备时，谭清泉与发鸡毛信、扯小草条进行指挥的发射一营营长最后从发射塔架上下来，发现了两个重大险情，训练基地塔架上的两个工作平台没有收起来，固定螺栓没有拧紧。当他向旅长报告险情排除后，谭清泉围着导弹绕了三圈，郑重地向导弹行了一个军礼。

一剑冲天，大型号导弹像一只东方火凤凰呼啸直上云霄。一支工兵团队终于完成了最后的超越和涅槃。

这支由工兵改建的导弹新军，一次次成功发射了大型号导弹，成了真正的镇国重器。

妻子因了丈夫的陪伴，身体渐渐地复原了，可是谭清泉却夜里不停地咳嗽、背痛，妻子让他到医院去查一查，他说，等这一枚导弹发射了再说吧。

他知道这次任务的重要性，此剑一出，意味着中国真正拥有了势不可挡的天疆长城。

导弹上天了，伴随导弹旅一起成长的总工谭清泉却患上了癌症，躺倒了。在组织强令他休养的日子里，他仍然不停地往导弹阵地里跑，他说习惯了，不往导弹阵地上走，就会缺点什么。

……

和平年代的牺牲，往往不见硝烟，却并不逊色于战场的悲壮。

从那个不幸的夜晚到现在已经整整过去了二十四年，曹敬堂已完成了自己的超越和涅槃。命运冥冥之中如此安排。当年他考上总部一所军校的财务会计班，从一个普通的助理员干起，当过连队指导员、组织处干事、组织处副处长，1997 年以罕见的执着和毅力考上了第二炮兵指挥学院的政治工作专业研究生，学完三年课程，拿到了硕士文凭后，回到基地部队一个导弹旅当了副政委、某团政委，随后来到了这支当年战友用青春之躯和生命铸造的导弹阵地上，任导弹旅政委。他要与那些长眠于山中的战友们看着这片导弹阵地，守着这片青山。

那天这个导弹旅携着共和国的镇国之器西去戈壁发射时，曹敬堂在七上八下的导弹洞库口祭奠战友，将一瓶老酒洒向天空，洒向青山：老战友、老班长，我们辛辛苦苦打的坑道起作用了，存了不少共和国的镇国宝贝，我已经成了一名光荣的导弹指挥员，你们在极乐世界享受吧，保佑我们！

美酒飘香，巡弋在导弹阵地上的英魂为战车壮行！

第十一章

长辛店、卢沟桥之间

1　执锐请缨　当仁不让

上个世纪九十年代初，葛东升擢升某基地司令员，时年 42 岁，堪称壮年得志。第二炮兵司令员李旭阁亲赴基地，主持班子交接。会后，李司令亲自找葛东升单独谈话。

也许因为当时在大型号部队当过发射团长的那段经历，在北京举办一个学习班时，葛东升就在李旭阁司令心中留下了深刻印象。

那时，李旭阁担任第二炮兵副司令，时间不久。得知有一个导弹旅长学习班在北京举办，他想找几个导弹团团长谈话，了解训练情况。一年前，李旭阁跟着张震副总长到第二炮兵出差，张震副总长说，他看英国《简氏防务》有一篇军事分析文章说，中国战略导弹部队半年不能打仗，老兵复退后，存在一个冬眠期问题，让当了一辈子兵的老首长看来，不啻是个天大笑话，特意叮咛李旭阁去调研解决。

那天在司令部招待所。葛东升正在低头吃饭，郑宝丰秘书朝他走过来，在他跟前坐下，轻轻敲了敲桌子。都是老朋友了，葛东升仰起头来问道：什么事情。郑宝丰悄然说，我刚看到安排，下午两点，李旭阁副司令要找你谈话。

谈什么？葛东升得知新上任不久的李旭阁副司令在找与会的导弹团长谈话，但他不知道要问什么。

我也不知道首长要谈什么。郑宝丰说。

我可是一个小芝麻官啊，没有见过第二炮兵首长那样的大官。

你也是正七品了，不小啦。郑宝丰风趣地说，其实，首长很和蔼，不必紧张。

好！正因为提前告知，为葛东升赢得一个中午的准备时间。他再没有食欲了，立刻返回房间，思考下午向首长汇报的内容。他曾经在亚洲第一团当过转运号手、排长、连长、军务股长、参谋长，直至发射团长，从中国第一枚国产导弹开始了导弹人生，对导弹训练发射非常了解。他飞速旋转思绪，在最短的时间内，将自己向李副司令汇报的话题想清楚了。

下午 1 时 40 分，葛东升早早地赶到李副司令员门口，由秘书引领进去。

虽然是第一次见李旭阁副司令，但葛东升发现首长没有一点架子，待下级非常客气。只是直视之时，一双睿眸炯炯，仿佛能穿透内心。招呼葛东升落座后，便奔直主题。你是中国战略导弹第一团团长，我想了解部队的情况，你把所有的想法，包括训练改革、具备常年作战能力等思考的问题，都讲给我听。

葛东升一听，正中下怀，便滔滔不绝地说了三个半小时。等到太阳西斜后，秘书一次次进来暗示时，他才戛然而止。这时，他觉得自己说的实在太多了，然后谦卑地说，首长，不好意思，我这话匣子一打开，就没完没了，耽误首长时间了，我还是听首长指示吧。

谈得好啊。你让我对第二炮兵部队有了一个透彻的了解。谈话结束时，李旭阁副司令对葛东升说，你处在第一线，又善于思考，以后你们在训练发射方面有什么改革创新探索的新情况，希望你呈报给我一份。

明白，首长。葛东升答道。他理解这是首长与自己的个人约定。

第二天，给他透露消息的郑宝丰秘书早来了，说，李副司令员说了，十几个导弹团长都谈过了，惟有葛东升团长给他谈了许多新情况，首长很满意。

葛东升理解首长的意图，就是在和平年代，大打，打核大战的可能性越来越小。但是作为军人，不能将理想和希望寄托在打不起来上，而是要着眼于现在打，明天就打。因为军人不是外交家的辞令，一个真正意义上的军人就应该将自己的生命磨损在作战室里，取得胜利的支点之上。

于是，在那时，中国战略导弹部队的重点便开始向大型号和常规导弹领域飘移了。

因此，当党中央、中央军委将进入常规领域的任务即将赋予第二炮兵，写好论证报告，李旭阁司令签发时，特意交代司令部办公室主任冷韶昭说，葛东升参谋长正在国防大学学习，将这个报告送一份给他研究。

冷韶昭多少有点愕然。他将这份报告亲自送到国防大学，叮咛葛东升，这是李旭阁司令专门让我送给你的，首长对你的器重可不一般啊。

葛东升展开一看，明白首长要他对第二炮兵首长的战略任务有一个透彻了解和把握。因此，到了9月初国防大学结业时，他写的结业论文，就是关于第二炮兵在常规领域作战的思考。

上个世纪九十年代初，第二炮兵党委便将一个基地军事主官的重担压在了葛东升的肩上。

那天李旭阁司令主持基地班子交接后，葛东升专题给李旭阁汇报说，当年首长交给我们关于用导弹打游击的课题，我觉得太空发展手段越先进，作战阵地发现的概率就越高。如果说未发现阵地生存是1，那么被发现了便是0。我们这里第一代中程战略导弹旅已经完成了为国家站岗放哨的使命，下一步该第二代大型号导弹武器登场了。它的机动和隐蔽性能高，我们这里急需大型号第二代主战武器，希望第二炮兵首长理解我们的心情，将这个重任赋予基地官兵。

李旭阁点了点头说，你要的依据是什么？

是当年您跟随张爱萍来这里勘测第一代导弹阵地，张爱萍副总理留下的一句话：这里的地形地貌，是有山皆绿，雾山不清，容易隐蔽，便于机动。

葛东升，你们真用心啊！李旭阁说，当年张爱萍副总参谋长确实说过此话。

请第二炮兵首长将大型号导弹任务赋予我们。葛东升斩钉截铁地说，我们一定不辜负第二炮兵党委和首长的重托，解决好小平同志给第二炮兵赋予用导弹打游击的任务。

李旭阁点了点头，却没有表态。

葛东升有点遗憾，可毕竟刚当司令，在春风得意中送走了李旭阁司令。

那年10月，在极边之地召开训练工作会议。葛东升带着参谋长陈友国去参加会议，再一次向李旭阁司令请缨，希望将大型号导弹和常规导弹任务同时赋予他们基地。

这次，李旭阁司令员还是没有表态，却向葛东升透露了一个信息。1989年春夏之交的那场政治风波过后，一直对中国实施禁运和制裁的美国，今年春天，美国政府派国务卿贝克访华。贝克刚走下舷梯，面对众多的外国记者说的第一句话就是，他冲着中国的常规导弹而来。其实也是为人家国家的最大的经济利益而来。

葛东升蓦地心头一亮，从司令员的谈话中，他感觉到自己从1988年就主动请缨的常规导弹任务，开始从遥远的地平线露出曙光。

那次会上，李旭阁司令员终于点头，先将大型号第二代导弹任务给他们。

翌年，在西安举行的一次训练工作会议上，李旭阁司令员在训练总结报告中，不点名地表扬了葛东升。有的基地领导很敏感，对常规导弹，超前集训一直在向第二炮兵首长请领任务。

虽然不点名表扬，葛东升脸上还是喜洋洋的。

回到基地不久，基地参谋长陈友国当年一个连队的老战友，时任第二炮兵司令部办公室主任的陈友玺与陈友国通电话时透露了一个信息：常规导弹可能转为己用。

好啊！他坐在椅子上击节而歌说，从两伊战争以来，远距离的常规导弹袭城战是一个亮点。我看过一位第二炮兵导弹专家写的文章，详尽分析了常规导弹袭城战的特点，预言不远的将来，远程精确打击将是未来高技术局部战争的主角。也印证了李旭阁司令员说过的一句话：常规导弹仗可以作为一个主要角色。

于是，那年开党委会，葛东升再次提出请领常规导弹作战任务。

这型常规导弹不成熟。李旭阁司令员说，但是第二代大型号导弹的任务可以给你们。

不断请缨，葛东升终成正果。那年年底，刚从北京参加党委全会回来。他立即给时任某导弹旅旅长的杨业功打电话，让他以一个成建制的导弹发射营为基础，马上改成大型号试训队，深入工业部队，追踪设计，超前集训。

时隔不久，常规导弹超前集训队成立。

然而，对于常规导弹，葛东升与他麾下的官兵仍然盯住不放，继续做工作。

第二炮兵党委会开过不久，葛东升突然接到李旭阁司令的电话说，你们可以启动常规导弹了。

东方风来，好戏连连。听此消息，他真有点欣喜若狂。马上带着机关几个人跑到北京，来看率先有常规导弹发射架的旅队。见了该旅旅长，想看看常规导弹。

旅长有点不解，这么重要的任务为何交给你们基地，而不是最早介入的我们呢？

葛东升没有点破事因，笑笑而已。到了 1991 年的夏天，航天总公司新型号导弹进入靶场试验。得到这个消息，葛东升命令基地副参谋长王庆厚带着五个人，到酒泉航天城去看现场发射。

2 卢沟桥的日子，杨业功也当普通学员

列车穿越远山，江南烟雨村落在车后渐渐隐没成一个墨点，一道绿痕。

这是 1992 年 9 月 20 日，21 名集训队的官兵踏上开往北京卢沟桥的列车。等得太久了。从去年 8 月 1 日正式组队，他们已经等了整整一年。那几本常规导弹晒蓝说明书，早已背了个滚瓜烂熟，甚至于可以倒背如流；那几张有限的导弹电路图，早已默画得天衣无缝，无可挑剔。现在最迫切的是见一见朝思暮想的导弹装备，亲自操作一个发射流程。

几回回梦中相见，这一天姗姗来迟。

车厢里回眸一看，带了一年多的 10 名大学生军官和刚刚训了 5 个多月的 11 名士兵，感慨良多。他们是种子啊，在可以想见的未来，他们会在这块未有人走过的大荒上蹚出一条路来。像种子一样，钻出地面，发芽成长为一棵棵参天大树，撑起中国常规导弹的天空。

四天之后，第二批经过严格挑选的 34 名骨干，再度出发。其中军官 14 名，士兵 20 名，于国庆节前抵达北京云岗。与高队长带去的第一批骨干会合，扩编成为 55 人的骨干集训队。

冥冥之中，高队长觉得云岗曾是中国战略导弹部队成长壮大的福地。部队等了一年多，开训时间定在 10 月 7 日。第一阶段 10 天，学习导弹理论；第二阶段 10 天，进行实装操作。

开训那天可谓盛况空前。部队来了 55 个人，军代表和第二炮兵研究所参加集训的有 20 多人。

然而，我多次采访高队长和他麾下的骨干，都未曾提及时任基地司令葛

东升也参与第一阶段的理论学习。

军代表王薇是那批参加集训的学员之一。2011 年 2 月的一天，在我的办公室，她突然提出一条线索，说，当时参与导弹理论学习的最大的官是葛东升司令员。

那还会有假？我认识葛司令员啊。高个，方脸，脸色红红的，恰似关公。王薇描述道。

杨业功呢？

与电视上成了英雄的他极似，小平头从来没有改变过。王薇说，葛东升当时着装与高队长带的官兵一模一样。也是左肩右斜，挎一个绿色军用挎包，扎着腰带，穿一双解放鞋，极简朴的一位军队高级将领。坐在那里与大家一起听课，直至工厂跟岗见学结束。

我有些骇然，也有点茫然。一个基地司令员日理万机、要务缠身，怎能抽身出来参加常规导弹理论集训啊？

怀着这种疑惑，我见到已解甲归去的葛东升时，问的第一句话便是：有一位女军代表说您参加过常规导弹在云岗的第一期集训，这是真的吗？

当然是真的啦。葛东升很认真地说。当时，我知道他们有一发弹在技术阵地测试，就向第二炮兵打报告，希望派骨干集训队去到云岗学习，开始工业部不同意。后来经过做工作，他们同意了，可是不安排住宿。我说这哪能成啊！特意去了云岗，找到沈院长和设计总师，说了一番热情激昂的话，让他们很感动，彻底敞开了大门。

我说，你说了什么话，竟让对方一路绿灯。

葛东升记忆犹新地说，我当时的态度很诚恳。对工业部门的领导和专家说，作为基地司令员，经常使用科学家、科技人员和工人师傅设计制造的导弹武器，使中国拥有了大国地位。这种地位，渗透了科学家和工人师傅的智慧和汗水。而导弹武器发展到今天，第一代近程武器退出了现役，中程超期服役，我马上成了空炮司令。我们盼望你们智慧和汗水结晶的先进导弹武器，可以说嗷嗷待哺。虽然我们在山沟，但是对你们很有感情，是使用科学家、技术人员和工人师傅生产的武器装备为国家站岗放哨呀。你们生产的导弹武器，定型之后，不是最终成果，装备部队，拥有大国地位，才是最终目的。我们作战部队想以你们为师，学习、掌握、熟悉、使用它，在党和国家需要时，取得战争的胜利，才是你们的真正成果。

毫无疑问，当时葛东升的攻关之语，不乏真诚、真情，对方不知不觉被他所感染了。

末了，见沈院长的神色由淡漠变得热烈起来，目光炯炯地望着自己。葛东升说，我们没有过多奢望，只要给一间大仓库就行，哪怕空置的车间也成。北京的天还不冷嘛。

哪能让子弟兵睡仓库、车间啊。沈院长笑了，转头问部下，还有什么地方的房子空置着？

幼儿园空着。一位下属答道。

那就让部队住到幼儿园去吧。

没有床板，只给我找了一张床板。葛东升说，余下的官兵全都打地铺。

我仍然有些不解。喟然感叹，你当时多忙啊！基地有多少事情等着你去办，怎么能走得开。

你说什么最重要？葛东升反问我，环顾基地，当时最重要的事情莫过于常规导弹集训啊！抓住它，就抓住了基地今后发展的龙头，才会有前途。

我默默地点点头。站在二十年时间的界碑前，回顾那段历史，不能不彰显葛东升当时的远见和敏锐。

集训队进驻后，葛东升向高队长交代，要一对一地对口学习。当一个恭恭敬敬的弟子，老老实实的学生，当一个勤勤快快的勤务员，把专家师傅笔记本里的东西掏出来，尤其是设计闪光的东西，不能遗漏。我的主攻方向是沈院长，而马总师则由你们来攻克。

葛东升说，第一天吃饭时没有桌子，大家蹲在一起，围着一盆菜和饭吃。突然一阵秋风起，吹了一盆的沙子，吃在嘴里嗞嗞地响。

几天后，我采访女军代表康莉，她的话题仍然是从云岗说起。她说，自己与葛东升、杨业功、李天、孙金明等一批军官也是第一期学员。不过，时间过去很久了，有一幕情景至今仍然挥之不忘，当时从葛东升司令、杨业功副参谋长，到高队长那批学员，个个身上背一个绿色军用挎包，左肩右斜，扎一条腰带，脚蹬一双解放鞋。不仅他如此，所有的大学生也如此。

康莉说，葛东升是司令员，杨业功是大校，她不好意思说，这是不是太那个了。有一次，康莉开玩笑说，高队长，在航天工厂学习，没有必要这么正规。

高队长的回答却让她有点意外，那不行！我们这是一支队伍。作风的养成和打造重在平时，要随时随地。

张勇说，在云岗的时候，高津是队长，孙金明是参谋，他是文书兼通信员。住的时候，他与高队长、孙金明、李天，还有另一位战士高迎征住一个屋。高队长的生活很规律，总在晚上 10 点半睡觉，上床前总要看上半个小时书。那些书是兵法之类的一些五行奇书，他躺在床上呼呼呼地就睡着了。

到北京的第三天晚上，高队长坐在床上，对张勇说，张勇你太懒！

听了这句话，张勇着实被吓着了，不知道自己哪里做错了，一夜未眠。第二天早晨，眼睛红红的，仍然悟不出错在何方。而高队长这时早已经按时起床，带队出操了。

张勇将内务整理得妥妥帖帖，洗脸水打好了。想着高队长那天晚上说的话，他自省了一夜。若论军姿，站有站相，坐有坐姿，自己确实逊色于梁超、王兴国、高迎。高队长不止一次的剋他，张勇，你太稀拉。

然而，高队长说到懒，着实让张勇紧张了好几天。看他晚上辗转反侧，早晨起来脸色不太好，高队长不知情，问道，张勇你这几天怎么啦？

高队长，我一直在想你说我懒的问题。恕我愚钝，一直悟不出自己懒在何处。

高队长微微一笑说，张勇啊，你难道不知道吗？你懒在不读书。

第二节课开始时，专家讲得眉飞色舞，声情并茂。高队长边听边看资料，看了一会儿，便悄悄将这些导弹资料从背后递了过来，传到张勇手里。

导弹资料在手，张勇冲出门去，直赴航天厂家的综合办。那里有两位江苏老乡，一位是苏州人，一位是南京白下区人，担任工厂的指导员，每人分管一台复印机。张勇利用乡音乡情，一步一步套磁，将从基地带来的菜砧板，景德镇瓷器，三羊开泰的工艺品，不时以高队长的名义，送给两位乡党。虽然复印手续很严格，尤其是导弹技术资料，保密程度高，但是骨干集训队本来就是要掌握这型号武器的，晓之以理，动之以情，两位江苏老乡非常支持。凡张勇送去的导弹资料，都一一帮他复印。

然而，这只是骨干集训队的官兵当时在云岗获取资料的一条途径。

李天、孙金明、夏小平、周晓林、李青春，还有最近一批加盟常规导弹方阵的张宏、李正连、韩金豹、孙世泽、黄成飞等年轻的导弹军官，则以新一代导弹人的真情真诚打动对方。到工厂里追踪设计时，面对工人师傅，一声声老师的尊称，提前去打水，扫扫办公室卫生，展示当徒弟的另一个虔诚面孔。喜欢集邮，就送上自己珍藏的邮票。平时一起分享掌握常规导弹的欢欣，说到动情处，对方唏嘘感叹，觉得遇上了一批好弟子，不吝赐教。将自己珍藏多年的导弹设计笔记拿出来，交给这些弟子：你们去看吧，这里有几十次、上百次成功与失败的记录，对于你们掌握导弹操作发射，会很有帮助。

于是，他们便将这些资料拿回来，分头去抄。第二天再还给工人师傅。

白天听课，晚上高队长再组织开会。他让张勇去通知，由各专业组长参加，汇报当天的学习进度，掌握到了什么程度，拿到了多少导弹技术资料，明天将学习哪些内容。张勇负责记录，每天晚上要记好几页纸。当天晚上，再由高队长进行总结，而这个作风，在常规导弹第一旅一直保持至今。

几阵秋风几分凉，北京的天气渐渐变冷了。

这时，第二阶段实装操作开始了。11名大学生军官，第一次看到常规导弹发射车，虽然指挥操作指南早已背得滚瓜烂熟，但是触摸实装还是第一次。那发射战车造型奇特，如一只钢铁巨兽，虎虎生威，雄视前方，有气吞云象、席卷天下之势。骨干集训队的官兵们一看，今生自己的荣辱沉浮进退升降，将与这辆发射战车融为一体了。

按照分工，高队长在发射阵地当 0 号指挥，孙金明为 1 号手，周晓林为计算机号手，而梁超、王军等人则为其他非主号号手。在技术阵地，李天、夏小平带另一个班组，展开了单元和综合测试。

一天傍晚，落霞孤鹜齐飞，秋水长天一色。操作结束时，高队长、李天和孙金明已经带队回去，廖跃军、夏小平负责收车回来，让特种车驾驶员王军开车回来。

也许乐极生悲，一位导弹号手在收车时，忘了关发射车控制间的小门。结果被后边组织撤收的夏小平和廖跃军看到，深感大事不妙。如果行进途中，车门刮到路边的障碍物上，后果不堪设想。他俩在后边拼命地追着发射车跑，终于被发射车号手王军在倒车镜里看到，立即停了下来，避免了一场捅天事故。

暮霭沉沉，黄昏无边，天色渐渐黯淡下来。回到下榻的幼儿园住地，张勇将收发室送来的电报递给廖跃军。他撕开一看，双手举着电报，向空中一跃，大呼道：我有儿子了，老婆给我生了一个胖小子。

什么？廖跃军喜得贵子？高队长听到这个消息后，惊喜不已，走出门来，对廖跃军交代道，你马上赶到邮局去，给你妻子发一封电报，一定要写上这句话：全体常规导弹骨干集训队的官兵向她敬礼，感谢年轻的母亲为我们这支队伍又生了一个壮丁。

谢谢高队长！廖跃军欣喜若狂。

别忘了给大伙儿买糖。高队长叮嘱道。

一份浪漫情，尽现天地间。

3 李旭阁说，第二炮兵未来的战史，从你们写起了

去长辛店寻根吧，去寻战略部队之根。

也许是因为作训参谋出身，每到一个新地方，部队安置妥当后，高队长就喜欢野外徒步踏勘，熟悉驻地的地形、地貌、等高线，标定行军路线和作战地图。这似乎已经成了他多年的职业习惯。

卢沟晓月冷，长城燕云高。高队长站在云岗的一块高地上，俯瞰永定河边，野茅摇曳，河床几近干涸，只有一条涓涓细流缓缓淌过。那座弹痕累累的老石桥，沉落在晓风冷月里，在秋霜白露中守望昨天与明天。

高队长心里清楚，这里曾是一代中国军人的耻辱心痛之地，更是中国战略导弹部队的隆兴之地。

当年，毛泽东、周恩来等老一辈无产阶级革命家面对帝国主义的核威慑、核讹诈，独有英雄，敢驱熊罴，逆风前行，毅然启动中国"两弹一星"工程。上世纪五十年代末，根据中苏两国新技术协定，102名苏军战略火箭军官兵携带 P-2 导弹从满洲里入关，抵达与云岗隔河相望的长辛店。中央军委从全军抽调干部，组成军委炮兵教导大队，与苏军战略导弹营进行对口教学。

1959 年 7 月，亚洲第一个战略导弹营正式成立。由营长李甦率领，秘密西行，铸剑武威，掀开中国战略威武雄壮的一页。

而当年炮兵教导大队的旧址，与现在云岗骨干集训队学习和操作的场所仅有一墙之隔。

一墙之隔，却暌违三十四载岁月。

然而，往事并不随风而逝。当年第一代导弹先驱衮衮诸公已经老矣，永

定河上，苍烟落照，一枕秋霜。可是那历史痕迹犹在，抚摩那个坚硬的躯壳，仍然可以感受到像岩浆地火一样奔突的心跳和热血。

队长带着常规导弹骨干集训队寻根长辛店，寻找当年的教学楼。在第一代导弹官兵为贺龙、陈毅、聂荣臻元帅和黄克诚大将、张爱萍上将进行导弹操作和火箭点火的地方，驻足浏览，触摸历史的心跳，聆听遥远的火箭回声。

历史就这样巧合，当年亚洲第一个战略导弹营在这里起步，而今中国第一个常规导弹营也从这里出发。这是历史的馈赠，更是命运使然。

队长将大家集合起来，站在队伍前挥臂陈辞：我们有必要来看看这个地方，这是第二炮兵发祥之地，也是我们常规导弹第一营的福地。历史真有些无法诠释的巧合，当年亚洲第一营从这里出发，今天，常规导弹第一营也从这里开步走，第二炮兵历史新的一页将在我们手中翻开。光荣啊！这既是一种历史使命，更是一种责任。我们既要无愧于老一辈导弹先驱，更要创造出新一代的辉煌来。

第二个阶段的实装操作结束了。

11月3日，对于破晓初啼的常规导弹第一旅来说，这是一个难忘的日子。那天上午，京畿秋空万里无风，紫阳高照，天之涯地之头，袅袅浮起一片祥云。

时任第二炮兵司令李旭阁中将，在他即将卸去现职前四天，与杨国梁、黄次胜一起，在杨业功大校的陪同下，前来观看常规导弹骨干集训队的实装操作。

参观前夕，第二炮兵装备部明确从弹体转载到发射，一律由高队长统一指挥。他将郑远高、王军等几个吊装号手叫来，让他们讲把关要点，其实就是安全注意事项，演习指挥口令，统一指挥手势。那天晚上，郑远高睡了一觉醒来，高队长还在房间里一遍又一遍地练习指挥。

翌日上午，高队长身着迷彩服，头戴耳麦，站在指挥的位置上。

第一项操作表演是将导弹从导弹支架吊到发射车上，由高队长指挥。也许因为第二炮兵首长来看操作，工业部门和军代表纷纷站出来指挥，有的甚至爬到发射车上乱指挥。高队长无奈，又不好批评厂家和军代表，却将火发到郑远高身上，吼道：你怎么指挥的？

站在吊车下的郑远高有点莫名其妙，他不知道队长是在说给别人听的。

这一吼，秩序反倒安静下来。由高队长指挥，郑远高几个号手密切协作，将导弹准确地吊到发射车上。

导弹进入发射阵地，高队长站在 0 号指挥位置，下达指令，号手就位！

起竖导弹！高队长洪亮地发出展开导弹装备的口令。发射战车司车王军兼任起竖号手，动作标准规范。只见发射车的弹仓分开，导弹徐徐而起，像一柄利剑直刺蓝天，剑光闪烁。

到了 3 分钟准备时，高队长和孙金明拉着控制盒，跃入掩体，模拟了最后的点火发射。

站在一旁观看的李旭阁司令、杨国梁副司令、黄次胜部长和杨业功鼓起掌来。

没有想到，他们操作才学了 10 天，动作竟然这样规范、流畅、漂亮。设计总师对第二炮兵首长说，将新型号导弹装备交给这样的部队，我们放心！

操作结束了。部队站成一排，等待第二炮兵首长的接见。

李旭阁司令步履轻松地走了过来。当年他作为第一代导弹人，曾经参加过长辛店的苏军地空导弹培训，见证了中国战略导弹部队从无到有，从小到大，从弱到强，撑起泱泱大国魂，成为国之重器的艰难历程。而今，新一代常规导弹横空出世，它将在未来的局部高技术战争中担当重任。首战用我，对于一位即将画下军旅生涯句号的老将军而言，感到无比欣慰。

超前集训队长与操作号手站成一排，队长的身边分别站着孙金明、廖跃军、周晓林和四名号手，后排则是站在技术阵地的李天、夏小平、吴启业等十几名官兵。

李旭阁司令站在队伍前列，兴奋地说，在这个地方，我们国家培养了第一代战略导弹的技术骨干，但是由苏联专家培养的。现在长辛店的老人已经不多了。三十年后的今天，我们同样在这个地方，举办常规导弹第一批骨干集训，这是改写第二炮兵历史的一天。常规导弹在海湾战争中崭露头角，成为新宠。它远程精准制导打击，在战袭城，在点穴和斩杀行动中，出尽风头。对于震慑对手、削弱其战争意志，将起到陆军步兵无法取代的作用。我希望从你们开始，第二炮兵将进入一个核常兼备的时代。

掌声响起来，寥寥数语，将高队长和部下的激情又一次点燃了。

将近中午，首长要离去。车子开了过来，秘书已将车门打开。李旭阁司令走了过去，上车后，突然又下来。他说，我要见见高津！

站在一旁的基地副参谋长杨业功指着高队长说，你过来，李司令员要见你。

高队长跑步过来，向李旭阁中将行了一个军礼。

李旭阁紧紧握着高队长的手说：把部队带好，未来第二炮兵的战史，将从你们写起了。

这是一位经历过"两弹一星"发展历程的导弹先驱对新一代导弹人最后的政治希望。

四天后，李旭阁卸下第二炮兵司令员的职务，解甲归去。

八天后，高队长被任命为常规导弹第一营营长，走马上任。

4 茫茫大荒上的冰点之战

列车驶出北京城郭。

常规导弹集训队第一批骨干集训队的官兵，朝"秋昏塞外云"的白茫茫大荒驶去……

北方的秋天已远，隆冬悄然而至。登车之前，杨业功副参谋长陪第二炮兵首长观看常规导弹第一营的操作表演。尚未返回基地，听说集训队远赴塞外做低温试验，他说，高营长，基地正好要派一个指挥组去，我请示基地，和你们一起去。

老首长，那里可是塞外啊！天气太冷。高营长意在关怀，善意地劝道，冰天雪地，北风呼呼地刮，环境太恶劣，您还是……

还是什么？你嫌我老了？

哪啊？！首长正当年，只是我担心首长的身体吃不消。

身体嘛，固然比不上你们年轻人，但老骥伏枥吧。杨业功态度极为认真地说，常规导弹是一个新事物，我要从发射和作战流程上全过程都跟着，重新写一个老兵新传，将来也好给你们出点主意。

高营长不再坚持，自己在作训处当参谋时，杨业功就是处长，几乎一手将自己带出来的。一同前往，等于多了一个主心骨和把关之人。

雾暗关山月。列车穿越雄关寒山而去，越过长城，极目四野，更是长城内外两重天了。

杨业功仁立车窗眺望，果然一片天苍苍，野茫茫，一目千里的萧瑟和枯黄。雪落莽原，那种硬朗和空阔宣泄在天空，天之尽头，云海浩荡，涌起千堆雪涛万丈狂澜。朔风掠过，云团迅速地变幻、组合、离析，诡谲莫测，让人感觉它们才是天穹之上真正的王者。指点江山，沉浮大地，缔造出一个个神工鬼斧般的云天奇迹，恰好迎合了历代出塞军人铁马冰河入梦来的心境。

在杨业功的心中，塞外的云，大漠的云，昆仑山的云，它们冉浮于峻岭、芜野、树林、湖面、沟壑，像轻纱一般，飘过一层白茫茫流岚，亦幻亦真，其实是一层层水雾，流连于树林、湖面、山间、旷野间，久久不散。或在清晨，或在黄昏，于一片朦胧中偶见一个山头、一片草黄、一片翠绿、一群牛羊从云中飘来。会觉得自己也在云雾之中，周遭始终徜徉着恬静，游弋着神秘。

可是，此时塞外春夏之季盛景不再。朔风吹雪，尖如呼哨，百草伏冰，冷雪皑皑，一片白茫茫的大荒。

列车梯队驶入其发射中心时，高营长陪杨业功走下站台，见到刚刚被命为常规导弹第一营教导员，他提了一口袋防寒手套走过来。一年多来，一直是自己军政一肩挑，谈心，做思想工作，都是他一个人承揽下来，这回终于见到了一名政治干部。

然而，导弹发射车开进发射场，进行冰点之下的低温试验。高营长当时任 0 号指挥，车在人在，自然要与发射单元的号手住在一起。住地是发射场上的一幢破旧不堪的房子，四处漏风。晚上虽然烧了烧火墙，可是没有一点余热。夜间的温度，已经向零下三十度逼近。

晚上，杨业功副参谋长从基地工作组住地驱车过来检查，摸了摸烧火墙，一点温度也没有，说，这里太冷啦！会冻伤人的，快将铁路自备车的毛毯抱来，每个人再加盖一床。

纵然加盖了一床毛毯，也无济于事。高营长时隔多年后回忆起那天晚上的情景时说，少时读杜甫诗云：路有冻死骨。那天晚上，真切感受到了人会被冻死的感觉。躺在被窝里，衣服全穿着都觉得仿佛掉进冰窖里了，开始冻得身体颤抖，后来则一点点僵硬。

冻得长夜难眠，有的同志实在忍受不了，几个人挤到一张床上，互相用身体取暖，熬到天亮。

在这样的冰天雪地里，他们照样吹哨起床出操。拂晓吹哨子集合时，哨子将嘴唇上的皮粘去了一块。每个官兵都穿着大头鞋跑步，踏雪而行，冰雪地上被踩得咔咔的响，高营长要求出操时不准将大皮帽护耳放下来，不准戴手套。跑步呼出来的气，很快就在鼻子上结了一成冰霜，憋得人呼吸都很困难。

因为导弹装备兀自而立于发射场上，按照战备要求，每天晚上都必须派有岗哨。于是，二十几名士兵，几乎每晚都要轮上一班岗。最难熬的是子夜过后，四点多钟至拂晓那一班岗，从热被窝里爬出来，夜黑风高，雪舞狼啸，野茅摇曳处，草木皆兵。山影的巍然轮廓，烽燧瘦骨，汉长城的残垣碎瓦，皆黑影幢幢凸显于前，仿佛历朝历代埋忠骨于汉长城烽燧之下的将士，也一夜之间从冻土下醒来，朝着这片大荒踽踽独行。

张全惠入伍刚一年，是第二批被挑到云岗参加超前集训的士兵，学习结束后随一营官兵来到塞外。主要担任站岗和警戒任务。一天三点钟，他被叫起来换岗，伫立于发射场上，只听一阵雪狼长啸，随后，漆黑的夜幕中，忽然有一点点绿眼闪现，忽明忽暗，时隐时现，朝着他的四周悄然移动而来。有狼！张全惠警觉起来，将挎在胸前的冲锋枪取下，手端冲锋枪，黑洞洞的枪口对着那暗夜中的绿眼，左右来回地晃动，欲给自己划一个生命的安全圈，生怕被野狼扑上来。

不知过了多久，终于到了换岗的时候。见有人来了，黑暗中的野狼才悻然而去。而这天晚上，由于过度紧张和害怕，全神贯注地聚焦于夜幕中晃动的绿眼，张全惠回到宿舍后，发现自己的耳边冻木了，小耳垂被冻掉了一截，留下大荒之上砺剑的见证。

大荒茫茫，有狼出没，我还是第一次听说。张全惠后来由士兵提干，我去该旅采访，正值老兵复退，旅常委各把一方，也未及与他访谈。此故事无法印证。

我将此事转述给原旅长周晓林时，他说，我就是当事人，咋没听说过啊，还冻掉半截耳朵？有这回事吗？

我笑了，有人说你和孙金明当年一个1号手，一个是2号手。低温试验时，坐在发控间里，有空调，舒服极了。他和廖跃军站在户外，下巴都快冻掉了。

周晓林恬静一笑说，那个地方是一种小流域气候，最冷的时刻自然是三四点钟时。部队 2 点就起床，趁着夜色向发射场挺进，所有号手都穿着皮大衣，戴着皮帽，穿着大头鞋，站在野外的几个号手在发射车前操作，呼出来的气，旋即在眉间凝结成一层冰霜。高营长担任 0 号指挥，戴着耳麦，一一下达口令，等所有号手的操作动作都完成时，他觉得嘴角上的肌肉都被冻僵了，连说话都很困难。

夜间不进行野外操作时，杨业功副参谋长驱车过来，和他们一起推演常规导弹的作战流程。烧火墙虽有一点点余温，但是到一两点钟便停了，待在室内如掉在冰窖里一样。

叫人多找几个灯泡来。室内很冷，在江汉平原上那种湿冷环境中生活成长过的杨业功觉得有些受不了，吩咐道。

老首长，你嫌屋里灯不亮？高营长茫然。

杨业功说，你在室内多挂几个灯泡吧。灯多了，温度就上来了。

呵呵，有意思！老首长借灯火取暖。张勇，去！找几个瓦数大的电灯泡来。

张勇奉命而去，一下子找来 4 个 200 瓦的灯泡，将整个房子里照得亮堂堂的。

过了一会儿，伏案修改常规作战流程的杨业功问高营长和李天，屋里是不是暖和一点了？

大家点了点头。

杨业功满意地笑了说，这就是经验。

三个人就这样伏案，一遍遍地修改常规导弹发射流程图。一个个环节的推演，细枝末节，从不放过，直至最后清楚了，才罢休。然后交给张勇，让他连夜将发射流程图画清楚，第二天实践过后，再做修改。

塞外大荒砺剑的日子漫长而又艰苦。部队开始撤回基地。时值春运，基地铁运连两节自备车，一节可以烧锅炉的给了基地，一节烧不了锅炉的车给了高营长所带的常规导弹一营。再加几个装载运输车的平板，仍然不够申请专列的标准，只好挂零担返回江南。当时，有关部门通知高营长说，路上只须准备两顿干粮，其余时间可在途中吃军供。高营长还是多了一个心眼，觉得只准备两顿干粮，万一途中没吃没喝咋办，他让营里的官兵带足两天的。岂知一旦列车徐徐启动，轨道上的生活很快陷入困境。原来，铁道零担车根本靠不上军供站台，到了一个编组站，想在哪里抛下就抛在哪里。走走停停，不知道什么时候发车，也不知道什么时候停车。

两天过后，带的干粮吃完了，路上的生计成了大问题。手里仅剩几包方便面了。而他们所在的车厢又停了水。只能节约着干啃，两天过去后，高营长第一次感到饿得腿瘫手软，浑身都在冒虚汗。他问通信员兼文书张勇，剩下的路上，还有什么吃的？

张勇说，就剩几根粗烟熏火腿肠了。

好！他指了基地机关坐的车厢，先给杨业功副参谋长和基地机关的送过去。

张勇点点头，站起身来，砰砰砰地去敲门，将烟熏火腿肠送了过去。

然而缺水的问题严重威胁着他们。张勇回来告诉高营长，基地那节车厢里还有水。

高营长站起身来，想过去看看，谁知两节自备车之间的铁门又关了。几次想敲门，又将手放了下来。好不容易等到一个临时停车点，见那节车厢的人下站台活动，高营长从自己坐的自备车下到地上，再爬上机关人员坐的自备车，找到杨业功副参谋长说，我那节车厢里有40多个人，没有水喝了，我要用你们车厢里的水。不过请放心，我们用多少水，等到有水的停车处，就抬多少水来还。

行！行。杨业功点了点头说，你用吧！

高营长抬回一保温桶饮用水。他站在列车过道上，特意宣布了一条纪律：不准用水刷牙、洗脸、洗脚、冲厕所，只能保证饮用。

刚转回来坐到硬卧上，一个炊事员跑过来，悄然告诉他，营长，在塞外上自备车时，我将没有吃完的半袋米带上车了。

干得好！高营长眼睛一亮说，天无绝人之路，马上煮稀饭。

炊事员说，营长，我没带行军锅啊。

那不是锅吗？高营长指着一只铁皮水桶，放在小火炉上去熬。

里边有点水锈。

还管什么锈啊，有稀饭吃就行了。高营长站起来，让炊事员在水桶里放了大半桶水，将米倒一小半下去，米少水多，架在火炉上，扑扑地煮开了。

第一桶稀饭熬熟了。高营长说，先让战士们吃。第二锅熬了再给干部吃。然后，他想办法通知基地田阜纪过来说，我这里有鲜稀饭。

到了一个临时停车编组站上，看到远处有自来水，发射车驾驶员王军和另一个战士主动请缨，提着保温桶跳下平板抬水。高营长交代他们，零担车不知道什么时候开，如果你们在抬水时看到车要启动了，立刻扔了保温桶上车。宁可丢了桶，也不能编组站上掉队。

王军说，营长放心。

于是，王军和那位战士就用保温桶一次次地往车上运水。

最后一趟，他们刚刚走近列车跟前，零担车突然启动了。高营长站在车门前疾呼：王军，扔了保温桶，快爬上平板，别掉队！

列车徐徐启动，在王军和那个战士的视野中，渐渐加速，也许觉得水对于列车上的官兵们太珍贵了，王军两人硬是舍不得扔，两个人提着保温桶与列车一起飞奔。

营长心急如焚。军列行进，最忌讳中途丢下人。大声喊道：王军，不要水了，赶快爬上平板。

两个战士提着一保温桶水与列车赛跑。终于，追到了平板面前，两人同心协力，将保险桶一举托上了平板，然后飞身一跃，登上平板。

那一刻，营长长长地舒了一口气。目睹此景，所有的官兵都很感动。

高营长后来对我说，当时没有这个权力，只是一个小小的营长。不然，他真想当场给这两个战士每人一个三等功。

关键时刻，为了取水，可以不顾一切，若在战时，就会奋不顾身。

列车终于行驶到一个临时停车点上，看到乡村小卖部，他们纷纷跳下车去，扔下一叠钱，将小卖部"洗劫"一空。可解车上饥肠辘辘了。

常规导弹第一营在列车上陷入绝境的消息，让基地司令员葛东升知道了。他立刻命令基地驻南方某大城市招待所，车过此城，送几筐包子上去，要做有保温的蛋汤，让官兵吃好。并特意安排零担军列绕道途经基地所在城市，停上一刻钟，他要带基地常委上车慰问官兵。

那天晚上，零担列车徐徐驶入南国某小城，已经三点多钟了。高营长远远看见，葛东升司令员、李云山政委与常委们穿着大衣，伫立在月台上，迎接砺剑大荒的壮士们归来。

葛东升即将调任某大型号导弹基地司令员，看着一手点将组建的骨干集训队归来，心潮难平，依依不舍。他是一个不善掩饰自己情感的人。走上自备车，握着高营长和一营官兵的手说，同志们辛苦了！我们基地常委来看望大家。路上没有保障好，让大家吃了不少苦头，我们在寒风长夜中迎接你们，一方面是为了表示歉意，一方面也是来慰问大家。我相信，经历塞外恶劣环境和列车上忍饥受冻的考验，在一营官兵面前，再也没有爬不过的山，迈不过的坎。在正式成为常规导弹第一旅的成员前，这是你们一段最难忘的人生经历。

5 走过创业门

零担车最终在一个军用特装站台上停下来。

40多名官兵跳下站台，登上撑起篷布的军用卡车，盘桓山间，穿越一座白墙灰瓦的古村落和一片冷雨中的竹林，雨雾迷茫。从大卡车的后兜车望去，视野之中，尽是灰蒙蒙的天空，像一卷卷默片一样，山峰村落沟壑，都在细雨飞扬中奔跑，让人的心情怎么也透亮不起来。

傍晚将近，终于抵达一座县级市，可还不是最终目的地。车队穿城而过，转向一条坑坑洼洼的红土公路，两边尽是田畴阡陌，收割后经历一个漫漫冬季的田野一片枯槁，村落早已经炊烟袅袅。又经过一个多小时的颠簸，汽车终于到达一座石炭岩构造的青山，拐进山旮旯处一座废弃的三线工厂。

营长从大卡车的驾驶棚里跳下来，站在厂区的路上一看，满目荒凉，水泥地上的蒿草长了有半人高，长成一片，将整块水泥地都覆盖了。车间、房屋前后野茅像芦苇一样疯长，悄然伸进了玻璃和门窗全无的房间。村里老百姓放养的猪和鸡，随便出入其间。

营长，这就是我们的营区，我们的住房？从大卡车后门跃下来的官兵们一个个瞠目结舌，神情失望。

是啊！高营长倒显得淡定从容，他已经意识到会面对这样一种窘境。我们不是都有一双手吗？今晚先住下，明天就开始整理营区环境。

当天晚上，一营官兵住进一间仰首可看夜空，四处透风的库房。床铺是副营长陈学军率人找来的，就像乡村中学住校部的高低床一样，看上去倒是整齐，却也花花绿绿，颜色不一，无法统一。

为此，副营长陈学军已竭尽全力。他就率领 7 名官兵挺进这片废弃的三线工厂进行清理，为部队安营扎寨做前期准备，吃了不少苦头。

那天晚上，常规导弹第一营官兵，就在一片夜雨绵绵、松涛入耳、冷雾弥漫中冻了一个漫长的冬夜。

第二天早晨起床，仍旧是山雨纷飞，雾霭如烟，冷风挟着湿气袭来，冻得人直打战。匆匆吃过早餐，高营长立即让大家兵分两路，一路由副营长陈学军带着，去向老乡买稻草，打草垫；一路则由自己带着，上山挖树，美化营区环境。

忙碌了一个上午，营长带着一群官兵挖了好多棵树，扛着下山来。刚进营区，村长汪光富、民兵排长汪水泉和会计盛宗怀迎面而来。村长汪光富问，哪位是新来的高营长啊？

高营长一身泥水，脚上尽是红泥，忙说：老乡，我正是！

高营长啊，汪光富说，这片山虽然划成了军事禁区，但是山上的树，可是乡亲们承包种的，你们不能挖啊！

高营长一听，坏了！自己带部队多年，从来都是纪律严明，秋毫无犯。昨天部队刚驻扎下来，没有想到这禁区里的山是群众承包的山，第一次违反了群众纪律。

实在不好意思啊，汪村长！请进屋谈。高营长连忙将村长、民兵排长和会计请进宿舍，真诚地解释道。我们部队昨晚刚到这里，就想把它作为自己的第二故乡。因此，从今天开始，就想建设自己的家园，就像建设故乡一样。从今天开始，我们就要热爱这块地方，整治这个地方，美化这个地方。所以才上山挖了几棵树。没想到违反了森林政策，我作为营长，第一向你们道歉，第二这些树值多少钱，我们马上赔偿。

汪光富村长说，我们并不是这个意思，只是想告诉部队，这树是乡亲们承包山上的。

高营长说，我明白，但钱一定要赔。

算了，算了，汪光富说，高营长这样讲政策，为人这般爽快，不用赔了。

行，赔偿的事情等会再商量！营长点了点头说，马上开饭了，你们中午就在这里吃吧。

营部文书张勇站在一旁说，营长，没有吃饭的桌子啊！

叫孙金明去老乡家借一张饭桌。你到炊事班去，让他们加几个菜。高营长交代道。

吃过饭后，村长汪光富心里暖洋洋的。他说，军队和老百姓，到底是一家人啊。

以后你们看着哪棵树好，就挖哪棵吧。

营长笑了说，树嘛，我不能哪棵好就挖哪棵，还得遵守群众纪律。不过，有件事情，我倒是要求你们。

汪光富说，莫讲求不求，有么子事，营长尽管说。

高营长说，我的人正在村里买稻草。天气太冷，光靠一床薄薄的褥子受不了，我得买稻草打成草垫子，这可需要你们的帮助，买点稻草。

三位老乡异口同声地说：买什么?！下午就给你们送过来。

果然，本来要到部队找事的汪光富、汪水泉和盛宗怀三位老乡，非但没有找事，下午，还每人拖了一平板车稻草，送到一营住地。

送走三位乡亲，高营长宣布，现在一营的中心工作就是安营扎寨。下午，官兵们就开始打草垫。

后来，营队有几位战士探家，没有路费。为难之时，高营长向民兵排长借了5000元钱，救急解难。后来，他对旅里交代，汪光富、汪水泉是我们旅的恩人，常规导弹第一旅的大门永远向他们开着。

三月春暖，似曾相识燕归来，天空中淅淅沥沥的冷雨停歇了。又是一年一度新兵下连的日子，高营长的常规导弹一营一下子分来了90名新兵，这是常规导弹的第一批新兵。

怎么迎接新兵? 高营长觉得应该用一些传统的方法，来提高士兵的士气。全体官兵的舍生忘死，给新兵在这么艰苦的环境下留下深刻的印象，他决定搭一座创业门，让他们从门下走过，这才是最大的思想政治鼓动。

那天晚上，他将孙金明叫进屋里，交代道，你负责搞材料。

孙金明到营区转了一圈，看好了两棵大松树，派几个战士将其砍了，伐倒之后，扛到营区正门路口。

立门柱的时候，正好是早操时间，高营长让所有的军官参加，立起创业门，意在表现他们是创业的中坚和骨干。

那天采访时，高营长在纸上给我画了一张创业门图像。像栽水泥杆一样，一边栽下一棵，高处横档用两根毛竹连接起来，中间，他用五层板，亲自题写了"创业门"三个字。恰好满山遍野的映山红盛开，他让全营官兵上山，每人采撷一束映山红，扎在创业门的楼柱上，献给年轻的战友。

3 月 26 日，新兵来的当天，当他走过创业门的时候，几挂鞭炮突然燃放起来，热烈的氛围达到高潮。这时营长让新兵们拿着工具，端起脸盆，将一个土坎修正，挖成一个小小的四方平台，在上边植上绿色的草坪，搞一个土平台作为检阅台。再将下边的场地整平，布成一个阅兵场。他站在阅兵台上，进行了一段真情告白：

当你们唱着嘹亮的歌声，迈着雄健的步伐，走进创业门的时候，你就进入了我们发射一营的创业行列。同志们从今天开始，就要融入我们的创业生活了。当你们的汗水洒遍这片土地的时候，我们营的创业课就讲完了。

高营长富于诗意和激情的演讲，将新兵的热血点燃了。这是他们跨入常规导弹第一营的门槛，走过创业门时最重要的一课。

6 上苍颁发了天字号结业证

2009 年盛世大阅兵，施湘阳是常规导弹第一旅参谋长，奉命率一个方队进京受阅。因为十年前在机房里没黑没明地干，落下掉头发之疾。燕地天热，头发本来稀疏，进入阅兵村后，他就剃了一个光头。太阳斜照下来，光头方队长金光闪亮，地标醒目。正好紫阳高照，让他那颗聪颖好学、反应敏捷的大脑袋更熠熠发光。他动手能力强，用高科技手段辅助装备方队受阅，结果在阅兵村里，施湘阳所率 40 方队，一次次将阅兵合练装备方队的冠军撅走。第二炮兵光头方队长由此声名鹊起，阅兵村里的海陆空受阅官兵，甚至包括三军仪仗队都来找他签字，粉丝一堆。

读第二炮兵工程学院时，施湘阳学的是当时最好的专业——指挥自动化。环顾左右，从老家考来的高中同学最多读了导弹控制专业，有的甚至是学导弹维修的，惟他例外。他问班长，为何不让我去学控制？班长说，你就知足吧！人家想进都进不来。

不过，此后施湘阳再也不提及专业之憾。可是因为脑子活，又爱提意见，不时发几句牢骚，被视为不成熟。新训结束时当了副班长，本来干得不错，但是 108 个学员中，惟有他与另一个学员是群众，被拿下来了。第二学期又当上了班长，仍然干得风生水起。学员队长说，下学期让你当区队长。可是，好多同学说他不成熟，仍然让他当班长。

我不干了！施湘阳撂挑子，拂袖而去。从此当了逍遥派，上课常常打瞌睡，反正考试时老师重点辅导，他重点突击，每次都轻易通过，且考试成绩还不错。到了专业课，他学得反倒认真起来，颇受教授青睐。还与第二炮兵机关一位二级部长的千金谈起了恋爱，那女孩大他两岁，是从士兵考来的，仍然嫌他不够成熟。两人分分合合，合合分分，着实令施湘阳苦恼不已。同学讥笑他有攀高枝而栖之嫌，他知道这是酸葡萄效应，可是压力却不小。这注定是一场有爱无缘的青涩之恋。大四时，他一度萌生了退学的念头。多次给父亲打电话说要回家，父亲是一个县级干部，未加干预，只说你自己想好，这反倒让他却步了。

工程学院毕业时，导师孙继银教授和夫人刘枫都喜欢施湘阳，提出让他留校任教。

施湘阳摇了摇头说，父亲非要我到离老家不远的一个基地，好就近看管，以防我再生叛逆与妄念。

归去来兮，学子学成归来。施湘阳和大学最要好的同学刘传国一起到基地报到。见到基地政治部干部处干事，看分配名单，知道刘传国的去处，施湘阳却去了另一个旅。

我的那些同学呢？

大部分都去了常规导弹第一旅。

那我也想去。施湘阳请求道，还是凑在一起热闹。

干事将施湘阳划到常规导弹第一旅，让他的另一位同学汪恒去了中远程导弹旅。

父亲听说他舍近求远，差一点把嘴都气歪了。当着夫人的面唉声叹气说，湘阳这小子从小叛逆，你说东，他偏往西。这么好的地方不去，非要跑到远方找苦吃。

晚上回家，母亲将父亲的话转述给施湘阳，他淡淡一笑，父母有所不知，其实是他对陌生环境有一种恐惧感。起因是中考时，他的考分仅差几分，父亲通过关系，将他转进县一中。那是一座全省重点中学，寒门子弟甚多，个个凭实力而入。因此，他一入学，便被打入另册，同学和老师皆投来鄙夷的目光，冷冷的，让他如芒刺背，无处可藏。高中三年，放学后他就蜷缩在家，大门不出。父亲多次赶他出去玩玩，可他连楼也不下，邻居们都不知道施家还有这样一个男孩。高中前两年，他在班里和年级一直殿后，并不为人注意。可是最后一年，因为一位老师的欣赏而突然发力，一跃到了前十几名、前几名，最终考入了名校。然而，对于陌生环境的恐惧感，却始终挥之不去。

大学生集训队所在地，距施湘阳家并不远。他站在队伍里张望，云集此处的 30 多名大学生军官，皆出于西安工程学校，清一色的大学本科，有的还拥有硕士学位。

那年夏天，千里跨区机动，到基地修配厂做试验。30 多名大学本科生分来了，对高营长来说，无疑是一笔巨大的无形资产。他让营部参谋孙金明当大学生集训队队长，让他们迅速完成由一名天之骄子到合格导弹军官的转变。

现实毕竟是坚硬的。到了大学生集训队，30 多名大学生挤在一间大房间里，转身都困难。夏天又热，只有一台电扇，有点下饺子的感觉。挤就挤吧，尚能忍耐，可是有两件事给施湘阳的印象并不好。

第一件事情是报到后的一天上午，施湘阳正和一群同学在房间里吹牛，只见一位个子高挑、军容严整、仪表堂堂的少校走了进来，谁也不认识此人就是高营长，一个人也没有站起来，神侃依旧。高营长没说一句话，转身走了。

中午开饭时，孙金明站在队前熊了一顿这班家伙说，没有一点礼节礼貌。你们的眼睛长到天灵盖上了，谁也看不见啊?! 高营长进来看你们，居然不理不睬，我行我素。

年轻骄子们很不服气，窃窃私语：不就是一个少校吗? 在军校的时候，将军进来了，我们该看书的看书，该打牌的照样打牌。

施湘阳更是举例为证说，那次我们在学员队宿舍打双扣，工程学一位副院长进来了，大家仍然坐着不动，各自出牌。院长凑上来一看说：打双扣多没意思! 凭你们这些年轻人的智商，应该打桥牌。

这段轶事令他记忆犹新。

再一件事情就是吃不饱。在军校时，4 个人一桌，一桌 4 个菜，而现在是 8 个人一桌，一桌也只有 4 个菜。文雅一点，秀气一些，还没有夹几筷子菜，盘子就空了。

开训第一天，早晨先来了一个5公里越野，确实有人跑趴下了。施湘阳虽然许久不练了，跑起来有点滞力，中间一段气喘吁吁，可是坚持下来了。跑到第五天早晨，他觉得渐入佳境，被人谈"高"色变的一营"兽营"训练，不过如此。

上午开课动员，只不过是一个小小的过门。时任旅长殷茂湖给大家讲话，传说中戴白手套、拐杖团长也没有什么别样风采，但是参观导弹装备，下午练完队列和军体拳后，有一件事却让施湘阳觉得这个地方与别的地方有点异样，有点与众不同。

这块地方有意思！施湘阳感觉没有说教，不见半句空话、套话。每个角落，都游荡着一种理想主义、英雄主义的浪漫与壮烈。施湘阳心里深藏的种子被唤醒了，破土而出，一股烈焰在胸中奔突。

接下来的几件事，更让他开始领略"兽营"训练的氛围。

一天中午，李天连里的两个士兵中午不睡午觉，叽叽咕咕在窗下聊天，影响别人休息。被营长发现了说，把你连长叫来。

李天跑步过来，问营长有何指示。

营长说，你们连里这两个兵不睡午觉，说明精力过剩。你和连里、排里的干部，就陪着他俩去站军姿。

李天大声答道：是！然后转身集合连排干部，带着两名战士，跑步到操场上。三名军官、两名士兵站在正午的太阳下，军姿笔挺，一动不动。江南仲夏时节，空气湿度大，水泥场上飘浮着一层烟岚。山野寂然，林间惟有蝉鸣，连一丝风也没有，闷热难当，恰似蒸笼，一会儿军装便被汗水浸透了，全身皆湿，像从河里捞出来一样。他们从中午12点半一直站到下午3点半。

起床号响了。

站够了吧？！营长从营部跑步过来，问李天，知道为什么要让你们陪着士兵站军姿吗？

知道！我们的管理不到位。错在士兵，责在军官。

营长又问两个兵，知道为什么让连长、指导员、排长陪你们站军姿吗？

知道！让我们永远记住不要再违犯军规。

知道就好，带回吧。

李天带着队伍返回。

大学生军官们站在一旁，面面相觑，第一次感受到营长治军的威严。

接下来该轮到折腾大学生集训队。

一天下午刚吃过晚餐，大学生军官们有的伏在床上写家书，有的在操场上散步。队长谁也没有打招呼，突然吹起了紧急集合哨。3 分钟后，队伍集合完毕。他站在队伍前宣布，从今天开始，搞野营拉练，住到外边去，现在先强行军。听口令，向右转，目标：前方那座大山。

晚霞飞虹，大学生集训队沿着弯弯的山道而行，在山脊上留下了青春的剪影。强行军到修配厂一个刚建成的车间，孙金明指着空旷的地方说，今晚就露宿此地，睡在车间里。

啊?！所有的人表情愕然，打背包时，有的忘了带刷牙洗脸用具，有的忘了带蚊帐。

孙金明态度坚决，谁也不准回去取！是什么样子，就什么样子。

30 多名大学生顿时傻眼了，个个叫苦不迭。

在坚硬的水泥地上打开背包，躺下来，硌得人无法睡眠。孙金明派人找来稻草，叫大家铺上。然而野外宿营，没有蚊帐就等着蚊子进攻吧，有的人将脚伸到别人的蚊帐里去了。

施湘阳那天晚上辗转反侧，一直难以入眠，最后实在太困，也就睡着了。

野营结束后，他们等着高营长隆重登场，给他们上军旅生涯中最重要的一课。

那天采访时高营长对我说，他读遍外国名将的传记，最喜欢巴顿将军和蒙哥马利元帅说过的两句话。

巴顿说，我百分之八十的时间，都是用来提高士气。

而蒙哥马利元帅则说，我不能离开我的士兵，我必须随时随地在他们中间。

营长走进大学生军官中间。

那天给他们讲课时，毫不讳言地说，别人都称大学生是时代骄子，被人哄着、捧着、呵护着，你们也飘飘然地步入云间。可是，我今天要给你们发热的头脑泼点凉水，要将你们从云端拿下来，回到人间，站在坚实的大地上。扫除身上的"骄、娇"二气，重新归零，然后再度出发。作为一个现代指挥员，说句大实话，你们连最起码的 ABC 都不会。虽然你们学过导弹专业理论，但是离一个真正合格的导弹指挥军官还相差甚远，还需要打磨。就像导弹发射前，测试和发射仪器要送到计量单位去校正一样，你们也需要不时校正自己，方能做国家的栋梁。当你们跨入常规导弹第一营的大门前，你们必须从一个指挥员的 ABC 学起，那就是最普通的"三能、四会"。

第一，能指挥打仗。这需要有很强的理论功底，进行战场谋划，精通战法、学会运筹谋划。筹划一场演习，甚至一场战争。切莫小看谋划之功，决战千里，运筹帷幄。它与那种一个企业、一场商战的谋划完全不同，它关乎成千上万人的生死安危，非要掌握各种信息方能为之。如果没有这种运筹谋划，仗就不能打，演习不下去。所以，能谋划者，皆为国之精英。

第二，能组织训练。现在你们只是一个号手，成为一个合格的导弹操作号手，我相信对你们并不难，但是难就难在要成为训练的组织指挥者。你们还有许多功课要补，有很长的路要走。特别是组织高科技兵器导弹装备的训练，组织跨区机动和常导集团的对抗，藏打行走，样样精通，并会综合运用侦察、情报、信息和各种通信手段。这对组织者来说，是极大的挑战。

第三，能管理部队。现代社会的人，必须与未来有知识、有文化的管理对称。切莫小看管理，对现代管理知识的学习，必须下功夫，大老粗干部抓现代管理，也只是低层次的管理。你们是大学生军官，你们管理应该是现代的，是高层次的，而且也是将来军地、战场、商场兼通的管理。有人对我们管理之中的整顿颇多微词，其实就像导弹飞行过程一样，它总是通过贯阻的坐标寻找对照飞行的偏差，再通过伺服机构来纠偏和修正的啊！

至于"四会"，就是在我们导弹部队一贯之的会讲、会做、会操、会管。

高营长的讲话掺杂着最通俗的导弹俗语，又充满热烈与激情。

你们刚走出校门，也许会问这支部队到底怎么样？我的标准就是建设成你们走出军校时所期待的部队。有革命的理想主义和英雄主义，甚至还有点当代军人的浪漫色彩。总之，在新型导弹部队，作为一名军官，我希望你们永远保持兵的本色；作为大学生，永远保持学员的本色，永远以自己是一个兵而感到荣耀。

不能不服！时隔十七年后，已经是某常规导弹旅旅长的施湘阳，回想营长给他们上的那一课说，那一课给大学生军官们留下了深刻的印象。第一次感觉被一个人吸引和征服，感到有个标杆和偶像离你那么近，并非路迢迢，遥远得无法企及。

施湘阳一扫心中的阴霾，随着夏天掠过的一场场飓风、一阵阵雷暴，云开日朗。组织会操时，多次让他出列指挥，积郁心中多年的自卑感和恐惧感，在铿锵的步履中，渐渐消遁。

集训结业的日子将近。40天训练铸成青春岁月里最华美的篇章。

下午会操结束后。30多名大学生加盟常规导弹第一旅方阵。

那天中午起床号吹过后，天穹如盖，乌云翻滚，闪电划破天穹，雷声渐隆，远处，山雨欲来。集训队长和指导员林立新便将队伍带到操场，刚展开队伍，便狂风大作，雷雨滂沱。风中的骄子们一个个如雕塑一样，兀自而立，令孙金明颇为满意。他转头对站在一旁的指导员林立新说，你去请示一下高营长：雨太大了！可否先带回，等雨停了再行会操。

林立新点点头，朝营部方向跑步而去。

营长那天感冒了，发烧40度，刚到医院看病回来，正躺在床上输液。见林立新浑身透湿地跑进来说，营长，雨下得很大，队长让我来请示，是否中断会操。

天助我也。这可是绝好的考核机会啊！高营长拔掉手上的输液管，从床上一跃而起，朝着门外就冲了出去。

林立新一个箭步跟上来，想扶他说，营长，你在发烧啊！

营长摆了摆手说，你的任务是到炊事班，备好姜汤。

林立新转身朝炊事班跑去。

营长大步流星，踩着雨水朝操场上走过去。孙金明看到了，转身跑过来报告：营长同志，大学生集训队正在会操，请指示！

营长还了一个礼，答道：继续操练！

是！孙金明转身跑步回去，地上雨花飞溅。一班出列……

高营长站在雨中，因为他在发烧，通信员拿着雨伞跑过来，撑开雨伞，欲遮住雨水。

将雨伞挪到一边去！高营长严厉地喝道：我不需要。

营长，你在发烧！

你看现在是打伞的时候吗？

通信员不知自己做错了什么，怯怯地收回雨伞，站在一边。

只见大学生军官们踢着正步，操场上溅起了雨花，如江河浪花滚滚，雨水浇透军服，贴在身上，突露出壮士般的骨骼和体魂，美如浮雕。每个人的口号喊得震天响。

半个小时后，会操结束了。大雨依旧飘泼，似乎没有停歇的迹象。大学生们的衣服湿透了，营长的衣服也湿透了。他拖着未愈的身体，跑步到大学生集训队的队列前，鼓动道：在你们即将结束集训的时候，我感谢老天爷给你们发了一张天字的结业证。你们所表现出来的勇气、坚毅和激情，是我们常规导弹部队应具备的战斗作风，我希望大家到各个单位后，再拿到更多的天字号结业证。回去后，迅速把湿衣服换下来，喝碗姜汤。

施湘阳说，那一刻虽然全身透湿，浑身冰凉，冷得直打战，可是高营长雨中的一席话，却讲得30多名大学生热血沸腾。

第十二章

初试剑锋

1 刘华清说：第二炮兵这次抖点威风

1995 年 6 月某日，是一个平静的周末。

忙碌了一周后，第二炮兵司令员杨国梁中将在礼士路寓所与家人小聚，难得有时间和她们一起吃顿饭。

早餐过后，他便进书房翻看当天警卫员取回来的报纸，还有秘书刚刚送来的急件。

这时，写字台上的红机子突然响了，是总参一号台要过来的。对方说，张万年总长秘书找杨司令员。

我是杨国梁，请接过来吧！

杨司令吗？张万年秘书的声音出现在电话中，总长让我通知你和隋永举政委，请马上赶到总参作战部，参加一个紧急会议。

明白！杨国梁没有多问一句。搁下电话，他立即给第二炮兵政委隋永举打电话，不巧隋政委有事出门了，一时还联系不上，只好叫秘书和司办主任跟自己一起去。

见丈夫走出书房，急匆匆地换军装，同样是军人的夫人李秀英问他：老杨，又有事？

嗯！有紧急事情。张万年总长要见我和隋政委。

走下楼去，秘书和司机已经在楼下等候。

坐进车里，杨国梁对司机说了一句：去总参。

这是他从 1992 年 11 月接任第二炮兵司令员后，第一次被紧急召见。

跨出车门，杨国梁对秘书说，你继续联系隋政委的秘书，我估摸着军委首长有大事要交办。

步履匆匆地走进总参作战部会议室，只见海、空军司令员、政委已经坐在里边，杨国梁司令员上前寒暄几句，按桌牌刚坐定，张万年总长便进来了。与几位军政主官一一握手后，他操着浓郁的胶东话说：

为了配合国家政治、外交斗争，向全世界郑重表明我们捍卫国家主权、维护祖国统一的坚定意志和决定，党中央、中央军委决定，在台湾海峡实施军事演习。

会议传达完了。张万年总长又说，我今天是给你第二炮兵和海军、空军三家和南京战区先打招呼。下一步的军事演习行动，听候军委的预令。

在总参作战部吃过中午饭后，杨国梁司令员坐车驶回办公区。车子往山下走，他的思绪绵绵，像燕岭的山风一样。第二炮兵作为大国地位和威慑力量的核战略力量，第一次被军委和总部赋予作战任务。

任务光荣，使命重大啊！在下午召开的第二炮兵常委会上，杨国梁司令员传达了军委的指示，感叹道：第二炮兵建设马上满30年了，第一次被赋予作战任务，这是全体官兵的光荣，但是任务艰巨啊！

在以后的一个月时间里，第二炮兵举办了中高级干部战役集训，第二炮兵首长和海军、空军及有关军区的领导专家学者纷纷讲课，进行战法研讨。

这次战役集训第一课就由杨司令员开讲，讲的是常规导弹作战指导的问题。

二十多天的准备一掠而过。

后来，在一次会议上，刘华清副主席说，你们第二炮兵不是很威风吗？这次看能否抖点威风。杨司令员，你们有把握吗？

杨国梁毫不犹豫地答道：有把握！

第二炮兵常委学习军委会议精神后，向东海发射导弹的演习方案作业紧锣密鼓地展开了。

总参很快同意了第二炮兵向东海发射导弹训练的方案。

运筹帷幄，决胜千里之外。一场远程精确制导打击的导弹发射训练，在浊浪滔滔的台湾海峡即将展开。

2 三千里路云和月

前一天晚上接到命令时，张旅长告诉高营长，军委决定在东南海域进行导弹发射训练，命令常规导弹第一旅当先锋，打头阵。你不是常讲"首战用我，用我必胜！"，这次机会来了。基地命令他连夜赶回去，向基地副参谋长杨业功报到，为即将展开的军事演习做好发射阵地准备。

车子驶进基地大院，直驱司令部办公楼下。对这里已久违了，下车后，高营长便行色匆匆地走进杨业功副参谋长的办公室。只见他身着迷彩作战服，展开一张大比例的军事地图，正在躬身俯看。

老首长，我奉命前来报到！高营长行了一个军礼，站在门口。

辛苦了！一夜未睡吧？

赶了一夜路，又过险峭之岭，哪敢睡啊！

等会儿路上打个盹吧！一会儿随我去机场接朱坤岭副参谋长带的第二炮兵工作组。杨业功说，他们一到，我们马上开进。你是行家，对常规导弹的作战方式和流程非常了解，过来看看这片地域做阵地如何？

高营长上前几步，看了看大比例军事地图。知道那是一片数省通衢之地，有高山河流，密林村舍，人口并不稠密，符合作战要素。就说，这片地域可以，常规导弹作战对阵地的选择条件并不苛刻，只要便于机动和展开就行。

到了现场你说了算。杨业功说，你说那地方便于修阵地，我就画圈，让配属工程部队马上展开施工。

高营长笑着说，我只是提建议，首长对常规导弹作战流程很了解，拍板决定还是首长说了算。

哈哈！杨业功笑了。

飞机该到了！杨业功看了看表说，马上出发，到机场接朱副参谋长。

一群身着迷彩服的军人下机后，立即登车，往千里之外的发射阵地开进。

三千里路云和月。杨业功、高营长两天两夜未睡，来回往返，跑了四地。终于在子夜时分，抵达一座鸡鸣四省的边地小城。小城已恬静地睡了，四处静悄悄的，惟有蛙声四起。一派乡村野老的宁静与祥和。

翌日早晨起来，匆匆吃过早餐，便沿着山区公路遴选阵地。他们事先进行了图上作业，每到一个点，停车勘测时，杨业功便问高营长：你觉得这地方行不行？若高营长说行，他立即叫作战参谋标下来，立即通知工兵部队进场。若高营长说不行，那就再寻找另一个发射阵地，要求几个阵地之间不能离得太远，相互可在最短的时间内照应。

你们大胆干！第二炮兵副参谋长朱坤岭很放手，他曾是基地司令出身，雄踞高原多年，更擅长核战略导弹部队的指挥作战。他对杨业功、高营长说，我这回是来当小学生的，边学边干，只是大的原则把把关。

选择 3 号发射阵地时，旁边是一片坟地，想利用坟墓作为散兵坑，最后 3 分钟撤离时，可到这个地方来按发射按钮。可是须切掉老乡坟墓上的一些土。

高营长，还是往下一点利用那个土坷吧！杨业功摇了摇头说，你的想法很好，地形利用最大化，可是动了老百姓坟上的土，等于挖了人家的祖坟，对方知道了会和你拼命的，万万不可！

行！听老领导的。高营长点了点头说，往旁边挪点，挖一个土坷。

两天之内，所有发射阵地选址、定点结束。

谈卫红跟着周书庆部长返回大本营。次日拂晓前，谢营长又带着发射车队伍赶了回来。

那天晚上，三连连长周晓林传达营长的指示，让三排长谈卫红赶到洞库去，有重要任务。

谈卫红匆匆赶过去，见装备部长周书庆站在洞库里面。他对谈卫红说，来得正好，你和郑远高两个配合，把已经测试好的几枚导弹吊入运弹车。然后上军列，押送前方。

是！谈卫红跑步离去，立即指挥吊车和转弹车司机就位。那天，他和郑远高的配合可谓天衣无缝。他当转运指挥0号，郑远高作为1号，几个转运号手跑位准确，一丝不苟，精心操作，配合默契。第一次初调战斗弹，大家小心翼翼，第一枚用时稍长一些。到了第二枚就渐入佳境，第三枚就很顺利地吊上了车。

吊最后几枚时，从空中吊起，对准运弹车，对得非常准。谈卫红发出下降口令时，因为吊车号手下降时速度快了一点儿，谈卫红和四个号手顿时吓得够呛。在他们以往导弹装备的教育中，武器装备就是眼睛，比自己的生命还重要。

闻令出征，常规导弹第一旅的战车悄然出山，迤逦山路，谈卫红坐在李中贵的运弹车带车，往一个秘密转运站台驶去。他身着迷彩服，挂着手枪。而李中贵背着一支冲锋枪，运弹车开上平板军列，固定好之后，两个人就坐在驾驶棚里押车。秘密军列乘着夜幕缓缓驶出，拂晓时分，天空裂出了一道鱼肚白。一会儿太阳出来了，烈日炎炎，透过风挡玻璃，斜照进来，晒得谈卫红和李中贵汗流浃背，浑身如雨淋一般。只好将迷彩服脱下来，把风挡玻璃上的太阳光遮住。

终于驶到一个站台停下来。时任技术处长的田皁纪走过来，看到一个中尉和一个士兵已经热成这样子，而路还很长，就指了指发射车底下说：那个地方凉快！

走！到那个平板上去。谈卫红带着李中贵背着枪，卷了一个凉席，两个人钻到发射车底下，铺开来。临躺下前，他对李中贵说，枪别丢了啊！于是，缓缓行驶的军列上，便出现了滑稽的一幕：谈卫红和李中贵穿着白背心和绿裤衩，一个背着手枪，一个拎着冲锋枪，躺在发射车底下小憩了一会儿。

谈卫红谈及此事时，引得我一阵哈哈大笑。此时，他刚接任常规导弹第一旅旅长，以工作标准高、管理严格著称。我打趣道：谈旅长，你这个片段，我可是要入书的啊！不怕影响你的形象？！

谈卫红很坦荡地笑了笑说，当时就是这样的啊！部队刚刚齐装满员，就被拖出去上战场了，管理行军作战，都没有今天这样规范。

其实，这时谈卫红和他排里的官兵已经连续折腾两天两夜没有睡过觉了，只是找个机会打个盹，小憩片刻。

到了预定作战地域，将运弹车从平板上开下来，驶进一个仓库里的院子，潜伏起来。谈卫红带着排里的战士背着背包步行到一个大仓库里，全营铺了一个大通铺，正准备睡觉，谢营长过来，命令道：晚上连夜转载，将战斗弹吊到发射车。

谈卫红手一挥：出发！带着转运排的发射号手，趁着夜色，将运弹车上的数枚导弹一枚一次地吊上了发射车，等他们将所有吊装完成时，天已经拂晓。

谢营长看了看表，命令周晓林连长指挥的发射车做技术准备，而谈卫红则带着三排的战士到发射阵地上做发射前的阵地准备。

整整一天，转运排就在发射阵地上做准备，到了黄昏时分，暮霭泛起时，谈卫红才带着弟兄们回来吃晚饭。这时，他以为可让大家睡一会儿了，谢营长突然下达"突击转进"的命令。

集合！三连连长周晓林手一挥。他此时既是连长，同时，兼任另一个发射单元的0号指挥。他站在队前宣布，一排长何向阳、二排长李建军率战车向阵地突击，三排长谈卫红此时转弹任务已经完成，与四排长孙晓军一起负责阵地周围的警戒。

首战用我，用我必胜。

带开！

战车滚滚，穿破夜幕，发射车向预定阵地挺进，谈卫红则带着自己的转运排去发射场阵地区场外围点位上布哨警戒。他们已经整整三天三夜没有打开过背包了。一个司机困得实在站不了住了，对谈卫红说：排长，我能不能蹲一会儿?！

谈卫红说，蹲下可以，但不能睡觉！

那个司机点了点头，可是刚一蹲下去，便睡着了。谈卫红一个箭步冲过去，揪着他的衣领，把他提起来说，你不能睡！你一睡就叫不醒啦！

其实，谈卫红此时站在那里，上下眼皮也开始撑不开了。他左肩右斜背着一支手枪，左手拿着一个手电筒。站着站着，突然手一松，手电筒掉在地上。"啪"的一声响，一个激灵醒来，他知道自己刚才打盹了。

谈卫红说，那天拂晓，第二个阶段发射的导弹又准确命中海域，第一个阶段的演习任务暂告一个段落。三天三夜未曾合眼的官兵们，终于可以美美地睡上一觉了。他们在林间的水道上，打开背包，铺上凉席，躺倒便睡着了。

这里的山林静悄悄，只听到夏天的蝉鸣和官兵们熟睡的鼻息和鼾声。

一梦铁衣暖。那天的日子过的真短，眨眼之间，已经是黄昏漫漶无边了。炊事员叫大家起来吃晚饭。

谈卫红坐起来，揉了揉惺忪的睡眼，惟见斜阳西下，一轮金晖挂在林间，暮霭沉沉。远处的村舍里，炊烟袅袅。

大地一片寂静。

3 三十年不鸣，一鸣惊人

一架空军专机，从北京南苑机场一冲而起，扶摇而上，朝着东南带雨穿云而去。

杨国梁司令员和隋永举政委坐在前舱的软座上，倚舷窗俯看，天地一片苍茫，雄鹰东南飞，剑指何处？从受领任务后，杨国梁、隋永举这届班子就全力以赴，精心准备，所有的努力，似乎都在等待军委一声令下。

等待的日子，每一天都预示着战争的脚步正一天天走近。

7月16日下午2点半，中央军委的作战命令正式下达。作战部长项玉峰抱着电报，步履铿锵地走进司令员的办公室，呈上军委的作战命令。

杨国梁伏案阅读，圈阅后，叫项玉峰部长送隋政委签阅，第二炮兵前进指挥所次日上午出发。

翌日清晨，京畿重地刚从一夜燠热中醒来，清风徐徐。一辆接一辆军车驶进南苑机场，平时寂静的候机厅里突然人头攒动，到处是穿迷彩的导弹军官。

七点半，空军专机准时起飞。

机翼之下，云海涛涛，御长风而来，从舷窗两侧流离而去。回望机舱里的指挥班子，杨国梁对这次行动的保密工作甚为满意。从布置任务的第一天起，他就下了封口令。参加行动之人上不告父母，下不告妻儿，机关同事之间也不能互传。谁走漏了消息，严惩不贷。对此，军委首长尤为满意，多次表扬说，整个行动结束了，敌人始终没有发现第二炮兵部队的行径和准确方位。

剑指东南，扬眉剑出鞘的时刻到了！

十点半，军用专机徐徐降落在一家民用机场的跑道上，驶进停机坪，一批喷了迷彩的作战指挥车已全部就位。杨国梁、隋永举、赵锡君、隋明太等登车而去，进行长途公路行军。穿越白墙黑瓦的江南城郭村落，于日暮黄昏，抵达常规导弹第一旅旅部。其实，他们此时就蜷缩于一个小县级市的武装部，整个新营盘仍在建设中。

翌日上午，杨国梁司令员、隋永举政委和四大部的领导，在基地司令员汪维勋、政委孙福的陪同下，视察了导弹技术贮备库，检查了导弹转载、洞库设施和贮存的条件，检查了在建中的新营区。回到旅部住地，晚上7点的《新闻联播》，头条便是新华社授权发布的新闻公告："中国人民解放军将于1995年7月21日至28日，向东海北纬26度22分，东经122度10分为中心，半径10海里的圆形海域范围内的公海上，进行实地导弹发射训练，中国舰船和飞机将在该海域进行作业。为了过往船只和飞机的安全，中国政府要求有关国家政府和地区当局通知本国、本地区的船只和飞机，在此期间不要进入上述海域和海域上空。"

三十年不鸣，一直蛰居远山岁月里，握雷霆万钧，挟大国长剑沉默不已的中国战略导弹部队，突然亮剑，一鸣惊人。

美联社在最快的时间内作出反应：7月19日电，称"中国将在靠近台湾的公海海域进行导弹发射，明显是针对台湾的，必将给台湾造成紧张和恐慌。对台内的'台独'势力是一种遏制，甚至会影响到1996年的台湾'总统'选举，此次演习对于美政府也是震动，将会对中美关系产生影响"。

俄罗斯塔斯社19日电称："中国决定在台湾以北公海导弹发射训练，除军事意义外，更主要是具有很重要的政治效应。这将对台湾是一个很大的震动，特别对'台独'势力是一个严重的警告，表明中国坚持'一个中国'和反对国家分裂的坚强信心。此外，这也是给美国政府一个信息，即如果美国打'台湾牌'，来制衡中国，中国是不可能接受的，并将作出强烈反应。"

路透社台北19日报道，"中国拟在台湾附近海域进行导弹发射训练，意在按台湾的'紧急按钮'，使之惊慌失措，迫使它放弃旨在谋求更大程度上得到国际承认的努力。北京可能最终对它所认为的台湾日益膨胀的独立倾向失去耐心。"

共同社香港 7 月 19 日电："中国宣布进行导弹发射训练,表明中国向'台独'倾向发出了警告,以军事力量来阻止'台独'。"

日本《读卖新闻》7 月 19 日报道:这次进行的发射导弹训练旨在阐明中国为了祖国统一这一坚定立场。有人认为,因为这次发射导弹训练长达 8 天,其规模相当大。从发射实地导弹和发射海域来看,这次训练是以台湾为假想敌,中国上次在台湾附近举行军事演习的时间,是 1985 年拆除对台湾海峡对岸进行广播宣传的大喇叭前。

路透社台北 7 月 20 日电,又再度作了鞭辟入里的深度报道。指出:台湾导弹危机表明,中国力量日益增强。中国跺一下脚,弹丸小岛台湾就感到像发生了一次地震。中国宣布要从 21 日起在离台湾不远的海域进行导弹发射训练,这在台湾引起了恐慌。这比以往任何事件都更加清楚地表明,力量对比的天平已经决定性地倒向中国一边。中国宣布这次导弹发射训练之所以让人感到不安,是因为中国迄今没有允诺不对台湾使用武力。没有一位分析家认为这种导弹训练会导致两岸全面军事冲突。但是分析家们说,这次导弹发射训练会使台湾认识到中国是多么强大和多么无法预测,会使台湾认识到自己的生存现在已在多大程度上仰赖于大陆。

香港《广角镜》杂志总编指出,台湾只有 2000 多万人,几万平方公里,假如台湾要搞独立,中国要采取武力行动,发射导弹是非常有用的方法。只要中国发射几枚导弹,就会给台湾带来很大的震撼。

而就在新华社授权发表公告的当天,时任台湾"国防部长"的蒋仲苓站到电视镜头前,为李登辉的"台独"路线背书。他试图轻描淡写,风轻云淡地化解这次发射训练给台湾人民心理造成的震撼,字斟句酌地说:"中共这次演习是第二炮兵年度主要训练常规导弹射击之一,但演习时间与地点不同于往常,所以可视为一种异常的行动,初步研估政治意义大于军事意义。"

不战而屈人之兵,乃是中国兵家用兵的上上之策。7 月 19 日上午,杨国梁司令员和隋永举政委经过一夜行车，行进到了第二炮兵前进指挥所。当天巡视所有部队和常规导弹发射架后，第二炮兵情报部已将各种传媒的反响收集整理传过来了，看着这些文字，杨国梁笑了。

剑未出鞘，威慑的目的已经达到。

夜已经很深了，然而夏蝉声嘶力竭的鸣叫尚未停止。远处的田野里，蛙声如鼓擂。

一个部队仓库狭小的会议室却静悄悄的，第二炮兵作战会议正在举行。赵锡君参谋长率先发言，他介绍了第一波突击的作战方案。按照军委的指示，7月21日、22日，分两个波次发射，每个波次两枚导弹，时间定在零点至6点之间，每次具体时间根据当时的情况而定。

作战方案得到广泛认可。

杨国梁司令说，这个方案，我和隋政委也多次讨论，认为可行，马上报总参作战部和军委批准。最后，我强调一句话，要把工作做细，做实，确保万无一失，争取发射全部成功。

次日傍晚，杨国梁和隋永举正准备登车前往发射阵地，为当晚出征几个发射单元壮行时，突然传来了北京第二炮兵基本指挥所的电文。张万年总长刚刚召集海、空军和第二炮兵领导开会的内容，传达刘华清副主席的指示：第二炮兵发射打三个波次更好！并传达军委主席的电话关切：第二炮兵发射把握究竟怎么样？现在焦点在第二炮兵！

请军委首长放心，我们准备好了！杨国梁举重若轻地答道。

4 三个波次突击，导弹在实战中飞

黄昏漫漶无边，天色渐渐暗下来。

夏夜像远天涌来的潮汐一样，依次将村庄、田野和林莽淹没，夜幕落了下来。

紧急集合号吹响了，划破了山林的寂静。今晚第一个波次准备发射几个发射单元，由一营营长张志良、教导员储当地，二营长谢兴凤、教导员蔡勇根率领，站成一排，等待第二炮兵首长过来为他们壮行。

高副参谋长此时也是一身迷彩服，头戴耳麦。作为阵地0号指挥把关，实则担负前线指挥的角色，他站在队伍第一个，等候第二炮兵首长的接见。侧目扫了一眼队伍，孙金明、周晓林、王保才、李青春、梁超、王军等像金刚一样伫立其中，在暮色中映衬出威武英姿。而今晚担任两个发射单元0号指挥的是孙金明和周晓林，都是跟着他打过四发弹的1号和2号，他对两个人的0号指挥，更是信心百倍。青出于蓝而胜于蓝，此乃千古定律。

远处公路上，传来一阵车碾过后的轰隆声。杨国梁司令员和隋永举政委，还有基地司令员汪维勋、政委孙福等纷纷向车走去，为夜晚突击的发射号手壮行。

第二炮兵杨司令员、隋政委来看望大家，为发射车号手送行！张旅长说道。

敬礼！高副参谋长在排头下达口令。

杨司令员回了一个军礼，下达了"稍息"口令，挥舞手臂，激情地说，我和隋政委、基地汪司令和孙政委来看望大家。该说的话，你们都已经动员了！我就讲一句话：请大家沉着冷静、精心指挥、精心操作，圆满完成任务！

　　言毕，杨国梁司令员和隋永举政委走过去，和高副参谋长握手时，眼中透出信任的目光。杨司令说，高副参谋长，今晚行动就看你们的呢！

　　请首长放心，凌晨时分，且听东南第一声巨响。

　　好！有你这句话，我就放心了。

　　隋永举政委紧随杨司令员身后，紧紧握住高副参谋长的手，仍不失儒雅和气之风。左手伸过后拍了拍高副参谋长的手，字正腔圆地说，看你这样有信心，我很高兴啊！我还是那句老话，精心操作，万无一失。刚才首长还打电话询问情况说，焦点在第二炮兵。要竭尽全力实现军委首长的意图和决心。

　　保证完成任务！

　　等首长们依次和每个号手握过手后，常规导弹第一旅旅长张启华命令：出发！

　　在首长期冀的目光中，几个发射单元的号手登上发射车。战车一阵轰鸣，所有发射车不开车灯，犁开夜幕而行，向发射阵地挺进。

　　子夜将至。

　　三发红色信号弹划破天幕，高副参谋长扬腕看了一下表，此时正好是第二炮兵作战方案规定的夜晚突击占领发射阵地的时间，他向一连连长孙金明下达命令：出发！

　　战车滚滚，金戈铁马，挟山岳之威，海涛之怒而来，向着数公里外的发射场坪挺进。

　　趁着夜暗和星光，孙金明指挥第一个发射架抵达发射场坪，王军驾驶发射车准确地停在发射场坪上。

　　其实，这辆发射车并不是一营的装备车。部队前进突击，抵达发射区域后，孙金明一连一排的那辆发射检测有问题。于是，他们便将二营三连二排李建军指挥的发射车调走了。周晓林一到发射场，李建军就发牢骚说，连长，孙金明把我的那辆发射车开走了，换来他这辆有毛病的战车。

　　周晓林笑了说，孙连长打第一发，当然要选全旅最好的车给他。等任务结束了，再物归原主嘛！

李建军说：扯淡！把我们最好的发射车给了别人，当时给的时候，谢营长鼻子还不通气呢。

打住！李建军，谢营长不是那样的人。周晓林说，别把你的想法强加给谢营长。

好了！不说就不说。李建军三缄其口。

孙金明和周晓林见面了。

不好意思！周连长。孙金明见到周晓林说，我拉走了李建军的发射车，夺人之美啊。

周晓林揶揄道，没事！你又不是乘人之危。常规导弹第一旅第一车第一发，弹打成了，战车的光荣仍然归我们三连啊。

哈哈！孙金明仰头大笑。

号手就位！

站在一旁把关的高副参谋长接过阵地上的指挥权。

他向孙金明一一下达了最后七八个口令和动作。

5分钟准备，开始清场。

3分钟准备，发射场坪上人最后两名号手撤至掩体。高副参谋长向导弹行了一个军礼，最后一个跃入掩体。

1分钟准备，转电。

转电灯亮。

打开发射保险。

发射保险灯亮。

0：30，恰好是零时，孙金明向1号控制手下达了点火命令。

一声巨响，地动山摇。只见一枚乳白色的常规导弹喷着烈火，徐徐升空。如一只浴火再生的凤凰，更像那个传说中填海的精卫之鸟，拽着长长的火焰，朝着夜空飞翔而去。它衔着填海的怒石，朝大海之中骤然扔下。怒石穿空，惊涛拍岸，啾啾而鸣，传递的是一种声音：炎黄血脉，岂可扯断？祖先版图，怎能割裂？

导弹惊空，划破天幕，火焰渐渐变小，远遁，化成一片烟云。

成功了！站在散兵坑和掩体里的一营一连官兵们欢呼雀跃。

高副参谋长却显得格外冷静和淡定。他对孙金明说，留下王军他们几个号手撤离，你和李青春、梁超，跟我去给周晓林发射架把关。

来不及欢庆，高副参谋长率领孙金明、李青春、梁超登车而去。

第一枚导弹掠空而过时，伫立在山林中的周晓林就知道孙金明出手亮剑，大获成功。这对于他指挥这个发射架来说，既是一个鼓舞，同时也是一种无形的压力。意味着他只能成功，不许失败。

周晓林按照旅指挥所的命令，指挥第二个发射单元占领阵地。展开导弹装备，起竖导弹时，高副参谋长与已经赶到的田阜纪会合，命令孙金明、李青春、梁超各把一个号位，航天部的一班专家已经驱车前来，在夜幕中纷纷跳下车，朝他走过来。

高副参谋长走过去拍了拍三连连长周晓林的肩膀说，沉住气，你的指挥是最棒的，我对你的这个发射架最有信心！

请副参谋长放心，我们不会让您失望的！

确实！在高副参谋长第一批挑选的 10 名大学生军官中，周晓林的灵秀、沉稳和细致是出了名的。

发射按照程序一直走得很顺。突然，计算机组合显示负值，操作不正常。

0 号，2 号报告，弹上漏电，地面设备检测不正常。

周晓林心里一惊。这是他最不愿意看到的故障，然而他却很镇静，命令道：再测一遍！

是！端坐在控制间的 2 号手，又对弹上电池测了一遍，仍然显示负值。

周晓林本是 2 号手出身，对这些测验程序和动作，非常熟练精到。他与号手沟通，先测什么、再测什么，2 号手说，0 号你上来测吧！周晓林转身跑到发射车控制间，亲自测了一遍，仍然显示弹上电池漏电。

航天厂家的设计总师和专家全都拥过来，有的建议换计算机组合，有的说可能是弹上电池漏液。

高副参谋长扬腕看了看表，今天凌晨的任务是在窗口时间内完成，军委首长赋予第二炮兵第一波次发射几发的任务，才是第一要义。建议周晓林指挥的第二个发射单元退出战斗，启用备份单元。

张旅长的指挥非常果断，当场答道：同意启动备份单元！

此时，一连二排长王保才还倚在发射车上小憩呢！虽为备份，他知道轮不上自己。这回显然是来看连长孙金明演出的彩头，刚才导弹掠过天幕时，一营一连第一发，已经居功至伟了。

然而，等一辆吉普车在他面前戛然停下，跳下高副参谋长、连长孙金明时，他觉得幸运之神正在敲门，自己的机会来了！

高副参谋长对他下的第一道命令是：启动备份单元，迅速占领发射阵地！

王保才立即跑到0号指挥的位置上，大声喊道：全体注意，集合！

发射单元号手站成一排。

号手就位，占领发射阵地。王保才一声令下。

发射车司机启动引擎，轰鸣声穿破夜幕，朝着发射阵地突击而进。然而，此时最手忙脚乱的要数红外跟踪了，他们没有想到会启动备份，发射阵地上的电缆接引成了问题。

高副参谋长见航天厂家专家还在周晓林那个架上排除故障，一时来不了，生逢其时，恰逢其时。他觉得此时正好，可以不用在专家保驾护航下，他和孙金明、李青春、廖跃军等把关，完全依靠自己的力量，放手一搏，把这枚导弹打出去。

然而，将近10分钟准备前，启用红外的电缆还没有接好。这时，高副参谋长朝远天看去。天幕之上，启明星已经出来了，拂晓将至，按照军委限定发射的窗口将到了。若超过清晨6点再打出去，等于第二炮兵没有完成任务。他企图将红外甩了，凭他的感觉，常规导弹只要地面测试没有问题，进入发射程序的几个部位检查没有故障，打出去进入落区毫无问题。

于是，高副参谋长按了一下头上的耳麦，0号报告，红外跟踪还没有搞好，建议甩掉红外，进入10分钟准备。

张旅长询问，红外跟踪还有多少时间才能准备好？

高副参谋长转身问了一句，对方说还需 10 分钟。

0 号报告，红外准备还需 10 分钟。高副参谋长报告道。

那就再给他们 10 分钟。张启华旅长答道。

这时，头上的耳机突然冒出了基地司令员汪维勋严峻的声音：不要干扰一线指挥员的指挥。

也就在最后 10 分钟里，红外跟踪提前搞好了，航天厂家的专家也在最后时间赶到了。

3 分钟准备，王保才和现场把关的高副参谋长撤至散兵坑内。

1 分钟准备，按转电，转电灯亮。

高副参谋长手中的秒表在咔咔作响，30 秒，10 秒，9、8、7、6、5、4、3、2、1。

王保才下达口令：点火！

1 号手按下点火按钮，点火灯亮。

天将破晓，山峦渐次青翠，像脱衣衫一样，将黑色之纱脱下，渐渐露出青山墨笔勾勒的轮廓。一枚导弹犹如在清风明月中飞翔的报春鸟一样，离巢而上，向着东海，向着太阳冉冉升起的海峡，翮羽而去，凤翥九天。

成功了！王保才和他指挥的那个备份发射单元的官兵们拥抱在一起，泪如雨下。

高副参谋长说，清晨这枚导弹划过天幕，是他见过的最美的一幕情景。

他看了看秒表，在 5：30 停摆。

高副参谋长、孙金明和王保才完成发射任务撤下时，周晓林指挥的发射架还在那里排除故障。高副参谋长说，周晓林快撤啊！你还待在这里干什么？天快亮了，再不撤就会暴露了。

看见高副参谋长走过来，二营营长谢兴凤低下头，心里特别难受。周晓林溜到了发射车后。一个长夜，经历了第一枚导弹的成功发射，第二枚导弹关键时刻的掉链子，而第三枚又骤然亮剑。高副参谋长心里可谓悲喜交加，五味杂陈，大起大落。此时此刻，他也不好对自己的战友谢兴凤、周晓林安慰什么。这时，负责警戒的代职副旅长武卫东走过来，拍了拍高副参谋长的肩膀说，你也不要太在意，后面还有任务！

听到此话，从来不流泪的高副参谋长突然哽咽起来。这时，只见阵地上起竖的导弹缓缓下降，高副参谋长仿佛看到一面鲜红的军旗在阵地的晓风中徐徐落下……

谈卫红当了常规导弹第一旅旅长之后，我才与他对上表。他坐在我住的士官临时来队家属楼206房间，对我说，二营那枚导弹没有打成，我看到周晓林和号手们都在抹眼泪。特别是王保才那个备份弹打成了，三连官兵心里可谓酸辣苦甜咸兼俱。煮熟的鸭子都飞了，你说让人恼不恼啊！

东方既白，周晓林带着发射车撤回驻地。早餐也没有吃，谢兴凤也没有一点食欲。谈卫红见到他俩时，谢兴凤的眼眶是红的，周晓林更甚。男儿有泪不轻弹，只因未能为国效命时。

上午，隋永举政委、隋明太主任和孙福政委来了。隋政委进了大仓库一个耳房，谢兴凤把周晓林发射架的几个号手叫在一起，集合成排。隋政委上来一个个握手，嘘寒问暖。家在何处？有几个兄弟姐妹？如春风春雨般润物无声，一句批评的话儿也没有，尽是鼓励之语。

我对你们的操作一点也不怀疑。隋永举政委说，发射操作是成功的，问题出在弹上。电池漏液，那是厂家的问题，不是你们操作的问题。大家不要有心理负担，也不要在心里留下一个阴影。昨天军委刘华清副主席的指示传来了，要第二炮兵打三个波次，我今天早晨和杨国梁司令员商量了，这最后一个波次，就给你们二营打。

谢谢首长！周晓林听了后特别激动。

同志们，刚才听了隋政委的重要指示，天晴了吧？！脸上有笑容了吧？！孙福政委接过隋政委的话题，鼓励道。这是首长对我们常规导弹第一旅的厚爱，更是对二营的特别关照。我们要精心组织，精心指挥，争取在最后一个波次的发射中，打出最好的成绩，向党和人民交出一份合格的答卷。大家有信心没有？

有！有！！二营的官兵与第二炮兵主要首长的互动，拉到了一个更高的层级上来。

炎热梅雨般的一天匆匆逝去。

雾霭冉冉浮浮。

熟睡了一天的官兵们开始起来活动。今晚轮到三营打了，五连担任第二个波次突击任务，而且0号指挥仍然是五连连长夏小平担任。

依然是第二炮兵杨司令员和隋永举政委前来送行。

那天在新型号导弹旅驻地，我与从常规导弹第一旅任旅长的夏小平访谈时。他说，那个发射架起竖后，弹翼装不上去，车控号手急得满头大汗。向夏小平报告说，0号，弹翼安装不上！

夏小平说别急，给我找一块砖头来。

一位号手找来一块砖头，递给夏小平。

夏小平俯身看了看，然后抢起砖头就敲，终于将弹翼敲上去了。

你真胆大！那可是导弹啊，一鸣冲天的长剑，你也敢砸？！

关键时刻，顾不得这么多啦！成功是第一位的。当然也不是蛮干，我心里有底啊。夏小平呵呵一笑说，我这人就是胆大。危急关头，心理素质特别好。

7月22日凌晨的发射几乎没有悬念。

夏小平指挥五连一排的发射单元，于子夜0：30准确发射。导弹逍遥九天，划过海面。那光荣与梦想，皆在辉煌烈焰的燃烧中愈加辉煌。

七连一排排长李正连为0号指挥发射单元，夜间突击占领的发射阵地，恰好是3号阵地，是一片坟地。不知是谁悄悄在李正连身边耳语说，排长，发射阵地建在坟地里，动了人家的灵魂，还是带瓶白酒去安慰一下，也符合我们中国的传统。不然，那九泉之下的魂灵骚动起来了，麻烦！

李正连默认了。

于是，占领阵地前，做先期准备时，便有老兵在坟地四周，洒了一圈白酒。

2：30，李正连下达点火命令，第二波次又一发导弹脱鞘而出，准确地命中目标……

当晚，总参谋长给杨司令打来电话，表示祝贺。他说前几发弹打得很准，军委首长都很高兴，很振奋，很满意。第二炮兵要把发射经验好好总结一下，要打一仗，进一步，把明天的发射任务搞好。

杨国梁说，请总长放心，我们一定打好收官之作，抖出第二炮兵的威风来。

随后，国防部长迟浩田也打来电话说，你们打得不错，表示祝贺！这次任务，你们组织严密，工作很细，打得很好。在京的老同志谈到此事，都感到由衷的高兴，你们要好好总结经验，把后面的任务完成得更好。

明白！迟部长。

最后一个波次定在7月24日，主要由周晓林的三连来执行。

那天晚上，发射场区天气预报是晴间多云，而海上则是晴天，窗口特别好。周晓林将孙金明借去的那辆发射车要了回来，由自己指挥来打。还是那片坟地，还是那个阵地，一路程序测试下来，都很顺利，2：30，当周晓林最后下达点火令时，1号重重地按下发射按钮。发射大获成功！数分钟后，红外测量的结果报出来了，打出了最佳精度。

三连的官兵一片欢呼。

可是，谢营长却很冷静。他对周晓林说，你赶快和我一起去李建军的架上把关。

随后，李建军指挥的这个架也于4：30，准时发射出去。

7月25日，军委主席听了张万年总长关于这次发射演习的情况汇报，击节而叹，显得尤为高兴。他说，这件事情干得好，长了我们的志气，打得不错。发射完了，要好好总结经验，鼓励大家再接再厉，发扬成绩，表扬先进。

毫无疑问，从三军统帅满意的口吻里，看得出年轻的常规导弹第一旅向祖国和人民交了一份满意的答卷。

5　一弹激起千重浪

惊涛拍岸，一时浊浪滔滔的台湾海峡，经过六天的热风吹雨后，重现风平浪静。

7月26日18时，新华社授权向世界宣布：中国人民解放军向东海进行的导弹发射训练已经结束，以北纬26度22分、东经122度10分为中心，半径10海里圆形海域和海域上空，从7月26日18时起，恢复正常航行。

那天，新华社向世界各大媒体发了一篇通稿：中国人民解放军向东海预定海域发射了6枚导弹，全部准确命中目标。这表明中国人民解放军的武器装备、军事素质和防卫作战能力有了新的提高，显示了中国人民解放军有决心、有能力保卫国家主权和领土完整，有决心、有能力维护祖国的统一，有决心、有能力完成党和人民赋予的保卫祖国的神圣使命。

2011年北京三月天，红墙下的玉兰花含苞正放。3月27日上午，我约了杨国梁老首长的采访。此时，他已经赋闲八载。这位73岁的老人，仍不失当年的英姿勃发，只是耳朵有点背了。人生易老，再英雄的年华也经不起岁月风霜的磨洗啊！因为当年曾在他身边做过党委秘书，因此一见面，他就回忆起到我老家看望时的情景。问起我当时刚刚一岁多的女儿，我说她已经长成大姑娘了，在西班牙埃菲通讯社北京分社当翻译。

岁月催人老啊！又一代人长起来了。老首长感慨道，又问，你父母那间老屋呢？

当年，他曾在那里坐了一会儿，印象犹深。我说，被我夫人拆了，在原址盖了一栋小楼，给我父母住着呢！

老人身体都好。

很健康。

杨国梁老首长仍然是过去一以贯之的谦和说，我在台上的时候，和你谈的不多，但是你在创作上取得的成绩，我都知道。感谢你为宣传第二炮兵、扩大第二炮兵影响做出的贡献，在好几本书里还写到我呢！

我说，首长，这是我应该做的啊，穿着这身军装，就得为第二炮兵，为人民解放军鼓与呼。这次要请您谈谈两次向台海发射导弹的内幕和故事。

杨司令员说，演习结束后，我回到北京，看到所有媒体都写中国人民解放军，只字不提第二炮兵，我非常有意见。在军委和总部首长参加的会上，说了几次，果然有效。到了 2006 年那场大演习结束后，就提中国人解放军第二炮兵发射导弹了。

当时意见归意见，可是一石激起千重浪，何况是 6 枚导弹飞过海天，在世界上引起的反响不可小觑。当情报部门将世界各大媒体反馈的情况，呈给杨国梁司令员时，他伏案认真阅读起来。

美联社台北 7 月 26 日电，中国已向台湾以北海域发射了第 6 枚导弹。这一系列的导弹训练发射，在台湾社会引起了一阵恐慌。与此同时，中国宣布，导弹试验已经结束。但是中国控制的报纸却连续四天对台湾进行了抨击，谴责李登辉破坏两岸之间的关系。虽然中国说，导弹试验是正常的军事演习，但台湾人仍把此看作是李登辉为摆脱外交孤立地位所做努力的报复。

路透社北京 7 月 26 日电，中国今天宣称，过去六天内，他们在敌对的台湾附近进行了 6 枚导弹试验，获得成功。导弹全部打准了目标。这是一个迹象，表明中国准备维护国家统一。官方的新华社发表的公告可以说是中国向国民党统治的台湾发出最严厉的警告之一，它表明一旦台湾试图宣布独立，中国准备动用武力。

合众国际社 7 月 26 日报道，中国今天向台湾李登辉发起了连续第四次抨击，此次抨击正值中国军方结束对台湾以北 87 海里以东中国海域进行的导弹发射演习。虽然中国宣布导弹试验是"例行的"，但是普遍认为中国军方在台湾附近采取行动和北京连续四天猛烈抨击李登辉是为了显示中国的力量，目的是迫使台北屈服。

共同社北京 7 月 26 日电，中国发射导弹训练的目的是牵制争取提高国际地位的台湾。训练开始后，台湾对大陆的危机感迅速增强。中国政府的目的已经达到，而且缩短了训练时间。有人认为，中国这次训练不仅对加强"台独"倾向的台湾当局，而且对正在加强对台关系的美国和日本等整个国际社会发出了警告。

《澳门日报》评论指出，连日来，台湾岛内对大陆在东海进行导弹发射训练反应异常，股市急剧下跌，当局一片慌张。一个多月前在美国趾高气扬煽动两岸分裂、分治的李登辉，近日突然调整腔调，奢谈两岸关系，"希望北京方面结束意识形态的对抗，两岸人民开始新的和平竞争。"

台湾中视新闻则报道：大陆昨天上午发射了两枚导弹，眼下还不知道大陆发射了什么类型的导弹。由于台湾民众普遍对导弹试验担心，致使整个台湾股价下降了 2.27%，达到十九年以来的最低点 4994.47。还有报道说，台湾股市的状况使投资商们难作决定。

合上文件夹，杨国梁司令员的脸上掠过一丝胜利者的微笑。

7 月 25 日，祝捷大会如期召开。

高津、孙金明、周晓林、夏小平等皆荣立一等功。

初试剑锋，喜看一代导弹新人各领风骚。这时，杨业功因连续半个月不分昼夜的劳累，终于在部队后撤时躺倒了，躺在帐篷里输液。

这次演习，他立了二等功！

第十三章

剑指东南

1 列车上的除夕年夜饭

明天就是 1996 年的除夕了。

北方冬天的太阳出来的晚。2 月某日 7 点刚过，一抹晨曦洒进西苑机场的跑道，一向寂寥的候机大厅，突然喧闹起来。哨兵明显增加了，放出流动哨站在机场十字路口指挥车辆出入，一辆辆挂着白色军牌的小车鱼贯而入。作战部长项玉峰大校先期到达。随后，第二炮兵参谋长赵锡君、政治部主任隋明太也相继抵达。

项玉峰站在雨檐下，迎接首长的到来。赵君锡中将钻出车来，问项玉峰，杨司令员到了吗？

刚才电话打过来了，马上就到！

隋政委呢？

正在路上。

好！我在这里迎接一下司令员、政委。赵锡君说。

一会儿，杨司令员的卧车在雨檐下戛然而止。车门打开，穿一身迷彩服的杨国梁跨出车来，扶了扶眼镜，问前来迎接的赵锡君和项玉峰，第二炮兵前进指挥部的人员都到齐了吗？

都齐了！隋政委马上到。

专机几点起飞？

8 点 40 分。

杨国梁看了一下表说，8 点不到，还早嘛。

马上要过年了，城里不堵车，快啊！项玉峰感叹道，专机师师长和政委请首长们去贵宾室休息。

　　杨国梁司令点了点头，信步走进候机厅贵宾室，只见各路人马都已到齐。目光所到之处，个个情绪饱满，并没有因为马上过年了，要到远方执行任务而流露出一丝不快和失落。他对这些导弹军官的战斗意志和精神是满意的，去年向东海发射便是一次真正意义上的实战检验。然而，时隔半年，军委又再度下达第二炮兵与其他军、兵种联合进行军事演习的命令。

　　元旦节过后，一场陆海空和第二炮兵的联合大演习协调会在北京举行。刘华清副主席、张万年副主席与傅全友总长，以及海空第二炮兵和南京军区的司令员走进总参作战部会议室。各路诸侯落座后，刘永清副主席环顾了一下，操着湖北红安口音说，这次仍然是第二炮兵打头阵！杨司令员，你先说。

　　杨国梁有些愕然。几个老大哥单位，从军、兵种顺序里，也轮不到自己啊。可是此时，一向谦和儒雅的他当仁不让了。他率先发言，将参演兵力、武器装备、目标区选择、火力打击通信弹道测量气象和后勤保障等一系列保障问题，摆到了桌面上。条目清晰，措施有力，一一展示出来。然而，此时军委首长关注的焦点，却落到导弹发射的安全问题上。

　　刘华清斯时已经八十岁高龄了。廉颇未老，在红军出身的将领中，他与张震副主席受邓公委托，再度出山，帮军委主席领导这支从井冈山走来的人民军队，遴选接班人。他仰起头来，对坐在圆桌会议对面的杨国梁说出心中的忧虑：国梁同志，导弹可靠性怎么样？

　　我们对完成好这次演习发射非常有把握。杨国梁显然有备而来，他说，刘副主席，我请专家计算过了，千分之×。这完全是一个小概率，可能性不大。

　　刘华清副主席点了点头。

　　会议接近尾声。刘华清副主席感叹道，这样的演习建国以来可谓是第一次。真正威慑力量大的还是第二炮兵，要全力以赴，和航天部的同志一起，认真把导弹检查好，确保万无一失，绝对可靠，圆满完成这次任务。

　　杨国梁轻轻点头，示意完全领悟了军委首长的意图。

某日上午，作战部部长项玉峰走进杨国梁的办公室，一脸兴奋之状说，军委关于这次演习的命令到达了。

发射时间定在节前，还是节后？

过春节期间！项玉峰立即将电报呈了上来。

哦?！杨国梁有些愕然。展开一看，军委要求第二炮兵向东海发射导弹时间定在2月26日至3月2日之间。

他挥笔签发后，仰起头来对项玉峰部长说，隋永举政委签阅。

领命而来，踏云而去。8点10分，第二炮兵前进指挥所的首长和工作人员登上空军的专机。杨国梁司令员回望了一下，机舱里稀稀拉拉地坐了80多人，这是一架刚买回的波音737飞机，第一次执行专机任务。

8点40分，波音专机缓缓驶离停机坪，对准跑道冲天而起，鹞然直上。将京西城隅和过年团聚的亲人，还有寒林残雪的燕岭，皆抛在翼下。然后掉头往东南方向翱翔而去。

一梦铁衣寒，夜卧冰河，却手握雷霆万钧。也不知过了多长时间，突然一阵剧烈的颠簸，将大家晃醒了。睁开眼一看，只听舷窗外，轰隆隆的雷声四起。

杨国梁司令员见大家多少有些紧张，站起来，风趣地说：常言道，天有不测风云，但是刚才老天爷打了这个雷，对我们来说是一个好兆头，是提前来庆贺，预告我们一定能够圆满完成这次演习任务。

机舱里爆起一片笑声，惟见群情振奋。

空军专机钻出云层，仍然是白茫茫一片，能见度不高，但可以盲降，几经盘旋，终于在某市民航机场的跑道俯冲而下。事也凑巧，紧急迫降的民用机场，恰好离第二炮兵一个导弹基地的机关不远。专机停下来，走下舷梯，发现机头已经烧成一片黑色。显然是被雷击的痕迹，大家惊出一身冷汗。

冷雪飘飘，且越下越大，山色皆白。城郭村舍，偶然露出马头墙和灰瓦，犹如一张宣纸那刚泼墨下去的墨迹点点。空军专机机长说，杨司令员，很抱歉！我们的任务就是送你们到目的地，不然就等于没有完成好任务。

杨国梁笑了说，你们已经尽心尽力了。下一个航程能不能继续飞行，关键就要看天了。

然而，雪仍在下，天地一片黯然，能见度越来越低。而且气象部门预告，天气一时难以好转，显然难以继续飞行。恰好时任基地后勤部长的朱法臣赶来保障，杨国梁司令员说先到基地驻地休息，等待天气转晴。

将近傍晚，大雪纷纷扬扬，仍无停息的迹象。天公不作美，当晚专机起飞已经无望，明天天气会不会向好，气象部门预报说，可能性极小。

改乘专列前进吧！杨国梁和隋永举当机立断，让第二炮兵机关即刻向总后申请，前进指挥部改挂专列包厢前往演习之地。

然而，前进指挥部的人员多数从北方而来，对于春节前后南方雨雪天气没有充分应急准备，所带衣物无法御寒，尤其是乘列车要换成便服，几乎都没有带。基地后勤部朱法臣部长带人进城去买。因为回家过年，许多商铺早早打烊闭户。朱法臣带着人一家一家地蔵，买了一车衣服拉回来。一人一件，有风衣，有棉服，有羽绒服，七八十个人，花花绿绿黑白相间，倒像一个地方公司了，便于安全保密。

除夕之晨，一列客车驶了过来，途经这座小城，加挂了两节软卧车厢，驶进一个小站，漫天飞雪将这座静谧的南方小城，铺陈成了一个童话的王国。南方难见这样的大雪拥门，瑞雪兆丰年啊！

杨国梁、隋永举率领一群导弹军官踏雪而来，子夜登专列前行，换成了便服，杨国梁司令和隋永举政委都换成风衣，戴着礼帽。

天亮了，仍然飞雪连天涌，铁路两旁的村舍炮竹声骤起，偶尔有焰火掠过雪空。

和平年代，千家万户皆团圆，惟这群军人难圆。可是，他们肩负重任与使命，坚毅的脸庞，洋溢着一种自信和从容。

时至傍晚，列车从村庄城郭一侧穿越而过。瑞雪丰年，爆竹声声，从远处传来。专列的餐车特意为官兵们安排了丰盛的年夜饭。

2 越岛攻击，抓住两个小时发射窗口

晚上 8 点多，第二炮兵前进指挥部所坐的专列，驶进了一个小站。一群高级军官步履铿锵地走下列车，这里便是他们纵横千里的导弹发射场了。

站台上已经停泊了一辆辆喷迷彩的吉普车。杨国梁司令员和隋永举政委、赵锡君参谋长、隋明太主任登车后，便向江南战区境内的一家仓库驶去。

趁着夜暗下车，杨国梁环顾了一下，觉得这个地点选得好，比较隐蔽。可是这只是战区的一个小仓库，一下子来了这么多人，自然显得有些拥挤。杨国梁司令员和隋永举政委每人安排了一个小房间，而第二炮兵作战指挥部也只能蜷缩于三楼的一个小会议室里，但是这栋楼坐落于一个独立的小院里，保密性强。楼前还有一块较大的方形绿地，早晚可以在院里散步，而不惊动任何人。

南方冬季的雨雾缥缈，让在北方过冬时习惯了暖气的第二炮兵首长和机关领导们感到彻骨的寒冷，令他们有点难以适应。房间里备了一个取暖的小电炉，只要一插上就会断电，惟有裹就在大衣里活动了。

翌日上午是大年初一，杨司令员和隋政委穿上羽绒衣一起去给官兵们拜年，看到常规导弹第一旅官兵士气嗷嗷叫，两位主要领导感到很安慰。

晚上，一位总参作战部参谋突然从北京直接飞抵演习现场，送来了军委的一道命令。考虑到中华民族的传统佳节，为了让两岸同胞过一个祥和的春节，军委首长决定第二炮兵部队发射导弹训练推迟 10 天，于 3 月 8 日至 15 日进行。等于在当下的时间内，再推迟 15 天。

接到军委命令后，杨国梁司令员和隋永举政委立即组织传达，有针对性

地做思想政治工作，在部队中叫响"牢记神圣使命，确保发射成功"的口号，号召官兵防急躁、防自满、防畏难、防松懈、防泄密、防事故，严格管理，有效地保证部队的思想稳定。

时间一分一秒走过。

1996 年 3 月 5 日 6 时许，新华社授权发布公告，中国人民解放军将于1996 年 3 月 8 日至 3 月 15 日，向北纬 25 度 13 分、东经 122 度 20 分，北纬25 度 13 分、东经 122 度 40 分，北纬 24 度 57 分、东经 122 度 40 分，北纬 24度 57 分、东经 122 度 20 分四点连线的海域，以及北纬 22 度 38 分、东经 119度 25 分，北纬 22 度 38 分、东经 119 度 45 分，北纬 22 度 22 分、东经 119 度45 分，北纬 22 度 22 分、东经 119 度 25 分四点连线内的海域，进行地对地导弹发射训练。为了安全，中国政府要求有关国家政府和地区当局通知本国、本地区的船只和飞机，在此期间不要进入上述海域和空域。公告同时还使用图示方式具体标明了解放军导弹落区的位置。

精卫填海，导弹衔着怒石而来。一石激起千重浪，在台湾岛上引起强烈反响。台湾当局顿时慌作一团，李登辉立即召开紧急会议研究对策，虽然他极力掩饰慌乱的心情，煞有介事地说，已经做好了应对突发事件准备，并安排国军进行负隅顽抗。

然后台湾"国防部"官员称，这两个目标的选择很有学问，对台形成了包夹之势，实际上是对台湾实行封锁的前奏。

3 月 5 日当天，台湾股市狂泻，开盘几分钟便下跌 30 点，到中午收盘跌了 62.49 点，3 月 6 日下泻了 109.45 点，岛内居民不仅抢购美元和黄金，还纷纷囤积食物，以防一战触发。

随后，香港《星岛日报》发表了台湾"立委"、资深军事评论员林郁方的文章，称中国这次演习在时间和导弹的落点上都十分高明和有学问，所选的南部落点是在距高雄几十里的地方，打这个点就等于告诉世界，中国有能力随时封锁台湾海峡。北部的落点距苏澳港几十公里的地方，这个点选的也很有学问，因为导弹会通过新竹、桃园，甚至台北县的南部，这是飞弹第一次飞越台湾上空。这是台湾自二战以来第一次受到这样最接近、最强大的威胁。这是在明确地告诉台湾，大陆有能力攻击台湾的任何地方。

次日，美国《纽约时报》发表社论指出，这对于美国的外交是一个非常微妙和危险的时刻。美国官员和防务专家说，他们担心美国被卷入两岸军事争端。

日本《每日新闻》和法国《欧洲时报》称，海峡风云骤紧的根源在李登辉。

合众国际社北京3月6日电，中国向台湾李登辉发起猛烈抨击。虽然中国宣布进行导弹发射训练，但是普遍认为中国军方在台湾附近采取行动为了显示中国力量，目的是迫使台北放弃独立企图。

路透社北京3月6日电，中国宣称在台海附近海域进行新的导弹发射训练，表明中国准备使用武力实现国家统一。同时也是向国民党统治的台湾发出最严厉的警告，表明一旦台湾试图宣布独立，大陆准备动用武力。

看完情报部收集的文章，杨国梁司令员淡然一笑，他现在最重要的事情就是寻找发射窗口，常规导弹第一旅的武器装备具有全天候的发射突击能力，但是军委要求每次都要报告发射落点的精度。当时的观测设备还不具备全天候观测能力，惟有选好天发射，这样就得等发射窗口。他与气象专家会商得出一个结果：3月份很难出现晴天，无论白天还是晚上，当时的实际情况总体上是3月8日前几天天气还不错，大多为晴间多云。但是3月8日是一个坎，零时恰好是天气的转换区，有大约两个小时的好天，可被视为导弹发射的最好窗口，以后便是较长时间的阴雨天气了。

抓住两个小时的发射窗口，将导弹打出去。杨国梁司令员与隋永举政委对此已经酝酿多时，因为此时部队早已经准备就绪，就欠天气这个东风了。

在与隋永举政委、潘日源副司令员、曹和庆副政委和参谋赵锡君、政治部主任隋明太等领导同志商量后，大家皆表示同意。抓住这两个小时的窗口，一展第二炮兵导弹雄风。

于是，杨国梁将作战部长项玉峰叫进作战室，仰着头交代道，马上向军委起草一份电话稿，主要内容有五。一是说明第二炮兵参演部队已经进入演习地域，斗志昂扬，士气高涨；二是通过合练，第二炮兵、基地和旅三级指挥顺畅，联络畅通；三是导弹武器装备已经处于良好状态；四是阵地准备已经就绪；五是最重要的一点，3月8日凌晨有两个小时的发射窗口，以后的天气很可能变坏，影响遥测。第二炮兵前进指挥部建议，3月8日凌晨两个小时窗口内进行导弹发射，请军委首长批准。

第二炮兵前指召开作战会议，杨国梁传达了中央军委的指示，同意第二炮兵的建议。3月8日凌晨即开始发射导弹。

越岛发射，就在凌晨一举。

3 精卫填海衔怒石而来

那天傍晚，发射场的上空黑云如铅，乌云翻滚，如战列舰一般，滚滚扑来，一片山雨欲来的前夜。

发射部队马上就要出征了。周晓林指挥三连一排发射架第一个出发，他们站在列车前，等着杨国梁司令员和隋永举政委前来送行。

看到高津站在第一排第一个，杨国梁司令员朝他走过来，官兵向司令员行军礼。

杨国梁紧紧握着高津手说，怎么样？高副参谋长。

请首长放心，凌晨10分，且听天空第一声巨响。

杨国梁笑了说，有你在，我就放心了！

隋永举政委过来，紧紧握住高津的手说，我只要在传声器里听到高津的声音，悬着的心就放下了。

谢谢首长的厚爱，我们当不辱使命，打出最佳精度。

好！一个真正的军人当如此。隋政委点了点头，然后和周晓林等号手握手说，怎么样？周连长，这次发射装备的可靠性如何？

很好！首长。吃一堑，长一智嘛。我们的导弹装备保养得非常好。

好！祝你成功。隋政委说。

第二炮兵首长依次握过手后，周晓林挥了挥手说：出发！

战车滚滚，犁开夜雨而行。战车轰鸣，那高大雄浑的身影在第二炮兵首长的视线中渐行渐远。

第二炮兵首长回到前进指挥所。对其行踪，在旅指挥所的施湘阳看得清清楚楚，听得明明白白。

那些日子，正是这个年轻军官最黯淡的日子，他被贬到指定控里，做通信保障，已经是一个边缘化的角色。这次默默伫立一侧，所以反倒对整个演习有了清醒透彻的观察。他说，第二次大演习，有点骄兵的感觉。

我说，你此话当何讲？

施湘阳说，当时我看到有一点浮躁情绪在蔓延。本是一支人民的军队，人民的子弟兵，可是因为第一次演习的成功，滋生了狂妄自大的东西。部队开进过程中，冲锋枪子弹都上了膛，或许与有境外特务的渗透有关，但是更多围观的还是老百姓啊。见不让道的车就开枪打轮胎，抢托砸玻璃。有一个骑摩托车的地方小伙子，不知道此次军事行动的重要性，骑着摩托车就往里边冲，一连冲过两道防线，到最后一道防线就直逼发射车了。

武卫东副旅长带的警卫分队个个都是虎将，只见一个战士端起冲锋枪，抬手一枪，一个点射把摩托车轮胎打摞倒。

平白无故向老百姓开了一枪，舆论哗然。旅里就有人说武卫东上次演习丢了一支枪，这次演习刚开始，又开了一枪。这不是要害常规导弹第一旅吗？弄得武副旅长好紧张。最后还是隋永举政委一句话，打得好！首长的意思是说现在是执行战时任务，不比平时，底下的人认识没有这么高。隋政委一句话，所有的嘈杂之声都风平浪静，也等于为他平了反。

我说武卫东丢枪以后，正好我到旅里采访，那天他正蛰伏斗室一隅，读《史记》的《李将军列传》。后来，在北京谈起丢枪之事，武卫东说，演习结束，正是老母亲去世一周年忌日。演习完成后，他回武汉探视父亲，顺便祭奠一下母亲。执行任务的枪没有人帮助收，只好让随同前往的一位副连长带回，千叮咛万嘱咐要他小心。结果那位副连长在九江晚上睡觉时，太困，被小偷拽跑了。电话打来后，他将这件事告诉已经卸去第二炮兵指挥学校校长的武庚梅，当场父亲就掴了他一耳光，打得他生疼。要让他永远记住，再不能犯这样的低级错误，老武家只有他一个人身穿军装了。后来，武卫东对我说，如果在战争年代，丢一支枪，他就抢回一门炮来！

佩服！武副旅长真是好口才。

施湘阳说那天他在指挥所里，导调通信指挥车，隐隐约约感觉到要出事。

因为前边发射很顺利。3月8日零点过后，0时10分，周晓林为0号指挥的连续发射架率先出手，实现了高津对杨司令员的承诺，且听发射阵地上空一声巨响。

第二枚导弹是三营五连一排，夏小平过去带的那个排发射的。发射时间恰好是1时10分。而第三发，则又轮到二营三连的二排发射，都出自周晓林麾下。这一发弹是在1时58分发射成功的。

最后一发该轮到无冕之王，一营一连发射了。

上次成于王保才，这次不成也是王保才。胜也是他，败也是他。

然而，今天的王保才是最不靠谱的。他太粗心大意了！

施湘阳说，王保才这个人太稀拉，当年在大学生集训队结束之后，高津差点废了他。可是，后来他写了一封称得上是万言书的深刻检查，感动了高津，觉得他是一个人才。1994年，重新起用了他，让他参与谢兴凤营长组织的高温试验。可是今夜他却吞下了一枚苦果。

李春安副司令员当时带人在现场把关，他回来后，施湘阳看他仰天长叹：王保才，迷糊蛋！太紧张了。李春安的话语刚落不到10分钟，便有一片辉煌照亮山坳。

那天看到张启华的风采，施湘阳说，他指挥很镇静。站在二层的楼房上，前边皆是苍山茫茫，他往地图前一看，就知道地点在哪里了。马上指出在什么位置上，武卫东带着部队不到半小时就上去，准确找到地方，当天凌晨就将一切问题解决了，不曾留下一点踪迹。

以后，施湘阳当了一营营长，常用这件事情告诫大家：骄兵必败！低调点好哟。而且那次本来要给一营一连授发射先锋连模范称号的，组织的发射嘉奖令都写完了，却功亏一篑。结果将发射先锋连的荣誉称号拱手让给二营周晓林带的三连。三连捡了一个大便宜，一营也就只能像高津说的那样，成为"无冕之王"了。

那次大演习，作训科长李天是扬声器调度指挥，而施湘阳则调试设备。虽然总死机，但是关键时刻，在火力突击上保障不错，引起了张启华旅长，高津副参谋长的极大兴趣。也为施湘阳后来充分发挥才干，提供了一个用武之地。

精卫填海，一个美神袂袖飘飘，衔着一块块怒石而来。三枚导弹像三块怒石，扔进了台湾海峡，且离那座孤岛的南北两个点不远不近。张万年副主席指示，前三发打得好，要认真总结经验，将后面的导弹发射好。

三枚导弹一打，让台湾民众怨声载道说，台湾台北导弹飞，此祸出自李登辉。选阿辉，变炮灰，李登辉上台，导弹打过来。

美联社的记者报道，台北的不安是显而易见的，忐忑不安的居民在银行前排起长队，等着提款并将积蓄换成美元。超级市场随时可见抢购食品的人。

《联合早报》称，台北高层坦然承认，目前全球都缺乏对中国这种飞弹的反制系统，两岸一旦爆发战争，台将无力应对中共远程飞弹的精确打击。

法国新闻评论称，从最初发射的三枚导弹看，中国军人都能击中目标。换句话说，如果从中国基地发射，完全可以命中台湾的任何一个目标。这次演习完全可以构成对台湾当局的心理压力，演习成功更可以显示中国军队的军事实力，表明台湾完全处在其准确发射范围内。

看完这些外电报道，杨国梁司令员走出户外，仰望天空，早春的天空里，苍穹如盖，冷雨潇潇，山影渐隐，一片烟雨蒙蒙。气象专家管天，果然神机妙算。3月8日2点之后，天气骤变。一直阴雨连绵，数日不晴。对于沉默于林莽之中执行发射任务的第二炮兵常规第一旅来说，他们将面临着巨大考验，因为两支美国舰母编队朝台湾海峡巡弋而来。

4 "尼米兹号"舰母编队从公海后退七十海里

已经四天没有发射导弹了。

杨国梁司令员俯看着桌上的台历,离新华社公告的结束演习的时间3月15日越来越近了。

境外的媒体一再猜测,是否因为美国的两个航母编队"独立号"和"尼米兹号"逼近台湾海域,吓得中共的第二炮兵部队不敢贸然出手了?!

瞎扯淡嘛!杨国梁将拳头擂在那些境外报纸上,然后推给坐在一旁的潘日源副司令员说,潘副司令,你瞧瞧,尽是一派胡言嘛!

中国军人可不是吓大的啊。潘日源副司令员说,当年在朝鲜、越南,我们这个前进指挥部里就有军人与他们刺刀见过红嘛!

你和曹副政委就是其中的。

还有隋政委?

我就是饮马鸭绿江。隋永举政委笑道。

呵呵!

杨国梁觉得有些遗憾,其实他麾下驾驭的常规导弹皆是全天候,什么时间,随时都可以发射,无须什么发射窗口。只是中央军委要求每次报出准确的导弹精度,那时只能通过遥测手段,它对天气的选择就近于苛刻了,暴雨天信号捕获起来就有些困难。

乱石穿空,台湾海峡一时战云飞渡。美国人将台湾视为一艘不沉的航空母舰,他们的搅局,一下子将台海局势弄得严峻起来。

然而,新一代导弹官兵却是热血男儿,铁骨铮铮。他们的肩上,擎起的是一个古老民族至高无上的尊严。

3月12日晚上，按照第二炮兵指挥所的命令，常规导弹一旅的数支发射分队，在预定的时间占领发射阵地。第二炮兵副司令员潘日源中将亲临一线，与装备部部长黄次胜少将一起坐镇指挥，部队在夜雨中，等待了一个漫漫长夜。

拂晓将至。潘日源仰首望天，仍然是乌云滚滚，山雨欲来。发射分队仍然在凄风苦雨中等待。他用手电看了看表，已经是4时了，不能再等，他得下决心，推一把。他走到装备部部长黄次胜旁边说，黄部长，打吧！我们搞了一辈子导弹，遥测信号只要在主动段接收到了，就能估摸出一个八九不离十。偏不了！

是啊，首长，黄次胜点了点头说，我也这样认为的。

你给杨司令员打电话吧。

应该首长打啊，您现在是战地最高指挥官。

还是你打好。我打，是帮着杨司令员下的军事决断，而你打，则是从前线技术决策上下决心。

好！黄次胜走到指挥车跟前，接通了指挥部的电话，直接用暗语呼叫"黄河"。

杨国梁司令员出现在电话中说，我是黄河！

黄次胜说，首长啊，如果天气一直这样下去，怎么办啊？

杨国梁说，据气象专家刚才送来的天气预报，过会儿天气还会有转好的可能。

黄次胜部长说，我们这里已经下起雨了，天气看来很难转好。

我明白了。杨国梁司令说，我与隋政委商量一下，一会儿给你一个答复。

搁下电话，杨国梁走到隋永举政委跟前说，政委啊，刚才黄次胜部长从前边打来电话，转达潘副司令意见说，天气正在变坏，一时难以好转。我考虑美国两个航母编队已经逼近台湾海峡，已经四天没有打弹了，我们得用铁拳说话啊。而且部队也要在各种天气中检验官兵和装备的全面能力。

打吧！我们不能再沉默了。隋永举政委说，此时发射，虽有风险，但恰逢其时。

好！两个军政主官意见高度一致。

杨国梁转身，向基指、旅指下达命令：按照程序发射导弹！

春雨潇潇，三月的江南挟着早春冷雨的寒凉。四营营长陈小平和教导员胡浩率领的八连和五营营长教导员率领的发射单元，已经在夜雨中坚守了整整8个小时，眼看天快亮了。东方既白，突然接到发射命令。四营营长陈小平将发射命令下达给早已跃跃欲试的0号指挥姜善国，指挥1号李吉明，2号周渝等号手，迅速展开操作。

3月13日5时45分，随着最后一声"点火"口令的下达，第二个波次突击的首枚导弹穿越雨幕，跃入云罅，从黑云锁城的云团里飞过，导弹爬升到19秒之后，因为云层雨雾太厚，观测设备跟踪的红外信号顿时消失了。可是站在指挥所里的杨国梁司令员听到了主动段飞行时发动机关机的声音，他长长地舒了一口气，这说明这枚导弹主动段飞行是正常的，导弹发射大获成功！

指挥大厅里顿时响起一片欢笑声，压抑已久的情绪瞬间得到了释放。

阵地上的雨越下越大，杨国梁司令员命令，另外一支发射分队撤出阵地。

一声令下，五营的发射单元在夜雨里整整坚持10个小时之后，饮憾而归。随着这次大演习的落幕，这种等同于实战的发射与他们失之交臂。

杨司令员预言成真。两个小时后，台湾的无线电台报到，中共军队发射的导弹准确地落在了距高雄港附近的海域。

一弹激起千重浪，在某种程度上就是一个重要的信息。果不其然，美国政府通知美军太平洋司令部司令普理赫上将，"独立号"航母编队掉头去执行别的任务，"尼米兹号"航母编队放慢进入台湾前进速度。太平洋舰队司令官表示，他对下一步形势的发展和美军的后续行动，"心里一点底都没有！"而美国当局也不愿将事态的发展进一步扩大和恶化，伤及两个大国的关系。

杨国梁抑制不住内心的激动，这枚顶着巨大政治和军事压力发射的导弹，真是一发"争气弹"和"英雄弹"！

一夜春雨过后，这里的黎明静悄悄。早晨，总参作战部的电话打到了第二炮兵指挥所，传达刘华清副主席的指示，这几发弹打得很重要！很好。这次发射已经达到了预期的目的，再发射时如果气象不好，就不要勉强。下一步行动第二炮兵上报行动方案。

翌日上午，中央军委再度发报，称第二炮兵第二个波次的导弹发射，有力地配合了国家的政治外交斗争，达到了预期目的。

3月15日18时，新华社授权公告，宣布中国人民解放军第二炮兵向台湾附近海域进行的地对地导弹发射训练已经结束，从3月15日18时起恢复正常航行。

这意味着这次联合演习完满地落下了帷幕。

惊雷蹈海，踏沙而来。3月17日下午，杨国梁司令员带着作战部长项玉峰部长，乘坐列车抵达东南某省会城市，在那里实地观看南京战区的军事演习。

当晚，张万年副主席在梅园宾馆与杨国梁共进晚餐。见面时，张副主席紧紧握着杨国梁的手说，杨司令，辛苦了！第二炮兵这次演习打得好，打得准，任务完成很圆满，达到了预期目的。这次气象很复杂，对部队也是很好的锻炼，你们要很好地总结经验。

杨国梁点头称是。

[下卷] 火箭第二级

第十四章
新世纪之门
为谁而开

1 长安城下，惊闻美国轰炸中国驻南使馆

在我写作的经纬度上，长安城无疑是一座避让不开的城郭。

这不仅因为这座厚厚黄尘掩埋的帝都，曾经缔造了让人类惊叹与景仰的汉风唐韵；也不仅仅因为梦回这块黄天、黄地、黄风、黄尘之中，能拾回一介书生的黄粱梦，更重要的是，之于我的写作，有许多前尘和劫数，冥冥之中，皆与长安相连。

我有好几多书的采访，起于长安，止于长安。

我有好几部书的人物，生于长安，殁于长安。

西望长安，总有故人来。不见长安，总有故人在。对于一个少年、一个军人、一个写作者，长安永远是挥之不去的梦想、梦魇、梦乡。

1999 年夏，我被老领导王守仁将军"押"去长安城，开始一部关于《砺剑灞上》书稿的采访，重述这座中国第一座战略导弹最高学府的英雄传奇。

因为要求在第二炮兵工程学校 40 周年时候出书，要的甚急，我将王缓平、荷亮诸君，请去长安城东郊的灞桥。在当年秦始皇焚书坑儒的洪庆之地，灰坑已冷，学子犹在的地方，在当年大唐戍边学子送别的长亭外，折柳相送的灞桥。环顾四野，春风掠过，芦荻悠悠，风中，唐人别离时吹奏的工尺曲从遥远的云天飘来，汇成一曲唐韵天歌。

然而，秦时明月犹在，唐韵天风依然。十字路口上的大唐长安城，此时，已埋在了厚厚的黄土之下，可是却以一种开放的胸襟，就像风中已经苍老的城郭一样，睥睨世界，在残破中透出一种从容不迫的淡定，一种包罗万象的博大。

然而，人类马上就要跨越又一个千年。走向新世纪的中国已融入世界经济发展的快车道，长安却被远远地抛在了身后，落伍在大西北的风尘、风雪里。

而我们这支军队，改革开放以来，在隐忍和捆绑中前行，将自身的发展让位于经济建设之后。踏在另一个千年的门槛上，它将以什么样的姿势，步入新世纪。

梦回长安，梦回秦关。

不曾想，我进入第二炮兵工程学校采访时，却在长安城下，见证了一个民族最耻辱的一日。

那天，也许因为觉得我连着采访数日，时任学校副政委的康世明少将，邀请我们一行去尝尝西安城著名的饺子宴。

康世明曾当了多年的高原火箭兵，在那片遥远的芜野上，与中国"神火"相伴四十载。后来下山，到工程学校任职，出身燕赵之地，可是脸上仍挟着高原红，久久未褪，性格中自然飞扬着高原的飒爽烈风。

那天傍晚时分，一辆"考斯特"从灞桥开了出来，载着我们一行驶往城中，在离钟鼓楼不远的"德发长"饺子馆旁边一个停车场戛然而止。跨下车门，信步而去。此时，夕阳正好，春风徐徐，徜徉城郭之下，穿过小径，登上三楼古色古香的厅堂，我倚于窗前，屋里香茗袅袅，不时地品品手中那盏铁观音。

春阳正好。暖暖的，一抹夕照泄入屋里，是大唐帝国的太阳吗？我伫立在落地窗前，俯瞰城郭，斜阳无限山，一抹血红漫漶于骊山和城垛之间，照着秦城汉关，照着已被厚厚黄土掩埋的大唐帝都。

此时，一群和平鸽盘旋于钟楼的圆顶之上，犹如一群飞天女神，巡弋于大衢闾巷，与晚霞齐飞，共骊山一色。只是朱雀大道不再，却仍然穿越时光的隧洞，为我们打开新世纪的转门。

长安城等待第三个千年了，等过秦时明月照城郭，等过汉时雄风拂长安，等成大唐泱泱上古气象，天下景仰，也等成了黄土风尘之下万世不死的长安。

从容的长安在等谁呢？今日的西安又能在等待什么？我不得而知，也不想细究。

和平门下，自然是一个和平的日子。

康世明少将多年在部队，已经形成了必看新闻的好习惯。他示意服务员，打开房间的电视机。

小姐酥手纤纤，轻轻一点，却打开了一个恐怖的画面，打开了中华民族一个黑色的忌日。

斯时，《新闻联播》正在播出中国驻南联盟大使馆被炸事件。1999 年 5 月 8 日清晨 6 时，以美国为首的北约集团，使用隐形 B-2 轰炸机，从美国本土起飞，通过空中加油，对我驻南联盟大使馆发射了 5 枚"杰达姆"激光精确制导炸弹。其中，三枚从不同方向，直接命中我大使馆大楼，一枚击中五楼楼底，洞穿地下室，未曾爆炸，造成新华社和《光明日报》驻南联盟三名记者不幸壮烈牺牲，20 多名使馆人员受伤。

这不啻长安城郭遽然而起的一记惊雷，将刚才仍在暮霭中翱翔的和平鸽惊飞了，也惊呆了饭桌前的所有将官、校官。包间死一般地沉寂。沉默，惟有央视一频道播音员低沉、悲恚的声音弥漫其间，一任悲怆的泪水盈动眼帘。

落泪是金。饮恨长安。

再也没有一点余兴。饭局被搅了，悻悻然驱车驶回灞桥。夜幕中，总不时浮现大唐时代边关狼烟起，文人从军戍边，走到灞桥驿亭，就此别过。抚一首工尺曲相送，折柳相赠，然后跃身上马，绝尘而去，喋血杀敌，封个万户侯，再返长安。

而今，我们只能坐于室中，看凤凰卫视的名嘴吴小莉在主持大型实况转播"中国可以说不"！

今夜，中国靠什么说不？就凭电视屏幕上名嘴的犀利言辞，就凭那个早已经被岁月风化了的汉唐雄姿，还是凭二十年改革开放的强大国力？富国强兵，国富，未必强兵。而此时，二十载捆绑与忍耐之后，国家富了，叩响了新世纪转门的人民解放军，此时，又凭什么利器、国器向世界说不？！

电视画面上，倒是那些被称为"愤青"的年轻人挥臂、挥旗在美国驻华使馆，驻沈阳、广州和成都使馆前匆匆走过、情绪火山般聚集与奔突，将一个古老民族不屈的头颅、不泯的愤懑、不死的雄心，展露于前。

之后，我采访过国航专机机长刘晋平，他曾驾驶空客 320 飞越大洋，飞向南联盟首都塞尔维亚，接三位壮烈记者的遗体和受伤的人员归来。心静如水的前空军军官脸上，那悲愤之情，许久许久，挥之不去……

那之后的许多年过去了，我曾采访第二炮兵原司令员杨国梁上将。他回忆道，那些日子，他一直在苦苦思索，如果美国为首的北约当时直面的是一个国防实力与之势均力敌的强国，他们敢如此冒天下之大不韪，肆无忌惮地攻击一个国家的驻外使馆吗？如果我们有一招或数招可置敌于死地的利器，他们敢如此明目张胆地轰炸等于一个国家的驻外领土吗？！关键是我们的军队忍耐、捆绑了多年，综合国力和国防实力还不够强大，不够让那些列强们喝着咖啡决定一个民族命运时，谨慎再三。

这是一个屈辱悲剧性事件的结点，也是另一个跨越式发展年代的起点。这个迈向新世纪的里程点，中国军队重新开步走，踏上了跨越式发展之路。

故国虽大，忘战必亡。

从这个意义上，应该"感谢"美国为首的北约，对中国驻南联盟大使馆的惊天一炸，炸醒了中国人沉溺于盛世的浮华一梦，也炸醒了中国军队的强军之梦。

2 耿耿老将心，未敢忘忧国

一份人民大会堂开会的请柬，送到已经赋闲七载的第二炮兵老司令员李旭阁家里。

这样的请柬，一年要收到不少。可是李旭阁早已经宠辱不惊，惯看庭前花开花落。那天，当公务员拆开信封，竟然是中央表彰"两弹一星"功臣大会的邀请函，邀请李旭阁作为特邀代表出席。看着请柬和行车证，着实让他一惊，眼睛遽然一亮。

1994 年 10 月，李旭阁刚退休 2 年，时逢首次核试验 30 周年。作为当年首次核试验办公室主任，他特意写了一篇题为《首次核试验前后》的文章。由首次核试验总指挥张爱萍上将审读后，送到《人民日报》国内部，编辑已经编好了，送外交部审查时，被扣下来了。还说，怕此文一出，会触动有的大国的神经和敏感。他淡然一笑，从此，不再伏案挥笔。那时，他还是全国人大常委兼外事委员会委员，不时出国，或接待外国团体来访。在有的座谈会，他想以一位抗日老兵的身份，说说那场战争，告诫人们前事不忘后事之师，吸取历史教训。结果被噤声，令他好生失望。从此，他以耳疾相辞，那些活动再也不参加了。

中国驻南使馆被炸，炸醒了一片繁华梦中人。中央高调表彰为"两弹一星"做出杰出贡献的有功之臣，他感到快慰。那天，他扭头问夫人，素墨，参加"两弹一星"表彰大会，我穿什么正装啊？！

你退休了，军装是不能穿了。因为耳朵已经失聪，耿素墨大声吼道，穿中山装。国服庄重，永远有国格。

呵呵！李旭阁笑了。

他的一生，一路见证了中国国防现代化从无到有，从小到大。

1955 年元旦，钱学森先生归国后，第一次在总政新街口排练场讲导弹概述，听课者大多是驻京高级将领，他是总参作战部空军处技术组的参谋，惟一的少校。

时隔 3 年，苏军一个地空导弹营携 P-2 导弹，到北京长辛店，与炮兵教导大队官兵进行一对一教学，他也在其中，跟踪听课。李旭阁既是长辛店的第一代导弹人，更是中国首次核试验的具体参与者。

1964 年 5 月下旬，他去酒泉航天城参加红旗地空导弹试验，巧遇张爱萍上将，竟被扣了下来。从此，追随张爱萍左右，出任首次核试验办公室主任，多次参与了中央专委会议。由此，走近两个伟大的灵魂——周恩来和张爱萍。他们的性格、性情、风骨，深深地烙印在他的身上。作为张爱萍上将的密使，他携带绝密报告，一个人由两架专机接力送到北京，直接向主席和总理报告。而原子弹爆炸的第二天，张爱萍上将问了一句，不知道原子弹铁塔炸成什么样了？他居然穿着防护服，乘直升飞机盘旋爆心上空，观察铁塔的毁伤情况，这需要何等的勇气和英雄气概啊！

邓稼先夫人许鹿希是一代名媛，是北京医科大学的大夫。邓稼先走后，她不仅保持高贵经典的爱情，将邓稼先的遗物原样不动，让它们永远凝固在那个年代里，而且她还在做另一件事情，就是追寻和收集当年参与核试验功勋之臣的身体状况，最后惊讶地发现，他们大多死于癌症。当时，她发现惟一漏网之鱼就是李旭阁。然而，2001 年夏天，当得知李旭阁也查出肺癌切掉左肺时，她对张爱萍夫人李又兰惊叹：最后的漏网之鱼，也未能幸免。

那年夏天，在北戴河河滨，我循着老首长当年参加首次核试验工作手记上简单的几行字，试图让他回忆当时每一天的情况和细节。可是这种努力几近徒劳，借助助听器，他也仅能听到我高分贝"吼"出的几个词，而无法听清一句完整的话，交流起来十分困难。每一次交谈，老人家最终都移飘到他一生铭心刻骨的几件事情上。然而，等一周后我离开时，还是在笔记本电脑上留下了两万多字的线索。

收集材料，查证资料的过程曲折而又漫长，写作又被汶川地震打断。以至与军事科学院葛东升副院长见面时，他一再委婉地提醒和忠告我，不能再拖了，否则你会成为千古罪人，饮憾终生。我知道葛东升副院长这话背后的潜台词。

整理和编辑过程中的危机感也不时产生。

2009 年大阅兵前夕，旭阁老首长做了一身西服，准备国庆那天穿着上观礼台。9 月 3 日晚上，我将为《解放军报》人物纪实版写的报告文学《中国第一朵蘑菇云里的英雄传奇》送他审阅时，当时人还好好的。过了三天，他便住院了，且两度报病危。9 月 9 日，《解放军报》整版推出这篇文章，整个 301 医院高干病房的医生、护士都轰动了。谁也未曾想到，原来躺在病榻上的这位老首长，不仅是位封疆大吏，还是中国第一朵蘑菇云里的英雄啊！

一个没有英雄的时代，我们在苦苦寻找英雄。其实英雄也许就在我们身边，或许就是那一位位其貌不扬，慈眉善目的沉默老人。

然而，这三十年间，我惊诧这个时代的变化，惊讶我们心理的变化。我们开始忽略自己的历史，开始不屑自己少年时代的英雄了。那些波澜壮阔碧血千秋的历史荒芜了，枯萎了，成了历史博物馆里一个个干瘪的标本；那些曾经激荡和燃烧过我们理想、青春火焰的英雄，渐渐淡出我们的视野。

有时我常在默默叩问，我们从哪里来？又将往哪里去？

很多个夜晚，我一次次将目光投向西部，遥望、仰望罗布泊上那片英雄天空。

然而，罗布泊的英雄们却一一伫立在人民大会堂的舞台上。从共和国主席手中，接过"两弹一星"功勋奖章。

9 月 18 日，在人民大会堂参加中央召开的表彰当年为"两弹一星"研制做出突出贡献的专家，听了党的总书记的讲话，李旭阁显得尤为高兴，压抑心中多年的郁积，如释重负。

退休六载，他基本不再过问政事。可是人民大会堂参加会议归来，他突然觉得有必要给军委主席和中央军委上书一封，诉说一下建设中国战略核力量的重大问题。

于是，伏案十天，几经修改，终于成稿。字里行间，力透纸背，一片耿耿老臣心，未敢忘忧国。

他在信中写道：

9月上旬，我从《中办通报》中看到，党的总书记同志7月8日在全军政治工作会议上的讲话中说，为了打赢未来高技术战争，中央已经下了决心，要像当年搞"两弹一星"那样，发展高技术战争中所需要的一些尖端武器，尽快拿出自己的"撒手锏"。9月18日，我作为特邀代表，参加了党中央、国务院和中央军委召开的表彰为研制"两弹一星"做出突出贡献的科技专家大会，听了军委主席的讲话，深受鼓舞。对于发展导弹核武器，我曾有过难忘的经历，对于中央的决定，感慨万千。在相当长的一段时间里，我国的"两弹"发展徘徊不前，部队的装备难以为继，导弹核武器的威慑能力已是徒有其表。这并非仅仅因为经济困难，而另有原因。

李旭阁在信中痛陈一些情况和原因说，第二炮兵依靠自己的力量，挖潜增程，延长超期服役导弹的使用寿命，取得了显著效果。又与航天二院合作，由第二炮兵支持资金，将第二代战略导弹增程，达到了预期的射程和战标。第二炮兵提议，经国务院、中央军委批准，使第一代大型号导弹成为真正意义上的洲际导弹，实现了当年毛主席、周总理的梦想。为了维持我国的战略核力量，第二炮兵想尽一切办法，坚持了站岗放哨的任务。

然而，李旭阁以超前的胆识和眼光，力排众议，千山独行，却也付出沉重的代价。一月之内，竟然被连说两次，最后到了全军干部工作会议上直指其名的程度。比如洲际导弹到底要不要发展？发展到什么程度？载人工具还要不要上天？这都是国家大事。当然，不是说第二炮兵不重要了，就你要搞个洲际导弹，打到哪里去？有这个可能，有这个机会，有这个必要吗？

毫无疑问，这些批评声浪，如五雷轰顶，更似泰山压顶，给第二炮兵，给李旭阁造成很大的压力。可是，这些并非是第二炮兵的自作主张，都是经过国务院、中央军委批准的。而且，作为中国战略核力量的亲历者、见证者，李旭阁说，洲际导弹是毛主席、周总理在世时立项研制的啊！

李旭阁感叹道，我当司令员7年零4个月，比前几任都长。在任期间，遵照小平同志新时期的军事方针，针对第二炮兵存在的问题，进行了有效的改革，整体作战能力有明显提高，自己认为向党交了一份还算满意的答卷，问心无愧。但是对第二炮兵的艰难处境，对今后能否保持有效的威慑力量，深感忧虑，心情难以平静。小平同志曾极为深刻地说："我国掌握核武器，只是体现你有我也有，你在毁灭我，你自己也要受到点报复。"我国发展洲际导弹，只是一种防御手段，我国郑重声明，我们不首先使用核武器，不对无核国家使用核武器，这是举世皆知的。世界超强大国都是典型的实用主义，他只尊重实力。你有实力他就不敢轻举妄动，你没有实力，他就骑在你脖子上拉屎。如果我们没有洲际导弹，没有还手之力，如何自立于大国之林？所以，听了党的总书记同志宣布要像当年搞"两弹一星"那样抓尖端武器，表彰当年为"两弹一星"做出突出贡献的科技专家，而且泽及九泉之下，号召学习"两弹一星"的精神，真是万分高兴，澄清了多年的困惑，犹如"山重水复疑无路，柳暗花明又一村"……

在信的结尾处，李旭阁引用孟子之语"出则无敌国外患者，国恒亡。"现在的形势，使人们更加认识到了这句话的深意。美国炸了我驻南使馆后，军委主席亲自领导了一场对美国霸权主义的斗争，举国同仇敌忾，有理、有利、有节和斗而不破的方针，迫使美国赔礼道歉。美国对这类的事，向来是不肯低头的。这是一次最实际的爱国主义教育，大长了中国人民的志气。我们有这么一个强大的对手，可以使我们时时提高警惕，兢兢业业……

……

一片老将心，可鉴天地日月，赋闲而未敢忘国忧啊。

十天之后，李旭阁将这封信通过迟浩田副主席，呈报军委首长和军委主席，引起高度重视。与此同时，李旭阁将此信转给了杨国梁司令和隋明太政委，他俩皆做出了大段批示。

2010年3月27日，我采访杨国梁司令时，说起迈向新世纪的中国战略导弹部队，老首长找出一个小笔记本，上边密密麻麻写满了字，向我读的就是这封信。

一位继任司令，一位上将，对前任司令的文墨和意见如此重视，其一颗忧国心，可窥一斑。

3 寂静，往往是一场黎明的前奏

王晓予在第二炮兵工程学院做副教务长已经五年了，突然遇上了学校体制改革，个人发展遇到了瓶颈。他还年轻，学院政委王守仁少将觉得再将他撂下去，有些可惜。时逢第二炮兵政委隋明太来学院调研，王守仁极力推荐，欲将他交流出去。

政委，谢谢好意！当时王晓予不想往外走，母亲、爱人、孩子以及岳父母都在这里，西安已经成了他可靠的大后方和根据地了。他找过王守仁政委多次，说还是不想离开西安。

王守仁说，晓予，风物长宜放眼量。你才45岁，人生还长着呢。去吧！到了基地任职又是一番新的天地。

经不住王政委一再做工作。王晓予最后终于答应，同意交流出去。

于是，任现职五年之后，他平调到了某基地担任副总师。

命令是1999年10月下的，正准备去报到，赶上老岳父入院抢救。几经奔波，最终未能挽留住老人的生命。12月份，善后都处理完了，他才开始西南望。

这时，司令员的电话打来说，晓予啊，家里的事情处理得怎么样了？

后事已经办完了。王晓予说，我正要前去报到呢！

快过来吧！我和张孝忠政委有要紧的事情托付给你啊。

好！我打点行李就过去。

西望长安，终于再见故人来。

12月初的一天，司令员将王晓予叫到他的办公室，郑重地交代他一项任务说，今年10月15日，基地接到第二炮兵的通知，组建新型号导弹试训队，陈德贵率领一批人，已经在一个废旧陆军营盘里集结。现在给你交代一个任务，派你到某新型导弹试训队去，作为基地副总师，全面学习和跟踪这个型号。这是我们国家的第一支新型导弹部队，交给基地，我们感到莫大的荣幸，也深感责任重大。前途无量，然而也前路茫茫。我和张孝忠政委商量了，让你带队去，率领第一批骨干，出远门，进工厂，全面跟踪设计，超前集训。

王晓予有些纳闷儿，他说基地英才济济，各路英雄云集，为何叫我这个刚出学校门，才进基地门，对部队一点情况都不熟的人去呢？

司令员笑了说，基于三点考虑吧，第一，你有在工程学院的优势。我们了解到你在工程学院各方面的表现都不错，团结同志，善于学习。当过教员、学员队长、系主任、副教务长，学习大型导弹，适应性强，管理这支队伍没有问题。

第二，基地党委非常重视这件事情。此事一成，可谓芝麻开门，是送给新世纪的一份厚礼啊！派别的基地首长去，都觉得不如你合适。

第三，司令员掐指数来，这一点，摆不到桌面上。就是你家不在这里，到哪里都是分居两地。而新型导弹部队的超前集训，看得见的是两年，看不见的也许就是一场持久战。因此，派你去，比派那些拖家带口的去，都合适！

王晓予笑了说，是不是已经定了？

基地反复考虑，司令员点头道，决定你去了，还有什么想法吗？

王晓予说，保证完成任务！

迈向新世纪的元旦钟声，马上就要敲响了。王晓予追逐新世纪的霞光，先飞到北京，找到第二炮兵新型号导弹型号办主任沟通，联系超前集训队的人马到北京学习事宜。当时谁心里都没有底，这个新型号导弹什么时候能够交付部队。

过了春节，王晓予带着超前集训队陈德贵、林康、苟翼和罗来斌等一行20人到北京。原来以为至多一年半载，就可以将技术学到手，岂知这型号导弹的研制一波三折，他们在北京一待就是五年。

6个人分到所里，15个人在厂里。只有何峰，技术处的助理给王晓予当参谋。

第一年以为希望最大，却经历了太多的失败。

外型动力弹从这年的6月，一直飞行到2011年1月20日，他们几乎站在站岗见学的位置，遥望天空，看着一枚枚新型导弹，仅仅飞了几十秒，几分钟，就从空中栽下来。

王晓予心情黯然地回到西安，已经是腊月二十九了。过年虽然亲人团聚，看焰火划城郭天际，粲然一时，可心情仍然难抑沉重，武器到手越来越遥遥无期了。

等过了 2001 年春节之后，两年未见成果，集训队伍也开始出现波动。

在最困难的时候，司令员带着作训处长周仲春到现场考察看望。

他问王晓予，王副总师，有什么困难吗？

给在这里学习的同志配两台电脑、一部照相机，搞资料的时候非常需要。

司令员转身交代周仲春，就这事情，由作训处解决。

周仲春说，没有问题。

然而，周仲春回去后，还没有来得及落实，就被任命为这个新成立的导弹旅的旅长了。计算机和照相机没有落实，就报到了。见到王晓予时，他说，王总，对不起！你要的东西，我没有落实，就下来了。

王晓予讥笑说，你活该！双手攥得太紧，鼠目寸光，结果勒了自己脖子了吧？！

呵呵！

然而，那次司令员临走前交代王晓予，超前集训队结束时，要拿回五个一：一套操作班子，一批技术骨干，一套完整教材，一套多媒体课件，一套战法。

然而，武器一时遥遥无期，再继续学下去，部队已经相当不稳定了。

已经有话不断冒出来了，说，王总，我们再这样下去，到底有什么前途啊？在部队的能立功受奖、提前调级，我们这里惟有路漫漫的探求，慢慢等待。

别尽说些泄气的话，尽说些没有出息的话，你们不是都看到了，连军委首长都三番五次来三院，足以看出这款武器在未来军事斗争准备中的地位，这是"撒手锏"武器。你们不是梦想远程精确制导打击吗？拿到它后，我们便可以梦想成真了。能够掌握它，驾驭它，是我们这一代人的幸运啊！

说归说！但是总有人不时地提出要回部队去看看，担心自己的位置被别人挤了。

王晓予对陈德贵、林康说，沉得住气，将来这支部队的主要骨干，会从你们这 20 个人中产生。

话虽这么说，可是他们仍然看不到前景。

春节过完了，基地政治部冯主任打电话给王晓予说，司令政委让你回来一趟，有 3 个干部的任命，想听听你的意思。

王晓予问道，哪 3 个干部？

这个新组建导弹旅的总师、参谋长和装备部长啊！

冯主任的话说得很明确，在某种意义上，这 3 个位置的人选，是你说了算。

呵呵！我哪能说了算啊？我带着意见回去。

王晓予未踏上行程，林康就找来说，听说首长要回基地？

你怎么知道的？消息挺灵嘛！

林康也不说出消息来源，很神秘地说，听说要定几个人的位置？

王晓予知道他的意思了，就说，你有什么想法？

首长，你知道我有什么想法？林康反诘道。

林康啊林康，都说你是广西壮族，少数民族裔一个，也会跟我玩起弯弯绕来了。王晓予说，我觉得你干总师合适！

林康说，如果让我干总师，我马上转业。

你想干什么？

林康怯生生地道，我想当装备部长。

你的意思，我明白了。王晓予点了点头，你就安心在这里干吧！

王晓予飞回基地，冯主任说，新型号导弹旅成立在即，旅长、政委已经有了人选，你就推荐总师、参谋长和装备部长吧！

参谋长当然非陈德贵莫属，他是新型号导弹超前集训队队长，一直在第一线组织追踪学习。

冯主任说，这个人选合适。装备部长呢？

林康当装备部长适合！

冯主任愕然，基地政治部已经另荐人选了。摇头道，你怎么这样想啊？

王晓予笑了说，林康一开始就跟着学习，对装备非常熟悉，装备部长若不懂装备，干不好的。

冯主任觉得王晓予言之有理说，我们会考虑王副总的意见。那总师呢？

王晓予感叹道，目前还没有一个人能胜任总师的，先放在副总师的岗位上，我再带带吧！

冯主任笑了说，王副总，你提的名单与我们想法不一样，但是你在第一线带兵，对他们很了解，我会将你的意见报告司令、政委的，尽可能尊重你的意见。

王晓予笑了，他看见一支年轻的队伍成军，向着新世纪阔步走来，朝着创世纪的门槛跨越而去。

他们的背影，留在了创世纪的门下。

第十五章
跨越门槛

1 撼娄山关高，叹娄军难

沉默的嘹亮，只有寂静在轰鸣，只有血液在歌唱。

新型导弹旅的官兵们虽然无法纵情欢呼自己的胜利，不能让亲朋好友分享自己的成功，也无法奔走相告，他们不能忘乎所以！因为他们知道，自己是共和国一支特殊的部队，是一群肩负着特殊使命的军人！注定要比别人多一份奉献，少一份索取，多一份沉默，少一份张扬。

这一切，对于性格内向低调的人也许容易做到，但对于外向特征十分明显的号手娄军来说，令他十分痛苦。

其实，娄军小时候并不外向，而是个沉默寡言的孩子。晚唐时期，由娄梁二姓组成的一支军队奉命到贵州省梓桐县境内某地，替朝廷镇守关隘。从此，这里改名为娄梁山关，后慢慢简化为娄山关。

1935年红军长征途经此地，毛主席挥笔写下了著名的《忆秦娥·娄山关》。娄姓的后代繁衍到了这一代，出了一个叫娄军的孩子。娄军的父母都是教师，生长在教师家庭的孩子大都家教严，学习成绩好，本分老实。娄军也不例外，不苟言笑。几乎没有什么业余爱好的娄军，在教室里往往被别人忽视，只有在期末考试拿第一时，才屡屡被别人记起。在梓桐县水坝塘镇迎丰小学和中学的学生成绩排行榜上，第一名的位置，几乎就是为娄军预留的，没有第二个人取代过。

然而，当他以全校第一名的成绩考取梓桐县第一中学的高中时，娄军虽几经努力，进入前5名，但不再是全校第一名了！内向的性格变本加厉，孤僻自闭，自负、自卑且胆小。1997年高中毕业，他被贵州大学农机系录取！

这当然不是他心目中的理想大学。上大学时，他是悄悄走的，他觉得没脸见父老乡亲。入学后的军训，似乎激活了流淌军人后代的血液，使他的性格发生了变化，并从此使命运发生变化。他爱上部队、爱上军营，欲走从军之路。军训的班长告诉他：要做一名合格的军人，必须要有良好的心理素质！胆小如鼠的人是上不了战场的，尤其是上不了现代化的高科技战场！他记住了。他要改变自己的性格，成为一个心理素质健全的人。军训一结束，他就找到班主任，劈头第一句话就是："我要竞争班长"！

随后，他又竞争学生会主席、团委书记，这一切都如愿以偿后，他又爱上了演小品，成了校文艺晚会的主持人，并自己创作节目演出。

1999 年夏天，我国驻南使馆遭到以美国为首的北约轰炸，后来国庆大阅兵的方队，令他知道了现代化武器的导弹，也知道了作为现代化导弹部队的第二炮兵。他当即把自己从军的理想定格在第二炮兵——当一名操控导弹的现代军官。这时，娄军已经彻底完成了自己性格的转换。

似乎有一只手在精心安排着这一切：2000 年 12 月，距毕业还有半年之际，第二炮兵某基地李处长来到贵州大学，从应届大学毕业生中选拔人才，娄军拿着一大堆获奖证书找到李处长，李处长很喜欢这个精神抖擞的学生，但看到他的登记表上填的"农业机械化"专业，惋惜地摇摇头说，很遗憾，我们不要学农机的。

我不是学农机的，是学机电一体化的……娄军刚要辩解，李处长已把头转向后面的同学。

娄军不死心，一直拿着登记表站在李处长身边。3 个小时后，当李处长办理完最后一名同学，一抬头看见娄军，不解地问：小伙子，你怎么还在这里？

首长，我不是学农机的，是学机电一体化，导弹部队用得着！我是学生干部、团委书记，我还有很多特长，您瞧！这些都是我的获奖证书。

哦！你怎么不早说呀，站了这么久。

我想锻炼自己的耐心。

李处长知道他在找理由，心里一阵感动，用右手拍拍他的肩膀说：你是好样的!

娄军感到了李处长那只手的压力,仿佛有一个重重的担子搁在肩上。娄军如愿以偿,成为第二炮兵某新型导弹旅的一名大学生军官。

2002 年,娄军接到去北京导弹工厂集训的命令,任务是某新型导弹的设计、研制和生产跟踪学习,进而掌握发射系统的操控。临行之际,旅长和政委对娄军等人提出具体要求:收集一份完整资料,编写一本专业教材,制作一套多媒体课件,撰写一篇学术论文,每年回部队讲一次课。

上车之际,周仲春旅长对娄军说:一个合格的发射号手,要有超过一般人的心理素质。外训期间,娄军到北京,在人民大会堂前,他想象着走上主席台,面对万人大会做报告的情景;在长安街,他想象着正阔步走过接受检阅;在升国旗的庄严时刻,他想象着自己就是那名升旗手,在千万人的注视下从容不迫;在大学校园,他走上讲台为大学生做报告;在车间,他给受到批评的工程师做思想工作……

一年后,娄军结束外训返回部队。他带回了 20 多份资料,3 本教材,6 套多媒体课件,3 篇学术论文。同时,为部队讲课 12 次……半年后,他赴西北参加发射!

又一个金秋来临,娄军和他的战友们奉命随某新型导弹前往某靶场,参加实弹演习。

一架架专机徐徐降落,来自军委、总部、第二炮兵、基地以及国务院、国防科委、航天总公司、某研究院的专家们已云集靶场。

黑压压的人群,热闹而有序,发射车上的新型导弹枕戈待旦,如架在弓弩上的利箭,只待一声令下,射向蓝天。

各号手就位,进入倒计时准备!电源启动,机器的轰鸣声如隐隐而来的雷声滚过地平线,控制台盘上的信号灯如子夜的星辰在闪烁,仪表的指针在有节奏地摆动。端坐在操作台前的娄军把独立的部分连接起来。这不是一般的对导弹各零部件的简单插接,数百种颜色各异眼花缭乱的插件,如接错一个,数万元的部件报废事小,几千万元的新型导弹就有可能被毁。更重要的,是成千上万人数年的心血付诸东流，试验新型导弹的时间又将被耽搁，而部队正翘首期盼着新装备形成战斗能力！

此时，发射现场，如同正在进行钢琴协奏曲演奏，指挥是罗来斌，钢琴手则是娄军。只见他灵巧的手，把一个个接点送入指定位置，迅速而准确，富有节奏而又充满美感，沉着，认真，自信，老练。

报告指挥员，连接完毕！

号手注意，倒计时！

罗来斌的指令还没有落地，意外出现了：机器的马达声突然变慢变小，最后消失——机器停了！这是谁也没有料想到的意外情况，随部队发射的两名厂家工程师全身被汗水浸透，空气骤然凝固了！

不要慌！沉着冷静，找出故障根源。娄军不紧不慢的声音透露着威严，他用一双犀利的目光把整个发射车扫了一遍，随即闻到一股淡淡的烧焦味。随着这股烧焦味，他把目光落到传感器上，看到一根头发丝般的细铜丝。像一个面对猎物的经验丰富的猎手，娄军熟练地打开机盖，已经被烧断的一束裸露的电缆，展现在大家的眼前。原来，由于运输的摩擦造成电缆绝缘层破损，因而造成短路。

立即更换电缆，重新启动！

机器重新转动，整个排障过程只用了 3 分钟。

点火！罗来斌再一次发出指令。

发射圆满成功！一阵又一阵欢呼声与大海的波涛形成交响，响彻在水天相连的大漠上空。

又一次意义重大的发射成功，又一次拉近新型导弹旅形成战斗力的距离，人们有理由高兴！

娄军悄然走出现场，来到周旅长面前，对首长说：心理素质好，并不仅仅意味着胆大，还有心细……

又一次成功的发射被写进历史，又一批为共和国建立功勋的人载入史册，但这一切只能被放进保险柜。当若干年后，和平的雨露洒向地球，再启封这段历史，阅读他们，感受他们，颂扬他们！

　　又一枚军功章挂在娄军的胸前，他照了一张相，寄给远在娄山关下的父母，让他们分享自己的成功，并在信中写道：我只能告诉你们，儿子立功的消息，却不能告诉你们，儿子立功的原因！

　　导弹兵的情感是丰富的，导弹兵的心胸是博大的。但他们是沉默的，不引人注目的，一如那些科技含量密集得针插不进的导弹，默默地恪守着自己的岗位，等待在沉默中爆发。

　　也许，永远只是等待！

2 杨业功说，常规导弹第一旅的荣誉不是保出来的

早春的晓风开始携着暖意。

起床号划破了拂晓的寂静，伴随着官兵出操的铿锵步履，东方天幕上一片紫气漫漶，渐渐地染成一片早霞。交相辉映，浮起一片红云。

太阳照常升起。2001年1月22日，是个普通平静的日子，但是对于谢旅长和常规导弹第一旅的官兵，却是新的一天的开始。

数千名官兵列队在办公楼前的国旗下，蓦然发现，兵阵前方，跨列而站的不再是那个熟悉的身影——高挑帅气、站姿笔挺的高旅长，而是过去一直默默站在后边魁梧敦实的谢副旅长。

值班员跑步过去向他报告：旅长同志，全旅集合完毕。请指示！

谢旅长就是从这一刻履任新职的。第一次以旅长的身份站在队伍中央，环顾英雄之旅和英雄官兵，如山岳似城垛一样兀立眼前。他没有搞慷慨激昂的就职演说，也没有发布任何新政，一如过去的低调和简洁，简简单单地陈述了自己的想法：每个新官上任都喜欢烧三把火，我恰恰相反，今天不谈踢开头三脚的事情，也没有什么愿景。我是第四任旅长，前三任旅长治军，可谓各有千秋，一任一个特点，一届一幕辉煌。他们的特色和优长，都是旅里的宝贵财富，更是我参照的坐标。古人说，萧规曹随，我今天换个词，高规谢随。部队未来的方向已定，大的发展格局已经确立，我就做一点补缺拾漏的工作，带领大家，把步子迈得稳一点，把工作做得实一点，不辜负军委首长和第二炮兵党委对我们的厚爱和关怀。

语气低调，简洁，却博得全旅官兵们一阵热烈的掌声。

部队带开了，朝霞从官兵的身影中透射下来，洒下一片辉煌。凝视着铿

锵远去的脚步，他似乎看到这群导弹骄子在人民解放军行列中的威武雄姿。

上世纪九十年代初集训队成立，至今刚好十载。常规导弹旅一经成军，便站在军事斗争准备的前沿，担当先锋。东海发射导弹，惊雷蹈海，震撼世界，蛰伏绿色莽林，战争的睿眸却始终盯着那片波涛汹涌的海天，成为第二炮兵历史上第一个一等功旅，赢得一片荣光和辉煌。尤其是前任高旅长，按照一名职业军人的理想和追求，锻打一支雄风劲旅，部队全面建设跃入一个新的高度。

昨天晚上，谢旅长与老旅长一夜长谈。临别时，老旅长紧紧握着谢旅长的手说，让你当旅长，我绝对放心！将这支部队交给你，我绝对放心！你是从组建那天起，就与这支部队一起摸爬滚打过来的，部队迈出每一步，每台发射车状况，每个号手的姿势，你都清清楚楚啊！

他与老旅长是坐着一辆兵车来的同乡战友，在基地作训处一起当参谋，组建之时，高是一营营长，他是二营营长。十年间，他总是紧随其后，一步一个脚窝，而后副参谋长、参谋长、副旅长，一路擢升，最终走上了旅长岗位。

班子交接时，基地司令员杨业功驱车赶来，对自己的老部下，少了平日的温情，却多了几分严肃：部队发展到这一步，你接过旅长这一棒，既是幸运，更是挑战。我送你一句话，要想法干好，这个单位不是保不出来，而是干出来的！

谢旅长默默地点了点头，他感谢前任旅长的信任，更记住了杨司令员的重托。此刻他比谁都清醒，部队长期处于高度紧张战斗状况的运转中，有的基础性工作未及去做。盛名之下，仍有短板，夯实基础，尚需时日。

三个月后，在作战区域举行的砺剑军事行动，向军委首长汇报训练成果，一场虚惊，更印证了他的判断。

那是一个雨雾连绵的夏天，白天下了一场暴雨，骤暴初歇。到了晚间，天空渐渐放晴了。谢旅长身着迷彩作战服，在旅指挥车里下达口令，发射单元向作战地域开进！

三颗红色信号弹升空，拖着光曳落入青山中，发射导弹车队昂然驶过，沉寂的山林颤抖了。四营0号指挥夏正新所率发射车沿着盘山公路，在夜暗中迤逦而行，准时赶到作战区域，在离作战阵地150米的路边停下来，伺机进行火力突击。

　　谢旅长从旅指挥车上看到了每一辆发射战车的位置，作战地域有远有近，近的大多已经就位，还有小部分仍在路上，占领阵地的时间尚早。

　　夏正新跃下发射战车，沿着战车检查了一趟，司机停的很到位，车体虽大，但紧靠路边而泊，占路不多，不影响地方车辆通行。重回到发射车旁，跃身跨进驾驶楼时，他发现路基下边十几米处有一个水塘，在夜色中跳荡清波，未及多顾盼，他便钻进了车里。

　　仅仅是过了一刻钟，司机突然发现身体失去了平衡，车体缓缓倾斜，他惊呼排长大事不妙。夏正新和号手跳下车来，用手电一照，顿时惊呆了：路基坍塌，靠路边的两个轮子悬空，发射车偏移了十几度。

　　听到副旅长王金宝的报告，谢旅长的心往下一沉，他将指挥赋予参谋长李天，驱车赶往四营阵地。路上，一边思考抢修方案，一边给一营营长施湘阳打电话，找两台吊车和钢绳来。到了现场一看，谢旅长惊出一身冷汗。他清楚知道从这一刻起，一旅之长的"顶戴"已经系在这台发射车上，数千万元的战车和导弹武器，如果真的倾斜掉进水塘，自己的前途也就陷进去了，惟有打辞职报告。不过，他制定的处理措施却非常及时，从城里买来的钢绳已将发射车牢牢固定在几棵树上，止住了继续向下滑。施湘阳从地方铜矿协调来的两台重型吊车已经就位。

　　司令员杨业功闻讯从基地指挥所赶来，站在一旁跟着大家一起忙乎，一夜未眠。天亮时分，发射车终于吊到了路中央，毫发未损，谢旅长舒了一口气。但是一直沉默的杨业功终于发作了，当着官兵的面，第一次对麾下的旅长不留半点情面。他说，谢旅长，我告诉你，虽然这次装备未受损，钱花得也不多，但要作为事故看待。从中说明你们的基础不牢！

　　谢旅长的脸红了，点头道，司令员放心，这笔账我认，这个事故，我会铭记一生！

　　出任旅长百日，便走了一段"麦城"，谢旅长一连好几个夜晚噩梦连连，每次做梦大地方位都是斜的，连房子和床在夜梦中都在倾斜塌陷，夜夜如斯。惊梦时刻，他已从这支导弹劲旅的光荣与梦想中警醒：做什么工作都要实，要细。不能仅凭经验，战争准备的军事任务，每年都要重复许多次。从今以后，每次都要当作第一次，按照第一次的标准来完成。

砺剑行动结束了，部队回撤到大本营。谢旅长引导全旅官兵就发射车倾斜事故展开反思，占领发射阵地的军事动作，我们旅做了快十年了，数千次有余，为什么出现这样的事故？天刚下过雨，路基松了，指挥员为何没有想到这一点？细节决定成败。接着，全旅展开发射程序的每一步预想，会有什么问题，应对方案是什么，他带着机关四个部门，分头沉到一线连队去，从单元、单车、单装、单兵抓起。每个发射单元，每台发射车，每个发射号手，一个一个地过，一人一人地考，一台一台地查，从理论到操作，整整学了9个月，考了9个月，训了9个月，终于抓出了新气象，考出了新状态，训出了好本领。

真正检验的时刻到了。次年5月，第二炮兵首长机关决定对这支导弹劲旅进行全面考核。全旅官兵携带着所有发射单元，乘铁路专列跨战区拉动，到数千里之外的北国林莽中进行训练发射。

在机关协调会上，谢旅长底气十足，要求加大考核力度说。他说，既然是按实战进行考核，我们不走和平路。请从登车那一刻考起，吃住藏打行，可以一路出课目出情况，一路考着走，我们全旅希望上级机关全方位地考。

好！有谢旅长这句话，我们就不手软啦！机关通过总参协调，申请了侦察飞机和无人机，从这支劲旅悄悄消失在南国大地子夜时分，就开始追踪侦察。可是谢旅长和官兵却将十八般的隐藏伪装术全都用上，一个又一个庞大的战车军列，由南到北，横穿华夏腹地，越过千山万水，盘旋在天空中的猎鹰神眼，居然没有抓到一张图片。

第一个回合赢定了。

挺进白山黑水后，谢旅长发现，这次考核非同寻常，完全是一种实战背景全要素考核。演练下一步如何走？他们根本不知情，全凭战场判断和自己拿出应对之策。一路过关斩将，到了最后的发射考核阶段，谢旅长又一次站出来，要求给自己的部队增大难度，所有发射单元随机抽点，改变过去指定或者择优组合发射的模式。

机关和专家一片愕然，说，这次发射可是有第二炮兵首长来看啊，要确保万无一失。谢旅长，你有这个把握吗！

一向谦逊的谢旅长像换了一个人，咬钢嚼铁地吐出三个字：没问题！

好！军中无戏言。导弹打掉了，你可要背上"掉弹旅长"的名声啊！

谢旅长明白"掉弹旅长"这四个字过去在战略导弹部队中如同魔咒，一旦沾上，便意味一个旅长前程的终结。可是他却自信地笑了笑说，大可放心，我的任职履历上不会有这样的记录！

当机关正准备随机抽点时，谢旅长又说，且慢！为了保证抽点的公正和透明，我们奉送上全旅官兵的花名册。每个发射单元的号手，都在发射车前照一张合影，全部输入电脑，结果出来了，可以进行比对。

这一刻，人们开始对谢旅长谦虚和蔼的另一面刮目相看了！

历史往往是在一种吊诡的气氛中写就的。随机抽点的结果让机关和部队瞠目结舌：当谢旅长的键盘敲下，滚动定格在屏幕上的是四营和六营的两个发射架，从未打过导弹。有的号手仅入伍一年，指挥0号手竟是刚毕业不久的地方大学生。

这回真轮到领导和机关担心了。有人找谢旅长说，我们可以与领导机关通融通融，为确保万一，个别人可以换一下。

谢旅长说，不！这是打仗，坚决不能换。只要换一个人，这支部队的作风就垮了，以后做什么都是假的，干什么都没有正经了！

领导和机关坚决支持他的想法。

上苍似乎有意要考验这支部队。那天第二炮兵首长已经坐在了观礼台上，谢旅长在指挥车中下达了"占领阵地！"命令，所有发射单元向发射阵地挺进，数十枚导弹缓缓起竖，昂然向天。刚才还晴朗的天空突然乌云翻滚，电闪雷鸣。谢旅长询问气象专家，什么时候有发射窗口？对方说，半个小时后。10分钟，20分钟过去了，暴雨仍然下个不停。到了30分钟，雨渐渐小了，厚厚的云罅中露出几缕光芒，谢旅长朝着对讲机果断地下达发射命令。

时间似乎凝固了，导弹发射进入最后3分钟准备，每个人的心头仿佛都有一个秒表在咔嚓咔嚓地响。

随着"点火！"的口令在山谷里回响，两枚乳白色的导弹喷吐烈焰拔地而起，从亭亭白桦林中如两只白鹤，际天而舞，拖着美丽的孤线，在万里云天上留下了一道壮美的轨迹。

3 沉默如山，沉默是金

董景辉的脉管里蛰伏着坚韧的沉默。

第一枚新型号导弹发射成功后，战友们纷纷向董景辉祝贺说，立功的龙虎榜上将会看到他的名字，可他最终却与立功受奖无缘。庆功会上，董景辉却冷眼相视，折射出一种特立独行的冷峻。

庆功会后，时任旅长周仲春与他在月下漫步，安慰道，景辉，干得不错！本想给你立个三等功，因为名额有限，给了别人。你的机会多的是，没有什么想法吧？

董景辉话很少，首长定！

好！我就要你这句话。周仲春拍拍他的肩膀说，我相信你一定会厚积薄发，不鸣则已，一鸣惊人！

我会的，首长！董景辉咬钢嚼铁地吐出半句话。

董景辉似乎早已习惯逆境中踽踽而行。他出生在陕西乾县一个贫瘠的农村，兄妹六人，惟有他最会读书。可是家乡在他记忆中更多的是痛苦。上初中时，离家有十多里路，因为买不起自行车，交不起住宿费，他就凭一双铁脚板，早出晚归，披星戴月，走了三个春秋。初中考高中后一个漫长暑假，他揣着一本英语书，跟着村里的建筑队到咸阳当小工，因瘦小体弱，往墙上扔砖时不是扔过了，就是从半空里掉了下来，老板看着满地摔碎的砖头，抡起巴掌重重地掴了一个耳光，打得他天旋地转，还大声吼道：滚！干不了活，给老子滚蛋！

对不起，我会学会的！董景辉把口中的血水咽下，找村里的大叔教自己，很快掌握了扔砖窍门。为了两块钱的加班费，他几乎天天跟着干夜班，一天晚上实在太困，在脚手架上走着走着就睡着了，从四层楼高的地方掉了下来。命里注定他不该死，一堆细沙救了命。暑假结束前，他到老板那里领 230 元的工资，扣去 100 元的生活费，只剩下 130 元。当他如数交给母亲时，看着儿子两只胳膊和膝盖磨得鲜血淋漓，母亲哭了，随手递给他乾县一中的高中录取通知书和 30 元做学费。

那一刻，董景辉觉得自己一脚已迈进了大学的门槛，心中升腾起一个强烈的念头，拼命读书，逃离这块土地。

乾县一中离家有四十多里路，没有住校的地方，他寄宿到一个远房亲戚家里。每周母亲给他蒸一编织袋馒头，扛到学校，一日三餐，每顿四个馒头，就着白开水和腌辣椒咽下。下了晚自习悄然回到亲戚家，帮人家干点活。高三那年，学校为高三年级提供住宿，董景辉交了 110 元钱才得知尖子生可以免费。便去找经常请教化学题的校长要求退钱，可财务已入账，无法退出来。校长变通让他假退学，退回 110 元做生活费。

高考那一周，母亲将最后一袋馒头装满，送儿子到了村口，噙泪说，景辉，千语万语，妈只说一句，想进城里吃白馍，就好好考!

妈，放心! 我会考好的。

董景辉自信地朝着通往城里的大道走去，蓦然回望渐渐变小的村落和母亲的身影，心中涌动一种深深的感恩和感激。六年中学岁月，母亲为自己蒸了一袋袋馒头，足可以铺成两层，从村里一直铺到乾县一中大门，这条馒头铺成的小路，是一个朴实的乡下母亲用血汗为爱儿铺筑的。董景辉当时萌生了一个心愿，读完大学，找个有房子的单位，将操劳一生的母亲接进城里，永远离开这片贫穷的土地。

董景辉终于如愿以偿，考入东北电力学院计算机系。揣着家里借来的 4000 元钱，从此，开始半工半读的大学之旅。从大一开始，他先后找了 17 份家教工作。平时为食堂维持秩序，交 100 元钱可随便吃饱，寒暑假不敢轻易回家。上大二时，董景辉一分钱也没有了。他毫不怯场地到副院长办公室反映问题，副院长当场掏出 300 元钱给他。

他摇了摇头说，我不能要！

为什么？

副院长突然对拒绝自己捐赠的学生感兴趣。有伤自尊？！

不！是杯水车薪。董景辉摇头，几天就花光了，希望学校为贫困生垫支。毕业时我会一分不欠的！

好！副院长当场拍板，我们会作为一个问题具体研究。

解决了衣食之忧，董景辉开始放飞自己。大三时，他主动请缨担任五十年院庆来宾数据库软件开发。一鸣惊人，被老校友、吉林市维科电子公司老板孙伟看中，一月出 200 元生活费，让他跟着万瑞军教授和叶教授学习汽轮机故障诊断和计算机硬件电路设计。半年后，任命他为项目经理，将辽宁铁岭电厂汽轮发电机旋转轴故障诊断 260 万元的项目交给他。一年下来，他挣了 9000 元钱。这时，长春一所高校外语系的一名女大学生走进他的情感世界，双双坠入爱河。

大学毕业时，教控制的老师权钢感到后生潜质颇大，便推荐董景辉去读华北电力大学副校长的研究生。恰好这时到北京出差，与第二炮兵政治部干部部招生干事不期而遇。李干事描绘的高技术部队的未来令他着迷，董景辉毫不犹豫地签下了从军合约。

女友挥泪送他踏上从军路。等他走到遥远的西南边城，惊讶地发现现实与理想相距甚远，情绪一下降到了冰点。给已当了大学教师的女友打电话，对方的语调突然变冷，部队那么远，你还是调回来吧！

我刚报到，无法调回！董景辉坦言相告。

那我们分手吧！

对方绝情的话语掠过远天而来，寒流滚滚：军人对我太遥远了，我不想过一辈子牛郎织女的生活！

那我马上毁约回来！董景辉想留住这份情感。

毁约也别回长春！

为什么?

不为什么。你们家太穷了,我妈不愿让我背上一个沉重的家庭负荷!

好,祝你幸福!

情殇之时,董景辉站在 IC 电话亭第一次哭了,也是最后一次。

董景辉不再给自己留下退路,到基地干部处领了投笔从戎后第一个月的工资,执意要在导弹部队干出一点样子来。刚分到部队,便幸运地被选到超前集训队学习,北上津门,在一家研究所学习发射控制。这时,已考上研究生的女友突然打来电话,款款软语道出一个先决条件:如果能留在天津,就重归于好!

祝贺你,考上研究生!董景辉"啪"地将手机关了,掏出储存卡,扔进大运河里。他要将这份初恋沉落河底,随波流去。

一年多的潜心学习,终于迎来第一次实弹发射。开始组建第一套发射单元时,第 1 号手没有董景辉的名字,基地王晓予副总师力排众议:应该让董景辉上,别人没有专门学过。何况他的心理素质好,随时带着一个本子,非常认真细致。

第一次发射担任号手的董景辉,沉着操作,佐证了王副总师慧眼识人,也奠定了他在领导心目中的位置。经过一段沉寂后,他真的厚积薄发了。翌年夏天,进行第二轮实弹发射,最后一次例行射前检查,禅定入神的他盯着电脑屏幕上一行行闪现的数据,一个突兀的数字随机显现,他心中遽然一惊:与前些天发射的输入标定不一样。他连忙翻阅自己随身携带的笔记本,一经对照,吓出一身冷汗。原来在输入数据时误用了版本,专家听过后感慨不已,连忙赶回北京查证,事实证实了董景辉的判断。数据输入错误,而且不易被发现。

但是董景辉仍旧低调行事,不事张扬。在一次协调会上才说出真相,以为自己犯了大错。

太棒了!董景辉。王晓予拍案称道,你的发现避免了一次重大灾难!

要给他重奖!

航天部一位院长助理亲自来到官兵的驻地,对领导们说,一次发现挽住了一枚弹！如果不是董景辉，就连我们专家也会忽略掉。这全凭个人经验，有这样高素质的人才来操作新型武器，我们一百个放心！

随后，董景辉又在接下来的发射中，排除了几个重大事故隐患，确保发射圆满成功。

一鸣天下惊。庆功会上，金光闪烁的二等功军功章挂在胸前，平时不苟言笑的董景辉第一次笑了，虽然笑得有点苦涩。

又一个金秋悄然醉入冬季。

第二轮的试验发射又打了一个大满贯。周仲春大校在基地将士的欢送锣鼓和鞭炮声中率队登车，凯旋归队，往温婉的新营区挺进。一阵夹着咸味的清风掠过，此前政委张录学组织了两个梯队的大迁徙，铁路、公路机动，千里大奔袭，人不碰皮，车不掉漆，在一支新军的扉页上写下了浓墨重彩的一笔。

轮轨铿锵奏着雄浑的军乐，回望这支庞大的发射方阵，周仲春无法抑制地兴奋。他忘不了落实第二炮兵首长的指示，让第二套发射班子随行发射。一个秋夜，五更寒凉，战车滚滚向百里之外的地域开进。司令员魏凤和在指挥中心彻夜不眠，夜里三点仍在遥控指挥，叮嘱他要以打赢信息化战争的作战要求，从实战出发做好每个操作动作。部队不负众望，又一次展示了新一代导弹健儿的风采。

今日长缨在手，雷霆万钧，不在沉默中秣马厉兵，就会在沉默中爆发。一支新型导弹部队阔步走来，短短几年，在战略导弹方阵中扛走了一面面红旗，被评为第二炮兵先进旅团党委，连续四年成为安全防事故先进单位，去年在第二炮兵人才建设座谈会上交流了经验，年底又被评为第二炮兵先进旅团。出道不久，先进榜上早已引人注目。

开进！

周仲春登上军列，挥手划下一个有力的弧线，新型的导弹车队向着遥远天疆开进，雄浑的军歌响了起来。

4 六级军士肖长明

老兵肖长明正向旅长办公室走去，不是为自己，而是为即将退伍的两个八年老兵，而且一个已经是没有家的孤儿。

时令已进入2002年冬季，老兵退伍马上就要铺开。复补的政策已经明确，以第二年度兵和第八年士官走的居多，能留下的大多是导弹操作号手和发射车司机，肖长明是旅里的普装修理大王，素有"军车神医"之美誉。他带的徒弟刘爱军在修理喷沙、电机和车床方面，堪称能手。而另一个老士官张铁军是修理工兼司机，家乡在东北，父母双亡，是一个孤儿。当了几年兵，连对象也没有找，境遇比较凄惨。

肖长明几次向修理所和修理营的领导反映，希望将这两个老士官留下来，转3期士官。领导说想转的人太多，矛盾太大，摆不平。已将两个老士官的情况向机关反映过了，留的可能性很小。

修理营营长说，老肖，你是旅里最老的士官，有威信，旅长对你也很器重，还是请你出马说说情吧！

肖长明点点头说，好，我去！撑着这张老脸，为两个老士官去找旅长求个情。

其实，肖长明与旅长之间，并没有什么特别的交情，修理所离旅部大楼不过数百米远，他也很少进过旅长的办公室。因为这支新型号导弹部队遇有任务，一声令下，铁马萧萧，是一支真正车轮上的高技术之旅。因此，旅长对技术骨干尤其重视，对许多重要号手的专长和家庭背景都了然于心。肖长明与旅长的交情，只是纯粹的工作关系。他记得一次军事演习，旅长是现场发射的总指挥，那天有几枚导弹，须从 70 多公里的铁路转运站台，经公路转至发射场。技术营转弹的四台战车，第二天早晨就要出发去接弹了，旅长放心不下，找到肖长明说，老肖，你跟我走一趟！

肖长明不解地说，有什么事情啊？

旅长说，你把几台运弹车再给我检查一遍。

肖长明愣住了说，修理工不是都已经检查过了吗？

旅长摇头道，我信任你，只有你过了手，我才放心！

肖长明连忙按照旅长的吩咐，对导弹转载车进行了检查。结果发现一台铁马的转向机发滑，拆开一看，是 O 型电圈坏了。

此时，旅长仍站在转弹车旁等着。肖长明向他报告后，他惊出了一身冷汗。说，老肖啊，如果不是你出手检查，明天用这台车去转运战斗弹，一旦方向机出了事情，滑到山谷里，我这个官也别想当了！

于是，第二天，那台方向机有问题的转运车被换了，另调了一台没有任何故障的铁马去转运导弹。

2001 年夏天，旅长正带着部队在作战区域进行演练，接受军委首长的巡视。

一天晚上，已经 10 点多钟了，肖长明刚刚睡下。修理连长突然找到他说，老肖，刚才旅长打来电话，要你马上赶到旅指挥所去！

肖长明匆匆穿衣赶了过去，见旅长正与一群技术人员围着一台野外发电机束手无策，难下决断。他连忙报告说，旅长，你找我有什么事？旅长见肖长明来了，脸上凝重的神情一下子舒展了说，老肖啊！这台车是野战照明供电的，声音不正常，找地方修理厂和基地修配厂都看过了，查不出原因。你看看到底什么原因，明天军委首长就要来视察，要讲话，播放影像投影，如果声音和图像出了问题，我这个旅长也担不起啊！

肖长明点了点头，俯下身来，仔细检查，不知不觉一个小时过去了，一时还查不到毛病。他看旅长还在一边候着，便说，旅长，你先回去吧，不要等了！

旅长点了点头，吩咐副旅长李天盯着，临走时又交代肖长明，我在帐篷里等着，不管多晚，你一定要给我一个结果。24 小时之内如果有问题，一定要换！

肖长明说，好。

将发电机拆开一看，是电机铁板惯振引起了轻微拉缸，他抬起头问副旅长，这台发电机要连续工作多少时间？

24 小时，副旅长说。

我保证 36 小时没有问题，肖长明答道。

李天一脸严肃说，这不能开玩笑。如果首长讲话中断了，出了事情，就死定了。

肖长明说，我用脑袋担保没问题。

夜里一点多钟，肖长明走进旅长的房间，他仍然坐在床上，没有睡，看见肖长明后，一跃而起，问，情况怎么样？

肖长明说，没事！保证 36 小时不会出问题。

旅长追问了一句，如果有事呢？

肖长明拍了拍胸脯说，旅长，如果有事情，你就处理我好了。

谢旅长长叹了一声说，长明啊，真出了问题，就不是你的事情了，而是政治问题。你知道我肩上的责任多重？！

肖长明笑了说，旅长，我再说一句，绝对没有问题！我跟你这么多年了，哪件事情上失过手？！

旅长说，太晚了，耽搁你休息了，有你这句话，我就放心了。

一个老士官的话在旅长的心中究竟有多重？！

报告！肖长明站到旅长的办公室前。旅长站了起来，引导他坐下来，问道：肖长明，你今天咋有空跑到我办公室？

肖长明说，有点事情找您。

旅长笑了，你好像没有什么事情找过我。说吧，是自己什么事情？

肖长明摇了摇头说，不是我自己的事情，是我们修理所的两个老士官刘爱军和张铁军想留队的事情。

旅长给肖长明倒了一杯茶，让他一一道来，听完对刘爱军的介绍，他说，刘爱军的情况我知道，现在就答应你，他可以留下。

那还有张铁军呢？肖长明详尽地介绍了张铁军的个人情况，特别强调说他是一个孤儿，无家可归。

旅长沉默了片刻说，肖长明啊，我告诉你一个实情，今年旅里八年和五年士官，是孤儿的有九个之多，手心手背都是肉啊！去留当以工作为重，不过，能照顾的我会尽量照顾。张铁军的情况，我再向基地反映一下，争取要个指标，留到最后再说。你看呢？

是！肖长明站起来告辞说，旅长，从个人的角度我不该找您，给您添乱。

旅长有点诧异说，肖长明，你怎么这样说话？

我只是一个普通士兵啊！肖长明多少有点后悔。

哈哈！旅长笑了，你可不普通，十九年老兵了，在旅里独此一人啊，你今天找我就对了。以后有什么问题要如实反映，你应该起到一个老同志应有的作用。

肖长明举起右手，向旅长行了一个庄重的军礼。

复退工作结束时，修理营的官兵发现，刘爱军留下来了，张铁军也留下来了。

5 男儿不言当年勇

一条被大漠孤烟和季风黯淡了的秘闻。

就在"神舟"五号发射十天前，第二炮兵某杀手铜武器超前集训队队长周仲春大校带着26名大学生军官，手捧大盖帽，一脸崇敬神色，阔步迈进航天城烈士陵园。整齐伫立在1号墓地聂荣臻元帅的墓碑前，庄严宣誓过后，他手持两瓶开盖五粮液，缓缓绕着圆形坟丘走过，倾瓶而下，酒敬英魂，清纯的芳香轻飘直上九重，祈求一代元戎和所有将军与士兵的鬼雄神灵佑助新型号导弹武器横空出世，笑傲东方。

三天过后，秋阳吸尽瀚漠晨霭，万里无风，天穹蓝的炫目。发射战车箭在弦上，当发射进入最后5分钟准备时，周仲春坐在指挥大厅里不动声色，带有几分欣赏注视发射单元指挥员罗来斌果断地下达最后一道口令：5、4、3、2、1，发射！

发控号手的大拇指飞掣而入，准确无误地落在点火按钮上，一按到底。只听"嘭"的一声，一枚倚天之剑从剑匣一跃而出，如一只浴火的神鸟，轻展双翼，融入秋空，在蔚蓝色的天幕上洒下一道白色的烟云。

东方神鸟渐渐远去，指挥大厅一个接一个传来地面遥测站发现目标的佳音。当最后打出了最佳精度时，掌声响成一片。

时任"神舟"载人总指挥的军委首长步出指挥大厅，刚毅的脸庞始终溢着谦和的微笑，他驱车前来看望曾经战斗生活过的导弹部队，一一握着试训队官兵的手，勉励道，这是金秋第一响，好兆头啊！第一次由作战部队操作，打得非常成功。为装备部队迅速形成作战能力奠定了很好的基础。

秋风暖暖的。听着军委首长的高度评价，周仲春的眼帘突然热泪涌动。几载锻造杀手铜劲旅的往事未付大漠烟尘，一幕幕在眼前清晰掠过……

秘密军列就要西行。

试训队的大学生军官已经登车，空寂的站台上，队长周仲春与政委张录学在做最后的话别，政委，我们走了！家里这一大摊子事就全交给你了，还有我那位时日无多的老岳父，也一并拜托。

放心去发射吧！队长。家里的事有我！政委张录学的眸子依然是惯有的犀利和沉着。打好第一枚，对我们这支导弹新军至关重要！至于老泰山，那是一位在朝鲜开城喋血而战的志愿军老兵啊，作为晚辈军人，于情于理，都该照料！

等着吧，我们会给家里全体官兵一个巨大的惊喜！周仲春自信地登车而去，凝视着熟悉的军营和老搭档的身影渐行渐远，心中掠过一种莫名的感动。

也许是冥冥之中的幸运和巧合。那年春节的鞭炮声刚隐约在城郭村落里响起，周仲春与张录学便接到了一纸任命，出任新型杀手铜部队的试训队队长和政委。两个人乘坐一辆213吉普，向他们待了多年的机关大院投去深情一瞥，然后沿着东南方向迤逦而行，一种神圣的使命感令他俩感慨万千。1978年早春二月，他俩也像今天这样从故乡山东安丘出发，登上一列驶往西南的大闷罐车，投身战略导弹部队。新兵训练过后便各奔东西，由一个普通导弹号手开始军旅人生，两人分别在部队和机关司、政、后岗位担任不同角色后，以机关处长提升为新型号导弹旅的军政主官，一副重担压在刚至不惑之年的少壮军官肩上。任重道远，两人操着安丘口音，在车上形成了一种共识，两个好兄弟要团结修德，殚精竭虑地带出一个好班子，决不能因为个人的秉性和性格各异，而误了军事斗争准备的大事，有愧于第二炮兵和基地党委、首长的重托。

心随铁马驰骋，离营区越来越近了，他们在做着美好的憧憬。可是当吉普车驶入大门时，心便凉了一大截，奔来视野的是一幕酷烈的风景：一个废弃的大院，早已残垣断壁，荒草寂寂，野茅飞扬，新分来的大学生军官悠闲地坐在草地上无所事事。下车伊始，一个坚硬的负数更让他俩心惊，上级机关下拨

30万元开办费已经告罄，部队没有钱过年了。

这还了得!

周仲春立刻给即将来部队过年的爱人李建英打电话，快去取存款，给我带1万元过来!

好的! 这就去。夫人在电话中应诺道，不过，仲春，我想多问一句，你要这么多钱做啥?

军事机密，当家属的少过问! 周仲春苦笑道。

张录学政委不知什么时候走过来了，我也叫夫人带5000过来，好让官兵高高兴兴过个大年。

15000元解了燃眉之急。给连队买了糖果，为随军和临时来队家属订购了年货，终于可以官兵同乐，欢聚一堂过一个俭朴的革命化春节。

迈过第一道坎后，春天的脚步悄然而至。院里一树绿樱桃一夜之间如火如荼地盛开了。坐在樱桃树下，队长政委的眉头骤然舒展，望着百余名毕业于西安交大、西工大等名校和国防科技大学、第二炮兵工程学校的年轻军官铿锵走过，他们不仅领略到了大自然性灵的吉祥，而且自觉手握一笔厚重的财富，第二炮兵和基地机关的重点人才倾斜政策，给了他们一片空阔无边的飞翔天空。

新部队就该铸造体现自己精神的旅魂! 张录学与队长谋划着未来的发展。

说得好! 政委。就围绕着锻打一支"首战用我、全程用我"的战斗精神展开。周仲春与张录学一拍即合，站在100把锹、50把铁镐跟前，他挥臂对站在荒野里的一群地方大学生和军校生说，你们成为一名合格导弹军官的第一课，就从整治营院和训练场坪开始吧!

队长和政委换上迷彩服，挽起袖子与官兵们一起干，铲除野茅，捡来残垣断壁的废砖，铺平了训练场地，用红泥土拌料，重砌围墙切口，从山上挖来野草，铺织一个宽敞的足球场。

有了训练场所，7月的南国骄阳下现出豪迈的一幕，周仲春、张录学带着常委与全体官兵一起走队列，站军姿，一位副政委站了2个小时，终于坚持不住，骤然倒地，被士兵们抬上救护车。接下来拉歌比赛，大雨如注，队长政委与官兵一样，如松一样挺立，在风雨中兀立出一道钢铁的塑像。

春华秋实，不知不觉之中，外训的 26 名技术骨干成熟了，在简陋营盘里通过仿真模拟装置训练的官兵也把原理规程练得滚瓜烂熟，一个发射的金秋姗姗来临。

秘密军列穿越大江南北，凝视着技术测试和发射指挥罗来斌、苟翼——两个还在背流程——周仲春掠过一丝满意的微笑。当初将这两个大学生军官的名字摆到桌面上，确定谁来发射指挥，谁当测试指挥时，曾经对来自井冈山的小罗有过一番争论，认为他胆子太大，在航天厂的专家面前毫无顾忌，敢于争个面红耳赤，不是最佳人选。

我就看中他这一点，不怯场，敢持己见！周仲春一锤定音，让罗来斌当发射指挥，而谨慎入微不苟语言的苟翼当测试指挥。

一剑试英雄。最后，考核他们，也考核自己的时刻到了。

中秋之月拂照漫漫西行之路。可是到了距嘉峪关不远的专用车站时，列车突然咣当停下来，一停就是 3 天。周仲春在专列上心忧如焚，祈求发射千万别中途生变。

到了第 4 天早晨，终于可以上路了，向着酒泉卫星基地进发。刚安妥部队，他就请负责这次发射的总指挥吃饭，少将军衔的领导看着第二炮兵的试训队长是条汉子，便道出苦等 3 天的真相：是我让你们停 3 天的，因为抢了航天基地的饭碗。

周仲春哈哈一笑：请首长放心！我们会用发射的实绩证明自己是合格的。

第二天上午，这位总指挥便开始见识导弹官兵的合格了。简陋的营院被收拾得整整齐齐，鼓动的标语醒目地挂了出来，十几块板报内容丰富多彩，处处彰显着高技术部队的文化品质。更令他惊讶的是准确无误的正规化操作，每个动作都做得无可挑剔，而与航天专家讨论问题时，一个个言之凿凿，总能说到关键部位。

发射零时一步步逼近了。可是当周仲春带领 26 名大学生军官祭奠聂帅回到驻地时，突然接到噩耗：志愿军出身的老岳父去世了。妻子在电话中泣不成声，丈夫不在身边，小家一片天塌地陷。周仲春心里一阵酸楚。多想借老岳父病卧榻台之际，尽一个齐鲁男儿的孝心，可是忠孝难得两全，每每老人远行天国，他都不在身边。当新兵第一年，母亲英年早逝，埋到村边黄土地1个月之后，他才知道自己归去之时，再也无法见慈母一面，只好对着故乡的方向，大声呼唤：恕儿不孝。二十年后，一次执行秘密军事任务途中，又闻父亲故去，由于军务缠身，仍不能回去见上最后一面，惟一能做的就是对着遥远的东方，长跪不起。岳父是当年济南战役入伍的小兵，跟随志愿军第20军赴朝参战，参加第二次战役和第五次战役，在开城与美国大兵血刃相搏，九死一生，打出了中国军人的无畏和尊严，后成了工程兵53师的一位营长，参与过许多军事首脑工程和首都国际机场的建设。晚年罹患肺癌，后转移脊髓，贫病交加之时，他将其接到部队所在的城市，可刚签了做手术的字后，又远赴伏尔加河畔留学半年，照顾老岳父的事情便交给在家的张录学政委。

负责稳固大后方的张录学充满浓浓的人情味，专门派卫生队的一个医生和战士，跟上一台车，去帮助照顾病榻上的老人。每逢到基地大院开会，他第一个要看的就是这位老军人，在输血浆和用药上尽量提供方便。

此刻，虽然妻子无人可依，但是周仲春一点也不担心，张政委会将一切安排妥当的。他默默地将痛苦埋在心底，精心组织试剑戈壁的第一枚发射。

也许是老军人在天之灵的佑佐，最后的测试和发射一路绿灯。前一天，苟翼指挥的测试顺利操作下来，进展之顺令专家也觉得诧异。当天晚上，发射战车就驶向发射场。翌日上午，太阳刚从瀚漠的地平线上喷薄而出，罗来斌就站到指挥位置上，英姿勃发，举重若轻。1号手董景辉沉着应对，猝然不惊，每个操作动作又快又准。当最后一个预令下过时，利剑出鞘，周仲春一跃而起，冲出指挥大厅，仰望苍穹，划过蓝天的飞行轨迹渐次变粗、漶漫，变成一片粉红的云霞。他扬腕看表，真是一种巧合，此刻恰值老岳父告别式后，从烟囱胡同中匆匆走过，化成一缕青烟，一代军人血魂直上九霄。周仲春的泪水一下子涌了出来，一种强烈的共鸣撞击他的心扉，当年浴血朝鲜，希望人民军队和国防强大老志愿军老战士在天之灵，在默默保佑自己和发射的年轻导弹军官。好梦将圆，导弹准确击中目标，打出了堪与世界上最先进武器媲美的精度。年轻导弹官兵在大漠上欢呼雀跃，泪飞如雨。

发射成功的第二天晚上，周仲春带领 26 名大学生军官撤场了。夜里三点离去时，少将总指挥带着航天城的锣鼓队，载歌载舞地欢送他们回归大本营。

凯旋之时，基地政委带领在家的常委站在月台上，欢迎这支导弹新军胜利归来，让他们领略了基地党委和首长无声的褒奖。

时隔数日，张录学政委专门宴请志愿军老兵遗属。席间，李建英端着酒杯，眼噙热泪对张录学说，大哥，老人的事情让你操心了，感激之情无法形容。老周虽然不在，可是你比老周想得还周到啊！

张录学一饮而尽，饶有意味地说，我与队长虽然领军一个班子，却是哥俩好啊。应该！

第十六章

雷霆在握

1 梦里几回抚长剑

那年夏天，王晓予与某型导弹第一支超前集训队进入酒泉后，专门去找酒泉卫星基地司令张建启将军，请他去看一次第二炮兵官兵的操作。

张建启答应了说，晓予，你准备好吧，我去看一次。

王晓予说，好！他们显然是有备而来。

去年12月20日，航天厂家打外型动力弹，这还不是真正意义上的新型号导弹。可是其发射程序已经完备了，王晓予给型号办李主任说，让新型导弹超前集训队打一枚。

李宁宁说，只有十天了，你们来得及吗？

王晓予说，没有问题。

后来，他又找了航天部门曹建国院长，最后一枚让部队打。

曹院长毫不犹豫地答应了。他说，行！等两枚飞行成功后。

2003年12月29日定下来了，让集训队发射，只有十天时间，他们连操作流程都没有，而且身边操作指挥的骨干回部队的回部队，探家的探家，人也不齐。队里几个得力干将陈德贵、林康回部队了，就连他身边的助理员何锋也走了，只有旅里总工王秉赋在那里牵头。王晓予让他找人将操作规程写出来，王秉赋问，什么时间要？

王晓予说，2003年元旦拿出来。

王秉赋选来选去，最后确定由罗来斌写发射流程。

好！你叫罗来斌来我这里，我给他交代一下如何写。

罗来斌是井冈山下的红军后代，毕业于第二炮兵工程学院。从1998年成立超前集训队至今，已跟着新型号导弹追踪设计四年有余。

一会儿，罗来斌来到王晓予房间，问王总师，有什么交代？

你将发射流程写了，要简洁明了，操作性强，元旦那天上午交给我。王晓予吩咐道。

明白！精干高挑的罗来斌转身离开，回到屋里开了一夜车，次日上午10时许，一份新型号导弹发射协作流程出来了，交到王晓予手里。王晓予看到下午两点，又叫罗来斌拿回去修改。连着修改了三稿。最终，中国战略导弹部队第一份新型号导弹发射流程诞生了。

翌日，王晓予给回家结婚的苟翼打电话，他是罗来斌的战友。说你一走，好事就来了，快回来吧！有重要事情。

苟翼说王总，不行啊！我要结婚，帖子都发出去了。

王晓予笑了说，苟翼，你真是结婚"婚"了头了，别后悔啊？！

苟翼急切地问，王总，什么事情嘛？

王晓予说，电话里不能说。

苟翼回不来，这首次动力弹发射0号指挥，非罗来斌莫属。练了几次后，王晓予对罗来斌说，打起精神来！下口令时，声音要洪亮，号手的操作要标准规范，一步也不要多跑。

果然，罗来斌露脸了。发射车让超前集训队操作时，航天三院院长曹建国惊叹：还是部队精神比我们行！我们的指挥像没有吃饱饭似的。

2003年元月13日，一枚新型号导弹动力弹跃然而去，虽然它飞得并不远，但是意味着部队已经能够全程操作发射。

然而，酒泉航天卫星中心的张建启司令却一直未露面。一天，王晓予看到有一辆首长卧车驶过来，便对0号指挥罗来斌说，好像有首长过来了，注意礼节礼貌。

这时张建启的卧车悄然驶了过来，他刚跨出车门，罗来斌大声喊道：全体注意，立正！然后跑过去报告：首长同志，第二炮兵新型号导弹超前集训队在操作训练，请指示！

继续操作！

是！罗来斌转身离去，下达操作命令。

张建启没有反应过来，连礼也没有回就已经领略了导弹官兵的操作风采。他说，没有想到你们平时操作都这样正规。

王晓予趁热打铁说，首长，我们第二炮兵历来崇尚一句话：没有装备能训练，有了装备能打仗。第三枚之后，让我们发射一枚吧！

张司令点了点头说，晓予，你过去没有正式与我讲过，我到会上帮你们协调。

而张瑞副司令一直跟在现场，他也有意要让第二炮兵部队打一枚。

这回反倒是王希山想变卦了。他麾下的人一直在诉苦，如果这一枚弹再让第二炮兵打，那立功受奖我们就再也没有机会了。

也是啊！王希山反而不松口了。见到王晓予就说，再说！总装没有人发话啊。

王晓予加大工作力度，第二炮兵机关和基地的关系都派上了，首长也都出面请缨，总装机关发话了：视情况由任务领导小组定。

好！任务领导小组，张瑞副司令是头，说话有分量。

于是，王晓予再退一步，放出话说，在前三枚打成的基础上我们再打，哪枚有闪失，我们就放弃。

话已至此，在现场的领导都觉得应该考虑部队的意见。

第二枚打之前，王晓予再度找张瑞副司令员，第一枚已经成功了，给我们个机会吧，请首长再催催啊！

晓予，你吵吵好久了。张瑞副司令员脸色正然，问道，王晓予，你到底有多少把握？

首长，如果是由于操作失误造成发射失败，以后我说什么你都不要理我。王晓予已将诚信廉耻全都押上了。

张瑞副司令员点点头，终于撂下话来，第三枚成功了，就给部队打。

航天部门曹建国副院长找了王晓予三次说，王总，新型号导弹经历多少磨难，你非常清楚。按照任务，你们有的是机会，现在状态不变，打第三枚，我只想打三枚。第四枚不想打了！

王晓予态度异常坚决地说，曹院长，别给我说这个！这个机会，我们必须争。你放一百个心，第二炮兵的部队不会给你们丢脸的，你给了这个机会，部队会感谢你一辈子！

你为何非争不可？！

因为是第二炮兵部队的第一次。

曹建国不高兴了。

机关首长指着王晓予的脸说，王晓予，瞧你死皮赖脸的，一根筋，你想干什么？

王晓予一脸虔敬，就是想锻炼部队，检阅培养成果。四年无枪，你知道我们怎么熬过来的吗？

晚上回到驻地，旅里总师王秉赋笑了说，王总，你别再瞎忙活了，不可能给我们打！

王晓予这回可被惹恼了！一肚子的委屈，半年来的求爷爷告奶奶，极尽屈辱。他将桌子一拍说，王秉赋，你别再稀里糊涂，不然我回去收拾你。我就是要将不可能的事情变成可能！给我抓紧训练，白天跟岗，从技术上熟悉规程和参数，测发工艺流程；晚上练队列，站军姿。不亮相则已，一旦亮相就要一鸣惊人。

终于有结果了。酒泉卫星航天城的领导确定，将第四枚导弹发射交给某新型导弹旅的官兵。那天，旅长周仲春带着一个军列进来，到了清水，被丢在站台上。

李宁宁也从靶场赶过来协调部队进场的事情。

王晓予给王希山打电话说，我们部队已经进到清水了，能不能尽快安排？

王希山说，我知道了。晓予，你放心！今晚我就安排。

以后的日子，王晓予与旅长周仲春一起，对新型号导弹超前集训队连续七天进行考核，从理论到规程的熟悉程度，从操作到发射预想，都得到了满意的答案。随后，他又组织人员利用配重弹，练习装填，工作间搞测试，一切准备就绪，就欠东风。

马上就是 2003 年国庆节了，时任基地司令员魏凤和少将正在北京参加读书班，他给王晓予打电话，问道：晓予，准备怎么样？

司令，一切都准备就绪！就等执行发射任务了。

魏凤和听了很高兴，说，你们好好干！

您什么时候过来？王晓予恳请道，这是我们新型导弹旅打的第一枚弹，也是第二炮兵的第一枚弹。您来一趟，很有必要啊！

魏凤和司令员听了说，好！我安排一下。

10 月 1 日，魏凤和飞到鼎新机场，然后驱车到酒泉卫星发射中心看望部队。

发射时间定在 10 月 6 日。头一天，发射指挥部召开会议，总装和第二炮兵 11 位少将与会。

会议如期进行，各个系统、测发控和落区的情况准备汇报完了，轮到各单位表态。

王晓予按着话筒，慷慨激昂地说道：我受基地魏司令员的委托，向各位首长表个态。作为全军第一支新型号导弹部队，首次执行导弹发射试验任务，我们感动无比光荣。同时，也觉得使命神圣，责任重大。我们决心不辜负各级首长的期望，在任务指挥部的统一指挥领导下，在各级把关指导下，精心组织，精心指挥，精心操作，不辱使命，圆满完成此次发射任务。目前，整个部队士气高昂，求战心切，心理素质良好，汇报完毕！

酒泉卫星发射中心司令张建启说，听了你的汇报，就知道部队的状态很好。

梦里几回抚长剑，终于到了大漠试剑锋的时刻了。10 月 6 日上午 9 时。秋空万里无云，湛蓝如洗。随着 0 号指挥罗来斌向 1 号曹春华下达"点火"命令，一只大漠猎隼，从箱体里跃然而出，然后喷着烈焰，飞向天穹，最后准确地击中目标。

成功了！

新型号导弹取得了多枚连射成功的重大突破，值得庆贺。总装备部首长说：我代表总装首长，感谢参加这次任务的参试各方，成绩取得来之不易。在排除各种困难，走出困境的同时，第二炮兵部队首次执行新型号导弹发射任务，取得了如此辉煌的成绩，表示祝贺！希望再接再厉，为军事斗争准备做出更大的贡献。

2 自封别号——沙漠孤侠

与田克副部长相识二十多年了，可是真正领略他崇尚的侠者豪迈与勇者壮怀，却是在他将近退休的日子。

或许因为田克是一个十足的"金庸迷"，读侠者的书太多，抑或因了历代军人剑胆琴心的血脉未断，英雄之魂未曾泯灭，因此，采访他的时候，他身上洋溢出来的激情，壮怀激烈的性格，让我颇感欣慰，看到一张属于真正军人的面孔。

他说，2003年夏天，司令员离开大漠前，给我们画了一条线，所有实战化试验和改进，都必须在翌年规定的时间节点完成。我知道这条线意味着什么，因此，那175天的沙漠日子，我给自己自封了一个别号"沙漠孤侠"。

且说孤侠的故事听听！

哈哈！他仰天长笑说，发射战车挺进离一个荒漠上的小山村不远的地方设指挥部帐篷时，我问某基地总师刘希星，安全区多少公里？

1.5公里。刘希星答道。

上车！我让司机打开计数器，往荒原腹地开1.5公里，然后停了下来，跨出车门，站在荒原上画了一个圈。田克抬头一看，离公路很近，便说，指挥位置就设在这地方。

呵呵！我窃笑。

田克手一挥说，发射车、普装车、指挥车统统开进来，却纷纷陷了下去，惟有发射车开了出去。

咋办？部长，这荒原里冬天待不住啊，连车都开不进来。

笨吧？！开辆水车过来，水一浇，零下三十六七度，一晚上地就冻硬了。

大家照着田克吩咐的去做，果然行了！

田克后来感叹地对我说，真的，高学历不等于高智商，高智商不等于高学历。这丁点小事，就是一个生活常识与智慧。

然而，指挥部刚安营不久，那个小村庄党支部书记和村长立即找来说，要见最高指挥官。

部队同志说，好吧！带你去见田将军。

田将军将那位哈萨克村支书请到帐篷里坐下，敬上烟和茶。

书记说，将军，你们解放军搞军事行动，一下子进入这么多军车，破坏了草场，应该给予赔偿。

可以啊！田克说，一块钱一根草，你派人去数，数清了，我马上给你拨钱。

田克留书记、村长一起坐下来吃饭聊天，那家国情怀把哈萨克村的书记打动了，说，田将军，豪爽，够朋友，赔偿事情免了！

你比我还豪爽！田克派车将村支书和村长送到村里去了。

佩服！田部长。那天航天某单位党委书记刘石泉也上来了，他是中央候补委员，一看田克将老乡打理的规规整整，服服帖帖，第二天见面时伸出大拇指说，田将军，豪侠啊，让石泉望尘莫及！

田克说，刘委员，咱们现在开会来说试验的事情吧，某月某日打完，这可是我们司令官划的时间后墙。

这个我知道。刘石泉说。

指挥部开会的时候，田克说，报这样的发射，大家都是第一次，厂家他们没有充分试验过，部队也第一次操作，风险系数很大，大家比较紧张。石泉啊，论地位，你是中央领导同志，论本次任务，我是指挥长，你是副指挥长，明天发射，你的站位，就在发射车后边，如果有情况，你跟着弟兄们一起上西天。

那是！刘石泉说在这里，一切听田将军指挥。

田克开始发布命令，明天的出发顺序是，张建强副旅长带头车，在前边带队，第二辆是发射车，第三辆刘石泉的车，第四辆是刘希星，最后压阵的是田克。说完了，必须按公里越野的设计，跑够最大限数，再进行发射。

第二天早晨出发前，他们按照这个方案进行实施。完成了发射试验。

又是一个荒云空寂的发射场上，另一个型号的发射试验。田克两边跑，进行总协调。当导弹转电后，突然出现电子系统不正常。

这时，部队不表态，航天部门觉得故障现象搞不清楚，也不想打了。然而，田克说得打，他知道第二炮兵首长在北京坐等消息呢！

田克坐镇发射场，立即显出一副举重若轻的大将风度，他指示道，重新进入倒计时准备，下面各位听令，一、王恩保总代表代理74号，为发射现场总指挥；二、二所王晖收星信号一到，马上向我汇报，程序灯一亮，航天部门总师向我报告，科研部电子处处长郭东调控阵地，听我指挥。

关键时刻，田克一副横刀立马，舍我其谁的感觉，展现出气吞山河之势，但是时时刻刻，又显现了心细如发之功。

果然，重新进入发射程序，弹上电子系统正常，旅、营指挥车和发射单元电子系统显现正常，程序灯亮了。说明转电是正常的。田克认为，从这个意义上说，弹上也是正常的。

结果发射大获成功！

大荒原上的日子，田克最感动的是工业部门的总指挥陈珂，他是哈军工的毕业生，"文革"前曾授中尉军衔，那年已经63岁。在发射试验中，他亲自到落区，那里早已经是一片白雪茫茫。老人拄着拐杖走了6公里雪地，寻找查看情况。田克听说后，打电话请他上车。他说，部长，我定要查一个水落石出。

不知不觉，春节临近。第二炮兵首长要慰问一线官兵，而这边发射场，新改进的产品上山，有待时日。田克决定驱车千里，从首区往落区驶去，看望和慰问那里的官兵。

慰问完部队，起了暴风雪。上午九点出发，漫天飞舞的大雪，道上结了厚厚的一层冰，能见度很低，沿途翻了有三十多台车。他们一路小心翼翼，夜里两点钟，到了哈密。

　　而就在同一天，订购部一位处长从兰州订了数十个大罐，正往末区运送。通过国道运来，他不敢吃饭和睡觉，一边走一边给田克打电话。他在哈密吃饭时，已经快一点了，处长复短信时，正在迎车队呢。第二天是腊月二十九了，暴风雪仍然未停，车进昆仑山腹地时，莽昆仑奔来眼底，雪风狂荡，千岭皆白。他当即在车上用手机写了一首词："风长吼，猎猎战旗扬。雪飞舞，伴我大旗游。剑在手，挥臂直苍穹。问苍天，何人真心英雄。"

　　返回指挥部时，已经是腊月二十九日。第二天便是2004年的除夕。

　　大年初一早晨，田克早晨在餐厅吃饭时，值班参谋跑来说，司令员打电话找你。田克立即放下饭碗跑了回去。

　　司令员在电话中说，辛苦了，身体状况怎么样？

　　首长放心，都好着呢！

　　前一段的发射试验取得了不少成绩，干得不错，要再接再厉，按着时间节点完成。

　　是！首长。

　　请转达在高原的全体人员，我给大家拜年了！

　　好！我们也给首长拜年。

　　田克走出房间，极目远眺，斯时，昆仑巍巍，尤野一片寂然。

3 将军一去何处送君

2004年7月1日早晨，起床号刚刚吹过。一个军人的一天就这样这开始了。

高秀仁副司令员那天正好在昆仑山腹地组织导弹发射。起床后，他照例在帐篷区的营盘里转悠，远看昆仑山静穆如初，这时手机突然响了。他一看，是杨业功司令员的秘书小翟打过来的，他觉得情况有些不妙。

小翟说，高副司令，向你报告一下，首长走啦！

是吗？高秀仁一阵惊讶，首长什么时间不在的？

今天早晨。

首长说什么了吗？

弥留之际，就说了两个词：出发！一二一。

杨业功司令是在起床号声中远去的。高秀仁听了后，心中一阵堵得慌，不由得哽咽了。

这时，田阜纪、胡玉明走过来，见高秀仁神色不好，胡玉明问道，参谋长，您是不是不舒服？

高秀仁摇了摇头，许久才说，我们的老司令员杨业功将军走了，就是在起床号声中远行的……

惊诧，愕然，悲恸。虽然谁都知道这一天是迟早的事情，但是每个人心里都无法接受，一片黯然神伤。

树斌，你过来。高秀仁向基地装备部副部长陈树斌招了招手说，现在是军事斗争准备最紧张阶段，这里发射一刻也不能耽误，我和田阜纪都走不开，无法飞到北京去，送老司令员最后一程。你代表我们去慰问老司令员的夫人杨老师，参加杨司令员的悼念活动。

好的！副司令员。

明白！

随后，高秀仁操着电话，拨通了基地往常负责善后事情某处的电话，询问基地首长有什么安排。对方说，我们不知道，这是第二炮兵的事情。

他意味深长地说道，这个事情不能这样搞啊！他是基地的老司令员。

电话那边说，对不起！高副司令，首长现在还没有交代。

高秀仁心中一片怅然。

将军已经远去，不是在熄灯号中安然睡去，而是在起床号声中悄然远去。去一个人间无法拥抱与感受的冰凉世界，招得阎罗唤旧部。然而，他的身影却永远留在了军事斗争准备一线，留在了他足迹踏过的千山万水之中。

高秀仁与杨业功是一张命令，一个任基地司令员，一个任基地参谋长。1999年6月23日他来报到时，杨业功仍在指挥阅兵。交接时，恰好杨国梁司令来考察基地班子。下车伊始，杨司令与他简单地谈了谈话，高秀仁便展开了工作。这时，一场刀光剑影、鼓角争鸣的军事行动已经悄然而至。那时对于这个基地，他只熟悉两个人，一个是旅长，一个是旅参谋长谢兴风。然而在这片江南土地上，他的理想主义、英雄主义情结找到了最好的土壤和归宿，一个被海外媒体称为"鹰派"的人物，从此兀自而立。

当基地参谋长五年，虽然与杨业功司令员有过工作上的冲突，但是从未伤过感情。作为他麾下的一个干将，高秀仁充分理解杨业功肩上挑着的千钧重担，他真的是在军事斗争准备的过程中积劳成疾，壮士国殇。

2003年10月，高秀仁在白山黑水的训练场组织训练发射。杨业功司令在国防科技大学习，因为身体不适，剧烈地咳嗽，他在当地医院检查，被查出肺上长了肿瘤。他提出转到上海大医院确诊。基地立即派人与上海长征医院联系做手术，打开胸腔切片检查，就已是肺癌晚期。迟志江副政委立即赶过去，代表基地常委看望他，时值第二炮兵贾文先副政委来基地考核班子。结束时，又特意转道上海，代表第二炮兵党委和首长探望。

病魔之灶切除了，杨业功以为又可以到军事斗争准备的战场上驰骋。随后，他从上海转到南京军区总院治疗，巩固了一段时间后，回到家里休养。

第二天上午，冬日里的江南冷雨潇潇，乍暖还寒。高秀仁刚走进办公室，桌上的电话便响了，是杨业功打来的，声音仍然洪亮如钟：下午来上班！给我汇报打仗准备情况。

明白！首长。高秀仁搁下电话，心中仍有一股大潮在澎湃，感叹万千：一个高级指挥员，一个父亲，一个丈夫，病入膏肓，时日无多，想的不是自己的身体和家人，而是魂牵梦萦的军事斗争准备。或许他今生最大的憾事，就是几次与战争擦肩而过，然而，只要一息尚存，仍然关注着战争，男儿也，大丈夫啊！其实，此时第二炮兵政治部张孝忠主任来过基地了，已经明确在杨业功生病期间，军事工作由副司令刘际琛负责，取而代之已经非常明显。

毕竟这是老司令患重病后第一次听取军事工作汇报。

离下午上班时间还差几分钟，高秀仁便驱车来到杨业功家门口，敲门而入，接老司令员去办公室。

见高秀仁进来了，杨业功正在系风纪扣，有些愕然说，高参谋长，你咋来了？我能走过去啊。

老首长身体康复第一天上班，可喜可贺，我当然要隆重来接了。

秀仁啊，想得周全哟！可我现在是病夫一个……杨业功感叹道。

首长气色很好，恢复不错啊！

高秀仁迎接杨业功走进作战会议室，干净利落，整个汇报控制在半个小时，然后戛然而止。末了，他说，首长，我就说这么多，请您指示！

杨业功点了点头说，挺好！

首长，您到办公室休息一会儿吧。

我要参加指挥所工作！杨业功突然冒了第二句话。

高秀仁觉得很难办。但他依然被老司令的敬业精神所感动，他或许不被所有的人喜欢，但是他对军事斗争准备的钟情和痴迷，却不能不让人心生敬意！

　　第二天，他去了作战指挥所。

　　第三天，他仍然去了作战指挥所。

　　最后，再无力坐下去了，被部属架出了会议室。

　　杨业功的病情加重了，他又从基地转回南京军区总医院，最后转到了北京解放军总医院。

　　高秀仁到北京开会时，又专程去医院探望他。他关心的不是自己的病情，而是军事斗争准备情况。临别时，他那枯槁的手握着高秀仁的手，郑重交代：有的部队离打仗还有差距，要抓紧啊……

　　首长，您好好养病！高秀仁向他行最后一个军礼时，杨业功说，秀仁啊，我过去办事太较真。有不妥之处，多包涵啊！

　　首长！高秀仁一泓泪水在眼帘里涌动。他在两个基地当过十年参谋长，陪过三任基地司令，而杨业功恰好是最好合作者之一。

　　将军已经远去。天上人间，何处再去寻君？

第十七章

首战用我，用我必胜

1 斩首行动，只待闻令出征

再过几天，就是 2004 年元旦了。

那天晚上十点钟，高秀仁参谋长突然接到第二炮兵作战部长的电话，通知他一个重大的军事行动。

明白！高秀仁听了后，感到浑身热血奔突。当兵一生，一个男人最渴望的时刻，终于飞掠到自己和这支常规导弹集团官兵的头上了。

搁下邵部长的电话，他立即给各常规导弹旅旅长、政委们打电话，传达了军委和第二炮兵首长的意图和决心。谢旅长、何骏、陈楚华、蒋兆友等人，几乎都是异口同声，回答只有一句话：首长放心！马上行动。

惟有那位从政工干部改当的旅长反问一句：首长，是真的打啊?！

妈的！高秀仁怅然若失，在电话中不好发作。军中无戏言，自己堂堂一个基地参谋长，岂能将军令当儿戏吗?！不过，他电话中这么一问，反倒让高秀仁有些不放心了。第二天早晨，他对高副参谋长说，马上就要行动了，可是那个旅的旅长好像没有一点战争的意识，还在当和平官。问我是不是真的，不在状态啊，你马上过去督战。

高副参谋长点头道，我这就走。

一会儿，基地副总师田阜纪过来了。高秀仁说，老田，你和高副参谋长一起过去，旅里操作技术还不太过关，磕磕碰碰的，而配备的武器装备又是最好的！你去坐镇吧。

是！田阜纪答道。

高副参谋长、田阜纪往那个方向赶去。高秀仁悬着的心才略略放了下来。

的确，一个电话就可以看出思想问题来。他将各个指挥网都开通了，所有的准备就绪。高秀仁对作训处处长吴祚宝说，你随我去部队看看，昨天晚上邵部长交代了两件事，一件是需要上级机关解决的问题，马上梳理上报。另一件是提出了一个非常迫切的课题。这边话音戛然而止，那边轰然落地。

哦！吴祚宝脸色悚然，形势和格局已经明朗，那片浅浅的海峡早已战云飞渡。

第一站便是驱车常规导弹第一旅。

谢旅长、参谋长夏小平和常委站在办公大楼门口，迎接高秀仁。

与谢旅长握手后，见夏小平站在后边，高秀仁问道，你不是指挥学校参加"中培"吗？咋跑回来了？

我听说有任务，就悄悄地溜回来了。夏小平答道。

好样的！高秀仁拍拍夏小平参谋长的肩膀，感叹道。一个军人当如此，一个男儿当如此。和平年代的军人，此时不许身以国，更待何时？！

我们已经迫不及待了！步履匆匆地走进作战室，谢旅长突然摊出一大摊梳理的问题，哪些需要第二炮兵机关解决，哪些由基地一级承办，而哪些则由旅里去做。

高秀仁眼睛遽然一亮，到底是常规导弹一旅啊！所列出的问题，不仅有利于自身建设，也促进基地机关解决。

参谋长，我们也有困惑之处。您看这个问题，是纯技术角度的，多种制导方式，有传统的，有现代的，各有优劣。到时候，若一方受到干扰，到底打不打？用哪个打？

提的好啊！思考到技术层面了。高秀仁击节而叹，你们思考的问题，是大家没有想到的，解决也非常具体，具体到了数据，这是玩真的！

首长啊，我们当然是玩真的！不玩假的。谢旅长说，现在任务在肩，真的是重如泰山。如果这时候不解决好，到时候中央军委一声令下，闻令出征，我们上不去，就要掉脑袋了。

好啊！高秀仁点头道，我们是握着斩妖利器、国之重器的军人，关键时刻，就得有这种危机感和使命感。

将战区内的各个常规导弹旅跑了一遍后，高秀仁可以放心在车上小憩了。这些常规导弹军团确实与众不同，徜徉于英雄天空里的战争意识和危机意识早已铭刻于躯，巡游成魂。无须再拧紧发条，只要一声令下，自然就会处于高战略状态运转了。

车子盘山而上，朝另一片作战地域迤逦而行。突然，车载电话响了，是作战部长打过来的。他说，高参谋长，你在什么位置？

去作战阵地区域的路上。

有军用电话吗？

没有，到了营区可以找到。

好！抵达后，请速与我联系。

明白！高秀仁将电话一关，交代司机，加速前进，务必尽早赶到营区。

越野吉普风驰电掣般地往千山连绵的军事禁区驶去。

傍晚时分，高秀仁接通第二炮兵作战部长的电话说，部长，我是高秀仁。现在用的是军用电话，您可以向我交代了。

邵部长说，司令员让我给你打电话，首长觉得你们有一个常规旅组建时间不久，打仗还不行。

首长的判断非常准！我给这个旅的旅长下达预令时，是不在状态。

首长要我征询一下你的意见，将这个旅的作战任务交给常规导弹第一旅，指挥权也交给第一旅指挥。行不行？邵部长说，你知道他们装备的武器是最好的。

高秀仁沉吟片刻说，任务不能取消啊！一旦取消了，这比前几年他们发生事故还要大几倍，等于是首长和机关对这支部队不再信任了。打击太大！若干年也翻不了身啊。我们已经加强了力量，指挥、技术专家全都顶上去了，等于基地派出最强的工作组坐镇指导。我们的意思也是让他们打胜仗，从多年的阴影里走出来，找回自信！另外，请您报告首长，这个旅的任务可以调减。调整过后，作战指挥还是由他们自己组织，不然就会造成第二炮兵被空军指挥的印象。请您向首长报告，基地层级是这么考虑的。

一会儿，邵部长就回电话了。他说，首长同意你们的意见。这样把握，显得远且深了。首长非常体谅这个旅，任务不变，指挥体制不变，只将他们的导弹装备调一部分给常规导弹第一旅。

高秀仁觉得很欣慰，司令员站得那么高，却非常尊重下属的意见。

然而，那个旅的官兵反弹仍然很大。临战在即，却将自己手中的武器拱手交给常规导弹第一旅，等于空手将枪交了出去。因此，那天常规导弹第一旅一营营长施湘阳和二营营长王性利带着两个营队，来将发射车开走时，许多战士当场就哭了。

万事皆备，只等一声令下了。

2 临阵换枪，最好的武器给最好的部队

东南莽林里的冬天烟雨缥缈，成天雨雾蒙蒙的。

再过两天，便是 2004 年元旦了。那天上午，旅指挥所保密机的铃声突然尖啸地响了起来，是基地参谋长高秀仁打来的，直呼谢旅长听电话。

受领应急作战任务后，他们始终是单线联络。没有一纸文书，可见涉密程度之高。

"参谋长，是我。有什么指示？"

"第二炮兵首长指示，要将最好的装备给最好的部队。你们一、二营马上撤出训练场，去换某新型号导弹武器。给你们两天时间撤场，够吗？"

"不用！我们今天就能撤完，晚上准时登车。"

"好！这才是打仗的部队。不过，你要告诉一、二营的官兵，从接到新武器到形成作战能力，只有六十天，这个时间节点一定要卡死。有什么困难吗？"

"没有！"

"好！这可是要经过战争检验的。"

"放心！参谋长，军中无戏言。"

搁下电话，谢旅长立即将副旅长李天、发射一营营长施湘阳和二营营长王性利叫过来说，又有新的应急任务，部队临阵换枪。你们俩今晚就带一、二营坐火车过去，借兄弟单位的新型号导弹装备展开训练，二十天必须具备发射能力。最终形成作战能力的时间节点就是 2 个月。记住了：明年 3 月 1 日之前。一旦有事，就能出动！

李天点了点头说，没问题！可是这里一、二营的装备怎么办？

交给训练中心！我会安排的。

李天、施湘阳衔命而去。随后，他又拨通了仍然在第二炮兵指挥学院中级培养班上学的参谋长夏小平的电话：有重要军事任务，马上向学校请假！立即归队。

忙碌了一天，将撤场事情处理妥了，天色渐渐暗了下来。送走一、二营官兵，回到旅指挥所，谢旅长的脑子又开始旋转起来。部队六十天形成作战能力，在新型号导弹旅乃至第二炮兵部队历史上，可谓空前绝后。一、二营是这个旅的老底子，执行过无数次大型战斗任务，参与过1995年、1996年的东海发射导弹训练，始终有一种英雄之魂在官兵心中巡弋。素质没问题，关键是时不我待，必须将各种资源都使用上。想到每次换型，部队最流行的就是超前训练，到航天工厂去追踪设计和生产。现在再派人出去学习显然是远水不解近渴，但是可以将新型号导弹的设计总师和单元专家请过来讲课啊！谢旅长一下子找到了一条捷径。

翌日，他立即派人赶赴北京，一下子请来了十几名专家，分头给一、二营官兵和旅机关的干部上课，他也夹着本子去听课。短短半个月，换装的发射官兵便从武器的设计源头上弄清了新型号导弹与换型武器的异同，设计理论和操作方法。

长剑在手，发射车陆续到齐了。会挽弯弓，扬眉剑出鞘，最让他担心的还是战车的底盘，能否经得崎岖山路的考验。不趴窝，不掉链子，这一点也是他最没有底的。望着刚刚训练回营盘的队伍阔步走来，口号震天，他的脑子里突然冒出了三个字"聘专家"！

谢旅长来到政委的房间说，到了该启动"预备专家队伍"计划的时候了。过了年，就将底盘厂家预备专家师傅召来，与一、二营官兵一起行动。一边训练，一边教我们的车载号手。有他们参与，我们完成应急任务，就胜券在握了。

好啊！我也是这样想的。两个人的想法不谋而合。

春天的映山红开得漫山遍野，如霞一般灿烂。地方底盘厂的师傅们纷纷就位，住到班排里去了，一跟便是两个月，完全保证了随行应急作战任务。

时间节点一天天临近，但是还有数十枚导弹因为状态不符合新的战标要求，按照时间节点无法完成任务。

"绝对不行！"谢旅长将副旅长李天叫来，指了指台历上那个画了红线的日子说，你是技术营长出身，你去督战，上级命令我们必须在3月10日前将战斗弹测试完毕。

李天说完成任务没有问题，只是人手不够，工装太少啊。

测试设备不停机，官兵24小时轮班。

李天领命而去，带着技术营官兵，连续苦战了半个多月。整天就待在技术测试间里，官兵们眼睛熬出了血丝，一进洞门便想恶心呕吐。

3月8日，李天打来电话说，旅长，我们干完了！

干得好。谢旅长激动地擂着桌子说，告诉技术营的官兵，我要为他们请功！

剑在手，蛰伏于莽林之中，睥睨那片并不平静的海天，本身就是一种沉默雷霆。

时光匆匆，不知不觉之中，又一个夏天悄然而至。风云际会的海平面上，飘浮在天空中的阴霾，渐渐被东风与阳光澄清了，东南海天一片湛蓝。应急机动任务刚画上一个句号，部队马未离鞍，人尚未归营，谢旅长和全旅官兵还未来得及舒一口气，洗尽身上的征尘，突然接到北京的指令：中央军委委员、第二炮兵司令员指示，要对应急任务作战进行全面检验。

全面检验是一个什么样的标准？北京机关一位二级部长专门飞来旅里，向谢旅长诠释首长的意图。全面检验就是全方位的考核，全旅远程拉动上高原，待机导弹武器不再进入技术阵地测验，完全按照野战化。每次行动都带有战术背景，快打快撤。记住！从专列抵达高原时算起，必须有时限，打完撤回。

谢旅长悚然一惊，这可是他当旅长以来面临的最艰巨的一场恶战。

那位二级部长问，谢旅长，有什么问题尽管提，我回北京可以向首长报告。

谢旅长的回答非常干脆：没有！

那就好！不过，我可要提醒你，这次应急检验非同小可，规模宏大，盛况空前，你可千万要小心啊！搞好了，名扬天下；办砸了，那就……丑话我说在前头。

明白！我会殚精竭虑。

祝你好运！那位二级部长传达完任务匆匆离去。

谢旅长召开旅作战会议，传达第二炮兵首长意图。末了，他说大家听明白了，还有什么意见？会场上顿时像炸开锅了一样，议论纷纷。一位部下站起来说，旅长能不能向上边通融一下？

通融什么？谢旅长问道。

旅长，你难道不知道？这次全面检查，我们可是有四超啊！

谢旅长说，我当然知道了。一超，导弹装备超过了服役期；二超，导弹武器的设计超海拔高度；三超，铁路、公路转载超距离运输；四超，导弹待机状况测试超过设计极限。最后一个没有，我们这个旅从未上过高原，没有高原生存和作战的经验。对吧？

对啊！部属进言道。既然有一系列的超标，旅长就该向上级反映，不能冒此风险。时间紧迫，连进技术阵地时间都没有了。

谢旅长笑了，这些情况我都预见到了。我们旅如果和平年代不冒风险，一旦战争打起来，就要流血牺牲，甚至一败涂地。

旅长敢高原唱大风，敢冒风险的精神，令人可敬，不过在技术层面上，总有一些保障吧？

谢旅长说，这个问题提得好，我已经想了好久了。不管导弹装备进不进技术阵地，一些重要的参数，导弹起竖后，一定要综合测试。我们是一支高技术之旅，一定要按科学规律办事，决不能蛮干。

部属点头称是，我们想到的问题，旅长都想到了！

谢旅长哈哈一笑说，你们别恭维我！这些年来，我们这个旅之所以能一往无前，东风啸天，先后发射过九十枚导弹而无一失败，就是因为集中了大家的智慧。我还是那句老话，我谢旅长最大的优点，就是善于听取大家的意见。到了高原，有什么问题，你们但讲无妨啊！

会议室里的掌声响了起来。

八千里路云和月。2004年的中国天空下，一列又一列的导弹战车军列，蒙着伪装网，一路向西开进。

第一次上高原，下了铁路专运平板，谢旅长觉得自己的身体有点飘。吃饭不香，睡觉不实，脑袋处于高度旋转中。然而他们却笑傲昆仑，按照上级机关的战术要求，一夜之间，将数百台战车，在浩瀚的戈壁上消失得无影无踪。

发射的日子一天天逼近。第二炮兵首长和总部来的数十位将军和高级校官云集戈壁。基地司令员最后一次检查时问谢旅长，你有没有百分之百的把握？

谢旅长说，请司令员放心！百分之百的牛我不敢吹，但是有一句话我敢说，新型号导弹旅的官兵，决不会辱没过去创造的辉煌历史。

好！司令员投来欣赏和信任的目光。

临射前的准备进入了最后阶段。谢旅长和参谋长夏小平、总师周晓林坐在旅指挥车的指挥平台上，最后校读战标。

一组参数一组参数往下过，校读到了刚调到上级机关不久的一位参谋送来的坐标时，总师周晓林和参谋长夏小平异口同声地说，这个参数不对！

什么参数不对？谢旅长问道。

以桃代李，给错了！将另一个型号导弹的战标给了我们。

天！谢旅长拍案而起。幸好我们发现及时，不然将酿成一个捅破天的大事故。

大战之前静悄悄，戈壁死一般地寂静，只有风的呼哨。过了今夜，东风导弹啸天之后，一切都会尘埃落定。一夜无眠的谢旅长将参谋长夏小平叫到指挥车里交代道：参谋长，明天你的任务最重，哪个关键环节都得把握好。我最担心的就是第一个波次发射后，两个发射单元马上撤离，另外两个导弹架马上占领阵地。你一定要组织好。发射完以后，你立即带第一个梯队、两个营公路机动回到铁路站台，撤回大本营。

"明白！"夏小平从容地答道。

第二天上午，戈壁万里无云，风静了，天蓝得如汪洋一片。一望无际的红柳丛也屏住了呼吸。上午10点，当两个发射单元的0号发出最后一个"点火"口令时，已经超期的东风导弹骄子携雷带电，呼啸而起，一剑冲天，在蓝天上划过两道美丽的弧线。白练当粉，飞向千里之外的茫茫戈壁无人区。导弹刚一升空，两个发射单元未收下发射架，便匆匆撤离。已经待命的两套新型号发射单元，迅速挺进发射场，数分钟后，几枚导弹相继齐射，再度升空。如几只轻灵的白鹭，雄逸昆仑，飞向远方，准确命中目标。

六十天形成作战能力的部队，经历了战术背景和实弹发射考核，成绩优秀！

观景台上，仰看白练当空舞，将军们一片掌声。

伫立在阵地上的夏小平抬腕看了看表，此时恰好上午11时。他下达命令：撤场！向200多公里外的聚集地公路开进，登铁路转运平板回归大本营。

3 敢亮短板的部队，才能最终赢得战争

那天傍晚，东海天幕一片血色黄昏，海风静静地吹。难得有片刻的余暇和宁静。谢旅长想去看看大海，十年间始终是一种高度紧张的战斗姿势。他一直没有休过假，也没有节假日。想借那片迷人的蔚蓝，舒解一下刚才会议中间的心灵负荷。伫立海边，涛声依旧，远眺归航灯塔迷失浓雾之中，周遭一片惊涛拍岸，乱石穿空，他的心情顿时又变得沉重起来。

浪击东南，也拍打着一个导弹旅长心中的忧患。在大洋彼岸那个世界上最强的军事大国，曾多次进行以中国为假想敌的演习。2000 年演习，拟定都是红方胜利，以蓝方的失败而告终。一个时刻想到失败，一支在和平年代敢亮短板的部队，才能真正赢得战争胜利，才是一支有希望的军队。

心如潮涌。一幕幕往事如脚下的惊涛，奔涌而来。谢旅长记忆犹新的是 2000 年初秋那场全军大演习，三军将士竞风流，高科技武器装备纷纷亮相长城脚下北京的南口。中央领导前来观看演习，其规模和阵势绝不亚于 1984 年的华北大演习。新型号导弹旅作为第二炮兵惟一一支实弹发射的参演部队，分赴两个战场。

部队临登车前，基地司令员杨业功亲自为官兵壮行。看着两个营官兵即将登车而去，杨司令员拍了拍谢旅长的肩膀说："这是第二炮兵部队第一次在白天发射实弹。你是现场指挥，虽然你们在军委主席面前露面只有 10 分钟，但要将我们新型号导弹旅近十年的苦功拿出来。一剑连荣辱，一发定军威啊！"

谢旅长默默点了点头。

杨业功望着远天的深邃，壮怀激烈地说："有的兄弟单位同志对我说，你们第二炮兵胆真大！实弹发射，远程影像传输，敢玩真的！万一打砸了，不是

在全国人民面前丢脸吗？据说人家还拍了专题片做备份。我们是打仗的部队，决不能干那种事！在三军统帅面前，我们要真演，而不是假演。如果打砸了，将我这顶司令员的乌纱帽搭进去，这个风险也得冒啊。"

听着司令员的话，谢旅长心中涌起一阵感动说，请司令员放心！我们会确保万无一失的。

好！我就要你这句话。一场大战之前，指挥员的决心至关重要。杨业功总是会在一个关键的时刻将自己的性格、执着、壮烈、豪迈，烙印在年轻指挥员的心灵和躯壳之上。

举起右手，向杨业功司令员行了一个军礼，然后从容登车奔赴发射场。

沙场秋点兵。随着军委主席驱车到来南口，大演习拉开了帷幕。那天上午，天公不作美，大风起兮，尘土飞扬，但是陆海空三军却竞显风流，气吞山河。

轮到第二炮兵方阵出场了。电视画面切到了秋染青山，白桦如金的发射场。两枚乳白色的东风导弹矗立在发射车上，青锷傲指苍穹。谢旅长在旅指挥车里操起指挥话筒，下达口令：100号，10分钟准备！

100号明白，10分钟准备！

发射号手精心指挥和操作的雄姿，通过远程传输展现在三军统帅眼前。

进入5分钟准备，谢旅长又果断下达口令：100号，启动伺服机构。

100号明白，启动伺服机构。

口令洪亮清脆雄浑有力，让古老的长城为之一振。

进入发射倒计时：10、9、8、7、6、5、4、3、2、1，点火！

随着号手按下红色点火按钮，两枚常规导弹相隔20秒，从层林尽染中鹊然而起，一剑冲天。如一只浴火凤凰，鸣啸苍穹，数分钟后，导弹准确命中了目标。

军委主席带头鼓起掌来，脸上的凝重舒展了，掠过一丝微笑，扭头问一位第二炮兵主管作战训练的首长，如果战争现在就打响，你们行吗？

只待主席一声令下！第二炮兵那位领导坚定地回答。

坐在杨业功司令员周围的将军们一阵艳羡，但未免狐疑，问道，杨司令员，你们这是真发射吗，还是在播放专题片？

杨业功笑解释道，当然是实弹发射！过去因为保密，我们的发射都是选择傍晚和夜里进行，像刚才这样的白天发射，在第二炮兵的历史上还是第一次。

……

往事并未随着退潮的浪花湮没，远去。

该回去了。受领了应急作战任务之后，谢旅长和夏参谋长离开了这座海滨城市，返回旅部。在回程的路上，他与夏参谋长商量：继续梳理问题，查找短板，从应急作战的流程上进行推讲。重点推讲旅指挥机关在作战准备、实施、结束等三个阶段应该做些什么工作，各阶段的重点和难题是什么，有什么样的应对和处置方案，机关部门领导，科长和发射营营长、连长，都必须一清二楚。

回到旅里，谢旅长大张旗鼓地展开了旅指挥机关应急作战推讲。从他先考起，他第一个站到台上去推讲。接下来是夏参谋长和其他常委。几个月下来，作战流程中的重点、难点问题梳理了100多个，整理成厚厚的一本。凡旅里能够办的，就地解决，自己干不了，上报基地和第二炮兵。

时隔不久，基地参谋长高秀仁少将来检查应急作战情况。这次任务是在一种高度涉密的情况下进行的，只有口传，没有作战文书，都是一对一的单线联系。

坐到作战会议室里，谢旅长开门见山说，参谋长，今天的汇报我们不谈成绩，就谈问题。成绩摆在那里，不谈也跑不掉，问题却需要上级机关来解决。于是，他将推讲出来的一系列问题一一摆到桌面上，摊到阳光下。有不少是旅里的短板，而更多的则是整个部队建设之中的大事。

高秀仁感叹万千说，我走过不少部队，也在不同单位任过职，像你们这样思考建设的单位凤毛麟角。敢讲真话，敢谈问题，敢亮短板，甚至敢言失败，有气魄啊！就如导弹控制的几种组合方案，到了紧急关头，最终选择哪种控制组合模式？该由谁下命令等问题，本来属于基地甚至是第二炮兵领导机关思考解决的，我们没有考虑到，你们却想到了。这个旅的建设层次高啊！

高秀仁参谋长眼光刁钻，并不轻易表扬一支部队和一个人，那天居然一连说了好几个"高"！

4　世界上最锋利的剑与盾的过招

我乘坐军列未入昆仑山门槛前，就听第二炮兵一位首长说，一个月前，曾在这片浩瀚的戈壁上，上演了一场世界上最先进的剑与盾的过招。常规导弹第一旅驾驭国产自主品牌的常规导弹，与世界上最先进的地空导弹进行了一场擂台赛。

这只是三军一场大演习的序幕，开场白。第二炮兵首长说，让空军和第二炮兵先来过场打斗一番，被定位为战术观摩，更大规范的远程精确打击，马上上演。

昆仑论剑，第一阶段是战术观摩，安排第二炮兵常规导弹第一旅与空军地空导弹某师对抗过招。

那是世界上的最利器剑与最先进的盾的一次过招。

带着这支劲旅上山来的是常规导弹旅的总师周晓林，一位在 1995 年和 1996 年大演习中，屡建奇功的人物。

昆仑论剑，堪称一场华丽家族的盛装午宴。

一边是世界最先进的盾牌，国际上数一数二的防空导弹，能出左右者，寥寥无几。

一边剑匣里只装了三枚的中国之剑，前两枚为同一型号，后一枚是升级改进版。生产这个利器的国家军事专家说，这种地空导弹具有很强的反导能力，其拦截概率为 75%。

谁舞长剑啸昆仑？

自然是常规导弹第一旅的官兵了。

　　离这两座帐篷区不远处的一个营区，建起了旅指挥所。我们采访组一行，皆下榻于此，可在小灶上吃饭。那天上午，一个巨大的指挥帐篷里，黑色伪装网下，停放着一辆造型别致奇特的旅指挥车。2005年8月11日下午三点半，登上指挥车，我对时任常规导弹第一旅总师周晓林进行电视采访。最感兴趣的自然是一个月前，在这片空漠上的昆仑论剑。

　　空军地空导弹某师可谓有备而来，志在必得。当年他们这支劲旅曾经用国产的红旗地空导弹，打下美国人的U-2高空侦察机，战绩辉煌，而今天他们用世界最好的盾牌，拦截几枚国产常规导弹，应该不在话下啊。一位空军领导亲自坐镇导弹落区之内，在相距落区不远的地方布阵，四个发射架严阵以待。

　　双方约定一天一个回合，连打三天，三招分出胜负。

　　战术观摩展开之前，第二炮兵首长和司令部领导亲自到现场观看。

　　而时任副总参谋长的许其亮则带着总部和空军的一班人马在第二炮兵指挥大楼多功能厅观看发射，既当观察员，也是裁判。

　　第一个回合定于7月3日进行。因为彼此都不摸底，所以各自都藏着掖着，只告诉对方是哪天发射，但是具体几时几分，是不会告诉的。常规导弹旅仍使用跟着自己已经十载的发射车和第一代常规导弹进行发射。

　　那天早晨，就像以往的发射一样，第一个发射单元的官兵早晨六点便起床了，吃过早点，不到八点。周晓林一挥手命令道：出发！便向数十公里之外的发射阵地突击，然后占领发射阵地，起竖导弹，其实就是按照正常的发射流程走。

　　周晓林此时已经参与和指挥过十多枚导弹发射了，他站在0号指挥十一连副连长张志彬面前进行指挥把关，其实不用他说什么，总师站在面前，对于号手们无疑就是一颗定盘星。

　　张志彬下达口令：

　　5分钟准备。号手清场。

　　3分钟准备。

0 号和 1 号最后撤离在散兵掩体坑里。

1 分钟准备。

0 号指挥像往常训练一样，向 1 号下达了点火命令。

1 号按下了点火按钮。

上午 9 时 36 分，常规导弹第一旅骤然亮剑，一声惊天巨响，从戈壁深处平地而起，一枚导弹斜射出去，彩练昆仑舞。导弹轨迹穿越时空，最后落地时，犹如古代穿铠甲的勇士在陆上最后肉搏。可惜第一招出剑太隐蔽，对方不辨东西。

空军的雷达还未反应过来，最先进的地空导弹虽然发射出筒，但并未捕获目标。

然而，常规导弹早已经一剑封喉……

撼昆仑山易，撼火箭官兵难。

第一局过招，胜败不言而喻。第二炮兵首长对于常规导弹第一旅的官兵给予高度评价。要给空军老大哥一些面子，打第二发时，将坐标和发射时间给他们。最好能让对方拦截上，这样皆大欢喜。

明白！首长。

常规导弹第一旅官兵士气大增，第二局准备再放手一搏，听到第二炮兵首长说要考虑空军是老大哥单位，给一些机会，要将发射时间和坐标等一些参数告诉对方时，开始多少有些不解。是真刀实弹的过招啊，等同于打仗。如果第二回合过招时，告诉对手这些数据，就等于告诉我出剑的方向和时间。

7 月 5 日上午 9 时 50 分，十二连副连长王桂岩为 0 号指挥，这个发射架再度出手，驾驭仍是伴随他们多年的导弹。扬眉剑出鞘，导弹凌空而去，划下一道彩练。

看剑，剑如长虹，气贯昆仑。

空军地空导弹营连发三枚导弹上空，也仍然未能接住。

到了第三局。按照第二炮兵首长的指示，将发射时间、弹道和所有数据链都告诉对方。

第三场大战，于 7 月 9 日开打，由常规导弹第一旅三营六连一排长赵发忠为 0 号指挥，操作刚接手不久的国产导弹利器，其性能更精、更稳、更好，威力更大。

地空导弹师连输两局，四个发射架严阵以待，舶来品和国产防空盾牌一起上来。

时间已经明明白白告诉对方，发射时间，坐标，弹道飞行轨迹的经纬道，皆掌握于对方手中。

上午 9 时 30 分，弹道掠空，虽然看到一个亮点划过，四枚防空导弹升空，仍然未拦截住。

一鼓作气，再而衰，三而竭。中国人总说好事不过三。三步知天下，连过三关，连败三招，昆仑论剑已见分晓。

昆仑徜徉数日。

我们乘坐最后一列专列抵达昆仑山下后，常规导弹第一旅在戈壁上搭起一座帐篷城，每个营一个方块，营、连、排、班，皆整齐成方阵，四周相围，入口处是一个门楼，上边挂着一张巨大的红字喷绘牌子，一等功旅。

而另一个帐篷城，则是成百台发射战车和配套指挥车辆。

其他几个旅也依然列阵于昆仑山下，帐篷连营成城。

借昆仑山之一角，站在一个高处，俯看这个帐篷城，不禁让人遥想宋人辛弃疾的豪放狂吟。"醉里挑灯看剑，梦回吹角连营。八百里分麾下炙，五十弦翻塞外声，沙场秋点兵。"（辛弃疾那时只能在赣州的郁孤台上，俯看赣江东逝水，遥望北方，塞外秋风，摇曳着豆油灯的几点灯火，抽出龙泉宝剑一看，故国不可得啊！皆在梦中连营帐篷，惟有惆怅。）而今，沙场秋点兵的盛况，却在昆仑山下开演。

5 三军"观"后尽欢颜

9月20日晚上九点多钟了，申煊和武卫东分别给我打电话说，首长有令，叫你马上赶过去，领受任务。

我说什么任务。

两个家伙都秘而不宣。

我只好连夜买票，第二天早晨有飞往敦煌的航班。于是匆匆购票，翌日早起，在首都机场与摄影家冯根锁不期而遇。我们同一架飞机，飞到敦煌后，转道再入昆仑山。可是接机的车子去勘察地形了，迟迟不见，一直到了下午四点才到。赶到军演现场，早已夜幕四合了。

这里的海拔并不高，我十余次入藏，第一次下榻此地。可能少了台阶式的习服，那天晚上，申煊、武卫东给我安排了一个八九个人的大房间，里边异味弥漫，鼾声如雷，竟搞得我一夜难以入眠。冯根锁更甚，强烈的高山反应，让他不吃不眠，像大病一场。

然而，我再度上昆仑的那天上午，因为交给我的任务是演习落幕后，写一个电视脚本，编一部画册的文字撰稿，胜似闲庭漫步。因此，我可以往返于戈壁上的指挥所与观看发射的观景台之间，指挥所里的远程影像投影，可以观三军开打的画面，而观景台上则看谁持彩练当空舞。

第一波次战役突击的仍旧是谢旅长所率的常规导弹第一旅的官兵，当时有意要考查他们军事斗争准备状态，在他们携带的导弹已经超期服役，铁路和公路运输超时限，野外作战超海拔的状态下，还要求他们快打快撤。发射战车进入演习区域之后，不再进入技术阵地测试，而只在挺进作战阵地的途中或者抵达发射阵地后，加测几个主要内容，就准备发射。

夏小平那时是常规导弹第一旅参谋长，他说当时要求快打快撤，对于他们来说，冒了一次风险，这可是在军委首长和陆海空三军高级将领面前灿然登场，展现第二炮兵的风采，若有一点闪失，就颜面尽失。他和旅长格外小心，多次到突击阵地检查，那里的海拔已接近 4000 米，有两个发射营住在那里，白天和夜晚都可以听到狼嚎，没有生活用水，两三天送一次，他与谢旅长轮换着上去检查。

9 月 22 日演习拉开大幕，他与旅长坐在旅车里指挥。第一波突击，发射 4 枚导弹。打完后，11 点就开始撤收，部队撤出发射阵地，简单撤收后，立即往戈壁滩上公路机动，跑了小时，到了铁路站台上。当天晚上登上铁路平板，往江南的大本营回撤。

夏小平撤下来了，孙金明指挥他那个旅，一下子干了数枚导弹，彩练掠空，彩云浮在天上，如一条条哈达和经幡飞舞天穹。

随后，吴祚宝指挥最后出手，连打了数枚，将那次军演推至高潮。

那天军演结束了，在昆仑山下的宾馆里，庆功会热烈而喜庆。第二炮兵司令与魏凤和参谋长，脸上露出轻松的神情。

武卫东告诉我，这是他看到司令员和参谋长最高兴的一天。

第十八章

马踏酒泉问东风

1　马踏酒泉问东风

离 2007 年春节只剩最后五天了。

酒泉大漠上一场狂雪过后，极目之处，天地皆白。如一张宣纸，铺展到了天边。吃过早餐后，第二炮兵装备部副部长田克将手下的几位干将——科研部部长徐少华、副部长李宁宁和订购部副部长贾天宝招过来说：你们接着干，继续与工业部门一起找故障。

那天因为要去鼎新机场接人，他先走一步，通往卫青、霍去病马踏酒泉之城的路依然积满冰雪，九点半，田克便驱车从酒泉卫星基地驶了出来。雪后初晴，天空透亮，荒漠上死一样寂静。阳光普照，太阳已攀升到半个天幕之上，一束光影斜照进指挥车里。

雪地、阳光在风挡玻璃的视野中渐渐遥远。天地如此灿然，可是这次发射副指挥长田克的心情，却怎么也灿烂不起来。

2007 年元旦的钟声尚未敲响，某常规导弹旅便千里大机动，从温润之地，跨区进入肩水金关的酒卫星发射中心。田克带第二炮兵机关工作组和军代表也飞赴弱水，从空中俯瞰，冰封的黑河河床，只有河中央，一带活水蜿蜒流向远方，波光反射，映在黄叶落尽的千年胡杨躯干上。这次抽检的是航天部门打造的又一柄利器。十年之间，他们异军突起，开发系列导弹装备骤然成军，在军方赢得了声誉。

然而，这次发射开局就不顺。1 月 29 日，起竖导弹已经进入发射程序，大漠上突然大雪飞舞。在酒泉喜遇大雪，本是丰年瑞祥，可是对于第二炮兵部队的官兵而言，早已见怪不怪。他们冒雪进行了第一枚新型常规导弹的发射。

青锷出鞘，利剑穿空，沿着轨迹飞了出去，但是飞到落区时，打远了，远远超出了定型时远程精确制导武器令人惊叹的打击精度。

这显然是一次失败的发射。

坐车返回酒泉卫星发射中心住地，弱水两岸，雪压寒枝。胡杨千载不死，雄魂犹在，可是大家的情绪很沮丧。2月7日，第二炮兵司令员做出重要批示：吸取教训，举一反三，军代表也要查找问题，积极稳妥地向前推进。

接到一号首长指示当天，田克就在大漠航天城里，组织军地一体进行传达学习，将工业部门试验队和第二炮兵的试验队集合在一起学习讨论，展开对武器装备的再认识。

其实，此时他们已经陷入一种两难的境地，一边是军事斗争准备的时间节点，后墙已经明确，决不能有半点拖延；一边则是要求高精远程打击武器技术上的绝对稳妥可靠。应急与稳妥，积极稳妥与向前推进，既要积极，又要稳妥，两种做法都没有错。可是如何拿捏得当，对于航天部门，对于部队科研试验的组织者来说，都是一场挑战和考验。

11日那天，又将那辆打第一枚导弹的发射车恢复状态，进行发射，可是却点不了火，导弹打不出去。

退回技术阵地，航天部门的专家、第二炮兵导弹专家与军代表们一起归零，已经搞了三天，仍无结果，这让田克忧心忡忡。不过，中国航天人的志气和毅力却令田克感动，他们表示归零找不出问题，下次发射不成功，绝不撤场。春节就守在大漠上过了。

腊月二十九晚上，过了今夜便是除夕了，军、地导弹专家一起测试惯组，一连测了好几次，等效自检已经搞了九次了，都是好的。问题到底出在哪里啊？不时陷入云里雾里。那天晚上深夜十一点半了，归零终于有了点眉目，田克副部长说，今晚可以睡个好觉，专家们才登车回到招待所。这时，大漠上的夜空，已有礼花焰火升空，照亮天际，灿烂无比。

田克最后回到宿舍，已是2月17日一点多了，躺下就睡着了。因为睡眠太少，他的眼睛严重充血。然而，在大漠上过年的事情一点也不能马虎，毕竟这里有部队官兵和军代表、导弹专家。早晨起床前，田克就当起了后勤部长，叫炊事班准备丰盛的宴席。

除夕傍晚，天上的太阳高高的，悬挂在高天，没有日落的想法。而第二炮兵试验官兵和地方工业部门的年夜饭却开始了，田克副部长看了看，总共有200多人参加会餐，其中部队100多人，地方100多人，其他就是机关指挥组的人员。

大家落座，宴会厅里声音嘈杂。田克站了起来，双手向下一压，整个宴会大厅便鸦雀无声。

田克走到宴会大厅中央说：

同志们：

此时，在这戈壁大漠，夕阳尚未西下，而我们伟大祖国的首都北京，那长安街上已是华灯绽放，彩树争艳，祖国人民正满怀喜悦之情，迎接新年的到来。

这是一个多么幸福的夜晚，或许有人去拜见高堂，有人在臂挽新娘，有人依偎着妻儿，有人聚亲朋好友对酒欢唱，而我们却在这"千家万户团圆夜，月圆之时家不圆"。

或许有人会问：苦吗？我们回答：不苦。因为戈壁大漠上有我们的理想和追求。

或许有人会问：乐吗？我们回答：乐和。因为东风呼啸，对酒欢唱，剑指苍穹才是我们铸剑人最大的快乐。

或许有人会问：光荣吗？我们回答：光荣。因为共和国的旗帜上永远映着我们的风采。

或许有人会问：屈辱吗？我们坚实地回答：不！因为忠诚奉献是我们永远不变的信念。

这就是一个革命军人的苦乐荣辱观。作为军人，当以战死沙场、马革裹尸为荣，今天的一切艰难困苦都算不得什么。

我就是这么想的，这么认为的。狗年即至，我将自豪地告诉亲朋好友，本不属狗的老子正在为您们看家站岗。

我想，同志们都爱读金庸先生的作品，我亦如此。我读啊读啊，觉得金庸老先生只写了四个字：忠、勇、仁、义。我又读啊读啊，忽然顿悟，原来金老先生数部大作只写了一个字：侠！

谁是当今侠人、侠士、侠客？是我们。我们在此刻此地侠肝义胆，书写着我们对党、对祖国、对人民的无限忠诚。

在此，我不想违心地祝同志们工作顺利，要夺取本次试验任务的胜利，谈何顺利！也不想祝同志们身体健康，久战戈壁，再好的身板也无健康可谈；更不想祝同志们阖家幸福，撩起大家的念家之情。

今天，就请同志们开怀畅饮，来日再创辉煌。

田克的祝酒词信手拈来，字字珠玑，口若悬河，被视为老生常谈的祝酒词，却被他饱蘸激情，成为了一篇文采飞扬的佳作，我毫无不犹豫地将全文录入书中。

其实，那天在酒泉大漠上过年的男人女人们，听了田克的祝酒词，女人皆悄然饮泣，男人则眼含热泪，年轻士兵则热血激荡。

那个除夕，田克指着一位女军代表说，我向大家特别介绍她，因为常年在靶场，照顾不了家里，她的前夫，原是国防科大时的同窗，可是被"小三"撬走了，留下一个破碎的家啊。

你们是军事斗争准备的功臣啊！委屈你了。

听着首长慰藉之语，这位女代表哽咽了，真想跑出去对着沙漠大哭一场。可是她的泪水早已经流干了，巾帼英雄虽情殇，却不再流泪啊。

当夜，马踏酒泉。谁驾长车踏酒泉，谁御长风问天穹？自然这些年复一年、日复一日，战斗在军事斗争准备一线的导弹专家和军代表啊！

次日是大年初一，起床号比平日吹的晚，可是部队仍然按时起床。

大年初二，他们即展开加班，最终归零找到了故障点，是发射车一根平时并不容易燃烧的电缆被烧坏了。换过之后，正月初八那天，发射圆满成功，打出了最佳精度。

年未过完，春节长假后上班的第一天，捷报传至北京。

2 英姿飒爽军代表

将近秋凉了。

第二炮兵驻某航天工厂女军代表康莉，随第二炮兵新型号导弹骨干集训队官兵，东移发射训练场。

她是一位老导弹的女儿，那天初次见面，睥睨婆娑之姿，娇丽之貌，听其快人快语，很难与一位国之重器的导弹专家联系在一起。可是今天她又要大显其手，飒爽英姿，伫立于0号指挥和发控号手身后，进行二岗技术把关。

数月前，在那片大漠孤烟直的瀚海里，由第二炮兵导弹官兵驾驭的利器首度出手，一剑冲天。像一只猛禽鹞然而起，翱翔天际，然后凶猛地扑下去，睿眸金星，准确地抓住漫汗之海中的靶标，一件大国重器兀自而立。

康莉觉得挺自豪，这种杀手锏导弹武器，刷新了中国战略导弹部队新的辉煌。试验成功之时，中央军委几度发来贺电。

今日喜长剑。然而，前方仍旧布满雄关漫道，这一步成功，不过是迈出万里征途的第一步。

沧海桑田，对于这种利器而言，真正的战场不在桑田之上，却在洋洋大观的浩渺沧浪里。

时隔不久，康莉站在浅滩上，芦荻悠悠，云水泱泱，几行沙鸥掠过，无风亦无浪，可她心中却涌起万丈波涛。这片曾让中国大清海军饮尽惨败和屈辱的汪洋，而今风云际会，你方唱罢我方登台，乱云飞渡，惊涛拍岸。近些天来，朝、韩双方在延平岛擦枪走火，远东天空剑拔弩张，战争气氛越演越烈，温度愈升愈高。半岛恰似一个巨大的火药桶，大有一触即发之势。

然而，对于导弹官兵而言，于无声处听惊雷。沉默之中，国器在手，便可冷眼宇内，一剑封喉，胜券在握。

康莉是监造这种国之重器的女军代表，她深知人民共和国需要这种国之重器。

那天早晨，风掠狂澜，卷起千堆雪。中午时分，风浪渐次平静下来，新型号导弹武器发射架占领了发射阵地，随着0号指挥口令一一下达，导弹发射进入倒计时准备，作为0号和1号号手的技术二岗，康莉站在两位导弹军官身后，对于她来说，这已经不是第一次，也不是最后一次。上一回，她也是这样站在发射指挥员的身后，仔细观察，不放过任何一点有瑕疵的口令和动作，保证了发射圆满成功。

5分钟准备。发射指挥下达口令。

进入3分钟准备时，当他们迅速撤进地下指挥所时，0号指挥下达了1分钟准备的口令。

在地下指挥所的控制台上，因为没有摄像系统，已经看不到发射场上的点火情况了，可是却可以从大屏幕上看到飞行的曲线。

10、9、8、7、6、5、4、3、2、1，点火。

只听外面一声轰隆的巨响，山摇海啸，导弹冲天而起，朝着天穹飞去。

康莉的眼睛盯着大屏幕的红色曲线。她的心一下子提到了嗓子眼。地下指挥室里的空气凝固了，大家都知道这次发射失利了。

这一刻，康莉的泪水涌了出来，顿时心里哇凉哇凉的。

翌日下午4时许，第二炮兵首长从京畿之地，千里单骑，风尘仆仆地赶来。

于是，几分钟后，由工业部门、机关工作组、发射部队和军代表四方二十多个人参加的座谈会召开。

那天，海天完全被阴霾遮蔽了，与会者心情一片黯淡。

第二炮兵装备部的领导率先发言，向司令汇报了部队挺进这片区域进行发射试验的队伍和导弹飞行情况。

司令员感叹道，面对失利，第二炮兵首长没有任何责怪之意。前一段时间，机关工作组和部队都很辛苦，从发射失败到现在，已经过去 24 小时，大家不吃、不喝、不睡，确实辛苦，我代表第二炮兵党委和海阳政委前来看望慰问大家！

掌声响了起来。片刻之后，又归于寂然。司令员说，这次试验军委胡主席特别关注，意义深远啊。它的重要性不言而喻，就是因为国际形势的变化和需要，这片区域，一时风云际会，刀光剑影啊，我们必须有利器。对于下一步的工作，我强调三个意识，即大局意识，责任意识，政治意识，以前我到工业部门一再强调，武器装备，质量是核心。标准在你们心中，质量行不行，在你们身上。打仗行不行，是我们武器装备的质量，实现最后一关，关键是质量。这个系列导弹武器占了第二炮兵的半壁江山，有多少发成功，多少发失利，都要好好总结。

这个型号的军代表来了吗？第二炮兵首长突然问道。

人们面面相觑，过了两秒钟，不见人站起来。

报告首长，军代表来了，共九个人。康莉一跃而起答道。

首长并不认识这位女将，怔然片刻，轻轻摆摆手说，你坐下吧。

首长的讲话结束后，吃过晚饭，司令员提出要召集几位专家再谈一谈。于是，康莉和研究院的姚康泽、王若志和瞿继双等导弹专家奉召座谈会。

说说吧，第二炮兵首长挥了挥手，下午会上不好讲的话，可以放开谈。

康莉说，那次与首长一起座谈，堪称一种放射性的交谈和思维，讨论没有界限。就是失利的原因和归零的看法，姚康泽第一个说，随后是瞿继双，讨论的范围非常宽泛。两位专家的放射性思绪，让康莉觉得有点不靠谱。

轮到康莉，她谈了自己的看法。

那天晚上，首长也没有多讲，主要是听几位专家的意见。

第二天一大早，康莉就接到司令员的秘书打来的电话，说首长让你陪同看看，并向首长讲解。试验基地政委也跟着视察。

这里的条件不具备。那天康莉一点也不紧张，快嘴快语地说。比如，电缆放在泥泞的沟里，有些则架在木头架杆上，很不安全。

此话一出，训练基地领导的脸上就挂不住了。

说得好啊，敢讲真话，第二炮兵首长发话说，请尽快改善发射环境。明白！我们会认真落实司令指示的。试验基地政委马上表态。

第二天便开始硬件环境整改，通往场坪的道路和场坪也重新建设。康莉觉得自己虽然得罪了人，但是却换来了试验环境的大改善。

当天下午，他们站在试验基地招待所的门口，送首长返京。

司令员上车前，再次与航天厂家专家、军代表和第二炮兵指挥组人员一一握手，叮咛道：尽快归零，排除故障，我在北京等候你们的佳音。

3 弱水三千，独取一瓢

南方的苦夏渐渐消散了。

可是，对于某新型号导弹旅的官兵来说，一场为争夺瀚海啸天连续发射任务的比拼，刚刚登台，渐渐进入白热化。

原旅长李友成和政委便是这场较量的"始作俑者"。大会小会，他俩一再煽呼，瀚海长啸连续发射，任务重大，使命光荣，机会难得，在第二炮兵历史上是第一次，部队更是头一遭，必将嵌入中国战略导弹部队的辉煌青史。

当然，历史只记述事件。对于芸芸众生而言，往往忽略不记，每个普通的人参与其中，并不都是为了青史留名，而是渴望一份创造的豪迈与壮烈、激情与幸福。

任务该由谁来执行？旅党委报请基地同意，就从发射三营与四营官兵中挑选一家。

究竟花落谁家？全旅官兵瞪着眼睛在看。三营营长林永舟、四营营长吉自国多次请缨，历陈自己所率营队的优势，请求任务。

手心手背，孰重孰轻，谁先谁后，却让旅长、政委犯难了。党委会上，政委一锤定音：你们都别再找啦！我和旅长商量好了，校场上见分晓，一考定资格。两个营同时上，营区考理论，场区考操作，谁分高谁胜出。

"好！"一个考字公平，官兵们纷纷鼓掌说，这样发射比赛公平。赢了漂亮，输者服气。

两个营的官兵似乎憋足了劲，志在必得。在营区考理论时，四营略胜一筹，暂时胜出。然而谁能最终仗剑瀚海，仰天长啸，将连续发射的任务拿到手，还得看工业部门专家、军代表和第二炮兵机关三家联袂组织的发射操作考核。

仗剑酒泉，马踏飞燕，问鼎苍穹。部队该出发了，可是三营营长林永舟、四营营长吉自国却面临着一次人生的抉择。

基地通知林永舟参加中级指挥员培训，这无疑透出一个信号，参加中级培训就具备提拔进班子的资格；而吉自国在职研究生学习，春天因执行任务请过一次假，若这次再不去集中上课，就意味着自动放弃。

八千里路云和月。中秋将近，部队开始装载平板了，出发之时，官兵们发现，三营营长林永舟朝南，去九省通衢之处参加中培，四营营长吉自国朝西，随队登车走进瀚海，祈望一试剑锋。

那天晚饭后，政委陪我在营区散步时，一再诚恳地介绍说，你一定要写写吉自国，这可是一位热血男儿。为了给儿子看病，居然卖了自己的房子；为了长剑连续发射，可以舍弃硕士学位不拿，最终却痛失发射。

啊！我悚然一惊，这是为什么？

因为操作考核时丢了分，仅以 0.44 分惜败。

这可是一个慷慨悲凉的故事啊。

当然。明天上午我将他们召集来，与你聊聊。

翌日上午，我顺着政委提供的线索，将发射三营和四营的操作班子一一找来，采访了一天。

最先坐在我对面的是发射三营的 0 号指挥张平上尉和 1 号手赖荣强中尉，前者四川仁寿，后者重庆璧山，皆出自第二炮兵工程学院，以学长与学弟互称。钟灵毓秀，川音款款，让我有一种大西南地域的认同和亲近感。

我问张平连长，与你配合的 1 号手曾志勇为何没有来参加座谈？

曾副连长探家了。

哦，我点了点头，问道，据说理论考试，发射三营输给了四营，后来你们是如何扳回来的？

以无可挑剔的口令，完美无缺的操作，赢得了工厂专家、军代表和第二炮兵机关指挥组的一致好评，最终拿下了发射。张平回答干脆，胜者的自豪溢于言表。

是吗？那四营呢？我问。

他们操作有点小瑕疵。

下午，我又将四营的发射班子找来，由教导员殷赫带来，有0号指挥连长吴江，1号控制员刘志茂。营长吉自国探家未归。殷赫是内蒙古人，双学士，他与吉营长两个营队主官，麾下居然带了十几名硕士军官，足可见中国战略导弹部队的军官素质变化之一斑。

说起发射场上的那次惜败，吴江和刘志茂说他们输得心服口服，虽有遗憾，但觉得剑啸连续发射重任归三营皆在情理之中。

这样荡坦的情怀，着实让我有点意外。

那天发射场上的考试，最先进入角色的是发射三营。

当时三营由副营长高卫明带队，0号指挥发射连长张平，1号为副连长曾志勇。

四营发射连长吴江说，考核那天可谓是天助三营。戈壁空阔，天晴得特别好，无边天蓝，万里无风，一派苍苍茫茫的大荒，寂静之极，惟有号手的口令在远天回响。

考核进入程序时，发射营副营长高卫明站在营长的指挥位置上，一一下达发射命令，而0号指挥张平则沉着冷静，一一下达口令，主控号手曾志勇和主要号手蒋忠锐、马晓波、张振华等的操作动作做得又标准又有力，堪称完美无缺。整个发射流程很流畅，按照零时规定的时间，全套做好，获得三家联合考核组的高度肯定，给出了高分。

下午轮到四营发射考核时，戈壁上突然变天，朔风袭来，乌云翻滚，像一个巨大的战列舰队朝着发射战车和号手压来，有山雨欲来的摧城之势。

天时不利，但发射营长吉自国却指挥若定，声音响亮，干净利落地发出一道道指令。此前，抵达酒泉基地后，短短数日，他们组织营队的几个发射架，先后操作了八次，从未有过一次失误。担任0号的吴江则一丝不乱，准确地下达每个发射程序口令。而1号手是发射排长李诗杰，毕业于合肥工业大学的国防生，也是紧盯控制台，一丝不苟地操作着。因为场区里风太大，有一个电缆插头护盖，按惯例拔出来放在原处时，却被风吹走了几步，各位号手聚精会神，未曾发现护盖已被风吹走了几米远，站在一旁考核的军代表将其拾了起来，装在衣兜里。

四营官兵整个发射操作非常流畅，动作无可挑剔。发射结束，最后撤收时，发射排长李诗杰却忘了收回那个护盖，综合评分时，三营得了99.44分，四营得了99分，相差0.44分，拱手将发射权让给了三营。而自己只当了一个配角。

吉自国岂能不缺憾，惟有对着大漠嗟叹。

发射时间一再推迟。

第二炮兵装备部田克副部长出京前，曾叮咛贾天宝老弟请我吃饭，答谢第二炮兵军代表五十周年纪念活动时，我为电视片《铸剑岁月》的润色之功。其实对于写作者来说，皆是举手之劳，不足为谢。可是由于此片受到张海阳政委高度赞扬，上传到政工网上，制作负责人天宝、骆明甚为高兴，特意美酒相酬。微醺之时，天宝兄说，他明天就去要上发射场了。我问何处？他说去酒泉卫星基地。

我惊讶叹道，这个季节去酒泉可是美差啊，过些天弱水两岸胡杨秋黄，满地尽带黄金甲啊！

作家，真诚邀请你去靶场！天宝虽官居装备订购的副部长，可身上却飞扬着一种有别于技术专家的激情与豪迈。他说，10月2日，是额济纳旗的胡杨经过风霜洗礼后，颜色最浓时节。过了那天，大风起兮，一阵秋风一阵凉，便飞落一地了。扬眉剑出鞘，一次连续发射，正好是那两天。来吧，据说张海阳政委也来视察。

好！为长剑系情，被胡杨牵魂，我没有任何犹豫便应承下来。可是后来一直奔走于北方南国的采访路上，终究没能兑现对天宝副部长的承诺。

然而，时隔不久，在新型号导弹旅采访时，参与剑啸连续发射的三营副营长高卫明、指挥张平、号手曾志勇绘声绘色地向我描述了第一次发射时的情景。

人常说：旗开得胜，马到成功。但是三营连续发射，却一波三折。

张平说，三连射的零时定在10月15日10：00，然而这一天事也真蹊跷，国事家事，生死涅槃，皆搅在一起，仿佛冥冥之中有一种天地人的感应。

高卫明从大本营出征之前，父亲已经被确诊为癌症晚期，他匆匆赶回老家，将父亲送进靖江华山医院，做完手术。妻子带着孩子远在山西大同工作，一家三地。自己无法照顾老人，只好将病入膏肓的父亲交给打工的弟弟，便风尘仆仆地赶回部队，跟上出征的专列上路了。

发射前夜，弟弟突然打来电话说，父亲不行了，三天没进一粒粮、一滴水，已经从医院拉回家里，也就这两天了。

这时，恰好旅长李友成在现场，高卫明汇报说，我父亲时日无多，也就能挺这两天了。

卫明，你咋不早说啊?！李友成问道。可是现在到了节骨眼上，你可是一营之长，又是发射指挥啊。

我知道，所以一直没敢报告。

好兄弟，等发射成功了再回去，成吗?

是！高卫明默默地点了点头。

10月15日上午，是一个好天，发射窗口出奇的好。戈壁无风，晴空如洗，天蓝得有点让人炫目。

高卫明站在营长岗位上，向发射架0号指挥张平、1号曾志勇等下达操作口令。

10分钟准备……

高卫明带着江南口味的口令，洪亮、粗犷，通过扬声器，在整个场区里回响。

等下完5分钟准备的指令后，高卫明身为发射营长的指令，已经下完了，后边的发射口令和动作就交给0号指挥张平了。营长指挥位置离他们只二三百米远，他远远眺望，发射连长张平再给号手下达口令。

3 分钟准备。

按转电。

转电灯亮。

1 分钟准备。

张平和曾志勇迅速撤到掩体里。这时，时间一秒一秒地向零时 10∶00 摆动，30 秒，20 秒。

就在这瞬，张平给曾志勇下达最后三个口令后，倒计时，10、9、8、7、6、5、4、3、2、1，发射。

张平看到，曾志勇的大拇指放在发射按钮上，重重地按了下去，然后按钮弹起来的声音，他和站在后边当二岗的航天厂家的专家和军代表都听到了。

大地一片寂然，此时无声胜有声。此时正好 10 点整，高卫明站起身来，朝发射坑的掩体走过去。他心里默默地数 1、2、3、4……可是戈壁滩上沉寂无声。高卫明预感到发射失败了，他一跃而起，朝着发射掩体快步跑了过去。这时，张平通过耳麦向酒泉发射中心的大 0 号发射总指挥报告。

0 号，74 号报告，发射失败。

扬声器中，传来了整个试验场总指挥的声音：按预案进行处置。

明白！张平回答。他立即给 1 号曾志勇下达指令：1 号，解除发射。

曾志勇立即按解除发射按钮。

紧接着，张平向大 0 号指挥报告：发射已经解除。

10 点 01 分，天上人间之事居然这般巧合啊。事后，高卫明从弟弟那里知道，就在这一时刻，父亲于 9 时 56 分去世了。一边神鸟未飞，一边父亲殒身。高卫明泪水哗地涌了出来，泪眼迷离，天上两颗星，南北一父子；儿子仰天舞剑啸，父亲轻飘九重霄，生死别离，瞬息之间。命运之轮竟然如此巧妙地连成一体。一边是老父之殇，一边则是导弹引而不发。两摊事在一个时空下同时发生，他无暇哭泣，也不能哭泣。毕竟自己还带着一个营队，特别是当发射失败之时。

高卫明拭去脸颊上的泪水，将哽咽吞下。径直朝掩体处的指挥控制台走过去，发射失败在他的脑子里只会有两件情况：要么失误，要么导弹故障。

偌大一个发射场，唯有大 0 号指挥与架上小 0 号指挥张平一来一往的口令和报告。

张平的命令在天穹回响。

曾志勇认真做着每一个动作。

等一切皆已尘埃落定时，高卫明见到曾志勇，第一句话就是：志勇，实话告诉我，你的发射按钮按到位了吗？

当然！曾志勇此时心理压力甚大，然而，他的回答却非常坚决：副营长放心，我真的按到位了。

过了一会儿，李友成旅长到掩体里边，问曾志勇也是同样的问题：发射按钮到底按到底了没有？

曾志勇说：旅长，我以人格担保，按下去啦！

伫立在一旁的军代表平先高说，当时他在二岗把关，听到了发射按钮弹起来的声音。

李友成如释重负，凝重的神色有了些许阳光，说，我们号手的操作无误，大家可以放心，与操作没有关系。虽然此结论为时过早，但是具体原因会弄清楚的。

高卫明长舒一口气，心里有底了。

这时扩音器里传来呼喊，让高卫明、张平和曾志勇前往指挥所开会报告。

10：30，高卫明带张平和曾志勇，将打印出来的数据攥在手中，跑步到酒泉基地指挥大厅。进门前，酒泉基地的一位参谋看他们气喘吁吁，特意挡了一下说：别急，好好想想，首长要问你们一些情况。

步入指挥大厅，酒泉卫星中心大 0 号指挥张副司令，第二炮兵装备部部长张启华少将，总参谋部第二炮兵局副局长安亮大校，中国工程院院士刘永才，还有航天厂家的院长、副院长以及厂家的专家、军代表、第二炮兵机关指挥组的成员皆坐在里边，个个神情严峻，会议气氛并不轻松。

见张平和曾志勇气喘吁吁，张副司令员说，小伙子别急，把刚才的发射情况说说。

于是，张平和曾志勇轮流将刚才发射的一幕，一一恢复出来了。

这三个动作操作中出现过什么现象？

曾志勇做了回答。

这是允许的。刘永才院士利落地答道。

后来你按到发射按钮时，按下去了。

我按下去了。

张副司令点了点头：说得非常清晰。0号指挥处置非常得当。

等张平和曾志勇讲完后，会议便接近尾声。

酒泉基地张副司令得出结论说，与部队操作无关。

总指挥一锤定音，高卫明、张平和曾志勇悬着的心终于放下了。

可是回到营队，他们却一点食欲也没有。毕竟这是一个不甚圆满的结果，放在谁身上，都不会兴高采烈。

下午2点半，归零会议照常举行。航天厂家对发射车进行自检，控制系统和所有的电缆都没有问题，这就说明这次发射不成功与号手的操作没有一点关系了，难怪酒泉基地张副司令员说，李友成旅长，你们部队的操作没有问题，我们对你们的发射是蛮有信心的。

当天晚上，李友成旅长特意来到三营，安慰号手们说，冯传生政委和副总师告诉我，基地党委决定，归零之后的发射，仍由你继续操作。

"噢！"三营的官兵欢呼起来。

李友成顿了顿说，高兴过后，我还要告诉大家一个不幸的消息：就在你们发射的最后关头，你们副营长高卫明的父亲去世了。他强忍悲痛，完成了最后的指挥。一位老父亲的在天之灵，在上天之前，看着我们的长剑腾飞，我们不能辜负父老乡亲和妻子儿女的企盼啊……

说到这里，旅长掉泪了。

三营的官兵落泪了。

4　好一朵军中茉莉花

　　我第一次见到康莉是在为军代表五十周年写电视脚本的西山脚下。那天上午，央视第二炮兵记者站副站长李富心拍专题片，一下子被康莉的形象、风韵和口才迷住了，说让我看看她在电视中的风采。

　　我说刚才她来时就已经见过了，一个职场女强人嘛。

　　她的故事很感人啊，李富心也许是爱屋及乌吧。说起前些天到军代表所在厂家拍康莉。她讲了一个故事，军事斗争准备最紧张的时刻，为了一某型号导弹排故，白天穿着裙子站了整整一天，晚上还继续。小腿上叮了十几只蚊子，她竟然没有一点感觉。

　　李富心指着电视屏幕上康莉穿裙子的小腿说，我将这个场面重现了，你看这戎装下的小腿，漂亮！一定要在解说词里写上几笔。

　　哈哈！我仰天而笑，打趣道：美丽的人儿人人爱，富心喜欢上美丽的女军代表。

　　不是！李富心憨憨一笑：因为她特别上镜。

　　我笑着说，何必解释嘛。

　　那天，我将李富心给我讲的一幕，告诉康莉。她笑了说，直到现在我还没有看到这个专题片呢。

　　坐在一旁的骆明恬静一笑说，你是没有看到，可是靖司令员和张政委却在电视专题片上先看到你了。那天在苍茫海天，张海阳政委第一眼就认出你了，说这是小康吗？知道，知道！

　　呵呵！康莉自豪地笑了。

昨天，我采访女军代表王薇时，她说，当年常规导弹部队超前集训时，你还是一个红牌学员。

对啊！康莉点了点头，陷入二十年前的往事回忆。

往事如风，却留下了岁月的痕迹。康莉是 1992 年从西安工程学院毕业的，学的是导弹控制专业，她的导师是赫赫有名的邓方林教授和他的弟子王仕成。当时有 11 名女生，可谓空前绝后。可是现如今，还在搞专业的，只剩她一个了。

感谢军代表这个职业。康莉说，她被分来做军代表时，根本不知道军代表是做什么的。

你是老导弹的女儿？我问。

你怎么知道？康莉反问道。

因为当时能分进北京来的人很少啊，除非是第二炮兵的子弟。我说。

是！我父亲是当时一所的所长。

叫康景良吧？我认识他。

你认识我父亲？康莉有点惊讶。

我那时做第二炮兵党委秘书，每年年底开党委会时，常见到他。他是长辛店的第一代导弹人吗？

对！是留苏的导弹专家。

哦！你是女承父业。

可惜，我没有与父亲一道工作过。康莉有点遗憾说，不过他对导弹事业的感情却深深地影响着我。我为自己能够一直从事这项神圣的职业而自豪。

这是不是你一直坚持搞导弹专业的支撑和力量所在。

是！康莉点了点头。

那就从你当军代表的故事讲起吧。

其实康莉的军代表第一课，就是在云岗葛东升、杨业功、高津所带常规导弹旅骨干集训队一起学习。尽管当时她在学院学的是第二代中程固体导弹控制专业，因为她这个军代表分管了几种型武器监造的质量管控，那是未来最有前途的几型导弹。与她一起听课的学员，上至某基地司令员葛东升，下到高津骨干集训队的十名大学生金刚，中间则坐着吴锡挺等一代导弹专家。

或许因为朝夕相处，康莉也被这支队伍所感染。她不仅跟着他们打了第一发常规导弹，而且参与了整个低温、高温和大风淋雨试验。跟着这支队伍一起成长，也将一个弱女子打造成了"铁娘子"。

记得那年夏天，她的男朋友李鹏也在那座城市当军代表。只是他去了发射场，参与试验，而她则坚守南京，天天等高温天气，其时已进入梅雨季节，但仍达不到要求，他们每天晚上一起来，就打电话问市里的气象台，今天是不是高温，弄得气象台的预报员很生气说，南京几百万人都盼着降温，而你们却在祈盼高温，什么人啊？！没有一点同情心。

我们不能同情导弹装备，它需要最苛刻的条件，康莉哭笑不得，却又不能明说，天天盼高温天气却不得。她想盼到男友的归来，他们已定在五一节结婚的。可是一东一西，没有团聚的时候。就在康莉准备离开南京这座城池时，男友李鹏的电话打来说，当天下午坐飞机回来，当晚可以见上一面。

康莉怦然心动，大学毕业后，两人一个北上，一个南下，当了军代表后，已经快两年没见面了。这个相见的时刻，她早已望穿秋水。然而那天天公不作美，未等到郎君踏云归来，却等来了金陵城里一天的滂沱大雨，男友的飞机降不下来，只能次日飞回南京。

翌日早晨，康莉跟试验队伍走了，还是没能见上男友一面。直至10月，两人才有时间坐下来，与亲友吃一顿饭，且将婚结了。

日子姗姗走过，一晃二十年。当年那位红牌女学员与常规导弹部队一起长大，成了驻厂的副总代表，佩上校军衔，官至副师职，并成了控制和总体方面的专家，在新型号系列的导弹武器预研、试验和装备检验中大显身手。可以与当年留苏归来的父亲比肩了。

试验那天，大漠上风和日丽，风静沙止。发射窗口出奇的好，时间指向了10时58分，再过2分钟就是发射的零时了。指挥员下达了最后2分钟准备，0号指挥发出了按转电的预令，1号控制员迅速按转电，导弹开始工作，可是一个非常重要部件工作的电池灯却没有闪亮，关键时刻，指挥员果断地下达了中止发射指令。

导弹停止发射后，发射场上的空气遽然凝固了。天气骤变，戈壁滩死一样阒静，康莉从这寂然中，仿佛闻到了一种不祥之气。

试验基地想撤场，到技术阵地上去归零。

而工业部门的设计队伍是她所熟悉的，朝夕相处。与以往型号的总师团队不同，他们太年轻了，刚刚三十出头，几乎是一群年轻的小伙子，朝气蓬勃，富于创见，却对导弹试验中出现挫折，心理准备不足。

排障会上，与试验基地那么多将军和专家坐在一起，也许没有见过这样的大阵势，年轻的设计团队脑子一下有点蒙，思路也跑到别的地方去了。

康莉说那天上午的归零会有点乌泱乌泱的，首先是设计老总怀疑什么，说不出来。

你的目的是什么？康莉是老大姐了，觉得设计排障的思路不清。

而试验基地发射指挥长的态度却很明朗，问题和原因不清楚，宁可推迟发射不打。

拖不起啊！康莉觉得会议拖沓而漫长，早已经过了开饭时间还一直没有结果，试验基地的领导和专家都站起身吃饭去了。留下康莉和地方的两位主任设计师、两位老专家、第二炮兵装备研究院专家许波和参谋王帮彦未走。偌大的指挥大厅空空荡荡，几个人围在一起，气沉丹田，竟然天马一样，纵横导弹结构的天空，跑开了线路。

云遮雾绕群山中突然惊现冰峰一角，黄沙莽莽终见天日。康莉蓦地想到了电缆线，问那位主任设计师有没有测过。

没有！这都是按制式生产的，一般不测。

大家同意她的意见和分析。

确定了排障方案，康莉高兴地说，走，吃饭去。

等他们吃饭回来，故障果如她所思，找到了。

重要部件弹上不带电的问题果然出于此。康莉功不可没。

傍晚七时许，大漠空寂，弱水有意，一轮红日携着旗云，沉入遥远的地平线，暮霭成烟，一个无边黄昏寂然降落。斯时，一枚长剑啸天而起，如巨龙一样张开翼羽，睁开睿眸，追寻着远方的目标而去，精确地击中了千里之外的目标。

庆功会上，大家开怀畅饮，举杯之时，宴会厅背景音乐里竟是江南悠扬乐曲《茉莉花》。

好一朵美丽的茉莉花，开在军中，开在戈壁瀚海之上。

5　莫道男儿不假怜情

翌日清晨，太阳从远天与大漠接壤处冉冉升起。

吃过早餐，李友成旅长走到高卫明跟前，拍了拍他的肩膀说，卫明啊，你先回靖江奔丧吧，处理善后。

发射场和三营这一大摊事情，咋办？我们还等着再次进场，打下一个回合呢！

任务少不了你们的。你先回家吧，航天厂家归零过程，一时半会完不了。李友成颇有人情味地说，老父亲养育你们兄弟一场不容易。因为任务，没有让你与父亲见上最后一面，作为一旅之长，我已经心里有愧啦。不过，对于我们军人来说，于国，于家，不能尽孝，却可精忠报国。你老父亲九泉之下有知，也会瞑目的。看看今天从鼎新机场有没有飞往北京的航班。

好！高卫明点点头，听了李友成这席话，他满眼泪水，真想当着旅长痛哭一场。可是，对一个男儿来说，一生只能哭两次，一哭祖国亡国时，二哭老母病逝时。父亲不在了，可是母亲还在，他不能将一个男儿的脆弱情感展示在上级面前。

准备一下吧。李友成说，我派车送你去鼎新机场。

谢谢首长！高卫明向李友成旅长行了一个神圣的军礼，便踏上了归乡之途。

然而，等高卫明坐车到了鼎新机场时，才发现那天没有航班。他重新回到酒泉基地招待所，李友成再见到高卫明时有点惊讶，问道：高副营长，你为何没走啊？

报告旅长，今天没有飞北京的航班。

也好，李友成点了点头，那就坐明天的航班走。

当天晚上，基地首长和总师一起，召开了两套班子座谈会，基地和旅前指的全体干部一起参加。

蔡副总率先讲话，介绍了新型号导弹旅挺进酒泉卫星城的情况，并对当天的操作发表了自己的判断，部队发射时的操作没有问题。

意向已有，只等结果。

冯政委本是来看发射的，当年他任职的基地也有这样一支新型号导弹部队。当年他也亲历发射场，看过他们的发射，但是剑啸连续发射的操作发射，他还是第一次，此时望着部队的沮丧心情，他觉得有必要将大家的情绪调动起来。

同志们，从你们占领发射阵地那一刻起，我就以一个老导弹人的身份，关注着你们的操作发射，冯政委说。我用一句话来形容，就是滴水不漏，完美无缺。这绝不是袒护和偏爱自己的部队，而是你们当之无愧。虽然这次发射失败了，但是从刚才蔡副总转达的指挥部判读中，可以肯定地说，责任不在负责操作的导弹官兵，而且你的处置还非常果断。当然我们要居安思危，懈怠不得。今天的发射虽然没有成功，但是我更期待成功的一天。失败是成功之母。今日之失利，找出和弥补武器装备上的设计缺陷，是为了明天战场上争得更大的胜利。我相信工业部门经过归零之后，会很快查到问题所在，排除故障，改进设计，获得更大的成功。

此次未看到成功发射，下回我在基地大本营，恭听你们成功的捷报。

冯政委的话音刚落下，热烈的掌声顿时响了起来。

看着一支被重新鼓舞起来的部队，冯政委笑了。

次日中午，高卫明从鼎新机场飞往北京，下午飞抵京城后，再换乘列车赶回故乡靖江，于17日早晨赶到家里。也许因为弥留之际未看见大儿子，父亲留下遗言，将自己葬在老屋后边的南山坡，正对着那条通往远方的小路。凡一归家的游子，走近村边，放眼看去，便会看到一座新冢兀立旷野之上，像一位伫立村口的老人，祈盼游子早日归来。原来高家的祖坟都埋于北侧，惟独这位孤独的老人，将自己的"小土屋"立在了南侧，就是为了看着儿子归来。

高卫明迈着沉重的脚步往村里走去，远远地，便看到老屋南侧半坡上，多了一座新坟，凭着一种感觉，他觉得是父亲睁着一双迷离的眼睛，看着远行游子而归。

爹！高卫明三步并作两步冲上去，跪拜在父亲的新冢前，语未出，泪先流。哽咽道，我来看你老人家啊。你咋不等等，再看儿子一眼啊。

一座新坟，一座土屋，父亲在屋里，儿子在屋外。近在咫尺，却暌隔着天上人间。

旷野无边，空阔寂静。在小土屋的父亲听到儿子锥心刺骨的呼喊了吗？

高卫明好后悔啊，自从参加新型号导弹旅超前集训后，他已经4年没有回过老家了，妻子在山西大同矿务局医院当护士，这些年凡休假，他都去了大同。女儿已经三岁了，一直未见过爷爷，父亲一直想见见孙女。当时，高卫明答应父亲，等国庆长假带着妻子和女儿回来看望老人。

谁曾想，连续发射的任务来了，营长去参加中级干部班培训，惟有自己带队而来。承诺父亲一家人团聚的事情不能兑现了。

在去大西北之前，父亲的身体越来越不济了，弟弟高照打电话来说，父亲一直在念叨孙女的名字，能不能让小侄女与爷爷见上一面。

高卫明听了，沉思片刻说，你嫂子工作也忙，专程带孩子回老家，路途迢迢，拖着一个三岁的孩子，多有困难。这样吧，我让朋友找一台笔记本电脑送到父亲病榻前，与部队和大同三方连线，通过视频让爷爷看看孙女，也看看我，好了却老父亲一桩心病。

高照说，哥，也只能这样啦。

于是，高卫明叫朋友找了一台笔记本电脑送过去。大同、靖江和部队大院，三地连成一线，三方都可以看到对方。说话之间，父亲老泪纵横：卫明，孙女很漂亮，懂事，听话，你啥时候带她娘儿俩回来啊，让爹瞧瞧。

爸爸，你好好养病，我执行完任务就回来。此时，高卫明将自己的头仰得高高的，生怕泪水滚落下来，让父亲和女儿担心。但是关上视频后，抑制不住的泪水夺眶而出，奔涌直流。

饮恨啊，高卫明跪在父亲的墓前，擂着自己的脑袋。他好后悔啊，最终未能兑现对父亲的承诺。

去年弟弟高照打电话来说，父亲的颈椎痛得厉害，可能是得了颈椎炎。哥，你已经 8 年没有回家了，快回来带父亲到医院看看吧。

高卫明知道，弟弟这话有难言之隐，他靠卖体力打工养家，上有老下有小，没有能力带父亲到大医院检查。

元旦过后，父亲的病发展得很快。高卫明赶回去，辗转好几家医院，最后在肿瘤医院被确诊是癌症，而且是分化性腺癌，一下子花去了十几万元，掏空了自己多年的积蓄，还是没有控制住病情的恶化，结果落得人财两空。临别时，父亲知道自己病情，高卫明只好跟他说，爸爸，你自己想开一点吧，得了这种病，也是心有余而力不足了。

父亲默默地点了点头，好日子还没有品尝完呢，他已经大限将至了。

10 月 14 日，弟弟打电话来说，父亲已经三天滴水不进了，高卫明立即让妻子带着女儿赶过去，但还是没能见上老人最后一面。

高卫明在父亲的新冢前长跪不起，引来村里乡亲们的围观。他们不理解地说，卫明啊，现在是和平年代，又不是打仗，你该早点回来啊。你爸爸才 61 岁，闭眼之时，就想看你最后一眼，他还有很多话要对你讲呢……

能向乡亲们解释吗？高卫明扪心自问：他和战友驾驭的是共和国的镇国重器，一旦长剑出鞘，啸天九霄，举世为之瞩目。正是因为这个导弹方阵的存在，人民才有这样久长的和平建设年代。正是因为这些普通火箭官兵与亲人生离死别，才有芸芸众生的万家团聚。

然而直到父亲去世，他只知道儿子是一个带兵的人，却不知道他是共和国屈指可数的发射营长。

父亲……高卫明向爸爸的小土屋深深一拜：恕儿不孝。

3 天后，高卫明又赶回酒泉卫星发射中心。因为那里还有他百十号兄弟等着他呢，还有那令全旅官兵魂牵梦萦的连续发射。

道是无情却有情，铁血英雄更怜情。

与高卫明相比，四营营长吉自国似乎不想给自己和儿子留下丝毫的憾事。

春节过后，吉自国归队之前，特意按政委的叮嘱，绕道北京，续上我到旅里时未完的采访，弥补一点遗憾。

那天，早春的太阳正浓，斜进我的办公室，吉自国的脸上仍然洋溢着浓浓的亲情和家庭的温馨。坐在我对面的沙发上，回忆了他们那个家庭六载走过的日日夜夜。

吉自国说他是从一支老牌大型号战略导弹部队，调到这个新型号导弹旅的骨干集训队的，当那柄镇国之剑刚被锻打出来时，他的儿子于2004年10月1日呱呱落地，取名吉祖念。

翌年5月，他回山西运城临猗县探亲，发现八个月大的儿子对喧嚣的世界没有任何反应。

儿子，看看爸爸。吉自国在床上推他、搡他、喊他，仍然不见一点回应。

慧霞，你看这小子，好像对这个世界的声音没有反应啊。吉自国转身对妻子说道。任凭怎么呼喊，他都不理会。

妻子说，这半年来，我一直在观察，儿子的耳朵好像听不到啊。

你咋不早说。吉自国不由分说，带着孩子就往县医院跑，结果查不出名堂来。他不相信，又坐上长途班车到运城地区医院求治，做了一种"脑干诱发电位检查"，儿子吃了药睡着后，竟然没有通过。

你儿子的耳朵有问题，快上北京吧，找专家看看，运城人民医院的医生建议这对军人夫妇。

吉自国和谢慧霞连忙带上儿子，匆匆赶到北京儿童医院，结果很快就查出来了：感应性神经耳聋，由于耳蜗听觉神经没有发育好。

有什么好的治疗办法。

医生摇了摇头说，惟有康复训练。只要三岁前抓紧治疗，还有希望。于是，给他们开了一个条，到北京小营的中国健康康复中心去试试。

到了中国健康康复中心，人家说没有什么好法子，配助听器吧，首先让孩子听到。西门子8000元一个，一对16000。

好，我们买。这个八个月大的男婴戴上了助听器。

翌年5月，吉自国到西安参加应急培训，结束时转道回去看了看，妻子摇了摇头说，没有效果。

再度抱着儿子进京，找到康复中心。人家说，西门子助听器适合老年人，儿童要配瑞士"峰力"的。

吉自国怅然不已，却又很无奈，多花了钱不说，儿子对世界的感觉又少了半年，他耐着性子问道，"峰力"多少钱一个？

一个16000，一对32000。

吉自国一咬牙说：买！

妻子苦笑道，自国，买了"峰力"，这回该轮到俺们囊中羞涩了。妻子是中学老师，双方的父母都在农村，显然亲戚朋友们帮不上忙。

没事！只要让儿子听到这个世界的喧闹，纵是砸锅卖房，我们也干。

谁知一言成谶。

回到旅里，吉自国找到政委，说明孩子的情况，要求转业。

政委本是神情严峻之人，这回他不仅没有批吉自国，反而笑着说，吉国，现在部队在跨越式发展，正是用人之际，你是学导弹控制的人，旅党委正考虑让你担当重任呢。再说，回到运城临猗那个小县城，待遇远不如部队啊，咋给孩子治病？个人有困难，就得依靠组织，组织是靠山啊。

吉自国默默地点了点头。

过了不久，吉自国由二营副营长提拔为四营长。面对部队处在军事斗争准备第一线，自己几无休假的时候，他与妻子商量，辞掉老家中学教师一职，到部队驻地所在的省城，在地下室租一间房子，守着儿子进行语音训练。

然而小祖念换上瑞士出产的"峰力"助听器后，效果仍然不明显，除了会发出啊啊的声音，几无进展。

一次到北京出差，吉自国带着妻子和儿子赶到301总医院，花500元钱挂了专家号，找到一位姓方的老专家，是一位高级教授。他说，别把钱花在那些没用的助听器上，等于在打水漂，一点用也没有。赶快换一个电子耳蜗，3岁之前抓紧进行语音训练，兴许还能听到。

吉自国问专家，装一对电子耳蜗要多少钱？

24.8万元。

这么贵啊！简直就是一个天文数字。吉自国自言自语道，我们到哪里去凑这笔钱啊。

走出301总医院的大门，妻子对丈夫说，自国，把县城那套新买的房子卖了吧。

吉自国怔然，望着妻子，他知道这是妻子在县中教书时买的房子，还在交每月的贷款，那可是妻子多年的心血啊。怅然道，如果卖了县城的房子，再回老家，我们就没有落脚之所了。

那就住到乡下去吧。救孩子要紧，如果祖念今生成了哑巴，我们会追悔莫及。

我知道，可这套房子也卖不了几个钱啊。

能凑多少算多少吧。

好！也只能这样。

事情也真凑巧。回到湘雅医院进行语言训练，突然看到医院门口在搞"柔情2008"活动，一位澳大利亚电子耳蜗代理商在搞优惠活动说，装置电子耳蜗，听2008奥运会，可以优惠到16.8万元。

夫妇俩欣喜若狂。一边委托人卖房子，一边想办法筹措。县城的房子很快出手，卖了4.5万元，可是离16.8万元，只凑了四分之一。

这件事情让谢政委知道了，他马上与旅长李友成商量，开常务会，议题只有一个，专门研究吉自国的救济问题。会上，政委说，吉自国是一位好干部，孩子这种病，落到谁头上，都难以支撑得住。可他没有耽误一天训练，部队带得呱呱叫。这样的好同志，为父是个好父亲，为子是个好儿子，为官是个好军官，不能让他走投无路，一元钱难倒英雄汉啊，一定要体现党组织的温暖和关怀。

　　赞成！政委一席话，让常委们很感动。会上，大家尽其所能，给吉自国救济了2万元。

　　回到办公室，政委沉吟片刻，2万元的救济对于高达16万多元的医疗费，不过是杯水车薪，但已经是旅里救济的最高额度了。他操起电话叫来干部科长，交代道，发动全旅营以上干部给吉自国捐款吧，我先带头。

　　政委打开抽屉，一下子拿出2000元，递到干部科长手中。随后，其他干部又300元、500元的，自愿给吉自国捐助，又凑了2万元，一半的钱到手了，再找同学和亲戚朋友借一点。终于凑齐了动手术装电子耳蜗的钱。

　　2007年5月10日，吉祖念在湖南湘雅医院做手术，装了电子耳蜗。5月12日晚，谢慧霞立刻带着儿子赶往北京，到小汤山荣誉军人康复中心进行语音训练。一个月后，妻子从北京打来电话说，自国，祖念有声音反应了。

　　是吗？听到这个消息，吉自国喜极而泣。

　　嗯！这一天离儿子满三岁，还差四个月。

　　我现在在部队上干，就是感恩，不再提转业的事。部队让我干多久，就干多久。吉自国说，他始终忘不了旅党委每年都给自己救济，基地拨来的救济款不够，旅里总要补一些。他曾经多次找谢政委说，要将全旅干部给自己捐钱的名单要回来，等以后手头宽裕点，一个个奉还，毕竟战友们也都是上有老、下有小的年龄，并不宽裕啊。他找到政委说，想看看名单，可是政委却说，名单我已经撕了。吉自国不信，又找到干部科，希望看看名单，干部科长说，名单被政委拿走了。

　　纵使有多少失落，可是吉自国心里却很温暖。当命运之神漠然转过身去，将一个坚硬阴冷的后背留给他和家人时，在这座军营里，他并没有感觉到孤单无助。踟蹰营房，谢政委找来了。他说，吉自国，你别再东想西想的，好好工作，给你儿子救济、捐款，体现全旅军官的一片真情实意，传递的是组织的温暖，你不是说常怀感恩之心吗？把工作干好了，那才是最大的感恩、报恩。

　　请政委放心，我会的！吉自国的回答斩钉截铁。

　　莫道英雄不怜子，吉自国觉得最庆幸。

6 长剑啸长天

早已过中午开饭的时间了，连续发射的排障会一直没有结果。所有专家、军代表和部队军后的目光都落到了刘永才院士的身上。

单薄之肩能否扛起一座山，手臂挽起一片瀚海，对于一生严谨的老知识分子来说，无疑是一场大考。

一切有利的因素在归零会上，都摆在了刘院士的面前：发射车正常，弹上激活的电池还可以延时使用，1号手很快就可以恢复发射准备。第一枚导弹限流电阻冒烟也在正常范围之内，对箱里进行检查，未见异常。

然而，刘永才院士迟迟未表态，却喟然感慨说，打一枚导弹要花好多钱啊。

刘院士王顾左右而言他。在座的都揣摩到他的心思，还是将故障弄清了，再作打算吧。

随后，由工业部门的技术员进行操作，对发射车进行自检，一个流程走下来，发射车、控制器和所有电缆都没有问题。最终的结论是，与部队号手的操作没有丝毫关系。惟有在导弹装备上查找中止发射的原因了。

大家畅所欲言吧，问题究竟出在哪里？下午继续接着召开排故障会。试验基地张副司令员坐镇，第二炮兵装备部部长张启华，副总师王晓予也坐在前排。专家们仍然是一种发散性的思维，可是却慢慢地聚焦了。

说得对啊！在座的将军、专家和学者豁然开朗。可谓山重水复，无路茫然，柳暗花明，惟见村郭在前。

然而，分析仅仅是一种推论，尚需最终的试验结果佐证。

于是，第二天，试验台便从北京运过来了，当天便进行复现。

应急处置预案同步进行。

10月16日、17日两天，在总工的带领下，新型号导弹旅的官兵启动应急处置预案，其实就是第二炮兵通常所说的发射预想。此前，在北京他们已经与厂家讨论过七八次了，对于发射失败退出阵地的应急预案，以最安全、最规范为原则进行了修改和完善。没有想到，这回却给真正用上了。

实行逆向操作。站到旅总师的位置上，对发射0号指挥张平和以下各号手下达指令，拆除导弹助推动力系统。

安全拆除后，他又下达了卸出导弹的命令。

随后，进行一两级分离。

整整两天，将应急预案进行了一次全面的检验。

从北京运过来的试验平台就位了，可对于发射部队来说，在这慢慢地等待中如何保持官兵的昂扬状态。

基地政委离开时，特意交代副总工，还是要保留第一套班子发射，但是必须再考。

吉自国听说两个营的发射班子还要再考的消息，立即向李友成旅长和政委请战。

李友成说，吉营长，有你在，打，我也放心；不打，你也会把工作做好。

谢政委则说，我鼓励竞争。三营与四营再考一次，不管他们考好了，还是你们考好了，将来发射得由三营来完成，他们必须证明我们发射操作没有问题。你们四营就甘当陪练，做无名英雄。

政委放心！只要为旅里争得荣誉，谁打连续发射都成。

吉营长，有胸怀和境界啊。政委拍拍吉自国的肩膀说，这是牺牲精神，四营会为此失去许多荣誉。

这没什么，三营拿到了，荣誉也是全旅官兵的。吉自国回答道。

李友成说，我和政委商量好了，打单发的任务就交给你们。

保证完成任务！吉自国答道。

高卫明处理完父亲的善后，三天就返回来了。营长不在，他以副代正，

第一个回合便出师不利，他不敢有丝毫怠慢。

而这期间，三营官兵则由副教导员毛斌带着，按旅里的要求进行"四查""四看"活动。为了给大家减缓压力，他带着大家到后山进行爬山训练。看大漠孤烟，长河落日，穿越时空，领略当年汉将军卫青、霍去病在这片平沙莽莽卷黄尘的大漠上驱逐匈奴，感受一代代军人马革裹尸，青山处处忠骨，开拓祖国疆域的英雄传奇。

高卫明返回基地后，三营与四营正按照基地司令员的要求进行串讲比武，围绕着卢司令导弹训练的"四清"，即原理要清、动作要清、安全技术规则要清、特别情况处理要清，组织串讲，两个营打擂台，互为老师。

而基地副总师、高工周协定、旅总师则对两个发射营的0号指挥和1号控制员进行重点考核。因为三连射瞬间有四个口令和动作，连得非常紧，指挥稍有差错，控制员连贯性不好一点，就会造成发射失败。考核之后，三营指挥和控制号手的口令与动作自然做得无可挑剔，可是他们觉得四营其实比三营准备得更充分一些。

可是，三营发射单元仍然是首选，四营的只做备份。

第二次连续发射的故障排除已进入尾声，而三营和技术官兵连续三次对新型导弹弹上供电、车供、指挥、发控、线路，从发射车到发射筒逐一进行专项普查。

有点草木皆兵，厂家技术人员站在旁边说，一次失利就搞得紧张兮兮，我们的装备没问题。

我们不会放过任何蛛丝马迹，总师摇了摇头，虽然是告诫高卫明，其实也是说给厂家听的。

结果在进行第三次专项检查时，技术室助理工程师邱义兴却发现三连射最后一枚导弹的继电器接线柱断了。

好险啊！此发现避免最后一枚导弹起飞后，发射失败。

邱义兴立了一大功。带队的副总师听了后，当众宣布：给邱义兴记二等功。

众人愕然，一人独喜。发射时间姗姗来迟。

天刚拂晓，我们就起床了。三营发射车司机张振华是一位有着九年军龄的老士官，甫一开口，我便从余音袅袅中，听出浓浓的云南普通话。相对于他那副很云南脸的憨态，其谈吐沉稳，语调不紧不慢，让我感觉这小伙子是开特装车的料。他说，那天拂晓，就起床了。推开门一看，地平线尽头，天缺一角，亮开一抹灰色，仿佛有炭火在燃烧，天幕渐成乳白。接着，一个大火球冉冉而起，霞光万道，紫气东来，吉祥之兆，今天的连续发射准能成功。冥冥之中，张振华今天三连射注定会成功，因为上苍保佑。

7点钟早餐过后，他们便向发射阵地推进。车流滚滚，平莽黄沙不再，天边蓝得如海水洗濯过一般。导弹竖起后，按照发射流程进行。

高卫明向0号指挥张平发出又一道指令。

5分钟准备。

2分钟准备，按转电。

1分钟准备。

张平和曾志勇迅速撤到掩体里边。这时，时间一秒一秒地再次摆动，30秒，20秒。

张平给曾志勇下达最后口令：发射。

高卫明心中在默默地数秒数：5、4、3、2、1，长剑出鞘。

一只东方火鸟涅槃而生，鹞然而出，展开翅翼，盘旋半空。也就是瞬间，张平连着下了四个口令，曾志勇准确操作，又一只神鸟飘逸而出。又是默默算数的瞬间，第三只火鸟一鸣冲天，朝着靶标飞翔而去……

春风不度玉门关，几只神鸟却朝着玉门关的靶场飞去，身后留下一道烟云，数十分钟后，以点穴打击和斩首行动的远程精确打击精度，将靶标炸得灰飞烟灭。

大漠孤烟，长河晨曦，连续发射大获成功。

欢呼声响彻整个发射场区，观景台上的导弹官兵们将军帽抛向空中……

营房里，鞭炮声起，震耳欲聋，久久不绝。

醉卧酒泉马踏飞，马蹄声远，马蹄声碎，雄风犹在，黄尘四起，庆功的美酒一杯又一杯。谁道英雄不曾醉。

看着三营大获成功，四营营长吉自国和营队的官兵在为战友真诚庆贺的同时，也在问剑东风，期待重器横空出世。

11月20日，在几十名老兵已经确定退伍的四营发射单元，没有一个人有怨言，他们说要站好最后一班岗，在发射号位上确保岁末封笔之作的最后成功。

那天上午，吉自国带着吴江和刘志茂，不鸣则已，剑啸九天，一鸣惊天下。

总师率领的三个营的官兵，在发射场上确定复员老兵22名，却坐上平板专列，朝着南中国那片夜雨潇潇的营盘归去。而他们在营盘里的战友，早已解甲归去。

归去来兮。壮士凯旋胡不归！

7 路碑：酒泉航天城至金塔 13.5 公里处

梁喜华的英魂永远无法随平板专列回去了。

可是那天，除夕之夜，他们一家人却意外地在弱水之滨团聚了。弱水三千，独取一瓢，将士列列，惟君最孤。

除夕的傍晚，大漠上的太阳还高悬于天际，不想西斜，沉入弱水的怀抱。已经是傍晚六点了，第二炮兵发射部队与航天部门的导弹专家、工人的年夜饭正式开宴。

田克站在宴会厅的主桌前，发表热情洋溢的祝词时，二十多桌宾客中，绝大多数人都万家团圆，惟我不圆。独有一家三口例外，第二炮兵测绘大队定位站站长梁喜华和妻子携二岁的儿子团聚了，他们坐于宴会一角，聆听田副部长激情豪迈的致辞。梁喜华眼帘滚动着热泪，妻子的眸子里也泪光盈动。他们都有点不敢相信啊！一家人居然会在大漠孤烟直，长河落日圆汉唐军人屯边立功之地，会在弱水三千，独取一瓢的千古爱情见证之河，会在中国"神舟"飞船一冲九霄、巡天遥看的发射塔架下，过一个幸福的团圆年。

大漠上时有海市蜃楼浮现。泪光之中，亦真亦幻，这一切都是真的吗？或许这就是一种前尘注定。

前天，梁喜华少校从内蒙古与蒙古国交界的无人区里走了出来，驱车回到酒泉航天城，向田克副部长、徐少华、李宁宁、贾天宝汇报工作。这几年，每遇常规导弹试验、抽检和大型军事演习，都是梁喜华带着官兵在现场保障，而且待在没有人烟的地方。执行任务多了，与装备部领导和二级部长们自然混得很熟。看到白白净净的湖南小伙子被大漠的朔风、沙尘和烈日变成黑黝黝的炭儿状，一脸憔悴，几位领导心里一阵隐痛。

谈完工作，田克站起身来，与梁喜华一起准备进饭堂，他拍了拍他肩膀，问道：兄弟，辛苦啦！

快两年了，去年春节的时候，我就跟田部长和各位一起在这里过的年。儿子出生时回去过一趟，现在可在电话中喊爸爸，两岁！还没有见过呢。梁喜华一脸幸福色。

中途为何不换你回去啊？

站里的其他官兵可以换，我不行啊，我是一站之长。

田克点点头说，今年夏天还有一场大型军演在这里展开，这次打完了，我们还可以撤回北京休息几天，你还得在这里坚持啊！

田副部长，您也辛苦！这么大年纪了，还跟我们小伙子风里雪里滚，我没有记错的话，五个春节了，我们都是跟着您在这里过的。

这句话触动田克的心弦，有一种内疚在涌动。他突然提出，喜华，我特批，这次叫你媳妇带着儿子来探营，在酒泉航天城过年吧！

部长，这哪能行啊！孩子才两岁，几千里路，山高水远的，他们娘儿俩要倒好几趟车，现在又值年关，挤不上车呦。梁喜华摇了摇头道。

北京南苑有飞鼎新机场的航班，两个小时就到了。

梁喜华苦笑道，让他娘儿俩都坐飞机，我们哪敢这么奢侈啊。老婆生孩子后没了工作，湖南醴陵老家的父母也要接济，就靠这点工资。

田克听了后心里有点酸楚，扭头对科研部副部长李宁宁、订购部副部长贾天宝交代：宁宁、天宝，喜华爱人和孩子来酒泉航天城的机票、食宿和来回接机车辆人，由你俩负责落实解决。

没问题！两位副部长非常干脆地答道。

感激不尽。如此大恩，何以为报？！梁喜华突然眼睛一热。

兄弟，说什么话啊，应该感谢你啊。田克感叹道，导弹打这么准，你和你的那班弟兄们功不可没。不过，喜华，这次只能小聚，就7天，导弹归零已经有了眉目，很快就要打。过了初七，你还得带人到无人区去。

明白！

吃过中饭，李宁宁和贾天宝已经将来回机票订好了，梁喜华欣喜如狂，给妻子打电话说，老婆，明天你带着儿子飞到酒泉航天城，与我们一起过年吧。

什么？梁喜华，你就诓骗我吧！明天是除夕，不是愚人节。

我说的是真的！第二炮兵装备部田克副部长很关心我们一家，特别安排的。

我这不是做梦吧？！妻子在那头感叹道。

不是梦！明天中午十一点，我在酒泉航天城鼎新机场接你们娘儿俩。

想死你啦！妻子在电话中啜泣。两年了，终于可以见面了。

翌日上午，烟霭退去，天空透亮，雪风渐静，酒泉大漠上的农历除夕，竟然是一个阳光灿烂的好日子，春风几万里，风自故乡温婉之地而来。从妻儿乘坐的飞机机翼而来。

飞机渐渐下降。妻子抱着儿子贴着舷窗俯瞰，巍然祁连山脉，白雪连绵千里，像一个白马王子，身披雪白的披风，骑着一匹白骏马，追风而去。在无垠的旷野上留下纵横笔直的痕迹和蹄印，直至弱水之畔，在等她呢！

梁喜华就是她生命中的白马王子。

11时许，飞机近地，朝着跑道俯冲而下。刹车，徐徐驶向停机坪。外面零下二十九度，妻子给儿子穿上羽绒服，用围巾将小脸裹起来，只露出一双滴溜溜的黑眼睛。拉着行李箱，牵着儿子的小手，往机舱门口走去。

舷梯之下，站着一群黑压压的军人，都是接机的，皆在向舷梯上的乘客招手，妻子分辨不出来梁喜华站在哪里，一手抱起儿子，一手艰难地提着箱子，步履艰难地朝舷梯下走去。

老婆！老婆。一个熟悉的声音在喊，可是妻子却找不到丈夫站在哪里，径直朝前走。突然，一个穿着迷彩棉服，戴着绒帽的军人的身影横在前边，将道挡住了。

不认识我了？！梁喜华朝着妻子惊叫道。

妻子定睛一看，她有点不敢相信眼前这个人，会是自己的白马王子。两年不见，梁喜华的脸被漠风吹得干燥了，脸晒得黧黑，又瘦又黑。泪水扑簌簌地涌出来了：喜华，怎么会是你啊？！

当然是我喽！

妻子扑到丈夫怀里，悲喜交加，嘤嘤而泣。

一只小手在拽她的羽绒大衣的衣角，她突然想到了儿子，连忙从丈夫怀里转过身，躬身牵着他的小手，拉到丈夫跟前：叫爸爸！

儿子仰起头来，滴溜溜的大眼睛转了一圈，面前站的全是军人，喊了一声：叔叔！

叫爸爸！妻子扬着手就想掴一耳刮子，被丈夫一把抓住了。

别打！别打。军人的儿子都这样，过几天就熟了。梁喜华躬下身来对儿子说，我叫梁喜华，你不是在电话里总叫梁喜华吗？

梁喜华！两岁的儿子吐出了三个字。

儿子过来，让爸爸抱着！梁喜华想抱儿子，可是他却一溜烟地跑到母亲身后去了。

你身上的味儿，他还不适应。妻子抱着儿子，梁喜华拖着箱子，往停车场走去。

车子驶出鼎新机场，朝酒泉航天城的 10 号生活区驶去。

然而刚过了中午，儿子便与爸爸混熟了，不离左右，只是他不叫爸爸，仍喊梁喜华。

田克站在宴会厅里讲话，儿子端了一杯饮料说：梁喜华干杯！

嘘！梁喜华制止儿子道：将军伯伯正在讲话，不许捣乱！

当首长下令干杯时，儿子突然冒出一句：爸爸干杯！

你叫我爸爸啦？！好儿子。梁喜华将儿子搂在怀中，连着在他粉红的小脸蛋上亲了好几下。

儿子将他推开，他的小粉脸被爸爸的胡子扎得好痛。

吃过年夜饭，戈壁上的太阳还未沉落，夕阳挂在"神舟"飞船的发射塔架上，远远看去，犹如一个红灯笼普照天下，照着万家有幸万户圆的幸福之家，也照着此刻仍在路上的羁旅之人。

梁喜华一家手牵手地朝着"神舟"塔架，朝着弱水方向走去。

没想到这里会这么壮美！妻子说，因为你在这里，我教儿子背的第一句唐诗就是"大漠孤烟直，长河落日圆"。

好啊！梁喜华指着钻天杨和野枣树掩映的一条河床说，这就是弱水。你看它不像你教儿子背唐诗想象中的那条大河吧，但在汉唐年代，它确实是一条大河，水面很宽，沿途汉唐时代都是垦区。沿着这条河走到尽头，就是居延海，我们时常远离弱水改道的河床，在无人区里穿行。

弱水三千，我只独取一瓢。弱水之弱，一片芦花都承载不住。妻子感慨地说，万千人中，我们都独取到了真正的爱情，可是人的生命是脆弱的，比弱水还弱。喜华，你每天在大漠瀚海里，千万要保重啊！为了我们娘儿俩，也为你自己。

梁喜华默默地点点头，谁知妻子的话竟一语成谶。

7天的相聚匆匆而逝。

初七那天中午，再度送妻子和儿子上鼎新机场时，让妻子有些意外的是，一向豪情万丈的梁喜华，突然侠骨柔肠起来，叨叨絮絮地交代了许多事情，仿佛他不再回来，或者是过几十年才会回家一样，对少不知事的儿子也是交代了又交代，似乎要将母亲托付给儿子。

妻子总也忘不了过安检门时，回头一瞥，丈夫的阳光灿烂的笑靥，就像天上永不沉落的太阳一样，温温地，照耀在她的心间。

不料这最后一瞥，竟会成为永别。

那天，在采访田克、李宁宁、贾天宝等发射场一线指挥组的成员时，提起这位年轻少校。田克仰天长叹说，一提到梁喜华的名字，我们心里就酸酸的。他送走夫人后，就进了无人区，那次发射很成功，打得也非常准。

准到什么程度？具体的战标是不能透露的，但是可以给你讲两个片段，可资佐证。

田克吸了一口烟，陷入沉思中。

那次，跟着他们发射的航天某院的一位副院长，叫刘红旗。田克说，这次的目标有了，今天就以刘红旗同志为靶标。在靶场插一面小红旗，谁说红旗不倒，这次就用导弹拔红旗。

哈哈！现场一阵揶揄的欢笑。

果然千里之外，导弹瞄准目标打过来，将那面插下去的小红旗打飞了。

无人机拍摄的电视画面传过来，田克笑了。

有人提议，下次再打，就将某某党的党旗插在上边。

田克拍手说：这个主意好！将来斩首行动，就这样打，指哪打哪。

可是这一切，梁喜华他们功不可没啊。

打靶成功了，梁喜华也从无人区里回来了。

英雄归分，星座璀璨。可是他从来也不会认为他是英雄。他只是酒泉天空里的一颗无名星，只是一代代西出阳关玉门关里军人方阵中的一员。

夏天来了，一场复杂电磁环境条件信息之战刚拉开序幕。送走妻子和儿子的梁喜华就一直没有离开过酒泉大漠，某大队长李平带着队伍上来后，梁喜华所带的部队又担负了新的任务。

那天，他们几位军官跟着李平大队长，直驱大唐的安西府一带，惟见黄沙滚滚来。在空寂的大漠工作了一天，将近天黑时，才开始往酒泉航天发射中心的驻地撤回。

梁站长，你跟两位军官上我的车吧。李平登上自己的猎豹指挥车时，特意叫梁喜华和另外两名军官，坐上自己的车。司机是一位三级士官，驾驶技术不错，安全行驶不会有什么问题。

梁喜华和两位军官登上李大队长的车，坐在后排。另外一些战士则坐在另一辆车上，紧随其后。大漠一望无际，公路笔直，伸入远方的地平线，猎豹车追着西沉的太阳，以130公里左右的时速，朝着西边逐日而去。一直追至太阳落下了地之尽头，直至夜幕四起，天穹如盖，黢黑黢黑的，大道朝西，对面居然没有一辆对车开来。过金塔，驶过鼎新，离酒泉航天城越来越近了，猎豹飞奔，犁开夜幕，车灯射得远远的，将近路碑13.5公里处，300米，200米，前方朦胧之中，似乎有一块黑影，强灯之下也看不出来，100米、50米、30米、20米，终于看清路中间停了一辆坏了的地方大货车，可是前后没有设黄灯和警示标识。猎豹司机已经来不及处理，风驰电掣般地朝前方开去……

司机惊叫了一声：妈哎！下意识地打了一把方向，便钻进大货车的后屁股去了……

一场车祸发生了。除司机之外，李平、梁喜华等四名军官，皆魂殇大漠，追风而逝。

妻子再度朝着弱水而来，弱水连一根芦花都承受不起，怎能浮得起四位年轻军官的生命。走到舷梯门口时，再也见不到丈夫梁喜华站在舷梯下，笑在阳光里的黧黑的面孔。

喜华，你在哪里？她朝着酒泉喊，朝着弱水喊，朝着"神舟"飞进的那个天国在喊。喜华在哪？你在大漠深处的那双眼睛，看见我了吗？看见我带着儿子来看你了吗？回家吧！我们来领你回家，喊着你的魂回家乡去，回到醴陵江那个遥远的山村……

走下舷梯，站在地上，可妻子一直觉得仍在云间，脚下如踩云，被人扶着，扶进太平间时，从大抽屉里拉出已经完全睡熟的丈夫遗体时，妻子哇的一声哭了出来。喜华，你的脸怎么这样冷啊，你不能这样啊……你咋这样残酷，咋这样诓人，用大漠上的7天，就换走了我们在一起的7个月？！还有7年？！70年呢？！

妻子昏厥在地，被人抱了出来。

躺在宾馆的床上，不吃不喝几天后，泪已经流干了。

欲哭无泪。

带我去看看喜华他们的魂殇之地吧！

路碑：离航天城十号生活区的13.5公里处，离妻子和儿子当年住的楼房13.5公里处，妻子发现，那里已经堆起了一堆石头。凡来酒泉大漠执行任务的大队的官兵，每回路过这里，都要下车。给李平大队长，给梁喜华站长，给两位年轻的军官洒上一瓶烈酒，点燃一根烟，再捡一块石头堆在那里，留下一颗颗心，陪伴这四个踽踽独行在酒泉大漠上的孤独灵魂。

一年过去了，两年的日子也翻过去了。石堆一天天在增高，一年年在扩大，渐渐堆成了一座敖包，因为这里曾是土尔扈特人的东归之地；渐次堆成一座尼玛石，因为西藏一代情歌之王仓央嘉措，从敦煌而来，从这里走向漠北，走向天堂。

灵魂轻飘，直上九重霄，这里离天堂本来就很近。

8 一场演习与明天战争

逝者已经走远，可是他们那双眼睛，仍然关注着在酒泉大漠上发生的那场关于明天的战争雏形。

那场演习还没有开打前，某导弹旅车列，已经金戈铁马地往某训练场开进，进行演习之前的最后一场演练。

时任旅长李玉超和政委汪利平坐在一辆指挥车上，往训练场驶去。车中，汪利平政委说，旅长，现在不是讲求军政皆通吗？我们找一位指导员当0号发射指挥吧。

你有对象吗？李玉超问。

当然有了。

谁呀？李玉超问道。

七连指导员艾春平，汪利平答道。

行不行嘛？

当然行了。他是2001年西安工程学院大专班毕业，而他的连长杨欣可以给他做0号把关。汪利平向旅长解释道。

好！听政委的，这第一发弹就非艾春平莫属了。不过发射前要做一次理论和操作全面的考核。

一切按程序进行。汪利平感叹道。

到了发射训练场，汪利平政委将七连指导员艾春平、连长杨欣和四营长林铁叫了过来说，我和旅长确定了，让艾指导员当0号，而且这次大演习就上手打。杨欣，你是艾春平的搭档，林营长，你是领导，你俩都当过0号指挥，这个发射架的训练二岗把关，就交给你们。

没问题！杨欣和林铁答道。

好！汪利平点了点头，如果出了问题，我拿你们俩是问。

然后，他对艾春平说，你现在是我们旅第一个政工干部当0号指挥，不要有压力，指挥好，打好，打出政治干部的风采来。

是！艾春平点了点头答道。

然而，进入发射场前，每个发射架都要进行发射前的操作训练。

那时旅里没有多的训练弹，那么多的单元，就等着几枚训练弹，一时轮也轮不过来。后来，他们从瞄准训练一个自制器材，得到一个启示。谈卫红说，自己动手搞一个半截训练弹，将所有状态都能显示出来，造价不过二三万元，重不过300公斤，四个小伙子就可以抬动，并将发射状态的各个流程，都可以显示出来。每个发射单元发一个，随时随地都可以展开训练，会起到很好的训练效果。

此议甚好，硬件很快捣鼓出来了，可是发射流程软件的程序却不会编，时任装备部长的晁彦明说：我去请贤能！

晁彦明接装的时候，经常去航天厂家，与那里的军代表很熟悉。他在士官学校当学兵的时候，军代表朱汉林是他的学兵连连长，而晁彦明是他底下的一个学兵。

于是，他飞到航天厂家军代表室，找到朱汉林说：朱老师，我来求你了！

朱汉林说，求什么？！为部队服务本来就是我们的职责。

那就好！这个型号导弹的发射工作原理和流程，你得给我们帮忙，编出发射的程序软件。

朱汉林没有一丝犹豫就答应了。请示了胡亚忠，不仅自己过来，还带来另一位军代表和他们一起搞。负责训练弹设计的廖飞鹏推倒重来，按照计算机编程软件的要求，终于将公式推导出来。半截训练弹，能够全程显示发射效果。

这是谁干的？装备部长谢部长来检查时，颇为满意。

当然是廖飞鹏了。

我不敢贪天功为己有，是李玉超、谈卫红两任旅长出的点子，搞的顶层设计。我只是落实而已。

谢部长对晁彦明说，你多造一点，我推广到全基地去。

晁彦明笑了说，谢部长，你得给我银子！

谢部长说，不差钱！还能少了你的？！

训练有素，万事俱备，只差一场与明天的战争相吻合的电磁环境来检验了。

2007年秋天，那场关于明天战争的演习开打了。

那天，最后一列专列要从训练中心出发了，作训科长李骏本来要到国防大学参加同等学力的研究生考试，两三天结束了，就赶过去。

李玉超旅长说，李科长，你就别去了。

为什么？李骏问旅长。

高副司令要上我们的专列，跟我们旅一起过去，途中首长要研究很多战场环境问题，你作训科长还能走得了？！

听首长的吩咐，我不去考了！

李骏说，那专列上的五天行程，可以说是一个天昏地暗的日子，高副司令上车就开会，布置战场环境对抗的课题。从指挥发射车的伪装，如何与地形匹配，阵地如何示假，蓝军的警侦、电子侦察机和卫星、战斗机的状态，如何进行战场电磁环境的对抗等一大串的课题。当天布置，他们只有一天一夜的反应时间，次日开会时，就得将成果拿出来，一起讨论。几乎天天是在地毯上度过的，困了，躺在自备车的地毯上打个盹，接着再干。

一路向西五天，他们就在秘密的军列上工作了五天五夜。将所有战场环境面临的对抗和挑战，都拿出了应对之策。

李骏说，他很佩服高副司令员和李玉超旅长。上车前买的关于电磁方面的专著，有好几大摞，就在五天的行车途中，翻了一个遍，研究起问题来，头头是道。

对于明天的战争，就是抢占先机，占领一个制高点。

李玉超旅长带这个旅，可以说是有备而来，连工程作业的机械都带过去了。而且又比另外几个旅先期抵达两天，便占据了先机。

一到演兵场，李玉超立即布置，迅速将旅、营指挥车，通信车，藏于地下，进行伪装。

一连搞了三天，进行目标示假。在同比例的发射战车，配合所有能迷惑对方的示假器械，做到以假乱真。

第一阶段的演习对抗开始了。

在随后展开的与陆军的电子对抗部队和空军歼击飞机对抗中，他们的发射阵地隐秘示假，发射指挥车和通信车隐秘于地下，天上地下，瞒过了苏27飞机的侦察视线和蓝军电子部队的搜索，真正达到了瞒天过海。

明天的战争打响之初，他们先打了三发试验弹，而第一个发射的就是七连指导员艾春平指挥的那个发射架。

确定艾春平为0号指挥后，在部队的训练场只进行一周的训练，就匆匆登车西进了。

抵达酒泉卫星发射中心，林铁营长和杨欣连长把关，组织艾春平那个架进行突击训练，1号陈宗平以下都是士兵，多数人都没有发射经历。

7天的突击训练下来，艾春平已经可以顺利地组织导弹发射了。

于是，李玉超让总师江东至组织一个班子，专门对艾春平指挥的发射架进行理论和操作考核，考核的结果，可以进行发射。

好！就让艾春平打试验发射的第一发。李玉超和汪利平当场商量决定。

骤然亮剑的时候到来了。

那天上午，戈壁无风，晴空万里，就在离航天员升空的发射架不远的地方，艾春平站在指挥位置，下达了15分钟准备的发射口令。杨欣一直站在旁边为他把关，此时，他已经指挥发射过多枚导弹。

5分钟准备。

3分钟准备。

转电灯亮。

1分钟准备。

9 时 30 分，一只神鸟跃然而出，展开双翼，朝着天穹飞去。白色烟云，划过天穹。

成功了！

艾春平指挥发射大获成功，也刷新了政治工作干部懂指挥、会操作的历史。

这也是高副司令员多年的要求，当年他还在常规导弹第一旅当旅长时，就要求司令部和政治部机关要有备份的单元，用以发射。

而在这支部队，汪利平政委终于实现了让政工干部当 0 号指挥，组织导弹发射，创造了一个新的辉煌。

时间一分一秒地逼近。

一场规模空前的红蓝军对抗，在当年霍去病马踏酒泉的大漠上展开。

三颗红色信号弹升空，一架歼击机从鼎新机场冲天而起，低空掠过这片空阔的大漠，对战场进行低空侦察。若发现目标，就会锁定，进行强烈的轰炸和扫射。可是盘旋了一圈又一圈，始终没有发射常规导弹集团的指挥车和通信车，只好悻然而回。

导弹军团进入占领发射阵地了。烟幕弹营造了战争氛围，趁着烟幕，导弹战车向发射阵地推进。

而这时已经发射过三枚导弹的三营的一辆发射车，在向阵地推进中，突然出现发动机力量不足，三营营长李延海立即打电话给修理营，过来一辆抢修车，将发射车硬行拖到了阵地上，保证了能够按时发射。

四营营长林铁一声令下，七连连长杨欣指挥的发射车第一个占领了发射阵地。

杨欣向自己麾下的号手们一一下达命令。

5 分钟准备。发射场上已经清场，没有操作的号手纷纷撤至散兵坑里。

按照发射流程，每个发射号手都准确无误地进行操作。

进入 3 分钟准备时，杨欣和一号号手最后撤离。

1 分钟准备。

弹上电池激活。

电池灯亮。

发射灯亮。

一枚长剑携着光带闪闪的剑光，昂然天穹，朝着青天一刺。

随后，五连二排长担任一号手的陈晓剑也在数秒之后，按下了发射点火按钮。

轮到第三发发射了。

三营五连三排长马晓强的发射架距礼台最近，直线距离不到 1 公里，他果断地向一号手下达着发射指令。

到了 1 分钟准备，大地一片寂然，所有人都屏住了呼吸，只听扩音器里倒计时的报数。

5、4、3、2、1，点火。又一枚导弹霍然出鞘，朝着远方的靶标遨游而去。

这时，杨超的第 4 发也照常出手。

陈冠犀打了第 5 发。

而七连副连长王政则打了最后一发。

发射结束了！随着于际训副司令员的最后一个命令，一场空前规模的大演习落下帷幕。

吴祚宝带的那个旅打完之后就先期从鼎新机场方向撤离。而李玉超带的旅因为总结，迟了一步。这时，酒泉大漠雷雨大作，暴雨在几小时之内便将铁路路基清空了。铁路平板进不去，出不来。

李玉超向基地副司令员提出，铁路平板进不来了，我们就机动 370 公里，到嘉峪关上军列，锻炼公路长途拉动的能力。

好啊，我正有此意，副司令员给予首肯说，大演习圆满落幕，再来一场考核，更是锦上添花。

一个旅的战车和官兵机动出去，官兵能不能普装车坐下，李玉超也没有底。每个士兵还有一个背囊呢，放于何处？如果放在普装运输车中，人就坐不下来了。怎么办？突然有人建议，放在双弹上的弹仓夹槽里，可以解此难题。

是吗？李玉超叫人提几个背囊来试了试，果然能放下，便命道，所有官兵背囊，能放的，尽量放到双弹车的夹槽里去。

这样一腾空，开来的东风运输卡车，可以将所有的人一个大梯队运载出去。

马上进入，编成梯队。李玉超将参谋长刘传国和装备部长晁彦明叫过来说，你两个分工，传国，你在前边带车先行，晁部长是运输专业出身，你带修理所押后，将趴窝的车抢修拽回来。我居中可以前后照应。我有话在先，这次公路梯队行军，要整体前进，不能搞成羊拉屎，那就丢人现眼了。

旅长放心！晁彦明说，今天下午已经对所有车辆进行检修了，保证不让一辆车掉队。

那就各自准备吧。李玉超点了点头。

翌日早晨，戈壁上的太阳从远处的地平线上冉冉升起，朝霞漫漶，旗云飞扬，如一面猎猎旌旗飘扬在戈壁滩上。

一个庞大的战车队伍出发了，犹如当年卫青、霍去病凯旋时率领的大汉铁骑。只是当年的汗血宝马，已经被铁流滚滚的战车所代替，再没有了车辚辚马萧萧，却有机声隆隆的轰鸣。战车所到，一路黄尘飞扬，像一条巨龙云游在祁连山脚下，与戈壁深处的海市蜃楼，突然卷起的大漠孤烟，交相辉映。

傍晚时分，远归车队抵达巍巍汉长城沉入西域的最后一道雄关敌楼前，与孤城落日融为一体。看到此景，高津副司令员心中默默地叹道：一支导弹铁军，仍然有大汉雄风。

押后的晁彦明在暮霭将起时赶到了。这时，已经有两个平板专列装载好了。他跑过去向旅长李玉超报告，偌大一个车队，只有一辆普通运输车因滤清器灰尘太大抛锚，一经抢修就跟了上来，无一车掉队。

好啦。李玉超的脸上绽开一丝不易觉察的微笑，向早已装载好的专列下达最后一道命令：向岭南方向，铁路梯队开进。

列车缓缓驶出站台，嘉峪关的城楼在视野中渐渐远去。

回家的感觉真好！

第十九章

一柱擎天敢为国器

1 装备已上街，失败不起

余晖灿灿，悄然落在田克办公室的书案上。签阅完最后一批文件，田克倚窗眺望，夕阳西斜，燕岭苍烟落照。天庭上，夕阳像一只大红灯笼，漫漶，游移，渐渐坠入西岭，苍山如血。他扬腕看表，已经过了下班时间。可是他觉得今天还有一件最重要的事情要办，就是向第二炮兵司令辞行，聆听指示。

操起桌上的电话，田克给首长的秘书打电话，说明意图。秘书说，司令员那里还有一拨人，我马上报告，谈完后就安排你。

好的！田克说，我等。

约莫过了半个多小时，司令秘书的电话来了，说司令员让你去他办公室谈。

田克步履匆匆地走进电梯，上到首长办公那层楼。由秘书引领去会客间。

刚刚坐定，司令员将便从办公室走出来，刚毅的脸庞露出一瞬即逝的微笑。问道，田副部长，听说明天就要走。

田克从沙发上站起来行礼道，是！首长。

坐！坐！！司令员向田克招了招手，示意他坐下，自己也在相向的对面坐了下来。

首长，机关指挥组明天出发。您还有什么指示？田克毫不掩饰自己是来向最高长官受领指示的。

司令员点了点头，道，田副部长啊，这两个型号都是要过天安门接受检阅的，而且是最后压轴出场。你知道它们的分量。

长剑过街，举世瞩目。田克点了点头，是！首长。我知道它们的分量，这是国之重器。

知道就好！司令员接下来的话更是掷地有声，发射只准成功，不准失败。失败不起，影响太大。

明白！首长。田克答道。

走出办公大楼，清风徐来，燠热的北京城有了些许凉意。田克向司令员辞行后，向台阶下等他的卧车疾步走去，然后登车朝落入黄昏中的京畿城郭疾驰而去。

暮色四起，天色渐暗。前方，一条辉煌的灯河在车窗里耀闪，哗哗奔来，令田克有点炫目。今夜北京静悄悄，可是将军却心潮难平。进入新世纪之后，围绕着军事斗争准备，中国战略导弹部队的武器装备居于龙头地位，牵引着部队的发展，多种型号的导弹武器在发射场试验定型抽检。自从 2002 年任装备部副部长后，他和装备战线的官兵们连续七个春节是在发射场度过的，最长时竟达八个月之久。然而，当看着一枚镇国之剑骤然出手，烈焰呼啸，寒光闪闪，划破西部的天幕，彩练当空舞，横亘成一道新的长城，护卫祖国的万里天疆。他感到无比欣慰，也找到了自身的价值所在。

回到家中，田克对夫人说，老婆，将我的行头收拾一下，凡保暖的，皮大衣、皮帽都带上。

老田，你又要出门？

对！田克站起来说，带着同志们去发射。

去哪个地方？夫人问道。

军事秘密，一个老百姓不该问的别问。田克对于保密可是有一种职业的习惯。

不问，不问。夫人打趣道，不过也得给你准备衣服啊。

那里冷，别看现在节令是仲秋，但晚上温度可达到零下二十几度。

唉！夫人摇了摇头说，老田啊，你都这把岁数，明年就退休了，还这样拼命，还要折腾多久？

命苦，可自豪啊！老婆，你不知道武器打成了那种痛快感。田克自言自语道，就像一台高速旋转的机器，一转起来，就停不下来了。这些年，年年在靶场过年，欠家人和你的，等我退休后再弥补吧。

理解，理解！夫人长叹一声说，你啊，一到发射场，回家都像出差了，我真担心明年退下来，你将如何适应。

知我者，夫人也。田克哈哈大笑。

翌日早晨，太阳照常升起。田克驱车往塞外驶去。

2　包一架专机到兄弟部队学操作

列车锵锵西行。

几乎是在同一片星空下，一个秘密军列正朝着那片塞上大荒悄然挺进。

今夜星光灿烂。旅长伫立车窗前，秋夜的苍穹深邃无边，几簇繁星闪亮，让他联想到成吉思汗大帝坐骑上的银鞍，宝石熠熠发光。而此时，他所带的军列，正驶离一座秘密的装载站台，犁开山野，穿破夜霭，向前。身后，黑黝黝的山影轮廓，还有这座掩埋了许多抵抗外侮的中国英勇将士的雄关，将近秋季便已经白雪皑皑的雪峰，在军列后边渐行渐远。他默默地向这片空山，这座雄关，还有自己身后的军营祈祷：请保佑我们驾驭的国之重器成功发射。

其实，对于这次发射，旅长心里非常清楚，田克副部长告诉他，靖志远司令的交代，导弹上街，意义非凡，只许成功，不许失败。从这个意义上，这已经不是一枚普通意义的战略导弹，而是一枚政治弹、军事弹、经济弹。肩上有山啊，因为装备未到，他所率的这个旅还没有进行过一次实装操作。

一位基地首长告诉他，他过去待过的老部队，有受阅装备，过二十多天就要进驻阅兵村。趁装备未走，你马上带部队过去，抓紧最后机会，进行实装操作，这对于你们年底进行实弹发射，非常有好处。

回到旅里，旅长将参谋长卢义年和后勤协理员吴君昌叫进办公室说，我准备带两套操作班子去大西北。现在春节刚过，正值春运高峰期，车票难买，派你们两个出去找铁路局，火车站想办法，争取订火车票过去。

好！我们马上去落实。

晚上，卢义年参谋长和吴君昌协理员风雪夜归，脸上堆满歉意说，旅长，打我们板子吧！

打甚板子？干脆点，是不是事情没办好。

你的指示没有落实好，时值春运，车票空前紧张。

这个我知道，如果没有困难，还会叫你俩同时出马，各显神通？说吧，搞到多少张？

没搞几张。吴君昌沮丧地答道。

参谋长呢？旅长抬头问卢义年。

我也一样，空手而归。

关系都动用了？

该去的地方我们都去了，该找的全找了。站台全是返城民工和探亲的人，郑州以远，票全都卖光了。站长说，爱莫能助。

瞧我。旅长拍了拍脑门说，赶上这个时候与民工和返乡的人同挤一列过年火车。然而眼看着兄弟部队装备就要进阅兵村，要抓住最后的机会操作一把啊！

嗯！吴君昌点了点头说，军交科长现在还在军代表那里守着呢，想争取加挂一节车厢走，但愿有所收获。

这个希望决不能放弃。如果兄弟部队一开进阅兵村，咱过了这个村，可就没有这个店啦！

等得很晚了，军交科长的电话终于打来说，军代表使出浑身解数，费了牛劲，加挂一节车厢的事，协调难度太大。非常时期，除非有铁道部部长的手谕。

靠！旅长拍了一把桌子，一跃而起，吩咐道：地上走不了，就往天上飞吧。坐包机飞过去。你们马上去咨询一下，买团队票，外加上执行任务，问航空公司能打多少折？

是！旅长。

翌日上午，咨询结果反馈回来，吴君昌说南航可以动用包机，送我们过去，但价格不菲。

多少钱？

35万。

唉！旅长长叹一声说，部队刚转型，这点家底，本不该这样去折腾。可是这笔学费值得掏啊，它关乎部队长远。不过，我得与李中伟政委商量一下，最后再定。

随后，旅长步履匆匆去找政委李中伟。他与李中伟政委曾在一个旅工作过，一起当参谋干事，现在又再度携手，成了军政主官，担当起一支大型号战略导弹部队的换型重任，配合甚佳。他将坐包机的想法告诉老搭档，希望得到他的支持。

我看行！这笔钱值得花。李中伟说。他个子不高，虽是楚人，却是一副书生儒雅做派。学王铎书法，可是血性里却不乏豪气天纵，办事干脆利落，敢决敢断，也从不拖泥带水。

军官和士兵都坐飞机，弄不好咱俩要落下一个"败家子"的骂名。

不会！这也是不得已而为之，相信首长和机关会理解的。

那就干！

旅长放心，若有什么事情，我与你一起扛着。

有政委这句话就够了。

于是，元宵节刚过，几辆大巴车载着近百名官兵，披着潇潇雨雪，朝国际机场疾驶而去。数小时后，在候机大楼前停下。近百名穿着迷彩服的军官走下车，排成一行，依次而入，朝候机厅疾步行进，英姿勃发。候机大厅里突然多了一群穿迷彩服的军人，他们的出现，俨然一道风景，整个候机楼里的目光都向这里聚焦。

近百名军人步履轻松地步入机舱，个个坐姿笔挺，如一尊尊金刚坐于舱内，身板硬朗。大多数官兵还是第一次坐飞机，多少有点沉醉，莫不感叹旅长、政委视野宏阔，办事大气，莫不憧憬老牌导弹旅浴火重生的一幕将从万里天穹翱翔中起航。此乃幸事！当所有人都落座后，旅长心中泛起万千感叹：一群好男儿，一批好兵啊。一旦长剑在手，国器为我所握，他们一定会成为导弹方阵中的佼佼者。

飞机缓缓驶离蓝桥，对准跑道，冲天而起，盘旋升空，融入天际。第一段航程降落西安，稍事停留，随后，再度起飞，便朝着城垣般崛起的黄土高原飞去。

芜野空阔寂静，雪峰巍然。一如蛰伏在寒山里的这支高原火箭兵劲旅，外壳如冰，内核却有一团烈焰奔突。虽然不日之后导弹装备就要进京进行受阅训练，可是官兵们对坐包机而来的兄弟部队心怀敬意，钦佩他们舍得投入，不远千里而来，只为摸一摸即将到手的大国佩剑。尽管临行前有很多事情要做，可是他们却觉得责无旁贷，慷慨让出擦拭干净的武器装备，给兄弟部队操作，纷纷放下手中的活计，甘愿站在身后当二岗。

操作归操作，这是看得到的东西。会与不会，熟与不熟，只是一个时间问题。而对于导弹武器教材和更深层次设计原理之说，部队"小老师"竟然三缄其口，官兵们心急如焚。旅长理解这种知识产权保护，毕竟辛辛苦苦弄来的东西，得之不易，不会轻易示人。可有一天，他竟然使出了一个狠招、阴招。他将自己麾下的号手召集到身边说，我给你一个政策，请自己的老师联络联络，增进友谊和感情，结果要掏空老师腹中所学，为我所用。当然，要注意保密。谁出问题，拿谁是问。

随后，一个个笔记本拿到了，一部部教材也到手了。旅长和卢义年身先士卒，白天与部队一起练习操作，晚上则抄笔记、编教材。恨不得将一天掰成几天用，让时光走得再慢一点，让官兵们能够多操作几遍。

司机王春喜，来这里学习之前，从未接触过发射车。到这里后，因为发射车太长了，旅里驾驶员不让动，只让他在驾驶室坐坐。那天，厂家的发射车司机来了，王春喜就跟了他六天，端水送吃的一步也不离。师傅去西宁，他就请假跟着去了，每天晚上陪着，直到夜里十二点才离去。本来人家师傅要走了，因为被王春喜所感动，特意留了一天，将开发射车的经验和体会，一股脑儿地向他传授了一天。后来他开发射车，一步就可以到位。

邓芳明在青藏高原的部队学习时，有个绰号叫"最爱敬礼的人"。只要是老师，哪怕是一位列兵，他也会给人家敬一个礼。人们不解说：这是为什么？

邓芳明说，我敬礼就是为了多学东西。

不耻下问，这就是这个老牌导弹旅后代的作风。

日子如白驹过隙。不知不觉间，一个月的时间转瞬即逝，但是武器装备在他们手里操作的时间不到 20 天，与实弹发射的要求还相距甚远。一天，参谋长卢义年不知从哪里打听到一个信息，第二炮兵士官学校有一套大型号导弹装备，经过淋雨和大风试验之后便撂在那里，供教学之用。可是对方没有力量将其武装起来，还在特种装备仓库里睡大觉哩！

此消息可靠？

千真万确。卢义年点了点头。

天助我也！旅长一跃而起，交代道，我带作训科长过去考察一下。若情况许可，你马上带部队转场过来。

好！参谋长点了点头。

旅长到了士官学校。50 年前，他所在这支老牌导弹部队就从这里起步，展开漫漫导弹之旅。铁打的营盘，忠魂徜徉，白云依旧，可是新人归巢，却已不识旧时样子。然而，骨子里却有一种天然的亲近感。

旅长，欢迎，欢迎！士官学校朱校长很热情地说，导弹装备尽管用，但得答应我两个条件。

请讲！

第一，帮我们进行开箱检查，这套武器装备是作为教学用的，但由于受编制限制和人力号手不够等因素影响，一年来还未打开过箱子铅封。朱校长掐指说。第二，帮我们带出一批号手，培养一支测试和发射的操作队伍。

没问题！旅长一口答应下来。还有别的条件吗？

有！朱校长很认真地说：咱两家得签一个协议。

协议？旅长怔然。

对！朱校长说，士官学校与贵旅签一个教学训练和科研互助协议。部队就成为士官学校的教学基地，食宿训练由部队负责，而学校则为旅里培养"四会"教员，进行科研指导。教学、训练共享。

好啊，天下没有免费的午餐，可是，朱校长却意外地给我们一个大馅饼啊，这可是一个互惠双赢的协议。我签！旅长喜不自胜，毫不犹豫地答应了，觉得自己一夜之间反客为主。

五一劳动节放了三天长假，可是参谋长卢义年带着一百多名官兵从西部沿大河东去，直奔第二炮兵士官学校。

队伍集合了，旅长站在队列前，再次进行另一个战前动员。同志们，我们踏雪出门，栖身西部，已经两个多月了，如今东至岱岳之下，寻找到了真正的机会，在剩下的 100 天里，我们可以放开手脚操纵大型号战略导弹。开箱检查一次，其实就是一次实弹测试和发射。从现在起到进场发射，我们还有 100 天，希望大家珍惜这 100 天，练出最精湛的发射技艺，操作出最标准的发射动作，做到口令一个不误，动作一个不错，大家有没有信心？

有！100 多名官兵的回答震撼天穹，仿佛是火箭啸天的回响。

从夏至秋，他们就这样苦练三伏，连续操作了三个月。弹上加注，因其动作精准，点滴不漏，一直为工业部门和试验基地操作。旅长说必须突破这一关，所有发射的操作，别人不能替代，都由我们自己独立完成。

于是，他们从地方买来 10 瓶工业氮气和酒精，代替推进剂，练加注。一次，他们发现加注了几公斤，电子秤指针仍然为零，进行排故，发现是设计的问题。找到工业部门，对方觉得问题发现及时，很快做了技术改进。

训练百日，天天如此。光旅长的指挥口令所涉及的动作就有 2651 个。旅长可以分解几张大图，一一背来，跑线路，他决不逊于自己麾下的年轻军官。可是对于那些年轻士兵，如何解决训练中的厌烦情结，却让他思考良久。有一天组织官兵去海尔集团参观，看到他们用顺口溜和卡通漫画阐释企业文化，旅长大受启发。回来后，他要求参谋长引进海尔的卡通漫画和顺口溜，编成口令的动作要领，大大增加了趣味性。

百日练兵，锻打了一批精兵强将。

一去便近半载，出门时，南国腹地仍然雪花飘飘，而此时的北方已烈日似火，燠热难耐了。官兵们当时带的是冬服，却没有带夏天的单衣。

百日之间，朱校长提出的两个条件皆已实现。

万事俱备，只差一纸进场发射的命令。

果然，仲夏时节，部队刚回营休整了十多天，进场发射的命令就下达了。

3 八年"奋斗"只砺一剑

赵秋领副参谋长坐在我的对面。人长得帅气，皮肤黝黑，眼睛炯炯有神，头发梳得一丝不乱，说话语调也不紧不慢，神情不卑不亢，恰好与室内初春乍泄的阳光融合在一起。整整一个下午，他仍像当导弹旅长一样，细致认真地在汇报工作，且面面俱到，讲得有条有理，有滋有味。

我不时委婉地提醒他，请讲点导弹武器转型过程中，官兵感动你的故事。哪怕一个难忘的场面，一个细节也好哟！

赵秋领一脸正气，颇有点不高兴地说，你别打断我，讲人做什么？我这人做事一直很低调，不能随便写啊。

哦！我的天。我有些愕然，依旧耐着性子倾听，被他折磨了整整一个下午，几无收获。

吃晚饭时，我对一直负责接待陪同我的基地政治部冯智文副主任说，这是我最失败的一次采访，被老赵挫败啦！

哈哈！冯智文主任笑了说，我已经安排好曾蛟救场。这个大型号导弹旅转型和发射的故事，他说得最清楚。

曾蛟是我的老朋友了。当年他成为典型时，我逞过笔吏之勇。

当过典型的曾蛟就是不一样。他知道你想要什么，绘声绘色地一路讲下来，听了还令人略略有点激动。

那年夏天，曾蛟从第二炮兵工程学院毕业。他本想回自己的老部队，提干于此，成名于此，被作为一个爱军习武的典型写入共和国总理的政府工作报告亦于此。这是他成长的一片沃土，回到那里，如鱼得水。可是基地干部处通知他到刚转型的大型号导弹部队报到。

于心有点不甘，于情有些难舍。曾蛟找到时任旅长的陆福恩、政委刘健，请他们帮着疏通，结果仍然不行。最后，他找到时任政治部主任的李广琪少将，问是否还有回旋的余地。

李广琪说，这是基地赵书月司令员、李景华政委的意思：曾蛟要离开老部队，跟着新型号导弹走！

话已至此，曾蛟别无选择。

这个老牌导弹旅托载了他的光荣与梦想，而他已将荣耀与辉煌附丽于它英雄的躯壳之上。

翌日上午，太阳照样升起。曾蛟坐着老部队派的小车，拉着行李去新转型的大型号导弹旅报到，薛保国政委接待了他。因了曾蛟的英模身份，薛保国礼贤下士说，曾蛟啊，旅里就这么多位置，机关这些科室，下边那么多分队，你看到哪更合适？

这是首长考虑的啊！曾蛟依然是当年的纯朴和坦荡。

薛保国说，那你就去新型号导弹试训大队。

好！首长。曾蛟起身敬了一个礼，然后就去试训大队报到。于是，以英模身份入学，四载寒窗苦读重返部队的曾蛟，第一任职是试验发射大队副大队长。而此时已经任命了四个副大队长，他排名第三。

曾蛟踏进新型号导弹试验大队，等于一切都要从零开始。此前，时任旅副参谋长的赵秋领带了20名骨干到厂家跟踪学习。

翌年3月，桃花、海棠花开了，红运也接踵而来。曾蛟被任命为装备部技术科科长，正式抓起了新型号的转型技术训练。那一年，是他记忆中最为忙碌的一年。1999年，大阅兵方队挑选之后，由副旅长蒋跃进带着去参加阅兵。那年5月，在工厂学习的20名军官全都被叫回来，给家里的转型部队授课。从专业理论学习开始，到实装操作，一一讲授。恰好春夏之间，这个型号第一枚实弹飞行大获成功，标志着中国第二代固体洲际导弹横空出世。

今日喜长缨。几乎与这枚镇国之器昂然登上十里长街同步，在家的官兵也在做两件事情，先展开大型号固体导弹的车态合练，再入塞外发射场进行低温试验。

8月桂花遍地开。8月间的北方大地暑热难当，一群部队的官兵抵达某航天工厂，水泥场坪上，第二代固体导弹发射车开过来了，正午的阳光直射下来，烟岚迷漫，水雾成烟，一半是雾遮，一半是烟埋。此时，地表高达四十多度。可是他们却展开车态合练，完全由部队官兵进行一岗操作，若能全程做下来，就意味这支历经近两载的转型部队，初步具备驾驭新一代洲际导弹的能力。

曾蛟说，车态合练进厂之前，旅里广泛动员，提出一个口号：内强素质，外树形象。一到工业部门，人家便发现这支部队与众不同。乍看新手，发射车也是第一次接触，可是操作起来却一点也不陌生，素质不可小觑。然而在车态合练中，他们不满意仅仅会操作，而是深究设计原理。为何导弹专家要这样设计，从源头上搞通弄懂。

曾蛟是一个情商很高的人，身为技术科长，他给号手们交代：老老实实甘当小学生，拜专家为师，虔敬地请他们吃饭，增进感情。先将技术资料借到手，名义上是看，人不在就赶快抄，能抄多少算多少，导弹资料，像蚂蚁搬家一样，积少成多，集腋成裘。

这一招果然奏效。赵一珠是发射编程软件的专家，一天，部队的一个号手在看计算机软件的原程序代码，恰好此时赵专家路过发射场坪，意外发现了，这可是他半生心血的凝结，顿时勃然大怒，斥道，你从哪里弄来的？

那个号手支支吾吾，不敢说。

曾蛟立刻跑来道歉说：是我们不对！应该在保密室里看，不能拿出来。只是号手学习心切，冒犯老师了。请多包涵！请多包涵！

一个劲儿地道歉，一次次地行军礼！赵一珠最终释然。

曾蛟说，平台专家邓益元是中国工程院院士，开始硬得很啊！问啥都不跟你说，或许那时我们还没有取得与专家对话的资格。可是经不起多方做工作，基地领导来看望他，旅长王占祥亲自请他吃饭。曾蛟更是隔三岔五将平台组一起请出去坐坐，热络感情。熟了，老专家坚硬的心肠也被这些热血青年融化了。看孺子可教，看他们是真心实意想学东西。后来，便有问必答，有求必应了。

时隔十二载，一个生命的年轮远逝了。曾蛟历数了十二年前接触过的控制所专家的名字：杨世春、陈乃川、边长谷，说他们有的退休了，可是依然和大家保持联系，边长谷得了癌症，他到北京出差时，还专程登门探视。

车态合练的时间是短暂的，可是这个大型号导弹旅与工业部门导弹专家、工人师傅结下的友谊却天长地久。尤其当部队官兵对未修加注、头部滚控等领域设计和操作提出了136多条改进意见，竟然有122条被工业部门采纳时，他们感到这支部队不可小觑。

雪大好个冬。在塞外这本来是猫冬的时节，可是那年严冬，这支大型号部队携着最后压轴驶过十里长街的英姿，冒雪挺进塞外，进行大型号导弹发射车低温试验。所有的操作都是在气温最低的一点开始，此时，气温达到零下三十六摄氏度。

旅长下达夜晚进场的口令，号手彻夜操作，穿着皮大衣也无济于事。呵气成冰，冻得浑身都僵硬了，钻进发射指挥车，车载空调根本不管用。

一个叫李宝春的战士，夜里进场时，因为脚下尽是冰地，一脚滑倒在地，脑袋着地，掉进电缆沟里，不省人事。连夜踏雪而行，送到当地医院，只好做了开颅处理。

铁马冰河，关山寒梦。搞了整整一个多月的低温试验，部队撤离时已经是新世纪。

那个冬天的雪下得好大啊！雪拥塞上车难前。曾蛟跟随大部队从铁路机动，而时任副旅长的赵秋领、江袖林则带着普装走公路梯队，他们过太原，翻越太行山，入石家庄。雪太大了，只好在途中慢慢挪。整整走了一天，中午就啃方便面，晚上十点多钟才抵达石家庄。四十多个人涌进一家自助餐厅，25元的标准，上什么，吃什么。所有的东西都吃光了，还叫上！

还上？！老板说，求求兵哥哥，我们亏了，被你们吃得吐血了。

你就当拥军一回吧！一个军官说道。

那年 9 月 18 日，原来驾驭第一代大型号导弹的部队全交出去了，只剩下掌控第二代固体型号的一个发射营和技术营。旅长王占祥喟然长叹：九一八，九一八，在那个悲惨的时刻。69 年前的九一八，我国丢了东三省，而 2000 年的九一八，我丢了三个营！

曾蛟宽慰道，旅长，别看就只剩这两个营了，可都是精兵强将啊！等年底这枚导弹打成了，部队一扩张，又是一支慑控天疆的虎狼之师。

说得对！曾蛟，你就会宽慰我。王占祥说，一弹系荣辱，一发定终身。打好这一枚弹，这可是翻开中国战略部队战略威慑历史新的一页啊。

前度雄师今又来，空山苍茫，朔风掠过。这年 12 月份，这支大型号转型旅再次开进塞外的航天发射中心，进行第二代固体型号洲际导弹发射。

技术阵地测试进展顺利，可谓顺风顺水。可是发射车抵达发射阵地后，进入发射程序，却险象环生。

进入倒计时准备时，发控师范高峰报告，0 号控制台出现漏电。

蜂鸣器中，此现象一报告，将所有人的心都提到嗓子眼上了。发射阵地上顿时一片紧张，犹如高空中的流云一样凝固了，一片死寂。

关键时刻，型号设计副总师包为民于冰天雪地中横刀立马。他与 0 号大指挥和专家们分析说，经过测试后，所有的系统都是正常的，控制台漏电，恰好是由于低温天气所致。因为户外气温太低，引起发射筒内温度低。辅助调温系统给发射筒加温，导致里边温度变化大，故而漏电，他认为这是正常现象，不会影响发射。他说打！

打！航天卫星中心大 0 号指挥拍板道。

12 月 16 日 21 时 45 分，第二代固体大型号洲际导弹从绿色的发射筒里鹞然而出，一鸣冲天，像一只稀世巨鸟，飞越苍穹，向着预定的轨道飞去。

发射大获成功！

站在观景台上观看发射的赵书月司令、张春发政委过来看部队，当场发了 5 万元奖金。而视军方为衣食父母的航天人，则重奖了他们 20 万元。

2001 年 8 月，是曾蛟到这个旅工作的第三年，他被提升为旅副参谋长，进入团职军官行列。两年后的 8 月，因为装备部两个司机在车库的小车里开空调尾气中毒而亡。时任副参谋长的他，负有领导责任，挨了个严重警告处分。旅长、政委分别挨了警告处分。

时任旅长赵秋领打电话问他：有什么想法？

没想法！曾蛟是一位敢于担当的人。他很坦然地说，看着家属伤心欲绝的样子，我们有愧啊！管理没搞好，责任在领导。

领导自有一双识才用人的慧眼。半年后，曾蛟挪正位置，出任这个旅的参谋长。

在这年召开的第十届全国人民代表大会上，曾蛟当选为全国人大代表，并进入主席团。功是功，过是过，似乎处分并没有影响他个人的进步。

2004 年 9 月，又是黄云紫塞三千里，雁翅列秋空的时节，担任旅参谋长的曾蛟跟随旅长赵秋领去发射，打第二代固体型号的导弹。

那次任务给了四营，营长崔军耀是装备部战技科长下去的。看到一营发射过一枚试验弹，二营搞了淋雨跑步试验，四营总得做点事情，留点痕迹吧。他多次向装备部长江袖林请缨，经多方做工作，大家似乎都没有异议，就让四营发射吧！

曾蛟说，那次发射，冥冥之中给人的感觉就是不可靠。在技术阵地一帆风顺，没一点卡壳，进入发射场区后，也一点问题没有。可是，越这样，越将大家的神经绷得紧紧的。

旅长赵秋领脸上更是没有一点笑容，见谁批谁，没高兴的时候。

曾蛟是参谋长，挨熊的时候更多，自己也不敢吭声。其实他心里挺敬重赵旅长的，做事认真，钉是钉，铆是铆，为人又正派，乱七八糟的事情从来不干。可是看他脸上总是阴天，曾蛟只好悄悄对总师李全说，你作为主帅，压力大，但不能显现在脸上啊！你脸一拉长，大家都紧张，非出事不可。

临近发射前，第二炮兵副司令员张瑞来督战。在发射预想会上，张瑞副司令员问赵秋领，怎么样？

赵秋领摇头说，虽然故障排除了，可是现在发动机到底怎么样，我没有感觉。

这什么话?！一位机关领导说。

赵秋领仍然是一派科学态度，实话实说：首长，真的没有把握！

依旧千山我独行说，首长，我真的没有把握，我们失败不起！

第二代洲际导弹。发射时刻一分一秒地逼近了。

9 月 21 日傍晚，斜阳冷山，一座座古烽火台和汉长城枕着碧空，迤逦远去。野茅侵荒城，极目远眺，满目塞草霜风，满地秋凉。惟有一枚镇国之剑，剑光闪闪，青锷刺破天穹。

天色并未黑下来，暮色如水雾一般云游在发射场坪上。21 时。发射营长崔军耀下达了"点火"的口令。

一柄国之重器，从发射筒里跃然而出，扶摇直上云霄，那巨龙喷吐焰火的轨迹，划成一道彩练。

这时，驻在宋家寨的技术官兵，正在点燃鞭炮庆贺呢！然而，飞行到 76 秒时，发动机应该关机了，突然，一个火球犹如一个霹雳凌空一爆，顿时散成了满天星。

发射坪场周遭，所有看发射的人都惊呆了。

寂静，一种说不出来的死寂。

卫星发射中心大 0 号宣布：发射成功！飞行失败。

部队撤出发射场，回到驻地，饭堂里炊事班摆了一桌子菜，可是没有人动一下筷子。

赵秋领率领一个旅，就在转瞬之间领略了成功的喜悦和失败的辛酸，天上地下，瞬间反转。那天晚上，他洗了洗，便一个人关起门来睡觉了。

一夜辗转，耿耿难眠。尽管后来张瑞副司令宣布定性，发射成功了，飞行失败了，部队的操作没有问题。可是成功是硬道理啊。赵秋领得承担失败的后果，此事毕竟不圆满啊。作为一旅之长，他已经没有机会再争了，洗却失败耻辱的事情，只能留给下一任旅长。

归零的结果出来了。原来是在厂家一级发动机注药时，火药搅拌不均，导致推力比失衡了。如果再延迟两秒，可能就过去了。后来，连软件都修改了。

怀着极大的遗憾，次年，赵秋领去上国防大学两年制的班了。

再度进场是两年后的事情了。2006年的四月天，江南已春风绿柳岸，大河上下尽现国色天香。

这次轮到六营去发射了。由旅长李志、参谋长曾蛟等带着部队进场，也许因为有前车之鉴，挺进发射场的时候，官兵们的脚步和心情都显得格外沉重。部队压力大，操作一丝不苟，工业部门小心谨慎，部队号手一岗操作，而工业部门则是二岗把关，彼此都不敢有任何失误。

2006年4月5日17时，发射战车向场区挺进，曾蛟说，那天晚上因为还有一些试验项目要做，准备一个漫漫的春夜，但是春天的脚步离塞外还很远。一个晚上，官兵们却经历了一年四季。

导弹在发射场起竖过后，先是乌云密布，发射窗口一时隐没于云罅，久唤不出。后来，竟纷纷扬扬地下起大雪，那雪花真的如一朵朵雪绒花，或像大雁阵遗下来的羽毛。一片片，落入廓廓空空的天地之间。一会儿又停歇了，西风裂空，尽扫乌云，满天星辰从夜的腹部钻出来，今夜星光闪烁。到了凌晨，居然山雨欲来，电闪雷鸣，一道闪电如金蛇舞动，掠过天幕，将烽火台上山的轮廓照得清清楚楚。旋即，便是大雨滂沱。拂晓之时，骤雨初停，月亮、星星又凸显出来。

10分钟准备。

发控师刘守功——按照发射营下达的口令，准确地完成每一个操作动作。

3分钟准备，转电！

刘守功答，转电灯亮！

1分钟准备。

倒计时，10、9、8、7、6、5、4、3、2、1，点火！

6∶40，扬眉剑出鞘。长剑掠空，犹如鲲鹏展翅，御晓风巡天万里，背青天而遨游北溟。俯看空山苍苍，江河泱泱，融入喷薄欲出的晨曦之中。

曾蛟伫立于旷野上，送国器远去，脚下经历一个严冬的衰草，尚未返青，只待春风一度，轮回枯荣。他感叹道，从1998年转型，到2006年，整个一"八年苦战"啊！只为铸造一柄国之长剑。

4 东风第一枝再展大国雄姿

　　其实，我是冲着一支具有大国神韵的战略导弹旅而去的。本书采访已近尾声，创作犹酣。伏案之时，我历数整个导弹军团，该采访的都采访了，该见的人也见了，可还是有一支战略导弹劲旅差一点被遗忘。毕竟他们当年漂亮转身的故事，是一个华丽阵容的转型。这部中国战略导弹部队组建50周年长篇非虚构文学，因为他们的缺席，必定会失去其灿烂的华章。于是，我撂下正在写作中的文字，到伊水一方，再寻伊人，补充采访。

　　那天中午，拜谒过诸葛孔明躬耕抱膝的野云庵，我穿越重山叠嶂，朝那座紫气东来的雄关古道疾驰而去。千山寂然，惟一骑千里，寒水一带，疏林依稀，惟一树一簇李花、野桃花独放山间。河谷里碧水浅湾，干涸河床，几簇野草萋萋，春风似乎刚吹醒山林。陪我而去的基地杜干事意在让我看空山远村，但是北方的春天还远。偶然之间，他不时指着远处一个神秘的深壑豁口说，那里深处，乃大国长剑蛰伏之禁地。我努力从记忆的碎片中搜索那些渐渐模糊的地名，依稀还有当年筑巢将士的热血余温。

　　傍晚时分，车抵亚洲第一旅驻地。驶入大门，广场正中央一块巨石之上，镌刻着红色大字：东风第一枝。我立刻觉得热血被点燃了。为这个曾经为亚洲第一旅的历史和所握的国器，堪以"东风第一枝"相喻为傲。

　　步出史馆，站在那块巨石前，我抚摸着刻有"东风第一枝"红色大字的诗碑，仿佛又触摸到这个天下第一旅滚烫的历史与躯体。几天来采访的故事，次第浮现眼前。

　　当第二炮兵党委和首长将发射另一个型号战略导弹的任务赋予亚洲第一

旅时，司令员于是年夏天亲赴自己当兵的老部队调研，看望官兵，委以重任。看着上将千里迢迢而来，五年前，司令员时隔三十载再回老部队的讲话仍在眼前。

那是 2003 年的秋高气爽时节，离开这个老牌导弹旅三十年的司令员，重返旧部，万千感叹齐涌心头。当兵时，高中毕业的他幸运地跨进了亚洲第一团的门槛。在这个神秘之旅，他完成了从一名学生到合格军人，再由一名军人成长为导弹号手的转变，这支部队的精神，深深地烙印在他的躯体上。

三十功名尘与土。短短三十年间，一代导弹将士的成长令人喟叹不已。离开这个团队时，司令员还是一名普通学员，然而三十年后老兵归来，却以第二炮兵最高军事长官的身份视察"东风第一枝"，多少往事浮现心头，多少感慨付于岁月远天。

虽然此时他身居高位，可是仍然感谢人生之旅的第一步，是从这支英雄的团队开步走的。

因此，不论走多远，他都会记得这个旅的旅风和队魂。那天听完旅长、政委汇报后，司令员说，他对这个旅有很深的感情。每当听到这个旅的消息，听到这支部队的番号，他都很兴奋，对于他们取得的成绩更是兴奋不已。虽然三十年没有来了，从培养成长来说，起步在这个亚洲第一旅，作为一名导弹部队的军人，许多思想观念、工作作风都是因为曾经在这个旅，受益匪浅。

司令员说，当时在这个旅印象最深的事情是，学兵的优势是理论很深而技术不行，老兵的优势是技术很熟悉却理论不甚精通。这样，老兵和新兵彼此都有压力，觉得技术学不好，不精通专业就抬不起头，都有一种内在和外在的压力。

在司令员的记忆中，这个旅的训练非常正规。程序正规，组训方法正规，虽然训练的条件很简陋，但是导弹挂图却很配套，应有尽有。战备观念也很强，无论是当年屯军西北，还是后来拱卫京畿，部队的独立作战能力都很强。比如，第一代国产导弹点火试验，只要基地下达点火命令，团里什么都不要管，一个营就可以独立完成任务。还有，部队的一日生活秩序非常正规，在部队很分散的情况下，团里一位值班员就可以要求各连值班员按时汇报情况，当时一个团值班参谋就可以维持一个团的正常运转，团长根本不管什么事，就靠机关起作用。再有，这个团队的集体荣誉感特别强，有一种不服输的思想，所有的官兵皆以团队为荣，历史上团长治军很严，出操总是走在前边。正是这种团魂，铸造了管装爱装的光荣传统。记得有一次保养装备，一名战士用擦装备的旧抹布做布鞋垫子，被班长发现，狠狠地批了一顿，剋得眼泪潸然。

司令员感叹道，这些好作风在部队失传了。他希望这届旅班子重振老牌导弹旅的雄风，无愧于英雄导弹旅的光辉业绩，比前任干得更好。

对于这次采取两种不同的状态进行发射，第二炮兵党委和首长的意图，就是让这支亚洲第一旅重振雄风。

新调任的李华旅长是从士官学校教务长平调过来的，上任之始，他恍然而悟，第二炮兵这个型号战略导弹已为祖国站岗数十年了，可是第二炮兵军政主官却有自己的想法，大型号部队百人一杆枪，发射机会几年才能轮一次，用另一个新型号导弹的发射状态，发射这个型号的导弹，无疑是对部队发射能力的一次全方位锻炼。用司令员的话来说，这次发射的成功与否，就是一个近百万元的人民币给每位火箭官兵交学费。

那年秋风乍起时，李华旅长和杨良勤政委率队前往塞外雪域之地。

秘密呼啸着驶出大河，朝着北国大地疾驰。李华回望在灯火阑珊处渐次隐没的营房，出发前，妻子仍然是他的牵挂和心痛。他的夫人吴顺兰因为长期失眠，得了神经衰弱症，经常睁着眼睛到天亮，出现了幻觉状态，以至于平时拿东西手都会发抖。

顺兰，我们就要出发了。我不在，你要保重啊！

夫人毕竟是军人，原是北海舰队402医院的护士长，自立能力非常强。她对丈夫说，你带部队发射去吧。我没事，你安心就是了。

李华默然无语。其实，李华到这支老牌部队不到一年，却没有时间回去搬家，家还在那所学校里。向千里之外的西部发射场开进时，他只好让夫人回学校去搬家。因为劳累，病情越来越重，连人都不认识。整夜不睡觉，渐渐出现幻觉，像精神病人一样。最后，学校只好将她送回娘家，并派了一个人去照顾。

这些情况，李华皆不知。发射临近前一周，李华在给妻子打电话时，没有人接。他十分着急。后来学校的一位科长打来电话说，你再也不能这样，对家人一点也不关心。

李华一惊说，我怎么了，有什么大事？

那位科长说，知道你很忙，但是要往这边打打电话。

李华说，我哪有时间？每天加班到凌晨两点，你们多给关心一点吧！

那边的科长哽咽了，将准备说出口的话又咽了下去，对于一支大型号导弹旅长而言，在旅长的任上，如果指挥和操作不好，一旦将导弹打掉了，"掉弹旅长"的恶名就会影响一生。此后，在中国战略导弹部队，这位旅长就不会再有地位甚至前途。

发射时刻一天天逼近。

怎么会这么顺啊？在技术阵地完成测试时，李华旅长心里开始有点打鼓了。本来两种不同发射装备与发射状况，连接在一起测试时会故障不断，风险系数颇高。可是事实恰恰相反，整个测试过程居然是零故障，连一点磕磕绊绊的事情都没有发生。

测试太顺利了，反而让李华忧心忡忡。此前在学校当过教务长的李华，曾经组织士官学员发射过一枚常规导弹，依他有限的经验，往往技术阵地测试越顺利，到发射阵地麻烦就会越多。

后来发生故障，印证了他的感知与预见。12月16日，经过测试合格的导弹装备进入发射阵地。

李华问指挥部，天气如何？

发射中心的气象预报说，是好天，只有微风。

天助我也！李华颇为激动。前一天，莽原上刚飞过一场寒雪，道上结冰路滑，通往发射井有一个坡道，呈S型走向。为了便于大型号导弹武器通过，李华吩咐让参谋长组织官兵清扫道上的结冰，保证发射车和运载导弹顺利通过。

　　然而，等导弹装拖车踏雪而过，将导弹拉到发射井场区时，古烽火台面，阴风四起，莽野呼号。朔风如呼哨一样过耳，风过处，衰草皆折。远不像早晨基地预报的，只是一个微风天气。风速竟然达到每秒 10 米，瞬风达到每次秒 13 米，超过了导弹竖井装置的极限。基地一位导弹专家对李华说，将导弹拖回测试库房吧，这么大的风，不能装填。

　　非干不可！李华乍看一身教授的儒雅，内心却掠过楚人之风。如果今天不装填，就会影响后续的发射工作。

　　你们有预案吗？

　　当然有，我们做过多种预案。李华答道，此时他不想多解释，对于今天的发射，他和全旅官兵早已有备而来。为了练吊车号手的起吊和装填之功，测转连官兵曾在营盘里挖了一口与导弹发射井一样的仿真大圆坑，模拟发射井，模拟吊具。不分冬夏，不分昼夜地苦练四载，培养装填号手和司机。吊车号手李江伟过去是为导弹转吊时拉绳子控制方向的号手，晋级为吊车号手，已经练了四年，加上拉绳子岁月，整整练了八年。当上正式吊车号手后，什么样的大风暴雨，什么样的气象，他没有干过？就是问鼎九天巍然长剑，他也真刀真枪起吊过不知多少枚了。面对超常规的风速，他心里再无畏惧和紧张，从容应对。

　　装填导弹，启用快速下降预案起吊。李华站在旅长岗位上，向装填指挥李道辉下达命令。

　　"号手就位！"测转连长李道辉小旗一挥，哨子一吹，所有的转吊装填号手都跑向号位，一步不多，一步不少。

　　李江伟登上吊车之前，李道辉就交代他启用快速下降，这就意味着每分钟要下降二至三米，特别是弹体下垂井里。如果不迅速，就很可能造成左右摇摆，碰撞井壁的现象。

　　坐在 30 多米高的吊车上，李江伟起吊。长长的吊臂上，挂着两个水平吊钩，一个升，一个降，风忽焉起兮，忽焉落兮，刮得吊车和驾驶棚在摇晃。然而，他却紧盯着吊臂左右摆动，平时是四个号手拉绳子配合反转，而此时，却加到六位号手拉绳子。

然而，那天李江伟的起吊动作堪称完美无缺。六个号手与他配合密切，天衣无缝，动作迅速，一步到位。

随后，更是如天工巧手之作。李道辉沉着指挥，李江伟准确起吊，在风速超过 13 米之时，快速装入，避免导弹撞在井壁上。这些导弹吊装动作的成功，无疑是上苍对这个王牌导弹旅的一次幸运眷顾。

然而，当大国之剑装入发射竖井后，展开各单元和综合测试时，事情就没有李华预料的那么顺利了。可谓故障不断，险象环生，弄得他心里有点发毛。

先是中频电源电压不稳。接着，发射控制台上冒烟了。只好启动手动预案，关了电磁阀，避免了一场灾难的发生。

那天晚上，配气台换元件到了十点钟，李华带着部队回到驻地，刚进屋，被第二炮兵装备部副总师屈明富找过去，臭骂一顿说，你们出发前配气台经过计量检查和整修了吗？

李华说，经过计量整修了啊，是厂家派人来的。

哪里的厂家？屈明富问道。

李华如实相告，是由第二炮兵机关安排的一个厂家维修。

屈明富大怒说，那不是第二炮兵的配套厂家，你们给我写检查。

李华儒雅一笑，纵使自己满腹委屈，可他绝不申辩。其实这个厂家是第二炮兵装备部安排的，他不能用机关来压屈副总师。当天晚上，他与旅装备部的同志一起，将来龙去脉一一说清楚，直至凌晨二三点钟，方将检查写了出来。

然而，他主张换电磁阀的事情，仍然得不到专家的认可。第二天在故障分析会上，李华说，没有问题啊，我们做了各种试验都是正常的，可以用。并声明，一旦电子阀关不上，就用手动。再说，经过几次测试，也没有问题。可是最后发射时，有的专家又提出推进剂加进去后，如果电子阀不可靠的话，就会喷出来。

李华说，如果电子阀不能自动，我们就用手动。

有人说，手动来不及。

李华找到曾经在旅里带职的导弹专家孙发起说，准备用手动增压，与发控台配合，我们已经临时编了一个规程。

到了现场，又临时搞了几次试验，结果皆在压力的范围内，而且号手操作熟练。孙总最终同意了这个方案。

然而，屈明富副总师对于配气台仍不放心，提出要到北京检查。李华一想，这一来一往，起码要耗去一周的时间。如果等配气台回来，黄花菜都凉了。

李华请孙发起和他一起去说服屈明富。因为孙总在第二炮兵导弹专家中很有分量。屈副总师最终同意了这个方案。

事实后来证明这个方案很成功。

一波未平，一波又起。配气台的问题解决了，瞄准控制器又出了故障，出现零位超差。因为几个号手一起操作，一位叫王浩的号手比较年轻，出了故障，大家让他好好想想。第一天分析得很晚，第二天找不到人。他躲在边上一个小房间晕倒了，是过度紧张所致。这么多专家说的，又紧张又疲劳，一检查，肾结石发作，只好去住院，由备份号手顶替他。

终于挨到发射的最后时刻，头一天晚上天气预报说，发射当日能见度小于 5 公里，气象条件不好，但是落区还可以。在讨论要不要推迟发射时，李华斩钉截铁地说，不能推迟，我们基地气象室的预报：明天是晴天。

领导和专家面面相觑。卫星中心气象室是地主，却说是一个坏天。两家气象预报不一，然而会议最终同意了部队的意见，发射！

那天凌晨四点，部队就起床了。李华站在夜幕下，天空深邃，透明度高，天要放晴了。他暗自庆幸：天公助我！

出发！吃过早餐，部队向发射阵地开进。晓风拂来，东方天幕上露出一线鱼肚白。渐渐地，红潮涌动，太阳出来了，阳光明媚，塞外晴空万里无云。

中午十一点，随着发射连长倒计时的口令下达，士官发控师康平按下了点火按钮。

一剑冲天，国器擎天。

李华所有的担心都在啸天辉煌中化为风尘，发射非常成功！他最担心摆杆自然下落，这也是经过他们反复试验改进的，发动机在竖井成功点火，烈焰喷发，只见一只火凤凰浴火再生。

发射成功了。回到驻地已经是下午一点多，李华重重地躺在床上，一睡就是一个下午。

李华本是一个很冷静的人，此时的他，连说几句感谢的话：感谢基地首长和机关，感谢专家，感谢兄弟单位，感谢广大官兵付出的辛勤汗水。

围桌而坐的官兵们呼喊道：我们成功了，干！干！！

李华的眼泪顿时涌了出来。男儿有泪不轻弹，只是未到捷报时。

5　旗开得胜第一剑

大型号导弹军列驶入塞外发射场。

9月的莽原，正是朔风四起、秋草黄鹰飞翔时节。军列抵达时，已是一点钟。一脚踏上导弹装载站台，旅长便感到阴风猎猎，寒雪飘飘，刺骨的寒风刮到脸上像针刺一样的痛。可是，那天晚上，这列装载着第二代洲际导弹的秘密军列长驱直入，悄然进入一个专用站台旁边的技术阵地操作工作间。

第二天早晨，技术营营长一声令下，转填连长开始下达口令，打开导弹箱体。操作号手揭开箱盖之后，悚然一惊，每个人脸上的神情顿时凝固了。

旅长站在平板下边，一看情况不对，问道：怎么回事？

旅长，箱体导弹尾罩在前，装反了方向。

啊?! 还有这种事情。旅长一跃登上平板，果然看到装在箱体里的导弹装错了方向，一级尾罩本来在后，却放在了前面，他的神情不由得变得凝重起来。

工业部门发射指挥和专家听到这个消息后，脸色陡变。这个事故是由于他们轻率造成的，当时导弹从工厂里出来时，就将导弹装反了。

低级错误啊！可纠正起来却十分困难，将导弹头尾重新调整过来，只有两种选择，要么将平板专列重新拉回数百公里的省城列车编组站，重新掉转方向。这要重新向铁道部申请专列计划，至少十天半月才能返回。要么就在操作大厅里旋转一百八十度，掉转方向，可是风险极大，万一横着旋转过程中来一个竖立倒置，导弹着地，后果不堪设想。

有风险才有挑战性。旅长将两个转载指挥卓志阳和副指挥张戈叫过来，你们说，能不能吊起来旋转。

卓志阳说，虽然我们没有吊过，但是在一米以下，厂家过去吊过，我认为是可以的。

张戈，你说呢？

旅长，可以，我们不妨一试。

吊钩的承重能行吗？

卓志阳说，吊钩的承重在两位数以上，可以！

旅长点了点头。可是从工业部门到机关指挥组，都迟迟不敢拍这个板。

难挨的等待之后，旅长下决心自己干。在操作大厅里将导弹旋转一百八十度，掉转过来。

旅长，你们有没有这个金刚钻？基地邱副司令员问道，有几成把握？

首长放心，我相信我们有这种能力，虽然不是百分之百的把握，但九成是有的。

旅长，你可要考虑好啊！吊车，一旦旋转中出现倒转，就会弹毁车倒，后果你我都扛不起的。

没有办法，总得有人负责啊！这样吧，我把这顶乌纱帽押上。不然再用平板拖到省城的编组站，转来捣去，时间太久，塞外的天气变得更冷，将会影响整个发射。

好！敢承担。你才是个汉子。

旅长哈哈大笑说，首长放心，我不是一个莽汉。

听旅长有此决心，试验基地一位总师刘小平在三楼会议室宣布，旅长为吊装导弹总指挥。

宣布过后，领导们悄然从大厅里消失了。这意味着这里发生的一切，无论成败，都得由旅长负责。

然而，旅长也不打无准备之仗，他问厂家的一位女专家，历史上像这样翻过一百八十度吊过吗？

曾经在工厂里吊过。女专家说，但只是二级，也是一百八十度旋转过。

好啊！前车可鉴，只要有过成功经验，我们就干。

试验基地发射指挥刘小平感叹道，旅长魄力大，敢于解决问题。

等旅长站在旅长指挥岗位上，向转载指挥卓志阳下达转吊命令。回眸之间，所有的领导皆已不在现场，他的脸上掠过一丝不易察觉的微笑。

转运指挥卓志阳下达命令，转运排一号手刘素超手执小旗，吹着哨子，准确地指挥，四级军士长王湘林驾着航吊，左右前后拉绳子的四个号手迅速就位。随着转运连长的小旗摆动，吊车号手听着哨声，跟着旗动，该停则停，该旋则旋，该转则转，而手执绳子的号手，紧密配合。终于在操作大厅里顺利将一枚大型号战略导弹头尾倒置的情况重新纠正过来，稳稳地放在操作支架上。

初战告捷，掌声响了起来。

熟悉这支部队的领导和专家无不称赞说，这个老牌导弹旅，关键时刻，从来不会掉链子。当年，进行远程导弹发射时，发射台突然不能转动，瞄准不成。时任旅长发射场上横刀立马，拿出备份预案，用手动转动发射台，给在现场视察的第二炮兵司令员李旭阁留下了深刻印象。他抛下一句话：张二旺是懂导弹的！从此，仕途一发而不可收，官至基地参谋长、副司令员，直至第二炮兵指挥学院院长。长江后浪推前浪，旅长丝毫不逊老旅长当年的风采，继承了老牌导弹旅的风骨，风范。

然而，旅长的心情怎么也轻松不起来。

果然到了操作的第三天，一件有惊无险的事情，差一点断送了这等待十多载的发射。

那天上午，技术营按流程展开内外部察看。上午 10 时许，主号手李本辉、副号手蔡国威奉命换整流罩。李本辉登梯爬到导弹上边，蔡国威手端一个瓷托盘站在下边，接着李本辉从整流罩卸下来的螺丝。拆到第三枚时，只见李本辉从高处往瓷托盘里一扔，只听咣当一声，那枚螺丝钉不翼而飞，不知是掉进弹体的仪器舱，还是落在地上。两个号手吓得脸色蜡黄，立即向技术营长报告。

真笨！怎么会干出这等蠢事？这可是要坏发射的大事。技术营长一听，脸色陡变，立即叫所有的号手停止内外部察看，都下到地面上寻找。寻找无果，他立即向旅长报告。

旅长风风火火地赶过来。听说掉了一颗螺丝，心里也悚然一惊，如果在外边的场地上找不到，这不排除已掉入导弹仪器舱的可能性，那这次发射就彻底坏菜了。这枚战略导弹必须返厂解体，找到那枚螺丝，这次发射等于前功尽弃。

找！他将号手叫来，站成一排，一路搜索过去，仍然无果。最后，他干脆将技术营的官兵全都叫进来，给大家下达命令，进行地毯式搜寻，并开出最高的奖单：谁找到这颗螺丝钉，就给谁立一个三等功。

技术营在那间偌大的操作间里，展开了地毯式搜索。

然而一个多小时过去了，将电缆沟都打开搜了个遍，仍然未找到那颗螺丝钉。

上午寻找了 2 个小时，仍然无结果。这下可惊动了试验基地保卫部门。

中午开饭，旅长匆匆喝了一碗汤便跑去开会。他向参加会议的卫星发射中心领导和工业部门专家，以及第二炮兵指挥组的领导提出，再给我一次机会吧，我亲自指挥大家去搜寻。

可以！刘小平总指挥说。旅长，再给你们一次机会。如果找不到这颗螺丝钉，以后就别想再操作了，希望你们抓住这个最后的机会。

旅长心里有底，他知道这颗螺丝钉不会飞得太远，说不定就在导弹下边。但他最后却提出了一个条件。

什么条件？旅长。刘小平总指挥问道。

我得使用磁铁寻找，将螺丝吸出来。

这个问题得请示毕院士，他是这方面的技术权威，刘小平答道。

毕卓廷院士是这个型号战略导弹的总师，更是技术权威。然而懂导弹专业的人都知道，弹上装有火工品，如果磁场产生静电，后果不堪设想。

然而，毕院士还是破例给了旅长最后的机会，允许他使用磁铁。

旅长将技术营的官兵集合在一起说，这是背水一仗。如果真找不到这颗螺丝钉，都得卷着铺盖回营房去。全旅官兵盼了多年的导弹转型之梦，都将被这颗小小的螺钉拧在耻辱墙上。

他对技术营长和技术连长交代，你们俩再组织一轮地毯式搜索，电缆沟里也用磁铁吸一遍。

技术营长和技术连长领命而去。

李本辉、蔡国威，过来。旅长招了招手，将当时把螺丝弹飞的两个号手叫到跟前，仔细询问了一番。从放入瓷盘的高度，到放进去后溅飞的角度，他判断螺丝最不可能掉入导弹仪器舱，极有可能是落到了导弹支架的槽缝里。

旅长叫人找来一根红绳，他拉了起来，围成一个工作区，其他人不得入内。

他用一根细铁丝拴着磁铁，将其放到导弹支架的槽缝上边。往里边一伸，只听啪的一声响，螺丝钉被吸出来，将磁铁拉出来一看，正是那颗从瓷盘里弹出去、整流罩上拧下来的螺丝钉。

一场虚惊终于有惊无险地结束了，旅长如释重负。他找到了螺丝，但是他不能奖给自己一个三等功。当时他多么希望这颗螺丝钉是一名普通士兵找到啊！

此后，技术阵地一切皆波澜不惊，顺利地完成了所有的检查，可以向发射阵地推进。

导弹一旦进入发射阵地，就等于将导弹交给他们了。因此，必须进行24小时警卫。这就得在发射场周围搭帐篷和地铺，洗漱的水都要从别的地方挑来。旅长将政治部副主任和保卫科长都叫来说，你们带上十几个兵，跟着我去警卫导弹。

保卫科科长大感不解说，旅长，这警卫和站哨，小事一桩啊，哪能劳旅长大驾亲自带队站岗？！这事就交给我办吧。

旅长摇了摇头说，你哲学没有学好吧。什么叫抓主要矛盾？现在导弹警卫就是主要矛盾，天大的事情就是警卫战略导弹，我是一旅之长，能缺席吗？！

保卫科长点了点头说，旅长，我无话可说，听你的。

因为掉螺丝钉的事，让这个老牌导弹旅已经输不起了。一弹定乾坤，一弹铸和平，一弹镇国威。假如因为警卫不严出了问题，我们就是民族的罪人啊！旅长知道，不能给自己和这个老牌导弹旅再留下任何遗憾。

旅长决定带领 30 人作为这个国之重器的警卫队长。在导弹发射车的 150 米之内，形成三个警卫圈。参加领导有旅长、旅政治部副主任和发射营教导员。因为天气太冷，若发生发射部队脱岗现象，那就太危险了。面对如此压力，旅长决定自己亲任警卫队长。塞外的冬夜，寒风凛冽，像呼哨一样横吹大荒，吹在人的脸上，就像刀割一般。到了一两点钟，寒雪飘飘，旅长带着保卫科科长起来查岗，这时的温度已达到零下三十多度，手指无意中贴到铁栏杆上，都会被粘掉一层皮。

临发射前一天晚上，航天厂家的老总带着科技专家，对发射前的警卫工作要进行最后一次实地检验，意在看警卫是否到家。两点多，航天部厂家老总带着方便面、火腿肠、炖好的野兔驱车而来，他说是来慰问旅长和 30 名警卫官兵，其实潜在意图是检查他是否在岗，结果发现旅长带着 7 名官兵站在寒风萧萧的长夜，人都快冻成了冰棍。连忙将一瓶小酒递上去，让旅长一口喝下，暖暖身子。事后，航天部的老总说，有什么样的旅长，就有什么样的兵。看到旅长在漫漫寒夜里站岗，我们服气了。

旅长冲天一笑说，惭愧！不是有什么样的旅长，就有什么样的兵，而是有什么样的司令员，带什么样的官。我们都是在认真落实第二炮兵首长的指示。

发射的日子临近了，第二炮兵司令员特意从北京驱车，到发射现场视察。吃中饭时，又对张启华和基地司令员说，要搞好"两预一找"。饭后，首长在听新闻，得知此地区会起沙尘暴，立即通知基地司令员，要做好防沙尘暴的准备。

冷雪飘飘的塞外大荒，突然会大风起兮。基地迅速通知到旅里，旅长当时正在阵地上，装备部部长坐车跑来，传达首长的指示。旅长马上派人到附近几个县买回彩条布和铝板，并将部队带来的帆布都摆到了现场。下午，航天集团老总陪着司令员来视察时，看到所有防风尘东西都到位了。那天，首长没有说什么，可是却对这个导弹旅落实首长防沙尘暴的指示露出不易觉察的微笑。

而这一切，皆是出于落实第四次指挥部会议，当时就传达了首长的指示。

发射前的最后十几个小时，第二炮兵装备部领导再次召开会议，他要在发射前落实首长的指示，进行最后的"两预一找"。田克副部长一起参加，旅长进行汇报，发射时人员怎么预防，操作怎么预防，安全怎么预防，甚至连操作发射最后两秒的预案都准备了，一一在会上作了汇报。

国之重器闪亮登场的时刻一点点逼近了。中午，部队就进入发射场地。按发射流程，晚饭不能回来吃，必须送到场坪上吃。而最简便的自然是吃包子，可是炊事班的成员多是南方人，不会做包子。时任旅政委李中伟说，你们去吧，我带人来包。

党代表当了后勤，发射有保障啊！旅长哈哈一笑，率队出发了。那天下午，李中伟政委带着后勤部部长严宝红、女军官董艳和军需科的一班人，在厨房里一起包全旅发射官兵晚餐吃的包子，并亲自送到发射场。李中伟说，大家吃了包子，发射就更有信心了。

傍晚时分，黄昏徜徉于莽原。野茅摇曳，一抹夕阳落在汉长城仅剩的几堆寒骨上，满目苍凉。山谷里，国之重器昂然矗立，问鼎苍穹。

站在地下的指挥所里，发射已进入最后 3 分钟准备。

发射指挥赵锋和发控师高天元口令和复述你来我往，划破寂静的大荒。

暮霭沉沉，只听发射的倒计时划破夜空，10、9、8、7、6、5、4、3、2、1，点火！

轰隆一声巨响，惊天动地。一柄国之重器恰似一只鲲鹏，从巢中跃然而起，直冲天际，喷着烈焰，朝着九天之外飞翔而去，在夜色四合的夜空留下一道长长的轨迹。

谁持彩练当空舞，却是一群放鹤人。

成功了！站在指挥屏幕前的旅长跑出地下指挥所，与官兵们一起欢呼雀跃。几载辛苦的欢欣与痛楚，成功与失败，化作融入苍穹的云烟与辉煌。

6 金号手军士长康平

康平坐在我的面前。凝眸一望，他身材瘦削，皮肤黧黑，戴着一副眼镜，满脸的书卷味，与他佩戴的五级士官肩章，似乎有些不搭界。

你是这次大型号导弹发射的发控师？这是我问他的第一句话。

是的！首长。康平的普通话里带着浓浓的湖湘辣椒味，我第一句便听出来了。

发控师不是由军官担任吗？

过去是，现在改由士官担任。康平答道。

你是湖南人？

首长怎么知道的？

听出来的。我笑道，湖南哪个地方的？

娄底新化县。

一入伍就到亚洲第一旅吗？

没有啊！梦都没有梦到。刚当兵时在郑州一支高炮部队，康平答道。1996年调到这个劲旅来的。

你一到这支高科技劲旅，学的就是发控专业吗？

与控制有关。康平说。

打过几发弹？

三发。康平说，不过第一次发射时，是作为副操作号手。而这一回发射，我成了主发控师。

幸运啊！我感叹道。在第二炮兵部队，能按下点火按钮，成为驾驭战略导弹发射升空的第一号手，堪称凤毛麟角。你是为数不多的幸运者之一。

是。康平沉吟了一会儿，讲起自己第一次上发控台的故事。

康平说，第一次上发控台，心情既激动又紧张。发射排长下了一道道口令，他找了半天，手指才按到开关上。后来，他就下功夫熟悉发射台，直到闭着眼睛也能快速准确拧到发控台的每一个开关时，发射营长秦泽海对他说，康平啊，你不能仅仅满足于会扳开关，而应该知道每个开关代表什么意思，工作原理是什么，相互之间是如何作用的。

康平这才觉得当个发控师并不容易。

好好啃这几部大书吧！过了几天，秦营长找来几部导弹发控教材，放到康平跟前说，如果有一天你对弹上控制系统每个零部件的作用和工作原理都能倒背如流，能够默画这几张大电路图，就说明你修炼到家了。

果然，康平从那时起，蛰伏四载，气沉丹田地背了四载。原理可以背讲了，控制电路图可以默画了，感觉自己坐在控制台上操作不会有任何问题，就等着一剑惊天下。

四营终于等到一次实弹发射的机会，康平觉得自己一鸣惊人的时刻来临了。

可是那天发射营长秦泽海将他叫到办公室，拍了拍他的肩膀说，我知道你蛰伏四载，只为这一剑。可是时运不济啊！兄弟。现在上边有规定，必须由军官担任主发控师，旅里给你找了一名学生，作训科参谋王会峰，你认识吧？是西安第二炮兵工程学院控制专业毕业的。你必须将自己的本领毫无保留地传授给他，不准闹情绪，不得有别的想法。

我不会的，请营长放心。到这支部队后，才真正感觉到这是一名军人应该待的地方，让干什么都成。康平的回答出乎秦泽海的意料之外。

有你这句话，我就放心了。秦泽海满意地说。

第一次见面时，王会峰就敬称康平为师傅，一下子拉近了彼此之间的距离。此时，王会峰刚从西安第二炮兵工程学院毕业两年，在作训科当副连职参谋，戴中尉军衔。而康平已经是一名十年士官，两个人取长补短，互相学习。

王会峰年轻，脑子活，且受过专业训练，基础又好，学起发控师专业来可谓八面来风，游刃有余。康平苦学四载才出师，他三个月便掌握了。

康平说，王会峰学专业方法独具一格，让他深受启发。王会峰找来一张大白纸，画下发射控制台上的面板，放在自己的床头，每天就站在那张图纸前默背。哪个开关按下去是什么现象，会与哪个导弹元器件产生联动，引起哪些现象，他一点军官的架子也没有，不耻下问。有些现象问题，康平也回答不了。王会峰就记录下来，他知道在基地训练中心进行操作合练时，可以见到一批第二炮兵专家，到工业部门学习时，可以直接向他们请教导弹装备上的问题。

于是，在导弹装备生产厂家，王会峰每天都在提出各种问题，一步步逼近设计思路，记了厚厚的一大本，解了当年康平学习专业之惑。短短三个月时间，王会峰就已经成为一名合格的发控师。

那次发射，王会峰站在主控台上，而康平则站在一旁，帮他记录参数，一起感受大型号战略导弹啸天的辉煌与荣耀。那次发射成功后，王会峰立了二等功，在部队崭露头角。不久，他从旅作训科调到基地，之后又调去第二炮兵机关。可是不论时间过去多久，只要与康平见面，王会峰总是对人介绍说：这是我的师傅！

还是上过大学，受过专业学术训练好啊！康平慨叹道，今生他与大学无缘了，可是王会峰留下的那一本厚厚的笔记，则成了他专业学习中最好的教材。康平抚摩良久，找出了自己的差距。他将教材找来，从头学起，见缝插针地进行学习。

翌年，蛰伏于万山之中的共和国倚天长剑，阵地进行了五次调试，康平作为发控台上的技术把关，带着新的发控师一次次地进行操作。由此，他的士官人生也步入一个新境界。

第二炮兵在一片亘古大莽林里举行首届军事技术比武，康平拿了液体型号士官组第二名。

在基地组织的比武中，他又频频夺冠。

十年磨一剑，只等一个证实自己的时刻。

是年秋天，第二炮兵党委和首长交给亚洲第一旅在两种状态下进行大型号战略导弹发射的任务悄然来临。

康平终于站在发射控制台上，可是他却与新任不久的旅长李华当年一样，经历了一场磨砺之痛。

发射的零时定在了 11 月 18 日中午 11 点。

那天晚饭后，李华旅长特意将康平叫到跟前，交代他回去早点睡觉，不要有压力，明天就要看你扬眉出剑了。

此时康平已经 36 岁，为五期士官，年龄比营长还大。仍然与发射排的官兵挤在一间大屋子里，听着屋里此起彼伏的呼噜声，他怎么也无法入睡。

4 点钟，部队就起床。吃过早餐，7 点钟正式进入发射准备。康平走进控制室前，仰首望了望天，只见一轮红日喷薄欲出，紫气浮冉东来，天穹祥云飞绕，心里更有底了：今天是一个好日子，天润东方第一枝。

他信步走进地下控制间。

1 小时准备，惟有控制间还在忙碌着，进行状态运行。康平反倒一点也不紧张了，与平时的操作一模一样。每搬动一个开关，他都准确到位。

进入 5 分钟准备，康平还有 50 多个参数要报。

1 分钟准备。

倒计时，10、9、8、7、6、5、4、3、2、1，点火！

康平按下点火按钮时，导弹已经出井了，他虽然听不到群山震荡，战友们的呼喊，但是他预感到国器跃然而出，发射大获成功。而此时的他却站在发射台前，将所有开关的按钮归位。

第一号手三级军士长康平的名字，问剑天穹，横空出世。

7 "发射战车之王"——周文芳

　　2007年夏，周文芳请假回河南老家邓县找工作了。他已经是第四期士官最后一年，转第五期，自己掂量了一下，觉得有点悬。便向部队请假，回老家活动活动。

　　在常规导弹第一旅服役十七年了，他从改志愿兵开始，一期一期往下续任，从来没找过一个人。连长、营长、旅长的话说得很明白，周文芳，你小子只管好好地干，个人的事情组织考虑。

　　他就这样年复一年地干了下来。

　　可是这一次选改第五期士官，竞争极为激烈。全旅一二年才轮上一个名额。且改选之后，那就是营职干部待遇，夫人和孩子可以随军。从此，就可以非常体面地干到退休，直至享受团级干部待遇。这是真正的胡子兵、辈子兵啊，亦称"士官之王"。

　　周文芳何尝不想成为五期士官呢，然而考虑竞争者的实力，他选择了离开。

　　这是人生的又一次重大转折，回到地方，他只能自己管自己了。

　　可是父辈以上皆世代务农，政府里没有一个认识的人。找谁去呢？惟一能给自己指点门路的，是同村同族的一位远房叔伯周俊，一个八竿子都打不着的亲戚。当年他没有退休，从高级教师、校长，直至做到县教育局副局长。当兵那年，他就找的是这位叔伯。因为只上过两年小学，周文芳为了混口饭吃，就进了县里的戏校，学地方传统戏曲剧。毕业后，跟着师父师母师兄师姐们穿行中原大地，做流浪艺人，领受过底层的百般磨难，苦辣酸咸俱全，却看不到一点前程。1991年，他已经18岁了，听说第二炮兵部队来接兵。他就去求同族的这位叔伯周俊说，在俺村里，数您是县里最大的官了，也有头有脸。叔，帮帮我吧，让我去部队吃皇粮。叔说，中！你也难得开口一次，我就将自己的脸皮撕下来，装在衣兜里，与你一起去求求我在武装部当政工科长的学生吧。

出门后，叔伯仰天一声长叹说，文芳啊，你这回兵当成了，在队伍上可要好好干哟！

周文芳记住了叔的这句话，在队伍上好好地干。这十七年，他由一级士官转二期、三期、四期，工资拿到了3000多元，津贴比叔伯拿得还高。每次回家去看叔伯，他都说，你是我们村里最有出息的，一个只上过小学二年级的人，被部队打造成一名真正的军人，两次上长安街参加大阅兵。什么叫大学啊，部队才是一所真正的大学校！你比我那在美国的二小子强。

我可不敢跟俺二哥比啊！周文芳叹道，他可是在纽约当大律师，挣美国人的钱。

挣钱再多管个屎用！叔说，他是挣了美国佬花花绿绿的美元，固然比你多得多，可是挣的是为自己，有啥稀奇？你是为国家而忙，而活，叔感到骄傲！

2007年夏，周文芳回去，对叔伯说，我为国家的事忙到头了。兵当十七载，这回得退伍回乡啦。

十七年的兵，已经够长的啦，算是兵王了吧。叔说，如今我老了，不能再出面，就给你写几封推荐信吧，去找我的几个学生。

周文芳拿着叔写的推荐信，还真把事情办成了。

正在这时，一营教导员翟斌的电话打来了，让他回去体检，准备转五期士官。

什么！周文芳以为自己听错了，高兴得蹦了起来。

周文芳，你家是不是信号不好啊？教导员翟斌大声重复了一遍：赶快回来体检，参加五期士官改选。

是！周文芳一口气跑到老屋后边的山上，看看父亲的坟上是不是冒青烟了。

周文芳去向叔伯告别说，我这兵可能要当一辈子啦！

好事啊！文芳。叔伯感叹道，你当兵的部队是一支好部队啊！有一群好官，公平、公正，一个没有任何关系和背景的农家子弟，居然可以凭着自己的本事，在部队当一辈子兵。不可思议呵！

叔，我只是说可能，有希望啊，也没有百分之百的把握。周文芳说。

我预感绝对能成。叔伯说。

周文芳回到常规导弹第一旅参加体检。营里有一位姓刘的四期士官，三年前从另一个部队调过来的，家里有一个亲戚是现任的大区领导，授中将衔，人家就是冲着转五期士官而来。可是竟然体检都没有让他去，一气之下，跑到时任旅政委顾玉龙办公室告状说，改五期士官，营里连体检都不通知我参加，我也是九人之列，起码给个机会吗嘛！

顾玉龙给翟斌打了一个电话，臭骂了一顿说，你们怎么做的工作，即使有属意的人选，也不能留后遗症啊！

翟斌挨了顾政委一顿熊，窝了一肚子火。将姓刘的老士官叫进办公室说，说吧！你哪里比周文芳优秀？

没有！

群众基础有他好吗？

没有！

没有，你还争什么争？

周文芳体检回来了，经过办公大楼，顺便走进自己的老营长、参谋长施湘阳办公室，问道：参谋长，我改五期士官，不知今年怎么样？

施湘阳找出文件，看了看名额说，估计问题不大，你就好好干吧！个人的事，组织考虑。

是！周文芳行了一个军礼，转身步出参谋长办公室，走出大楼，蓦然回首间，心里泛起一种莫名的感动与感恩。

铁打的营盘，流水的兵。自从他走进常规导弹第一旅，领导换了一任又一任，士兵流走了一茬又一茬，他成了一营最老的兵。可是每逢关乎自己成长进步的事，一任一任的领导总是在说，好好干！个人的事，组织考虑。

第一个说这话的人是排长谈卫红。那时周文芳刚从一个中远程导弹旅调入常规第一旅，在转运排长谈卫红手下当特装车驾驶员。那时的老部队，为了保平安，一个新驾驶员司训一年，开车五六百公里。可是谈卫红要带这一排新司机和号手，驱车数百公里，翻越令人惊魂失魄的丧魄岭。他要大家预想，行车前要做什么事情，途中遇险时如何处置，并提及不久前基地另一支老部队出了一个车祸，一个车队从当地那座最著名的岭上盘旋而下，接近山脚时，一辆槽车突然冲出公路，飞入河中。四轮向下，稳稳地落在一片沙滩之上，车上5个人居然毫发未伤，车也未受损。

谈卫红借此故事，教育司机行车之前，要做好车辆的各种检查。说着说着，周文芳的脸刷地红了说，排长，那个司机正是我啊。

啊！谈卫红愕然，排里的所有官兵亦哑然。

周文芳先是窘迫，继而变得坦然起来。他说那时他虽然已经开了两年特装车了，可他的槽车是上世纪七十年代初的产品，造于"文革"年代，比自己的岁数还大，质量可想而知。也没有谁教他们行车前要维护检查，自己的配件坏了，老兵就会教你到别的车上去卸。那天连他坐了5个人，其中一名还是解放军艺术学校下部队采风的声乐老师。傍晚时分，车队从过岭色变的岭上盘旋而下，左边是山，右边是深谷，道又狭窄，司机只好沿着山一侧走，车轮轴被撞瘪划破是寻常之事。那天已经下了摩天岭，马上就是一马平川。拐弯的时候，周文芳踩了一脚刹车，踏空了，是刹车的气管断裂了，已经没有气压给刹车片给力。他喊了一声哎哟妈，就抱着脑袋听天由命了。

特装槽车从15米多高的地方冲向河谷，不左不右，不前不后，不偏不倚，前边是湍急的河水，后边是一道陡峭的绝壁，左边是一棵大树，右边是一块巨石，中间一块沙滩，就神奇般地落在了沙滩上。坐在后排的军艺声乐教师一直在睡觉，等落在沙滩上时，靠背后边的两块蓄电池都顶出来，压在他身上，他居然也毫发无损，仍在睡觉。

时任旅参谋长的张启华看了现场说，这车开得神了，偏一点，前一点，后一点，都会车毁人亡，可偏偏奇迹般地落在了沙洲上。

周文芳捡了一条命，可他着实被吓坏了。第二天就来上级鉴定，责任不在他，可是他仍然惊魂未定。

营长阎成杰找来一辆212北京吉普，带着他到处转，散心，分散注意力。到地方饭馆吃饭时，有人问阎营长，听说你们从岭上翻下一台车，司机死了吗？

阎成杰指了指坐在对面的周文芳说，司机在这呢！

以后，到了常规导弹旅，每年司机下连，周文芳就以自己当年的事故为例，告诫每一个特种装备车驾驶员，要具备些什么样的素质，要注意什么事项，怎样保养和处置危急险情。

谈卫红带了周文芳不到半年时间，随着部队的扩编，谈排长调到二营任职去了。临走前，他对一连连长孙金明说，周文芳这小伙子不错，好好培养，将来是一名优秀的发射车司机。

孙金明记住谈卫红的托付，到了年底，将周文芳叫进连部说，小伙子干得不错啊，你们谈排长对你印象挺好的，你有什么想法吗？

周文芳那时最大的奢望就是在部队入党。他向孙金明吐露心曲说，是不是有些过分？

要求进步是好事啊！这也不为过。孙金明笑了，再没有别的想法了？比如说在部队多干几年，转个志愿兵什么的。

我是农村出来的，做梦都想转一个志愿兵啊。周文芳说，可我不敢想啊。

小伙子，这也不是你想的事情，你只管好好地干吧，组织上会替你考虑的。

周文芳说，他就记住了孙金明叮咛的话，自己只管好好干，一切组织上都会考虑的。

第一次参加中国人民解放军向东海发射导弹训练演习，二连指导员徐金发对于参战者每人发了一张纸说，有什么要对亲人说的话，就写在上边吧，会帮你们转交的。话虽然说明是留遗书，但是让他感觉有点参战的意味了。

那年夏天，向东南海域发射导弹，周文芳只是驾车运弹车跟着跑，真正进入角色是第二次向东海发射导弹演习，他说那一次他已经是转运车的主力了。

沧海横流，更显英雄本色。发射归来，他如愿以偿，转了志愿兵。

以后凡有军事行动，周文芳的发射战车总是主力阵容。也许正是凭着这种实力，1999年国庆大阅兵时，他驾着常规导弹发射车，驶入十里长安街，接受祖国和人民的检阅。

阅兵归来。周文芳回乡探亲，同族叔伯周俊知道他驾战车驶向神州第一街时，伸出大拇指说，文芳，叔这辈子值得夸耀的事情不多，然而送你去当兵，确实是我最骄傲的！

周文芳摇头说，叔，您应该为俺二哥自豪。他北大毕业，夫妻双双又是美国名校的博士，我才读了小学二年级，真是天壤之别。

叔叔摇头说，你比他厉害。你为国家服务，他为自己服务，没有你上档次。

两次采访周文芳，一次是在常规导弹第一旅的帐篷里，一次是蛰伏上乘富饶之地的军营里写作时。那次我问他，你就凭发射车开得好而转了五期士官吗？

他笑了说，当然不仅仅是车开得好了。

你还有甚本领？

我连发射车喘口气，咳嗽下，都知道它哪个地方有毛病。

真的吗？

真是这样。一到车场日，那些司机不去找修理所，非要发动起来让周文芳去听听有什么毛病没有。周文芳说，那年司令员指示要将最好的武器给最好的部队。常规导弹第一旅一、二营临阵换枪，从另一个兄弟旅将发射车接来了，其中有一台战车，他坐上去仅开了200米，就说这发射车有毛病。

装备部门领导悚然一惊，问周文芳：毛病在哪里？

周文芳说负泵坏了。

果然停下来，打开压箱一看，上边的两个齿轮全打碎了，掉到下边了。如果继续开，下边的两个齿轮一打坏，那损失就是60万元，而且将这辆发射车弄坏的责任也得由他一肩扛下。

后来，厂家派来两位胖师傅修理，钻不进负泵的空隙，因为周文芳体形瘦削，他钻进去弄，搞了几天才将其修理好。

你才开了200米怎么知道发射车坏了？我问。

凭感觉，听声音。只要它喘息不对，我就知道它坏在哪里。

神了，这台发射车是怎么感觉出来了？我问。

周文芳笑了说，停车后，我一转方向盘，怎么也转不动。我就知道这是负泵的问题。

除了对车的研究外，还有什么独门功夫？

2009年盛世大阅兵，那些瞄准对齐的器具就是我做的啊！

你又一次驾发射车上长安街受阅？

我是教练。

升级版了。

是啊！周文芳说施湘阳要求很严格，我做了瞄准稳定器具，在济南重器整整加工了一周时间，反复打电话请示，他才满意。在驾驶员头上一个点，对准了，固定脑袋，左右各一个镜子，与其他三台车相望，怎么晃动身体，都不会影响对齐行驶。

还做过什么？

我对发射车的三个课题进行改进，都立项了。

哦！发射车一旦定型，改动起来是非常困难的，我说。

是啊！周文芳说，可是我做了几个项目，全部在现场得到了航天厂家的认可，旅里所有发射车，都按我的发明改进了。其实就是改了一个螺栓的销子，但非常关键。过去每遇发射，车控号手都有点提心吊胆，惟恐哪个地方的螺栓出了问题，触点板掉下来，发射又要重新开始。现在我一改，再也不会有这种担心了。

难怪周文芳有"发射战车王"之称。我点了点头说，我想写写你，这一节的标题都想好了："战车之王——周文芳"。

可别写我！请写写我们旅的历任领导吧。

写他们什么？

就写他们的廉洁公正，很得人心。

周文芳说了一个故事。盛世大阅兵时，施湘阳参谋长带着他们去阅兵，有一天，他和施湘阳参谋长、旅后勤部俄立宾副部长坐在阅兵村的草地上看京城落日。夕阳西斜，燕岭红灿，城郭之上祥云飞绕。俄立宾打趣道，周文芳，你晋升高级士官，给参谋长上过什么大货？

周文芳说，本来有这个想法呢，可是后来没敢去。我比较了解他。

施湘阳说，你好歹没来，找了就完蛋。

战斗部　跋

创世纪 三位感动中国人物共一片英雄天空

　　我对杨业功的了解和认知，最初是从他横撇竖捺的书法开始的。

　　还在 1994 年，我到常规导弹第一旅采访，就见过他在招待所入门处影壁上题写的字"宾至如归"，方方正正，有棱有角。虽然少了圆润，多了棱角，少了些洒脱飘逸的灵动，却多了气韵沉雄的古意。

　　常言道：字如其人！未见杨业功之时，却先见其字。

　　以后，解静谦、夏小平等一再向我讲起杨业功的故事。或许因为见识了太多的导弹司令，我觉得杨业功与他们并无二致。且接触愈深，从个人的魅力、激情与个性张扬上，杨业功不是那种一见面就像磁石一样吸引人的人。当然，却不乏大家对他的敬重。

　　与杨业功一起负责1999年大阅兵的第二炮兵副政委杨立顺中将，曾与杨业功朝夕相处多年，对他的性情十分了解。当杨业功成了全军第七位英雄挂像之后，在一次高中级干部培训班上发言时，讲了一句非常经典的话：并不是每个人都喜欢杨业功，但是我敢说，所有的人都尊重杨业功！

　　很多年后，我在写作这部书时，曾在常规导弹第一旅任政委的张继春给我讲了一个故事。说当年他在基地当宣传处长时，参与了杨业功的典型宣传，看到电视播出杨业功吃饭的搪瓷碗，已经很破旧了，斑斑驳驳，锈迹依稀，是他当年从唐山带过来的。搪瓷碗上写着：从唐山到黄山。张继春刚开始不以为然，觉得这也许是新闻电视宣传找来的一个道具罢了。

　　然而，时隔不久，他看到杨业功生病时的一张照片，穿着睡衣在吃饭，饭桌上就摆着这个破旧的搪瓷碗，里面盛满了米饭。这时，他彻底服了！被一个伟大的人格力量所征服。大国泱泱，盛世煌煌，一个共和国将军竟如此恪守清贫，廉洁奉公，为军事斗争做准备，一心一意谋打赢，杨业功当属异数。时下已经鲜见这样的共产党人了！

听完张继春讲的这个故事，我点点头道，李旭阁老司令夫人耿素墨阿姨也向我谈及一件往事。2001 年夏天，参加过首次核试验的李旭阁罹患肺癌。邓稼先夫人许鹿希自邓稼先去世后，一直在追踪"两弹一星"元勋的身体状态，发现他们多死于癌症。而李旭阁当时是惟一幸免者，但最终还是被切掉了一个肺，许鹿希对张爱萍夫人李又兰感叹地说，最后一条"漏网之鱼"也未能幸免。李旭阁住院期间，杨业功到北京开会，他去 301 总院看望李旭阁司令，从兜里掏出一个信封，递给了耿阿姨说，思来想去，觉得买什么都不合适，我也不能脱俗啊！表示一点心意吧。请放心！这不是公家的钱，是我一个月的工资。

耿阿姨不收！杨业功说，没有别的意思，就是表达我对老首长的敬仰之情。给老同志买点礼品吧，如果不收，就是瞧不起我杨业功！

好！杨司令，我收下还不成吗？！

后来，耿阿姨对我说，那天杨业功走之后，她一看，信封是杨业功的工资袋，当时的工资就三千元出头一点。

我说完这件事，张继春说，自己还是一个副连参谋时，有一年春节，跟着某训练团团长、政委去看时任基地副参谋长的杨业功，团长交代从老街上买了一个木雕抬着过去。

一进杨业功的家门，看到我们带了一个工艺品来，他的脸马上拉下来，质问道：是不是掏你们的工资买的？

张继春说，当时他见团里两位军政主官一脸窘迫，哪个单位看人掏自己腰包吗？那件东西还是他付的钱。

张继春当时不解。中国本来就是一个人情社会，有句古话说得好：逢年过节，不打送礼人！

可是杨业功的心中却如一泓清泉，毫不客气地指了出来。

　　或许正是这种秉性，使他在一个水至清则无鱼的社会里显得有点特立独行，不被人们所理解。

　　时任第二炮兵副政委邓天生中将堪称杨业功典型宣传的"始作俑者"，谈及对杨业功宣传的启动，往事历历在目。

　　2004年7月，杨业功任司令员的某基地党委，给第二炮兵党委发了一个电报，建议宣传杨业功的生平事迹。第二炮兵政治部组织部承办的意见是，先在火箭兵内部适度宣传，然后再视情作为重大典型宣传。

　　临近年关，北京下了第一场瑞雪。12月，第二炮兵政治部派政治部副主任邓天生带工作组去基地，对杨业功的事迹进行考察。

　　临行前，邓天生副主任请示第二炮兵主要领导。

　　政委交代道，如情况属实，作为一个重大典型向全军和全国隆重推出，但一定要广泛听取机关和部队方方面面的意见，要立得住！

　　邓天生点了点头。

　　12月19日至30日，邓天生副主任带领政治部办公室、组织部、干部部、宣传部、纪检部、火箭兵报社等一行九人，组成一个工作组，深入基地机关和十多个旅团级单位，对64名团以上干部谈话，召开了109人参加的19个座谈会，对杨业功生前的事迹进行了全方位的考核了解，广泛听取基地官兵的意见。十一天的行程，杨业功的事迹给邓天生副主任和工作组的同志们留下了深刻印象，最突出的表现在两个方面：一个是他的工作精神，生动地体现了中央军委胡主席倡导的反"台独"军事斗争准备"要只争朝夕，争分夺秒地干，夜以继日地干"的革命精神，处在军事斗争准备一线的杨业功身上，鲜明地体现了这种要求。再一个就是他的廉洁，一般的领导同志做不到的！

　　邓天生副主任说，这两个鲜明的特点，恰好是我们这个时代所需要的。接下来的一幕是与基地常委交换意见，形成共识。邓天生副主任即席讲话，谈了第二炮兵工作组对杨业功的五点看法。

　　邓天生副主任那天在基地党委会上的一席话，视野空阔，行云流水，站在哲学的高度上来认识、分析杨业功生前的事迹，每句话既坚持实事求是，又颇具人情，一下子便将所有人都说得心服口服，就连个别刚开始有点鼻子不通气的领导，也豁然开朗，觉得就是这么一个理啊！

这席话一说，所有基地的常委都信服了。

在这个谈话的基础上，第二炮兵工作组以邓天生副主任的讲话为基调，向第二炮兵党委写了一份《关于考察杨业功同志生前事迹的情况报告》。

回到北京，刚刚召开的军委扩大会议认为，联系新时期、新使命，大家觉得从这个高度，忠诚履行使命的优秀指挥员的主题确定下来了！

一个饮誉全军和全国优秀指挥员的典型在中国战略导弹部队建设的天空横空出世！

那天在办公室，邓天生回忆对杨业功的宣传时说，杨业功的宣传如此成功，首先是因为第二炮兵党委的高度重视，不断开会，上下协调。再一个就是充分发挥了网络的作用，利用人民网、新华网进行宣传，他是我军第一个上网的典型，他的先进事迹感动了网民。一夜之间，达到上百万的点击率，网民留言也感动了领导，使军委、总部更加重视。

杨业功的事迹在人民大会堂讲演时，中央军委胡主席坐在下面听演讲报告，接见演讲团的代表，这是第一次。并发表了一篇完整的讲话，作为党和军队的最高领导人，就一个英模发表一篇谈话。这是继毛主席当年的《为人民服务》之后的又一次。邓天生如是说。

于是，一个为军事斗争准备的高级指挥员的形象，感动了中国，也感动了天下苍生。从此，杨业功成了人民解放军队伍里的第八尊铜像，家喻户晓。

杨业功之后，第二炮兵的典型宣传，稍有沉寂。

然后到了2007年11月30日，又一位第二炮兵的英雄兀自而立，他就是当年杨业功麾下的机要参谋孟祥斌。那天，他带着妻子和四岁的女儿到当地城里上街。途经乌江大桥时，只见一个轻生的姑娘，正一步一步地往江水里走去。岸上很多人在呼唤，她也置之不理。可是，岸上并没有人想真正下去救她。

此情此景，都看在孟祥斌眼里。在妻子和女儿的面前，他没有丝毫犹豫，也没有片刻斗争，将鞋子一脱，脱了衣服，就要下去救人。妻子问，祥斌，你行不行?

孟祥斌说，我会游泳。

孟祥斌跨过扶栏，纵身就要往桥栏杆一跃时，妻子大声喊道：祥斌，从河边桥头下去吧!

孟祥斌说了一句：来不及了，救人要紧，便往冰冷的乌江水里纵身跳下去，江中溅起一柱浪花。浮出水面后，他就朝那个轻生的女孩游去，一把抓住她，竭尽全力将女孩送上了江中划过来的一叶扁舟。然而，他自己却因力气耗尽，已经支持不住了。他说完最后一句话"我吃不消了! 谁来帮帮我"便被卷进了湍流。

就在妻子的哭喊声中，渐渐消失，渐渐远去，去到一个亲人们再也无法拥抱的寒凉的天国。

祥斌，你好狠心啊! 妻子坐在桥上已哭成了泪人，狠心扔下我和妞妞走了!

可是，四岁的妞妞少不更事，妈妈哭得晕倒了，她却提着爸爸的鞋子在桥上走来走去，这一幕被当地人民拍了下来，这一幕感动了一座城。那天晚上，英雄牺牲之地，烈士的灵堂前，成了一片烛光和花圈的海洋。

网络上，"一位英雄感动一座城的故事"立即在神州大地引起了强烈反响。

在一个没有英雄的时代，在中国战略导弹部队的天空里，在这块烟雨江南、白墙黑瓦、马头墙高耸的地方，却英雄辈出，前赴后继。

邓天生副政委回忆道，孟祥斌的壮举突如其来，对他的宣传，不具备完整的计划。

11 月 30 日下午，快下班了，时任第二炮兵政治部副主任的邓天生少将突然接到某常规导弹旅政委张凤中打来的电话：报告首长，旅里有一位机要参谋，今天上午为了救人，壮烈牺牲了!

听到这个消息，邓天生副主任马上给宣传部和《火箭兵报》打电话，当晚就派陈海军、陈寿富、段太勋等赶赴当地。

　　一个周末匆匆而过。

　　周一上午，邓天生副主任出席了长诗《杨业功之歌》的作品讨论会。第二天便飞往南方，下了飞机，在驶往某旅的路上，基地政治部赵副主任一路讲孟祥斌的故事：一位英雄感动了一座城，鲜花成海，烛光成河，泪祭英雄。

　　赵副主任一路都在讲一位英雄的牺牲和一座城的感动，引起了邓天生副主任的注意。傍晚刚抵达旅部，他立即给第二炮兵首长打了电话，汇报了一位英雄的壮举与一座城市的善举。

　　那天傍晚，简单地听了旅里的汇报，吃过晚饭，邓天生副主任又驱车千里，返回广州。坐第二天上午八点的飞机去浙江，于上午九时赶到旅里，在地方宾馆看望了孟祥斌的爱人、孩子和其他亲人，参加了当天晚上孟祥斌的骨灰回归家乡的仪式。只见当地倾城而出，烛光点点，流成了一条思念和祭奠之河，街道上的广告牌灯箱，全都换成了孟祥斌的遗照，一座城的黎民百姓为一位军官的牺牲而感动！

　　邓天生副主任看过后，颇为感动。为孟祥斌的英雄事迹感动，更为当地人民对英雄的拥戴感动。在这片国土上，舍己救人的壮举层出不穷，可是孟祥斌这个舍己救人的典型更具魅力。当着自己最亲的人，他没有思想斗争，没有丝毫犹豫，留给人间和自己的至亲只有三句话：救人要紧！脱了衣服欲桥上一跳时，爱人让他从河边桥头下去，他说：来不及了！然后纵身往乌江一跳，而最后一句绝响是他快要支持不住时说：我吃不消了！谁来帮帮我……

　　当着自己的妻子和女儿，最亲的人，有如此的英雄壮举，很不容易！既反映了一个人的境界和毅志，也昭示了当代革命军人核心价值观已经在官兵的头脑中深深扎根。另一方面，则是当地人民以特殊的方式表达对英雄的爱戴。一位英雄感动了一座城，从来没有像这样强烈、自觉自愿的行动。其实不仅是当地，整个浙江大地都在为一位英雄所感动。有一个温州的出租车司机，白天拉活，晚上驱车数百公里来到当地，在孟祥斌的遗像前磕头，然后再捐上自己挣的钱。当地更是老人孩子都有捐钱献花的，一夜之间，为孤儿寡母捐助的钱竟达百万元之多。孟祥斌的骨灰回归故里那天晚上，有几万人为他送上最后一程。

那天晚上，邓天生副主任决定与基地政委一起驱车杭州，向浙江省委书记赵洪祝做一次汇报。在起草的汇报稿上，邓天生指示，一定要将孟祥斌的壮举与当地人民的善举完美结合。翌日，见到赵洪祝书记时，他提出将孟祥斌宣传好，将英雄的壮举与当地人民的善举捆绑起来宣传，军地两家来努力，获得了赵洪祝的高度肯定。随后，第二炮兵党委、浙江省委和英雄的家乡山东，联袂对孟祥斌的事展开了大规模宣传。

邓天生说，杨业功是一种有计划的典型宣传，而孟祥斌则是一种应急，由新闻宣传变成了典型宣传。

当时，2008年"感动中国"人物评选已经结束。第二炮兵找到中宣部，舍己救人的壮举多矣，然而，正是孟祥斌当着妻子和女儿的面纵身一跳，正是当地人民自觉、自发的反应令人感动，感动了浙江、山东，也感动了整个中国。在这个物欲横流的社会，在一个没有英雄的时代，我们的民族需要这样的英雄，我们的国家需要这样的英雄，我们的人民更需要这样的英雄！

在最后一刻，孟祥斌成为了"2007年感动中国年度人物"，并在2009年5月，被中央军委授予"舍己救人模范军官"荣誉称号。

于是，在央视"感动中国年度人物"评选中，继杨业功之后，又一位感动中国的人物，出自中国战略导弹部队。

时光荏苒，转眼之间，便是2008年的红五月了。常规导弹第一旅羌族参谋陈大桂要回老家结婚。政治委员刘惟云给他批了婚假，他便兴高采烈地回去，和他心爱的女友杨娟结婚。

2008年5月12日，我写年初抗冰抢险保供电的长篇报告文学《冰冷血热》在人民大会堂里召开作品首发研讨会，11点半结束后，驱车返回小营，匆匆吃了饭，睡了将近50分钟，要回城里。

约莫在下午2点28分，我走出办公室，刚下楼梯，突然被晃了一下，还以为自己有点腿飘，便飘着下了楼。刚上车，女儿的电话便打来说，刚才地震了！

这时，在汶川北川的羌寨里，与妻子一起盖房的陈大桂，正在房间里仰首相看。突然，天塌地陷的摇晃袭来。

不知谁喊了一声：地震了！

就在那刹那间，陈大桂将两个村民推了出去。等他反身来拉女友杨娟时，房子已经塌了。他和父母奶奶一起被埋在了废墟下。

5 月 14 日早晨，我随总政采访小分队飞往成都。随后创作室的作家、诗人和画家也前往震区。

几个月后，由作家陈可非写的长篇小说《羌红》出来了，成了中国作家协会的重点扶持作品。随后，女诗人辛茹的长诗《云朵之上》也出版了！

三个感动中国人物共一片英雄天空。这块英雄的厚土是如何形成的？带着这个问题，2010 年，我采访了已任第二炮兵副政委的邓天生。他说，你这个问题提得好啊！为什么三位英雄同出第二炮兵，出在一个基地，这绝不是偶然！这是第二炮兵和基地部队以军事斗争为牵引，部队的建设得到全面提升，当代革命军人核心价值观深入人心，部队官兵的精神风貌发生了很大变化，打仗的意识增强，也可以说是部队战斗力水平总体的、全面的反映！

三位英雄共一片天空。将军并未远去，一个英雄的时代并未远去。

火箭军元年
习主席向火箭军授旗并致训词

2015 年 12 月 31 日，将近傍晚时分，很快就是下班时间了。宣传部领导给我打来电话，说今晚 6 时，火箭军成立大会在礼堂举行，要求直属单位主官参加，你留下来吧，观察、记录这一历史性的时刻。

那天傍晚，我坐班车进城。明天的元春之始新年，显然是不会下雪了，但是我相信，夕阳与六十年前李旭阁在中南海居仁堂看到的一样壮美。

日坠西山，乌金如轮，犹如一个红丹，一个舫船之上的灯笼，牵着一弯明月，在茫茫太空里飘落，似军旗猎猎，更像一个番茄酱瓶被打开一样，祥云尽染，终成紫气。那紫霞一定可以与六十年前陈赓大将、钱学森和李旭阁那天晚上看到的北京的晚霞一样美，祥瑞中国，好运中国战略导弹部队。就在火箭军元年开始的前一个晚上，我突然觉得冥冥之中，历史是多么相似啊。1955 年 12 月 31 日，李旭阁奉命次日下午 3 时，去听钱学森的导弹概述课，第一次听到了火军的概念。六十年一个甲子，人文俱老，山河依旧。当年参与这一历史进程的陈赓、钱学森、李旭阁皆去遥远的天堂，向马克思报到了，然后当时代之钟，分秒不少旋至 2015 年 12 月 31 日时，历史子午线与现实的子午线在这一瞬间重合了。六十年前，钱学森备课，次日下午提出火军概念，六十年后，习近平主席授旗、训词，标志着火箭军的序幕于此刻撩开了。

那天傍晚，回到家中，我便打开了电视机，翘首以待那个历史性的时刻到来。彼时，我想了许多，我想到了 2012 年北戴河之夏，最后一次采访李旭阁，采访结束时，我请他写一首诗相赠，他居然在小白板上抄了大清顺治皇帝题在北京西山慈善寺的白粉墙上的一首诗的四句："来时糊涂去时悲，空在人间走一回。不如不来亦不去，亦无欢喜亦无悲。"

当时一看，我不由得大惊失色，惊出一身冷汗，一位小八路、一位老革命、一位封疆大吏，生命之灯即将油尽灯残，却早已经悟透世事，不为乌云遮望眼，不被浮名熏心，更不追名逐利，赤条条而来，赤条条而去，最终入禅入佛入道，成仙得道，逍遥自在，人的精神早已经升入自由王国。时隔两个多月之后 2012 年 10 月 6 日上午 9 点 28 分，我就伫立在 301 总院的高干病房里，凝视着病房监视仪上，老司令员血压骤降，从 120/80，往下急遽地滑落，110/70，100/60，90/50……最后成了一条绿线，发出嘟嘟嘟的啸叫，老人家走了，一个英雄主义与理想主义的传奇远去了。

彼时，我想到了远去天国的黄迪菲、李甦、苏晨，甚至更年轻的张元庆、杨业功、黄炳华等一批英雄人物、导弹先驱。正是他们用热血忠诚、青春智慧，托起了火箭巨大的腾飞的翅膀，支撑着六十年一个甲子火箭梦，成军五十载的中国战略导弹部队，走到了今天，我更想起那些埋在导弹阵地旁的青春面孔王文强、周文贵、胡定发等一批为导弹筑巢的人。

今夜，火箭将士与你们同在，今夜，导弹阵地旁的英魂亦会无眠。

到晚上 7 时许，我从《新闻联播》之中，看到了中央军委主席习近平，向火箭军司令员魏凤和与政治委员王家胜授旗的一幕。

魏司令员与王政委迈着正步，向军委主席走去，立正，行军礼，一面八一军旗郑重地递到了中央军委委员、火箭军司令员魏凤和上将的手中。

八一军旗猎猎，红色基因依然。从三军统帅手中接过军旗，接过的是一份祖国和人民赋予的责任和使命，还有血性的担当。

我听到军委主席习近平对火箭军官兵的训词：火箭军是我国战略威慑的核心力量，是我国大国地位的战略支撑，是维护国家安全的重要基石。火箭军全体官兵要把握火箭军的职能定位和使命任务，按照核常兼备、全域慑战的战略要求，增强可信可靠的核威慑和核反击能力，加强中远程精确打击力量建设，增强战略制衡能力，努力建设一支强大的现代化火箭军。

毋庸说，中国战略威慑的核心力量，战略支撑，重要基石，这些主题词，无不透露出经过 50 周年的建设和发展，中国战略导弹部队已经长大，成为国家和民族真正的大国重器。

那天晚上，中国战略导弹部队官兵们期盼已久的火箭军成立大会，开得很晚，待魏司令员、王政委从军委返回后，才在雄壮的《火箭军进行曲》之中隆重举行。

翌日下午六点，也就是 2016 年元旦酉时，所有的门户网站开始报道火箭军成立的消息了。

这一刻，与钱学森教授 1956 年元旦下午三时在新街口排练场讲导弹概述，提出火军概念恰好不谋而合。只是时光之轮，已经旋转整整六十年，仿佛冥冥之中，有位历史老人在那操控与暗示。

六十年一个甲子。好梦成真，火箭军的元年开始了。零公里，就是 2016 年元旦。

2016 年 5 月 16 日写于北京
2016 年 5 月 22 日校改于北京

附录一：主要采访人物

1、向守志采访笔记

2、李旭阁采访笔记

3、宋杲采访笔记

4、黄迪菲采访笔记

5、宋任穷采访笔记

6、万毅采访笔记

7、李强采访笔记

8、王淦昌采访笔记

9、彭桓武采访笔记

10、李甦采访笔记

11、苏晨采访笔记

12、席力采访笔记

13、宋子寿采访笔记

14、张元庆采访笔记

15、张杰采访笔记

16、傅备簏采访笔记

17、李水清采访笔记

18、潘日源采访笔记

19、邹永钊采访笔记

20、杨国梁采访笔记

21、隋永举采访笔记

22、杨恒采访笔记

23、郑惕采访笔记

24、黄次胜采访笔记

25、张翔采访笔记

26、张瑞采访笔记

27、赵锡君采访笔记

28、葛东升采访笔记

29、包富红采访笔记

30、吴锡挺采访笔记

31、邓方林采访笔记

32、李力兢采访笔记

33、杨书龙采访笔记

34、杨业功采访笔记

35、武庚梅采访笔记

36、李春安采访笔记

37、高秀仁采访笔记

38、于际训采访笔记

39、高津采访笔记

40、周亚宁采访笔记

41、谢兴凤采访笔记

42、黄炳华采访笔记

43、曾蛟采访笔记

44、谭清泉采访笔记

45、解静谦采访笔记

46、夏小平采访笔记

47、周仲春采访笔记

48、廖平采访笔记

49、杨智国采访笔记

50、周晓林采访笔记

附录二：参考书目

1、《周恩来军事文选》人民出版社

2、《周恩来传》中央文献出版社

3、《毛泽东军事文集》军事科学出版社，中央文献出版社

4、《聂荣臻传》当代中国出版社

5、《走近钱学森》上海交大出版社

6、《钱三强》山东友谊出版社

7、《邓稼先》中国社会出版社

8、《钱学森》中国社会出版社

9、《张爱萍传》人民出版社

10、《从战争中走来》中国青年出版社

11、《596秘史》湖北人民出版社

12、《彭德怀年谱》人民出版社

13、《聂荣臻年谱》人民出版社

14、《秘密历程》原子能出版社

15、《山高水长—回忆父亲聂荣臻》上海文艺出版社

16、《两弹一生》九洲图书出版社

17、《原子弹秘史》原子能出版社

18、《核世纪》中国民族摄影出版社

19、《回顾与展望》国防工业出版社

20、《核战略解析》李力兢

21、《从红小鬼到导弹司令》解放军出版社

22、《我的军旅生涯》杨国梁

23、《倚天仗剑看世界》中国青年出版社

24、《原子弹日记》解放军文艺出版社

25、《国家命运》上海文艺出版社

图书在版编目（CIP）数据

大国重器：中国火箭军的前世今生／徐剑著 . –– 北京：作家出版社，2018.7（2019.4重印）

ISBN 978 – 7 – 5063 – 9089 – 7

Ⅰ . ①大… Ⅱ . ①徐… Ⅲ . ①纪实文学 – 中国 – 当代 Ⅳ . ①I25

中国版本图书馆 CIP 数据核字（2018）第 101655 号

大国重器：中国火箭军的前世今生

作　　者：徐　剑
责任编辑：李宏伟　田小爽
装帧设计：晓笛设计工作室·刘清霞
图片提供：张巨成　冯根锁　宋远高　等
出版发行：作家出版社有限公司
社　　址：北京农展馆南里 10 号　　　邮　　编：100125
电话传真：86–10–65067186（发行中心及邮购部）
　　　　　86–10–65004079（总编室）
E-mail:zuojia@zuojia.net.cn
http://www.zuojiachubanshe.com
印　　刷：三河市兴博印务有限公司
成品尺寸：165×240
字　　数：525 千
印　　张：34
版　　次：2018 年 7 月第 1 版
印　　次：2019 年 4 月第 3 次印刷
ISBN 978 – 7 – 5063 – 9089 – 7
定　　价：58.00 元